Silvio Blatter

Das sanfte Gesetz

Silvio Blatter

Das sanfte Gesetz

PIPER

Mehr über unsere Autoren und Bücher:
www.piper.de

ISBN 978-3-492-50021-0
März 2017

erstmals erschienen 1988 beim Suhrkamp Verlag
Covergestaltung: zero-media.net, München
Covermotiv: FinePic®, München
Printed in Germany

FÜR
LOUISE BLATTER
UND WIEDER FÜR MONA UND LISA

Schlingen und Netze für unvorsichtige Vögel

I

Das Wasser der Reuss floss und floss nach Norden, und es gab ein paar Orte, wo mit bloßem Auge nicht auszumachen war, durch welches Jahrhundert der Fluss dahinströmte.

Hell dehnte sich der Himmel über dem Freiamt.

»Stell Dir die Gegend ruhig und weitläufig vor – oder denkst Du, eine Landschaft am Fuß der Alpen könne so nicht sein?« Laura hatte die Karte mit diesen Sätzen in ein Buch gelegt und schon lange vergessen.

»Der Garten liegt verwunschen, inmitten von Bäumen steht das Haus mit der hölzernen Veranda.«

Die benachbarten Häuser flimmerten im frühen Nachmittagslicht, als seien sie nicht aus Stein gebaut, sondern aus einem beweglichen Stoff, der funkelte.

Laura machte eine Aufnahme.

Auf dem Bild gewannen die Häuser ihre Festigkeit zurück.

Eine Katze hockte auf dem Geländer der Veranda, Laura holte sie ins Suchfeld der Kamera. Die Katze ließ sich nicht stören, auch als der Motor den Film ausstieß und auf der matten Fläche Farben erschienen, blieb sie unverdrossen und reglos. Laura hielt dem Tier das Bild vors Gesicht. Die Katze kümmerte sich nicht um den Zwilling, der da wuchs und Umriss bekam. Sie leckte den Stern auf ihrer Brust und war damit beschäftigt.

Heute beginnt der Frühling, sagte Philip.

Er hatte Laura beim Fotografieren zugeschaut.

Meinst du, fragte sie.

Er muss, erklärte Philip, die Tage werden wieder länger, das ist ein physikalisches Gesetz.

Die Katzen wechselten ihr Fell, sie verloren den Winterpelz, in allen Teppichen und Kissen steckten ihre Haare.

Laura und Philip waren beide Mitte Dreißig.

Philip betrachtete Laura.

Sie war die Frau seines Vaters.

Den Frühling kümmerte weder Gesetz noch Kalender, er ließ sich weitere fünf Wochen Zeit, dann erst leuchtete das Gelb des Löwenzahns in den Wiesen, blühten die Kirschbäume, schimmerten die Blüten des Schwarzdorns weiß zwischen dem hellen Grün der Buchen. Der Wald erschien ganz licht, und am frühen Morgen, noch nass vom Tau, schwebte das Lila des Wiesenschaumkrauts blass im dünnen Bodennebel.

Laura hielt sich oft im Freien auf. Sie ging abseits vom Lärm und fotografierte: eine Amsel, die ihr Nest in einem Autowrack baute und das zerbrochene Fenster als Einschlupf benutzte, Bauern, die Kartoffeln pflanzten, eine Puppe im Gras, Taubnesseln auf Steinhaufen, Kriechenden Günsel am Weg, unscheinbar und versteckt

Menschen

Tiere

Blumen. Erst wenn du über die Wiese gehst und mit einem Schuh fünf Gänseblümchen zugleich zudecken kannst, sagte Laura, ist der Frühling wirklich da.

2

Jeder Mann hegt einen Traum.

Jeder alte Mann hortet in seinem Kopf eine Erinnerung, von der er nicht weiß, ob sie jemals mehr als eine Illusion gewesen ist. Er will es gar nicht wissen. Ein über lange Jahre lebendig gebliebener Traum bildet nämlich die stärkste Wirklichkeit, die ihn einholen und narren kann.

Bruno Wolf war ein Mann von sechzig Jahren.

Er schaute in den Spiegel.

Der Spiegel war eine Bilanz: Immobilien, Tankstellen, Wertpapiere und Getränkehandel.

Seit die Uhren nicht mehr tickten, verstrich die Zeit auf eine andere Art und Weise. Irgendwie, schien es Wolf, angemessener der Welt und ihren Geschäften.

Von seinem Arbeitszimmer aus sah er auf den Garten, wo sein Enkel Andreas im Gras lag und mit einem Kätzchen spielte. Tulpen und Narzissen blühten, Forsythien, die langen Zweige geschmückt mit freundlichen Blüten, trieben überall, und Teppiche kleiner Blumen wucherten über die Mauern angrenzender Grundstücke.

Bruno Wolf hatte Pläne.

Er dachte daran, mit italienischen Restaurants Geld zu verdienen.

– Pizzeria, Trattoria.

– Bremgarten, Wohlen, Muri.

Bruno Wolf besaß die naive Gabe, Idyllen als Motor für sein Handeln zu nutzen, ein vergnügter Enkel im Garten war ihm Anlass genug, an die Zukunft zu glauben.

Es wehte ein frischer Wind.

Zukunft war für Bruno Wolf nur ein anderes Wort für Erfolg. Und im Freiamt Pizza zu backen müsste doch Zukunft haben; Wolf fand, in seiner Rechnung sei kein Fehler.

Er traf den Entscheid.

Der Wind wehte aus der falschen Richtung.

Viele Mütter verboten ihren Kindern, am Sandkasten zu spielen.

Bruno Wolf war kein Mann, der sich mit Plänen und Fantasien nur die Zeit vertrieb. Ein Projekt, von dem er annehmen musste, es sei zum Scheitern verurteilt, ließ er rasch fallen. Sich damit zu befassen wäre verschwendete Zeit. Er schloss das Fenster.

Der Schatten eines Sportflugzeugs, das den nahen Flugplatz ansteuerte, zog durch den Garten. Die Katze holte ihr Junges und trug es am Nackenfell fort.

Wolfs Söhne, von denen jeder eine andere Mutter hatte, nannten ihren Vater der Blähungen wegen, unter denen er manchmal litt, und die fahrenzulassen die Natur ihn ja zwang, insgeheim den Furzer. Laut würde ihn keiner so rufen, weniger aus Furcht vor dem Alten denn aus Liebe und Gründen der Höflichkeit. Beide respektierten ihren Vater, den liebenswürdigen Tyrannen, der sich wieder an den Tisch gesetzt hatte und über seine laufenden und die neu anzugehenden Geschäfte nachdachte.

– Konzept Weinhandel.
– Italienische Restaurants, mit Philip besprechen.

Gibt es etwas Prachtvolleres als blühende Bäume?

Nein, das gibt es nicht.

Zur Blütezeit der Kirschbäume war das Freiamt ein wundervolles Land. Wenn Bruno Wolf die Augen zukniff, um sich Weite vorzustellen, so erhaben schön wie Missouri, USA. »Der Lindenberg ist ein indianischer Hügel, die Kantonsstraße ein Blue Highway«, hatte Bruno Wolf Laura geschrieben, als er sie einlud, ihn in Europa zu besuchen. »Abenddämmer, und fern das Neonlicht einer Tankstelle mit demselben Schriftzug wie bei Euch in den Staaten: SHELL.«

Wolf schrieb seine Notizen auf Karteikarten, die wie ein Fächer ausgebreitet vor ihm auf dem Tisch lagen.

– Schnellimbiss mit Spielautomaten und Münztelefon.
– Pizza take out.

Wolf dachte daran, Imbissecken in seine Tankstellen einbauen zu lassen.

– Food und Sprit
– Pizza und Rosen.

Wer seine Frau anruft und ihr mitteilt: du musst kein Abendbrot richten, ich bringe Pizza nach Hause, bekommt eine Rose geschenkt. Frauen lieben Männer, die mit einer Schachtel warmer Pizza und einer Rose heimkommen.

Morgen wollte er diese Pläne Philip vorlegen, dem älteren Sohn, seinem Berater, der ihm manchmal in der Sache widersprach.

Später dann Sandro.

Der Alte hatte die Absicht, dem jüngeren Sohn die Leitung der italienischen Restaurants anzuvertrauen.

Sollte er Laura auch einweihen?

Mit einem Glas Wasser stellte er sich wieder ans Fenster und blickte über Bäume und Hügel hinaus in den Himmel, der am Horizont blendend hell war. Der Tag roch nach frisch umbrochener Erde, der Tag roch nach Gras, das in den Silieranlagen trocknete, und ein wenig nach Verwesung. Der Tag roch nach Abgasen, der Tag roch nach Eisen, das Bremsklötze von den Rädern der Güterzüge abgeschabt hatten. Die Mischung der Gerüche, das war der Tag.

Bruno Wolf trank am liebsten klares Wasser vom Brunnen im

Garten. Seinen Gästen bot er Wein aus eigenen Beständen an, und wenn es ihn auch freute, wie sie ihn lobten, so blieb er doch bei seinem Quellwasser. Es gab kein besseres Getränk, und er hatte gelernt, es zu genießen.

Bruno Wolf entschied sich, Laura seine Pläne noch nicht zu verraten. Auch mit Carmen hätte er nicht darüber gesprochen. Am ehesten vielleicht mit Verena, seiner ersten Frau, an die er häufig dachte, als sei die Erinnerung an sie eine Wunde, die niemals zu bluten aufhört.

Ich habe Lust auf Bohnen, hatte er einmal gesagt, noch hallte der Satz in seinem Kopf nach, und Verena gebeten, Bohnen mit Speck zu kochen,

vor dreißig Jahren,

als er damals nach Hause kam, war seine Frau nicht in der Küche. Die Wohnung schien verlassen, war still. Er hörte Geräusche von Besteck und Geschirr, die Nachbarn saßen beim Essen, und plötzlich vernahm er ein Wimmern, vom Garten her.

Das Herz, hatte der Arzt gesagt.

Im Garten hatte er Verena gefunden, tot zwischen den Bohnen lag sie, das weinende Kind neben sich.

Ein Riss der Aorta.

Und keiner hatte ein Unheil geahnt.

Es gab Tage, an denen Bruno Wolf sich nach Verena sehnte; sein Gedächtnis bewahrte das Bild seiner ersten Frau, er konnte sie nicht altern lassen.

Er war dreißig, sie arbeitet an seiner Seite.

Er war vierzig, an seiner Seite stand eine andere Frau.

Er wurde fünfzig,

er war sechzig geworden.

Und dachte nun manchmal: alter Mann.

Den Umstand, dass er allein hatte alt werden müssen, betrachtete Bruno Wolf als Schattenseite seines Lebens. Es war ein unverschuldetes Versäumnis. Darum blieb auch seine Melancholie immer stärker als jeder Anlass, mit dem er sich aufzuheitern suchte.

Es gab leider keine Frau, die alle Männer kannte, die er gewesen war, kein weibliches Herz hatte sein Leben in zärtlicher Obhut behalten. ER trug die Last der Erinnerung allein, ohne Korrektur. Mit jeder Frau hatte er nur eine beschränkte Zeit verbracht, Dauer war ihm nie vergönnt gewesen, und anstelle eines Ganzen hatte er sich mit Fragmenten abzufinden. In seinem Gedächtnis blitzten Bruchstücke auf, ähnlich bunten, von der Sonne getroffenen Scherben in der Asche, und Bruno Wolf erinnerte sich, wie Verena Erdklumpen von den Schuhen abstreifte oder am Abend die Schürze auszog, wie Carmen wütend die Tür des Autos zuschlug oder vor dem Ausgehen den Mund malte, wie Laura die Hände auf den Bauch legte, weil sie nur so einschlafen konnte, und ihm schien es, seine Frauen blieben immer ungefähr gleich alt, Frauen, die er sich in Ehen mit jüngeren Männern vorstellte, auch wenn er diesen Gedanken keineswegs liebte, im Gegenteil.

Gnadenlos alterte er fort.

Bruno Wolf hasste den Tod.

Zwischen den Bohnen hatte die Tote gelegen, die Finger gekrümmt wie eine Schläferin. Er konnte nichts mehr gutmachen. Dass man nichts mehr wiedergutmachen kann, war vielleicht das Schlimmste. Daher rührte die Schuld, die ihn seit diesem Tag verfolgte.

Stünde Verena vor ihm, würde er ihr wie früher mit der Hand das Haar aus der Stirn streichen. Schreckte sie wohl zurück vor dem alten Mann, vor seinen harten Händen?

So wie es ihm nicht gelang, sich Verena als Sechzigjährige vorzustellen, würde auch sie ihn nicht erkennen, wie er nun war: massig, mit einem fleischigen Gesicht und ganz ohne Haupthaar, mit zwar immer noch blauen, aber auch trüben Augen. Käme Verena heute in sein Haus, würde sie wohl in Philip ihren Mann vermuten. Diese Überlegung machte seine Traurigkeit bitter und stimmte ihn ärgerlich.

Das Wasser in seinem Glas war mildes Frühjahrswasser, er durfte es nicht zu kühl trinken. Im Sommer verstärkte sich sein Geschmack, mehr nach Erde und Eisen würde es riechen und etwas härter sein, dann trank er es ganz kalt. Bruno Wolf setzte sich an den Schreibtisch. Er drückte einen Schalter und sprach ein paar Sätze ins Diktafon.

3

Philip knackte mit den Fingergelenken. Seit seiner Jugendzeit machte er mit diesem Geräusch alle nervös. Nochmals überflog er den Brief, die Einladung für ein Klassentreffen, und ging in Gedanken die Namen seines Jahrgangs durch. Es fielen ihm nicht alle ein. Er wollte auch gar nicht alle erinnern, sie waren ihm gleichgültig. Vielmehr berührte ihn ein einziges, ein ganz bestimmtes Gesicht. Es wischte alles andere weg. Der Brief hatte ihm ein Lächeln in Erinnerung gerufen, Wasser auf gebräunter Haut, einen Duft und Gesten, Bilder eines Mädchens, die er längst ausgelöscht geglaubt hatte. Sie tauchten auf, als besitze das Vergessen keine Macht; sie waren einfach da, deutlich und stark, wie auferstanden, und er hatte gemeint, sie verloren zu haben, fast unbemerkt, unterwegs durch die Jahre.

Philip Wolf war gelernter Jurist und verwaltete die Liegenschaften der Familie, er diente seinem Vater als Rechtsberater und spielte im Unternehmen eine Rolle, die ihn manchmal auch langweilte.

Das Bedürfnis, seine Schulkameraden wiederzusehen, war nur gering. Was hatte er noch mit ihnen zu schaffen? Zwar spürte er auch Neugier, doch sie war ein zu vernachlässigender Grund, als er sich anmeldete, ja, obwohl es ihm ein Gräuel war, sich bereits für einen Anlass des nächsten Winters zu verplanen, sagte er seine Teilnahme zu: die Hoffnung, Margrit Fischer wiederzusehen, war stärker als alle Abneigung.

Erinnerungen erzeugten in Philip Wolf gemischte Gefühle. Er unterhielt ein gebrochenes Verhältnis zu ihnen, angemessen den frühesten Bildern seiner Kindheit, in denen er sich in einem Bohnenbeet sitzen und weinen sah, neben Mutter, die sich nicht mehr bewegte, die sich nicht mehr um ihn kümmerte, sondern mit geschlossenen Beinen ausgestreckt dalag, gefällt, das Gesicht gegen die Erde gepresst, das Schwarz ihres Haars wie ein Fächer ausgebreitet, unter dem der Kopf verborgen lag. Der Vater war in den Garten gerannt, atemlos. Er hatte die Mutter auf den Rücken gedreht, über ihre Stirn floh eine kleine Spinne.

Philip verdrängte die Gedanken an den frühen Tod seiner Mutter und besann sich auf das Leben, auf Margrit, und in die Erinnerung an sie mischte sich auch Begehren.

Er hörte das Aufklatschen eines Balls und Stimmen. Sandro spielte mit Andreas Basketball, sie übten Korbwürfe. Man hätte die beiden Spieler für Brüder halten können, und vielleicht fühlten sie sich auch entsprechend.

Andreas war Philips Junge, ein siebenjähriges Kind.

Ich will nie hundertjährig werden, erklärte Andreas.

Warum denn nicht?

In diesem Alter kann man sterben.

Philips Hoffnung, Margrit bei dem Klassentreffen zu begegnen, verengte sich zu einer Erwartung.

Sie kommt bestimmt.

Er stellte sich die Frau vor, die sie nun sein musste – sein könnte, sah sich auf sie zugehen, verhalten, zögerlich und doch auch entschlossen, mit einem Ausdruck im Gesicht, der ihn verriet. Die mögliche Begegnung ließ ihn ganz fiebrig werden, weckte seine Leidenschaft.

Margrit, ja?

Er würde das leichthin aussprechen, ihr die Hand hinstrecken und gleichzeitig mit dem Ja ihre Hand berühren.

Und zwischen ihnen wüchse eine Wand.

Wüchse keine Wand.

Margrit und Philip hatten es als Jugendliche versäumt, sich zu berühren, ihre Körper hatten einander verpasst, als sie noch frisch waren. Nun standen beide in einem Alter, in dem es für eine Umarmung wohl zu spät sein würde.

Warum zu spät?

Die Verkettungen, die Kerker.

Vermögen zwei Körper, die einander, als sie unverbraucht waren, heftig anzogen und wie gleichpolige Magnete auch abstießen, später noch zusammenzufinden?

Zusammenzuschießen?

Vielleicht litte jede Berührung an der Vorstellung, wie es damals hätte sein können, und die späte Liebe ähnelte einer traurigen Leibesübung.

Aus Gründen der Vernunft war Philip Jurist geworden, er hatte dem Drängen seines Vaters nachgegeben, ohne große Widerrede, vielleicht um ein Liebhaber der Literatur zu bleiben. Immer wieder spürte er das Bedürfnis, sich zurückzuziehen zur Lektüre, er liebte es, im ledernen Stuhl am Fenster zu sitzen – zu lesen und zu trinken. Bücher mit Gedichten, die es ihm nahelegten, sie auch zu schließen, um über die Verse nachzudenken, waren ihm die wichtigsten. Er saß gern da, einen Finger im Buch; eigentlich zog er dieses Aufgehobensein allen anderen Zuständen vor:

Im Erlenschatten, Liebste,
im Erlenschatten, nicht.
Unter der Pappel, ja,
dem Weiß und Grün der Pappel.
Weißes Blatt du,
grünes Blatt, ich.

Philip Wolf war sanft, sensibel, introvertiert. Aber mit dem untrüglichen Sinn dafür, wie stark und hart er auch sein musste, um sich im Wolfschen Unternehmen zu behaupten, obwohl er bestimmt kein Geschäftsmann aus Leidenschaft war. Er wäre das mitunter gern gewesen und beneidete den Vater um die Besessenheit und den nie erlahmenden Willen, sich einer Sache ganz zu verschreiben. Philip liebte schöne Dinge, er war verführbar. Ein Anzug aus nachtblauer Seide, eine kleine indianische Skulptur, eine Leselampe, italienisches Design: dem wollte er nicht widerstehen. Und die Gedichtsammlungen, die er immer wieder zur Hand nahm, hatte er sich in dunkelrotes Leder einbinden lassen, Alberti, Williams –

Das Mädchen Margrit hatte dunkles Haar und ganz helle Haut. In seiner Erinnerung saß sie auf einem Felsbrocken, der aus dem Fluss ragte. Er hockte neben ihr, die Knie angezogen und mit den Armen umschlungen. Sie hatten sich von einer Gruppe abgesetzt, die sich über das nahe Wehr treiben ließ. Er hatte Angst bekommen. Sie auch. Beiden klebte das Haar am Kopf, und auf der Haut sträubten sich die feinen Härchen.

Das war vor zwanzig Jahren, Philip.

Sie redeten über die Geometrieprüfung des Vormittags, über die Konstruktion des »Goldenen Schnitts«. Eine Scheu hinderte ihn, Margrit zu berühren.

Und dann hatte er sie aus den Augen verloren.

Die Stimme von Andreas störte Philip auf. Der Junge war ins Haus gekommen und suchte seinen Vater.

Hunger, rief er, ich sterbe vor Hunger.

Er war verschwitzt und übermütig, trat ins Zimmer und stellte sich vor seinen Vater hin.

Sandro spielt mit Laura Tennis, sagte er.

Sie gingen zusammen in die Küche. Philip gab dem Jungen eine Dose Cola, schnitt ein Sandwichbrötchen auf und füllte es mit Schinken.

Sandro Wolf, der Athlet der Familie, war vierundzwanzig Jahre alt und studierte Betriebswirtschaft. Er konnte ganze Tage mit Sport verbringen und schien dabei unermüdlich zu sein, eine Maschine. Seit langer Zeit, und manchmal so verbissen, als sei das Gelingen sein Lebensziel, übte er den »dunking«, ein Kunststück beim Basketballspiel.

Er müsse dabei so hoch springen, erklärte Andreas seinem Vater, dass er den Ball ohne Wurf in den Korb legen könne.

Wie ein Ei ins Nest, sagte der Junge und verlangte eine zweite Dose Coke und noch ein Schinkensandwich.

Sie hörten Schläge vom Tennisplatz her. Mit einem stumpfen Klang traf der Ball auf dem Boden auf, hell tönend sprang er vom Schläger weg, weich und etwas klirrend war das Geräusch nach dem Aufprall an der Umzäunung.

Bist du schon bei Großvater gewesen, fragte Philip.

Andreas grinste: Er hat mir fünf Franken geschenkt.

Wie geht es Mutter, fragte Philip.

Er konnte sich diese Frage nicht abgewöhnen, obwohl der Junge nie darauf einging.

Hast du Eis?

Philip ging zum Kühlschrank und holte eine Packung.

Mövenpick Walnuss, schwärmte Andreas, die putzen wir weg.

Er leckte mit der Zunge über den Mund. Und zusammen legten sie los. Philip zuerst etwas freudlos, bald mit zunehmender Lust, als er spürte, wie er dem Jungen beim Eisessen näherkam, in diesem albernen Wettbewerb, seine Hälfte als Erster zu schaffen.

Es gab Tage, da vermisste er den Jungen – dieses Einvernehmen, das möglich war mit dem Kind, Vertrauen: eine Nähe, die er immer auch bei Frauen suchte, mit einer Frau aber noch nie so blindlings erlebt hatte. Der Junge nahm ihn ohne Vorurteil an, und Philips Spannung löste sich, ein Vorbehalt verschwand, die Reserve, mit der er allen Menschen begegnete.

Meinst du auch Männer, wenn du Menschen denkst?

Ja, aber vor allem Frauen.

Bisher waren es stets Frauen gewesen, die sein Bedürfnis nach Nähe weckten.

Um es dann nicht mit ihm zu teilen.

Der Junge setzte sich auf seine Knie. Philip sog den wilden Geruch des Kindes ein, Schweiß, Gras, Katzenfell, Urin, getrocknetes Blut und Mövenpick Walnuss. Er küsste Andreas ungestüm auf Nacken und Hals. Als der Junge ihm das Gesicht zuwandte, fauchend wie ein Tiger, und ihm mit der Zunge über den Mund fuhr, schmeckte Philip seine Haut und die Cola.

Später gingen sie auf die Veranda und spielten Mensch ärgere dich nicht. Auf dem warmen Holzboden lag eine Katze, ihre Jungen spielten mit einer Maus, rissen ihr den Bauch auf. Die Sonne drängte durch das Laubwerk der Bäume, und da der Wind ein wenig wehte, schien es, von den Zweigen, die sich sacht bewegten, würde Silber stieben.

Auf dem Tennisplatz übte jemand Aufschläge.

Vor dem Haus, auf dem Weg, der zu den Feldern hinausführte, lagerte eine Gruppe Soldaten. Als einer von ihnen zum Rucksack ging, stolperte er über die Gewehre; man hörte das Scheppern der Magazine.

Gibt es einen Teufel, fragte der Junge.

Mit sechs Augen hatte er gerade das zweite seiner Männchen ins Ziel gewürfelt.

Beim nächsten Zug überholte ein blaues Männchen von Philip ein rotes von Andreas.

Zurück zum Start, grinste Philip.

Andreas fand das gar nicht lustig. Er ballte die Faust und schlug sie auf den Tisch.

Die Soldaten nahmen ihr Gepäck wieder auf und schulterten die Gewehre. An den weißen Stoffzeichen, die sie um den Helm trugen, erkannte Philip, dass sie sich im Manöver befanden. Es waren Markeure. Ein Offizier studierte die Karte, dann ging er voran, geräuschlos folgte ihm der Tross. Die Tarnfarbe der Kampfanzüge ließ die Männer zur Natur gehörig erscheinen, das Gelände schluckte sie auf.

Auf der ganzen Welt kann man nämlich Fußabdrücke des Teufels finden, sagte Andreas.

Er hatte nun drei seiner Männchen ins Ziel gewürfelt.

4

Mit jedem Atemzug inhalierten sie trockene heiße Luft, die Lungen wollten vor Anstrengung bersten, beim Laufen schmerzten die Beinmuskeln, der Schweiß tropfte ihnen von der Stirn, die Zunge klebte am Gaumen. Eine seltsame, eine die Nerven zerreibende Stille herrschte, alles vibrierte und schien sich zu spannen, als Laura sich auf den Aufschlag vorbereitete und Sandro den Ball erwartete.

Laura spürte den Puls in den Kniekehlen pochen, seltsam fahrig, als zupfe etwas an der Haut, sie warf den Ball hoch, höher als der Kamm des Lindenbergs am Horizont, und holte mit dem Schläger entschlossen aus. In der winzigen Spanne Zeit, auf seinem höchsten Punkt, stutzte der Ball, als überlege er eine Gegenwehr.

Aus, rief Sandro.

Laura nahm mit dem zweiten Ball Maß, warf ihn hoch, etwas schräg nach links, und diesmal stimmte die Länge. Doch Sandro schlug eine schnelle Rückhand, der sie nur hinterher staunen konnte.

Du widerwärtiger Muskelprotz, schimpfte sie.

Er zeigte ihr die Faust und lachte.

Der Tennisplatz befand sich hinter dem Garten. Bruno Wolf hatte ihn für Laura und Sandro anlegen lassen. Hin und wieder schaute er zu, wenn die beiden spielten, gern an einem lauen Abend im Sommer. Ohne Krawatte, im kurzärmligen Hemd, saß er im Schatten eines Baums und beobachtete das Spiel wohlwollend freundlich, aber ohne sich um den Spielstand zu kümmern. Er verfolgte das doch monotone Hin und Her des Balls, um sich zu entspannen. Er suchte Ruhe und Zerstreuung. Darum blieb er nie ungeteilt aufmerksam, er gewährte seinen Gedanken freien Auslauf, Düfte atmete er ein und versuchte, sie mit der Nase zu bestimmen, Augen hatte er für die kleinen weißen Bälle und für die Vögel des Himmels. Ihm war egal, wer das Match gewann. Die Schwalben jagten um die spitzen Türme der Klosterkirche, ihre Rufe tönten in den Abend, und das tat ihm wohl.

In der Seele, sagte Bruno Wolf.

Er klopfte mit den Knöcheln der rechten Hand auf die Brust, als schwebe die Seele in dem Gewölbe aus Knochen und Fleisch, frei wie Spinnweb vor der Fensterrose in einem Dom.

Noch im vergangenen Sommer hatte Bruno Wolf selbst Tennis gespielt. Allerdings war ihm bei dieser Betätigung nie ganz wohl gewesen. Das Schultergelenk schmerzte bei jedem Aufschlag, und seine Füße waren zum Laufen zu schwach.

Ich bin für Tennis zu schwer, sagte er.

Das war ein Beschluss.

Du bist lediglich zu ehrgeizig, antwortete Sandro.

Kurze Bälle hasste Bruno Wolf geradezu.

Sinnlos startet man, läuft Richtung Ball und kommt doch zu spät, sagte er mit unverhohlener Ironie.

Ja, er war losgerannt und hatte gewusst, ich komme nicht an den Ball. Er hatte den Kopf über sich selbst geschüttelt, war aber dennoch gelaufen, jedes Mal, Bruno Wolf, der ewige Kämpfer, der niemals eine Sache aufgab, selbst das Verlorene nicht.

Nach dem Match ging Laura zurück ins Haus.

Sandro übte allein. Er hatte die Maschine eingestellt und kämpfte mit einhundert Bällen gegen einen imaginären Gegner. Immer denselben Schlag übte er, knallte den Ball auf immer denselben Punkt ins Feld hinter dem Netz. Und jedes Mal, wenn er dabei an etwas anderes dachte als an den auszuführenden Schlag, wenn er etwas anderes fixierte als den zu treffenden Ball, jagte er diesen ins Netz oder ins Aus.

Konzentrier dich ganz auf den Schlag, hatte er Laura belehren wollen. Denk einmal gar nichts, sei Bewegung, sei nur dieser Schlag.

Ist das noch Tennis, hatte sie gefragt.

Ist das nicht Zen?

Laura fühlte sich gut. Sie lebte gern in Muri, im herrschaftlichen, alten Haus mit dem verwunschenen Garten, zusammen mit Bruno Wolf.

Als Wolfs Dritte.

Du hattest unter den gegebenen Umständen gar keine Chance, eine andere als die Dritte zu werden, tröstete sie sich selbst. Nicht einmal in den delikaten Angelegenheiten des Herzens war ihr die freie Wahl vergönnt.

Laura mischte Campari mit Soda und gab Eis ins Glas. Sie legte sich ein Frottiertuch um den Nacken und trat auf die Veranda hinaus, wo Philip noch immer mit Andreas spielte. Das Glas in der Hand, machte sie ein paar Dehnübungen. Die Eiswürfel klirrten, als sie einen Fuß gegen das Geländer presste und die Achillessehne dehnte. Sie konnte beim Wippen in ihr Zimmer schauen, das unaufgeräumt war. Bücher, Wäsche, ein Kassettenrecorder, Bälle und der Tennisschläger lagen verstreut auf dem Boden. Ein Sekretär aus Kirschbaumholz war überladen mit Papieren und Briefen, zuoberst lag die Polaroid-Kamera.

Die von mehreren Zimmern aus erreichbare Veranda erstreckte sich über die ganze Hausfront und verlieh der Wolfschen Villa eine südliche Note, was einen seltsam berühren musste im Freiamt, dem schwermütigen Landstrich.

Seit meiner Kindheit schwärme ich von so einem Haus, hatte Laura gesagt, als sie die Veranda zum ersten Mal betrat. Ein ähnliches Haus steht außerhalb von St. Louis, erwiderte Bruno Wolf, es fehlen nicht einmal die Ahornbäume.

Er hatte sich gegen das Geländer gelehnt: eine Katze strich um seine Beine, und er hob sie hoch mit behutsamer Zärtlichkeit. Ja, hatte sie sich eingeredet, der Entscheid, seine Einladung anzunehmen, ist richtig gewesen.

Laura lockerte den Wadenmuskel des Beins, das sie belastet hatte, sie massierte das Gewebe über der Ferse und tastete eine Sehne ab, die seit Tagen gereizt war.

Der Garten war auch ein Revier, er verriet die Schwäche der Wolfs für Katzen. Kreuz und quer verliefen ihre Pfade, ein Netzwerk im Gras, dessen Sinn nur den Tieren verständlich war, den ungezählten Katzen, die sich am frühen Abend auf der Veranda zur Fütterung einfanden, Katzen, die sich tagsüber irgendwo aufhielten und wie herbeigezaubert plötzlich da waren, Katzen, die man weder kommen noch gehen sah, aber im Frühjahr und Herbst nachts manchmal hörte, wenn sie sich im Garten stritten und so paarten, dass Lust und Schmerz sich im selben Ausdruck fanden.

Die Eisstücke schmolzen in dem von der Kälte beschlagenen Glas, es war angenehm, sie mit der Zunge gegen den Gaumen zu pressen oder zu lutschen, obwohl der Gesichtsnerv die Kälte unvermittelt ableiten und in ein Auge schießen lassen konnte.

Was unterscheidet das Leben von einem Traum?

Aus Träumen wacht man auf.

Doch vielleicht ist das Leben nur ein Traum, aus dem wir noch nicht aufgewacht sind.

Vom Garten, in den man über die Veranda gelangte, führte ein Weg am Tennisplatz vorbei aufs freie Feld hinaus. In langen Reihen standen Kirschbäume, dahinter erstreckten sich Felder mit Raps, Mais und Korn, auch fettes Wiesland, bis zum Wald. Auf den Äckern staksten Krähen umher, und zur Erntezeit fielen vom Seetal her Möwen gierig in die reifende Frucht ein.

Laura zog die Tennisschuhe aus, der rote Sand hatte unter den Knöcheln den Schuhrand nachgezeichnet. Ein Kätzchen kam herbei und tapste mit der Pfote nach den sich bewegenden Zehen.

Auf dem Kiesplatz, den man von der Veranda her sah, parkte ein hellblauer Ford. Eine fette schwarze Katze schlief auf der Motorhaube.

Laura setzte sich zu Philip und Andreas.

Sie spielte mit den grünen Männchen, und ein Fremder hätte die drei für eine ganz gewöhnliche Familie gehalten.

Philip gefiel diese Vorstellung gut.

Er sehnte sich nach der Idylle. Vater und Sohn, das blieb sich gleich. Doch der Name der Frau wechselte ständig in seinen Träumen:

Laura, Margrit,

nein, Sabine nicht mehr.

Er hatte ein Faible für das Weibliche, aber seine Beziehungen glückten ihm nie. Insgeheim betrachtete er Lauras gerötetes Gesicht; nach dem Tennisspiel zeigten sich die Fältchen in den Augenwinkeln besonders deutlich, als hätte die Anstrengung sie vertieft. Laura setzte ihr Männchen um fünf Felder vor. Für eine Frau hatte sie erstaunlich große Hände. Ring trug sie keinen. Fast wirkten ihre Gelenke zu schmal, die Ellenbogen rundeten sich gleich wie das Kinn.

Was machst du, wenn du unbewaffnet bist und ein Nashorn dich angreift, fragte Andreas.

Philip und Laura überlegten, doch keinem fiel eine zwingende Abwehr ein.

Ziemlich schwierige Frage, sagte Philip, direkt ein Grund, nie auf Safari zu gehen.

Du musst dem Nashorn auf den Rücken springen, meinte Andreas.

Warum, fragte Laura.

Dann kann es dich nicht mehr sehen.

Das Spiel war aus. Laura ging unter die Dusche und nahm Andreas mit. Philip trank den letzten Schluck Burgunder, der Wein hatte sich auf der Veranda zu sehr erwärmt.

Eine Trattoria, darauf hatten Vater und er sich geeinigt. Philip beurteilte die Wahl des Namens ganz sachlich: Trattoria, die Information, Wolf, der angesehene Name. Der Alte würde einmal mehr recht behalten, das Geschäft könnte sich durchaus lohnen, die Pläne hatten Hand und Fuß.

Trattoria Wolf: für Gäste, die ein Restaurant mit italienischer Ambiance dem Dunst ländlicher Gaststuben im Freiamt vorzogen.

Philip hörte die laufende Dusche und das Lachen des Jungen. Laura kitzelte ihn beim Waschen. Dann wurde es still, nur noch das Wasser rauschte in die Wanne.

Vielleicht seifte der Junge nun Laura ein.

Mit einer Frau so zusammen sein wie mit dem Kind, es stellte sich immer wieder als unmöglich heraus. Die Zuneigung zu einem Kind war unverfänglich, die Beziehung eindeutig und klar. Im Umgang mit einer Frau verkomplizierte sich jedes Wort, und jede Berührung erlangte eine Wichtigkeit über sich selbst hinaus: die Beziehung saugte sich mit Bedeutung voll wie eine Niere mit Gift.

Philip hatte seine Ehe als Abnützungsschlacht, als Krieg der Geschlechter erlebt.

Mit dem Kind Nähe – mit der Frau Clinch.

Für Andreas empfand er eine absichtslose Liebe. Ja, Philip liebte seinen Jungen und es tat ihm weh, nicht täglich mit ihm zusammen sein zu dürfen. Die Scheidung von Sabine hatte er mit der Trennung von Andreas bezahlt. Der Preis war viel zu hoch, so grausam – es spielte überhaupt keine Rolle mehr, welche Anlässe dazu geführt hatten.

Philip ging ein paar Schritte in den Garten hinaus und setzte sich auf den Rand des Brunnens. Das letzte Sonnenlicht flackerte in den Bäumen wie in schwankenden Lampen und verlöschte jäh. Körper waren die Bäume jetzt, ausatmende Körper.

Er wünschte sich, in Einklang mit den Bäumen zu leben.

Sei nicht so schwärmerisch, Philip.

Sabine hätte so sprechen können.

Warum liebt der Mensch Bäume?

Dem Baum entspricht das Dableiben, hatte er einmal zu ihr gesagt, Bäume sind leicht zu entwurzeln, aber nur schwer zu verpflanzen.

Quatsch, hatte Sabine gesagt, ich liebe Bäume auch und wäre dennoch am liebsten in New York.

Es gab Momente, in denen Philip Sabine hasste. Er hatte dann Lust, sie zu verletzen, es reizte ihn, ihre Wohnung zu stürmen, die Räume zu verwüsten und seinen Jungen zu holen. Auch ein paar Bücher hätte er gern mitgenommen. Sabine hatte sie bei der Scheidung behalten, doch sie gehörten ihm, sie fehlten ihm, wenn ein Satz ihn beschäftigte und er ihn nachschlagen wollte, es machte ihn wütend und traurig zu wissen: das Buch, in dem die Stelle zu finden ist, verkümmert in einem mir unzugänglichen Regal.

Am schlimmsten war es, den Jungen zu vermissen und zugleich die Tröstungen des Buches entbehren zu müssen. Dann trank er zu viel.

Es verstimmte ihn auch, wenn er auf ein Buch zu sprechen kam und sagte, Augenblick, ich hole den Band –

Verloren, die verlorenen Bücher standen bei Sabine. Einige hatte er wieder angeschafft. Doch ungelesene Bücher sagten Philip wenig. Der Gebrauch verlieh einem Buch Bedeutung, erst die Lektüre schuf seinen Wert. Viele Bücher hatte er nochmals gelesen, um sie nicht bloß wie eine Ware zu besitzen. Geh doch zu Sabine, hatte ihm Sandro geraten, sag ihr, diese Bücher gehören mir, ich will sie haben.

Gib ihr Geld dafür.

Kauf sie doch.

Philip war zu Sabine gefahren und hatte ein paar Bücher aus dem Regal gezogen. Sie nahm ihm einen Roman aus der Hand: Weißt du noch, sagte sie.

Und er erinnerte sich: Sie war schwanger mit Andreas, sie las in dem Buch, er hatte ihr den Rücken massiert, als das Telegramm kam …

Willst du es wirklich?

Ich will es, sagte er.

Philip forderte nicht nur Bücher ein, er hatte neue Exemplare gekauft und legte Sabine Buch nach Buch zum Tausch auf den Tisch. Ausgaben, die so nicht zu ersetzen waren, bezahlte er ihr wie einer Buchhändlerin.

Sie war versteinert, sie hasste ihn dafür.

Die Scheidung ist der Verlust, der dem Tod am nächsten kommt. Man kann auch nichts mehr wiedergutmachen. Nach der Trennung bleiben zwei Verletzte zurück. Anfällig für tausenderlei Schuld und Sentimentalitäten. Empfänglich für das zeitweilige Neuaufflackern der Liebe. Allein im Chaos der Gefühle, die man mit Liebe verwechselt. Gebeutelt von Mitleid, Bitterkeit und Hass. Am Ende ist die Scheidung schlimmer als der Tod, hatte Philip zu seinem Vater gesagt.

Er schöpfte mit den Händen Wasser aus dem Brunnen, trank, schöpfte nochmals und benetzte sich Gesicht, Hals und Nacken. Philip war gern allein, aber er dachte, er sei es zu oft. Er hätte jetzt gern etwas zerbrochen, mit den Händen zerbrochen.

Laura und Andreas traten frisch angezogen auf die Veranda. Philip saß getarnt im Dämmer, im Dunkelkreis der Bäume, und beobachtete sie. Laura hatte Andreas einen Arm um die Schulter gelegt, der Junge neigte sich ihr zu, seine Stirn berührte ihre Brust.

Laura hatte nie ein Kind gehabt.

Es hat sich nicht ergeben, pflegte sie zu sagen, es gab nie eine Situation, in der alles für ein Kind stimmte.

Mit Bruno Wolf war sie übereingekommen, auf ein Kind zu verzichten.

Ich bin dir wohl zu alt, murrte er.

Mir nicht, aber später dem Kind, meinte sie.

Was Laura angeführt hatte, mochte wahr sein. Trotzdem hatte es ihren Mann verletzt.

Philip stand auf und ging langsam zur Veranda zurück, wo nun das Licht brannte.

Bald kamen auch die Katzen. Aus den Bäumen, aus dem halbhohen Gras, von der Kühlerhaube des Fords, aus dem Haus, vom Dach herunter, vom Tennisplatz her. Von überall kamen die Katzen, lautlos und schnell, als würde die Dämmerung sie hervortreiben, geschmeidige Tiere, die auf das Geländer der Veranda sprangen, Philip um die Beine strichen, sich auf die Treppe setzten und die Türschwellen. Ihr Schnurren zog sich wie eine Tonspur durch den frühen Abend, der auch nach Fell roch, das von der Sonne gewärmt worden war.

Laura öffnete ein paar Dosen Katzenfutter, Andreas goss aus einem Krug ein Gemisch von Wasser und Milch in verschiedene kleine Schüsseln.

Da fielen Schüsse.

Hinter dem Tennisplatz, im Wiesland – oder im Wald?

5

Sandro begleitete Andreas zum Bahnhofsplatz, wo Sabine sie beim Kiosk erwartete.

Sie trug ein leichtes lila Sommerkleid, fast sah sie aus wie ein Mädchen, sie hatte olivfarbene Haut und kurzgeschnittenes Haar. Sandro hielt den Jungen an der Hand, fest hielt er ihn, er wollte langsam auf diese Frau zugehen, zuschreiten. Jeder Schritt – ein anderes Bild, das er aufnahm und sich einprägte: wie sie ging, ihnen entgegenkam, wie sie die Beine bewegte, dabei die Knie unter dem Kleid hervorschob, die Füße aufsetzte.

Und ihr Atem, ihr Geruch.

Zimt, dachte Sandro.

Er hatte ihr die Hand leicht auf die Schulter gelegt und bückte sich, um sie auf die Wange zu küssen. Bei der flüchtigen Berührung streiften seine Lippen ihren Mund, den Mundwinkel. Seine Hand fühlte die Rundung des Schultergelenks und das Fleisch des Arms, als er die Finger zu ihrem Ellenbogen hinuntergleiten ließ, der etwas aufgeraut war.

Ein junger Mann.

Eine Frau von dreiunddreißig Jahren.

Ich bin nicht in sie verliebt, redete Sandro sich ein.

Es war ein körperliches Verlangen, das ihr Anblick, ihr Duft, ihre Bewegungen, die Gedanken an sie: ihr Bild in ihm auslöste.

Sandro wollte Sabine besitzen.

Jetzt fuhr sie mit ihrem Jungen weg. Sabine war, verdammt noch mal, ganz einfach anziehend. Sie wusste das, sie spielte damit. Nicht ohne Ingrimm dachte Sandro, heute noch ein paar Tonnen

Gewichte stemmen zu müssen, um diese Frau auch nur einigermaßen zu verkraften. Einmal mehr war er überzeugt, dass sein Glück vom dunking abhing.

Schaff endlich den dunking.

Nach dem dunking würde er alle anderen Ziele ganz spielerisch erreichen.

Der dunking ist der Schlüssel, Sandro.

Sandro war eins siebenundachtzig, seine Körperlänge übersprang er leicht, doch für den dunking musste er die Füße noch ein paar Zentimeter mehr vom Boden hochkriegen und dabei aufrecht in der Luft stehen bleiben …

Er spazierte durchs Dorf. Er war ganz in Weiß gekleidet, Sandro liebte weiße Anzüge. Die Mauer des Pflegeheims gab noch Tageswärme ab. Einzelne Autos fuhren schon mit Licht. Das Neonschild der Wolfschen Tankstelle war weithin sichtbar, ein seltsam gesammelter Schein, hinter dem der Himmel seiden glänzte. Sandro gefielen Tankstellen, besonders einsam gelegene. Es bereitete ihm mehr Vergnügen, den Motor eines Autos abzustimmen, als Lehrsätze der Betriebswirtschaft auswendig zu lernen.

Die Geschäfte hatten geschlossen, überall waren Schaufenster erleuchtet. Kaum Leute auf der Straße. Der Parkplatz neben der Käserei war nur halb besetzt, zwei Jugendliche fuhren mit dem Moped Slalom. Kinder hatten mit roter Kreide ein Feld auf den Asphalt gemalt und spielten Himmel und Hölle. Die Kirche schimmerte hell, der Abglanz des Himmels überzog das Dach, ein paar Schwalben umkreisten die Türme, trotz der Dämmerung flammten ihre weißen Bäuche auf. Aus dem offenen Portal ertönte die Orgel. Jemand übte die immer gleiche Stelle und machte immer denselben Fehler. Der nächste falsche Ton war im Voraus zu berechnen, wer ihn erwartete, erlag dem Zwang zu zählen: jetzt.

Philip hatte mit dieser Wahnsinnsfrau geschlafen und war doch weit davon entfernt, den dunking zu schaffen, Philip hatte ein Kind mit Sabine. Und sie waren einander überdrüssig geworden bis zur vollkommenen Gleichgültigkeit.

Du kannst eine Frau nicht besitzen, Sandro.

Ein Mann schaffte es bestenfalls, ein paar Zentimeter in sie einzudringen. Es war lächerlich, das als Akt der Besitznahme zu betrachten.

Sandro setzte sich in die Gartenwirtschaft des Adlers und bestellte Mineralwasser. Es war noch zu früh, um ins Orakel zu gehen, wo er den Abend gelegentlich an der Bar verbrachte. Am Nebentisch saßen zwei Offiziere über eine Karte gebeugt. Dahinter aßen ein Junge und ein Mädchen mit langen Löffeln Eis aus einer gemeinsamen Schale. Sie fütterten einander, als sei jeder der Jungvogel des anderen. Sandro kam sich wie ein alter Mann vor. Wie ein Mann in den Dreißigern, der an eine Frau dachte, während Sabine mit ihrem Jungen nach Hause fuhr, nach Wohlen, wo sie am Dorfrand in einem Block seines Vaters wohnte.

Der Ast einer Kastanie hing über seinen Tisch. In Dunkinghöhe, schätzte er. Sandro erhob sich und sprang. Die Fingerspitzen erreichten das unterste Blatt nicht. Zwei Handbreiten fehlten noch, zwanzig Zentimeter, mehr eigentlich, als es seiner Form entsprach. Entweder hing der Ast höher als der Basketballkorb und Sandro hatte sich verschätzt. Doch wie sollte er die Höhe jemals erreichen, wenn er nicht einmal das Augenmaß dafür besaß? – Oder hatte er beim Absprung gezögert, weil in seinem Kopf der Gedanke aufblitzte die Reihenfolge könnte umgekehrt sein? Sabine war vielleicht die Voraussetzung für den dunking. Erst nach der Liebesnacht mit Sabine würde er überhaupt fähig und stark genug sein, den dunking zu schaffen.

Das Leben stellte sich Sandro als ein überaus kompliziertes Spiel mit vielen dramaturgischen Möglichkeiten dar. Bedienung, zahlen.

Die Abendluft kühlte sich ab, von den Feldern her ertönte das Zirpen der Grillen. Im rasch schwindenden Licht verdoppelte der Lindenberg Masse und Gewicht.

Sandro Wolf spürte beim Gehen die geschmeidige Muskulatur der Schenkel, die so kräftig ausgebildet war – zwischen seinen Beinen ripschte der Hosenstoff. In den Häusern brannte Licht, aus offenen Fenstern hörte er Tischgeräusche und aus den Fernsehgeräten sagte eine Stimme »Strahlentote« und »Knochenmarktransplantation«. Ein paar Halbwüchsige fuhren auf röhrenden Mopeds vorbei, aus einem Kofferradio sang Falco Jeannie. In Kellereingängen und im Halbdunkel offener Schuppen entdeckte Sandro Militär. Soldaten hatten auch im Zwielicht der Vorgärten Stellung bezogen. Die Raketenrohre der Panzerabwehr deckten ihr Schussfeld ab: die Kreuzung. Als er, auf dem Weg zum Orakel, die Straße überquerte, blickte er in die Mündungen der Waffen.

Im Orakel traf sich eine Clique junger Erwachsener; Sandro fühlte sich wohl in dieser Gesellschaft, in der er als Einziger ganz besessen war von einem zu erreichenden Ziel.

Halt, wer wird denn gleich in die Luft gehen, frotzelten seine Freunde, wenn Sandro zum Sprung nach seinem imaginären Korbrand ansetzte.

Wirf den Tisch nicht um.

Drei Meter vierzig?

So hoch ist das doch nicht.

Mit einigen der Spötter hatte er das Orakel gegründet, eine Katakombe im Keller des Pfarrhauses: Disco und Bar, ein Raum für Brett- und Computerspiele. Damals besuchten sie das Gymnasium in Wohlen, nun studierten die meisten in Zürich.

Nina Meyer saß allein an der Theke, überflutet vom Schein eines orangefarbenen Lichts, das die Bar in eine Höhle verwandelte.

Es war kühl in dem schummrigen Halbdunkel.

Nina wendete ihm den Rücken zu, doch Sandro hatte sie sofort erkannt.

Er besaß das Auge eines Jägers.

Er hatte in der Tat ein ungewöhnliches Auge und erriet nicht nur rasch das Geheimnis jeder Situation, sondern sah auch den nächsten Schritt voraus, die Entwicklung, die Lösung. Und als einer, der es gewohnt war, alles als ein Spiel zu betrachten, saß er schon auf dem Hocker neben Nina, bevor sie überhaupt merkte, dass er die Bar betreten hatte.

Guten Abend, du Schöne.

Ninas Hund freilich, der neben ihr auf dem Boden lag, hatte

Sandro längst bemerkt. Der Hund, ein zottiger Bastard von der Größe eines Kalbs, rührte sich allerdings nicht, er wusste, dass der lange Kerl für Nina keine Gefahr bedeutete.

Häufig, wenn das Orakel am Abend offen war, saß Nina Meyer an der Bar, trank Baccardi. Niemals kam sie ohne den Hund. Sandro mochte das Vieh nicht, kein Jogger liebt Hunde. Er glaubte allerdings, schnell genug zu sein, den Hund mit einem Hieb auf die Schnauze unschädlich machen zu können. Das war ein Spiel, bei dem ihm die Annahme des Siegs genügte, er war alles andere als heiß auf den Kampf.

Spiele müssen Spaß machen, erklärte Sandro, Spaß ist der einzige Grund, sie zu spielen.

Nina hatte dichtes ungebärdiges Haar, es widersetzte sich dem Kamm. Sie war etwas mollig und hatte große Brüste, die sie manchmal behinderten, unter denen sie auch litt.

Bei einer Sache allerdings nicht, dachte Sandro.

Nina trank ihren Baccardi und futterte gedankenlos Snacks aus einer Schale. Manchmal warf sie dem Hund ein Häppchen zu. Das Vieh schluckte Salzgebäck, Nüsse oder ein halbes Sandwich so gleichgültig wie ein Automat Münzen. Wiederum gab es auch Zeiten, da fraß der Hund nichts, tagelang, so schien es, kam er ohne Nahrung aus.

Im Barlicht glommen die Ziffern ihrer Uhr. Ninas Gesicht, weich gezeichnet vom orangen Schein, war im Profil sehr schön.

Seit Nina im letzten Jahr mit dem Fahrstuhl zwischen zwei Stockwerken stecken geblieben war, lebte sie in unablässiger Angst. Es war eine Qual. Ständig wähnte sie ihr Leben in Gefahr. Sie hatte die Liftpanne als Hinweis verstanden, als Scherz, mit dem etwas Böses ihr zeigte, wie leicht es ihm fiel, einen Fahrstuhl aufzuhalten. Der Schrecken war nur ein Vorspiel gewesen, lächerlich. Das Böse konnte schon morgen zuschlagen. Ganz grob. Es war imstande, einen Sattelschlepper auf Nina zu hetzen, wenn sie zur Arbeit fuhr. Das wäre kaum ein Aufwand, ein Tankzug von ESSO, der Ninas kleinen Fiat plattwalzte.

War das Unglück nicht beinah geschehen?

Als sie eben noch ausweichen und aufs Feld hinausfahren konnte?

Ihr Herz drohte vor Angst zu platzen, im Raps war der Fiat zum Stehen gekommen.

Ein Auto konnte sie auf dem Fußgängerstreifen erwischen; ein blutiger Klumpen bliebe von ihr übrig. Ohne Umschweife konnte das Böse auch einen Blitz auf Nina leiten. Oder es ließ sie an einem einfältigen Hamburger ersticken.

Das Böse besaß absolute Verfügungsgewalt über Nina.

Und dagegen soll ein Hund helfen?

Nina nickte.

Im Bannkreis des Hundes fühlte sie sich weniger schutzlos. Nina ins Rapsfeld ausscheren zu lassen war nur eine Willkür des Bösen gewesen, dem es auch Vergnügen bereitete, sie mit seinen Spielen zu demütigen?

Oder hatte es wirklich versucht, Nina zu töten?

Und der Hund hatte die Katastrophe verhindert?

Der Hund ahnte das Unheil und stupste sie mit der Schnauze an. Im Radio sang Elvis Costello, als ein Schatten auf sie zustürzte, nein

eine metallisch blitzende Front, nein

eine stählerne Masse, ja

ein blauer Tod, in dessen Fänge sie schon geraten

das Böse hatte Nina hypnotisiert

doch es rettete sie der Hund. Mit der feuchten Schnauze berührte er ihre bloße Schulter, und dann gab es nur noch Gelb um sie, das erlösende Gelb des Rapsfeldes –

und Knirschen und Angst und diese Stille, in die hinein der Hund atmete, während im Autoradio eine Werbestimme erklärte: Ihr Durchfall kann Sie wertvolle Freizeit kosten. Deshalb vorbeugen …

In der Bar herrschte nun ein ziemlicher Lärm, drückende Schwüle erschwerte das Atmen. Im Baccardi war das Eis geschmolzen, Nina saugte den Zitronenschnitz aus. Sie schlüpfte aus den Pumps und fuhr mit den Füßen ins Fell des Hundes. Er drehte den Kopf und beschnupperte ihre Waden. Sie stellte die Füße so auf seinen Körper, dass sie seine Herzschläge spürte. Das Vieh war ihr in einem Traum zugelaufen. Aus einer samtenen Schwärze hatte der Hund sich gelöst. Als ein kaum merklich hellerer Schatten war er auf sie zugetrottet. Er war so groß – sie konnte ihm die Kehle kraulen, ohne sich zu bücken. Und er blieb an ihrer Seite in diesem Traum, als Begleiter, als Schutz, bis aller Schrecken ausgestanden war.

Am Morgen lag der Hund vor ihrem Bett.

6

An einem düsteren Vorabend war vom Feld her eine Nonne in den Garten gekommen. Unter den Ahornbäumen blieb sie stehen, zögernd, sie suchte eine Zuflucht.

Sie sei eine Erscheinung aus einer anderen Welt, hatte Laura gedacht.

Es war dunkel gewesen, beinah finster, ein Gewitter kündigte sich an, und die Nonne hatte sich verirrt. Ein schwarzer Kater mit weißem Gesicht nahm sie gleichsam in Empfang, das Tier lief mit erhobenem Schwanz wie ein treuer Begleiter an ihrer Seite. Laura nahm das farbgleiche Paar mit der Polaroid-Kamera auf. Den Film legte sie auf den Tisch, ohne ihn weiter zu beachten.

Für ein paar Tage hatte sich Militär im Garten eingegraben. Soldaten richteten eine Fliegerabwehr ein und deckten die Kanonen mit Tarnnetzen zu, nur die Mündungen schauten hervor. Laura hatte für die Männer Kaffee gekocht.

Letzthin war ein nackter Mann auf die Veranda geklettert, und Bruno hätte mit dem Jagdgewehr auf ihn geschossen, wenn er nicht von Laura daran gehindert worden wäre.

Bist du wahnsinnig, Bruno, wer schafft die Leiche aus dem Rosenbeet?

Im Freiamt bedeuteten Schüsse nichts Ungewöhnliches, kein Mensch regte sich darüber auf, niemand wurde wegen Schüssen besonders aufmerksam oder schöpfte Verdacht. Irgendein Schwachkopf ballerte auf leere Flaschen, oder in der Kiesgrube kämpfte ein fanatischer Combatschütze gegen Pappkameraden. Jäger waren unterwegs, ein Junge erledigte mit dem Luftgewehr Krähen. Die fünfte Division, zu der auch das Freiämter Bataillon 46 gehörte, hatte Manöver, und in der Anlage am Waldrand übte ohnehin der Schützenverein.

Wie unterscheidet sich ein Schuss von einem Schuss?

Pistole, Revolver, Karabiner, Schrotflinte, Sturmgewehr?

Wer weiß da Bescheid?

Niemand achtete im Freiamt an einem frühlingshaften Abend auf ein paar Schüsse, auf automatische Warnschüsse, die Vögel von den Pflanzungen fernhielten, auf Schüsse, die ein Wahnsinniger im Wald auf ein junges Mädchen abfeuerte. Auf eine Schülerin, die mit dem Fahrrad zwischen Bünzen und Muri unterwegs war und in den Wald einbog, um nach Erdbeeren zu sehen.

Das jedenfalls hatte die Zeitung berichtet, die nun im Keller auf einem Stapel erledigter Nachrichten vergilbte, während die Ausgabe von heute noch auf dem Tisch lag, draußen auf der Veranda.

Laura lackierte die Nägel der Hände und Zehen. Um die Farbe trocknen zu lassen, ging sie barfuß, mit Wattebäuschen zwischen den Zehen, auf die Veranda hinaus. Sie setzte sich an den Tisch und begann die Zeitung zu lesen. Auf der ersten Seite war ein brennender Reaktor abgebildet, eine Flugaufnahme. Mit vorsichtigen Fingern, damit der Lack nicht verschmierte, blätterte Laura um. Sie las von Demonstrationen in ganz Europa und von Bauern, die in die verstrahlte Milch spuckten. Nagellack trocknen zu lassen war ein intimes, für Störungen besonders anfälliges Geschäft. Eine falsche Bewegung, und die ganze Mühe wäre umsonst gewesen.

Laura hatte vom Tod eines Jungen in Santiago de Chile vor den Schüssen auf das Mädchen erfahren, das ein paar Schritte hinter dem Tennisplatz niedergestreckt worden war. Sie hatte die Schüsse gehört und sich nichts dabei gedacht. Die Bilder von dem scheußlichen Mord in Santiago hatte das Fernsehen gezeigt und kommentiert zwischen Wetterbericht und Werbespots.

Hochwasser überschwemmt das eigene Dorf, wer abseits vom Bach wohnt, hört davon zuerst in den Nachrichten.

Im Fernsehen siehst du, sagte Laura, wie das Sofa unter deinem Hintern brennt.

Kinder verschwinden, Frauen werden vergewaltigt, Bomben zerreißen Menschen, in den Meeren sammelt sich Gift. Weil die Welt immer wieder auch unerträglich war, krochen im Garten der Wolfs nachts Liebespaare zusammen.

Laura hatte die junge Nonne auf die Veranda gebeten und ihr Tee angeboten. Die Frau war sehr scheu, aber sie setzte sich gern zu Laura. Die ersten Tropfen eines Gewitters hatten ihr Gewand nass gemacht, tiefschwarze Tupfer schimmerten auf dem schmucklosen Stoff wie ein Muster himmlischer Blumen. Laura fand, es sei nicht leicht, sich mit einer Frau zu unterhalten, die zwar dieselbe Sprache benutzte, aber aus einer anderen Sphäre stammte. Der Garten hatte sich rasch verfinstert, Blitze rissen den Himmel auf, und ein violettes Licht übergoss Landschaft und Häuser so jählings, dass man seine Wirkung als gewalttätig empfand und zugleich als schön. Der Regen prasselte in Bäume und auf Dächer, bald fetzten Hagelkörner, groß wie Taubeneier, die Blätter von den Ästen. Die kleine Nonne trank ruhig ihren Tee und schien ganz verzückt, sie war steinernen Wegkreuzen nachgegangen und hatte sie mit Feldblumen geschmückt.

Laura überlegte, wie man sich diese Unschuld, diese kindliche Zuversicht wohl bewahrte. Da sie sich vor Gewittern fürchtete, fragte sie: Haben Sie keine Angst?

Nein, sagte die Nonne, warum sollte ich mich fürchten?

Sie lächelte. Es hatte den Anschein, als könnte sie durch Gewitter und Hagel wandeln, ohne die Schläge der Körner zu spüren.

Ob die Nonne wohl auch ein kleines, ein lässliches Laster hatte, fragte sich Laura, ob sie ihre Lippen auch schon geschminkt hatte und es jetzt noch heimlich tat, um es dann als Hoffart zu beichten. Ihr Mund war weich geschwungen, sie hatte volle Lippen. Laura überlegte einen Weg, die Nonne zu verführen. Sie sollte die Haube ablegen und Laura ihr Haar sehen lassen. Das blieb ein Wunsch. Die Nonne nahm ja nicht einmal Zucker in den Tee und lehnte auch ein Stück Kuchen ab. Sie trug ein Kreuz umgehängt. Der silberne Christus war matt und sah abgegriffen aus, als würde sie ihn häufig in den Händen halten. So sahen sonst nur Kreuze aus, die fromme Frauen ein Leben lang zwischen den Brüsten abgewetzt hatten. Überall im Freiamt standen Wegkreuze, und Laura stellte sich vor, ihnen wie die Nonne nachzugehen und sie mit Blumen zu schmücken.

Die Nonne ging zu Fuß.

Laura würde den Camaro nehmen. Aus dem roten Camaro würfe sie weiße Rosen. Zöge Jesus im Freiamt ein, führe ihm Laura mit einem Camaro entgegen. Sie würde ihm nicht die Füße waschen, sondern ihm in der Villa zeigen, wo die Dusche ist.

Dann könnten sie zusammen Tennis spielen.

Beim Aufschlag nutzt Jesus seine überlegene Körperkraft nicht, weil sie eine Frau ist. Wenn es Laura gelingt, ihn auf der Rückhandseite auszuspielen, öffnet er beim folgenden Ballwechsel auch die Vorhandseite.

Dies allerdings ist weder Sport noch Zen.

Schafft Jesus ein Game, lässt er Laura das folgende gewinnen. Sorry, sagt er nach einem angeschnittenen Stopp, den zu erlaufen ihr misslingt.

Er ist kein Winnertyp.

Mein lieber Jesus, mit solchen Prinzipien lässt sich eine Ideologie niemals durchsetzen, tadelt ihn Laura.

Der ewige Gleichstand langweilt sie. Ein Spiel, das niemals beendet werden kann, das trotz der Erschöpfung beider Gegner weitergehen muss, weil nach dem einen Spieler immer der andere den nächsten Punkt macht, ist eine entsetzliche Vision der Hölle. Etwa nach hunderttausend Jahren, dachte Laura, sind die Spieler nicht mehr Gegner, sondern das Pendel der Ewigkeit. Zusammen fahren Laura und Jesus auf den Lindenberg, wo er die Freiämter Predigt zu halten gedenkt.

Zugeparkt die Hänge des Lindenbergs; auf die bunten Karosserien brennt unbarmherzig die Sonne. Fast alle Zuhörer sind mit dem Auto gekommen. Trotz der warnenden Durchsage aus dem Radio lassen sich die Gläubigen auf dem verstrahlten Gras nieder. Nach der Predigt sammeln die Ordner Jesu die Reste des Picknicks ein und füllen damit zwölf Abfallsäcke.

Das Publikum war etwas überaltert, klagt Jesus, als er wieder bei Laura in der Villa ist.

Morgen, für den Hasenberg, musst du den Gig als Open Air verkaufen, schlägt sie ihm vor, Kids lieben solche Veranstaltungen. Du hast nur eine Chance, wenn dir die Fans Teddybären zuwerfen, ereifert sie sich.

Die Nonne war länger als eine Stunde geblieben.

Sandro, der in seinem Zimmer an seiner Diplomarbeit über einen betriebstechnischen Vorgang schrieb, ein Thema, das ihn heute nicht besonders anmachte, öffnete die Fenster sperrangelweit. Im Garten spritzten die Hagelkörner vom Boden auf, und die Grasfläche sah bald aus, als hätte ein gestörter Barmixer seine ganzen Eiswürfel aus dem Fenster geschmissen. Sandro ließ Grönemeyer abfahren, was der Verstärker hergab, und der hatte eine Menge Watt. Die Nonne wiegte den Kopf, sie musste die Musik kennen, auch wenn sie das mit keiner Miene verriet. Sie hatte ein Gesicht, aus dem sich nichts ablesen ließ. Es wirkte ruhig und gesammelt, ihre Augen blickten hinter die Dinge. Ein wenig ähnelte sie dem Kater, der sie begleitet hatte. Laura dachte, sie wiege den Kopf vielleicht nach einem inneren Rhythmus; oder nach dem Takt eines Gebets, das zufällig auf die Melodie von Grönemeyer passte.

Ein Wetterleuchten durchzog das schwarze Gewölk mit feurigen Adern. Dann trat Stille ein, als würden die Elemente sich besinnen. Gar erbarmen. Die Wolken wechselten die Farbe. Sie funkelten purpurn und gleißten schwefelgelb. Sie schimmerten grasgrün. Dann waren Wiesland, Wald und Wolken gleichfarben gestriemt, schraffiert von heftigen, erneut einsetzenden Regengüssen, hinter deren Gewalt eine unversöhnliche Wut zu stecken schien.

Alles unterlag denselben Gesetzen.

Nachdem der Himmel sich ausgeschüttet hatte und der Sturm vorbei war, machte Laura der kleinen Nonne das Angebot, sie mit dem Auto ins Kloster nach Hermetschwil zurückzufahren. Der Garten troff vor Nässe, unter den Bäumen lagen zerzauste Blätter, und auf dem Kiesplatz hatten sich Pfützen gebildet, doch die kleine Nonne lehnte ab, sie wollte das nicht und verabschiedete sich, sobald das Wetter es zuließ, mit leiser Stimme. Während sie durch den Garten zum Tennisplatz ging, schürzte sie wegen der Nässe ihren Rock. Laura schaute ihr hinterher und stellte ohne überrascht zu sein fest, dass die kleine Nonne einen wunderbar biegsamen Körper besaß, eine makellos weibliche Figur. Unbemerkt machte sie eine Aufnahme und staunte dann doch. Als der Film entwickelt war, fehlte auf dem Bild die Nonne. Auch auf dem ersten Foto, das noch auf dem Tisch lag, war sie nicht zu entdecken. Da war nur der Garten zu sehen, der Garten und die Katze und sonst nichts, als sei zwischen den Bäumen nie eine Frau gegangen.

Einen Pfirsich für unterwegs hatte sie angenommen.

Der kleine schwarze Kater mit dem weißen Gesicht, der ihr wiederum ein Stück weit folgte, obwohl Katzen es hassen, durch regennasses Gras zu laufen, trug seit der Begegnung den Namen Herr Benedikt.

Laura hielt die Finger gespreizt und betrachtete den Lack. Ganz unbrauchbar sind die Hände einer Frau, solange der Nagellack nicht trocken ist. Doch nun war die Farbe getrocknet und glatt, der Glanz war so satt, dass sich darin das Licht brach. Laura zupfte die Wattebäusche zwischen den Zehen heraus und legte sie auf den Tisch. Der laute Motor eines Kompressors war zu hören, die Schläge des Presslufthammers schmerzten in den Ohren, seit Tagen wurde das Quartier von der TOP-TV verkabelt.

Aus einem Klumpen Erde soll Gott den Menschen geformt haben. Dann hauchte er ihm eine Seele ein und sagte: Geh nun – und der Mensch wagte die ersten Schritte.

Laura hatte keine Mühe, das zu verstehen.

Dass Gott aus derselben Erde auch Vögel erschaffen hatte, Geschöpfe, die fliegen können, war schon schwieriger zu begreifen. Und für die kleine Nonne hat er bestimmt ein leichteres Material verwendet, mutmaßte Laura, obwohl seit dem Besuch zwei silberne Löffelchen fehlten.

Seit der unverhofften Teestunde kam ihr die kleine Nonne häufig in den Sinn. Sie war Laura so mädchenhaft erschienen, unverletzbar, als sei sie ein Wesen anderer Art. Geschaffen aus einem besonderen Stoff. Der verweigerte sich zwar nicht dem Auge, jedoch der Fotografie.

Im Besitz der Inkas hat man ein leichtes Gold gefunden. Außerirdische sollen es ihnen geschenkt haben. Vielleicht besaß das Gold der Inka die Macht, die Schwerkraft zu vermindern. Und was war Gott – wenn nicht ein Außerirdischer?

Aus einem Stoff, der die Schwerkraft überlistete, musste er die kleine Nonne erschaffen haben.

Immerhin klaut sie Silberbesteck, spottete Sandro.

Immer am Sonntag begleitete Laura ihren Mann zur Messe in die Klosterkirche. Der Besuch entsprach weniger einem Bedürfnis denn einer gesellschaftlichen Pflicht. Und sie wurde dafür mit einem Frühstück im Adler entschädigt. Die Begegnung mit der kleinen Nonne hatte daran nichts geändert. Laura blieb ein fleischliches Wesen und der Macht der Schwerkraft unterworfen. Die Nonne blieb ihr unverständlich. Doch sie erinnerte sich gern an sie, nicht ohne Zärtlichkeit und Anteilnahme für das Geheimnis, in dem sie lebte. Die kleine Nonne hatte sie zu Gedanken angeregt. Seit ihrer Mädchenzeit hatte sich Laura nicht mehr mit Fragen nach Gott und seiner Welt beschäftigt, jetzt musste sie das tun, einen Moment lang jeden Tag nötigte sie etwas mit sanftem Zwang dazu, und weil die Erinnerung an das Lächeln der kleinen Nonne damit verbunden war, ähnelten Lauras Gedanken einem Zwiegespräch mit ihr:

Da steht ein Wegkreuz aus Granit, doppelt so groß wie ein

Mann, und ein paar Schritte daneben, bei einem Erdbeerenplatz, schießt ein Verrückter auf ein Mädchen.

Warum, wenn es ihn gibt, lässt Gott dies zu?

Freilich erwartete sie von der kleinen Nonne keine Antwort. Gott hatte die Welt vergessen. Er hatte sie erschaffen, aber das war schon lange her, ja, er hatte sich zwischenzeitlich anderen Aufgaben zugewendet und unsere Anliegen vernachlässigt. Darum lief auch alles ziemlich schief.

Um die Sache wieder ins Lot zu bringen, war Gott auf die Erde gekommen. Vor zweitausend Jahren hatte er die Menschheit durch den Opfertod seines Sohnes erlöst und sich selbst damit einen Freipass verschafft, um die Welt endlich vergessen zu dürfen, ohne falsche Gefühle der Schuld.

Oder muss man für Erlöste noch etwas tun?

Laura hatte der kleinen Nonne nach der Begegnung einen Brief geschrieben und sie eingeladen zu einem weiteren Besuch. Sie hatte nie eine Antwort bekommen.

Das Haus hielt in seinem Inneren die Stille unter Verschluss. Laura warf die Wattebäusche in den Abfall und legte die Zeitung zum Altpapier. Trostlos und leer kamen ihr die Räume vor. Das Haus nutzte seine Verlassenheit für ein heimliches Eigenleben. Laura hatte die Schuhe im Flur abgestreift, nun lagen sie in der Küche. Sie hatte Geschirr gespült, nun standen eine halbvolle Tasse und die Kanne auf dem Tisch.

Die Tür zum Keller war offen. Laura stieg die Treppe hinunter und betrat Sandros Trainingsraum. Sie setzte sich auf die Kraftmaschine und begann mit Armen und Beinen die Gewichte zu bewegen. Ein Schmerz zerrte in den Muskeln und Gelenken. Sie liebte diesen Schmerz. Er machte ihr deutlich, dass sie lebte. Leben tat immer auch weh.

7

Lass uns vergnügt sein, sagte Bruno Wolf.

Er trug einen hellblauen Anzug und zum weißen Hemd eine leuchtgrüne Krawatte, die ihm Laura geschenkt hatte.

Er war jetzt ein halbes Jahrhundert und elf Jahre alt, da zählten die Tage doppelt und mussten auch doppelt genossen sein.

Es kam vor, dass er sich in so gehobener Stimmung ans Klavier setzte und ein paar Tasten anschlug, zögernd, solange er die Melodie suchte, hartnäckig, wenn er die Töne beieinander hatte und auch anfing zu brummen und aus der verklebten Kehle heraus Laute bildete. Er liebte Evergreens aus den USA. Mit dünner Stimme fiel er in die angeschlagenen Akkorde ein, sang den Text etwas rau und nicht immer im Takt.

Dabei schien sich etwas in ihm zu öffnen.

Er lässt mich in seine Seele blicken, sagte Laura, er singt nur, wenn er ganz sicher ist, dass ich ihn liebe.

Zweifellos, als Sänger amerikanischer Oldies offenbarte Bruno Wolf seine Verwundbarkeit.

Er verbrachte seine freie Zeit am liebsten zu Hause, am allerliebsten speiste er sommers im Garten, wenn lange Tische mit weißen Tischtüchern unter den Bäumen standen und Laura Gäste eingeladen hatte. Er schätzte die Gesellschaft seiner Freunde, seiner Bekannten und Partner, er bat auch ihre Familien als Gäste, und es gefiel ihm, wenn seine Söhne ihre Frauen mitbrachten und ihre Freunde mit Frauen und Kindern. Bruno Wolf genoss den Ruf, ein großzügiger Mann zu sein, er lud gern zu einem Festmahl unter Bäumen.

Er hatte auch Feinde, das war ihm allerdings bewusst.

– Alles Berechnung.

Platten mit Geflügel und Wild ließ Laura auftragen, Mädchen brachten auf silbernen Tellern Fisch, weißgekleidete Köche hatten unter der Winterlinde ein mediterranes Buffet aufgebaut, über offenem Feuer rösteten Spanferkel und Lamm, und überall strichen Katzen umher, der Garten war voll streunender Katzen, die nach Bissen sprangen oder sich schnurrend bei den Gästen einschmeichelten und unverhohlen ihre Fressgier zeigten.

Dann folgten die Desserts, frische Erdbeeren für die Damen, Mousse für die Herren, Pudding für die Kinder –

und der schwarze Kaffee,

Cognac, Grappa, Apfelschnaps, Musik.

Essen

Trinken

Musik und Tanz

Bruno Wolfs Feste – Lauras Feste erfreuten sich im Freiamt großer Beliebtheit. Wer zu den Geladenen zählte, betrachtete es als eine Ehre.

Nach einigen Gängen, wenn die Musik erstmals aufspielte und die Gäste das Mahl unterbrachen, zog sich Bruno Wolf in sein Arbeitszimmer zurück. Vom Fenster aus überblickte er den Garten, schaute dem Treiben zu, belustigt und nachdenklich zugleich. Er hielt ein Glas Wasser in der Hand und spürte seine Festigkeit, er war ein unantastbarer Mann. Auf das, was sich im Garten ereignete, musste er keinen Einfluss nehmen, er hatte es inszeniert.

Das Fest gehorchte seinem Willen.

Bei seinen Beobachtungen vom Fenster aus durfte ihn niemand stören, doch die Erinnerungen hielten sich nicht an diese Regel, und ihre besondere Tücke verursachte ihm Unbehagen: das Flüchtige.

Die Bewegungen eines Festes – waren es nicht immer Kreise?

Sind nicht alle Bewegungen, die Menschen ausführen, Kreisfiguren um einen Punkt herum?

Jeder zieht seine Kreise.

Ein Leben lang bewegt sich der Mensch von seinem Haus weg auf sein Haus zu.

Im Kreis herum.

Bis spät in die Nacht hinein dauerten die Wolfschen Feste, und am anderen Tag klingelte dann das Telefon:

– Was ich Ihnen gestern Abend noch sagen wollte …
– Gern unterbreitet hätte …
– Vorschlagen wollte …

Nach einem Gartenfest hatte Wolf die Weinhandlung gekauft. Ein Freund gab ihm den Hinweis, der Inhaber sei gezwungen, die Firma abzustoßen.

Auf ähnliche Weise ergab sich im Nachklang der Feste manches Geschäft. Nie am selben Tag. Auf dem Fest war Bruno Wolf für alle ansprechbar und redete mit jedem. Aber nicht über Geschäfte. Über Geschäfte sprach er niemals vor mehr als einer Person, dafür war er ganz einfach zu klug.

– Wolf ist ein gerissener Hund.

Er verspürte keine Neigung, Privates auszuplaudern, er verstieg sich nie, Gelegenheiten zum Prahlen ließ er aus. Bruno Wolf war weder unbedacht noch grenzenlos eitel.

– Er hat ein Pokerface.

Die Versuchung, mit Fremden über seine Vorhaben zu sprechen, focht ihn niemals an. Mochten Dritte sich noch so schlau wähnen, er ließ sich nicht erwischen. Rat holte er freilich ein, nebenbei und unauffällig.

Bruno Wolf besaß die unschätzbare Gabe der Maske.

– Er seift die Leute ein.

Bruno Wolf entwickelte seine Einfälle zu handfesten Plänen, die er dann mit Philip besprach. Die Entscheidung traf er jedoch meistens allein.

Das ist sein Charakter, sagte Philip.

Er ist ein Dickschädel, erklärte Laura.

Mit neuen und auch mit vertrauten Partnern redete Bruno Wolf ausschließlich allein. Unter vier Augen. Und Philips Augen zählte er als eigene. Wolf versicherte die Partner seiner Freundschaft und schlug ihnen Geschäfte unter Freunden vor. Eine andere Form zog er gar nicht in Betracht. Kam es zu einem Abschluss, so war das Vereinbarte selbstredend ein unter Freunden getätigtes Geschäft.

Auf den Wolfschen Gartenfesten kam es mitunter vor, dass zwei Männer am selben Tisch saßen, die sich auf der Straße nicht einmal mehr grüßten. Doch wer verweigert seinem Tischnachbarn ein »Zum Wohl«, wer schweigt eine Mahlzeit lang, wenn die Speisen so vorzüglich sind und der Wein erlesen köstlich? Das verriete nur Sturheit und wäre als Zeichen von Dummheit zu deuten … Der Gemeindepräsident von Muri, ein Glas Brunello di Montalcino in der Hand, eine schnurrende Katze auf den Knien, unterhielt sich mit dem Bauunternehmer, der wütend war, dass er den Auftrag für das neue Schwimmbad nicht erhalten hatte und nun auch Wolfs Brunello trank, auf dessen Knien auch eine Kätzin saß, die ihren Kopf im Spiel unter seine Krawatte steckte. Zwei Zerstrittene, deren Augen bereits glänzten, lächelten einander zu. Zungenlösende und versöhnliche Feste gaben die Wolfs. Heiter gingen die Gäste jeweils nach Hause, mancher zwar schwankend, doch keiner angriffslustig oder aufgebracht, während die Katzen sich um die Reste balgten, Herr Benedikt sogar Kuchen fraß und Krähen es wagten, sich abgenagte Knochen zu erobern.

Auf dem Heimweg äußerten sich alle lobend. Glücklich über die Tatsache, nicht nur gute, sondern bevorzugte Freunde Bruno Wolfs zu sein, setzten sie alles daran, sich sein Wohlwollen zu erhalten.

Bruno Wolf hatte das Gedächtnis eines Elefanten. Nichts entging ihm, er konnte nachtragend sein. Er war ein Mann, der nicht verzieh. Seine Freunde durften stets mit seiner Loyalität rechnen. Er behandelte sie gut und zeigte sich hilfsbereit. Seine Gegner aber hatten nichts zu lachen. Es verletzte Wolfs Eitelkeit, überhaupt Gegner zu haben. Es ritzt die zarte Haut seiner Seele, erlaubte sich Laura zu sagen.

Da Wolf sich wenig mit sich selbst beschäftigte, blieb ihm manchmal Zeit übrig für eine Boshaftigkeit.

– Wolf lässt nichts auf sich sitzen.
– Wolf zahlt es jedem heim.

Falls sich ein Gegner ungebeten an einen der festlichen Tische setzte, übernahm Sandro die Aufgabe, ihn wegzuweisen. Sandro erledigte das diskret, er blieb so ausgesucht höflich wie einer, der es gewohnt war, der Stärkere zu sein. Noch nie war es dabei zu Handgreiflichkeiten gekommen. Eine Schlägerei in Wolfs Garten, umgestürzte Tische, Blut auf Kuchen. Es gab genügend Leute, die sich darüber gefreut hätten.

Ich bin Geschäftsmann, erklärte Bruno Wolf, von Politik verstehe ich nichts. Würde ich etwas davon verstehen, wäre ich längst Nationalrat geworden.

Wolf unterstützte die schwarze Partei. Und er war Ehrenmitglied da und dort. Gab es einen Vereinsanlass zur Aufstockung der Kasse oder für einen caritativen Zweck, fehlte sein Name nicht auf der Liste der Gönner.

Bruno Wolf war ein Geschäftsmann, aber er handelte nie gegen sein Gefühl. Er verstand es, abzuwägen und zu unterscheiden. Es lag ihm nichts daran, jemanden zu vernichten. Als Patriarch ließ er nichts auf seine Familie kommen, doch es freute ihn, wenn auch seine Freunde gut lebten. Wenn er behauptete, ihre Geschäfte seien ebenso seine Sorge, log er nicht.

Der Treue ist im Vorteil, sagte er manchmal.

Verhielt sich einer seiner Freunde illoyal, bekam er zu spüren, dass Wolf vom Bibelwort, dass man seine Feinde lieben soll, überhaupt nichts hielt.

Er konnte ohne Mitleid und rücksichtslos sein.

Bruno Wolf zog den Sommer den anderen Jahreszeiten vor. Im Sommer entwickelte er neue Projekte, war er ansprechbar und, obwohl er eine freundliche Distanz nie aufgab, auch gern unter Leuten. Er vermied den Ruf, ein Mann ohne Zeit zu sein, und hatte Zeit, er nahm sich Zeit.

Wolf stand jeden Tag um sechs Uhr auf.

Ein alter Mann benötigt nur mehr wenig Schlaf, sagte er.

Seine Geschäfte behielt er immer im Auge. Arbeit bedeutete ihm nicht bloß eine zu erfüllende Pflicht, die Arbeit war sein Leben.

In der Sommerhitze schlief das Land. Ein Knistern in Blättern und Gräsern, das Pochen in den Stämmen der Bäume, die Spannung im Kern der Steine, das leise Beben der Erde waren ihm Beweis dafür: eine belebte Welt wird es immer geben.

Die meisten Prozesse verliefen langsam, die Trägheit war die große einschläfernde Kraft.

Wolf aber blieb aufmerksam.

Wenn sich eine Sache kompliziert darstellt, heißt das nicht, dass sie auch kompliziert ist, sagte er.

Und umgekehrt.

Den Grad der Kompliziertheit richtig einzustufen, hielt er für das Schwierigste überhaupt.

In diesen Tagen dachte er beim Lesen der Zeitung: die Leute sind hysterisch geworden.

Sie schienen Orientierung und Maß verloren zu haben.

Natur und Geschäft unterlagen einem Rhythmus, gehorchten einer inneren Uhr. Die Börse bestimmte den Kurs der Aktien. Die Natur unterwarf sich den Jahreszeiten. Alles war einem Gesetz unterstellt, einer Dynamik, die berücksichtigt werden musste, ob einer nun Rosen züchtete, der Entenjagd frönte oder auf Liebespfaden wandelte. Beim Erwerb einer Liegenschaft war es so und im Weinhandel, und ein Mann, der Restaurants zu eröffnen gedachte, war gut beraten, sich immer darauf zu besinnen.

Es war nicht Geld, was ihn lockte. Geld war allerdings wichtig. Er benutzte es wie ein Maler Farbe. Geld bildete den gemeinsamen Nenner seiner Arbeit.

Eigentlich gibt es nichts, was man am Ende für Geld nicht bekommt, behauptete Wolf.

Für andere Leute mochte diese Erkenntnis unannehmbar sein. Er sah darin nichts Schändliches, sondern das Fundament, auf dem diese Welt errichtet worden war.

Ihr Wertgefüge.

Erstens, sagte Wolf: Alles ist käuflich.

Zweitens: Nichts hat einen beständigen oder festen Preis.

Laura protestierte dagegen.

Es gibt Dinge, darauf beharrte sie, es gibt vor allem Menschen, die sich nicht kaufen lassen.

Gesetzt den Fall, du hast recht, antwortete Wolf nicht ohne Arglist, behaupte ich, drittens: Nichts von dem, was man deiner Meinung nach nicht kaufen kann, ist einmalig oder unersetzlich.

Das war genau der Punkt, an dem Laura am liebsten einen Schuh ausgezogen hätte, um ihn nach ihm zu werfen. Diese These bildete das Sprunggelenk seiner Philosophie vom Geld. Mit solchen Sätzen, besonders wenn er sie im Ton des Spötters vortrug, machte er Laura wütend.

In gewissen Situationen will man zwar etwas besitzen, aber der Preis dafür scheint einem zu hoch, obwohl man über die Mittel verfügt und ihn bezahlen könnte, sagte Wolf.

Zum Beispiel für eine Frau, antwortete Laura.

Sie war jetzt streitlustig.

Ich habe noch nie eine Frau kaufen wollen, entgegnete er.

Aber du hast schon für eine Frau bezahlt, fragte sie und wollte ihn kränken.

Ja, sagte Bruno Wolf, auch schon zu viel.

Für mich, schrie sie ihn an.

Nein, sagte er, du bist eine wundervolle Frau, es ist ein Glück für mich, mit dir leben zu dürfen.

Doch falls deine Theorie stimmt, könnte ein anderer kommen und mich erwerben?

Ja.

Zyniker.

Er redete als alter hinterhältiger Mann, das war ihm klar. Ein anderer kann dich begehren und, wenn es ihm lohnenswert scheint, auch Geld einsetzen, um sein Ziel zu erreichen. Geld schließt Liebenswürdigkeit ja nicht aus. Den letzten Teil des Satzes hatte Wolf lächelnd gesagt, nicht ohne Charme, und er wusste auch dies.

Und ich bin ersetzbar, falls dem Freier der Preis zu hoch erscheint, sprach Laura feierlich. Sie lachte laut heraus. Es war komisch, sich für einmalig und unersetzlich zu halten und deswegen mit einem Mann zu streiten, der in seiner dritten Ehe lebte.

Letztens, sagte Wolf: Nichts ist wiederholbar.

Laura spürte, er dachte an seine früheren Frauen, und obwohl sie wusste, dass er sie nie mit ihnen verglich, taten ihr die Worte weh, sie trafen den innersten Schmerzpunkt, den man besser unberührt lässt.

Gewiss – nichts ist wiederholbar.

Und manchmal wird man sogar gekauft oder verkauft, ohne es zu merken, ohne jede Chance, es in Erfahrung zu bringen. Judas hat seinen Herrn für dreißig Silberlinge verraten. Dreißig Silberlinge waren der Preis für die Erlösung der Menschheit.

Zumindest die Anzahlung.

Für die Gartenfeste, die Laura gern vorbereitete und auf denen sie sich auch amüsierte, arbeitete sie mit einem Mann aus dem Dorf zusammen, einem Italiener der zweiten Generation. Er besorgte den Einkauf, brachte das Personal mit und kochte. Der Italiener besaß die Gabe, mit seinen Schöpfungen die Gäste in einen seligen Zustand zu versetzen. Laura musste ihm bei der Auswahl und Folge der Speisen nur freie Hand gewähren.

Zur Feststimmung trugen auch die Wolfschen Katzen bei. Ihr Schnurren begleitete die Mahlzeiten mit einem psychedelischen Sound, der, auch wenn man ihn überhörte, die Herzen der Gäste, falls sie ein Herz besaßen, in einen Schwebezustand versetzte. Männer, Frauen und Kinder schienen für ein paar Stunden befähigt zu sein, Unbill und Feindschaft zu vergessen und die Welt, die sich ihnen in essbarer Form offenbarte, heftig zu lieben.

8

Morgennebel verhüllte den Garten.

Zwischen den Bäumen schwebten Schleier; sie wollten zu keiner festen Form finden, verwoben sich mit den Zweigen oder sanken lautlos zu Boden, um in der wallenden grauen Decke, aus der sie aufgestiegen waren, wieder unterzugehen. An solchen Tagen hockten die Katzen wie kleine steinerne Skulpturen im Garten, oder sie liefen, ganz gegen ihre Gewohnheit, eine hinter der anderen her zur mächtigen Winterlinde, ein seltsamer Zug der Katzen, als sei etwas nicht in Ordnung. Man bemerkte die Tiere nur, wenn der Nebel sich lichtete. Und kein Laut. Und keine Katze erlag dem Trieb, sich mit einer anderen zu paaren.

Bruno Wolf stand auf, leise, um Laura nicht zu wecken. Er zog den Morgenmantel an und trat trotz des Nebels barfuß in den Garten hinaus. So begann er seit einigen Jahren den Tag. Er stand im nassen Gras, in dichtem Nebel, führte langsam und konzentriert seine Turnübungen aus.

Die Katzen schenkten ihm keine Beachtung.

Sandro hatte die Nacht gar nicht zu Hause verbracht. Als er mit seinem gelben Jaguar über den Kies fuhr, saß sein Vater bereits länger als eine Stunde im Arbeitszimmer. Philip stand um sieben Uhr auf. Er hatte sich dies zur Gewohnheit gemacht. Fünf Stunden Schlaf genügten ihm. Er hegte eine Abneigung gegen den Schlaf und nannte ihn Vorstufe des Todes. Die letzte und die erste Stunde des Tages verbrachte er lesend in seiner Bibliothek, und er unterbrach diese Regel nur, wenn er am Abend Southern-Comfort-Schach gespielt hatte, das schlimmste Ritual, das er sich gelegentlich zumutete. Philip hatte sich einen Espresso zubereitet und die Tasse auf den Tisch neben seinem Lesestuhl gestellt. Der Geruch von Kaffee und der Blick auf den im Garten lautlos schwebenden Nebel steigerten die Kostbarkeit seiner Lesestunde. Bruno Wolf holte jetzt, wie jeden Morgen, mit einer kristallenen Karaffe seinen Tagesbedarf Wasser vom Brunnen. Er trug wegen der Nässe Stiefel, dieselben, die er früher zur Entenjagd angezogen hatte. Philip sah die leicht gebeugte Gestalt seines Vaters, dessen Körperkraft er allerdings nicht unterschätzte, zwischen den Bäumen im Nebel verschwinden und wieder auftauchen. Etwas ramponiert wirkte Bruno Wolf schon, das rechte Bein schleifte er heute nach. Es war ein lästiges Hinken, das als Spätfolge eines Jagdunfalls gelegentlich auftrat. Sein Gesicht sah im diffusen Licht aus, als sei es von einem zweitklassigen Holzschnitzer aus einem Tannenscheit gehauen worden.

Philip trank den Kaffee mit Zucker und Sahne. Das schonte den Magen, der gern übersäuerte, wenn ihm zu viel zugemutet wurde. Alter Burgunder, Zigaretten und Kaffee, auch Bücher und Schach waren, abgesehen von den teuren Dingen, die er sich gönnte, seine alltäglichen Laster.

Und auch Frauen, dachte er.

Genau besehen dachte er dies etwas abschätzig, ohne präzise zu unterscheiden, wem die Spur Verachtung galt: den Frauen oder ihm selbst. Philip schlug einen Gedichtband von William Carlos Williams auf, es war eines seiner Lieblingsbücher:

Ich habe die Pflaumen
gegessen
die im Eisschrank
waren
du wolltest
sie sicher
fürs Frühstück
aufheben
Verzeih mir

sie waren herrlich
so süß
und so kalt

Sandro hatte sich aufs Bett gelegt, ohne die Kleider auszuziehen, und eine halbe Stunde geschlafen. Um auch nur einigermaßen erfolgreich starten zu können, musste er beim Aufwachen genau den richtigen Punkt erwischen. Dieser Punkt lag zwischen fünf und neun Uhr. Doch wenn er um fünf Uhr mit einem Schlag auftauchte aus einem traumlosen Schlaf, schien es ihm sinnlos zu sein, einfach aufzustehen.

Solange noch die Dunkelheit herrschte.

Ich spüre ihn, sagte er, den genauen Punkt: jetzt.

Und dann wälzte er sich aus dem Bett.

Schlief er zu lange, fühlte er sich wie ein Mann aus Blei und unfähig, auch nur die Zehen zu bewegen.

Ich habe den Absprung verpasst, erklärte er feierlich.

Und er bekam jeden Tag nur eine Chance.

Heute war Sandro zu früh aufgestanden. Er hatte aus der fremden Wohnung wegkommen wollen, vor einem peinlichen Frühstück. Er war erwacht, hatte auf dem Boden herumliegende Platten gesehen und zahllose Tücher. Die Frau schien sich vor allem mit bunten Tüchern zu kleiden. Und an der Wand hing ein Poster von Bogart neben einem Foto von Baghwan. Da hatte er sich weggeschlichen.

Jetzt erwachte er zum zweiten Mal mit einem Ruck, und es war einigermaßen der Punkt, der unter diesen Umständen beste Kick in den Tag. Sandro stellte sich den Schlaf als Floß auf einem Strom vor. Das Floß trieb auf einen Wasserfall zu, jeden Morgen musste er abspringen, um sich zu retten.

Sandro fuhr sich mit der Hand ums stoppelige Kinn, er fühlte mit den Fingern nach der Unruhe und zählte in der Herzgrube den Puls.

Vierundvierzig Schläge.

Okay, Sandro, du bist in Form.

Er hatte neben seinem Bett ein Paar Hanteln stehen. Mit denen arbeitete er fünf Minuten, es war fast Spielerei. Dann ging er sich rasieren.

Laura schlief am längsten.

Jede Zeit schien ihr zu früh zum Aufstehen zu sein. Sie hing ihren Träumen nach, ein Kind, das traurig war, weil es ein Spiel hatte abbrechen müssen. Sie liebte den morgendlichen Nebel, die Katzen waren auch durch ihre Träume gelaufen. Sie mochte Schemen, Konturen, aufscheinende Farbflecke. Am liebsten blieb sie im Bett, bis die Sonne den Nebel verdampfte, in den Garten drängte und den Boden aufheizte.

Der Schlaf hatte sich aufgelöst wie Zucker im Wasser.

Laura lag wach.

Alle Dinge befanden sich an ihrem Ort. Laura ahnte, dass sie sich während der Nacht entfernt hatten. Manchmal, wenn sie erwachte, tappte sie ins Chaos. Die Dinge flüchteten auf ihre Plätze zurück wie Schüler, wenn der Lehrer die Klasse betrat. Freiheit der Nacht, Stunde der Verwandlung.

Das fand ein Ende. Der Morgen setzte alles daran, Ordnung in die Hinterlassenschaft zu bringen. Die Nacht trug die Tarnkappe, der Tag streifte sich eine Tagesmaske über. Darum war es entsetzlich, überhaupt aufstehen zu müssen.

Aufstehen hieß, sich den Spielregeln des Tags unterzuordnen. Für Laura bedeutete der Morgen, über die Lage nicht im Bild zu sein.

Jeden Morgen um neun Uhr gab es bei Wolfs Kaffee.

Für dieses Ritual fühlte sich Laura verantwortlich, immer schon waren die Frauen in diesem Haushalt für den Kaffee zuständig gewesen.

Vom Bett aus rief sie die Taxi-Zentrale an und ließ einen Fahrer in die Bäckerei schicken.

Er soll Croissants bringen, sagte Laura und blickte in den Nebelmorgen hinaus.

Und Mandelhörnchen für Sandro. Aber die Frau in der Zentrale hatte bereits aufgelegt.

Nach der Bestellung legte Laura sich auf den Rücken, schloss die Augen, entspannte die Muskeln und konzentrierte sich so lange, bis die Meridiane ihres Körpers als Ströme vom Scheitel bis zu den Sohlen flossen.

Bruno Wolf mied den Blick in den Spiegel nach Möglichkeit. Die Spuren des Alters in seinem Gesicht, die schlaffen Wangen, Tränensäcke, auch war die Nase einmal gebrochen gewesen, und der kurze dicke Hals boten nicht gerade einen erbaulichen Anblick. Er wusste das. Um nicht schon am frühen Morgen in den Spiegel schauen zu müssen, hatte er gelernt, sich blind zu rasieren.

Laura war aufgestanden.

Wenn Bruno Wolf am Morgen die Geräusche aus dem Bad seiner Frau hörte, konnte er der Versuchung, es zu betreten, oft nicht widerstehen.

Laura stand vor dem Spiegel und legte das Make-up auf. Bruno Wolf stellte sich hinter sie. Sein Gesicht bildete einen scharfen Kontrast zu ihrem, das er liebte und schön fand. Seine Visage erinnerte ihn an eine Hunderasse, auch Haupthaar hätte daran nicht viel verändert. Dabei verabscheute er Hunde, sie waren ihm zu ergeben, zu dumm, zu domestiziert. Man warf einen Stein nach ihnen oder vertrieb sie mit dem Stock. Ausnahmen bildeten für ihn nur Jagdhunde, nützliche Stöberer und Apportierer. Wenn das Leben eine Schlacht ist, war eine seiner Redensarten, ist das Gesicht das Feld, auf dem sie ausgetragen wird. Er senkte den Blick und betrachtete Lauras Nacken. Vor der Masse seines Oberkörpers erschienen ihm ihre Schultern fraulich zart modelliert. Er berührte ihre Arme. Als er sie anfasste, lehnte sie sich gegen ihn und drehte den Kopf. Bruno Wolf küsste seine Frau so heftig – sie musste den Mund neu malen.

Falls ihn nicht Schmerzen im Bein plagten, was an feuchten Tagen allerdings die Ausnahme war, hatte sein Gang Ähnlichkeit mit dem einer Katze, während doch Hunde, zu deren Art er sich seines Gesichts wegen zählte, tölpelhafte Traber waren.

Du bist nicht hässlich, Bruno.

Doch, antwortete er, aber es stört mich nicht.

Er war mit seinem Aussehen ganz zufrieden und hatte für Schmeichelei nichts übrig. Ein Mann braucht nicht unbedingt schön zu sein, sagte er leichthin.

Du kokettierst damit, Bruno, meinte Laura.

Sie bürstete ihr Haar aus, es knisterte.

Nummer eins in deinem Gesicht ist das Lächeln, sagte sie.

Oder gebührte der erste Rang den Augen?

Besonders apart finde ich die gebrochene Nase, witzelte sie und schnippte mit dem Zeigefinger dagegen. Er spürte einen angenehmen Schmerz.

Der alte Mann und das Mädchen, scherzte er.

Ich bin kein Mädchen mehr, sagte sie, schau nur, die vielen grauen Haare.

Sie fächerte das Haar auseinander und hob es an, damit er die grauen Strähnen betrachten konnte.

Dreh den Kopf, sagte er, bitte, lass mich dein Profil sehen. Sie streckte ihm die Zunge heraus, und dann drehte sie den Kopf, damit er ihr Profil bewundern konnte.

Denn sie genoss das sehr.

Bruno Wolf wollte mit seiner Frau schlafen. Er sagte es ihr und schlang seine Arme um ihre Taille.

Liebe oder Kaffee, lachte sie.

Liebe, knurrte Wolf.

Da klingelte der Taxifahrer mit den Croissants, und Laura war schon aus der Tür.

Bruno Wolf stand allein vor dem Spiegel und dachte, nun sei ein unausweichlicher Augenblick.

9

Die drei Blöcke standen in einer Reihe am Bahndamm, im letzten wohnte Sabine mit dem Jungen. Das Haus hatte die Grundform eines L und war drei Stockwerke hoch. Über einen Balkon, der so lang war wie die Hausfront, gelangte man zu den einzelnen Wohnungstüren.

Auf dem Rasen spielten Kinder Ball, auch trocknete Wäsche im Freien. Eine Zufahrt trennte die Liegenschaft vom Bahngeleise, eine kleine Straße, die nur bis zum Parkplatz asphaltiert war und sich dann zu einem Pfad verengte, der aufs freie Feld, in die Ebene der Bünz hinausführte.

Bruno Wolf hatte die Blöcke vor mehr als zehn Jahren gekauft.

Der Landschaftsausschnitt, den Sabine vom Fenster ihrer Küche aus erblickte, wurde regelmäßig von vorbeirollenden Zügen belebt. Sie fuhren auch die ganze Nacht, lange Güterzüge, mehr als einhundert Waggons hatte Andreas gezählt, die einem Auftrag gehorchten, so drückte Sabine es aus, wie einem Los. Die Züge verkehren zwischen A, B und C, sagte sie, aber niemand weiß, wo die betreffenden Orte liegen. Güter wurden eingeladen und gelöscht, und wenn sie das Problem der Verteilung als rein mathematische Aufgabe betrachtete, war es egal, welche Fracht wohin gelangte. Geisterzüge fuhren durch das Freiamt. Der Fahrplan diente der Tarnung. Langholz wurde hin und her geschoben, seit Jahren dieselben Stämme, nur damit man glauben sollte, in A, B oder C würden sie zum Brückenbau benötigt.

Sabine beschäftigte sich häufig mit den Zügen; sie waren Teil der Bewegungen in Zeit und Raum und beförderten das Rätsel vom ewigen Lauf der Welt. Und plötzlich musste sie auch an Andreas denken, an seine letzthin gestellte Frage:

Warum dreht sich die Erde?

– Damit sie nicht vom Himmel fällt.

Sie funktioniert also wie ein Hubschrauber?

– Im Prinzip, ja.

Der kleine Junge hatte immer eine Menge Fragen auf Lager.

Vielleicht einhundertzwanzig Züge benutzten jeden Tag diese Strecke: Dottikon – Dintikon – Hendschikon – Mailand, und sie störten Sabine nie.

Manchmal wachte sie mitten in der Nacht auf und hörte durchs offene Fenster ihren Lärm. Sie zog den Morgenrock an, öffnete die Wohnungstür zum Balkon, trat hinaus ins Freie und rauchte eine Zigarette.

Und immer noch glitt der Zug schattenhaft durch die vom Mondlicht bestrichene Landschaft Richtung Süden, als würde im Geheimen etwas verschoben.

Den Verdacht einer Verschwörung weckten die Züge, wenn das rote Schlusslicht in der Ferne, im heimtückischen Dunst der Felder verschwand. Sabine hörte aus dem Geräusch etwas Beruhigendes heraus; so, als sei Verlass auf Erfahrung. Stahl lief auf Stahl, wummernd im von den Schienen vorgegebenen Takt. Manchmal stellte sie sich vor, mit dem Jungen in einen der Geisterzüge einzusteigen.

Sabine rauchte.

Wirklich mit dem Jungen?

Du darfst mich nie nie verlassen, hörte sie den Jungen bitten.

Ich verlasse dich nicht, Andreas, sagte sie.

Geisterzüge halten ohnehin nicht an, antwortete er, wir können gar nicht mitreisen.

Der Junge war der Mittelpunkt ihres Lebens, manchmal hockte

er wie eine Kröte in seinem Zentrum und überwachte jeden ihrer Schritte.

Der Junge kam nach Hause und erzählte einen Witz von einem Breitmaulfrosch.

Das Tier sollte »Konfitüre« sagen. Verstehst du: mit spitzem Mund. Kon-fi-tü-re. Und weißt du, was der Breitmaulfrosch nur immer herausgequetscht hat?

Sabine verneinte.

Mammelade, quak, Mammelade, Mammelade, quak.

Sabine war keine Träumerin, keine versonnene Fantastin. Sie erlag nur gelegentlich einem Anfall von Wehmut. Und sie gab ihre Wünsche nicht preis. Sie erhielt sich ihren Trotz. Ein Mehr, das sie vom Leben erwartete. Ihr Begehren reichte immer über das hinaus, mit dem es befriedigt werden wollte; der dunkle Rest hielt die Sehnsucht am Leben. Schon beim Aufstehen spürte sie manchmal: der Tag wird ein einziger Unfall. Dann begann sie zu zählen wie der Ringrichter bei einem Boxkampf; in zehn Sekunden musste sie auf den Beinen sein und verteidigungsfähig. Die Verheißungen des Sternenhimmels stimmten sie heiter. Angesichts der schwarzen Güterzüge, die nach Süden fuhren, dem Gotthard entgegen, in den Berg hinein, wurde sie ganz fiebrig. Das stärkste Gefühl löste allerdings Musik bei ihr aus, Musik, die sie auf dem Synthesizer spielte. Sabine hatte die Zeit ihrer Ehe mit Philip in diesem Block verbracht. In einem Einfamilienhaus hatte sie nicht leben wollen, und schon gar nicht in der Villa. Sie bewohnte mit dem Jungen vier geräumige Zimmer, allein, seit Philip wieder in den Katzenpalast der Wolfs zurückgekehrt war. Sie lebte gern in dem L-förmigen Haus. Sie liebte die Ebene der Bünz, an deren Rand der Block stand, ganz in der Nähe eines Bauernhofs. Die Umgebung eignete sich für Spaziergänge und auch als Auslauf für den Jungen. Dennoch blieb sie nicht ganz freiwillig hier; es war ihr bei der Scheidung zur Auflage gemacht worden. Philip wünschte den Jungen in seiner Nähe zu haben; am liebsten hätte er ihn zu sich genommen. Die Wolfs wären unverschämt genug, ihr das Kind abzukaufen; aber sie hatte sich dagegen gesträubt.

Andreas ist auch mein Sohn, Philip.

Seit der Scheidung war sie für Philip und Bruno Wolf eine Unperson. Sie beschäftigten sich nur mit Sabine, weil es unumgänglich war: der Junge wohnte bei ihr, das Sorgerecht war ihr zugesprochen worden, und an dem Umstand führte kein Weg vorbei. Sabine behielt für die Wolfs einen Mutterwert, das war schon alles. Die Wolfs stellten sich gut mit ihr, förmlich zwar und aus Distanz. Sie halten sich die Mutter warm, erklärte Sabine, damit sie den Jungen nicht verlieren.

Sie bekam von Philip reichlich Alimente und musste dem alten Wolf keine Miete bezahlen. Doch sie war an die Kampfstätte ihrer Ehe gebunden. Hin und wieder empfand sie das als Zwang. In diesem Haus war sie zwar auch glücklich gewesen, aber unglücklich die längere Zeit.

Zwei Tage in der Woche unterrichtete Sabine Mathematik und Musik. Zumindest wegen der Schulstunden, und auch, weil sie einmal jede Woche am Abend zum Volleyball ging, war es bequem, dass Andreas' Vater so nah wohnte und der Junge die freie Zeit bei ihm verbringen durfte.

Sabine wusste ihre Ungebundenheit auch zu schätzen und führte nicht das Leben einer einsamen Geschiedenen, sie verstand es, die Tage zu genießen. Häufig hörte sie Musik, saß bis nach Mitternacht mit untergeschlagenen Beinen auf dem Sofa.

Äußerlich reglos, war sie innen Feuer und Eis.

Oder sie setzte den Kopfhörer auf und spielte mit Leidenschaft auf dem Synthesizer. Rhythmisches Patchwork, wie sie sagte. Sie hatte die Augen geschlossen, formte komplizierte Muster: die Klangbilder der Algebra, die Töne der Planeten, eine Musik der Sternzeichen. Tongewebe schuf sie, die für sie allein ertönten.

Ich bin am Synthesizer angeschlossen, sagte sie.

Ich bin ein Klangkörper.

Die eigene Musik war ihr auch während der Ehe sehr wichtig gewesen. Immer wieder fielen ihr Szenen und Ereignisse aus jenen fernen Tagen ein. Philip hatte die Zeit, während der sie spielte, meistens mit seinen Büchern oder dem Schachcomputer verbracht. Im

Wohnzimmer hatte sie Platten gehört oder Töne gespielt, von denen er so wenig mitbekam wie sie von den Sätzen, die er las und memorierte. Dein Input ist das Wort, hatte sie einmal im Scherz gesagt. Sie hatten sich für ein Gespräch ins Wohnzimmer gesetzt. Unter der Zimmerdecke vereinigten sich die Rauchfahnen ihrer Zigaretten.

Ihre Ehe wurde zum Prozess fortschreitender Vernachlässigung; am Ende eine Liebesvermeidung.

Am Anfang hatte Philip es geliebt, wenn sie nach dem Training noch erhitzt nach Hause gekommen war, mit einer nach Schweiß duftenden Haut; er wollte dann mit ihr schlafen. Sie schliefen im ersten Jahr täglich miteinander. Später störte es ihn, dass sie wegen des Volleyballs meist irgendeinen Verband um Knie oder Fuß trug.

Wenn Sabine nachts auf dem Balkon stand und das Geräusch der Züge aus dem Dunkel heraushörte, lange bevor sie die Scheinwerfer der Lokomotive sah, erinnerte sie sich an die Stationen ihrer Ehe wie an einen Kreuzweg.

Sie hatte auf dem Synthesizer eine Folge von Halbtönen gespielt, eine Tonleiter ohne Anfang und Ende.

Dimensionen sind Freiheitsgrade, erklärte sie, ein Punkt kann sich auf einer Geraden nur hin und her bewegen, er besitzt einen geringen Freiheitsgrad.

Wie ein kopulierendes Paar, verglich Philip, das ist die erste Dimension.

Sie ließ seine Hand auf ihrer Brust ruhen, er schob einen Finger in die Lücke zwischen zwei Knopflöchern der Bluse. Bei der Berührung spürte sie, dass seine Hand wärmer als ihre Brust war.

Der Freiheitsgrad des Punktes, der sich auf einer Fläche bewegt, ist viel größer, er verkörpert die zweite Dimension, sagte sie und entzog sich ihm, um ein paar beliebige Töne wie Glasmurmeln auf einem Glastisch aufspringen zu lassen. Aber auch kleiner, redete sie fort, als derjenige eines Körpers im Raum. Sie griff Akkorde und ließ sie wie Luftballons davonschweben in die dritte Dimension.

Sie wollte ihm etwas erklären. Er reagierte nur auf ihre Haut, ihren Duft, ihren Körper, und was sie sagte, interessierte ihn nicht im Geringsten.

Sabine schaltete den Synthesizer aus.

Philip fuhr mit dem Zeigefinger über ihre Nackenlinie; dabei lud sich sein Körper elektrisch auf.

Drei Dimensionen kann der Mensch sich vorstellen, jede weitere beruht auf Annahmen. In ihrer Ehe hatten sich Sabine und Philip, was die Definition der vierten Dimension betrifft, noch knapp einigen können. Bereits die fünfte wurde ihr ewiger Streitpunkt.

– Die Liebe. Da klappte noch alles vorzüglich.
– Das Geld. Da machten sie einander schon Vorhaltungen.
– Der Synthesizer. Da warf sie den Aschenbecher.
– Dein Vater. Da verließ er das Haus, blieb über Nacht weg.

Die fünfte Dimension, behauptete Sabine, symbolisiert den Mangel an Vorstellungskraft. Das Weltall ist unendlich – aber begrenzt. Wer sich das vorstellen kann, Philip, hat die fünfte Dimension begriffen.

Die fünfte Dimension, sagte er, ist eine Bar in Zürich, hast du Lust noch hinzufahren.

Nein.

Sabine war eine einzige Abwehrgeste gewesen.

Dann fahr ich halt alleine.

Als der Junge die ersten Schritte probte, begann die bittere Zeit. Mitten im Zimmer stand Andreas und kämpfte um sein Gleichgewicht, Sabine und Philip stritten. Wütend ließ sich das Kind auf den Hintern plumpsen und hockte auf seinem Windelpack, während sie einander Vorwürfe machten. Philip war ständig gereizt, Sabine voller Abscheu.

Bei der Scheidung konnten sie sich bei allem Streit auf eine Spielregel einigen: sie wollten ihr Kind nicht gegeneinander aufhetzen.

Sabine rauchte unter der offenen Tür und wartete auf den nächsten Güterzug. In ihren Träumen brachen die Züge manchmal aus; sie erhoben sich von den Schienen und donnerten über das Haus hinweg. Davon war sie auch in dieser Nacht aufgewacht. In einem anderen Traum rasten zwei Züge aufeinander zu, und sie schreckte hoch vor dem Zusammenprall. Dann konnte sie nicht mehr einschlafen. War sie einem drohenden Unheil entgangen – oder hatte ihr Aufwachen es nur verschoben? Die Angst, einmal den richtigen Zeitpunkt für das Erwachen zu verpassen und die Züge zusammenprallen zu sehen, hielt sie hellwach. Sie ging ein paar Schritte auf dem langen Balkon hin und her. Hinter allen Wohnungstüren herrschte Stille, weder Liebesgestöhn noch Schmerzenslaute waren zu hören, nicht einmal ein biederes Schnarchen. Nach einer Weile der Stille näherte sich endlich wieder ein Zug. Von fern her kam sein Lärm, ein zunehmendes mahlendes Wummern, das sie an Gewalt denken ließ. Dann tauchte im Dunkel Licht auf, drei heller werdende Punkte. Der Zug fuhr seinen Schienenweg, unbeirrbar und wirklich. Auch eine Gerade konnte zu den Sternen führen.

Die Venus beherrschte den Nachthimmel.

Sabine ging in die dunkle Wohnung zurück. In der Küche öffnete sie den Kühlschrank. Das Innenlicht beleuchtete ihren Körper sekundenlang; er ähnelte einer Beute im Schussfeld. Sabine nahm einen Becher Joghurt heraus, riss den Deckel auf und löffelte die kühle, mit Vanille aromatisierte Masse im Stehen aus. Nach einem Blick in das Zimmer von Andreas, der mit einem Teddy im Arm schlief, setzte sie sich an den Synthesizer. In Mozarts Figaro gab es eine Stelle, die Sabine liebte. Sie spielte das Thema und übersetzte es in eigene Klangbilder. Der Arie war ein Text unterlegt, der sie anrührte und traf. Sie dachte manchmal, Cherubinos Worte seien der Motor ihrer Unruhe.

Ein Verlangen, das ich nicht deuten kann.
Ich weiß nicht, wo ich bin, was ich tue,
Bald in Frost, bald in Glut, ohne Ruhe.

Bei Mozart war es eine männliche Tenorstimme, die den kleinen, Unruhe stiftenden Satz sang:

Ein Verlangen, das ich nicht deuten kann.

Sabine hatte die Stimme von der Platte auf den Synthesizer überspielt. Sie baute die Arie als Zitat in ihre Musik ein und ließ die Stimme wie das Geräusch eines nächtlichen Zugs wegdriften. Die Musik sollte sich ins Universum verströmen und die Illusion erwecken, auch der Kopf sei ein unendlicher, aber begrenzter Raum. Der Mensch lebte eingesperrt im Käfig seiner drei Dimensionen. Mit ihrer Musik kam Sabine dem Ausbruch am nächsten, und der Synthesizer war das Instrument, mit dem sie die Galaxien ihrer Innenwelt erforschte.

Sie benutzte den Synthesizer als Echolot.

Während sie Musik machte, spürte Sabine den Sog der Illusion, der Fantasie, einen Wunsch, dem Gegebenen zu entfliehen, und auch die Kraft der Wirklichkeit. Sie wusste um die Rückkehr, es war notwendig, unumgänglich, Vision und Realität in dieser Welt immer wieder zu unterscheiden, zu trennen.

Wer sich diesem Gesetz verweigerte, blieb nicht ungestraft. Wer die Fähigkeit des Unterscheidens verlor, hatte ausgespielt.

Das Stoffliche bindet uns, dachte sie.

Darum klammern wir uns so daran fest, sagte sie laut.

Illusion und Wirklichkeit.

Traum und Knochen.

Es bedeutete vielleicht das Geheimnis jeder weiteren Dimension, diesen Unterschied auszulöschen. Die Natur hatte schon immer Launen, mit denen es ihr gelang, das System unserer Wahrnehmung außer Kraft zu setzen.

10

Sandro dachte daran, sein Studium aufzugeben, Betriebswirtschaft war ihm zu trocken; er würde das dem Vater erklären müssen: was kümmerte ihn Strategie und Marketing eines Konzerns, der eine neue Sorte Teigwaren im ganzen Land lancieren wollte, eine nationale Marke.

Steig um auf Medizin, riet Philip.

Medizin, ein Gräuel.

Was sollte er sich abplagen mit kranken, hässlichen Menschen.

Du kannst ja Kinderarzt werden, sagte Laura.

Er liebte Kinder, verspürte aber absolut keine Lust, ihnen mit dem Skalpell den Bauch aufzuschneiden.

Am liebsten würde er bei Vater einsteigen. Hart ins Geschäft. Wenn das dem Furzer nicht passt, dachte er, gründe ich eine eigene Firma.

Sandro fuhr von Zürich nach Muri. Er hatte den Nachmittag mit einer Diskussion verschwendet und war vom Herumsitzen müde, er sehnte sich nach Bewegung. Das Beste war der Duft der Studentinnen gewesen, nur weil sie das Nudel-Seminar in Scharen bevölkerten, ging er überhaupt noch hin.

Er fuhr beim Triemli aus der Stadt. Der tägliche Stau hinderte ihn, bergauf Richtung Birmensdorf zu beschleunigen. Er hasste diesen Straßenabschnitt, die Bummelfahrt. Das Autoradio lief. Zwischen den Talk Talk und Rod Stewart kam die Meldung, ein Mann habe ein schreiendes Baby aus dem Fenster geworfen. Es störte ihn beim Fernsehen, und nun Cha Cha Loco von Jackson, raunte der Moderator, beim Fußball, wow, aus dem Fenster im vierten Stock.

Immer noch diese Blechlawine, von der Sandros Wagen ein Teil war. Allein dies war ein Grund, das Studium abzubrechen. Seit bald einem Jahr hing Sandro nur noch in den Seminarien herum. Vielleicht erwog sein Vater, ihn in das Italian-Food-Projekt einzubauen, weil er Sandros Unbehagen spürte. Wolf schien die Gedanken anderer Leute zu erraten, er besaß dafür einen Riecher, ja, mit seiner gebrochenen Nase erfasste er die Welt.

Sandro hatte sich mit der Idee angefreundet.

Er liebte Pizza, jeden Tag könnte er Pizza essen.

Sehr viele Leute, dachte er, haben denselben Geschmack und werden jeden Tag Appetit auf Pizza haben.

Endlich kam die Kolonne schneller voran. Ein Blick auf die Uhr zeigte Sandro, dass er Birmensdorf genau dann erreichte, wenn sich dort die Bahnschranke schloss. Etwas Großartigeres, als im ersten Wagen einer vor der Schranke wartenden Autokolonne zu sitzen, gab es gar nicht, es war das höchste der Gefühle: Pole Position.

Falls sein Vater den Abschied von der Universität nicht akzeptierte, wollte Sandro alles versuchen, die Generalvertretung eines amerikanischen Produkts für die Schweiz zu erhalten. Und das durfte auch Quark sein. Er war da nicht heikel, es ging ihm nicht um eine bestimmte Ware, sondern um die Chance, einen Vertrieb aufzubauen, eine Organisation.

Ein anderer Gedanke: ein Trainingscenter für Tennis und Squash.

Oder ein Transportunternehmen: Feinverteilung einer Zigarettenmarke; Transfer einer Industrieanlage aus der Schweiz in die Türkei.

Sandro mutete sich unternehmerische Fähigkeiten zu.

Power und Nase, dachte er.

Sandro besaß Vaters Riecher auch. Obendrein in der schöneren Ausführung.

Die Bahnschranke war geschlossen. Und wer stand mit seinem Wagen zuvorderst? Sandro Wolf. Er grinste. War damit nicht auch sein Gefühl für Zeit, Distanz und Geschwindigkeit bewiesen? Er trommelte mit den Fingern aufs Lenkrad, wartete und wusste mit einem Mal: du wirst die Universität als Student nie mehr betreten.

Trotz des fabelhaften Dufts der Studentinnen.

Das Radio spielte Phil Collins. Dann erzählte der Moderator von Südafrika, wo Schwarze den schwarzen Verrätern mit Benzin gefüllte Autoreifen über den Kopf stülpten und anzündeten. Vater, würde er sagen (und Furzer denken, um sich stärker zu fühlen), dein Jüngster steigt aus der Betriebswirtschaft aus.

Sandro fuhr gelassen und schnell über den Pass ins heimische Reusstal hinunter. Grell ausgeleuchtet lag die Landschaft im letzten Sonnenlicht. Fern drohten die alten Alpen, selbstherrlich wie ein unbezwingbarer Gegner, den man nur mit einem lucky punch erwischen konnte. Der Fluss glänzte dunkelgrün, die Bäume am Ufer ähnelten Festungen, in denen Krähen ihre Nester verteidigten.

Vor der Rottenschwiler Brücke zwang eine Sperre aus Stacheldraht Sandro zum Anhalten. Ein Soldat mit vorgehängtem Gewehr, der wohl einem Manöverbefehl gehorchte, schlurfte aus seinem Versteck.

Sandro kurbelte das Fenster hinunter.

Brücke gesprengt, sagte der Bewaffnete.

Sandro stieg aus.

Haben Sie das Hinweisschild nicht gesehen, fragte der Soldat. In Unterlunkhofen war Sandro achtlos daran vorbeigefahren, Ein zweiter Soldat, ein beleibter Unteroffizier, kam aus dem Versteck, er war noch damit beschäftigt, seinen Bissen fertig zu kauen und zu schlucken.

Okay, sagte Sandro, lasst mich jetzt durch, ich will nämlich nach Hause.

Angenommen, es wäre Krieg, begann der Unteroffizier –

Sandro hörte sich die Geschichte an.

Was er entgegnete, schien keinen zu interessieren. Die Soldaten blieben humorlos. Der Unteroffizier hatte ein rötliches Gesicht und die Bewegungen eines dicken Kindes.

Es ist also Krieg, sagte Sandro und versuchte die Männer mit einem Lächeln zu gewinnen. Mein Auto ist ein Schlauchboot, ich setze damit über die Reuss.

Der Unteroffizier blieb stur. Er stellte zwar Überlegungen an, aber sie führten zu einer höchst simplen Einsicht.

Befehl ist Befehl.

Er hasst mich, dachte Sandro.

Der Mann hasste junge Männer in weißen Anzügen, besonders wenn sie einen Kopf größer waren als er selbst.

Sandro setzte sich wortlos ins Auto und fuhr zur nächsten Brücke. Er war gar nicht so wütend geworden, wie er befürchtet hatte, als er noch an die Chance glaubte, die Soldaten zur Nachsicht zu bewegen. Eigentlich fast ohne Wut fuhr er reussaufwärts. Man durfte sich von solchen Typen nicht aus dem Konzept bringen lassen.

Wer einmal anfängt, sich über Arschlöcher aufzuregen, kommt nicht mehr aus dem Ärger heraus, dachte Sandro, es wimmelt in unseren Breitengraden davon.

Er hätte dem dummen Unteroffizier ein Hakle feucht anbieten sollen.

Zum Abwischen. Damit Sie restlos sauber sind.

Doch dann hätte ihn dieser erschossen.

Nach dem Umweg erreichte Sandro die Stelle, wo er auch in die Hauptstraße eingebogen wäre, wenn er die Brücke hätte befahren dürfen. Sein Jaguar, ein Zweisitzer, den ihm sein Vater zum zweiundzwanzigsten Geburtstag geschenkt hatte, schnurrte wie eine Katze. Der Motor hatte ein Leben und Gefühle, die man mit falschem Schalten verletzen konnte. Die Karosserie war eine empfindliche Haut, die Scheinwerfer sahen wie Augen, der Kühlergrill war ein Mund mit Chromgebiss, im Inneren duftete das schwarze Leder nach Mensch. Wie eine Gefährtin. Ja. Und der gelbe Jaguar wollte nun durchaus nicht nach Muri abbiegen, er fuhr an der Kreuzung vorbei. Sandro musste gar nichts tun, nicht einmal das Lenkrad hätte er halten müssen. Es war nämlich blockiert. Oder drehte im Leerlauf. Das mit der Vorderachse verbundene Gestänge war außer Betrieb, und die Räder funktionierten nach eigenen Gesetzen. Sicher und schnell jagte der Wagen mit seinem Passagier über die Straße. Nach dem Kloster Hermetschwil bremste er ab und nahm die spitze Kurve zum Restaurant Waldheim. Er drängte mit spürbarer Pferdestärke, doch weich und sanft bergauf in den Wald hinein, Waltenschwil und Wohlen entgegen, und parkte traumwandlerisch vor dem L-förmigen Block, in dem Sabine wohnte. Der Motor stellte sich ab, die Kühlerhaube knackte zärtlich, tierische Restwärme verstrahlte, die Tür ging auf, und Sandro war es, als würde er leicht angetippt.

Steig aus, Junge, eine heiße Frau wartet auf dich.

Sabine schälte in der Küche Kartoffeln. Sie hatte vom kalten Wasser gerötete Hände und schien etwas verdutzt zu sein, als sie den Besucher durch den Spion in der Tür betrachtete. Sandro fühlte in sich einen Mut erwachen; es war wie eine Auferstehung.

Heute würde es klappen.

Der Tag hat vierundzwanzig Stunden, wollte er Sabine sagen. Acht davon verpenne ich meistens. Sechzehn davon bin ich für dich wach, würde er weiterfahren und sie so hart an sich ziehen, dass es ihr ein wenig weh tat, bevor er sie küsste.

Auf die Lippen,
tief in den Mund, wild auf den Hals.
Touch me
I want your body

Sie öffnete die Tür.

Ciao Sabine, sagte er.

Und er küsste sie etwas scheu auf die Wangen.

Komm herein, sagte sie.

Jetzt fühlte er ihre kalten Hände.

In der Küche spielte Andreas mit einem Mann Tick-Tack. Der Junge freute sich, Sandro zu sehen. Der Mann wirkte ziemlich unsportlich; er war dünn, hatte aber einen Spitzbauch und die dicken Backen eines Klarinettenspielers.

Man wird den Eindruck nicht los, da sei zu viel Haut, dachte Sandro.

Es gibt eine Sorte Gegner, gegen die man gar nicht antreten kann. Sie gehören, wie Boxer und Skifahrer, zu verschiedenen Systemen mit eigenen Regeln.

Als Sandro später nach Hause fuhr, musste er den Wagen wieder selbst lenken. Der Motor schnurrte nicht mehr so zufrieden, es war, als nehme der Jaguar Sandro ein persönliches Versagen übel. Als Strafe federte das Auto die Schläge der Straße nicht ab und fuhr so hart, als wären seine Stoßdämpfer ausgebaut worden.

11

Nina saß im Orakel.

Der Hund, der keinen Namen trug und einfach Hund gerufen wurde, lag neben ihrem Barhocker, die mächtige Schnauze zwischen den breiten Pfoten vergraben.

Sandro bestellte einen trockenen Martini, ein Zeichen dafür, dass er sich nicht in Bestform fühlte.

Heute Abend war die Beleuchtung grün abgedämpft, und das Licht überzog Sandros hellen Anzug mit einem eiskalten Schein, so dünn, dass Nina an Glas denken musste.

Der Barmann fragte: Kennt ihr den Witz von den Psychoanalytikern? Sie verneinten.

Zwei Psychoanalytiker treffen sich nach dem Kongress in der Stadt, erzählte der Barmann und schüttelte den Shaker.

Der eine fragt: Weißt du den Weg zum Bahnhof?

Der andere sagt: Nein, aber ist es nicht großartig, dass wir darüber diskutieren können.

Von der Disco her ertönte Musik. Fast gespenstisch hörte sich das Geräusch der Schuhsohlen an, die über den Boden aus Zement schleiften.

Der Hund ist beinahe fühllos gegen Lärm, sagte Nina, nur bei Querflöte jault er auf.

Sandro hatte Lust, die Uhr abzustreifen und in den Abfall zu werfen. Er wollte sich Zeit nehmen, um über sich selbst nachzudenken. Zum ersten Mal in seinem Leben glaubte er, sein Herz zu spüren. Nicht einfach als Pumpe, das war er vom Sport gewohnt, sondern als ein sensibles, auf Gefühle ansprechendes Organ.

Das Sportherz war trainierbar, man konnte Kraft und Volumen vergrößern. Ein Liebesherz ist nicht trainierbar.

Die Liebe schien einem chaotischen Regelwerk unterworfen; es gab kein Programm für ein optimales Timing.

Oder funktioniert Liebe ganz einfach?

Ein Funke springt.

Schon ist die Liebe entzündet.

Doch was lässt den Funken springen?

Sandro lag im Hintertreffen gegen einen Mann, den er in einem Tennisspiel 6:0 vom Platz fegen würde. Aber der Kerl spielte gar nicht Tennis.

Du bist eifersüchtig, dachte er. Mit Liebe hat das nichts zu schaffen. Er litt unter dieser Eifersucht, ihn marterte ein unstillbarer Schmerz. Eine blinde Gier nach Sabines Körper, ein filigranes Weh hatte ihn befallen. Sandro musste an Weihnachtsflitter denken, der über einer Kerze verbrannte. Gegen sein Verlangen halfen weder Kondition noch Chemie.

Ist überhaupt ein Hauch Liebe dabei, Sandro?

Ein Hauch, wie spürt man einen Hauch Liebe?

Ein Tröpfchen Verliebtheit?

Das große Schwimmbecken der Badeanstalt könnte man mit den Tropfen dieser Verliebtheit füllen, dachte Sandro.

Er wollte Sabine, ihren Körper wollte er mit Haut und Haar besitzen.

Sabines Seele, dachte er.

Kann man eine Seele anfassen?

Anrühren, ja.

Und wenn man den Körper umarmt: spüren …

Einem Sportler half seine Kondition, die Schmerzgrenze zu verschieben. Für Sandros Liebesschmerz war vielleicht ein ganz besonderer Konditionsmangel die Ursache.

Ich liebe sie nicht, hatte er sich tausendmal eingeredet. Und als sie ihn mit ihren kalten geröteten Händen flüchtig berührte, war der Funke gesprungen, zumindest von ihr zu ihm.

Heftig: als hätte sie ihn noch nie berührt.

Extrem: als sei er noch nie von einer Frau berührt worden.

Offenbar genügte es nicht, eine großartige Sache einmalig gut zu beherrschen, um eine Frau zu betören, wenn sich die Schöne aus dieser Meisterschaft gar nichts machte.

Sandro dachte an den dunking, den er allerdings noch immer nicht geschafft hatte.

Ein 6:0 imponierte einzig einer Tennisspielerin. Und auch nur, falls der Gegner stark war. Der gelbe Jaguar machte auch Frauen an.

Vom Wolfschen Geld gar nicht zu reden.

Zum Glück, dachte Sandro, starten in allen Kategorien Klassefrauen.

Mit dem dunking konnte man bei einer klugen Betriebswirtin Eindruck schinden. Oder auch nicht. Und es gab Läuferinnen, die Goethe super fanden. Vielleicht. Am Ende fuhren die meisten Mädchen rasend gern in dem gelben Schlitten, seinem Jaguar.

Wenn Sandro den Verlauf seines Besuchs bei Sabine analysierte und sich fragte, warum er seine Chance nicht gepackt hatte, musste er sich eingestehen: es bestand gar keine. Der magere Tick-Tack-Spieler hatte bereits eine enorm starke Stellung aufgebaut und ihn daran gehindert, sich überhaupt zu entfalten.

Sandro schob das halbleere Glas Martini beiseite und bestellte eine Cola light. Er wippte mit den Muskeln seiner Oberschenkel und verspürte die böse Lust, Nina zu einer nächtlichen Spritzfahrt einzuladen. Er wäre gern, wie ein Irrer, mit ihr durch die Gegend gerast. Wegen des Hundes nahm er davon Abstand. In dem engen Jaguar wurde einem bald schlecht von dem stinkenden Atem, der dem Vieh aus dem Maul wehte, wenn es seine Lungen leer blies. Und Nina war nicht unbedingt eine Frau, die auf Autos geil war. Er wusste ja um ihre Phobie.

Mit deinem Auto stimmt etwas nicht, hatte sie einmal erklärt. Der Jaguar sieht so aggressiv aus, er hat einen hinterhältigen Charakter und riecht nach Tod.

Das ist ein höchst normales Auto, hatte er gesagt.

Eigentlich passt es prima zu dir – und es passt auch überhaupt nicht, war ihre Antwort gewesen.

Er hatte geschwiegen, es war sinnlos, sich mit Nina wegen eines Autos zu streiten. Da sah sie nur Flammen und Wracks. Der Jaguar ist ein scheußlich gefährlicher Wagen, eine Maschine mit Killerinstinkt, hatte sie behauptet.

Sei nicht ungerecht, Nina, hatte er gesagt und gelacht.

Es wäre unfair, dachte er und nahm einen Schluck Cola light, Nina für seine üble Laune büßen zu lassen.

Er hatte gegen den Tick-Tack-Spieler eine böse Niederlage erlitten. Steck sie endlich weg, Sandro, versuchte er sich zu besänftigen.

Außerdem verachtete er schlechte Verlierer.

Sandro stoppte das nervöse Wippen seiner Beinmuskeln und drehte seinen Hocker abrupt zu Nina herum. Von der Disco hörte man die Modern Talking, und er fragte: Tanzen wir?

Sie berührten einander nur ab und zu mit den Handflächen, und jedes Mal sprang dabei etwas von einem Hautfeld auf das andere über. Nina war äußerst beweglich, in ihren Gesten rund und weich, alles an ihr schien biegsam und fließend zu sein. Dabei machte sie sparsame, aber schnelle Tanzschritte. Sie erfassten den ganzen Körper, kein Glied oder Teil schien an einen festen Platz zu gehören. Eine elektrische Maschine schoss ein farbiges Serienfeuer, in dem die Tänzer unablässig von einem überweißen Raum in einen tiefschwarzen zu wechseln schienen. Das Lichtgewitter löste die Körper in ein stoffloses Gewebe auf, es verwandelte sie mit dem Licht zu einem Effekt, zu einer Woge leuchtender Punkte.

Nina hielt die Augen geschlossen.

Sie spürte den großen Kerl etwas bärenhaft vor sich tanzen und manchmal seine warmen Handflächen auf den ihren.

Sie hüpft wie ein Softball, dachte Sandro und berührte sie sacht am Hals.

Am Hals spürte Nina zwei Finger, ohne deswegen die Augen zu öffnen, sie versuchte an nichts zu denken, leicht zu werden, ganz wie ein Klang, der verhallte.

Nach den Modern Talking pfiffen die Lautsprecherboxen auf,

die elektrische Spannung knisterte im Raum und übertrug sich auf die Wartenden.

Alles flimmerte durcheinander.

Nina schwitzte. Mit dem Ärmel wischte sie den Schweiß aus dem Gesicht. Dann fuhr die Musik wieder ab.

Julian Lennon, rief der Jockey.

Die Schuhe begannen erneut über den Boden zu schleifen.

Sandro legte beide Hände auf Ninas Schultern, doch sie wollte sich ungehindert bewegen. Brüsk zog er die Hände zurück. Dabei streifte er Ninas Brüste.

Über die Brüste fühlte sie Hände streifen. Doch Nina wollte nichts fühlen. Sie versuchte beim Tanzen, auch Gefühle zu vertreiben.

Sandro blieb stehen, wie benommen. Gleich war er ein Störfaktor. Die Paare schienen mit Sensoren ausgerüstet zu sein, die einen Zusammenstoß mit anderen Paaren verhinderten. Mann und Frau zogen sich an und wurden nach der Berührung wieder abgestoßen. Alle gehorchten einem gemeinsamen Gesetz. Blieben nur zwei, drei weitere Leute stehen wie Sandro, es entstünde ein Chaos.

Es käme zu Auffahrunfällen, dachte Sandro.

Er wurde angestoßen, er stand im Weg.

Einerseits war es erstaunlich, wie selbstverständlich er sich in den Ablauf, in den Tanzkörper einfügte, andererseits fand Sandro auch eine alte Boxerweisheit bestätigt.

Wer sich nicht ständig bewegt, wird getroffen.

Er beobachtete Nina, die sich etwas von ihm entfernt hatte und ihm nun mit bizarren Tanzfiguren und hüpfenden Brüsten wieder näher kam. Ihr Gesicht war, bis auf die Nase, verdeckt von dem ungebärdigen Haarschopf.

Sie tanzte so kindlich ergeben.

Und es tanzten auch andere Mädchen, deren Reiz in den heftigen Lichtschauern aufblitzte.

Es gibt nichts Schöneres als Frauen, die sich im Tanz bewegen, dachte Sandro.

Mit Sabine wollte er tanzen.

Und schlafen.

Als der Jockey die Musik ausblendete und anfing, Sprüche zu klopfen, griff Sandro nach Ninas Handgelenk. Es war feucht und fühlte sich in seiner Hand warm an.

Nina ließ es ihm wie ein Spielzeug.

Sie spürte den Druck seiner Fingerbeeren auf ihrem heftigen Puls, der sich ein wenig auflehnte, aber nicht ausweichen konnte. Die Finger pressten jetzt stärker. Einen Augenblick hatte Nina Angst, ihr Leben liege in Sandros Hand.

Es war ein Spielzeug aus Blech.

Man konnte es zerdrücken.

Sie wischte eine Vorahnung weg. Auf keinen Fall würde sie in den Jaguar einsteigen.

Nina mochte Sandro. Sie hatte auch schon mit ihm geschlafen. Es war schön, seinen Körper zu spüren, seine Bewegungen. Sie hätte ihn durchaus als Mann bezeichnet, an den man sich anlehnen kann, weil er weich ist und stark. Doch anlehnen konnte Nina sich auch an den Hund, der war auch weich, der war auch stark.

Sie gingen in die Bar zurück.

Ein wenig riecht Nina auch wie ihr Hund, dachte Sandro.

Auf eine vergleichbare Weise roch er manchmal wie sein Jaguar. Besonders nach langen, schnellen Fahrten im Sommer.

Unangenehm war der Geruch nicht.

Sandro gab das schmale Gelenk, das er festgehalten hatte, wieder frei. Sie legte dem Hund die Hand auf den Kopf. Treu hatte das Tier in der Bar gewartet und Ninas leeren Stuhl bewacht.

Nina wollte nichts mehr trinken.

Soll ich dich nach Hause fahren, fragte Sandro.

Sie winkte ab, zahlte und verließ, den Hund an der Seite, das Orakel. Sandro folgte ihr ins Freie, wo es angenehm kühl war, aber nicht so, dass man fröstelte.

Begleitest du mich ein Stück, fragte sie.

Sandro dachte an den mageren Körper des Klarinettenspielers. Und an den Körper von Sabine. Sein Geschlecht regte sich wie ein gieriges kleines Tier, das befürchtete, in seinem Käfig eingesperrt bleiben zu müssen.

Sie standen vor der hellen Fassade der Kirche und im dunklen Schatten der Bäume. Sandros Anzug schimmerte. Es roch nach frischem Heu. In der Nacht schien der Duft wie ein Signal von Dorf zu Dorf weitergegeben zu werden. In den Gärten rechten die Gartenzwerge mondbeschienenen Kies. Im Lichtkegel einer Straßenlampe jagte eine Fledermaus Insekten und Nachtfalter. Kaum hatte Sandro das Tier entdeckt, war es verschwunden. Und wieder da, und weg wie ein Schatten, der sich selbst anknipst und ausschaltet. Das steinerne Wegkreuz war bespritzt vom Gips des Vogelkots. Die Schritte hallten auf dem Pflaster der leeren Straßen. In den meisten Häusern brannte nun kein Licht mehr. Es war so still, man hörte, wie der trabende Hund seine Krallen auf dem Asphalt abwetzte.

Als sie den Parkplatz bei der Käserei erreichten, hakte sich Nina bei Sandro unter. Ein Kieslaster stand dort. Er schlief, er lauerte, es war ein und dasselbe. Zwischen dem Mann und dem Hund, die sie wie einen Schild nutzte, näherte sich Nina dem Fahrzeug.

Schau dir seine Räder an, sagte sie. Die Reifen haben ein brutales Profil.

Mit der Faust schlug sie dagegen. Kein Ton. Dann schien sie zu prüfen, ob Blut in den Gummirillen klebte.

So ein Ding walzt dich platt, sagte sie.

Im Weitergehen blieb Nina ganz still. Sie war davon überzeugt, einmal einen gewaltsamen Tod zu sterben. Irgendetwas, eine Masse Stahl, eine entfesselte Kraft, würde ihren Körper zerschmettern, zermalmen.

Dass man ihn von der Straße wegkratzen musste.

Das Unheil konnte sie im Geschäft erreichen: ein Tankwagen verfehlt die Kurve und rast durchs Schaufenster. Es konnte sie auf dem Hocker im Orakel treffen: die Decke löst sich und fällt herunter.

Die Tage steckten voller Gefahren. Das Unheil hatte die Eigenschaft, jede beliebige Gestalt annehmen zu können.

Es gibt tausend Todesarten. Du hast nur ein Leben.

Wenn du dir das logisch überlegst, versuchte Sandro sie zu beruhigen.

Gewalt hat keine Logik, antwortete Nina.

Hak dich wieder ein, sagte er, ich bin jetzt bei dir.

Ein Kieslaster, spottete sie, reicht auch für zwei.

Richtig, sagte er, aber es ist bald Mitternacht, und um diese Zeit fahren keine verdammten Kieslaster mehr auf der Straße. Das war ein Argument, ein mittelgewichtiger Trost.

Sie schob ihren Arm wieder in seinen und genoss es ein wenig, mit ihm durch die Nacht zu gehen, durch das äußerlich friedliche Dorf, von dessen Bewohnern nun zumindest ein Teil in den grässlichsten Albträumen herumirrte.

Ich schätze, so fünfhundert Leute, sagte Nina.

12

In der Vorrede zu seinem Buch »Menschliches, Allzumenschliches« schrieb Friedrich Nietzsche, es sei ihm oft genug und immer mit großem Befremden ausgedrückt worden, seine Schriften enthielten allesamt Schlingen und Netze für unvorsichtige Vögel.

Die Bemerkung wollte Philip Wolf nicht aus dem Kopf.

Es war ein Tag, an dem er nicht umhinkonnte, sogar die eigenen Füße beim Gehen zu beobachten. Und dies war die beste Voraussetzung für ein Stolpern, für den Sturz.

Köpfchen hat ein Tief, dachte Laura.

Sie nannte Philip häufig Köpfchen und meinte es durchaus liebevoll.

Ein doppeltes Tief in seinem Biorhythmus.

Er hat zu viel getrunken, meinte Sandro beim Frühstück.

Ein föhniger Tag.

Die Helligkeit irritierte die Augen, die schufen Trugbilder. Landschaft, Häuser, Menschen: alles schien mit einer Melasse überzogen zu sein. Die Welt schmerzte den Betrachter. Es herrschte ein Licht für Maler surrealistischer Bilder, überscharf sah Philip die Gegenstände, die Bewegungen und das Vorgetäuschte. Die Melasse war nicht nur durchsichtig, sie hatte auch die Eigenschaft einer Linse, allerdings mit einem Sprung, in dem der Tag sich nochmals brach.

Philip saß auf der Terrasse des Restaurants Stadthof in Bremgarten. Er hörte den Fluss, seine Wellen, das Wehr, und bemerkte die im Föhnlicht reflektierende Gischt. Ein Violett, so schien es ihm, blitzte auf im Weiß. Und von den terrassierten Gärten stieg der Duft faulender Rosen auf.

Oder unter den Rosenstöcken verweste ein Hund.

Philip hatte eine Flasche Beaune bestellt, obwohl Beaune nun Gift für ihn war. Und er schluckte ein Valium, nochmals ein Fehler. Doch was nützte es, wenn man dies und das besser wusste? Nichts nützte es. Ein Glas Beaune war ein Glas Beaune, und mit einem Valium zusammen versetzte es ihn in den Zustand vollkommener Gefühllosigkeit. Den Schwebezustand suchte er, in dem er sich sicher wähnte, unverletzbar, schwindelfrei, ohne jede Angst vor einer Gefahr: er bildete sich dann ein, auf dem Geländer der Bahnbrücke über die Reuss gehen zu können.

Philip leerte langsam sein Glas.

Dem zweiten thermodynamischen Hauptsatz folgend, erstrebten Seelen und Steine ihr ideales Gleichgewicht: den Zustand, in dem man existieren kann mit dem geringsten Aufwand an Energie. Philip benötigte dafür Burgunderwein.

Sein Vater brauchte klares Wasser und Turnübungen.

Den Glücklichsten genügte der Duft schöner Frauen. Hin und wieder durfte Philip sich zu ihnen zählen.

Über dem Wehr spielten Möwen. Ein Paar jagte den anderen davon und näherte sich der Terrasse, die Bäuche blendeten wie Spiegel. Die Vögel landeten weich auf dem Geländer, und die Serviertochter vertrieb sie mit einer Serviette.

Ein Zug fuhr über die Brücke.

Philip wartete auf seinen Vater.

Bruno Wolf unterhielt auch in Bremgarten ein Büro. In der Unterstadt, an der Kirchgasse. Dort verbrachte er meist den späteren Vormittag und blieb bis fünfzehn Uhr, um die tägliche Post und Telefonate zu erledigen.

Seine Sekretärin hatte ihn an die Verabredung mit Philip erinnert, und als sie um zwölf Uhr in die Mittagspause ging, machte sie ihn nochmals darauf aufmerksam.

Wolf stand am Fenster und schaute auf die Ruine der abgebrannten Kirche. Eine hartnäckige Blähung irritierte ihn seit zwei Tagen, es war unangenehm, sie abgehen zu lassen in kleinen, stickigen Winden, die er richtiggehend hinauspressen musste. Vor zwei Jahren hatte die Kirche gebrannt, und er stand am Fenster, ohne das Feuer zu bemerken. Die Hitze spürte er, eine Hitze, die ihn ans Brotbacken erinnerte: als die Mutter die Ofentür aufmachte … Es war ein Tag wie heute gewesen, klarsichtig, und ins stechende Nachmittagslicht züngelten und schlugen kaum sichtbar die Flammen, deren Gewalt das Gebäude in kurzer Zeit vollkommen zerstörte. Wie vor den Kopf gestoßen stand er da, überfordert. Die Lösung des Rätsels war zu einfach. Als trüge er Scheuklappen, schaffte er es nur allmählich, die ihm seit der Kindheit vertraute Kirche als Brandstätte wahrzunehmen.

Was er mit eigenen Augen sah, wich so stark vom Gewohnten ab, es durfte einfach nicht wahr sein.

Wer tiefer denkt, weiß, dass er immer unrecht hat, er mag handeln und urteilen, wie er will.

Nietzsche hatte den Satz vor einhundert Jahren geschrieben, und jetzt spukte er in Philips Kopf. Dabei wäre es besser, nun solche Gedanken zu vermeiden. Philip wünschte sich Nietzsche und seine Erkenntnis manchmal ins Pfefferland, der alte Denker behielt so untröstlich recht.

Er füllte das Glas neu mit Wein und betrachtete seine Hände, die reglos auf dem weißen Tischtuch lagen.

Gegenstände waren sie wie das Glas, die kleine Vase, die Speisekarte, und er glaubte sich unfähig, diese Hände zu bewegen. Genauso gut konnte er der Pfeffermühle befehlen: Dreh dich.

Sei kein Pessimist, hörte er seinen Vater sagen.

Gut gesprochen, Furzer, dachte er.

Das Leben müsste einem so leicht gelingen – wie einer Möwe das Fliegen.

Gott sei Dank, sagte am Nebentisch eine Frau zu ihrem Mann. Der Kerl, der in Muri auf das Mädchen geschossen hat, ist gefasst. Die

Frau trug ein Hütchen. Sie legte dem Mann das Tagblatt auf den leeren Teller und wies mit ihrem feisten Zeigefinger auf eine Fotografie.

Man sollte ihn aufhängen, meinte sie, aber die Psychiater werden ihn herausreden.

Philip Wolf hatte eine halbe Flasche Beaune getrunken. Heute zeigte ihm die Sonne wieder einmal, wie gleichgültig ihr sein Befinden war, sie heizte dem Mann und dem Tag ein.

Philip fühlte sich so schlecht wie manchmal am Schachcomputer, der ihn als Wesen auch nicht wahrnahm, sondern nur die Züge der Figuren auf dem Brett berechnete. Unbarmherzig sein bedeutete auch, nie einen Fehler zu machen.

Immer den bestmöglichen Zug.

Mit den Fingern klaubte er das Weiche aus einem Brötchen und warf es einer Möwe zu. Es war ein abscheulicher Föhntag, aber im überhellen Licht zeigte sich das Gefieder des Tiers in seiner ganzen Pracht. Als der Vogel sich den Brocken im Flug schnappte, gleißte sein Körper wie aufblitzendes Licht und war eine lange Sekunde einfach nur ein Wunder.

Bruno Wolf stieg die Kirchentreppe zur Oberstadt empor, sein schlimmes Bein schmerzte, obwohl er in den letzten Tagen seine morgendlichen Übungen regelmäßig geturnt hatte. Er bog in die Sternengasse ein. Vor dem Restaurant Rathaus blieb er stehen und betrachtete das Haus, er dachte daran, die Liegenschaft zu kaufen.

Philip hatte die Verhandlung geführt, der Vertrag lag zur Unterschrift vor.

Bruno Wolf ließ sich Zeit.

Bevor er ein Haus kaufte, schaute er es immer alleine an. Um ungestört zu überlegen, um das Haus auf sich wirken zu lassen. Bruno Wolf besaß ein Auge für Häuser. Oft genügte ein Blick, dann freundete er sich an, oder nicht. Das Restaurant Rathaus hatte ihm schon immer gut gefallen. Es machte zwar einen etwas schäbigen Eindruck, und er dachte »Bier und Wurstsalat«, doch dies war ohne

Bedeutung, ein Ruf ließ sich ändern, und die Lage in der Altstadt war da schon bedeutsamer.

Das Haus hatte eine Terrasse.

Auf seiner hinteren Seite, mit freier Aussicht auf die Unterstadt und die Reuss. An Föhntagen wie heute reichte der Blick bis zum Schwarzwald.

Ideal für eine Pizzeria, sagte Philip.

Keine Pizzeria, meinte Sandro, der sich intensiv mit dem Projekt auseinandergesetzt hatte, es soll ein Speiselokal daraus werden, eine Trattoria.

Bruno Wolf lachte.

Ich könnte zwar jeden Tag Pizza essen, erklärte Sandro. Doch es gibt Leute, denen ein Essen nur schmeckt, wenn sie mehr Geld dafür ausgeben dürfen.

Als Bruno Wolf den Stadthof betrat, war er entschlossen, den Vertrag zu unterzeichnen. Es sei denn, das von Philip eingeholte Gutachten widerlege den Augenschein.

Wolf entdeckte seinen Sohn auf der Terrasse und setzte sich zu ihm. Das Kribbeln im Bein störte kaum, doch als er sich zu entspannen versuchte, behinderte ihn eine Blähung. Der alte Mann musste Luft lassen.

Dein Anzug steht dir ausgezeichnet, sagte Philip.

Der Anzug war anthrazitfarben und aus reiner Baumwolle, die Krawatte hatte die Farbe seiner Augen. Bruno Wolf sah aus wie ein alter Boxweltmeister im Schwergewicht, der seine Gagen gut angelegt hatte.

Philip hatte den Schwebezustand erreicht und war jetzt imstande, messerscharf zu denken, ohne ein Gefühl dabei zu haben. Köpfchen, sagte dann Laura.

Es war ihm bewusst, dass er in diesem elegischen Zustand, der einer Form der Trauer ähnelte, ganz besonders auf der Hut sein musste.

Es waren eine Menge Schlingen und Netze ausgelegt, und Philip war ein ausgesprochen unvorsichtiger Vogel.

Was sagt der Gutachter, fragte Bruno Wolf.

Er hat die Furzermiene aufgesetzt, dachte Philip, lächelte ihn an und wartete mit der Antwort, damit die Serviertochter die Bestellung aufnehmen konnte.

Du kommst wohl gerade von dem Haus, vermutete Philip.

Ich habe mich mit ihm angefreundet, bejahte Bruno Wolf.

Das Gutachten bestätigt den Augenschein, beantwortete Philip die Frage.

Der Preis ist beträchtlich, meinte der Vater.

Bestimmt zu hoch, stellte Philip fest, der Eigentümer schlägt außerdem ein Gegengeschäft vor.

Was will er?

Den kleinen Block in der Bärenmatte.

Und was ist dein Rat?

Kein Gegengeschäft, sagte Philip.

Philip goss den Rest der Flasche Beaune ins Glas und nahm einen Schluck. Geläutert durch den Schwebezustand gelang es ihm am leichtesten, sich mit dem Vater über Geschäfte zu unterhalten. Er teilte des Alten Leidenschaft in keiner Weise. Im Gegenteil, Geschäfte begannen ihn immer bald zu langweilen. Doch er verrichtete seine Arbeit erfolgreich und war der wichtigste Mitarbeiter seines Vaters.

Am liebsten saß Philip in seiner Bibliothek und las.

Kleiner Privatgelehrter, ärgerte ihn Sandro.

Philip war sieben Zentimeter kleiner als sein Bruder.

Die Wolfschen Liegenschaften zu verwalten war ein Job. Ein guter Job allerdings. Niemand machte Philip Vorschriften, und er konnte sich die Zeit frei einteilen.

Weil Philip von keiner Leidenschaft getrieben wird, pflegte Bruno Wolf zu sagen, arbeitet er gelassener als jeder andere; er ist der Ökonom der Familie.

Philip hatte diesen Vertrag für seinen Vater vorbereitet. Doch es gab keine Notwendigkeit, das Haus zu kaufen und eine Trattoria einzurichten. Der Grund für Vaters Vorhaben lag in seinem Temperament: Bruno Wolf musste als Unternehmer handeln, er war ein Tatmensch.

Ein Kraftmensch, sagte Laura. Wenn er das Haus betritt, ist es gleich vom Keller bis zum Dachboden ausgefüllt von seiner Anwesenheit.

Philip kannte seinen Vater, er hatte ihn durchschaut. Und der Alte, der wiederum auch Philip kannte und durchschaute, wusste das. Sie arbeiteten zusammen, ohne Machtkämpfe. Der Furzer war der Boss, und Philip hegte nicht den Wunsch, diese Position einzunehmen. Sie würde ihm nichts bedeuten. Doch Philip hatte die Spielregeln der Geschäftswelt begriffen und blieb auch dann kühl, wenn der Vater wegen einer Sache fiebrig wurde.

Lass die Finger davon.

Das geht schief.

Philip widersprach dem Vater immer, wenn er die eigene Meinung für die richtige hielt.

Ich hänge nicht an meinem Job, sagte er.

Zweifellos wusste er auch, wie gut er ihn erledigte.

Ich gebe mein Bestes, sagte er und betonte, aber ich liebe ihn nicht.

Ein Job, von dem man keine Erfüllung erwartete, konnte einen auch nicht enttäuschen.

Aber zermürben, sagte Laura.

Dies allerdings stimmte, er hatte das wiederholt erfahren, es war mit ein Grund, auf Distanz zu gehen, was gar nicht immer so einfach gelang. Obwohl Philip Wolf seinen Job möglichst locker bewältigte, als sei alles ein Spiel, gab es Tage, an denen sich tief in seiner Brust ein Schmerz zu regen begann. Etwas lange Zeit gewaltsam Niedergehaltenes setzte sich zur Wehr. Es probte den Aufstand, es tobte in der Herzgrube. Und Philip suchte die innere Schwebe, weil nur Leichtigkeit ihm aus der Verlegenheit half.

In meinem Herzen sitzt ein Boxer, erklärte er.

Ließ er ihn in seinem Koller gewähren, schlug der Bursche ein Trommelfeuer von Haken und Geraden gegen seine Gefängniswand. Bis ich k. o. gehe, sagte Philip.

Er neigte dann zu übertriebener Melancholie.

Gelang Philip aber die Flucht in den Schwebezustand, kämpfte der Boxer gegen einen tauben Sandsack, und seine Kräfte verpufften, ohne dass die Hiebe weh taten.

13

Sabine weigerte sich, den Jungen bis auf den Kiesplatz vor dem Haus der Wolfs zu fahren. Ein körperlicher Widerwille hielt sie seit bald einem Jahr davon ab, sich dem Wolfschen Gelände auch nur zu nähern.

Andreas stieg beim Bahnhof aus und winkte Sabine halbherzig hinterher.

Er liebte seine Mutter, sie war bestimmt die schönste Frau der Welt. Er hatte sich wegen ihr in der Schule mit einem Italiener geprügelt, der behauptete, im Vergleich mit seiner Mutter sei Sabine hässlich wie eine alte Hexe. Doch er verabscheute diese alberne Winkerei, er war doch kein Mädchen.

Am Kiosk kaufte er Fotos von Fußballern, zum Tauschen und für sein Album. Er besaß Falcao und Platini. Maradona fehlte ihm noch. Und der italienische Junge besaß ihn.

Das ist doch der Beweis, schrie der Italo auf dem Schulhof.

Wofür denn, wollte Andreas wissen.

Dafür, dass meine Mutter schöner ist.

Nein, das ist kein Beweis.

Doch, Kuhschweizer.

Nein, Stink-Italo.

Hat die Schweiz ein Meer?

Nein.

Siehst du, selber schuld.

Der Italiener war größer als er.

Von Sandro hatte Andreas einmal den Rat bekommen, bei einem Streit zuerst tief durchzuatmen und zu überlegen, ob er den Kampf wirklich riskieren wollte.

Falls der Gegner größer und schwerer ist als du.

Wer gedankenlos angriff und blind losschlug, war nämlich und überhaupt tocktock. Wiederum blieb einem manchmal keine Zeit für solche Feinheiten. Ein geiler Kämpfer musste blitzschnell sein, im Kopf und mit den Fäusten.

Oder mit den Beinen.

Auf dem linken Fuß hüpfte Andreas die Treppe zur Unterführung hinunter, er musste unter den Bahngeleisen durchgehen, um zum Haus seines Vaters zu gelangen. Die Unterführung war ein scheußlicher Tunnel; aber Andreas stellte sich vor, in einem Fernrohr zu gehen, im Dunkeln bewegte er sich auf das Bild zu, das am Ende aufleuchtete: das Fußballfeld und die hölzerne Tribüne. Ein paar Jungen rannten dem Ball hinterher. Eine Weile schaute Andreas ihnen zu. Sie spielten fünf gegen fünf, und er sah keine Chance, in eine der Gruppen zu kommen. Die Hände in den Hosentaschen schlurfte er weiter, schaute nach Schnecken aus, die er mit den Schuhen knacken konnte. Das Haus erblickte er schon von Weitem, die Straße führte schnurgerade darauf zu. Der Tag war zwar diesig und trüb, von dicken Wolken der Himmel verhangen, doch eben jetzt riss ein Loch auf, durch das die Sonne ihr blendend helles Licht schickte. Weiß funkelte die Villa zwischen den Bäumen, und die Fenster blitzten für einen Augenblick wie Brenngläser.

Auf dem Parkplatz standen die Wagen, logo waren alle daheim. Sandro hatte Andreas versprochen, ihn nach Zürich mitzunehmen, heute war die Schlussetappe der Tour de Suisse, der ganze Tross würde in die offene Rennbahn einfahren.

Andreas freute sich, er fuhr gern in dem schnellen gelben Jaguar. Besonders bei geöffnetem Verdeck. Und überhaupt, er mochte Sandro. Das war ein großer Bruder, nicht ein Onkel. Sandro würde ihn bestimmt auf den Schultern reiten lassen, dann sah er über alle Köpfe hinweg. Wie ein Riese. Sandro war überhaupt total stark. In jede Tasche könnte er einen Italo packen. Hoffentlich gab es keinen Regen, kein oberschweinisches Gewitter, vor dem man sich fürchten musste und das den Ausflug vermasselte. Andreas ging über den Platz vor dem Haus und zeichnete mit den Schuhspitzen eine tiefe Spur in den Kies. Sandro, würde er beim Wegfahren warnen, wir müssen vorsichtig sein, ich habe auf dem Kiesplatz die Fußabdrücke eines fiesen Monsters entdeckt.

Im Fond des gelben Jaguars entdeckte er Boxhandschuhe und ein paar Tennisbälle. Dazwischen lag auch eine blaue Haarspange, wie sie kleine Mädchen benutzten, damit ihnen das Haar nicht ins Gesicht fiel.

Sandro, du hast doch kurzes Haar?

Andreas läutete nie an der Eingangstür, er nahm den Weg durch den Garten zur Veranda. Dort hielt sich niemand auf. Er versteckte sich hinter einem dicken Baumstamm und brüllte wie ein verwegener Tiger. Nichts regte sich. Er verließ sein Versteck vorsichtig und schlich zum nächsten Baum. Die gläserne Tür zum Wohnzimmer stand offen. Halogenlampen, jemand musste sie voll aufgedreht haben, leuchteten den Raum aus. Ein ähnliches Licht gab es auch im Theater, wenn der Beleuchter mit den Scheinwerfern die Kinder blendete, damit sie nicht merkten, wie plump sich der Frosch nach dem Kuss der Prinzessin in einen Prinzen verwandelte.

Andreas hatte das Zauberstück nachzuahmen versucht. An der Bünz, dem Bach in der Nähe des L-förmigen Hauses, hatte er Frösche gefangen und geküsst.

Nicht jeder Frosch ist ein verwunschener Prinz, sagte Sabine. Die Chance ist kaum größer als beim Lotto, meinte Sandro. Andreas hatte trotz des Misserfolgs nicht klein beigegeben. Vielleicht stimmten nur die äußeren Bedingungen nicht ganz. Schließlich war er ein Junge und keine Prinzessin. Andreas hatte ein Mädchen aus seiner Klasse dazu überredet, einen Frosch zu küssen.

Der Frosch blieb ein Frosch, und ein Globus, der als Anspitzer diente, war verloren.

Sie ist auch keine Prinzessin, tröstete Sabine.

Da gab Andreas auf. Aber er hatte nicht aufgegeben, weil nicht jeder Frosch ein Prinz sein konnte und das Mädchen keine Prinzessin war. Er gab auf, weil er dahintergekommen war, dass die Leute im Theater falsch spielten, die ganze Verwandlung war ein Trick. Darum blendeten sie die Scheinwerfer voll power auf, oder etwa nicht?

Leise trat Andreas in Großvaters Wohnzimmer. Dort hockte doch auf dem Teppich ein hellgrüner Laubfrosch.

Nur sein Kehlsack bewegte sich leicht.

Todsicher ein Prinz, dachte Andreas.

Aber er hockte auf einem Teppich statt auf einem Brunnenrand, fiel ihm ein.

Versuch es trotzdem, redete er sich Mut zu und fing das kleine Tier, was ganz einfach war, da es sich ohne Widerstand auf die Hand nehmen ließ. Der verzauberte Prinz fühlte sich kühl an, glatt und kühl, ganz trocken.

Küss ihn, beschwor er sich selbst.

Das Licht war genauso hell wie im Theater. Doch er würde ohne Trick arbeiten. Andreas näherte sich mit dem Gesicht dem Maul des Frosches und spitzte die Lippen.

Kleiner Prinz du.

Doch vor dem Kuss durchfuhr ihn jäh die Ahnung, die Tat werde eine Explosion auslösen. Knallen und Rauch, und vor ihm stünde ein wunderschöner Prinz aus Fleisch und Blut.

Was sollte er mit einem Prinzen. Ein Prinz wollte am Ende auch mit zum Radrennen, und der Jaguar war nur ein Zweisitzer.

Ein Frosch bleibt ein Frosch, hatte Großvater gesagt. Nur im Märchenland leben verwunschene Prinzen, die mit Küssen erlöst werden wollen.

Wo befindet sich das Märchenland, Großvater?

Andreas trug den Frosch in den Garten und setzte ihn nahe beim Brunnen ins Gras. Hier war das Freiamt, nicht das Märchenland. Das war zwar schade, aber auch beruhigend. Wo Küsse Erlösungskraft besitzen, kann man letztendlich auch in ein garstiges Tier verwandelt werden.

Du bist ein Frosch, sagte Andreas zu dem Frosch. Ein ganz gewöhnlicher Frosch. Und er streckte ihm die Zunge heraus. In deiner Haut steckt niemals ein Prinz, auch wenn du so tust, du Lügner.

Das Radrennen hatte Spaß gemacht. Wie die Fahrer die steilen Kurvenwände nahmen. Und was der Werbetross so alles verteilte. Sandro fuhr über den Pass ins Freiamt zurück.

Auf den Feldern arbeiteten die Bauern in großer Hast, sie wollten das erste Heu noch vor dem Gewitter einfahren. Insekten platzten auf der Frontscheibe, sie sah hässlich aus, wie ein Schlachtfeld. Die Schwalben jagten tief über dem Boden, und über der Horizontlinie leuchtete ein schwefelgelber Streifen Himmel. Ein Blitz zuckte durch die schwarzen Wolken, der Donner krachte gefährlich laut.

Warum folgt dem Blitz ein Donner, fragte Andreas.

Das Autoradio störte. Sandro fuhr einer tiefschwarzen Wand entgegen, er sah – weit vorn in der Umgebung von Muri regnete es in Strömen. Ein seltsames Licht beleuchtete diese Zone. Es war ein Regen, von dem man unweigerlich annahm, er sei warm und schwer.

Die beiden sind Zwillinge, sagte Sandro, aber warum der Donner immer dem Blitz folgt, weiß ich auch nicht so genau.

Dann erreichten sie die Gewittergegend. Wie ein Schiff glitt der Jaguar in den Regenvorhang hinein. Es wurde gleich stockdunkel; Wasser stürzte auf die Kühlerhaube, die Scheibenwischer ersoffen in der Flut, und Sandro hatte keine Sicht mehr. Er bremste den Jaguar ab und fuhr an den Straßenrand.

Das Autoradio war jetzt tot.

Sandro legte eine Kassette der Miami Soundmachine ein, und der Hit bad boy füllte den Wagen, dass die beiden kaum hörten, wie zufrieden –

Genau: »zufrieden«, würde Nina sagen.

– wie zufrieden das schwarze Leder der Sitze, ja, aufseufzte und behaglich knarrte. Knackte, die Karosserie knackte weich, der Motor summte und es war prächtig, während des heftigen Sommergewitters geschützt in diesem Jaguar zu sitzen, ganz aufgehoben und geborgen. Der Regen klopfte irrwitzig aufs Dach, trübe braune Bäche überschwemmten die Straße, die Heufuder auf den Feldern wurden durchtränkt, die Menschen flüchteten in ihre Häuser, das Vieh suchte Zuflucht unter Bäumen, von denen der Regen die Blätter fetzte.

Und der Jaguar schnurrte, würde Nina sagen.

Andreas nahm ein Mars aus der Tasche, riss die Verpackung auf und biss ein Stück ab. Er bot Sandro von dem feinen Riegel an, und dieser biss ein Stück ab.

Wo hast du den Kratzer auf der Wange abbekommen, fragte Sandro.

Andreas erzählte vom Kampf mit dem Italo.

Das Gewitter goss sich aus. Endlich war es erschöpft. Wären die Wolken Wassersäcke, müssten sie jetzt als leere Hüllen zu Boden schweben. Die Sonne zeigte sich wieder, sie war auch während des Unwetters ein Stück auf ihrer Bahn weitergerückt. Die Menschen öffneten die Fenster, und wer einen Garten hatte, jammerte über den entstandenen Schaden. Besonders die frisch ausgesäten Vergissmeinnicht und Tausendschönchen, aber auch Feuerbohnen und Kopfsalat waren ausgeschwemmt worden. In ebenso wahlloser Pfuscharbeit hatte das Gewitter die Fruchtstände der Obstbäume ausgedünnt. Auch die Rosen, die im späten Juni zwar Wasser lieben, hatten zu viel davon abbekommen; sie sahen ziemlich mitgenommen aus und boten einen traurigen Anblick. Die Bauern liefen verärgert auf ihre Felder zurück und breiteten das Heu nochmals aus.

Das Vieh verließ den Schutz der Bäume.

Nur die Arbeiter in den Fabriken und die Angestellten in den Büros hatten nichts von dieser Probe für die nächste Sintflut bemerkt, nichts jedenfalls, das ihre Arbeit hätte unterbrechen können.

In Muri standen ein paar Keller unter Wasser. An einigen Orten hatte gar Hagelschlag – groß wie Amseleier sollen die Körner gewesen sein – die Felder der Gemüsegärtner ruiniert, worüber mancher sich freute. In den letzten Wochen war der Absatz nämlich eingebrochen. Die Produzenten hatten sich damit abgefunden, die verseuchte Ware auf den Mist werfen zu müssen, nun ging der Schaden zu Lasten der Hagelversicherung. In Geltwil hatte der Blitz ein Rind erschlagen; die Tagesschau zeigte das tote Tier vor dem Bericht über die Tour de Suisse.

Andreas aß ein dicht mit Salami belegtes Brot und hatte ein Glas Milch neben sich stehen. Er hockte auf dem Boden und verfolgte mit seinem Vater den Bericht über die letzte Etappe des Radrennens. Ein Fahrer in einem rosa Trikot lag anfänglich weit vor dem Feld, aber seine Verfolger rückten immer näher heran. Kurz vor dem Ziel wurde der erschöpfte rosa Mann eingeholt und überspurtet.

Andreas war irritiert.

Genau so ist es gewesen, bestätigte er: Sandro und ich saßen in der Nähe des Ziels. Da, schau, das sind wir, rief er überrascht, als die Kamera aufs Publikum schwenkte.

Doch da flimmerte bereits ein anderes Bild über den Schirm, die Ehrenrunde des Siegers.

Andreas nahm einen Schluck Milch und wischte den weißen Schnauz mit der Hand von der Oberlippe. Er riss mit den Zähnen ein Stück vom Salamibrot.

Das ist doch am Nachmittag gewesen, meinte er und war verwirrt.

Wie kann das Fernsehen die Zeit zurückdrehen?

14

Zwischen Bäumen und Haus zitterte die Luft vor Hitze, und die Veranda roch nach Sommer. Die Katzen lagen träg auf dem Geländer, reglos auf den weißen Stühlen. Die Sonne wärmte ihr Fell, ihr Schnurren belebte den Tag.

Doch etwas schien nicht zu stimmen.

Laura zog sich in ihr Zimmer zurück. Dort war es etwas kühler. Sie nahm sich vor, die Einladungskarte für das nächste Gartenfest zu entwerfen, aber sie schweifte immer wieder ab und das Papier blieb leer. Es war nicht ratsam, sich viele Gedanken zu machen, an einem so heißen Tag trieb das Denken nur Schweiß hervor.

Sie hörte nebenbei Radio.

Bruno Wolf legte sich in seinem Arbeitszimmer für eine halbe Stunde hin. Seine Haut war ganz trocken, er litt unter der Hitze, aber der Schweiß brach nicht aus, obwohl er einen Krug Wasser getrunken hatte.

Die Katzen sind tot, dachte Laura, jemand hat sie vergiftet oder erschossen. Das Schnurren wird vom Tonband eingespielt. Oder wiegten die Katzen sich einfach in Sicherheit?

Der Tag simulierte, harmlos zu sein, und es war sträflicher Leichtsinn, sich von ihm einlullen zu lassen. Der Himmel leuchtete so blau, wie Laura das bisher nur in Missouri erlebt hatte, zu Hause. Er verlor sich gar in seiner endlosen Bläue. Noch nie, seit sie mit Bruno Wolf hier wohnte, hatte sie den Himmel über dem Freiamt so gesehen.

Doch es war ein ganz gewöhnlicher Tag.

Statistischer Durchschnitt, dachte sie.

An einem gewöhnlichen Sommertag betrug die Temperatur laut Statistik 18 Grad, und die Sonne schien die Hälfte der möglichen Stunden. Der Himmel war im Jahresmittel zu 68 Prozent mit Wolken bedeckt, und die Reuss strömte mit einer Geschwindigkeit von eineinhalb bis zwei Metern pro Sekunde dahin …

An einem durchschnittlichen Tag starb in diesem Landstrich ein Mensch, und nicht jeden Tag wurde einer geboren.

Das Gefährliche am statistischen Sommerdurchschnitt war seine scheinbare Berechenbarkeit.

Relative Berechenbarkeit, würde Philip das nennen.

Sogar die Katzen trauten dem Frieden.

Laura hatte Lust, die Tiere zu verjagen, und überlegte, sie mit dem Gartenschlauch abzuspritzen.

Du willst vor der Arbeit fliehen, gestand sie sich ein.

Eine Kätzin warf im Durchschnitt 3,7 Junge. Eine absurde Zahl, eine Rate, die es einem nahelegte, an Betrug zu denken, an ein raffiniertes Täuschungsmanöver.

Wie viel wog im Durchschnitt ein Kiesel im Bett der Reuss?

Man müsste alle Steine wiegen und das durchschnittliche Gewicht ausrechnen. Es war möglich, dass im ganzen Flussbett kein einziger Stein dieses Gewicht besaß.

Möglich?

Sogar wahrscheinlich, dachte Laura.

Im Radio redete ein Arzt den Rentnern zu; er klärte sie über das bei alten Menschen nachlassende Durstempfinden auf und gab ihnen den Rat, täglich zwei oder drei Liter Flüssigkeit zu trinken.

Durchschnitt gab es gar nicht, jede Statistik log. Statistiken waren der vergebliche Versuch, die Fülle des Lebens zu reglementieren.

Das Unerklärliche zu erklären.

Laura versuchte, diese Gedanken aus ihrem Kopf zu vertreiben. Es war lächerlich, aber sie kam nicht davon los. Es ärgerte sie, dass sie sich damit beschäftigte, doch etwas im Grund Unbeeinflussbares schien sie zu zwingen.

Der Radioarzt erklärte, Hitze und Flüssigkeitsmangel führten über Austrocknen und Fieber zu Sinnestäuschungen und Schwindel. An einem derart heißen Tag wie heute werden mehr alte Menschen mit Bein- und Beckenbrüchen ins Krankenhaus eingeliefert als im Winter bei Glatteis.

Warum musste Laura gerade jetzt an dieses oder jenes denken, obwohl es sie nicht im Geringsten interessierte?

Sie langweilte sich, offensichtlich.

Sie hatte nicht einmal Lust zu fotografieren.

Als Laura dieses Haus zum ersten Mal betreten hatte, war ihr ein dummer Schlager durch den Kopf gegangen, Lady Sunshine and Mister Moon, unverdrängbar. Was Wolf auch sagte und was sie fragte oder dachte, alles wurde von dem Lied durchdrungen. Es herrschte in ihrem Kopf und war stärker als jede vernünftige Überlegung. Und ganz und gar unangebracht. Sie hatte sich im Wohnzimmer ans Klavier gesetzt und, mit nur einer Hand, die Melodie gespielt, so zaghaft und doch vollkommen, dass der alte Herr ganz bezaubert war und ihr einen Heiratsantrag machte.

Sie hatte den Kopf geschüttelt und nein gesagt.

Sie konnte es sich lange nicht vorstellen, Amerika zu verlassen und in Europa zu leben.

Sie war heimgereist.

In der Folge hatten sie Briefe gewechselt, Wolf rief sie auch an und flog ein weiteres Mal nach St. Louis. Doch bedrängt hatte er sie nie. In seinem Alter loderten die Flammen der Leidenschaft wohl nicht mehr so heftig.

15

Andreas fehlte ihm, und wenn der Junge da war, wusste er manchmal nicht viel mit ihm anzufangen. Doch er spürte seine Wärme, das Vertrautsein, obwohl er Mühe hatte mit den Spielen, mit dem Spieltrieb des Kindes.

Es war später Abend geworden. Die Hitze des Tags hatte sich allmählich verflüchtigt, es war nun angenehm warm, und ein tausendstimmiges Zirpen von Grillen, wie Philip es noch nie erlebt hatte, vollendete die Nacht.

Philip spielte Southern-Comfort-Schach. Er saß vor dem Computer und hatte den Whisky und einen Krug Orangensaft mit Eis neben sich stehen. Er goss Southern Comfort bis zur Marke ins Glas und füllte mit Orangensaft auf.

Nimzowitsch Indisch, dachte Philip und machte den ersten Zug: Bauer d2–d4.

Nach drei Sekunden zog der Computer nach: Springer g8–f6. Southern-Comfort-Schach war ein verheerendes Spiel, es zwang ihn zur höchsten Konzentration. Dennoch war er am Ende häufig der Verlierer.

Der Junge erinnerte ihn auch an Sabine. Der Mund. Der Junge hatte Sabines Mund und Wangenknochen.

Der fünfte Zug des Computers führte zum ersten Verlust, Philip musste einen Springer aus dem Spiel nehmen und den Whisky trinken. Er hob das Glas, es fühlte sich kalt an, es war beschlagen. Er prüfte mit der Nase. Die Mischung roch würzig und gut. Dann nahm er einen langen Schluck, der die Kehle geschmeidig machte, der scharf in den Magen rann und sich dort ausbreitete, äußerst belebend.

Es schien ein Mond, der ihn süchtig machen wollte, närrisch. Der Boden der Veranda knackte ab und zu, das Holz verlor die letzte Tageswärme, und hier und dort funkelte ein gelbes Augenpaar. Die meisten der Katzen streiften im Garten unter den Bäumen umher, lautlose Jäger. Ein grauer Kater mit einem Stern auf der Brust hockte Philip gegenüber auf dem Tisch, ein unbezwinglicher Gegner vor dem elektronischen Brett. Um die Tischlampe irrten Insekten und Falter. Der Kater beäugte sie, er hätte wohl mit der Pfote nach ihnen geschlagen, wenn er nicht seine Züge hätte überlegen oder memorieren müssen.

Philip schlug mit der Dame den Königsbauern der Maschine und drei Züge später einen Springer der Katze.

Mit einem Mal hörte das Zirpen der Grillen auf. Stille umfing den Garten, eine unendliche Stille. Doch in den gemähten Feldern hinter dem Haus regte sich Leben. Philip hörte es nicht, es war nur zu fühlen, und der Kater bewegte die Ohren. Ein Motorrad zog vorbei, irgendwo, auf einer der tausend Straßen der Nacht. Die späte Stunde war durchwoben vom Duft der Blumen und Sträucher, erfüllt vom Geruch der Erde und des Asphalts.

Würzig atmeten die Bäume aus. Räuber streiften durch die Wälder und rissen ihre Beute, die Opfer schrien, bevor sie sich dem Tod ergaben.

Der vierzehnte Zug des Computers erledigte Philips zweiten Springer.

Die Katze machte ein unbewegtes Gesicht, ein Stein verriete mehr innere Beteiligung als das Gesicht des alten Katers mit vom Liebeskampf zerfetzten Ohren. Den Spielregeln entsprechend hatte Philip nun den zweiten Southern Comfort mit Orangensaft zu trinken. Bei jedem Figurenverlust musste das Glas bis zur Marke aufgefüllt und leer getrunken werden.

Philip überdachte die Spielkonstellation. Seine Figuren standen nicht schlecht. Mit dem übernächsten Zug würde er einen Turm ausschalten können.

Auch das zweite Glas schmeckte gut, Philip war der süßen Mischung verfallen. Doch er durfte sich nun keinen Fehler erlauben. Sonst würde es ihm nicht gelingen, den Turm des Computers zu erobern. Er behielt den nächsten Schluck im Mund, als ob ein Zungenbad helfen könnte.

Sei jetzt schlau. Lass dir einen Zug einfallen, der unüblich ist. Und zwingend.

Er schluckte den Whisky, seine Zunge wäre sonst ertrunken. Stell der Maschine eine unlösbare Rechenaufgabe, Philip.

Er knackte mit den Fingergelenken, um den Kater zu irritieren. Der Computer besaß winzige Chancen, den Turm zu retten. Aber er müsste seine Strategie ändern.

Stufe »erhöhte Sicherheit«, dachte Philip.

Die Maschine war darauf programmiert. Bei akuter Gefährdung der eigenen Figuren schaltete sie automatisch um.

Die Folge wäre ein Remis, dachte Philip.

Der Computer suchte nie knallhart den Sieg, er spielte in schwierigen Situationen auf ein Unentschieden, als sei er ein menschliches Wesen, das ausweichen kann.

Im Stern auf der Katzenbrust zitterten Härchen, sie begann eine Vorderpfote zu lecken, als sei es ihr Ziel, Philips Überlegungen damit zu stören.

Was erwartest du zuallerletzt, geliebtes Katerchen, du Bestie, fragte Philip und zog die Dame vor.

Das war eine Unverschämtheit.

Die Figuren standen nun genauso, erinnerte sich Philip, wie vor vierzehn Jahren im Spiel Fischer gegen Spasskij. Fischer hatte die Dame vorgezogen, und Spasskij hatte das Spiel aufgegeben.

Der Computer rechnete, auf der eingebauten Uhr blinkte die verbrauchte Zeit auf.

Philip hatte nun zwei Gläser getrunken.

Vier konnte er sich leisten. Bitte, auch fünf. Nach dem sechsten Glas besaß er gegen die Maschine, dieses schnelle Katzenhirn, nur noch eine bedingte Chance.

Er müsste aus Zufall genialisch kombinieren.

Darauf wollte er es nicht ankommen lassen.

Seine Hand war frei und leicht, das Hirn arbeitete präzis.

Philip hatte noch nie an einem Turnier teilgenommen, er spielte immer gegen die Maschine, den Kater. Jedes Mal, wenn er auf der Veranda das Programm forderte, nahm der graue Kater den leeren Platz des Partners ein, hockte auf dem Tisch, unbewegt und undurchschaubar wie eine Sphinx. Philip dachte daran, das Tier nach dem Tod ausstopfen und in Denkpose präparieren zu lassen.

Er spielte gut, und einen härteren Gegner als den Computer gab es ebenso wenig wie einen Modus, der ihm mehr Übersicht und Spielwitz abverlangte als Southern-Comfort-Schach. Das Programm war unbeirrbar, aber auch zu schlagen. Manchmal argwöhnte Philip eine regelwidrige Zusammenarbeit zwischen der Katze und dem Rechner. Ungefähr nach dem fünften Glas Whisky Orange sickerte dieser Verdacht in die Zellen seines Gehirns.

Du musst Züge aushecken, sagte sich Philip, die den Computer zwingen, lange zu rechnen. Du musst Züge ausdenken, die in seinem Programm nicht vorgesehen sind und ihn zu einem Fehler verleiten. Du musst allmählich die Schwächen in seinem System aufspüren.

Philip hatte also die Dame vorgezogen.

Doch der Computer gab nicht auf.

Mit dem nächsten Zug schlug Philip den Turm.

Die Katze zuckte mit den Ohren, schüttelte den Kopf und gähnte, als sei es eine Kleinigkeit, im Schach einen Turm eingebüßt zu haben.

Das vierte Glas war leer getrunken. Philip kämpfte gegen den Modus des Teufels und das nüchternste Programm der Welt. Er war durchaus imstande, Blindschach zu spielen. Die Züge einer Partie behielt er leicht im Kopf. Manchmal stellte er auswendig Meisterpartien nach, um sein Gedächtnis zu üben. Er analysierte auch jetzt ganz klar, aber wenn er zog, zitterte seine Hand ein wenig. Und wenn er sich Kombinationen vorstellte, Zug und Gegenzug und Zug, und die verschiedenen Möglichkeiten gegeneinander abwog, drängten sich schachfremde Bilder in seinen Kopf. Das Gesicht des Jungen, der Sabines Mund besaß. Sabines Oberarm mit blauen Flecken, weil er sie zu heftig festgehalten hatte. So sehr, dass sie aufschrie. Sein linker Flügel war optimal aufgebaut. Der Rechner spielte auf Verteidigung. Philip überlegte, durch den Abtausch der Läufer ein Figurenknäuel zu lösen. Doch einen nächsten Verlust durfte er nicht riskieren. Der Tag war zu warm gewesen, Philip hatte hart gearbeitet und sich schon vor dem Spiel müde gefühlt. Ein fünftes Glas Whisky würde ihn jeder Chance berauben. Der Modus war in dieser Phase gefährlicher als der Rechner. Der Rechner wollte nur nicht verlieren.

Die Katze hatte sich zusammengerollt und lag mit dem Rücken zum Brett, als ginge die Partie sie nichts mehr an.

Ich biete ein Remis an, sagte die Katze.

Ihr lag nichts daran, ihm weitere Verluste zuzufügen.

Ich will dir den fünften Drink ersparen, erklärte sie.

Nicht nur Sabines Mund, auch seine, Philips Züge prägten das Gesicht des Jungen. Nicht einmal in der intimsten Stunde war er mit Sabine so eins gewesen, wie er es mit dem Jungen war. Ein Fleisch. Je älter Andreas wurde, umso stärker bildeten sich Ähnlichkeiten heraus, zeichnete sich das Gemeinsame ab, und umso schlimmer schmerzte der Bruch, den er manchmal als nicht mehr gutzumachenden Verrat begriff. Ihre Ehe war aufgelöst, doch in dem Jungen blieben Sabine und er unauflöslich verbunden. Stopp, Philip hatte die Absicht des Computers durchschaut und wechselte den Platz des Königs.

He, faule Katze, sagte er, sieh dich vor.

Aber er konnte nicht Schach spielen und an den Jungen und die ehemalige Frau denken. Schach schloss alles aus, auch wenn der Southern-Comfort-Modus ihm vorgaukelte, es lasse sich vereinbaren. Der Modus schien sich jetzt ohnehin mit dem Programm verbündet zu haben. Ein Läufer ging verloren, das fünfte Glas war fällig.

Prost Katze.

Lieber Junge.

Oftmals geriet Philip in Panik. Die Vorstellung, Andreas könnte ein Unglück zustoßen, quälte ihn. Beim Frühstück, bei der Arbeit, nachts beim Schachspiel, immer wieder sah er das Bild der Unfallstelle, unter einem Tuch lag der Junge mit verrenkten Gliedern, zerschmettert oder ganz unversehrt wie einer, der mit offenen Augen schläft.

Es war das Erschrecken, unter dem alle Väter leiden.

Zermürbend waren seine Ängste, absurd und berechtigt zugleich. Nicht wahr, alter Katzenvater, sagte Philip besorgt, Kindern kann immer etwas zustoßen.

Er musste jetzt ein Remis erreichen, unbedingt und ohne weitere Verluste. In seinem Gehör widerhallten die Schläge des Herzens, eingebettet in ein Rauschen und bereits so dumpf, die Konsequenz eines sechsten Fehlers wäre nicht so leichthin zu verkraften. Das Blut floss langsam und dick durch seine Adern, der Magen bildete das Zentrum, und das Gehirn war ein Meer voll abgesoffener Schiffe.

Morgen würde ein fürchterlicher Tag werden.

Und da war wiederum der Junge, er saß über ein Game & Watch gebeugt, unberührbar, im Zustand vollkommenen und zugleich bedrohten Gleichgewichts. Philip kam nicht an ihn heran, nie, bei aller Liebe trennte sie etwas, unwiderruflich, obwohl Andreas jede Woche zwei Tage mit ihm verbrachte.

Der Ton?

Etwas bei aller Nähe Unaussprechliches?

Du weißt mit dem Jungen nichts anzufangen, Philip. Du liebst deinen Jungen, du vergötterst ihn, aber ihr esst nie zusammen vom gleichen Apfel.

Andreas schmuste häufiger mit Laura.

Er kämpfte und lachte lieber mit Sandro.

Remis.

Der graue Kater mit dem Stern auf der Brust sprang vom Tisch.

Es war die Stunde, in der die Nachtschattengewächse lautlos und unsichtbar reiften. Hoch am Himmel hielt ein Flugzeug seinen Kurs. Seltsam, sich den Innenraum der Maschine mit all den schlafenden Menschen vorzustellen.

Dein Verhältnis zu dem Jungen wäre auch nicht besser, wenn du noch mit Sabine verheiratet wärst, tröstete er sich.

Philip trug das elektronische Brett ins Haus.

Den Whisky, das Glas und den leeren Krug ließ er auf dem Tisch stehen. Philip gönnte den zahlreichen Eintagsfliegen den süßen Bodensatz.

Warum sollten sie nüchtern sterben?

Er duschte lange. In einem Glas löste er Alka-Seltzer auf und trank es beinah hastig aus. Dann putzte er die Zähne.

Schwindlig war ihm nicht, er fühlte sich nur müde wie ein Hund nach einer anstrengenden Treibjagd.

16

Vielleicht war die Ehe von Philip und Sabine Wolf wegen mangelnden Humors beim Zähneputzen endgültig zerbrochen. Mit Humor hat das nichts zu tun, sagte Philip.

Er hasste Scherze, die auf seine Kosten gingen.

Er hasste diese Scherze auch, wenn sie wahr waren.

Sabine saß mit dem Jungen beim Frühstück. Andreas quengelte, seine Milch hatte nicht die genau richtige Temperatur.

Und zu viel Honig ist auch drin, jammerte er.

Sie trank schwarzen Kaffee ohne Zucker.

Sei kein Baby, Andreas, bat sie ihn.

Draußen rollte ein Güterzug vorbei. Jetzt wäre der Augenblick, um aufzuspringen.

Der Junge füllte seine Tasse mit kalter Milch auf. Er schaute dabei zum Fenster hinaus, und die Milch lief über den Rand und bildete eine Lache auf dem Tisch.

Warum, fragte er, kommt der Donner immer nach dem Blitz?

Die Überschwemmung auf dem Tisch schien ihn nicht zu stören.

Hol den Lappen, befahl Sabine.

Die Milch tropfte auf den Boden, und schließlich war es Sabine, die den weißen See aufwischte.

Warum also?

Ich habe Lust, drohte Sabine, den Lappen über deinem Kopf auszuwringen.

Warum, Mama?

Am Ende des Blitzes, erklärte Sabine verärgert, sozusagen an seinem Schwanz, ist eine Leine festgemacht, und daran läuft der Donner.

Der muss also einfach hinterher?

Gezwungenermaßen, ja.

Der Donner ist der Hund des Blitzes, folgerte Andreas und machte ein ernstes Gesicht. Er kläfft Beifall, weil sein Herr einen Furz über den Himmel hat fahrenlassen.

Der Junge grinste. Die Milch schmeckte ihm jetzt, und auch das Brot war nicht mehr zu dick geschnitten.

Das essende Kind stimmte Sabine versöhnlich. Der Junge futterte mit Vergnügen. Ihr genügte schwarzer Kaffee, am Morgen war sie ohnehin nur ein halber Mensch.

Wenn sie an den Morgenkaffee der Wolfs dachte, befiel sie ein Unbehagen, Ameisen liefen über ihren Rücken.

Nach dem Frühstück musste Andreas den Tisch abräumen, dann packten sie den Schulsack für den heutigen Tag ein.

Es können sich nie zwei Dinge zugleich am selben Ort befinden, sagte Sabine. So ist es auch mit dem Blitz und der Luft. Der Blitz verdrängt die Luft, und sobald er erlischt, prallen die schweren Massen wieder aufeinander. Der Knall, der beim Zusammenstoß entsteht, ist der Donner. Komm, jetzt müssen wir noch die Zähne putzen.

Wenn sie Glück hatte, machte er ihr heute keine Szene. Mit Widerstand konnte er sie maßlos ärgern, Andreas wusste das und nutzte es ganz unverfroren aus. Sie standen im Badezimmer vor dem Spiegel. Der Junge war locker und entspannt.

Ganz im Gegensatz zu Philip.

Der Junge bewegte sich wie seine Mutter, er hatte ihren Mund und ihre Bewegungen. Und das prickelnde Blau von Philips Augen, den kalten Blick, den verführerisch zärtlichen. Sabine konnte nicht umhin, Vater und Sohn manchmal zu vergleichen, und musste sich gegen die Manie wehren, in gewissen Eigenheiten des Sohns den Vater zu sehen.

In Liebe und in Hass.

Sie lebte allein mit dem Jungen, das war bei allen Nachteilen gut.

Das enge Bad immer noch mit Philip teilen zu müssen wäre ihr ein Gräuel. Allein der Gedanke war eine Drohung. Sie musste auf der Hut sein. Das Vergangene suchte einen heimlichen Rückweg in ihr Leben.

Philip presste beim Zähneputzen die Hinterbacken zusammen. Sabine hatte ihn einmal darauf aufmerksam gemacht und gelacht. Warum eigentlich, hatte sie Philip gefragt, kneifst du beim Zähneputzen die Hinterbacken zusammen?

Philip hatte ziemlich humorlos reagiert.

Sei doch keine Mimose, hatte Sabine gesagt und ihn leicht in die Seite geknufft. Doch Philip hatte sie abgewehrt, er wollte sich nicht besänftigen lassen.

Du kannst nicht über dich selbst lachen, Philip.

Muss man das können, Sabine?

17

Ja

hatte Laura später doch gesagt, als Bruno Wolf seinen Antrag hartnäckig und nicht ohne Charme wiederholte. Er war nach St. Louis geflogen, nur um sie für sich zu gewinnen.

Jetzt war sie, nach Verena und Carmen, seine dritte Frau. Einmal die dritte Frau eines Mannes zu sein entsprach nicht unbedingt den romantischen Wünschen, denen sie sich einst hingegeben hatte.

Wolf ist am Morgen nie griesgrämig, betonte sie, welche andere Frau kann das von ihrem Mann schon behaupten?

Die Haushaltshilfe, die ihr jeden Tag zur Hand ging, rüstete in der Küche Gemüse. Im Garten, auf der Ostseite des Hauses, hing die Wäsche in der Morgensonne.

Was riecht besser als frische Wäsche, die an einem Sommertag im Freien trocknet? Das war eine rhetorische, sich ständig wiederholende Frage von Bruno Wolf.

Laura hatte darum befohlen, die Wäsche draußen aufzuhängen. Die Hilfe rümpfte zwar die Nase. Doch Laura wollte, dass ihr Mann, der bei offenem Fenster arbeitete, den Duft der Wäsche riechen konnte.

Sie hatte Lust, heute selbst einzukaufen, und machte sich im Bad zum Ausgehen zurecht.

Bruno Wolf war nach Missouri gereist, schon viele Male, um seinen Bruder zu besuchen, der in den Fünfzigerjahren ausgewandert war und in St. Louis ein Schuhgeschäft betrieb. Auf einer Party, im Haus eines Auslandschweizers, hatte er Laura kennengelernt.

Der Abend war langweilig verlaufen. Wolf hatte sich zu vorgerückter Stunde endlich verabschiedet, als er in der Garderobe einer jungen Frau begegnete. Laura kam in dem Augenblick, als Bruno gehen wollte. Wolf hielt sie für einen späten Gast und half ihr aus dem Mantel. Als hätte er gewusst, dass sie kommt und er sie erwartet, betrat Wolf den Salon wieder. Er begleitete Laura ganz selbstverständlich.

Sie saßen auf einem Sofa, abseits vom Partypalaver.

Versunken in eine Stunde außerhalb der Zeit.

Laura war die Tochter des Hauses.

Bruno Wolf hielt ihr Handgelenk fest, als sei er eines Haltes bedürftig, während er sprach; als müssten die Pausen zwischen den Worten mit einer Berührung überbrückt werden.

Er wusste, zwischen ihnen würde etwas geschehen.

Und Laura ahnte, dass es bereits geschehen war.

Er sucht ein Abenteuer, dachte sie und wollte darin keine Rolle spielen.

Doch sie schaffte es nicht einmal, ihm das Gelenk zu entziehen, das er nun mit beiden Händen umfangen hielt, als gelte es, etwas Kostbares zu schützen. Er spürte einen Augenblick Glück. Sein Herz schlug in einem Rhythmus, den er wohl kannte, jedoch seit Jahren nicht mehr gespürt hatte.

Nichts war bestimmt, alles schien offen und möglich bei dieser ersten Begegnung zwischen Bruno Wolf und Laura.

Er hatte eine öde amerikanische Party verlassen und war zwei Minuten später mit seiner dritten Frau zurückgekehrt.

Das hatte sich vor fünf Jahren ereignet.

Sollte er einmal mehr der Täuschung erliegen, der Verwirrung, seiner Hoffnung auf Dauer?

War nicht gerade dies so bestürzend – die Frau schien sie unausgesprochen mit ihm zu teilen?

Mit einem Mal, als sei ihm eine Warnung überbracht worden, gab er Lauras Handgelenk frei.

Er riss sich los, beinah abrupt.

So hatte Laura es empfunden.

Ohne ein Wiedersehen war er abgereist. Doch Laura hatte sein Herz berührt, er konnte diese Frau nicht vergessen und lud sie zu einem Besuch ein. »Du hast gesagt«, schrieb er, »Du würdest gern wieder einmal nach Europa reisen …«

Er könnte dein Vater sein, Laura.

Diese Feststellung machte sie unruhig, sie musste sich einen Ruck geben.

Doch sie hatte die Reise auf sich genommen.

»Stell Dir die Gegend ruhig und weitläufig vor.«

Lady Sunshine and Mister Moon.

Nein, es ist noch zu früh.

Wolf hatte sich nicht abweisen lassen.

Abweisend war sie auch nicht gewesen, nur halt mit Gründen zögernd. Sein Antrag hatte sie verstört, er weckte die bange Aussicht auf Liebe und auch auf Unannehmlichkeiten.

Er war nach St. Louis geflogen, ein weiteres Mal, um sie zu besuchen. Sie begleitete ihn auf einer Reise durch Missouri. Von St. Louis reichte Lauras Blick einfach nicht bis ins Freiamt. In Amerika wusste vielleicht außer dem Schuhhändler Wolf kein Mensch von diesem Freiamt – und die Wolfs hatten den Landstrich in Alpennähe auch beinah vergessen. Das Ja zu einem Leben im fernen Europa kam ihr auch nach dem Besuch wie ein Scherz vor. Der Gedanke, in Muri Frau Wolf zu sein, besaß etwas Unwirkliches. Laura beschäftigte sich damit, als handle es sich darum, eine Rolle in einem Film anzunehmen.

Bruno Wolf und Laura fuhren mit einem silbernen Chrysler den Mississippi entlang, über Land, das unermesslich weit war und stumpf in seinen Farben. Grauer als das Freiamt. Doch nirgendwo auf der Welt war der Himmel so blau wie über Missouri.

Wolfs Frau zu werden bedeutet auch, das Leben in der Katzenvilla zu verbringen. Sie stellte sich vor, Europa sei auf Dauer schwerer zu ertragen als der Mann, der neben ihr saß und zu dem sie sich auf eine ruhige Weise hingezogen fühlte. Verliebtheit war es nicht. Zuneigung, bestimmt. Sie konnte sich ein Leben mit ihm vorstellen, durchaus. Eine Strecke Leben. Und da war auch körperliche Anziehung, zweifellos, sie begehrte diesen Mann.

Sie hielten an, die Straße endete in einem See, der Strom hatte Weidland und Straße überschwemmt. Unvermittelt fragte Laura: Darf ich dich fotografieren?

Er stand an den Chrysler gelehnt, die Arme vor der Brust verschränkt. Sie betrachtete ihn durch den Sucher, ganz nah holte sie sein Gesicht heran, stellte die Schärfe ein, sie war erregt – die Struktur seiner Iris hatte sie wahrnehmen können, die Fältchen in den Augenwinkeln, die feine Riffelung der Lippen.

Bruno Wolf hatte sie eine Zeitlang gewähren lassen. Dann war er ins Auto eingestiegen. Laura fuhr ein Stück rückwärts und wendete auf der Straße. Er saß neben ihr, schweigend immer noch, nachdenklich offensichtlich, man hätte auch annehmen können, ein alter, etwas griesgrämiger Herr lasse sich von seiner Tochter ausfahren.

Sie benutzten Nebenstraßen ohne ein eigentliches Ziel. Die Landschaft wollten sie genießen, den Tag, diesen Himmel.

Laura hielt an einem einsamen Platz an. Sie rasteten unter duftenden Eichen und in der Nachbarschaft einsam verrottender Automobile auf dem Kamm eines Hügels. Die Straße war sanft angestiegen, sie hatten den Höhengewinn kaum bemerkt. Nun blickten sie über das weite Land. Vorsicht war geboten, der Kamm brach jäh ab, hinunter zum mählich dahinziehenden Strom.

Sie verzehrten Sandwiches und tranken Sodawasser.

Schleppkähne befuhren den Mississippi. Ein bleierner Glanz färbte die Wasserfläche, auf der das Licht nicht vielfarbig gebrochen, sondern abgestumpft und geschluckt wurde.

Ein Adlerpaar kreiste über ihren Köpfen.

Das Freiamt ist das Herz der Erde, sagte Bruno Wolf. Ich glaube, du wirst es in Muri schon aushalten. Er dachte an die Melodie, die sie auf dem Klavier im Wohnzimmer gespielt hatte; knurrend begann er zu summen.

Bald näherten sich zwei Motorradfahrer. Wie Verrückte jagten sie mit ihren Trials über den Hügelzug. Beim Abbruch zum Mississippi hielten sie ihre Maschinen an. Sie setzten sich auf den bröckligen Erdrand und ließen die Beine über dem Abgrund baumeln, als fürchteten sie den Tod nicht, als wollten sie ihn herausfordern mit ihrem Spott.

Letztlich ist es egal, wo man lebt, dachte Laura. Sie konnte überall glücklich oder unglücklich werden. Und zur Not gab es ja Flugzeuge, mit denen sie flüchten könnte. Die Erde war ein schrumpfender Planet, die Distanz zwischen St. Louis und Muri wurde immer kleiner.

Laura war zum Einkaufen bereit, und bevor sie in ihren Camaro stieg, schaute sie nach, ob nicht eine Katze unter dem Auto schlief. Es war hässlich, eine schlafende Katze anzufahren. Ihr Aufkreischen im Augenblick der Verletzung verfolgte einen bis in die Träume.

Glück und Unglück waren eigentlich, wie Liebe und Hass, viel zu große Worte, dachte Laura.

Vorsichtig wollte sie sein, behutsam und zärtlich.

Es ist doch keine Kunst, alles kaputtzuschlagen.

Es ist überhaupt nicht egal, wo man lebt, hatte Bruno Wolf gesagt, als die Trialfahrer die Beine über den Abgrund baumeln ließen, rauchten, einander auf die Schulter klopften und den Tod vielleicht nur aus Dummheit verachteten.

Überleg es dir gut, sagte er nochmals.

In seinem Innersten fühlte er: Sie hat sich bereits für dich entschieden.

Hier ist es der Himmel, antwortete Laura. Der Himmel ist ein Grund, in St. Louis zu bleiben, sein Blau wird mir fehlen.

Der Motor des roten Camaro lief leise. Vorbei an der Arbeitskolonie fuhr sie auf einer Nebenstraße nach Bünzen. Im kargen Torffeld arbeiteten Männer; kurzgeschoren das Haar. Silberpappeln und Birken prägten die Gegend. Entfernt stand ein Bienenhaus im Feld. Die Farben der Einschlupflöcher leuchteten wie geometrische

Blüten. Der Lindenberg hatte eine weiche, sattgrüne Flanke. Auf den steinernen Sockeln der Wegkreuze welkten Wiesenblumen in der Sonne. Im Boswiler Wald huschten Baumschatten wie Schlangen über die Straße, obwohl kein Wind zu spüren war. Um weiterhin durch Wald fahren zu können, bog Laura vor Staffeln nach Wohlen ab.

Sie konnte in Wohlen Käse besorgen und in Lenzburg Brot, sie könnte in Bremgarten Oliven holen, in Baden Wein – und über Zürich zurückfahren. Seidene Strümpfe könnte sie kaufen, bei Fogal am Limmatquai, und Katzenfutter in Paris.

Es gab in diesem Land einfach keine Distanzen, keine Ferne, keinen Abstand zu den Dingen. Hier sah man die Probleme immer vor den Möglichkeiten.

Laura war versucht, Gas zu geben, die nächste Autobahneinfahrt zu nehmen und einfach durchzudrücken bis Paris. Oder Mailand. Wenn sie die Einfahrt Richtung Süden wählte, musste sie nicht an der hässlichen Baustelle vorbeifahren. Laura beschleunigte jäh und trat dann so heftig auf die Bremse, dass die Reifen auf dem Asphalt eine schwarze Spur hinterließen.

Laura stieg aus. Am Rand eines Ackers wollte sie Vergissmeinnicht pflücken, sie, Wolfs dritte Frau.

Das Vergissmeinnicht war die Blume, die das Blau des Himmels über dem Freiamt in all seinen Schattierungen wiedergab: tiefblau, violett, blassblau, lila, rosarot und dunstweiß. Diese winzige Blüte hatte ein Element eingefangen, das sie von Natur aus gar nicht besaß, und war selbst zu einem Stück Himmel geworden. Der Farbe des Himmels über Missouri entsprach das Blau der Kornblume. Kornblumen pflückte Laura nie. Das Blau der Kornblume blieb ihre liebste Farbe.

18

Verena.

Carmen.

Laura.

Von Verena existierte nicht einmal mehr die Grabstelle, und Carmen war verschwunden. Bruno Wolf wusste nicht einmal, ob sie noch lebte. Es gab Tage, da wollte er nicht nur ihren Namen, sondern auch ihre Existenz vergessen.

Doch Laura war da, lebendig.

Sie ist eine attraktive, warmherzige Frau, pflegte Wolf zu sagen.

Sie ist launisch und arrogant, sagten seine Neider und Feinde, eine verwöhnte, gelangweilte Amerikanerin.

Der Sommer verlor allmählich an Intensität; die Blätter der Bäume begannen sich zu verfärben, und die Katzen suchten schon tagsüber die Nähe des Hauses. Die Luft gaukelte einem an den Nachmittagen nicht mehr trügerische Lichtinseln vor. Am Morgen war das Gras im Garten feucht und kalt. Frostig begannen die Tage, und Nebelbildungen waren die Regel.

Auf den Feldern wurde Mais eingeholt, in den Baumgärten pflückte man Obst. Der Geruch der Mosterei hockte über dem Dorf, und die Zugvögel kreisten in aufgeregten Schwärmen am Himmel, als überfordere es sie, die Richtung für den Abflug zu finden.

Im Wolfschen Haus war ein Frühjahrskater ertrunken, in der Waschmaschine, er hatte sich in die Trommel verkrochen und war wohl eingeschlafen. Die Haushaltshilfe entdeckte das Tier nicht, als sie die Wäsche einfüllte.

Sie war dem Weinen nahe. Ihr Herz hatte aussetzen wollen, als sie mit der Wäsche auch den toten Kater aus der Maschine zog. Nasses, gelenkloses Tierfell.

In der Küche erholte sie sich. Sie trank Kaffee, und ihre Hände rochen nach Tod und Apfelblüten.

In der Gemeinde Staffeln war ein neues Quartier gebaut worden, eine aus Einfamilienhäusern bestehende Siedlung. Die Wolfs waren beteiligt, Philip hatte das Projekt betreut und die Häuser verkauft oder vermietet. Alle standen am Rand der Siedlung, gewährten Blick auf das wellige Wiesland und den angrenzenden Wald. In ein paar Autominuten erreichte man Bremgarten, Wohlen oder Muri, und die Fahrt über den Mutschellen nach Zürich dauerte kaum eine halbe Stunde.

Der Siedlung fehlte nur ein Ladengeschäft, nicht einmal Zigaretten konnte man kaufen. Bruno Wolf überlegte, wie dem abzuhelfen wäre. Eine Einkaufsmöglichkeit würde das neue Quartier aufwerten, also auch seine Häuser.

Wolf saß in seinem Büro in Bremgarten. Der spärlich möblierte Raum wirkte unpersönlich, leer, auf dem Schreibtisch lagen von Hand beschriebene Karteikarten in geraden Reihen, als spiele Wolf Patience.

Es wäre entsetzlich, wenn sich das Leben wiederholen könnte und jedes Mal gleich ablaufen müsste. Bei der Wiederholung weiß man freilich – bald wird sich dieses und jenes ereignen, ja, unausweichlich: dort liegt eine Scherbe im Gras verborgen. Du siehst sie und trittst sie dir doch in den Fuß. Und bei der nächsten Wiederholung nochmals.

In den weichen Fußballen.

So funktionierte seine Erinnerung.

Bruno Wolf saß reglos an seinem Schreibtisch.

Er dachte an Verena, an das Gesicht im Bohnenbeet, an das Unglück vor dreißig Jahren.

Er dachte an Carmen, die weggegangen war, ohne eine Nachricht zu hinterlassen. Wolf sah, wie sie die Wohnung verließ, an einem ganz gewöhnlichen Tag. Sie wohnten über der Tankstelle.

Carmen briet Fleisch an, als es zweimal hupte und einer zapfen wollte. Zweifellos, das Leben wiederholt sich. Wolf roch Bratfett und Fleisch, unwillkürlich sog er die würzige Luft ein, schnupperte und erinnerte sich an das Klappern ihrer Schuhe auf der steinernen Treppe, als sie hinunterlief, um den Kunden zu bedienen.

Im Radio sangen die Beatles. Jedes Mal seither, wenn die Platte, nun als Oldie, wieder abgespielt wurde, sah er seine Frau weggehen, hörte er ihre Schritte, erinnerte er auch den Duft ihres Körpers, der noch lange in der Wohnung zurückgeblieben war.

Sie hatte das angebratene Fleisch stehen lassen.

Es war in der Pfanne verkohlt.

Die Küche hatte nach Verbranntem gerochen, ein paar Tage. Und dann wochenlang nach Carmen, nach der Frau, die verschwunden war. Die Anwesenheit des Duftes ließ ihn ihre Abwesenheit zeitweilig vergessen – alles entpuppte sich als Traum. Der Duft war aber auch geeignet, Wolf den Verlust besonders schmerzlich in Erinnerung zu rufen.

Das Leben wiederholte sich in der Erinnerung.

Sie schaltet die Zeit aus und hebt Distanzen auf, dachte Wolf. Die Erinnerung ist der Grund für unseren Glauben an ein unwiderrufliches Schicksal.

Erinnerungen sind auch Material für Tagträume, hatte Philip einmal behauptet, als sie bei einem gemeinsamen Essen darüber redeten. Wir sind fantasiebegabte Wesen, um das unerbittliche Schicksal zu überlisten. Das Leben ist zwar so und so gelaufen: doch andere Möglichkeiten sind vorstellbar.

Das ist zwar richtig, sagte Sandro, aber es hilft mir nicht weiter.

Carmen war seine Mutter. Und Wolf hatte seine Söhne zum Essen eingeladen, weil er ihnen mitteilen wollte: Ich gedenke mich erneut zu verheiraten.

Bruno Wolf war nicht ein Mann, der meinte, in seinem Leben keine Fehler begangen zu haben. Noch jetzt rechnete er mit der Möglichkeit, etwas falsch zu machen. Es war nie möglich, in allen Bereichen optimal zu arbeiten. Schwachstellen zeigten sich immer, es gab tausend Möglichkeiten, sich für das Falsche zu entscheiden, und es war darum sinnlos, einem Misserfolg lange nachzutrauern. Er hatte sich damit abzufinden, er sah

Missglücktes

Gescheitertes

Verpasstes.

Es war allerdings wichtig, daraus zu lernen und die Fehler nicht zu wiederholen.

Das Verlorene bewegte Bruno Wolf, alles, was nicht wiedergutzumachen ist, machte ihn wehmütig.

Und es spornte ihn an: das war seine Gegenwehr.

Er konnte seinen Erinnerungen nicht ausweichen.

Und sein Leben nicht korrigieren.

Aber er hielt es für wichtig, sich manchmal das, was nicht geschehen war, aber hätte geschehen können, auszumalen. Obwohl es nichts einbrachte und nicht weiterhalf. Er hatte bei dem Essen Philip recht geben müssen, auch wenn Sandro mit kaum verhaltenem Spott in der Stimme dagegenhielt:

Ja, was wäre wenn?

Das Vorgestellte existierte für ihn nicht, es war Hirngespinst, Illusion, makabres Spiel im Fall seiner Mutter.

Es war bedeutungslos.

Was nicht geschehen ist, konnte nicht geschehen, ereiferte sich Sandro. Alles was geschehen kann, geschieht nämlich auch. Das war für ihn ein Gesetz.

Fantasie und Wirklichkeit bildeten Bereiche, die einander an keinem Punkt berührten.

Schwarz und Weiß.

Philip dagegen erklärte, die Bereiche seien nicht voneinander zu trennen, sondern ein Farbton, unentmischbar, ja, wie Grau.

Immer wieder geriet die Fantasie der Erinnerung in die Quere. Bruno Wolf betrachtete dies als eine der hilfreichsten Tröstungen.

Es war auch die Ausnahme von der Regel, die seine Theorie der Wiederholung bestätigte.

Bruno Wolf hörte Carmens Schritte nicht nur verhallen, er sah seine Frau auch zurückkommen. Sie brachte Schokolade als Dessert zum schwarzen Kaffee.

Wie du meinst, spielte Sandro mit, dann habe ich also eine Mutter gehabt.

Und was geschah mit dem angebratenen Fleisch?

Carmen lief hinunter, um einen Kunden zu bedienen, erzählte Wolf, ich bereitete inzwischen das Fleisch zu. Und weil sie wieder hätte zurückkommen können – kann man sich doch leicht vorstellen, dass sie auch wirklich zurückgekommen ist.

Eben, mit der Schokolade, sagte Sandro und lächelte böse.

Und unser Leben wäre ganz anders verlaufen.

Sie konnte aber nicht zurückkommen. Aus irgendeinem verdammten Grund konnte sie nicht. Carmen war grundsätzlich verhindert. Alles andere ist Wunschdenken, Vater, schrie Sandro, ich hatte nämlich wirklich keine Mutter.

Es fiel Bruno Wolf manchmal leicht, das Vergangene zu akzeptieren. Doch es war ihm, dem Geschäftsmann, unmöglich zu glauben, auch die Zukunft unterliege den Fügungen des Schicksals und sei vorbestimmt. Das Schicksal hatte für ihn nur eine rückwärtsgerichtete Dimension. An einem bestimmten Punkt der Rückschau auf sein Leben war man bereit, es als Kraft zu bezeichnen, die nach unergründlichen Gesetzen und unabhängig vom menschlichen Willen wirkte.

Darin liegt ein Widerspruch, sagte Sandro.

Beide Annahmen sind Extreme unseres Bewusstseins, entgegnete Philip, Grenzwerte.

Was heißt das?

Es heißt nicht immer dasselbe, Sandro.

Dem Wunsch und dem unbedingten Willen musste das Schicksal Spielraum gewähren, davon war Bruno Wolf überzeugt.

Er reihte die Karteikarten ein und erhob sich von seinem Schreibtisch. Er verließ sein Büro und ging den kurzen Weg durch die Unterstadt zur Reuss. Auf einer Bank ruhte er aus. Er schaute auf den Fluss, er liebte das Spiel des Wassers, in dem sich, vielfach gebrochen, der üppige Uferwald spiegelte.

Man hat ein Recht auf Schwäche, dachte Bruno Wolf.

Wer sich zur Stärke bekannte und nichts von der Schwäche wusste, hatte weder die Gesetze der Natur noch der Gesellschaft begriffen.

Carmen war weggegangen. Er blieb mit einem kleinen Jungen zurück. Er hatte gewartet. Umsonst. Er hatte sie suchen lassen. Ohne Ergebnis.

Carmen blieb verschwunden.

Er war ein vierzigjähriger Mann, zum zweiten Mal hatte er die Frau verloren. Etwas in ihm suchte einen Weg in den Wahnsinn. Es musste doch die Möglichkeit geben, einen Ausweg aus dieser Welt in den Wahn, ein rettendes Schlupfloch, bitte, war er nicht schon drin? Gab es noch eine Steigerung? War er nicht längst irre, der vierzigjährige Mann mit den zwei Söhnen.

Eine Frau kam den Uferweg entlang.

Falls sie dieselben Kleider trägt und aussieht wie Carmen an dem fatalen Tag – lass dich nicht täuschen, Wolf.

Carmen könnte leben. Sie wäre jetzt eine Frau Mitte fünfzig. Wolf hatte es sich untersagt, sie wegen dieser Möglichkeit zu hassen.

Carmen hatte kein Motiv.

Er besaß damals bereits drei Tankstellen. Mit dem Gewinn kaufte er Land, jede erschwingliche Parzelle. Philip war fünfzehn, ein schlaksiger Junge, der lieber Latein büffelte, als an der Tankstelle zu helfen. Philip hatte zum zweiten Mal die Mutter verloren.

Es hupt bei der Tankstelle. Das ist ein ganz normales Zeichen. Okay, Vater, sagte Sandro, das Schicksal persönlich hupte, und unser Leben nahm eine unvorhergesehene Kurve.

Am Abgrund entlang.

Sie hatte kein Motiv, von dem wir etwas wussten, erklärte Philip eine Zeitlang, als sie annahmen, Carmen lebe irgendwo. Sie wollten es glauben, da die Polizei weder eine Spur fand noch die Leiche.

Nein, Philip, es gab kein Motiv.

Nenn mir einen Beweggrund, der so stark ist, dass eine Frau Anfang dreißig alles aufgibt und weggeht ohne ihr Kind.

Eine heimliche Liebe.

Das wäre zu romantisch.

Welche Vorstellung ist erträglicher: dass sie dich verlassen hat oder dass sie tot ist?

Fragst du mich oder Vater, wollte Sandro wissen.

Keine ist zu ertragen, sagte Bruno Wolf.

Es gab Männer, die sich immer wieder aufrappelten, sie hatten gar keine andere Wahl. Bruno Wolf zählte sich zu ihnen. Das war eine Frage des Naturells, seines Temperaments. Nichts vermochte ihn zu brechen. Er war unverwüstlich. Ein Unmensch, dachte er bisweilen. Die Hoffnung war ein Teil seiner Konstitution. Er hatte immer wieder Wünsche, beschwor sie geradezu, raffte sich zu ihnen auf. Wünsche rückten alles in den Bereich des Vorstellbaren, sie beleuchteten Weg und Ziel. Am Anfang war der Wunsch.

Der Tagtraum erfindet sich Bilder. Und das Leben hinkt hinter seinen Möglichkeiten her. Oder es trickst die Wünsche aus.

Als Carmen ging. Das ist ein Tritt in den Hintern des Wünschens gewesen.

Die Frau Carmen.

Die Erinnerung Carmen.

Tausend Leben und Tode hatte Wolf mit Carmen geteilt, die sich berührten und ausschlossen in der hartnäckigen, blinden Arbeit des Vergessens und Erinnerns.

Verklärt, selbstredend. Und so fürchterlich, dass er die Vergangenheit Carmen manchmal gewaltsam zu verdrängen suchte. Er wollte sie vernichten. Aber das Gedächtnis kümmerte sich nicht um seinen Schmerz, seine Wut war ihm gleichgültig.

Das Hirn denkt, was es denken muss.

Die Erinnerungen und die Bilder von der Fortsetzung des gemeinsamen Lebens erwiesen sich als die stärkere Kraft: sie besiegten den Wunsch, Carmen zu vergessen.

Es geschehen Dinge, sagte Wolf zu seinen Söhnen, als er ihnen seine erneute Heiratsabsicht gestand, die wir niemals begreifen. Es fehlt uns ein Organ dafür.

Und die ausgedachten Leben?

Sie finden synchron auf anderen Planeten statt, meinte Philip mit einer Stimme zwischen Spott und Scherz.

Eine Gruppe Kanufahrer trieb reussabwärts. Bruno Wolf schaute den farbigen Booten hinterher. Es war unmöglich, das Geschehene zu vergessen, aber es war, nach einer Reihe langer Jahre, möglich, ohne Bitterkeit daran zu denken.

Ohne Bitterkeit konnte er Verena sagen.

Ohne Bitterkeit wollte er einmal an Carmen denken können.

Verbitterung war das Schlimmste.

Zynismus, dem Leben gegenüber.

Wehmut und Depressionen entsprangen chemischen Vorgängen im Gehirn. Sie schlossen den Willen aus.

Bruno Wolf erhob sich von der Bank, er fühlte sich besser.

Befreit und heiter. Er spürte seine Kraft zurückkehren.

Die Schwermut verlor sich, sie löste sich auf.

19

Schweiß tropfte auf den Boden.

Sandro lag rücklings auf der Bank; er drückte die Hantel hoch, senkte sie wieder auf seine Brust herab und stemmte sie erneut hoch.

Sieben Wiederholungen mit einhundert Kilo auf der Stange.

Er stöhnte.

Das Kofferradio lief, und die Kraftmaschine rüttelte, wenn er die Hantel nach dem letzten Stoß auf die Halterung fallen ließ.

Er stand auf, hüpfte von einem Bein aufs andere und schüttelte die Schultergelenke aus. Er schaute auf die Uhr. Nach der Pause legte er sich wieder hin, bereit zur nächsten Serie. Er fasste die Stange der Hantel und füllte zugleich die Lunge mit Luft, senkte die Hantel auf die Brust herunter, spürte einen Schmerz auf dem Brustbein und wusste: du kannst sie nicht mehr hochwuchten.

Er lag unter dem Eisen, und das tat nun höllisch weh, es ließ ihm auch keine Chance, sich zu erholen, Kraft zu sammeln, es war, als sei alle Energie aus den Muskeln verströmt. Doch er wusste, dass dieses Gewicht zu schaffen war, er hatte es schon oft gehoben.

Du bist ein Narr, allein zu üben.

Touch me

I want your body

sang Samantha Fox aus dem Recorder. Sandro konzentrierte sich, es war nun wichtig, sich vollständig zu konzentrieren, sich zusammenzureißen, um das Gewicht wieder von der Brust wegzuschaffen, diesen Berg aus Eisen und Schmerz.

Als der Kraftakt gelang und Sandro sich, erschöpft von der Marter, aufrichtete, hatte er das Gefühl, sämtliche Muskeln seines

Oberkörpers seien taub. Und die Bizepse waren mit einem Messer durchschnitten worden. Nur der Schock verhinderte ihr Bluten. Er keuchte, auch die Druckstelle schmerzte, die Haut über dem Brustbein war aufgescheuert und heiß. Mit Lockerungsübungen entspannte er Rumpf und Beine. Und dann spürte er, wie die Kraft zurückkehrte, wie sie durch seinen Körper pulste und alle Muskeln sich mit Blut füllten, mit Energie – mit einer phänomenalen Menge ATP.

Sandro nahm einen Ball, verließ den Trainingsraum, trabte in den Garten und machte beim Tennisplatz, an dessen Zaun das Spielbrett mit dem Basketballkorb befestigt war, ein paar lockere Sprints und Sprungübungen. Er fühlte sich glänzend, vollführte mit dem Ball ein paar Kunststücke. Feeling für den Ball hatte er. Sandro sprang hoch, leicht. So hoch war er noch nie gesprungen. Mit dem Ball. Ohne besondere Anstrengung gelang ihm der dunking.

Der erste seines Lebens.

Aus dem Fußgelenk hatte er Druck gegeben, hochgeschraubt hatte er sich, gestiegen war er und plötzlich mit den Händen über dem Korbrand: er musste den Ball nur noch einlegen.

Sacht wie ein Ei ins Nest.

Schon hatte ihn die Schwerkraft zurückgerissen, landete er weich auf dem Boden und fing den Ball auf.

So spielend ging das.

Glücksgefühl durchflutete Sandro, jede Faser seines Körpers vibrierte. Das Blut war ausgetauscht mit Cola light.

Sandro war high.

So hoch war er gesprungen, er hatte oben, auf dem höchsten Punkt, genügend Zeit, den Augenblick zu genießen und den Ball ganz bewusst in den Korb einzulegen.

Er setzte sich, verschwitzt wie er war und ohne einen Gedanken ans Duschen zu verschwenden, in den gelben Jaguar und fuhr los, Richtung Wohlen. Sein Ziel war das L-förmige Haus, und der gleichsam zauberisch erreichte dunking befreite ihn von Skrupeln.

Sabine, komm, würde er flüstern, ich will mit dir schlafen, würde er sagen und sich Mühe geben, die Erregung in seiner Stimme zu beruhigen, sie zumindest zu dämpfen, was ihm sogar gelänge.

Er würde lächeln. Und sie nehmen. Und wenn er ihr die Kleider vom Leib reißen musste.

Er wollte sie besitzen.

Und sie würde ihm gehören wollen.

Touch me

I want your body

In sanften Wellen stieg der Lindenberg neben der Straße an. Der Jaguar beschleunigte. In dunklen Flächen schimmerten silbrig weiße Punkte, Möwen schwärmten ins frisch umbrochene Ackerland aus. Im Septemberlicht leuchteten Höfe und Weiler wie Erscheinungen aus einer fernen Vergangenheit. Als Sandro auf der Höhe der Go-Kart-Bahn die langgezogene Kurve fuhr, hatte die Karosserie seines Jaguars dieselbe Farbe wie die flimmernde Sonne.

Ein aufdringliches Gelb.

Der Baum war ein alter Apfelbaum. Er stand in einer Viehweide, die von einem elektrischen Zaun gesichert wurde.

Der gelbe Jaguar zerriss den dünnen Draht, prallte gegen den Stamm und rammte den Baum in eine unnatürliche Schräge. Äpfel prasselten auf das Wrack herunter.

Es hatte den Anschein, der gelbe Jaguar habe den Stamm in einem wütenden Angriff angefallen und sich in sein Astwerk verbissen.

Die Männer vom Abschleppdienst und die Sanitäter mussten auf den Baum klettern, um Sandro aus dem Auto zu holen, das wie ein im Sprung erlegtes Tier auf dem umgedrückten Baum hockte. Keiner der Männer hoffte allerdings, einen Lebenden zu bergen. In der zerfetzten Krone des Baums hing ein Boxhandschuh. Der Bauer, der den Viehzaun am anderen Tag reparierte, sammelte ein paar verstreute Tennisbälle ein und entdeckte einen Mäusebussard, der mit gebrochenem Genick auf der Wiese lag. Die Kühe schnupperten an dem Kadaver.

Als der Krankenwagen mit Sandro wegfuhr, und wenig später, als der Abschleppdienst das Wrack des gelben Jaguars mit einem Kran auf den Laster hievte, war der Himmel über dem Freiamt von zarter Blässe, kaum gefärbt von einem durchsichtigen Blau.

20

Tag und Nacht, immer von neuem Tag und Nacht. Ungeheuerliche Dinge geschahen, gegen die man nichts ausrichten konnte.

Manchmal war das Leben schiere Notwehr.

Philip Wolf legte einen Band mit Schachpartien auf den Tisch neben seinem Lesestuhl.

Er fühlte sich elend.

Im Krankenhaus, an Schläuche gehängt und ohne Bewusstsein, lag Sandro. Der alte Wolf, versteinert, saß neben dem Bett seines Sohnes. Er hatte sich seit der Einlieferung nicht von dieser Stelle entfernt. Er hockte da, krumm, er schien in sich versunken, als hätte er sich dem Schicksal wie einem Verhängnis ergeben.

Er war nicht ansprechbar, nicht einmal für Laura.

Philip öffnete ein Fenster und lüftete Zigarettenrauch aus. Über dem Garten, über dem Dorf und dem Lindenberg schimmerte ein verschwommener Halbmond.

Philip wünschte sich nun, einen Freund zu haben, einen Mann, mit dem er hätte sprechen können über alles. Über den Unfall des Bruders, über den Vater und Laura: über sein Leben, in das dieses Ereignis ein Loch geschlagen hatte, aus dem er nun auszufließen drohte, aus sich heraus in ein Nichts.

Man hatte Sandro mit dem Schweißgerät aus dem Jaguar schneiden müssen. Er hing bewusstlos in den Gurten, blutend das Gesicht, ein Bügel der Sonnenbrille steckte im Auge, Blut floss auch aus einem Ohr, und die Füße waren zerquetscht. Philip trank Wein. Er trank ohne Hast, aber gnadenlos. Der Arzt hatte ihnen nicht viele Hoffnungen gemacht. Ein Teil seines Brustkorbs war eingedrückt, und man wusste nicht, ob Sandros Füße gerettet werden konnten.

Der Wein besänftigte Philips Gedanken nicht, es blieb unmöglich, die Umstände zu verdrängen. Ihm wurde bewusst, dass er keinen einzigen wirklichen Freund besaß, nicht einmal eine Trost verheißende Telefonnummer, die er hätte anrufen können.

Hier Philip.

Ja, komm doch zu einem Gespräch.

Es geht mir schlecht.

Er hatte immer nur Frauen gehabt, Frauen gekannt, Frauen als Vertraute, als Geliebte.

Man kann mit einer Frau Tisch und Bett und Bücher teilen. Man kann sie stets an seiner Seite haben.

Wäre er verheiratet, stünde Sabine ihm jetzt bei.

Philip Wolf fehlte jedoch ein Mann, ein Freund, der mit ihm kämpfte, Rücken an Rücken, gegen alle Anfechtungen und Widerlichkeiten der Welt.

Sämtliche Beziehungen seines Lebens waren erotischer Natur. Andere Kontakte hatte er sich gar nicht vorstellen können. Nur das Erotische regte ihn an. Die körperliche Beziehung. Frau und Haut und Haar. Das weibliche Geschlecht. Sein Duft, seine Weichheit. Das Feuchte der Frau. Aus diesem Grund hatte er sich nie um einen Freund gekümmert, war er niemals auf Männer eingegangen. Mit wütender Verneinung vielmehr war er ihnen begegnet. Den Gegnern im Wettstreit um die Frau. Mit Frauen eingelassen hatte er sich, es waren immer nur Frauen gewesen, auf die er zugegangen war, Frauen, die er betrachtet hatte. Gesucht, gefunden, verloren. Und er wusste nicht genau, warum es in dieser Stunde ein Freund war, der ihm fehlte, das Gespräch mit einem Mann, nach dem er sich sehnte.

Doch es war jetzt eine Obsession.

Frauen, dachte er, du hast dabei einen Freund versäumt.

Im Krankenzimmer hatte Philip neben seinem Vater gesessen. Sie hätten zusammen schweigen können. Es hätte Philip genügt, mit dem Vater ganz einfach zu schweigen. Es wäre für ihn wichtig gewesen, mit dem Vater zu schweigen. Doch Bruno Wolf hatte weder ihn noch Laura an seiner Trauer teilnehmen lassen. Er war unnahbar geblieben, verpuppt in seiner Einsamkeit. Die beiden meinten, diesen alten Eisenmann überhaupt nicht zu kennen. Er machte sich einem fremd, er schloss einen aus. Er schloss einen sogar aus seinem Schweigen aus.

So zerbricht die Illusion von Liebe, dachte Laura.

Sie spürte etwas unangenehm Bitteres im Mund, einen Geschmack, als koste sie Metall, etwas Scharfes, als liege eine Klinge unter ihrer Zunge.

Schmeckte Abscheu so, Hass?

Sie schluckte ihren Speichel wie einen Fremdkörper, ein Gift.

Bruno Wolfs Panzerung hatte einen Riss bekommen. Durch diesen Riss drängte sich der Tod in seinen Körper, eine Dosis Tod hatte er abbekommen, einmal mehr quälte ihn der widerliche Vorgeschmack des Sterbens. Er wollte allein sein wie ein angeschossener Bär, der sich in seiner Höhle versteckt, um die Wunden heilen zu lassen.

Mit neuen Narben würde er sich wieder ins Freie wagen – wenn Sandro erwachte. Sandro müsste die Augen aufschlagen. Nur sein Blick könnte die Verkrampfung des Alten lösen, seinen steifen Rücken.

Philip schloss das Fenster, er legte sich angekleidet auf sein Bett. Mit der Vorsicht, die sich ab einem gewissen Alter einstellt, schloss er die Augen.

Im Krankenhaus hatte er ein blutverschmiertes Bündel Kleider ausgehändigt bekommen. Den Trainingsanzug, das verschwitzte T-Shirt, die zerfetzten Turnschuhe.

Philip hatte alles in den Abfall geworfen.

Er dachte an seinen Jungen.

Es verlangte ihn danach, Andreas anzurufen.

Irgendwie ist es seltsam, wollte er seinem Sohn erklären, einen Bruder zu haben, der bewusstlos an Schläuchen hängt und sich anschickt zu sterben. Es ist ein Gefühl, als sterbe etwas von einem dabei mit.

Mit einem Jungen durfte man nicht so reden.

Wirklich nicht?

So konnte man eben nur mit seinem Jungen reden.

Oder mit einem Freund.

Philip rührte das Telefon nicht an; es war viel zu spät, und er hatte keine Lust, mit Sabine zu streiten oder ihr von dem Unfall zu berichten. Ohnehin würde sie den Jungen um diese Zeit nicht wecken.

Angenommen, Andreas, die Menschen hätten noch kein Verkehrssystem.

Philip stellte sich das schlafende Kind vor.

Ein Ingenieur würde den Vorschlag machen, redete er stumm weiter, Straßen zu bauen und Fahrzeuge zu konstruieren, mit denen man sie ziemlich schnell befahren kann.

So schnell wie jetzt, hörte er den Jungen fragen.

Genauso wie jetzt, sagte Philip. Um den Preis von jährlich ein paar Hunderttausend Schwerverletzten und Toten auf der ganzen Welt.

Wahnsinn, Vater.

Jedermann würde den Kerl für übergeschnappt erklären, sagte Philip. So ein Horrorsystem käme gar nicht in Frage. Es wäre ein böser Traum, Junge.

Warum nur sind es meist die bösen Träume der Menschheit, die wahrgemacht werden?

Es wäre großartig, wenn alle, die sich wund fühlen, einfach auf ein Bett sinken dürften. Das Leben persönlich käme unverzüglich zu Hilfe und trüge einen auf Händen in eine rosa Klinik.

Dort würde alles wieder gutgemacht.

Philip döste. Aber seine Gedanken zogen weiter ihre Schleifen, bis sie sich heillos verknotet hatten. Wie ein Hamster, der unablässig sein Laufrad drehte, rannte Philip vorwärts auf seinem inneren Möbiusband.

Er hatte ein Leben und seine Lebensgeschichte, er strampelte sich ab.

In jeder Geschichte, die nicht langweilen soll, muss ein Bösewicht vorkommen, behauptete Philip.

In seinem Leben übernahmen die ganz gewöhnlichen Tage diese Rolle. Das sanfte Gesetz des Lebens schlug auf seine Geschichten ein.

Befände er sich erst einmal in der rosa Klinik, bäten diese Tage ihn um Verzeihung für alles, was sie ihm angetan hatten.

Pass auf, Philip. Lass dir nichts einflüstern. Das ist nur wieder eine Finte des Lebens. Die ganz gewöhnlichen Tage wetzen bereits ihre Messer, flüsterte der graue Schachkater mit dem Stern auf der Brust.

Das Tier hatte sich in sein Zimmer geschlichen und saß am Fußende des Bettes.

Zieh endlich. Deine Läufer stehen ziemlich nutzlos auf dem Brett herum. Falls du die Dame verlierst, wird dir der Kopf abgeschlagen.

Philip döste und spürte das Hin- und Herkippen zwischen Schlaf und Wachsein, es war unangenehm. Wie Zucker und Salz auf den Lippen. Er wälzte sich auf den Bauch, aber in dieser Lage schnürte er sich den Blutstrom zum Herzen ab. Philip rann der Schweiß über die Stirn.

Steh auf, sagte der Kater, mach Kaffee.

Es ist wirklich das Beste, jetzt, stimmte Philip ihm zu.

Später setzte Philip sich mit der Tasse auf die Veranda. Eine Zeitlang kämpften, verborgen im Schatten der Winterlinde, mit großem Lärm die Katzen.

21

Laura glaubte den Anblick ihres Mannes nicht mehr länger ertragen zu können. Als sei das eine letzte Möglichkeit, streifte sie seinen Körper mit ihrer Hüfte. Wolf reagierte nicht, er saß am Bett seines Sohnes und nahm nichts Äußeres mehr wahr. Menschen und Dinge waren für ihn durchsichtig geworden.

Unwirklich, stofflos.

Bruno Wolf konnte seinem Sohn nicht helfen. Mit diesem Wissen hatte er sich zu ihm gesetzt, unruhig und gereizt. Nun versuchte er, die höhnischen Bilder aus seinem Kopf zu verscheuchen. Doch sie tauchten immer wieder auf, und ihre Elemente kristallisierten sich um den Satz:

Du bist hier überflüssig.

Gab es eine schlimmere Einsicht, zu der ein Vater gelangen konnte, wenn er am Bett saß als stummer Zeuge, während sein Sohn mit dem Tod rang?

Um sein Leben kämpfte?

Die Situation am Krankenbett führte Bruno Wolf die eigene Nichtigkeit vor Augen.

Sandro stirbt.

Sandro überlebt.

Es gab für Bruno Wolf nicht die geringste Gelegenheit, Hilfe zu leisten oder Einfluss zu nehmen, er war mit seinen Mitteln auf eine Grenze gestoßen.

Diese Wahrheit hatte ihn schockiert.

Helfen konnte er lediglich sich selbst.

Bruno Wolf saß selbstvergessen, saß verloren auf einem Stuhl und memorierte den Ablauf der Übungen, die er jeden Morgen im Garten ausführte als eine Form der Meditation. Ohne eine Bewegung, darauf bedacht, wieder ins Lot zu kommen, versuchte er seinen Geist von der Angst zu reinigen, die ihn trübte. Und von der Angst, die seinen Körper umklammerte.

Ganz leer wollte er werden.

Gelegentlich tickten Apparaturen leise in das Rauschen der medizinischen Maschinen hinein. Die sanften Geräusche und die schwankenden Zeiger der Messgeräte hatten besänftigend auf Philip gewirkt und ihn zugleich nervös gemacht. Jede Bewegung war gesteuert und ganz auf die wichtigsten Funktionen des Überlebens ausgerichtet, grausam und kalt.

Philip hatte die Einrichtungen gemustert.

Sein Schluss: der perfekte Mensch müsste auf einer Silikonbasis gründen und wie ein Halbleiter funktionieren. Reparaturen wären viel leichter auszuführen. Problemlos ersetzten Teile Teile. Dies war nicht eben tröstlich. Und trotzdem hatte sich seine Hoffnung mit den Maschinen verbündet, in deren Obhut sich Sandros Leben befand.

An der Wand hing ein schlichtes Kreuz ohne Figur.

Christus hatte nicht nur das Kreuz verlassen, Gott hatte seine Schöpfung tatsächlich vergessen und schlug sich mit anderen, ähnlich riskanten Projekten herum.

Laura spielte mit dem Gedanken, einfach wegzulaufen. Endlich hinaus aus dem Krankenzimmer, Sterbezimmer, in dem nun alles nach Medikamenten roch, nach Blut und Tod und Schweiß. Fort von dem eigenen Mann, der sie demütigte, weil er sie nicht einbezog in sein Leid, der sich eingeschlossen hatte und sie draußen ließ, allein, beschwert mit dem doppelten Gewicht ungeteilten Kummers.

Elende Mumie, dachte sie, mumifizierter Mann.

Bruno Wolf hockte da, grausam in der Festung seiner Einsamkeit, verschanzt hinter diesem wilden Schmerz, den er zu betäuben trachtete, und wandte Laura den Rücken zu, als müsste er ihren Blick meiden, als sei seine Frau eine Feindin.

Als Philip das Krankenzimmer verließ – er stand schon auf der Schwelle und hielt die Klinke in der Hand – hatte er noch einmal zurückgeschaut. Sein Vater hielt den Kopf so tief gesenkt, dass er nicht mehr sichtbar war. Philip erblickte nur einen Körper ohne Haupt. Seltsamerweise verriet dieser Torso auch jetzt eine urwüchsige Kraft. Philip hatte den gewölbten Rücken mit Verwunderung betrachtet: er leuchtete im Gegenlicht schwarz wie Basalt, dahinter schimmerte fahl das Weiß des Bettes. In Philips Gedächtnis war ein Satz von Sophokles aufgeblitzt: »Groß ist der Götter Herzlosigkeit. Sie zeugen Söhne und sehen zu, wie sie leiden.«

Er hatte den Raum verlassen, ohne ein Wort zu sagen. Er hatte nicht einmal die Augen erhoben, um sich mit einem Blick von Laura zu verabschieden.

Wenn Bruno Wolf Laura zu verstehen gab –

Auch wenn er es nicht bewusst tat, es war doch offenkundig: nicht einmal in einer so schlimmen Situation war er auf seine Frau angewiesen. Und das bewies doch …

Was beweist es, überlegte Laura.

Es war ganz einfach deprimierend, eine Beleidigung, und bewies am Ende nichts als den ungeheuerlichen Panzer eines alten Mannes, seine Unfähigkeit, sich zu öffnen, sich zu offenbaren und zu ergeben. Es deutete auf ein System von Regeln und Grundsätzen hin, innerhalb dessen sich dieser Mann mit dem verschlossenen Gesicht bewegte, ohne nach rechts oder links zu schauen. Er genügte sich selbst, er war auf eine fatale Weise autonom, unbezwinglich und verloren.

Trotzdem war sein Verhalten unerträglich, es demütigte sie. Zwischen ihr und dem jungen Mann an den Schläuchen, den Laura meist wie einen erwachsenen Sohn, manchmal wie einen jüngeren Bruder herzlich liebte, schob sich dieser Vater, Mann und Koloss mit den blicklosen Augen. Laura wagte nicht zu entscheiden, welcher Mann sich weiter von ihr entfernt hatte, Sandro in seiner Agonie, Bruno in seinem Trotz. Die Distanz zu beiden schien ihr unüberwindbar zu sein. Es gab keine Brücke. Vielleicht aber trafen sich die Männer, die ihr so unendlich entrückt waren, in einer fernen Sphäre zu einem Austausch.

Und was tauschten sie aus?

Kraft, Willen, Lebensenergie.

Das Verbindende und das Rettende war die Leere, die sie teilten. Oder sie teilten gar nichts, jeder befand sich in Einzelhaft, in einem gläsernen Sarg.

Todespartikel tauschten sie aus.

Die Elektronen des Todes wechselten hin und her zwischen Vater und Sohn.

Der Stärkere überlebte, der Schwächere starb.

Beide auferstanden nach einem grässlichen Winter.

In Lauras Kopf klopfte ein Schmerz, über dem linken Auge hatte er zu pochen begonnen. Sie befürchtete, eine Migräne breche aus, konnte nicht mehr denken. Nichts mehr wissen wollte sie. Weder fühlen noch glauben. Und sie ertrug den Anblick nicht weiter, ihren Mann ertrug sie nicht länger, der ihr nicht erlaubte, mit ihm zu fühlen, zu leiden, zu trauern, der ihr nicht gestattete, ihn zu trösten, damit auch sie getröstet wäre.

Als Geliebte.

Als mütterliche Freundin.

Als seine Frau.

Vielleicht war Bruno Wolfs Panzer eine alte Rüstung. Die Leere in seinem Kopf bedeutete ein Meer, das ihm nun, mit Eisen beschwert, zu durchschwimmen aufgetragen war.

Laura empfand Hass für den unerbittlichen Furzer.

Hass war der Zorn der Schwachen.

Laura beneidete und verabscheute diesen unerreichbaren Mann. Es bedrückte sie, sich im selben Zimmer aufhalten zu müssen, nicht nur weil sie merkte, wie überflüssig sie war, es gab zu wenig Luft für sie beide im Raum, er ließ ihr keine Luft zum Atmen, er beanspruchte alle Atemluft für sich selbst, er verbrauchte die frische Luft ohne Rücksicht allein, um aufzutanken, um sich zu erholen, um diesen Schlag wegzustecken. Sie erstickte. Bruno Wolf litt wegen Sandro. Zugleich sammelte er sich, um sein verlorenes Gleichgewicht wiederzuerlangen. Zweifellos, er würde nicht aufgeben, er blieb sitzen, bis er sein Gleichgewicht wieder gefunden hatte. Er hatte sich ganz geleert, vollkommen leer war er.

Die Leere bedeutete das große Ziel. Umfangen von ihr, war er gänzlich gefeit vor dem Sog, der Furcht, Angst oder Schmerz hieß.

Auch vor dem unerhörten Sog, der keinen Namen hatte.

Bruno Wolf war in die Leere eingetreten. Nun existierte weder Gut noch Böse. Er dachte nicht mehr an seinen Sohn und nicht mehr an seine Wunde. Wunden schlossen sich nur, wenn man fähig war, nicht zu denken, sie müssten sich schließen.

Er atmete ein.

Er atmete aus.

Bald würde er den entzogenen Boden zurückgewinnen, wieder Fuß fassen auf dieser Erde und auftreten mit der Standfestigkeit eines Mannes von ein paar Tonnen Körpergewicht.

Es war seine animalische Kraft, die Laura abstieß und anzog und so verrückt machte – ihre Kopfhaut drohte vor Schmerz zu platzen.

Er ist ein Scheusal mit gebrochener Nase, dachte Laura; sie wollte ihn verlassen, diesen charmanten Mann, der am Morgen immer zu einem Scherz aufgelegt war.

Der Zeitpunkt, an dem Bruno Wolf von seinem Stuhl, mit dem er nun ein Monument bildete, aufstand, um innerlich neu gefestigt wegzugehen, würde unweigerlich kommen. Ob Sandro starb oder überlebte, war dabei ohne Bedeutung.

Bruno Wolf war erschöpft, aber zählebig genug, um beide Möglichkeiten zu überstehen. Doch willens und fähig, sich einzupendeln, musste er Willen und Fähigkeit vergessen. In der Stille gab es kein Kämpfen, in der Leere keine Verkrampfung. Bruno Wolf war gefasst, weil er gar nicht mehr danach strebte, auf alles gefasst sein zu müssen.

Oder gar sein zu wollen.

Er würde seinen Preis bezahlen, allerdings.

Und es blieben keine Spuren zurück?

Doch, es entstanden schlimme Narben.

Laura verließ das Zimmer.

Inzwischen war es Nacht geworden, um den Mond hatte sich ein grauer Hof gebildet, Sterne sah sie nicht; der Himmel ähnelte einer Höhle mit einem trüben Deckenlicht.

Milchiger Nebel schlierte über den Parkplatz, auf dem ein paar Autos standen. Laura fuhr nach Hause, langsam, als müssten die Scheinwerfer den Heimweg stückweise aus einer zähen Welt schneiden.

Es war sinnlos, sich das Leben mit Prinzipien zu erschweren, die man doch nie einhalten konnte. Laura hatte sich trotzdem vorgenommen, nicht mehr zu weinen. Sie versuchte an diesem Vorsatz festzuhalten, während Tränen über ihre Wangen rannen. Und ihren Hals hinunter, wo einzelne Tropfen zwischen den Perlen ihrer Kette sich einreihten.

Kein Fenster des Hauses war erleuchtet, im nächtlichen Garten standen ruhig die Bäume, gelassen und teilnahmslos. Im Konzept der Natur schien der Mensch nicht notwendig zu sein.

Nicht einmal vorgesehen war der Mensch.

Laura stieg aus dem Auto, gleich waren ein paar Katzen da, die um ihre Beine strichen und ihr folgten, als sie zur Haustür ging. Sie machte Licht, alle Lampen schaltete sie an, das ganze Haus sollte hell erleuchtet sein. Wie ein Schiff, das im Hafen verankert lag, sollte es im Garten stehen. Voller Licht, als werde ein Fest gefeiert.

Das Fest des Lebens.

Das Fest des Sterbens.

Die Feier der Überlebenden, die zwar geschädigt waren und versehrt, aber weiter herumfuchtelten und rotierten mit der Besessenheit von Spielern, die niemals aufgaben, bevor der Ruin sie dazu zwang,

der Tod.

Das Leben hat ein Make-up nötig, dachte Laura.

Und du einen starken Kaffee, redete sie sich gut zu.

Ohnehin wäre es ein sinnloses Unterfangen, in dieser Nacht schlafen zu wollen.

Schlangengrube der Träume, dachte Laura und entdeckte Philip, der auf der Veranda saß.

Sie tranken Kaffee. Schweigend. Doch jeder spürte die Verzweiflung des andern.

Obschon sie einander nicht berührten.

Erst als sie durch den Garten und am Tennisplatz vorbei aufs Feld hinausgingen, nahm Philip Lauras Hand.

Beider Hände waren heiß.

Die Formen der Landschaft, kaum erkennbar in der Dunkelheit, glichen auch Drohgebärden. Die Bewegungen der Nebelschwaden und Schleier tarnten eine Gefahr, sie schufen den Vorhang, hinter dem das Unheil lauerte.

Manchmal wünschte sich Philip, ein Vogel zu sein.

Nicht wie ein Kind, das fliegen möchte, sagte er zu Laura.

Die Welt aus der Vogelperspektive betrachten wollte er.

Verstehen aus einer gewissen Distanz.

Das Gehen verschaffte ihnen Erleichterung, in der Nacht kamen sie auch mit dem eigenen Gesicht besser zurecht. Und als die beiden sich nach einer Stunde dem Haus wieder näherten, stand es tatsächlich wie ein leuchtendes Schiff im Garten, befremdlich und schön in seiner Ruhe, gänzlich verlassen, man hätte allein nicht gewagt, es zu betreten.

Ohne sich mit Worten abzusprechen, als wäre es nicht das erste Mal, als fände ein Körper nur bei einem anderen Körper Trost, stiegen sie die Treppe hoch zu Philips Räumen und schliefen miteinander.

Im Winter des grauen Schnees

I

Schnee ist gewalttätig.

Schnee deckte alles zu. Das Auto vor dem Haus ähnelte einer weich geschwungenen Skulptur in Weiß. Wenn man es bloß nicht ausgraben müsste. Die Föhren bogen sich unter dem Gewicht der Schneelast. Schnee drückte aufs Haus, aufs Gemüt. Schnee machte die Landschaft weit, melancholisch und verwandelte den Lindenberg in einen Koloss. Schwer hing der Himmel auf die Erde herab, müde flogen die Krähen über die Felder, ihr stummes Futtersuchen erinnerte einen daran, wie zäh und wie vergänglich alles ist.

Ein Tag löste den anderen ab, das war ein langweiliges Spiel, dessen Regeln eingehalten werden mussten, keiner hatte eine Wahl. Erdrückend kurzen Tagen folgten leichte Nächte mit Sternbildern, die auf nichts wiesen als auf die endlose Leere des Raums.

Unter seinen Schneemassen begrub der Winter das Freiamt, die Blumen, das Gras, die Herzen der Menschen. Das Vieh döste in den Stallungen, auf dem Bahnhof warteten vermummte Gestalten im Morgendunkel auf den Zug zur Arbeit; in den Fabriken waren die Fenster hell erleuchtet, Maschinengeräusche drangen ins Freie, in den Bürohäusern rauschten die Klimaanlagen, in den Schulzimmern roch es nach unausgeschlafenen Kindern und eingekellerten Äpfeln vom letzten Herbst.

Nebel über den Feldern, Nebel, der allmählich in die Wälder eindrang und in die Köpfe, Nebel in den Straßen der Dörfer; man sehnte sich nach hellen Tagen, und wenn die Sonne endlich einmal durchsickerte, empfand man es als Erlösung: als könnte das Wünschen noch helfen.

Ich will nicht sterben.

Mit diesem Gedanken war Sandro aufgewacht nach seinem Unfall. Eines Tages im Herbst, so sagte er es selbst.

Er hatte einen brennenden Schmerz in seinen Füßen gespürt. Sonst nichts. Der Körper war fühllos, nicht vorhanden. Sandro glaubte sich ganz zurückgenommen in diese Füße, in dieses Feuer, reduziert auf den Schmerz. Das linke Auge begann zu pulsen, sah alles getrübt, fast ohne Farbe.

Und dahinter, im Kopf, fehlten Bilder.

Manchmal geschehen Wunder, das Auge war gerettet worden. Zwar würde es nie mehr seine volle Sehkraft erreichen, jedoch ein lebendiges, bewegliches Auge bleiben. Manchmal geschehen keine Wunder, beide Füße hatten amputiert werden müssen.

Vier lange Monate waren vergangen, und unheilbar bitter war Sandro nicht geworden, es wirkte auch die Heilkraft der Zeit: man konnte ohne Füße stehen, man lernte gehen mit Prothesen, man schaffte das irgendwie, auch wenn es wohl nur wenige Frauen gab, die insgeheim auf einen Mann scharf waren, der die Füße abschnallte, bevor er ins Bett stieg.

Eingehüllt in warme Decken lag Sandro auf einem Liegebett. Es war ein stiller Tag, der Schnee glitzerte im Schein der Sonne, und auf der Brüstung der Veranda hockte eine sich putzende Katze.

Laura brachte ihm eine Tasse Tee und setzte sich auf den Stuhl neben seiner Liege.

Sie war schön.

Sie war schwanger.

Der Tag verbreitete seine winterliche Helligkeit, man sah durchs offene Gezweig der Bäume in den blauen Himmel, alles schien sich mit dieser Helle vollgesogen zu haben, sogar die Schatten leuchteten. Seltsamerweise, dachte Sandro, wurden die Dinge innen erwärmt und blieben außen kalt. Die Außenhaut aller Gegenstände blieb kalt, aber ihr Kern war von einer wohltuenden Wärme erfüllt. Eigentlich erstaunte es ihn, so zu denken. Und das stand wohl mit dem violett eingefärbten Glas seiner Brille im Zusammenhang, mit dem neuen Bild, an das er sich zu gewöhnen hatte, das er sich notgedrungen machte, mit einem Versehrten und einem gesunden Auge.

Philip wohnte nicht mehr im Haus.

Sandro kostete den Tee.

Wenn der Sommer kommt, sagte Sandro, werden wir wieder Tennis spielen.

Laura versuchte zu lachen.

Du wirst dann so dick sein, fuhr Sandro fort, dass ich sogar eine Chance habe.

Jetzt lachte sie wirklich.

Nach dem zweiten Satz kommt das Kind zur Welt, und den dritten spielen wir dann im Herbst, neckte sie ihn.

Die Katze sprang von der Brüstung und machte es sich auf dem Liegebett bequem. Sie rollte sich dort ein, wo sich eigentlich die Füße hätten befinden müssen, sie besetzte diese Stelle, als sei es ihre Aufgabe, die fehlenden Füße zu wärmen, diese Phantomfüße, die manchmal fürchterlich froren und nur tauten, wenn Laura eine bestimmte Stelle auf Sandros Daumenballen massierte.

Im November hatte Philip die Villa verlassen, als Sandro noch im Krankenhaus lag; er hatte eines der Wolfschen Reihenhäuser in Staffeln bezogen.

Es war angenehm, seine Zeit auf der Veranda zu verbringen, im Schutz der Decken, unter der Wintersonne des Freiamts, an einem Tag, der einem vorgaukelte: die Welt ist schön, das Leben gut. Besonders in Gesellschaft einer Frau, die heiter war und einen nicht fortwährend daran erinnerte, ein Krüppel zu sein mit vierundzwanzig. Doch dieser Tag bildete ebenso eine Ausnahme.

Er bestätigte die Regel, dass dieser Landstrich von Nebel heimgesucht war, eine Gegend, die es den Schwermütigen leichtmachte, an den Kreiselbewegungen der eigenen Gedanken zu verzweifeln.

Es hatte auch heute Bussarde in der Luft, einheimische Greifvögel, die über der Landschaft dahinschwebten, hungrig und scharf auf Beute.

Es waren zeitweilig gerade diese Bussarde, ihr langsamer Gleitflug, die Sandro bewiesen: Fliegen wäre möglich – doch es ist aus damit.

Hauptsache, du hast überlebt.

Ja, freilich.

Doch es war nur die Hälfte der Wahrheit.

Da fehlte, zum Beispiel, in Sandros Erinnerung ein Herbst. Der lag begraben. Jetzt unter Schnee.

Die Geschäfte nahmen ihren Lauf. Allein die Präsenz des Vaters schien das zu belegen, sein unermüdliches Arbeiten. Die Wolfschen Pizzas befriedigten die Mägen. Und mit vollem Bauch ließ sich manches leichter ertragen.

Sandro war nicht unglücklich, nicht unzufrieden, doch manchmal überwältigte ihn die ungeheuerliche Gewissheit, ein Krüppel zu sein.

Er hatte einen Rechner neben sich liegen, er las in einem Buch und lernte, wenn er nicht zu müde war, die Geheimnisse der Unternehmensführung. Es gab gewisse Dinge, die man ohne Füße nicht mehr tun konnte. Und andere, für die sie nicht unbedingt die Voraussetzung waren. Es wäre also dumm – das Falsche zu wollen. Das Schlimmste waren die Grübeleien. Doch von denen versuchte Bruno Wolf seinen Sohn abzulenken. Mit Arbeit, mit Aufgaben, die er ihm auftrug. Das Allerschlimmste allerdings waren die schlaflosen Nächte, in denen Sandro versuchte, die Lücke in seinem Gedächtnis zu füllen, diesen blinden Fleck im Gehirn, wo ihm die Bilder fehlten, als wären sie mit den Füßen verschwunden.

Wo waren sie geblieben?

Die Bilder, die Füße?

Wer hatte was damit gemacht? Was tun Ärzte mit amputierten Gliedern? Wurden operativ entfernte Füße verbrannt, fehlende Erinnerungen? Gewiss war ein Teil von ihm bereits kremiert, der Gedanke war ihm nicht geheuer. Und die Asche, die Rückstände im Gedächtnis. Etwas schnürte ihm die Kehle zusammen. Der Unfall hatte seine eigenen Bilder vernichtet. Wo war ihre Asche verstreut worden, wo waren die fehlenden Tage versunken, die Wochen an

Maschinen und Schläuchen. Wo hatte er sich aufgehalten, während ein Gerät für ihn atmete und ein Apparat sein Herz schlagen ließ? Es war ausgeschlossen, das zu überprüfen. Sandro litt in diesen Nächten ohne Schlaf, ganz innen glühte ein Punkt, den man besser nicht anrührte. Und wenn dann die Füße noch schmerzten, wenn das Blut in den Zehen pochte und sie weh taten wie damals nach dem Schlittschuhlaufen auf dem Weiher im Wald, als er ein Kind war und glaubte, auf toten Eisstummeln nach Hause zu laufen, zu humpeln, wo keine Mutter auf ihn wartete. Sandro weinte in solchen Nächten und rieb die roten Stümpfe. Und er hasste sie. Er verfluchte sie. Und suchte nach den Bildern. Er stellte sich das Ereignis vor: aber was er sich vorstellte, war nicht das Geschehene, es war nur ein Ersatz dafür, eine jämmerliche Annahme. Auf dem Tennisplatz lag Schnee.

2

Nina wartete auf ihren Vater.

Sie arbeitete in Waltenschwil, im Konsum. Es war abgemacht, dass er sie abholte.

Karl Meyer reiste als Vertreter für Bonbons durchs Freiamt. Er kannte jeden Weiler, jeden Winkel, jedes kleine Ladengeschäft, das Bonbons führte. Meyer war Mitte Vierzig, ein Reisender in Sachen Süßigkeiten, der in seiner Freizeit heimlich Geschichten schrieb, ein Mann mit traurigen Gesichtszügen und dünnem Haar, der selbst zuckerfrei lutschte.

Guten Tag, hieß seine Formel, was darf es denn sein.

Noch stand er im Konsum der benachbarten Gemeinde Boswil vor dem Gestell mit dem Sortiment seiner Firma und füllte es auf. Er schaute auf die Uhr und beeilte sich, er hatte sich etwas verspätet: in Muri, in Bremgarten, in Wohlen. Ein Konsum war ein Konsum, die Arbeit war überall gleich, und die Verkäuferinnen hatten alle abgearbeitete Hände mit stumpfen Fingernägeln.

Manche von ihnen sah auch gut aus.

Jedes Mal, wenn er aus einem der Geschäfte auf die Straße trat, wurde er geblendet. Vom Neonlicht in den Sonnenschein wechselte er selbstvergessen, lutschte, das war eine Sucht, trug Kartons zu seinem Auto, versorgte den Musterkoffer, saß dann hinter dem Steuer und füllte Formulare aus, erledigte den buchhalterischen Kram seines Jobs, den er weder liebte noch hasste, den er einfach ausübte. Was denn sonst? Er ernährte damit seine Familie. Und ob einer mit Bonbons reiste oder mit Versicherungspolicen, mit Medikamenten oder weiß der Kuckuck was, es war einerlei, die Routine des Alltags holte jeden ein, es gab kein Entkommen. Es gab nicht einmal mehr den Wunsch zu entkommen. Es war sogar so, dass er seinen Job oft gerne ausübte. Gern fuhr er zu der blonden Verkäuferin in Benzenschwil. Gern zu der Schwarzen in Sins, gern zu der Roten in Buttwil. Kein Entkommen, wie gesagt, wozu entkommen, er lebte ja nicht im Gefängnis, er wusste seine bescheidene Freiheit durchaus zu schätzen, und er liebte das Freiamt. Und wenn ihm, während er die Bestellscheine ausfüllte oder die Auswahl eines Ladens neu sortierte, ein brauchbarer Satz, gar der Anfang einer neuen Geschichte einfiel, war dies ein winziger Augenblick Glück:

Mario Nickel war ein entsetzlicher Mensch mit Kragenweite Nummer neununddreißig.

Meyer besaß einen Volvo Kombi mit großem Kofferraum, ein robustes Auto, geeignet für die Landstraße, geeignet auch, über Feld oder in den Wald hineinzufahren, wenn er sich zwischen den Geschäftsbesuchen eine Stunde frei nahm und einen Spaziergang machte. Um durchzuatmen, wie er sagte. Über Mittag gelegentlich in Begleitung einer Verkäuferin, oder wie heute mit seiner Tochter, meistens allerdings allein.

Nicht dass er ein besonders naturverbundener Mensch gewesen wäre, der sich für die Namen der einzelnen Bäume oder Pflanzen interessierte, er liebte es, grundlos im Freien zu gehen, er wusste ein paar Vogelarten zu unterscheiden, kannte seit seiner Schulzeit halt die häufigsten Wiesenblumen wie jedermann. Und er liebte die seltenen Orchideen, die im Sumpf, im Moorland zwischen Rottenschwil und Werd blühten. Dort spazierte er am liebsten, im Herbst zwischen den mannshohen Maispflanzungen, deren Rispen im Sonnenlicht rötlich schimmerten, im Winter über offene weiße Felder, mit ruhigen Schritten, im Reinen mit sich selbst, der zerrissene Mann, und spuckte Bonbons, rote und gelbe Bonbons in den Schnee, violette und grüne.

Nina erwartete ihn auf dem Parkplatz.

Sie fuhren durch den Wald Richtung Bremgarten, bogen ab nach Hermetschwil, von wo aus sie auch schon den Fluss entlang gewandert waren, Vater und Tochter, fuhren nach Rottenschwil auf der Kantonsstraße, zwischen glitzernden Schneehängen, die sich zum Lindenberg erhoben und stufenweise abfielen zur Reussebene, unter einer strahlenden Sonne, an einem Tag, der die Sicht auf die Alpen frei gab: auf dieses Traumgebirge im Süden, fern und feindselig, mit dessen Kern ein Teil (die schroffen Gefilde des Herzens) Karl Meyers verbunden war, ob ihm das passte oder nicht.

Nina saß schweigsam neben ihrem Vater.

Sie dachte an Sandro Wolf. Ihr Vater wusste das. Dieses Wissen stand wie eine Schranke zwischen ihnen. Auch er befasste sich manchmal mit diesem jungen Mann. Er wusste, dass seine Tochter ihn liebte. Trotz der Verstümmelung. Oder gerade darum. Das vermischte sich. Für sie, für ihn. Manchmal machte sich Nina den Vorwurf, Sandro sei an ihrer Stelle verunglückt. Er sei das Opfer ihrer eigenen gewaltsüchtigen Träume geworden.

Unter den Rädern knirschte der Schnee, Karl Meyer stellte den Volvo auf dem Parkplatz vor dem Restaurant Hecht ab.

Du magst doch Fisch, fragte er Nina.

Klar, sagte sie, das weißt du doch.

Als sie hintereinander auf dem freigeschaufelten Weg zum Restaurant gingen, fiel Meyer auf, dass der Hund fehlte. Jetzt erst wurde ihm das bewusst. Seine Tochter kam ihm ohne ihren Begleiter hilflos vor, sie wirkte so klein, wie sie vor ihm ging, eine junge Frau, die Schultern mit einem wollenen Dreieckstuch umhüllt, in roten Lederstiefeln, zerbrechlich sah sie aus, seine erwachsene Tochter, dieses Mädchen, geplagt vom Liebeskummer, verfolgt von heillosen Ängsten.

Es war still. Nur die Schritte im Schnee, gedämpft, und das sachte Fließen der Reuss, die zwischen weißen Ufern dahinzog wie ein schwarzer Strom. Und plötzlich ein Schwarm kreischender Möwen, der kreiste und kreiste am hellen Himmel, als fände er keinen Landeplatz, um dann unvermittelt niederzustechen zur Brücke, wo sich Vogel neben Vogel aufs Geländer setzte und ruhig war, als wäre kein Suchflug und nie ein Schrei gewesen, niemals Zeit, nur die winterlich harsche Ewigkeit.

Nina und ihr Vater betraten das Restaurant. Es war warm und roch nach gebackenen Fischen. Auf den Steinfliesen Spuren von Schuhen, kleine Schneereste, die grau wegschmolzen. Sie setzten sich an einen Tisch am Fenster.

Meyer blickte aufs brachliegende Feld hinaus.

Die Menschen, dachte er, haben diesen Landstrich in Besitz genommen, sie haben sich ansässig gemacht. Nun halten sie an ihrem Eigentum fest, nun werden sie festgehalten von ihrem Land und ihrem Besitz.

Er überließ sich seinen Gedanken.

Man konnte im Freiamt leben, das Land war weit, und die Häuser versprachen Dauer. Wie ein Grab, das auch. Und Schnee lag wie Watte, daran man ersticken konnte. Und in der Weite wurde einem plötzlich eng, man griff zum Herzen und fiel tot um oder litt unter fürchterlichen Zahnschmerzen wie Karl Meyer. Mitten in der Nacht wachte er manchmal auf, mit stockendem Puls. Er stand dann auf und streifte durchs dunkle Dorf oder spulte mit dem Auto Kilometer ab, ließ die Scheinwerfer Straße und Landschaft ausleuchten, auffressen, und wähnte sich verschmäht von allen Konsumverkäuferinnen der Welt.

Die Serviertochter brachte ihnen die Speisekarte.

Sie bestellten Eglifilet, gebacken, mit Salzkartoffeln und grünem Salat. Sie tranken eine Flasche Sylvaner Riesling. Es ließ sich hier gut sitzen, sie kamen ins Gespräch. Draußen stob ein Reiter auf einem grauen Pferd über den Damm, dass unter den Hufen der Schnee aufsprühte und sich vom Licht gebrochen zersternte.

Sandro will sich als Krüppel sehen, sagte Nina unwirsch, er lässt mich nicht an sich herankommen, nicht mehr. Sie kräuselte die Lippen, angewidert.

Er sagte nichts.

Was gäbe es zu sagen?

Er könnte der Tochter das Glas nachfüllen, er könnte ihr eine

Zigarette anbieten, er konnte vielleicht sagen: Lass ihm Zeit. Meyer verschränkte seine Hände zu einem Schloss. Er vermied es, Nina zu berühren, als fürchte er, eine Berührung verletze sie.

Wie Kinder einem entglitten.

Wie man selber hin und wieder meinte, auf der Rutsche abwärts zu sausen, und Angst bekam, keinen Halt mehr zu finden.

Meyer tunkte ein Stück Fisch in die Hollandaise, es schmeckte ausgezeichnet.

War das nicht genug?

Durfte ein Handelsreisender mehr erwarten?

Er legte nach dem Essen das Besteck auf den Teller, und die Serviertochter trug ab.

War das schon alles gewesen? Das ganze Leben. Die Wiederholung des Alltäglichen.

Und dann den Löffel abgeben?

Karl Meyer beengte für einen Augenblick das Gefühl, ein Mann in der Mitte des Lebens zu sein, unfähig, seine Tochter zu trösten. Er fürchtete, das Verständnis für junge Leute verloren zu haben, er begriff nicht mehr, was sie dachten und fühlten.

Da sagte Nina: Du hast recht, Sandro braucht Zeit.

Sie zwang sich zu lächeln.

Dabei legte diese sonst so widerspenstige Tochter ihm die Hand auf den Arm und ließ sie eine Weile liegen, ihre kleine warme Frauenhand.

Mach kein so elendes Gesicht, tadelte sie und scherzte: Alter Griesgram, ich habe mich so über die Einladung gefreut.

Nach dem Essen spazierten sie auf dem Dammweg am Fluss entlang, gegen die Trägheit der Strömung. Nina schob ihre Hand in die Manteltasche des Vaters. Am Ufer ein Schwan, er folgte ihnen und wartete auf einen Brocken Brot. Wie Speere stachen Schilfrohre aus dem Schnee, die trockenen Büschel zuoberst ähnelten Haarschöpfen, dunkelbraunen Skalps. Sie blickten durch den kahlen Wald aufs Moor und auf den vereisten, vom Hauptfluss abgetrennten Arm der Reuss, auf ihr früheres, nun verlassenes Bett.

Auf der Höhe der Siedlung Werd, nach einer halben Stunde

Gehens, bogen sie beim Flussübergang in die vom Schnee befreite Straße ein. Sie wollten im abgelegenen Restaurant Reussbrücke einen Kaffee trinken.

3

Er liebte den Kosmos und die große Seele seiner Esel. Jakob Wolf war so alt wie dieses Jahrhundert, er lebte mit seinen Tieren allein in einem alten Haus in Werd, neben dem Restaurant Reussbrücke, wo er gern ein Glas Wein trank, meist schweigend, und seine Zigarre rauchte, ein bärbeißiger brummiger Mann, dem seine Esel näherstanden als viele Menschen.

Jakob Wolf war neugierig, dreist und schlau. Manchmal hingen Strohhalme an seiner Jacke, weil er im Stall bei den Eseln geschlafen hatte, und Fremde hielten ihn für einen Bauern. Gegen diese Annahme sprachen allerdings die Davidoffs, die er rauchte, der Volnay, den er trank, und seine Hände; dagegen sprachen die weißen Hemden, die er trug, und seine Vorliebe für Ausfahrten mit dem Taxi.

Als Nina und Karl Meyer an seinem Haus vorbeigingen, sahen sie drei oder vier der Esel im plattgetretenen Schnee stehen, freundliche Tiere, damit beschäftigt, einen abgesägten Ast zu benagen, weiße Esel mit großen Köpfen, eine Gruppe, deren Vorfahren Jakob Wolf aus Ägypten heimgebracht hatte. Seltsam schillerte ihre Fellfarbe im Schnee.

Jakob Wolf, Brunos Vater, der Großvater von Philip und Sandro, war zeitlebens ein Einzelgänger gewesen.

Ein Spinner, behauptete man in Bremgarten, wo er geboren und aufgewachsen war.

Ein Spinner, erzählte man nicht ohne Nachsicht, überall wo er gewohnt hatte, einer, der sich nicht anpassen will.

Ihn kümmerte das wenig.

Ohnehin hielt er die Menschen für geistig beschränkte Wesen, denen auch der Instinkt der Tiere fehlte. Man musste nur Nachrichten hören oder Zeitung lesen. Der Beweis der menschlichen Dummheit wurde täglich neu erbracht.

Jakob Wolf war ein stämmiger Mann, nun leicht gebeugt, mit bedächtigem Gang. Häufig plagte ihn Arthrose in den Kniegelenken, und er stand auf Kriegsfuß mit seiner Blase. Er hatte einen ansehnlichen Schnauzbart, buschig und ganz weiß, aber kein einziges Haar auf dem Kopf. Dafür im Sommer einen Panamahut und winters die Schirmmütze aus Leder. Zu allen Jahreszeiten trug er irgendwelche Bücher und eine Schrift über Astronomie bei sich.

Er kennt den Himmel wie seine Westentasche, sagten Verwandte, Nachbarn und Leute, die ihm näherzustehen glaubten.

Nicht er selbst.

Er würde vielleicht bemerken, er versuche nun seit gut achtzig Jahren, den Kosmos und seine Geheimnisse zu verstehen.

Jakob Wolfs Interessen galten Sternbildern und Spiralnebeln, den schwarzen und den Zeitlöchern, außerirdischen Existenzen und der Esoterik, er las gern Science-Fiction und beschäftigte sich mit Fragen der Reinkarnation sowie der Eselszucht.

Ein bisschen viel auf einmal, kritisierte Bruno Wolf manchmal. Nur wenn du das getrennt betrachtest, brummte Jakob Wolf.

Doch es war nicht der Fall, dass sie häufig zusammen sprachen. Jeder führte sein eigenes Leben, es gab wenig Berührungspunkte und kaum Gemeinsames, das sie verband; beide waren sie eigensinnige Männer, die Mühe hatten, Gleichstarke neben sich zu dulden, beide waren sie Männer, von denen man dachte, sie seien zwar alt, aber noch immer unbesiegt.

Zwischen den Eseln ein paar scharrende Hennen, die den sonnigen Tag leise begackerten. Über dem ausgedehnten weißen Feld zwischen Rottenschwil und Werd lag eine Ruhe, die sich so nur über einer zugeschneiten Moorlandschaft verbreitete. Jakob Wolf hörte die unsägliche Weite zwischen den Eiskristallen sich dehnen.

Und die Reuss war immer da, das unmerkliche Grundgeräusch des Flusses, den Jakob Wolf jetzt weder roch noch sah, den Einheimische allerdings spürten, in sich trugen wie ein Geheimnis, wie ein geheimes Fieber, die alte Reuss, die in dieser Gegend immer neu ihren von der Schwerkraft vorgeschriebenen Weg gesucht und gefunden hatte, dieser Strom, den man freilich als das Selbstverständlichste nahm, das man weder hören noch sehen oder gar beachten musste: würde die Reuss über Nacht weggezaubert, bräche alles zusammen, das System dieser Landschaft und des Lebens, das man darin führte.

Der Strom bildete die Achse der Galaxie Freiamt.

Der Strom war die Milchstraße in Jakob Wolfs Leben, in seinem irdischen, wohlverstanden, im Leben des Jahres 1987 hienieden, wo wir alle geboren sind – um wieder Staub zu werden. Staubpartikel eines dritten Universums, pflegte er zu sagen, in dem freie Elektronen Geist transportieren und schwerelose Esel auf esoterischen Weiden grasen.

Nach der Geburt des Sohnes Bruno war Jakob Wolf mit einem Scheinwerfer auf das Dach seines Hauses geklettert. Er hatte sich rittlings auf den First gesetzt und die frohe Kunde mithilfe des Lampenmonstrums in das geduldig horchende Weltall hinausgemorst. Hell schoss die Strahlenfolge weg. Jakob Wolf schuf dem Namen seines Sohns eine ewige Bahn zwischen den Sternen.

Die Morsezeichen sind noch immer unterwegs, erklärte Jakob Wolf seinem Jungen, als er zehn Jahre alt war. Und er wiederholte diesen Satz an seinem zwanzigsten, dreißigsten und vierzigsten Geburtstag. Und das Licht war auch heute noch unterwegs als Namensfigur und Wolfscher-Schweif, irgendwo und mehr als sechzig Lebens- und also Lichtjahre entfernt zwischen der Sternkonstellation des Wassermanns. Verwandt dem Licht von längst toten Sternen, das immer noch erdwärts unterwegs ist, sagte Jakob Wolf, und plötzlich in den Gesichtskreis unserer Nächte eintritt, während die damals losgeschickten Signale sich allmählich ins Nichts entfernen.

In die Tiefe des Kosmos.

Genau besehen ergaben der Sternenhimmel und das All dahinter den hauptsächlichsten Grund, den Winter nicht zu hassen, diesen fürchterlichen Februar, in dessen Nächten dem Greis, der allein im Bett lag, das Blut in den Adern zu gefrieren drohte und die zu Eis verwandelten Knochen schon klirrten. Dann stand er auf und ging zu den Eseln in den Stall, rauchte eine Davidoff, trank eine Flasche vom feurigsten Burgunder und wärmte sich zwischen den schlafenden Tieren.

Sein Problem war einzig sein Gedächtnis, das sich manchmal weigerte, den kleinlichen Unterschied zwischen Vergangenheit und Gegenwart zu akzeptieren und alles, das Erlebte, Erdachte und Geträumte, als eine einzige, unumstößliche Wirklichkeit verstand, in der er lebte, durch die er wanderte wie durch ein Haus mit unendlich vielen Räumen, die alle hintereinanderlagen und ohne eine hemmende Schwelle oder verschlossene Tür beliebig zu betreten waren und zu bewohnen.

4

Zuerst verschwanden die Vögel vom Himmel. Dann froren die aufgetauten Pfützen auf den Feldwegen zu. Der Wald verdunkelte sich plötzlich, gleichsam wie ein Auge von innen her, als würde ein grünes Licht stufenlos ausgeschaltet. Nur die verblauenden Schneefelder behaupteten ihr Leuchten für ein paar Minuten; das war schon der ganze Widerstand, den der Tag der Dämmerung bot, die so gewalttätig über ihn hereinbrach.

In Staffeln, in der Siedlung, gingen wie auf ein Zeichen die Lampen an. Die Kinder, die eben noch einen Schneemann gebaut hatten, waren nun zu Hause.

Philip Wolf hatte gearbeitet. Er schob die Entwürfe beiseite, es handelte sich um Geschäftspapiere, und hörte den Telefonbeantworter ab. Das hielt er immer so. Damit beschloss er den Tag.

Um dann eine Stunde ruhig zu lesen.

Oft fiel es ihm schwer, besonders wenn ihn ein juristisches Problem beschäftigte, auf ganz andere Dinge umzuschalten.

- Auf eine Heizung, die in einem Wolfschen Haus in Wohlen ausgefallen war.
- Auf eine Wasserleitung, die in der Nacht geborsten war, weil ein Mieter vergessen hatte, das Kellerfenster zu schließen.

Dann spürte er den trockenen Gaumen und die Zunge, die sich sträubte, da er den ganzen Nachmittag kein Wort gesprochen hatte, nicht einmal mit sich selbst, und auch seine Schultern waren sichtlich verkrampft.

– Ob man den nachlässigen Mieter ausfindig und haftbar machen soll, wollte der Hauswart wissen.
– Ob es klüger sei, den Brenner nochmals zu reparieren oder ihn auszuwechseln?

Diese Fragen waren, obwohl nicht unwichtig, immer ganz banal. Er durfte sie keineswegs auf sich beruhen lassen, auch wenn sie ihn langweilten. Philip musste eine Entscheidung treffen.

Als die Telefonate erledigt waren, dieser tägliche Kleinkram und Kleinkrieg, rief er seinen Jungen an. Er tat das häufig, es war wie eine Belohnung, die er sich am Ende der Arbeit selbst zugestand.

Morgen Nachmittag, sagte er, gehen wir Eislaufen.

Kommt auch nichts dazwischen?

Bestimmt nicht.

Und kaufst du mir neue Hockeystiefel?

Ich habe es doch versprochen.

Andreas lachte und beschrieb Philip die Stiefel, die er sich wünschte. Dann, nach einer Pause, verstellte er seine Stimme, und sie spielten zusammen eine Geschichte von Janosch:

Tag, Mister Bockelmann, piepste Andreas, hier spricht Schnuddel, ich möchte Gärtner werden. Ist das leicht?

Ganz leicht, murmelte Philip als Gärtner Bockelmann mit dem ollen Strohhut, ich nehme einen Apfelkern, grabe mit der Schaufel ein kleines Loch in die Erde und pflanze ihn ein. Ich begieße ihn mit Wasser und lasse ihn wachsen.

Und was wird daraus im Herbst?

Weiß nicht, sagte Schnuddel.

Ein Apfelbaum, sagte Mister Bockelmann. Und ich nehme einen Pflaumenkern, grabe ein kleines Loch in die Erde, pflanze ihn ein, und was wird daraus im Herbst?

Apfelbaum, sagte Schnuddel.

Falsch, sagte Gärtner Bockelmann, Pflaumenbaum.

Aha, rief Schnuddel, alles klar. Wie vorher, so nachher, habe genau verstanden.

Ich nehme einen Sonnenblumenkern, sagte Mister Bockelmann, pflanze ihn in die Erde, begieße ihn mit Wasser.

Und was wird daraus im Herbst?

Ein Dings, rief Schnuddel, weiß schon: ein Dingsbums …

Richtig , sagte Mister Bockelmann, haargenau richtig. So leicht ist das.

Dann hängten sie ein.

Und Philip rief Laura an.

Oder Margrit.

Philip Wolf hatte die Katzenvilla bald nach der Nacht mit Laura verlassen, er zog weg, als sie bekannte, schwanger zu sein.

Das freie Haus in Staffeln war ihm gelegen gekommen, dieses Reihenhaus, das mehr als genug Raum bot, zwar keine Veranda, jedoch einen kleinen Balkon mit freiem Blick auf den Wald besaß.

Philip liebte Spaziergänge im Wald, und am vergangenen Sonntag, als Margrit Fischer ihn begleitete, hatte es ihm sogar Spaß gemacht, wie ein Kind Schnee von den Ästen zu schlagen und Schneebälle zu werfen.

Triffst du mich, hatte sie ihm zugerufen und sich mit ausgebreiteten Armen als Ziel angeboten.

Etwas, vielleicht eine alte männliche Ritterlichkeit, hinderte Philip daran, die Frau wirklich zu treffen. Seine Würfe verfehlten sie weit.

Margrit war dann nicht so zimperlich gewesen.

Sie war also zum Klassentreffen gekommen, Margrit, das Mädchen von damals, seine erste, diese scheue Liebe, seine einzige Liebe überhaupt, wenn man es genau besah, war er versucht zu denken, aber er dachte auch, während er sich im Bad vor dem Spiegel rasierte, dass diese Beurteilung ungerecht sei. Es war eine Jugendliebe gewesen, die gar nicht hatte scheitern können, weil sie nie auf die Probe gestellt worden war, eine Zuneigung, ein Schwarm, eine Verliebtheit, gewiss heftig, aber mehr nicht. Sonst hätte man sich doch nach der Schulzeit nicht gleich aus den Augen verloren.

Margrit Fischer war eine Frau von fünfunddreißig Jahren; sie lebte zusammen mit Anna, ihrer elfjährigen Tochter. Margrit war geschieden.

Philip beendete die Rasur und betupfte sein Gesicht wie gewohnt mit dem Parfüm, das er seit Jahren benutzte.

Während er die Erfrischung auf seiner Haut spürte, überlegte er sich, ob Margrit diesen Duft wohl mochte.

Magst du mich riechen?

Er hoffte, ja.

Und es war eigenartig, mit den Händen über die glatte Haut des Gesichts zu fahren und sich selbst in die Augen zu blicken wie einem Freund, den man lange nicht mehr gesprochen, lange nicht mehr getroffen hatte. Unbeabsichtigt stellte er zwischen sich und seinem Gesicht im Spiegel eine Beziehung her, etwas Dunkles, durchaus Zweideutiges regte sich.

Im Schlafzimmer wählte er ein weißes Hemd aus und eine Krawatte mit Blumenmustern.

Philip war zu dem Klassentreffen gefahren in der Hoffnung, Margrit zu sehen. Seltsam beklommen betrat er den festlichen Saal, in dem alle, die bereits den Nachmittag gemeinsam verbracht hatten, am gedeckten Tisch saßen. Bevor ihm die Namen zu den Gesichtern einfielen, hatte die Klasse bereits wieder in die alten Geschichten zurückgefunden.

Die Zeitmaschine lief rückwärts.

Konstellationen, Gruppenbilder, die Philip wahrnahm, begannen mit Bildern, die lange in seinem Gedächtnis geschlummert hatten, unvermittelt übereinzustimmen. Wer in der Schule unzertrennlich war, fand sich aufs Neue, und die Erwachsenen pflegten den vertraulichen Umgangston der Schulkinder von damals. Ein Fremder hätte sie nicht auf Anhieb verstanden.

Ein Fremder?

Ich fühlte mich so, beteuerte er.

Die Plätze waren also vergeben. Philip setzte sich irgendwo an den Rand der hübsch dekorierten Tafel, wo noch ein Stuhl frei war, und verteilte gleichmäßig Freundlichkeiten.

Das fiel mir nicht besonders schwer, erwähnt er freimütig, ich bin das von Konferenzen gewöhnt.

Doch seine Augen suchten nur diese eine Frau, und als er sie fand – entdeckte sie zugleich auch ihn. Beider Blicke schienen sich ineinander zu versenken.

Eine heiße Freude stieg in ihm auf, eine schier grenzenlose Erwartung.

Unverzüglich erhob er sich von seinem Platz.

Margrit war gleichfalls aufgestanden.

Sie gingen aufeinander zu, und was sie als Schüler nie gewagt hatten, geschah nun.

Geschah ist das richtige Wort dafür, erläuterte Philip.

Sie nahm seine Hände.

Beide Hände, betonte Philip.

Und er küsste sie ohne Frage auf den Mund.

Philip kämmte sein dunkles, nicht mehr ganz dichtes Haar nach hinten und zog einen nachtblauen Anzug an. Er knüpfte die Krawatte und blickte sich in die Augen. Das Blau schillerte in ein unentschiedenes Grün. Er prüfte sein Aussehen im Spiegel, fand sich zumindest akzeptabel, und das gab ihm ein gutes Gefühl.

Aus einer eigenartigen Laune heraus hatte er das Haar vor dem Klassentreffen nach hinten gekämmt und die Brille abgelegt, als wollte er sich ein neues Gesicht schenken, das Gesicht der Jugend – mit den unübersehbaren Spuren von zwei Jahrzehnten.

An der freien Stirn hatte Margrit ihn erkannt.

Augenblicklich, sagte sie, als du hereingekommen bist.

Es gibt Situationen, in denen ein Mann vom dringenden Bedürfnis heimgesucht wird, einer Frau sein Leben zu beichten. Als Philip nach so vielen Jahren Margrit wieder begegnete, war ihm nichts nebensächlicher als das Vergangene.

Sie hatten sich nach dem Kuss wieder getrennt, überrascht von der Wildheit der eigenen Gefühle.

Wir wären am liebsten gleich weggegangen, so äußerten sich übereinstimmend beide.

Irgendwohin, nur um allein zu sein.

Getrennt, zumindest räumlich – irritiert, gestand Philip, stocherten dann beide im Essen herum: das wollte kein Ende nehmen.

Innerlich unbeteiligt folgte Philip den Gesprächen.

Weißt du noch, Philip, fragte ein breitschultriger Mann, den er keineswegs erkannt hätte, wenn er von ihm auf der Straße angesprochen worden wäre, dessen kraftvolle Erscheinung ihm eher Furcht als Vertrauen eingeflößt hätte und dem er einmal, das war der Inhalt der Anekdote, mit einem Pfeil beinah ein Auge ausgeschossen haben sollte.

Philip hatte nur Margrit im Kopf.

Der Mann zeigte ihm die Narbe auf der Stirn.

Margrits Duft hatte er in der Nase.

Erinnerst du dich tatsächlich nicht mehr, bedrängte ihn eine muntere Frau, mit der ihn wirklich keine Erinnerung verband, keuchend, lachend, und ihm schien es anzüglich, als sich ihr Busen schüttelte, diese nun frei bewegliche, unbewehrte Weiblichkeit, auf deren Jugend sie anspielte: Die Mädchen probierten nach der Turnstunde den Büstenhalter von Ella, sie war die Erste, die einen trug.

Du hast uns dabei überrascht, Philip.

Im Kopf, in der Nase?

Das sind vielleicht nicht die ganz richtigen Ausdrücke, schränkte er ein, als sie endlich allein waren: Ich war vom Wunsch besessen, mit dir wegzufahren, um dich zu lieben.

Doch Philip hatte sich nach dem Kuss auf seinen Platz zurückbegeben. Wie ein Mann, dachte er, der sich nur am Rand seiner eigenen Geschichte aufhält, weil er nicht die Kraft besitzt, ihr Zentrum zu bilden.

Auch einer gewissen Scham konnte er sich bei dem Treffen nicht erwehren; neben Namen, die ihm bald wieder einfielen, blieben manche vergessen. An die früheren Gesichter erinnerte ihn nichts mehr. Die harten Fettschichten der mittleren Jahre hatten sie entstellt. Erst ein Lachen, ein Tonfall oder eine Geste enttarnte sie und half dem Gedächtnis.

Philip war zum Ausgehen bereit.

Er hatte Margrit zu einem Essen in den Adler nach Muri eingeladen.

Leider, bedauerte sie am Telefon, geht es nicht.

Anna hatte Fieber.

Komm doch zu mir, schlug Margrit vor.

Sie wollte ihr Kind jetzt nicht allein zu Hause lassen.

Er beherrschte sich, er gab sich Mühe, in seiner Stimme keinen Vorwurf durchschimmern zu lassen.

Philip stieg in den Keller und holte zwei Flaschen alten Wein, Gevrey Chambertin, weil er wusste, dass sie ihn am liebsten trank.

Langsam fuhr er mit dem Auto durch die abendlich stille Siedlung, er freute sich auf Margrit und versuchte, einen Schachzug zu verscheuchen, der sich in die Vorfreude drängte, das Damenopfer, das Kasparov gegen Karpov eingegangen war, anlässlich – Die Räder walzten den halbgefrorenen Schnee.

Als das Personal beim Klassentreffen das Dessert hereintrug und alle die mehrstöckige Eistorte beklatschten, war er mit einem Mal entschlossen aufgestanden und zu Margrit hingegangen.

Komm, hatte er gesagt und ihren Nacken berührt.

Unbemerkt hatten sie den Saal verlassen.

Aus der gläsernen Tür des Restaurants Stadthof traten sie in die Nacht hinaus, im Bewusstsein, eine alte Grenze zu überschreiten, vor der sie sich gefürchtet hatten, und ohne Absprache gingen sie, unbekümmert um die Leute, die sich beim Eingang des Spitteltheaters versammelten, zum Parkplatz, wo Philips Auto stand.

Philip hatte seinen Arm um Margrits Schulter gelegt, sie hielt ihn um die Hüfte fest.

Sie waren über den Mutschellenpass nach Zürich in ein Hotel gefahren.

Sie saßen sich nun in Margrits Wohnung gegenüber, während das fiebernde Kind in seinem Zimmer unruhig schlief.

5

Ein alter Mann nimmt ein Bad, dachte Bruno Wolf. Er lag im warmen Wasser, das ihm die Illusion gab, sein Körper sei leicht. Und das war notwendig.

Bruno Wolf war nicht ein Mann, der sich groß um Jahreszeiten kümmerte, doch mit zunehmendem Alter hatte auch er den Winter fürchten gelernt. Wenn alles verschneit war und die Kälte wie ein Fluch über dem Freiamt lag, die Kälte, die im Grund ein leichter schwebender Hauch war und doch so niederdrückend und schwer, dachte er mitunter, es wäre das Beste, sich von allen Geschäften zurückzuziehen und nichts mehr zu tun.

Du würdest vor Langeweile sterben, unterstellte ihm Laura.

Wolf bezweifelte, zumindest in der Wanne liegend, wenn das Wasser seinen Körper angenehm umspielte, die Richtigkeit ihrer Annahme. Aber sobald er sich erhob und das Wasser über seinen Körper rann, während er sich mit dem Frottiertuch trocknete, dachte er wieder an seine Geschäfte, als würde die Abreibung nicht nur die Zirkulation des Blutes, sondern auch seinen Tatendrang neu beleben.

Einerseits begünstigte ein Bad seinen zunehmenden Hang zur Melancholie des Alterns. Andererseits weckte die Massage mit dem Frottiertuch seine Lebensgeister.

Bruno Wolf ließ nochmals warmes Wasser einlaufen.

Geräuschvoll schlug der Strahl in die Wanne und überdeckte das metallische Klirren, das Bruno Wolf gestört hatte, den Lärm der Hantelarbeit, mit der Sandro sich abquälte.

Man kann Bizeps auch ohne Füße trainieren.

Dagegen wusste er kein stichhaltiges Argument, und dennoch tat es dem Alten weh, den Jungen sich abmühen zu hören, besonders im Bad, dessen Wärme nun seine Gefühle nährte und seinen Verstand lähmte.

In den letzten Wochen war Bruno Wolf zweimal nach Werd gefahren, zu seinem Vater. Seit Jahren unterhielten sie kaum mehr einen Kontakt, aber der Greis war doch gekommen, unerwartet, um Sandro zu besuchen.

Im Krankenzimmer trafen sie sich zufällig, drei Wolfsche Generationen, drei Männer, die einander im Grund so ähnlich waren, dass sie sich wie gleichpolige Magnete auch abstießen.

Bruno Wolf brachte seinen Vater, der mit dem Taxi hergereist war, später nach Hause.

In Werd forderte dieser den Sohn nicht auf, das Haus zu betreten. In der Reussbrücke begnügten sie sich mit dem einfachen Mittagstisch. Sie redeten wenig. Jakob Wolf wollte nach dem Essen ausruhen, und Bruno entschied sich, einen Spaziergang übers Feld zu machen. Der Nachmittag war herbstlich kühl. Unter den Bäumen am Wegrand lagen die Nüsse noch in den Schalen, die dem die Finger gelb färbten, der sie aufbrach. Leitern lehnten in den Obstbäumen. Frauen füllten Äpfel in Körbe und luden sie auf einen Wagen. Die Mostbirnen wurden geschüttelt und prasselten auf die Wiese herab.

Ihm fielen die zahlreichen Eichen auf.

Die Rotkohlfelder schimmerten violett, die Zuckerrüben glänzten orangefarben, der Mais war reif; aus den Kolben, die am Wegrand lagen, pickten die Vögel Körner.

Es war ein verzauberter Herbsttag.

Das Jahr präsentierte seine Ernte.

Die Zeitung und das Fernsehen nannten zu jeder Frucht eine Strahlendosis.

Der Himmel war ein gesammeltes, kühles Blau.

Sämtliche Farben schienen zurückgenommen – und zur größten Intensität verdichtet zu sein, sie brachten die Reife zum vollkommenen Ausdruck.

Es war ein Tag, der die schlummernde Sehnsucht aufweckt, aufstöbert, hatte Bruno Wolf zu Laura gesagt. Und du kommst ins Sinnieren, weil du die Sehnsucht zwar spürst, aber ihren Ursprung vergessen hast.

Der Herbst war die schönste Jahreszeit im Freiamt.

Er hatte ein frei in den Feldern gelegenes Gehöft durchquert, war einem dünnen Bachlauf gefolgt und nach einer Stunde in Aristau angelangt. In der Wirtschaft bestellte er ein Stück Torte.

Ich aß es wie ein Kind, gestand er Laura, das gierig schleckt und schleckt, bis ihm schlecht wird.

Schon damals, auf dem Rückweg zu seinem Auto, am späten Nachmittag, während des Gehens, als die Sonne am Horizont versank und ein milchiger Bodennebel das Land verhüllte, hatte er daran gedacht, sich bald von allen Geschäften zurückzuziehen.

Um sie Sandro zu übergeben.

Dem fußlosen Hantelmann.

Bruno Wolf lag in der Badewanne. Der Lärm von eisernen Hanteln, die auf eine stählerne Halterung zurückgelegt werden, hatte aufgehört.

Ein alter Mann nahm ein Bad, und im Wasser ähnelte sein schlaffes Geschlecht einer ertrunkenen Fledermaus.

Er lag ausgestreckt in der Wanne, dem Ort, Erinnerungen nachzugeben, nachzuhängen, und sich in ihren Mäandern treiben zu lassen.

Oder den toten Mann zu markieren.

Bruno Wolf dachte an Laura. Sie würde noch lesen, sie würde einen Brief schreiben oder telefonieren, es gab gar nicht viele Möglichkeiten, sie könnte mit Sandro im Wohnzimmer vor dem Fernseher sitzen, er müsste den Kopf untertauchen, bis das Wasser die Ohren zudeckte, dann hörte er, ob das Fernsehgerät lief; aber das wäre viel zu mühsam, unangenehm überdies: er war ja bequem, und es gab nicht den geringsten Anlass, sich anzustrengen und die Lage zu ändern, schon gar nicht, eine Sache zu klären, der er nicht die geringste Bedeutung beimaß. Schlaff das Geschlecht, registrierte er mit müdem Spott, es würde auf und nieder schwappen, wenn er die Hüften hob und senkte. Es würde sich, falls Laura käme und eine Hand freimütig ins Wasser tauchte, darin zu regen beginnen. Es war nichts als ein folgsames, seinem Herrn treu ergebenes Hündchen, das für ihn tat, was es konnte.

Du solltest keine heißen Bäder mehr nehmen, maßregelte sich Bruno Wolf, es wäre am Ende klüger, darauf zu verzichten; man konnte ja auch einen trockenen Körper mit dem Frottiertuch abreiben, wenn es galt, den Blutkreislauf anzuregen.

Bruno Wolf stand auf.

Und spürte gleich seine ganze Schwere, seine nasse, triefende Nacktheit.

Er betrachtete sich im Spiegel.

Ich bin schwanger, hatte Laura ihm überraschend erklärt.

Sie waren allein beim Morgenkaffee gesessen.

Er betrachtete seinen nackten, gut sechzigjährigen Körper mit seinen Mängeln und Schäden, mit seiner Verbrauchtheit und der verbliebenen männlichen Kraft im Spiegel.

Ich bekomme ein Kind, Bruno.

Er war gerade dabei gewesen, Kaffee in die Tasse zu gießen, und während die Tasse sich füllte, hatte sie diesen Satz gesagt, und als die Tasse voll war, hatte er begriffen: Laura war schwanger und wollte das Kind behalten.

Er hatte ihr, ganz alte Schule, die Hand geküsst.

Und sich erinnert: dir wird diese Mitteilung nicht zum ersten Mal gemacht – aber immer von einer anderen Frau.

Doch niemals, wusste er, hatte er so förmlich und verhalten darauf reagiert, noch nie hatte er auf diese Kunde hin seiner Frau die Hand geküsst.

Jetzt schien ihm die Geste angebracht.

Der Handkuss hatte eine gewisse Steifheit verraten, zugegeben, als wäre er zu einer spontanen Äußerung nicht mehr fähig.

Und Vorsicht.

Vorsicht drückte die Geste aus, die nicht verletzen sollte, und fürsorgliche Zärtlichkeit. So ganz überrascht war er auch nicht gewesen.

Eine alte Nase lässt sich nicht so leicht täuschen, hatte er gedacht, ohne es auszusprechen. Seit einiger Zeit war ihm ihr Geruch aufgefallen. Wie bei Verena, wie bei Carmen. Er wusste, dass eine Frau anders riecht, wenn sie schwanger ist, zweifellos, eine ganz bestimmte Duftnote hatte ihre Schwangerschaft verraten.

Er war trotzdem auch unsicher gewesen, bisher, irritiert nach all ihren Bedenken in dieser Frage. Nach ihrer schroffen Abwehr, wenn er den Wunsch, sie könnten ein Kind haben, auch nur angedeutet hatte.

Bruno Wolf rieb sich trocken, das Haar, den Körper, rieb, bis die Haut sich rötete, frottierte sacht sein trauriges Glied, das umgeben war von einem grauen Büschel Haar, einem schütteren Schopf, aber noch immer zeugungsfähig und voller Begierde.

Dann zog er sich an und ging die Treppe hoch in sein Büro, um noch eine Stunde zu arbeiten.

6

Im Februar war man froh über helle Tage.

Laura lag wach im Bett und wartete auf die Morgendämmerung. Jedes Mal, wenn sie bei Dunkelheit aufstehen musste, bedrückte sie das. Sie dachte mit einem gewissen Erschauern an die Zeit, als sie Tag für Tag bei Dunkelheit zur Arbeit fuhr, durch winterlich trostlose Vororte von St. Louis. Und nach Büroschluss bei Nacht zurück. Ein Leben, wie es Maulwürfe führen, hatte sie einmal geklagt und sich geschüttelt.

Endlich wurde es hell.

Die Farbe des Tages und die Farbe der Gardinen ähnelten sich, und bald stimmten sie überein. Im kahlen Garten zeichneten sich die Umrisse der Bäume ab.

Laura war im vierten Monat schwanger; über dem Bauchnabel spannte die Haut, die Taille verlor Form. Dafür hatten sich die Anfälle von Schwindligkeit und Erbrechen seit ein oder zwei Wochen ergeben. Nach dem Erwachen entdeckte sie manchmal nasse Flecken auf dem Nachthemd, die Brüste hatten Milch abgesondert, es war eine Probe gewesen.

Ihr Körper schien ihr zu entgleiten. Er führte ein Eigenleben und nährte ein Fremdes, diesen Winzling, der in ihr wuchs und den sie beim Arzt als Schatten auf dem Bildschirm gesehen hatte, als würde aus ihrem Bauch ein Programm übertragen.

Das also war ihr Kind.

Es war spielend leicht, und im nächsten Augenblick unmöglich, sich diesen Schatten als Lebewesen vorzustellen, als ein Kind aus Fleisch und Blut, das bald weint und lacht, das trinkt und schreit.

Ein Kind mit fünf Fingern an jeder Hand. Das ganz normal ist. Und wirklich zwei Beine hat. Bei Gott. Die Angst vor einer Missbildung konnte sie plötzlich hochfahren lassen und in Panik versetzen. Die schlimmsten Möglichkeiten malte sie sich aus. Eine fürchterliche Laune der Natur, wie sie sich ausdrückte: nicht auszudenken.

Ihr Arzt versuchte sie dann zu beruhigen. Die Schwangerschaft verlief doch bisher ganz prächtig. Bruno musste sie trösten, Sandro redete ihr gut zu, alle hatten sie zu besänftigen, ihr wieder und wieder zu versichern: Das Kind ist normal, ein ganz normales Baby wirst du gebären.

Oder die hartnäckigen Blutungen in den ersten beiden Monaten, diese geruchlosen Ausscheidungen am Morgen in der Wäsche, als sie befürchtete, ihr Kind zu verlieren. Laura stand auf und zog das Nachthemd aus.

Vor dem Spiegel betrachtete sie ihren schwangeren Körper. Noch nie war ihr dieser Leib so verletzlich und zugleich so stark erschienen.

Er führte ein Eigenleben, dieser Körper. Es gab Augenblicke, da fühlte Laura sich wie ein Tier, mit dem Versuche angestellt wurden. Und ihre Gefühle gerieten in einen Strudel. Seit sie schwanger war, wechselten ihre Stimmungen so unberechenbar, an manchen Tagen kam sie sich wie das Opfer eines missglückten Tests für ein Psychopharmakon vor.

Laura hatte keine Lust zu duschen. Sie empfand eine Abscheu vor Wasser, neuerdings, sie mochte ihren Eigengeruch gern, und es ekelte ihr vor Seife, Parfüm oder Deodorant.

Sie schlüpfte in den Morgenrock und nahm eine kleine Tube aus dem Nachttisch, ein Präparat, das Schwangerschaftsstreifen verhindern sollte. Sie umschloss die Tube mit den Händen, um sie ein wenig zu wärmen. In sachten Kreisen massierte sie die Salbe in die Bauchhaut ein; sie streichelte sich und das Kind.

Ob es die Liebkosung fühlte?

Bestimmt fühlte es sie.

Nach dem Frühstück zog sie die gefütterten Stiefel an und den Mantel. Sie verließ das Haus, ging durch den Garten und vorbei am Tennisplatz aufs freie Feld hinaus. Dort, wo Bruno Wolf seine täglichen Turnübungen zu machen pflegte, war ein kreisrunder Fleck Schnee festgetreten.

Am Morgen einen Spaziergang zu machen hatte sie sich angewöhnt. Es war ein Ritual. Bei jedem Wetter hielt sie daran fest. Es tat ihr gut zu gehen.

Dem Körper, dem Kopf, der Seele tut es gut, zählte sie auf.

Und dem Kind, ergänzte Bruno Wolf.

Ihr Becken hatte sich bereits etwas verschoben, sie ging mit leicht hohlem Kreuz und ihre Spur im Schnee war breiter als im letzten Winter.

Bald wackelst du wie eine aufziehbare Ente, versuchte Sandro sie zu erheitern. Laura, die als Kind so ein Spielzeug besaß, rief sich das blecherne Tier, seinen Watschelgang über den Teppich, wieder in Erinnerung.

Warum denn nicht, lachte sie, Enten sind doch herrliche Viecher.

Der Tag war verhangen.

Laura hörte die Motorsägen der Arbeiter, die im Wald Bäume fällten. Es war ein vertrauter Lärm, er gehörte zum Februar, auch in Missouri. Und es war doch jedes Mal erstaunlich, wie leicht sich starke Bäume in handliches Brennholz zerlegen ließen.

Das Schneefeld schien sich am Horizont in Himmel zu verwandeln. Schimmerten dort Verwehungen oder tiefhängende Wolken? Ein Jeep ratterte über den Weg; ein dunkler Wolfshund rannte hinterher, die Zunge schlappte aus dem Maul.

In den kahlen Obstbäumen hockten Krähen.

Laura ging zufrieden. Sie hatte in jener Nacht, als Sandro nach der Operation an den Schläuchen hing, an der Überlebensmaschine, mit Philip geschlafen. Aus Zuneigung, zweifellos, und auch, weil man halt zusammenkroch, wenn einem die Welt aus den Fugen geriet, wenn man zur katastrophalen Annahme neigte, alles habe sich gegen einen verschworen.

Es war schön gewesen.

Ein Augenblick Leben, also auch Schmerz.

Glück und Unglück zugleich.

Liebe und Verrat.

Laura war, als Philip schlief, auf ihr Zimmer gegangen. Sie hatte versucht, sich mit einem Buch abzulenken, sie konnte weder Ruhe finden noch Schlaf, war aufgewühlt, verletzt und beglückt, hin- und hergerissen, empfindungslos, und trotzdem fühlte sie: das Leben schrumpft zu einem Punkt zusammen. Sie mochte nicht lesen, das Buch taugte aber als Schutz. Nur wusste sie nicht wovor. Um diesen winzigen Punkt Leben kristallisierten sich die Elemente einer Geschichte, von der sie nicht wusste, wie sie ausgehen würde.

Sandro kommt durch, er schafft es, hatte Wolf gesagt, als er nach Hause gekommen war, mitten in der Nacht.

Eine nüchterne Feststellung, so kam ihr das vor.

Bruno Wolf machte nicht den Eindruck eines Mannes, der Stunden am Bett eines Sterbenden verbracht hatte; alle Müdigkeit schien von ihm gewichen, nicht die geringste Erschöpfung war ihm anzumerken. Er war ein Mann, der auch dem Tod, der seinen Sohn dahinraffen wollte, die Stirn bot. Er war so widerwärtig stark.

Laura hatte ihr Buch beiseitegelegt und ihn angeschaut, ohne ein Wort zu sprechen.

Es gab keinen Weg, Laura besaß nicht die Kraft, nein zu sagen, als er mit ihr schlafen wollte.

Seine Bewegungen, sein Keuchen, sie glaubte darin doch einen Rest Verzweiflung zu spüren und war auf eine kühle Weise froh, sich ihm nicht verweigert zu haben.

Es begann bereits zu dämmern, als er von ihr abließ und den schweren Körper auf die Seite wälzte. Endlich war dieser Mann erschöpft, endlich hatte er sich ergeben, endlich war Bruno Wolf wieder ein Mensch.

Unruhig lag sie neben ihm.

Die ersten Strahlen der Morgensonne fingerten ins Zimmer.

Da war sie doch noch eingeschlafen.

Laura näherte sich dem Geräusch der Motorsäge, entdeckte zwischen den dunklen Stämmen die orangen Overalls der Männer. Der

Jeep parkte neben einer Hütte. Das Lärmen der Säge erstarb. Mit einem Rauschen stürzte eine Tanne vornüber, und krachend schlug sie auf dem Boden auf.

7

Der Konsum von Waltenschwil blieb über Mittag geschlossen. Der Eismann war gekommen, er füllte die Gefriertruhen mit den Produkten seiner Firma auf, Nina half ihm dabei. Die Packen waren so kalt, sie blieben einem an den Fingern kleben, so kühl, kein Geruch unterschied Himbeertorte, Backwaren und Fisch. Der Eismann trug einen weißen Overall mit der Aufschrift seiner Firma, er war ein Mann Mitte Dreißig mit Frostbeulen an den Händen, der gern anzügliche Witze erzählte, wenn er das gefrorene Zeug auffüllte, steife Kaninchen ohne Kopf, ausgeweidete Tierleichen hart wie ein Brett.

Nina führte Kontrolle. Sie übertrug die Stückzahlen in die Kolonnen des Lieferscheins, laut zählte der Eismann auf und legte die Dinger in die Truhen. Am Schluss hatten sie beide das Formular zu unterschreiben.

Nina fand den Mann nicht besonders unsympathisch, nur war sie jedes Mal froh, wenn er wieder ging. Einmal, als er gefrorene Filets obszön kommentierte, stellte sie sich vor, wie er sich wohl anstellte, wenn er mit seiner Frau schlief. Ganz unvermittelt hatte sie ihn gefragt: Haben Sie eigentlich Kinder?

Da hatte er ihr Fotos gezeigt.

Der Eismann war Vertreter wie ihr Vater. Auch wenn ihr Vater kam, die Regale mit den Bonbons und Süßwaren neu sortierte und ergänzte, schrieb sie am Ende das Datum und ihren Namen auf den Lieferschein. Ihr Namenszug neben dem Namenszug des Vaters bestätigte einen Vertrag zwischen zwei Firmen. Das kam ihr wie ein Sinnbild vor. Was galten für Konditionen im Geschäft zwischen Vater und Tochter, welche Punkte mussten auf dem Lieferschein angekreuzt werden? Seine Besuche machten sie befangen; der Berufsmann war ganz anders. Er trug Anzug und Krawatte, dem Vater zu Hause hing manchmal das Hemd aus der Hose, wenn er in Pantoffeln herumlief, unrasiert, und sich am Rücken kratzte. Der Vertreter war ein korrekter Mann, Vater konnte auch miese Laune haben und über Sodbrennen klagen an einem verregneten Sonntag.

Wenn sie den Lieferschein unterschrieb, was war sie dann für ihn, wie sah der Handelsreisende seine Tochter? Ob er mit ihr sprach wie mit einer beliebigen Konsumverkäuferin? Und sie, behandelte sie ihn wie den Eismann und den Tierfutterhändler? Ihr Vater war nicht ohne Charme.

Nur hatte er vom ewigen Lutschen eine farbige Zunge.

Es war etwas wärmer geworden, ein lauer Wind hatte den Platz vor dem Konsum getrocknet. Der Eismann fuhr weg. Mit aufleuchtenden Bremslichtern wartete er darauf, in die Hauptstraße einbiegen zu können.

Schnee rutschte von den Dächern und klatschte in die Gärten, wo die letzten Schneemänner wegschmolzen; Kohleaugen und Rübennasen steckten in unförmigen Haufen. Auf zugeschneiten Beeten lag die Asche der winterlichen Kaminfeuer wie Schimmel. In den Schneemauern fielen die gelbrandigen Löcher auf. Noch ein paar sonnige Tage, noch zwei oder drei Föhnnächte, und die Vögel fingen an, den Frühling einzuträllern und Material für den Nestbau zu suchen.

Eigentlich mochte Nina diese Jahreszeit nicht. Der auslaufende Winter kam ihr erbärmlich vor. Nichts mehr in der Landschaft schien eine feste Konsistenz zu besitzen. Der mächtige Schneeleib des Lindenbergs zerfiel. In der scheckigen Umgebung, zwischen Schneeflächen und aperen Stellen, wie zufällig hingewürfelte Häuser. In der Nacht überzog Glatteis die Straßen. Am Himmel zerrann der Mond, im Morgengrauen wurde die Straße mit Salz bestreut, die Sonne arbeitete tagsüber als Vernichtungsmaschine. Beim

Gehen sogen sich die Stiefel mit Nässe voll, waren sie abgetrocknet, blieben Salzränder zurück. Im Bach stieg der Wasserstand.

Nina bereitete sich im Lagerraum eine heiße Bouillon zu, sie schlug ein Ei in die Brühe und streute Reibkäse hinein.

Sie hatte keine Lust, nach Hause zu fahren oder die Mittagspause im nahen Restaurant zu verbringen, in der rauchigen Gaststube, wo Lastwagenfahrer, deren schwere Brummer auf dem Parkplatz standen, einträchtig Karten spielten, bevor sie ihre Hetzjagd auf der Autobahn wieder aufnahmen.

Es roch gut im Lagerraum, besonders neben den Kaffeekartons und bei den Schnittblumen. Und beim frischen Gemüse. Und bei den geräucherten Würsten. Alles verströmte seinen starken Duft, nur das Tiefgekühlte war absolut geruchsfrei, ekelhaft, eine tote Masse, deren Gestank verheimlicht werden musste.

Nach Sandros Unfall suchte Nina den Bauern auf, dem die Wiese mit dem Unheilsbaum gehörte. Ihr Vater hatte am Stammtisch vernommen, nach dem Unglück habe der Mann im Gras einen toten Mäusebussard gefunden.

Nina wollte den Vogel haben.

Der Bauer kratzte sich den Kopf und sagte, er habe den Bussard auf seinem Miststock verlocht.

Wann denn?

Heute, am frühen Morgen.

Nina grub den Kadaver aus, reinigte ihn am Brunnen, steckte ihn in einen Plastikbeutel und brachte ihn zum Tierpräparator. Eindeutig ein Genickbruch.

Der Vogel musste auf dem Baum geschlafen haben und bei dem überraschenden Aufprall getötet worden sein. Nina gab dem Präparator den Auftrag, den Bussard auszustopfen. Diese Gänge kosteten sie viel Kraft. Ekel hatte sie überwinden müssen. Die Tierleiche widerte sie an. Sie hatte sich erbrochen, ihr kam es vor, unendlich lang habe sie sich erbrechen müssen, nachdem sie den Vogel dem Präparator überlassen hatte und wieder zu Hause war. Es war so etwas wie eine Zwangshandlung gewesen, ein Akt, der sie befreien sollte von Todesangst und Schuldgefühl. Der Bussard war für Sandro gestorben. Als Stellvertreter. Als ausgestopfter Vogel war der Tod nun festgehalten und gebannt. Der Moment des Todes war verewigt in den blicklosen Augen des Bussards, den sie in Angriffspose hatte herrichten lassen. Mit ausgebreiteten Flügeln stand er auf seinem Ast. Auf einem Ast, den Nina vom umgefahrenen Baum abgesägt hatte. Auf dem Autofriedhof, wo der Jaguar lagerte, hatte sie ein gelbes Stück Blech von dem Wrack geholt, um daraus den Ring zu formen, den der Bussard nun um den Fuß trug.

Nina wusch die Tasse aus und stellte sie ins Regal zurück. Im Laden holte sie eine Tafel Schokolade und begann sie zu essen.

Die Kühltruhen rauschten.

Kurze Zeit nach dem Unfall, als sie an einem Montagmorgen die Arbeitsschürze umband, war das dumpfe Geräusch nicht zu hören gewesen. Etwas war anders als sonst, unvertraut, das war ihr gleich aufgefallen. Das Rauschen fehlte, die Vibration. An diesem Tag musste Nina für ein paar hundert Franken verdorbene Ware in den Container schaufeln und für den Agenten der Versicherung eine Schadensliste schreiben. Das aufgetaute Zeug hatte sich angefühlt wie der tote Vogel im Plastikbeutel. Jetzt arbeiteten die Motoren der Gefriertruhen vernehmlich laut, sonst war es so still, dass Nina, wenn sie die Nüsse in der Schokolade zerbiss, ein Knacken hörte. Darum ging sie doch über die Straße ins Restaurant, um einen Espresso zu trinken und eine Illustrierte zu lesen.

Sie hatte Sandro im Krankenhaus besucht, den Mann an den Schläuchen, und für ihn eine ungeahnte Zärtlichkeit empfunden. Ob es nur Mitleid sei, hatte sie sich gefragt. Doch das Gefühl hielt an, auch als sie wieder zu Hause war.

Sie besuchte Sandro täglich, und täglich stellte sich dieselbe Wärme ein.

Sie liebte diesen Mann, das wurde ihr deutlich.

Der Herbst war wie ein Brand über die Kirschbäume gekommen und hatte ihre Blätter rot gefärbt. Und sie liebte. Sie liebte einen Mann, der nicht einmal wahrnehmen konnte, dass sie an seinem Bett saß.

Sie wusste, man hatte ihm beide Füße amputiert.

Sie wusste allerdings auch, er wird nicht sterben.

Zu Hause, in ihrem Zimmer, stand ja der ausgestopfte Bussard, der seinen Tod gestorben war.

Um den Hals trug sie ein kleines gelbes Amulett, das sie aus dem Rest des Blechstücks hergestellt hatte; auch eine kleine Feder des Vogels war daran befestigt.

Sandro würde überleben.

Weil sie daran nicht zweifelte.

Sandro würde erwachen und sie sehen, er würde ihre Liebe spüren, diese verhaltene Zärtlichkeit, die kein Gegenüber fand, dem sie sich mitteilen durfte.

8

Sandro war aufgewacht, plötzlich.

Zurückgekehrt.

Ein Schmerz in den Füßen, der nicht nachließ, der zunahm, Stechen und Brennen hatten ihn aufgeweckt und ins Bewusstsein zurückgerufen

zurückgeschleudert

so jäh, wie ein ungeübter Angler einen Fisch aus dem Wasser riss. Und wie ein Fisch die Luft als falsches Element empfand, hatte sich Sandro in seinem Bewusstsein nicht zurechtgefunden. Von der Umgebung gar nicht zu reden. Dieses Weiß ringsum, dieses Licht überall hatte nichts Reales. Ohnehin war er nicht in der Lage zu denken, denken ließ der Schmerz nicht zu, er nahm bloß wahr, sehr zögernd nahm er wahr, wie ein Leguan, der unter der Sonne eingeschlafen war und nach tausend Jahren Schlaf in einem Eisfach aufwachte, schmolz er in die Welt zurück

er

ich

du bist ganz einfach weggetreten, weg gewesen

wo

nirgendwo

Sandro tastete sich über die Schmerzschwelle vor. Er kroch in seine Innenwelt hinein, eine Schnecke, die vergessen hatte, dass sie ein Haus auf dem Rücken trug. Alles schien neu ausgestattet, und nichts war wirklich, ausgenommen die Füße, die in Flammen standen, außer der Qual, die ihn umbringen wollte. Doch was bedeutete für einen Mann, der sich gerade vom Tod verabschiedet hatte, umbringen? Totsein war nur eine andere Dimension der Existenz, eine stillere, eine ganz und gar dunkle Form, und jetzt war er also wieder am Start, da

wo

hier in diesem Raum, weiß, hell, Feuer, da in einem Krankenzimmer. Und er dachte schwerfällig und verschwommen, klar

ich will nicht sterben.

Okay, umschrieb er den Vorgang später Nina, ich dachte, ich will das nie mehr mitmachen, und merkte, als ich es dachte, du kannst Gedanken fassen – du schaffst es. Also lebte ich, und ich wollte leben, aber ich erinnerte mich an nichts, ich hatte keine Ahnung, warum ich in diesem Bett lag, unfähig, etwas anderes als die Lider zu bewegen, dann allmählich die Finger, ich spürte nur diesen Schmerz. Ich lebe, dachte ich, Nina.

Doch was ist daran so sonderbar. Dies war der nächste Schritt, was denn Besonderes daran sein könnte, dass ich lebte und mir Gedanken machte, und ich überlegte: warum musst du so zähe Gedanken einzeln registrieren, sie zählen, sie bündeln, organisieren, Nina. Und dann bemühte ich mich herauszufinden, weshalb ich mich in diesem Raum aufhielt, aber ich fand keinen Anhaltspunkt, hatte keinen Einfall, nicht einen Schimmer, warum, nicht das kleinste Detail, an das ich hätte anknüpfen können.

Ein paar Tage später, Nina hatte eine Hand in sein Spitalhemd geschoben und kraulte das Haar auf seiner mageren Brust, wiederholte er: In meinem Gedächtnis fehlen Bilder, da ist eine Lücke, der Herbst glänzt in meinem Kopf durch eine famose Abwesenheit, nicht einmal ein Gleißen, ein Blenden, weder Loch noch Schwärze, nur Leere, leer ist die Stelle im Gedächtnis, und es ist entsetzlich, sich mit dieser Leere abzufinden.

Sandro strebte immer wieder danach, den blinden Fleck mit Bildern zu füllen.

Es war wie essen ohne Geschmackssinn.

Sein Vater erzählte ihm von dem Unfall, Philip und Laura, alle wollten Sandro mit ihrer Version der Geschichte auf die Sprünge helfen.

Gut gemeinter Trost war das.

Aber es half nicht weiter, es entband ihn nicht von der eigenen Arbeit. Schritt für Schritt fügte Sandro Bilder zusammen, wie ein besiegter General, der sich nach der Schlacht an seine Strategie zu erinnern suchte, während die Leichen auf dem Feld lagen: Ich stieg in den Wagen, ich fuhr nach Boswil, ziemlich schnell, ich schaute auf die Felder,

ich

ich

dann

Es kam einem Wunder gleich, ein Mädchen wie Nina zu haben, ein Mädchen, das ihm zuredete und die Hand hielt, ein Mädchen, das für ihn da war und ihm half, sich zurechtzufinden, eine Frau, mit der Sandro sich auch ganz andere Sachen vorstellen konnte, als man sie in einem Krankenzimmer tat.

Ninas Anwesenheit stiftete auch Verwirrung. Im Zentrum, wo die Bilder fehlten. So war es doch, er hatte den dunking geschafft und wollte zu Sabine fahren.

Sandro hatte seine neuen Füße angeschnallt und übte, ohne Krükken in der Villa hin und her zu gehen. Wenn er aus dem Gleichgewicht zu geraten drohte, fuchtelte er mit den Armen in der Luft herum, als gelte es, einen Feind niederzuschlagen. Er hasste Stürze, er lag dann zwischen den Möbeln und musste sich wieder hochrappeln. Auf dem Boden lag er, das Gesicht in den Teppich gepresst, und er roch die Wolle, den Schmutz, den ganzen Dreck atmete er ein, der sich in einem Teppich sammelte.

Die Hilflosigkeit nach einem Sturz war schlimmer als der nächtliche Phantomschmerz.

Phantomschmerz?

Was ist dabei Illusion, fragte er missmutig, wenn es so verdammt wehtut, dass man schreien möchte, wenn man Morphium schluckt, um diesen verdammten Schmerz im Kopf zu tilgen, denn Füße sind ja keine mehr vorhanden.

Sie tun nur weh, weh.

Ihr Fehlen war der Schmerz.

Nur die Hilflosigkeit war noch unausstehlicher.

Doch er wollte trainieren, bis er auf keine fremde Hilfe, auf kein Mitleid mehr angewiesen war.

Die Hilflosigkeit war das Schlimmste, das Mitleid das Schmierige.

Sei nicht ungerecht, sagte Nina.

Ich lerne, auf den Händen zu gehen, verkündete er wütend.

Ich steige auf den Händen die Treppen hinunter und fische mir mit den Beinstummeln eine Cola aus dem Kühlschrank.

Er übte das Gehen auf künstlichen Füßen. Er übte verbissen wie ein Artist, der auf einem Seil tanzen wollte. Das war doch zu packen. Es wäre ein Witz, wenn er es nicht schaffte, mit diesen widerwärtigen Prothesen mindestens so gut zu laufen wie irgendein Zirkusmensch auf dem Seil. Wie der Typ, der auf dem Hochseil eine Schlucht überquert hatte. Er brauchte nur genügend Geschicklichkeit und Kraft, und das war eine Sache des Trainings.

Nach dem langen Totsein war er aufgewacht.

Nina saß an seinem Bett und las in einem Buch. Sie bemerkte zuerst nicht, dass er die Augen geöffnet hatte. Und Sandro erkannte Nina nicht gleich. Er hatte sie wahrgenommen wie einen Schatten im Raum, den er zuerst erkennen und benennen musste, etwas, von dem man zwar eine Ahnung besaß, aber keine genaue Vorstellung. Du gehst durch ein Warenhaus und findest nicht, was du suchst, und merkst plötzlich – Himmel, du weißt nicht einmal, was du suchst.

So ungefähr war es, sagte er zu Nina.

Okay, es ist ein böses Erwachen, wenn man sich nicht erinnert, dass man sich schlafen gelegt hat: vor wie vielen Tagen?

Kannst du dir das vorstellen?

Ja, sagte Nina, nein.

Mädchen waren eigenartige Geschöpfe, Sandro dachte, wohl niemals fähig zu sein, eine Frau ganz zu verstehen. Aber das war vielleicht gar nicht nötig. Es genügte, eine Frau bei sich zu haben, sie zu sehen, Nina, die offensichtlich etwas an ihm fand, wofür es sich lohnte zu bleiben. Zu warten.

Und der Tag, an dem er sie zum ersten Mal wieder roch. Er hatte ihren Duft festgestellt, einen vergessenen Frauenduft nahm er durch all die Geruchskeulen des Krankenhauses hindurch wahr. Sie roch gut, er mochte sie riechen, das genügte. Was durfte er mehr vom Leben erwarten als den Duft einer Frau?

Das Leben hatte nichts Besseres zu bieten.

Sandro war mit der Hand unter ihren Pullover gefahren, um ihre Haut zu berühren. Er roch an seinen Fingern und zog Nina zu sich herunter, er legte sein Gesicht zwischen ihre Brüste und sog den wiederentdeckten Duft ein, heftig, als wollte er sich erneuern. Und er spürte, wie sich sein Geschlecht zu regen begann – lange hatte er es nicht mehr gefühlt.

Das Erinnerungsvermögen des Geschlechts war ein Trost.

Ich habe nicht einmal gewusst, ob man mir das Geschlecht nicht auch abgetrennt und verbrannt hat, sagte er zu Nina.

Doch das war schon ein paar Tage nach der ersten Rückkehr gewesen.

Eine Rückreise hatte er hinter sich, nur wusste er nicht, aus welchem Kontinent er zurückgekehrt war. Und er wusste nicht, wie er in dieser Ferne, in dieser Abwesenheit gelebt hatte. Er war nur plötzlich wieder da. Und ahnte eine lange Abwesenheit. Und wie unheimlich schnell er die Rückfahrt hinter sich gebracht hatte. Mit Lichtgeschwindigkeit. Oder noch schneller. Durch Galaxien, durch einen leeren Raum. Aber da war nichts Fassbares, von dem er hätte berichten können. Im Gegenteil, er musste sich die verlorene Zeit deuten lassen. Es war bestimmt etwas Außerordentliches vorgefallen, sonst hätte er dabei nicht seine Füße eingebüßt und das Gedächtnis. Die Familie hatte sich um sein Bett versammelt, sogar Jakob Wolf war gekommen. Ihm schien, alle gruppierten sich so aufgeräumt um sein Bett wie um die Wiege eines Neugeborenen.

Sie waren vielleicht bei aller Freude auch ein wenig bedrückt, an dem Kleinen war nicht alles dran.

Außerdem wurde der Neugeborene schnell müde und musste gestillt werden aus einer Flasche, die über einen Schlauch mit seinem Arm verbunden war.

Das Mädchen an seinem Bett.

I want your body

In sanften Wellen steigt der Lindenberg neben der Straße an, so war es doch, Sandro. Der Jaguar beschleunigt. Oder etwa nicht? In dunklen Flächen schimmern silbrig weiße Punkte. Möwen, Sandro, schwärmen aus ins frisch umbrochene Ackerland. Septemberlicht, Sandro. Alles klar? Dort leuchten Höfe und Siedlungen wie Erscheinungen aus einer fernen Vergangenheit.

Die lange Kurve.

Die Go-Kart-Bahn.

Mit einem lauten Ton reißt eine Saite. Als wäre das Freiamt eine Bassgitarre.

Die Saite riss mit einem Knall, Sandro.

Der Rest, bis zum Erwachen viel später, blieb dunkel, blieb eine Wüste ohne einen Hauch Farbe, ohne Duft oder Geräusch. So wie man sich das eben gar nicht vorstellen kann.

Verstehst du, Nina?

Okay, es war das Beste, den Vorfall zu vergessen.

Und das Training aufzunehmen.

Zuerst mit Krücken.

Dann ohne.

Zuerst mit einer dunklen Brille.

Dann ohne.

Doch es fiel ihm unheimlich schwer, etwas zu vergessen, von dem er gar nichts wusste. Von dem er nur die Folgen spürte. Das Vergessene zu vergessen erforderte eine unmenschliche Anstrengung. Dagegen war es eine Kleinigkeit, auf verdammten Prothesen in der Villa umherzuhüpfen wie ein angeschossener Storch, der sich mit wildem Geflatter vor dem Absturz zu retten trachtete.

Vor einigen Tagen war Sandro gestürzt und hatte sich ein blaues Auge gestoßen, weil er Nina, die vor ihm ging, die Hand zwischen die Schenkel legen wollte.

Sandro hatte sich ein Weinen verbeißen müssen. Nicht aus Schmerz, aus Wut, aus einer bodenlosen Wut heraus.

Seit dem Unglück waren fünf Monate verstrichen. Fünf mal dreißig Tage, eine Unendlichkeit, wenn man es aufrechnete. Fünf mal dreißig Tage und die Dauer der Ewigkeit, falls er den Augenblick des Aufpralls mitzählte, den Kurzschluss, der alle seine Lebenslampen mit Ausnahme eines Notlichts zerstört hatte.

Sandro war in dieser Zeit hundertjährig geworden. Er spürte das selbst.

Älter und härter war er geworden.

Dem Vater ähnlich, dachte er.

9

Vor einem Monat war Anna elf Jahre alt geworden.

Sie hatte hellbraunes Haar, einen langen Pferdeschwanz und trug lieber Hosen als Röcke. Am liebsten blaue Hosen. Blau war ihre Lieblingsfarbe.

Anna hatte die Hausaufgaben erledigt. So sagte sie es selbst; sie verabscheute es, am freien Nachmittag für die Schule arbeiten zu müssen.

Wozu geh ich denn zur Schule, wenn ich zu Hause noch rechnen und schreiben muss? Wofür werden die Lehrer bezahlt, wenn die Eltern mit den Kindern die Arbeit erledigen müssen?

Ihr half die Mutter, wenn es gelegentlich nötig war. Der Vater wohnte bei einer anderen Frau. Und Mutter hatte in letzter Zeit häufig Besuch von einem anderen Mann. Anna zog ihre Puppe warm an, damit sie nicht fror. Mutter hatte versprochen, mit ihr auf den Hasenberg zum Schlitteln zu fahren.

Mit der Bahn?

Nein, hatte die Mutter gesagt.

Also holt uns Herr Wolf mit dem Auto ab?

Es war etwas diesig und nicht sehr kalt, am Morgen hatte Nebel die Stadt verhüllt, eine trübe Suppe, die Scheinwerfer der Autos sahen aus wie glühende Teller.

Das Reusstal ist ein Nebelloch, jammerten die Leute immer wieder. Die Klage erleichterte es ihnen, das Klima als eine Bürde zu tragen, die man nicht abwerfen kann. Margrit Fischer wohnte mit ihrer Tochter in einem grauen Block an der Rigistraße. Das war eine bequeme Lage. Gleich um die Ecke konnte sie einkaufen, in der Nähe befand sich ein Wald mit Spazierwegen, die Promenade, Annas Schulweg dauerte keine fünf Minuten, und falls Margrit die Altstadt besuchen wollte, brauchte sie kaum länger.

Herr Wolf bringt Andreas mit, erwähnte Margrit.

Wer ist das, fragte Anna.

Andreas ist der Sohn von Herrn Wolf.

Wie alt?

Sieben oder acht Jahre, überlegte Margrit, ich weiß es nicht genau, ich glaube, er wird acht im Sommer.

Das war nun auch nicht gerade ein begeisterndes Alter. Anna schwieg, sie behielt ihre Gedanken lieber für sich. Mit acht war der Kleine zu groß, um sich herumkommandieren oder knutschen zu lassen – und zu klein, wenn man etwas Richtiges mit ihm anfangen wollte. Ein Junge von drei oder von zwölf, das wäre super gewesen. Immerhin besaß Herr Wolf ein Auto und fuhr sie auf den Hasenberg. Dort konnte man wunderbar schlitteln. Am liebsten schlittelte Anna bäuchlings, und dieser Andreas war zum Glück groß genug für einen Zweierbob.

Anna und ihre Mutter bewohnten eine Dreizimmerwohnung im Hochparterre. Leider hatte Anna keine Schwester. Dieser Mangel war wenigstens mit dem Vorteil verknüpft, mit niemandem das Zimmer teilen zu müssen.

Deinen Schweinestall, sagte die Mutter und täuschte Entsetzen vor, räum bitte auf, bevor die beiden kommen.

Anna zog es wieder vor zu schweigen, es war nicht der richtige Augenblick, die Mutter zu reizen und auf die Palme zu jagen. Außerdem war es sinnlos, über Ordnung zu diskutieren, dafür war Mutter zu stur, sie hatte komische Vorstellungen. Stopfte Anna ihre Spielsachen in eine Kiste und klappte den Deckel zu, war Mutter meistens zufrieden. Aus den Augen – aus dem Sinn: das hatte der Lehrer einmal an die Wandtafel geschrieben. Dabei fand Anna ihren Kram viel schneller, wenn er im Zimmer verstreut lag. War alles in die Kiste gepackt, musste Anna den ganzen Krempel durchwühlen, bevor sie endlich fand, was sie zum Spielen benötigte.

Die Gelegenheit, sich vor dem Aufräumen zu drücken, war günstig. Mutter stand im Bad vor dem Spiegel und machte sich schön. Beschäftigt mit ihrem Aussehen, ließ sie ihre Tochter in Ruhe. Bevor Herr Wolf dann kam, würde sie das Chaos neu entdecken. Aber dann war es zu spät. Dann hatte sie nicht die Nerven, Anna zu einer Ordnung nach ihrem Geschmack zu zwingen, und räumte selber auf.

Anna schob eine Kassette in den Recorder, und Madonna sang I am a material girl.

Der Vater hatte sie am letzten Sonntag mitgenommen. Mit dem Auto. Und Anna war es schlecht geworden. Sie musste hinten sitzen. Vorn, neben Vater, saß seine neue Frau. Die konnte sie nicht ausstehen, aber es war gegenseitig. Die Neue sprach nur, wenn man sie etwas fragte. Und wenn Anna redete, hörte sie nicht zu. Sie hatte bloß immer eine Hand auf Vaters Oberschenkel und machte dabei ein doofes Gesicht. Oder sie fummelte an den Knöpfen des Radios herum, bis sie die absolut dümmste Musik fand. Es war zum Kotzen.

Papa, ich muss, hatte Anna gestöhnt.

Er konnte im ewigen Autostrom nicht anhalten.

Mach das Fenster auf, befahl er.

Doch Anna würgte bereits. Ein Schwall ergoss sich ins Auto, und ein Gestank, der sich nicht abwaschen ließ, blieb bis zum Ende des Ausflugs. Die Stimmung war futsch.

Auch egal, dachte Anna.

Sie fühlte sich sterbenselend, ihr Gesicht hatte die Farbe von schmutzigem Schnee.

Die Reinigung brachte Anna der fremden Frau auch nicht näher; ihr war noch immer flau im Magen, sie spielte nun das widerspenstige Kind, die Princess of Power. Vaters Freundin schmollte, ihre Hand lag nun auf ihrem Schenkel. Im Auto schwelte der Geruch von erbrochenem Kinderelend.

Um die Mittagszeit hielt der Vater bei einem Restaurant an, trotz der Katastrophe hatte er Hunger. Als Anna aus dem Auto kletterte, fasste er sie beim Rossschwanz. Es sollte eine zärtliche Geste sein, doch sie misslang ihm gründlich. Der Griff straffte ihr das Haar und tat weh. Später, beim Kaffee, als das Paar Anna vergaß, ging sie still hinaus. Beinahe unauffindbar zwischen den Autos, entdeckte sie einen mickrigen Spielplatz. Die Wippe stand traurig im Schnee, allein konnte Anna sie nicht benutzen. Trotzdem setzte sie sich rittlings darauf. Die Princess of Power wartete auf ihr weißes geflügeltes Pferd. Im Sandkasten steckte eine zerbrochene Schaufel. Ein paar Schritte hinter dem Parkplatz befand sich ein Hundezwinger. Ein deutscher Schäferhund trabte in dem Käfig hin und her und bellte Anna an, als sie sich näherte. Sie überlegte, dem Hund die Tür zu öffnen, damit er weglaufen konnte, aber getraute sich nicht, es zu tun. Das Zähnefletschen und die blutunterlaufenen Augen wirkten bedrohlich. Anna rief nach dem weißen Pferd, es hörte sie bestimmt, es galoppierte durch den Weltraum.

Anna, rief die Mutter, bist du bereit.

Natürlich war sie bereit. Sie hatte die Stiefel und eine wattierte Jacke angezogen und sogar eine blaue Schleife in den Pferdeschwanz geflochten.

Margrit Fischer hatte die Lippen geschminkt und Augenschatten gemalt.

Uff, sagte Anna, eine tolle Squaw.

Sie hatte einen Tropfen Parfüm hinter die Ohren getupft.

Frisch gewaschen glänzte das Haar. Über der linken Schläfe schimmerte eine graue Strähne. Aber diese Strähne machte sie nur attraktiv.

Sie sah gut aus und wusste es.

Anna war ein wenig eifersüchtig.

Im Auto saß natürlich Mutter vorn. Nur schon, um im Auto vorn sitzen zu dürfen, lohnte es sich, erwachsen zu werden.

Anna beobachtete den Kleinen von der Seite.

Das also ist Andreas, hatte Herr Wolf den Jungen vorgestellt, und ich heiße Philip.

Der Kleine war nicht übel. Etwas mager, etwas schüchtern. Anna schenkte ihm einen Kaugummi.

Zimtgeschmack, sagte sie, zuckerfrei.

Dann hockte jeder in seiner Ecke, zwischen ihnen ein breiter leerer Platz. Beide beschäftigten sich damit, Kaugummiblasen zerplatzen zu lassen.

Philip schaltete das Abblendlicht ein.

Als müsste der Nebel eine Verschwörung tarnen, hatte er sich über das Freiamt gesenkt.

Sie fuhren den Mutschellenpass hinauf, Kehre um Kehre dem Licht, dem blauen Himmel entgegen. Die Straße ist der Weg in eine andere Welt, dachte Margrit. Bald lag Bremgarten unter ihnen, versunken in einem öden Meer, das wallte, dampfte und die Strahlen der Sonne in sich aufsog, um sie zu ersticken. Sie hatte das Gefühl, nie mehr in diese Stadt zurück zu können. Freilich wollte sie das auch nicht. Sie war ja gerade entkommen. Unter der Sonne trocknete das Auto ab; der letzte Rückstand, alles was noch an das Leben dort unten erinnerte.

Philip fuhr ruhig, gelassen.

Margrit legte den Arm auf die Lehne und berührte mit den Fingerspitzen Philips Nacken. Als sie im Spiegel sah, dass Anna sie beobachtete, zog sie die Hand zurück.

Und legte sie wieder hin.

Anna verfolgte jede Bewegung der spielenden Finger. Sie dachte daran, die Mutter zu knuffen, zu erschrecken, um die Hand von diesem Nacken wegzujagen. Sie beugte sich vor und ließ eine Kaugummiblase neben Mutters Ohr platzen.

Margrit roch den Zimtatem ihrer Tochter, sie beherrschte sich und schwieg.

Die Hand ließ sich nicht von diesem Nacken vertreiben, Anna musste es einsehen. Was die Erwachsenen nur dabei fanden, einander zu befummeln, überlegte sie schmollend und kuschelte sich in ihre Ecke ein.

Über dem Nebelmeer kreiste ein Hubschrauber. Ob er eintauchen würde?

Der Nacken war weich und die feinen Härchen sträubten sich unter der Liebkosung.

Jetzt schoss der Junge nach vorn, er wischte Margrits Hand einfach weg und schlang seinen Arm um den Hals des Vaters, als wollte er ihn erwürgen.

Der Vater schüttelte ihn unwirsch ab.

Bist du übergeschnappt?

Der Junge machte ein beleidigtes Gesicht. Anna zwinkerte ihm zu. Nun grinste Andreas, und wie auf ein Zeichen begannen die Kinder ein Lied zu singen. Jedes grölte für sich Papa dont preach. Sie schrien und pfiffen, dass Margrit und Philip gar nichts anderes übrigblieb, als mitzusingen und mitzupfeifen. In dem Lärm legte Margrit die Hand erneut auf Philips Nacken.

Die Schlittelbahn auf dem Hasenberg präsentierte sich im Sonnenschein, haufenweise lag Schnee, und man hatte freien Blick hinunter auf die Nebeltäler und hinüber zu den besonnten Hängen des Lindenbergs.

10

Es war trostlos, es war hässlich, wenn Regen in den Schnee fiel, ihn aufweichte und einem der Matsch unter den Füßen wegfloss wie damals, als Wolf noch mit dem Karren über Land zog und Schrott und Lumpen einsammelte; als er neben dem Esel zügig ausschritt, um nicht erbärmlich zu erfrieren.

Jakob Wolf rauchte eine Havanna Blond.

Er liebte es, an seinem Schreibtisch zu sitzen und nur einfach nachzudenken, an nichts Bestimmtes zu denken, im weichen alten Ledersessel sitzend zu beobachten, wie die Dämmerung den Tag allmählich zersetzte, so wie das Vergessen dem Gedächtnis die Erinnerungen entzog, um sie zu vernichten.

Das Gedächtnis ist eine Wiederaufbereitungsanlage, hatte Sandro letzthin gesagt, als er den Großvater besuchte.

Was bleibt einem Greis zu tun?

Nichts hatte ein Greis zu tun. Ihm gehörte die Zeit. Nur schwand sie halt dahin. Und manchmal fehlte einfach die Kraft, die Stunden und Tage zu nutzen und über die Zeit zu verfügen. Du hockst da, rauchst, und die Gedanken verzopfen sich, dachte Jakob Wolf. Wie Schnee, der vom warmen Regen aufgelöst wird, zerrinnt dir das Leben.

Hast du schon Abendbrot gegessen, oder brennt dir in der Küche ein Eintopf an? Hat Bruno heute angerufen oder war das gestern? Was wolltest du eigentlich machen, warum hast du dich an den Schreibtisch gesetzt?

Eine Zigarre rauchen.

Dem Rauschen vor dem Fenster lauschen.

Das Verblauen des Tags genießen.

Und die Aschekringel auf der Weste, die Rotweintropfen auf den unbeschriebenen Blättern, die blinden Flecken in der Erinnerung an den heutigen Tag.

Warst du in der Reussbrücke, um deinen Wein zu trinken, Jakob Wolf, und hast du das eben alles nur gedacht oder leise vor dich hin gesprochen, hörst du Stimmen in deinem Kopf?

Ums Haus herum standen die Esel, die Hufe bis zu den Knöcheln im Matsch, reglos harrten sie im Regen aus. Ihr Fell sog sich voll, und sie ließen den Kopf hängen. Mach ihnen den Stall auf, dachte Jakob Wolf, gib ihnen Futter, reib sie trocken mit einem Büschel Stroh. Doch er blieb sitzen. Er machte nicht einmal das Licht an. Saß im Dämmer des Raums, in dem der Rauch sich in Schwaden bewegte, und die Glut der Zigarre glomm ein wenig, wenn er einen Zug tat. Du klebst an dem Stuhl fest, dachte er. So werden sie dich einmal finden. Auf dem Stuhl, die erloschene Davidoff zwischen den Zähnen, mit gebrochenen Augen. Oder auf dem Dach. In einer stillen Vollmondnacht mit leuchtenden Sternbildern, am ersten lauen Sonntag im Frühling, an den Kamin gelehnt. So willst du sterben, Jakob. Durchs Fernglas entdeckst du einen noch nie gesichteten Stern, sein Licht sticht durch die Linse in dein Auge und brennt sich dir ins Herz. Dort schmilzt die Hauptsicherung, und du lässt das alte Fernrohr fahren, es rollt über das Dach und fällt in den Garten. Man findet es unter dem weißen Fliederstrauch. Dich aber sucht man vergeblich. Entdeckt dich erst, wenn die Vögel auffallen, die Schwärme über dem Dach, die über deiner Leiche kreisenden, laut krächzenden Krähen. Dann wirst du vom Dach geholt und auf dem Friedhof neben deiner Louise selig begraben.

So ist das.

So wäre es gut.

Ein Eselhengst schrie, die Stuten fielen in das Wiehern ein.

War er jetzt eingenickt, hatte er nur einen Augenblick oder eine Zeitlang geschlafen?

Auf dem Eselskarren, wenn er am frühen Morgen durch den Wald fuhr, war das so ähnlich gewesen. Da war er auch manchmal eingenickt, weil er bis spät in die Nacht hinein die Sterne beobachtet hatte; er schlief, ein Untertauchen war es gewesen, ein Wegdriften im Spiralnebel, während der Esel den Weg suchte und fand, bis der Esel stehen blieb und Jakob aufschreckte und nicht wusste, wie er genau an diese Stelle im System der Milchstraße gelangt war – wo er sich im Augenblick befand, an der Weggabelung, den Wald im Rücken, die Schlucht der Reuss vor Augen: rechts nach Hermetschwil, links nach Bremgarten; auch im Kosmos gab es Wegweiser, blau grundiert und weiß beschriftet.

Jakob Wolf erhob sich aus dem Sessel. Ohne das Licht anzuzünden, ging er aus dem Zimmer, die Treppe hinab und in den Abend hinaus. Er schnalzte mit der Zunge; die Esel trabten zu ihm her. Im Stall fütterte er ihnen Heu und wunderte sich ein wenig – es war schon frisches Streu eingelegt.

In der Kriegszeit hatte er in solch diesigen Nächten, es war doch Nacht, am Fenster der Schlafkammer gestanden, die klammen Hände in den Hosentaschen, und wie ein »Hans guck in die Luft«, sagte seine Louise, in den Himmel geschaut. Ob da ein Stern zu entdecken sei, ein Schimmer Hoffnung.

Reden schadet der Heimat, lautete damals eine Parole. Sie mahnte von jeder Plakatwand herunter.

Jakob Wolf war ohnehin ein Schweiger. Er dachte lieber nach. Was wäre, wenn ein ewiger Nebel die Erde bedeckte, ein dichter Schleier, was gerade einem Freiämter nicht unvorstellbar sein dürfte? Hätte der Mensch unter der Dunstglocke, ohne den Anblick des Sternenhimmels, überhaupt jemals feststellen können: es gibt einen Kosmos. Wäre er auf den Gedanken gekommen: die Welt ist eine Kugel?

Im Krieg hatte Jakob Wolf Altstoffe gesammelt.

Brot war Mangelware. Der jüdischen Flüchtlinge wegen, maulte der Stammtisch, massenweise strömten sie über die Grenze und verzehrten gutes Schweizer Brot.

In Muri, im Duro, standen die Delikatessen nicht mehr so dicht in den Regalen, und als das Militär das Auto beschlagnahmte, machte es auch dem Hauslieferdienst ein Ende. Aber Lebensmittel gab es doch immer genug. Im Krieg mangelte es an Zucker. Das Konzentrat von Birnensaft war plötzlich gefragt, und die Freiämter Mosterei brauchte eine leistungsfähigere Anlage. Der Altstoffhändler Wolf übernahm manche Fuhre. In Mühlau bekam er einen ausgedienten Pflug; dafür bot er dem Bauern an, seine Birnen nach Muri zu bringen.

In Wohlen rüstete eine Werkstätte Autos um, sie fuhren dann mit Karbid, Holz und Holzkohle. Wolf erzählte davon, wenn er die Dörfer nach Altstoff abklapperte. Er fror und träumte unterwegs zwischen Weilern und Höfen, ein stämmiger Mann von vierzig Jahren, der nicht zum Grenzdienst einrücken musste, gottlob, Jakob Wolf, dem der Himmel immer näher stand als die Erde, dieses Jammertal.

Eigentlich war seine Frau auf den Gedanken gekommen, Altstoffe zu sammeln, Kleider, Sperriges, Ausgedientes. Vor allem Eisen: Schrott, der eingeschmolzen und frisch aufbereitet werden konnte. Nicht zuletzt, um neue Waffen zu schmieden. Louise Wolf wusste das, aber damals befürwortete jede brave Schweizer Frau die Landesverteidigung.

Die Lebensmittel waren rationiert, aber die Ware wurde einem nicht geschenkt. Was nützten Louise die Marken, wenn das Geld fehlte, Kaffee, Milch, Brot und Fleisch auch zu kaufen, die Rationen, die ihr zustanden?

Louise begann ihr Budget mit Schrott aufzubessern.

Weil Jakob Wolf die Einträglichkeit des Geschäfts sofort kapierte, seine Louise musste ihm das gar nicht lange auseinandersetzen, wurde der schlaue Sterngucker Altstoffhändler. Von der Spar- und Leihkasse Oberfreiamt bekam er einen Kredit und kaufte sich damit den ersten Esel. Mit dem Wagen zog er über die Dörfer, mittels einer Glocke machte er sich bemerkbar.

Wolf nahm einfach alles mit.

Während er über Land fuhr, blieb ihm nicht verborgen, dass

der Krieg gewisse Unternehmen schädigte und anderen durchaus förderlich war. Der Altstoffhändler aber konnte in beiden Fällen profitieren. Wo es bergab ging, wo es bergauf ging: hier und dort wurde ausgesondert, überall erachtete man Dinge für unbrauchbar und erklärte sie zu Abfall. Davon ließ sich leben. Dazu, in einer Zeit, als die Armee den Bauern die Pferde wegnahm und die Autos konfiszierte, kamen die Einnahmen durch Transporte. Nebenbei nahm er Briketts von Zufikon nach Bremgarten mit, oder er brachte dem Gemeindeschreiber von Muri Tuffsteine aus dem Aristauer Bruch.

Nach dem Krieg, als der Frieden ausbrach, wurde Jakob Wolf der große Entrümpler. In der Zeit des Neubeginns dort und des Aufschwungs hier fiel immer mehr für den Altstoffhändler ab. Jeder Aufbau bedeutete irgendwo einen Abbruch. Jede Neuanschaffung bedingte auch Räumung. Die Produktion erzeugte bald Abfall. Zweifellos, der Fortschritt führte zum Ausschuss. Und obwohl die Leute am Anfang Wolf auslachten, waren sie froh über den Mann, der all den wertlosen Kram beseitigte.

Doch ein Eisenträger war nie wertlos, auch wenn der Rost an ihm fraß, so ein Eisenträger war Stahl.

Als Jakob Wolf damals unterwegs war und sich des Tageslichts wegen nicht mit den Sternen befassen konnte, begann er aus Langeweile auf den weitläufigen Strecken zwischen den Dörfern mit seinem Esel zu reden. Es war eine Form des Selbstgesprächs. Spreche ich mit dem Esel, hatte Jakob seiner Frau gesagt, unterhalte ich mich mit mir. Bald stellte er fest, dass der Esel ihm nicht nur zuhörte, sondern am Gesagten Anteil nahm, auf eine aufmerksame, geradezu freundliche Weise, ja, auf der schmalen Straße zwischen Bünzen und Besenbüren war ihm das aufgefallen: er hatte in dem Esel einen Zuhörer und Freund gewonnen.

Der Esel hörte nicht nur zu, er verstand seinen Meister auch, und zwischen der Seele des Mannes und des Tiers spann sich ein Band. Und der Esel lernte auch. Zählen, zum Beispiel. Oder Rechnen. Jakob brachte ihm das bei. Auf den Dorfplätzen sammelten sich die Leute um den Altstoffhändler mit dem klugen Grautier; es führte Kunststücke auf, es zählte bis sieben und ergänzte Zahlen bis zehn. Allein was die Leute dem Händler für die Rechenkünste des Esels an Altstoff abgaben, wog die Futterkosten auf.

Die Arbeit war zwar hart und anstrengend, zu Hause musste das Sammelgut getrennt und sortiert werden, dann verkauft, aber die Wolfs konnten sich nun auch leisten, was ihnen laut Lebensmittelkarte zustand – und noch ein paar Dinge darüber hinaus.

Es war jetzt ruhig in der Umgebung des Hauses. Kein Stern am Himmel. Was nah vor seinen Augen glomm, war eine Zigarre, was in einiger Entfernung leuchtete, ähnelte zwar dem Mond, war aber das elektrische Wirtshausschild. Es war kalt, und es wäre klug, sich die lederne Schirmmütze aufzusetzen und Handschuhe zu tragen. Jakob Wolf stand vor dem Stall und überlegte. Doch er fand nicht heraus, wohin seine Überlegungen zielten. In der Kälte schienen die Gedanken zu gefrieren. Wie Eiswürfel lagen sie in seinem Kopf herum und klebten aneinander.

Das stieß ihm bisweilen zu. Reglos stand er vor dem Haus oder wartete in seinem Stuhl, bis die Eiswürfel tauten, die Gedanken freikamen und er sich wieder von der Stelle rühren konnte. In solchen Phasen verglich er sich mit einem Reptil. Im hohen Alter hatte sich Wolfs Blutkreislauf verändert, die Wärme des Blutes passte sich der Temperatur des Ortes an, wo auch immer er sich aufhielt.

Er hatte so alt werden wollen wie nötig, um den Halleyschen Kometen zu sehen. Und nun hatte er ihn gesehen. Über den Himmel war er gezogen in aberwitziger Bahn, wie eine Spur, die man mit Leuchtmunition schießt. Und jetzt war die Zeit zum Sterben gekommen. Du bist ein Pulsar, murrte Jakob Wolf, ein sterbender Stern. Doch nur ein Idiot stirbt, wenn er noch solche Weine im Keller hat, folgerte er. Von verschiedenen Dingen, die zu tun klug wäre, war es am Ende das Klügste, in den Keller zu steigen, sich eine Flasche Burgunder zu holen und sie im Stall bei den Eseln zu trinken, geborgen in der lebendigen Wärme ihrer Leiber und in ihrem Wohlgeruch.

Freunde, würde er deklamieren, dachte er: Zum Wohl, auf die Sterne, auf die Esel, auf alle schönen Frauen der Welt. Freunde, würde er ausrufen, dachte er: Wo steckt der vermaledeite Korkenzieher.

Jakob Wolf besaß ein silbernes Taschenmesser, das er benutzte, um die Fingernägel zu schneiden. Es war ein ungeeignetes Werkzeug, es war sinnlos, mit der Klinge den Korken anzubohren. Er überlegte, den Hals der Flasche an der Stallmauer abzuschlagen oder hinüberzugehen zu Lur Heggli. In der Werkstatt seines Nachbarn brannte Licht, Lur schraubte bestimmt an seinen Automaten herum.

Jakob Wolf entschied sich gegen Scherben.

Eine Flasche Nuits St. Georges 1er Cru in der Hand, schlurfte er durch den nassen Schnee und klopfte bei Heggli.

Lur, murmelte er vor sich hin, ich kann den Korkenzieher nicht finden, was kein Wunder ist, sausen wir doch seit dem Urknall mit einem fantastischen Drall in den Weltraum hinaus, alles strebt auseinander, einer Peripherie entgegen, die niemals näher kommt. Das Zentrum haben wir schon lange aus den Augen verloren.

Was wollte er Lur fragen?

Der Korkenzieher, erklärte er umständlich, ab und von Bord, saust seine eigene Bahn und irrt mit Tausenden von verlorenen Gegenständen mit fantastischer Geschwindigkeit im Weltraum umher.

Richtig, um einen verdammten Korkenzieher wollte er Lur bitten.

Die Gravitation, erläuterte er, die Schwerkraft ist die einzige Kraft, der keine Gegenkraft trotzt. Sie holt uns immer wieder auf den Boden zurück, einzig ein träumender Esel vermag ihr zu entfliehen, und im Tod die Seele.

Hast du einen Korkenzieher, Lur?

Lur bot Jakob Wolf einen Stuhl an, holte Korkenzieher und Glas und öffnete die Flasche für ihn.

In der Werkstatt hielten sich ein paar Mädchen und Jungen auf. An warmen Abenden hockten sie auf ihren Flitzern vor dem Haus, langweilten sich oder machten mit ihren Motoren die Esel und die übrige Nachbarschaft verrückt.

Lur Heggli war ein Mann von gut dreißig Jahren. Er hatte dichtes schwarzes Haar und dunkelbraune Augen. Sein Geld verdiente er mit Spielautomaten, die er reparierte und auslieh. Und mit Motorrädern brachte er es wieder durch.

Nimmst du auch ein Glas?

Lur Heggli schüttelte den Kopf. Er trank Bier. Jedes andere Gesöff ödete ihn an.

Mit einer Frau und zwei kleinen Kindern wohnte er seit ein paar Jahren in Jakob Wolfs Nachbarschaft.

Die Jugendlichen redeten wenig. Sie spielten am Flipper, einer hatte den Motor seiner Honda ausgebaut und liebkoste die Ölpumpe mit schwarzen Fingern. Lur justierte einen Flipperkasten, dessen Rechenmechanik durcheinandergeraten war. Der Automat war deswegen mit Schlägen und Tritten bestraft worden und sah ziemlich mitgenommen aus.

Aus einem Kofferradio tönte rockige Musik, Wolf kannte sich mit den Namen der Gruppen nicht aus. Und er war zu alt und zu müde, um Rocklärm noch verstehen zu wollen. Er trank Wein neben dem Einarmigen Banditen. In der Werkstatt schien jeder mit sich oder einem Gegenstand beschäftigt zu sein. Man konnte hier seiner Sache nachgehen, keiner pfuschte einem drein und niemand stellte bescheuerte Fragen oder quasselte blöd daher; bei Lur wurde jeder in Ruhe gelassen.

Lur Heggli war etwas übergewichtig, hatte breite Hände und einen Blick, der manchmal unstet flackerte, dann wiederum wild. Obwohl er ein schwerer Mann war, bewegte er sich leicht und katzenhaft, so behend wie ein Klasseboxer im Schwergewicht. Er besaß eine animalische Körperkraft. Wenn er einen Automaten zum Auto trug, sah es aus, als wiege der Kasten nichts.

Jakob Wolf fühlte sich wohl. Der Wein benebelte ihn, aber er liebte diesen Zustand. Vergleichbar einem Pfeil, der sich senken muss, nachdem er den höchsten Punkt der Flugbahn erreicht hat, fühlte er sich mit atemberaubender Geschwindigkeit fallen, zurückstürzen unter den Zenit seines Lebens, und jetzt erblickte er, gar nicht so fern, den Horizont, einen grünen Strich über einem blauen

Hügelzug, hinter den er versinken würde, dereinst; und mit einem Mal war es so still, dass er glaubte, einen Nachhall des Big Bang zu hören.

Das war auf dem kurzen Weg nach Hause.

Oder schon zu Hause, als er im Bett lag.

Am Ende im Traum.

Der Duft eines unbekannten Glücks kitzelte den Greis in der Nase, den Alten, der auf dem Stuhl in der Werkstätte saß und trank, wo es vernehmlich zischte, wenn einer der Burschen mit der Laserkanone beim Star War einen fremden Stern vernichtete.

Und dann ließ Jakob Wolf die Flasche, die er in den Händen hielt, fallen. Der Knall, als sie auf dem Zementboden barst, weckte ihn auf.

Shit, rief einer der Jungen.

Lur Heggli holte Wischer und Schaufel; er hinkte jetzt ein wenig, und dieses Humpeln rührte von einer alten Verwundung am Oberschenkel her, die mehr als zehn Jahre zurücklag und ihm gelegentlich zu schaffen machte.

II

Die Straße war gefährlich. Im Lichtkegel der Scheinwerfer fielen Schneeflocken und Regentropfen, die sich auf der Straße vermischten. Karl Meyer war unterwegs, allein im Auto, weil er nicht schlafen konnte und nicht im Bett neben seiner Frau liegen mochte, die so fühllos war, so abwesend in ihrem Schlaf. Den er seit einiger Zeit kaum mehr ertrug: er streckte die Hand aus, berührte ihren Körper, hörte den Stoff ihres Nachthemds auf der Haut reiben und war erregt. Aber von ihr kam kein Zeichen, das Bereitschaft ausdrückte, ganz zu schweigen von Lust. Darum war es ihm unmöglich, weiterhin neben ihr wach zu liegen, Widerwillen stellte sich ein, Ekel vor ihrem warmen Leib.

Liebst du sie noch?

Meyer fuhr den Lindenberg hinauf, Büttikon zu.

Dieser schlafende Körper mit seinen Ausdünstungen und Geräuschen führte ihm seine Erbärmlichkeit vor Augen, er war ein Hinweis darauf, welch klägliches Liebesleben er führte. Wenn man neben einer Frau nicht mehr schlafen kann, ist es aus mit der Ehe, dachte Meyer. Doch wie geht man weg, nach mehr als zwanzig Jahren, und wohin?

Mario Nickel liebte seine Frau und er hasste ihre Migräne.

Meyer hasste es, sich neben ihr zu quälen, Nacht für Nacht, in einer unendlichen Wiederholung, die ihn bitter hatte werden lassen. Von Mal zu Mal verletzte ihn die Zurückweisung mehr, weil sie einem Stich in die immer gleiche Wunde gleichkam. Gewiss gab es Männer, die sich so nicht abfertigen ließen. Die setzten ihre Absicht durch und nahmen ihre Frau. Er war zu so etwas nicht fähig.

Sanft sie zwingen?

Liebe schloss für ihn Gewalt aus. Wiederum suchte er ja nicht einfach nur die Zartheit der Liebe. Seine Lust hatte ein handfestes Ziel; er wollte den Körper seiner Frau, er wollte mit ihr schlafen, und zu diesem Zweck wäre ein nachdrücklicheres Fordern wohl manchmal ein Mittel.

Am Ende wartete sie darauf.

Am Ende war sie gar nicht das zerbrechliche Wesen, das er in ihr sah, sondern eine Frau, die darauf wartete, direkt angesprochen zu werden.

Zieh dich aus.

Karl Meyer konnte diesen Satz nur denken, er brachte ihn nicht über die Lippen. Immerhin versuchte er seit zwanzig Jahren, ihn laut zu denken, er stellte ihn sich als Schrei vor, aber er sprach die Worte nicht aus, er redete drum herum, fragend, zögernd, zurückhaltend, mit unangemessener Scham.

Bist du müde? murkste er und dachte, ich will dich.

Er konnte es nicht aussprechen, es bräche ihm die Zunge, zu keiner Frau hatte er so etwas jemals sagen können. Doch wünschten die Frauen nicht manchmal, dass man sich unumwunden ausdrückte? Schmeichelte es ihnen nicht auch, so heftig begehrt zu sein?

Meyer war unfähig, Befehle auszusprechen.

Der Befehlston widersprach seiner Natur. Könnte er befehlen, wäre er nicht Handelsreisender. Was darf es denn sein, war sein Gestus, er hatte die Formel verinnerlicht, er lebte sie. Diesen Satz wollte aber keine Frau hören, wenn es darum ging, mit einem Mann zu schlafen.

In Büttikon, gegenüber dem Sternen, stand ein altes Haus seit Jahren unbenutzt. Die Scheiben zerschlagen, dem Verfall preisgegeben. Schauplatz für eine Geschichte, dachte Meyer: Brannte im obersten Fenster nicht ein rotes Licht?

Meyer wollte seine Frau verlassen. Den Beruf musste er ausüben, da hatte er keine Wahl, aber er wollte allein leben und endlich seine Geschichten schreiben:

Ihre Migräne war ein Zustand, und Mario Nickel schwankte nicht mehr zwischen Liebe und Hass. Nach einer Zeit des Mitleids, als die Liebe vernichtet war, schlugen seine Gefühle um. Mario Nickel hasste seine Frau. Er litt unter der Ehe wie unter einer Last, die er sich selbst aufgebürdet hatte, und glaubte, außerstande zu sein, sie länger zu tragen.
Mario Nickel war ein Handlungsreisender.

Wiederum könnte es eine Frau ja auch schätzen, wenn ein Mann, der es sich in den Kopf gesetzt hatte, sie zu erobern, nicht einfach direkt auf das Eine zusteuerte, sondern sie wie ein beseeltes Wesen behandelte.

Meyer war unglücklich. Er trachtete danach, seine Frau zu verlassen. Weil er aber letztlich dazu nicht die Kraft besaß, stets mangelte es ihm an Kraft, an der Kraft zu leben, versuchte er sein Unglück in Geschichten zu bannen, zu besänftigen, zu stillen.

»Vor langer Zeit, als sich noch riesige Eichenwälder über den Lindenberg erstreckten, lebte oben, in der Nähe des Orts, der heute Schongauer Bad heißt, ein Blaubart, ein reicher Mann, den die Laster seines ausschweifenden Lebens gezeichnet hatten: er war aussätzig geworden.

Vergeblich suchte er alle Ärzte auf, vergeblich nahm er ihre Medizin. Nun schlich er menschenfeindlich und selbst gemieden in dem großen Wald umher, und ein böser Geist gab ihm ein, er könne sich heilen und den Aussatz überwinden, wenn er im Blut von sieben oder zwölf Jungfrauen bade. All sein Trachten ging jetzt nach solchem Blute.

Damals besaß die Gemeinde Boswil noch keine eigene Kirche. Die Gläubigen mussten über den Lindenberg nach Hitzkirch wandern, um den Gottesdienst zu besuchen, einen Weg von mehreren Stunden.«

Meyer ging diese Sage schon lange durch den Kopf; er wollte sie in Verbindung bringen mit dem zerfallenen Freiämterhaus in Büttikon, wo er im obersten Fenster das imaginäre rote Licht schimmern sah, das merkwürdig kontrastierte zur Reklameschrift des gegenüberliegenden Restaurants.

»Am obersten Bergrücken, wo ein hoher Eichenbaum weit über den Wald emporragte, gelang es dem Blaubart, eine Schar von elf Mädchen zu überfallen, die auf ihrem Kirchgange von Boswil nach Hitzkirch hier den Schattenweg eingeschlagen hatten. Er fing sie und hängte sie alle an den tief herabgehenden Zweigen der Eiche auf. Doch was half es ihm? Noch fehlte ja die Zwölfte.

Da ritt er hinunter zur Mühle, sang schmeichelnde Lieder vor dem Fenster der Müllerstochter. Das unerfahrene Mädchen ließ sich locken, es setzte sich zu ihm aufs Ross. Augenblicklich sprengte er mit ihr der fürchterlichen Stelle im Wald zu. Als das Mädchen ihr Los erkannte, flehte sie: Nur noch drei Rufe lass mich tun, eh ich sterben muss. Er gewährte es ihr mit den höhnischen Worten:

Wir sind hier zwischen Wald und Feld,
Es hört dich weder Gott noch Welt,
Schrei, was du schreien kannst.

Das Mädchen rief nun, so laut es konnte, den Namen des Vaters, der Mutter und ihres Bruders. Der Mörder lachte; er wusste wohl, dass der Vater im Wirtshaus bei einer Hochzeit saß und sich der Bruder weit entfernt auf der Jagd befand. Die alte Mutter aber hatte er nicht zu fürchten. Als diese jedoch der Tochter Ruf vernahm und sich zu schwach fühlte, ließ sie die Stimme in die Boswiler Wälder hinüberwehen. Und der dort jagende Bruder horchte auf:

Still, ghöre n ich mini Jagdhündeli
Oder d Stimm vo n euserem Chindeli?

Sogleich ritt er der Stimme nach, brach auf dem Platz hervor, wo der Böse eben im Begriffe war, die Schwester an die Eiche zu hängen.

Er befreite das Mädchen, band den Mörder seinem Rappen an den Schwanz und schleifte ihn durch den Wald zu Tode.«

Karl Meyer stellte sein Auto auf dem Parkplatz ab und ging durchs Schneetreiben den Weg zum Restaurant.

In der Gaststube saßen nur ein paar Männer, sie rauchten und spielten Karten. Er setzte sich an einen freien Tisch und bestellte einen Kaffee Luz. Die Serviertochter brachte ihm das Getränk, und er starrte sie mit den Augen Blaubarts an. Sie schien seinen Blick nicht zu bemerken, sie war es gewöhnt, von den Gästen gemustert zu werden. Als sie zurück zur Theke ging, hörte Meyer das Rischeln ihrer Strümpfe. Er konnte einer Frau keine Befehle erteilen, und er war kein Blaubart. Er war verurteilt, sein Leben lang Umwege gehen zu müssen. Er verabscheute den Blaubart, aber er bewunderte ihn auch und hätte der Serviertochter gern schmeichlerische Lieder gesungen, um sie in sein Auto zu locken.

Die Serviertochter lehnte hinter der Theke gegen einen Schrank mit Flaschen, sie war blond, unter ihrer Bluse bewiesen feste Brüste, dass Träume Fleisch werden können.

Draußen war finstere Nacht. Das Schneegestöber schluckte allen Lärm. Unermesslich schwarz und still war es vor den Fenstern der Gaststube, dass Meyers Schlucken fast unanständig laut tönte und er froh war um das Räuspern, die Rumpfsätze oder Lacher der Kartenspieler, von denen nun einer Wein bestellte.

Weißt du, fragte der Mann die Serviertochter, als sie am Tisch die Flasche öffnete, was sich der kleine Hansli zum Geburtstag wünscht?

Die Serviertochter schüttelte den Kopf und machte ein hartes Gesicht, es strengte sie an, den Korken aus der Flasche zu ziehen.

Hansli wünscht sich eine Schachtel Tampax.

Die Spieler und die Serviertochter grinsten.

Wollt ihr wissen weshalb, fragte der Mann und lieferte Hanslis Begründung nach: Dann kann ich reiten, Rad fahren und Tennis spielen – mich frei bewegen.

Die Serviertochter lachte hellauf. Beim Kosten des Weins legte der Spieler einen Arm um ihre Taille.

Er war genau der Typ, der sagte: Zieh dich aus.

Die Serviertochter löste die Hand von ihrer Hüfte, aber als sie das Glas füllte, trat sie nah an den Mann heran, ihr Bauch berührte seinen Arm; für einen Augenblick schmiegte ihr Körper sich ihm an.

In Meyer regte sich Eifersucht.

»So war der Blutmensch hingerichtet. An dem Mordbaum entsprang damals die Heilquelle; auch sagt man, die beiden Geretteten hätten hier ein Bad zu errichten gelobt, das Wasser dazu aber erst graben und dann wärmen lassen. Der Schatten des hingerichteten Blaubarts wandelt noch auf der Höhe, sooft die Witterung wechseln will.«

B 16, sagte der Spieler zur Serviertochter und blinzelte ihr zu; sie ging zur Musikbox und drückte einen Song von Falco. Karl Meyer rührte den Zucker in seinem Kaffee um, das Getränk war klar, aufgehellt von reichlich Apfelschnaps, und sog den süßen Duft ein.

Ihn beschäftigte weder der Tod des Blaubart noch das gerettete Mädchen; seine Überlegungen galten den gehängten Jungfrauen, die gar nicht weiter erwähnt wurden. Nicht der Blaubart der Sage, in Meyers Geschichte sollten die geschändeten Mädchen umgehen: elf nächtliche Wesen, die keine Ruhe finden und auf Rache sinnen, da sie von einem eitlen alten Mann um ihr Leben betrogen worden sind.

Sie waren Opfer eines Frevels, dessen schlimmste Seite nicht der Tod war, sondern das nicht gelebte Leben. Das Wichtigste im Leben war für Karl Meyer, den Romantiker, die Liebe. Der Blaubart hat die Jungfrauen nicht bloß umgebracht, schloss Karl Meyer, der Umstand des frühen Tods hat sie auch um die Liebe betrogen. Und da die gehängten Mädchen, auch wenn sie als arme Seelen umgehen, Tote bleiben, können sie die Liebe nicht nachholen. Nur zu einer Illusion von Liebe sind sie fähig, folgerte er: in der Nacht nehmen sie die Gestalt von Huren an.

Darauf wollte er seine Geschichte aufbauen. Das zerfallende Freiämterhaus mit dem imaginären roten Licht sollte ihre Absteige sein, ein Stundenhotel, ein Freudenhaus, ein Bordell im schwarzen Land.

Dort locken sie Männer in die Falle.

Sie nehmen ihnen aber nicht bloß Geld ab; sie trachten aus Rache nach ihrem Leben. Das Gift der verhinderten Liebe infiziert die Freier mit dem Tod.

Was aber ist dieses Gift, fragte sich Meyer.

Wie tritt der Tod auf?

Ohne es zu merken, fixierte Meyer die Serviertochter, sie beurteilte den Blick als Ruf und kam an den Tisch, um zu fragen, ob er noch einen Wunsch habe.

Versunken in seine Geschichte, verstand er ihre Frage nicht.

Es hatte zu schneien und zu regnen aufgehört. Der Himmel war ganz klar, die Atmosphäre gereinigt von dem Niederschlag, und Sterne funkelten in seltener Klarheit. Karl Meyer fuhr langsam und mit Umwegen nach Hause, er lutschte ein Bonbon. In Wohlen, mitten in der Bärenkurve, blitzte in seinem Gedächtnis der Name einer jungen Verkäuferin auf, und er spürte den Drang, sie aufzusuchen. Er stellte sich den Besuch vor, er redete sich Mut ein, doch er befürchtete ebenso, dieser Mut schlage in Verlegenheit um, sobald er an der Wohnungstür klingelte.

Welche Absicht verfolgt ein Mann, der um Mitternacht vor der Tür einer Frau steht, die seine Tochter sein könnte?

Er könnte eine Geschichte vorschützen.

Was für Gründe bewegen eine Frau, die einem Mann, der ihr Vater sein könnte, um Mitternacht die Tür öffnet und ihn eintreten lässt?

Am Ende suchen beide Nähe und Haut.

Aus der Kurve heraus beschleunigte Meyer das Auto, er wollte seinem Mut davonfahren, und seiner Angst, floh durch das schlafende Dorf und ließ den Namen der jungen Frau hinter sich zurück. Die Straße führte über den Wald des Wagenrains nach Bremgarten. Vor der Brücke bog er ab und fuhr die Weststraße hinauf. Ruhig glitt er über die nächtlichen Hügelzüge des Freiamts. Die Fahrt, die rasche Vorwärtsbewegung holte seine Gedanken ein, neutralisierte sie, fraß sie endlich auf. Etwas trieb ihn um, immer wieder. Die unerfüllte Sehnsucht trieb ihn an wie ein Motor. Meyer war ein Vampir, der auf seine Erlösung wartete, um endlich tot sein zu dürfen. Tot sein hieße dann: zur Ruhe gekommen.

Doch vorher müsste ihm sein Erlöser (eine Erlöserin), um Mitternacht, einen spitzen Pfahl durchs Herz rammen. Himmel, er war nur ein Mann, dem sich die Frau verweigerte und der nicht den Mut aufbrachte, sie zu betrügen. Doch wäre das Betrug? Wäre es nicht viel eher Notwehr, falls er fremdginge, war ihm doch das eheliche Bett das fremdeste geworden.

Er dachte wieder an seine Geschichte.

Das Gift der verhinderten Liebe kann auch Wahnsinn auslösen. Die angesteckten Männer verlieren den Verstand und stürzen sich blind in den Tod. Mit dem Auto. Nach der Liebe mit den Jungfrauen rasen sie ins Verderben.

Meyer stellte sich vor, die Jahrestagung des Verbandes Schweizer Handlungsreisender finde im Freiamt statt. Nach der Versammlung suchen einige der Teilnehmer das Haus mit dem roten Licht auf, bevor sie nach Hause fahren.

Mario Nickel folgte einer Hure ins Zimmer, doch er war zu betrunken. Er versagte. Als er am Morgen erwachte, allein in dem Haus –

Seine Geschichte gefiel ihm gut. Ihr Plot gab ihm die Kraft, nun nach Hause zu fahren. Die Pharma-Vertreter vergnügen sich im Hotel der geschändeten Jungfrauen. Nach der Liebesstunde, im Licht des frühen Morgens, müssen sie sterben, alle sind infiziert, und auf der Heimfahrt überrascht sie der Unfalltod. Mario Nickel wittert ein Verbrechen; er löst den Fall.

Meyer fuhr jetzt ruhig nach Hause, er dachte sich die elf tödlichen Unfälle aus, er würde sie minuziös beschreiben, in aller Grausamkeit.

Die Rache der geschändeten Jungfrauen.

Bevor er zum zweiten Mal in dieser Nacht zu Bett ging, hielt er sie in Stichworten in seinem Notizbuch fest.

12

Im Dachstuhl der Villa, kopfunten, schlief am Tag eine Fledermaus; genauso hing die Erinnerung an einen bestimmten Mann im Kopf von Laura.

Sie musste an ihn denken, obwohl sie zusammen mit Bruno Wolf in einem seiner neuen Restaurants saß und aufs Essen wartete. Es war nur eine Affaire gewesen.

Lauras Bauch war fest und apfelförmig, sie empfand ihn ganz intensiv als eine Mitte, ein Zentrum. So ein Gefühl für den eigenen, fremdbesetzten Körper hat nur eine Schwangere; das Leben mit so einem Bauch war in jeder Hinsicht eine Gleichgewichtsübung.

Du erwachst in der Nacht mit nasser, süß riechender Brust. Du sonderst ganz einfach Milch ab wie ein Tier, hatte sie zu Nina gesagt.

Sandro servierte ihnen die Vorspeise persönlich, eine Platte mit verschiedenen kalten Gemüsen und Pilzen, dazu trank Laura einen kühlen Frascati; der Alte ließ sich nicht von seinem Wasser abbringen.

Wie Tagträumer bewegen wir uns zwischen den dunklen Polen Geburt und Tod, dachte Bruno Wolf, oder wie Schlafwandler; er erlitt einen seiner philosophischen Anfälle. Trotzdem kostete er einen in Olivenöl gedünsteten und mit Knoblauch gewürzten Streifen Aubergine. Geburt und Tod sind Erfahrungen, die keine Spuren in der Erinnerung zurücklassen. Das erste Abenteuer kommt zu früh, das letzte zu spät für das Bewusstsein.

Er seufzte, als ruhte die Last der Welt auf seinen Schultern. Es war sehr angenehm, in der Wolfschen Trattoria zu sitzen. Die Farben, der Duft, die Speisen: das stimmte ihn versöhnlich. Er streckte die Hand aus und streichelte Laura die Wange. Ihr war, als würden seine Finger glühen und eine Spur hinterlassen. Die Trattoria erinnerte sie an ein Speiselokal in Mailand, in der Nähe des Doms, wo sie auf ihrer ersten Europareise mit dem Mann, der ihr eben eingefallen war, gegessen hatte, schrecklich verliebt in diesen Lügner.

Wolf trank Wasser. Laura sah, wie er schluckte, sah den faltigen Hals eines alten Mannes. Kaum jemals war ihr sein Alter so deutlich aufgefallen.

Die Pilze schmecken ausgezeichnet, lobte sie.

Er nickte, versuchte sie aber nicht. Pilze stießen ihm nach dem Essen auf.

Laura hatte Lust, mit Bruno zu streiten.

Der Kellner trug die Reste des Antipasto ab und brachte ihnen mit Rosinen und Kräutern gefüllte Wachteln und Polenta. Sandro empfahl dazu einen Rotwein aus der Toskana. Wenn er durch die Trattoria ging, merkte man nicht, dass seine Füße amputiert waren. Im Augenblick schien er es selbst vergessen zu haben. Laura spürte Stöße im Bauch, das Kind bewegte sich. Wie ein Schwimmer ruderte es im Fruchtwasser. Die Nabelschnur war eine Leitleine.

Träumen Ungeborene, fragte Laura.

Ihr Mann wusste es nicht.

Sorgfältig löste Bruno Wolf das Brustfleisch der Wachtel ab. Wir werden aus dem Dunkel ausgestoßen und wieder ins Dunkel aufgesogen, dachte er und kaute zartes, saftiges Fleisch: an Werden und Vergehen erinnert uns der Schlaf.

Erzähl mir eine lustige Geschichte, forderte Laura ihren Mann auf.

Bruno Wolf verzog das Gesicht.

Ungeborene träumen wohl nicht. Sie wachsen in einer Traumwelt heran. Das einsickernde Licht verwandelt die Gebärmutter in ein leuchtendes Korallenriff. Sie hören die Herzschläge der Mutter wie über Lautsprecher verstärkt. Das laute Pochen und Verdauungsgeräusche sind vielleicht die Ursache ihrer ersten Angst.

Du könntest recht haben, antwortete Wolf.

Liebst du mich, fragte sie.

Der Satz war ein Angriff, Wolf spürte das instinktiv. Er saß in der Falle; ein falsches Wort, sie schnappte zu. Jedes Wort war nun gefährlich, er sagte also klüger nichts. Nochmals hob er die Hand, nochmals streichelte er Lauras Wangen und lachte, er lachte ziemlich laut und entwischte dem Fangeisen.

Ich liebe diese köstlich zubereitete kleine Wachtel, er konnte es sich nicht verkneifen, dies zu äußern. Sehr, betonte Wolf, fast so sehr wie dich.

Der Kellner offerierte ihnen frische Erdbeeren als Nachspeise. Eingeflogen aus Israel, erklärte er beflissen. Wolf nickte.

Laura bestellte Halbgefrorenes mit Weinschaum.

Ich liebe die mit Rum beträufelten Amarettistücke darin, sagte sie lächelnd zu Wolf, sehr, fast mehr als dich.

Später, als sie Arm in Arm zum Auto gingen, begann es zu schneien. Die leichten Flocken blieben an ihren Kleidern haften, in Lauras Haar, auf Wolfs Hut, und wenn einzelne von ihnen auf Lauras Gesicht trafen, fand sie das angenehm, es war eine zärtliche Geste des ausklingenden Winters.

13

Anna hatte eine Kassette in den Recorder gesteckt und sich in Momo vertieft. Bäuchlings lag sie auf dem Bett, Nena sang Indianer wie du und ich, die sind stark und fürchten nichts. Das Meerschweinchen raschelte im Heu, und die grauen Herren rauchten dicke Zigarren und stahlen gerade wieder Zeit.

Margrit Fischer kolorierte ein Labyrinth, dessen Irrgänge sie mit schwarzer Tinte gezeichnet hatte. Sie fühlte sich nicht besonders gut, es bereitete ihr Mühe, sich auf das Bild zu konzentrieren. Sie mischte die Farben fast beiläufig, als sei ihr Klang am Ende nicht das Resultat einer Absicht, sondern ein Zufall. Sie hätte sie auch einfach ineinanderfließen lassen können.

Nur absichtslos findet man den Weg aus einem Labyrinth; und was man erreichen will, trifft niemals ein.

Philip war damit nicht einverstanden.

Seit der Scheidung lebte sie allein mit Anna. Philip war der erste Mann in dieser Zeit, mit dem sie sich ein Leben vorstellte. Sie wünschte sich das, sie hatte Angst davor, sie wollte, wollte auf keinen Fall; es war wie ein Schach, das man gegen sich selbst spielte.

Und also zwangsläufig verliert, würde Margrit sagen.

Warum, würde Philip fragen: Warum identifizierst du dich nicht mit der Farbe, die gewinnt?

Die Liebe machte alles kompliziert, sie war ein heimtückisches System, an ihrem Anspruch musste man fast zwangsläufig scheitern. Oder zwanghaft, dachte Margrit. Sie hielt mit Malen inne und reinigte den Pinsel im Wasserglas.

Ihr Körper war süchtig nach Philip. Kaum hatte er sich von ihr gelöst, litt sie schon unter dem Entzug. Sie presste die Hände zusammen und löste sie wieder. Das schmatzte. Langsam wiederholte sie das Spiel. Warme Haut trennte sich von warmer Haut wie nach einem Liebesakt.

Vor ihr lag das Labyrinth. Wer den Ausweg suchte, war wie eine Raupe, die nicht ahnt, dass sie nur warten müsste, bis sie ein Schmetterling ist und einfach wegfliegen kann. Der Weg aus dem Labyrinth war auch ein Weg zu ihr selbst.

Du stellst deine Seele dar, sagte Philip.

Und der Minotaurus im Zentrum, scherzte sie, bist du.

Mit Tusche zeichnete sie die Insignien des Stiers, Hörner und Hoden.

Es war ein kalter Sonntagmorgen.

Margrit hatte das Bett nur verlassen, weil sie es darin allein nicht länger aushielt. Das Bettzeug roch nach Philip, ihre Haut roch nach ihm, ihre Lippen waren geschwollen von seinen Küssen.

Seit die Kirche abgebrannt war, fehlte ihr das Läuten der Glocken; gerade, weil es zu den gewohnten Zeiten nicht zu hören war, überlegte sich Margrit, wie lange sie keine Kirche mehr betreten hatte.

Sie heftete das Blatt mit einer Stecknadel an die Wand und spürte, dass sich ihre Schultern verkrampft hatten. Etwas Bewegung wäre nun gut. Margrit wollte einen Spaziergang machen, sie hatte das Bedürfnis sich zu lockern, an der Reuss zu gehen.

Anna, kommst du mit, fragte sie ins Kinderzimmer. Das Mädchen gab keine Antwort, wenn es las und Musik hörte, stellte es sich taub.

Sie wiederholte ihr Angebot.

Gähn, stöhn, seufz: Anna betonte jedes Wort, zog es möglichst in die Länge: lang-wei-lig.

Margrit zog Mantel und Schuhe an und verließ das Haus. Es war empfindlich kalt. Das helle Blau des Himmels wirkte abweisend, frischer Schnee lag in den Vorgärten. Zwischen dem Supermarkt und der reformierten Kirche bog sie in die Zugerstraße ein. Ihr Blick schweifte über eine Mauer, an die er sich nicht gewöhnen wollte. Hier standen vor Kurzem noch Bäume, die Platanen der Kindheit, sie säumten einen Kiesplatz, und es war schön gewesen, durch ihr mildes Grün auf das Schulhaus zu blicken. Nun waren die Bäume abgeholzt, die Mauer und die Pforte in das unterirdische Parkhaus verstellten die Sicht, ein plumper Wall und ein neonbeleuchteter Schacht. Die Stadt hatte sich ein Schandmal errichtet. Margrit ging weiter. Aus dem Haus des Zeitungsverlegers tönte eine Geige. Vor der früheren Textilfabrik pfiff ein italienischer Vater seinen Kindern wie Hunden. Margrit überquerte die Zürcherstraße und stieg bei der Post die Treppe zum ehemaligen Gefängnis hoch, in dem nun ein Goldschmied sein Atelier eingerichtet hatte. Sie könnte den Weg mit verbundenen Augen zurücklegen. Wenn sie die Augen schloss, war es auch leicht, das alte Stadtbild herzustellen und das neue wie bei einer Sprengung einstürzen zu lassen.

Hinter dem Schlösschen führte eine Treppe durch den Wald zur Reuss hinunter. Der Fluss hatte nur wenig Wasser, es wälzte sich über die Steine in seinem Bett, erst nach der Schneeschmelze würde es wieder über sie springen.

Margrit ging gegen die Strömung. Sie löste einen Zweig vom Boden, er brach entzwei, die Bruchstelle war wie ein Schnitt, die Kälte hatte das Holz verändert. Wie damals, als sie ein Kind war, warf sie den Zweig in die Reuss. In der Nähe bildete der Fluss einen Wirbel.

Seit damals und für ewig, dachte sie. Der Wirbel war ein trotziger Widerstand gegen alle Veränderung. Als gäbe es Dauer. Der Zweig drehte sich langsam im Strom und wurde davongetragen.

Margrit ging am Hexenturm vorbei, an der Fabrik, in der Formen für Plastikprodukte hergestellt wurden. Früher Hosenträger, dachte sie. Die Gießerei war stillgelegt seit Jahren. Der Rechen im Kanal, vor dem sich Holz und Unrat staute, ließ sie an die junge Frau denken, die einmal angeschwemmt worden war. Auch diesen Weg hätte sie blind gehen können, alle Wege in der Umgebung der Stadt. Ihr Leben war mit ihnen verbunden, und die schönsten führten am Fluss entlang.

Die Wege kreuzten ihr Leben, und der Fluss war sein Rhythmus.

Du bist melancholisch, gestand Margrit sich ein, weil verliebt in diesen Kerl, der Anzüge von Armani trägt, einen teuren Schlitten fährt und dich nicht liebt

liebt

nicht liebt.

Eine Frau in den mittleren Jahren.

So fühlst du dich, dachte sie.

Eine Frau mit einer elfjährigen Tochter, hier zu Hause, verbunden mehr mit einzelnen Orten als mit Personen, gebunden aus letztlich unerklärlichen Gefühlen.

Freilich gäbe es Gründe, die kleine Stadt zu verlassen.

Doch wohin?

Waren Orte nicht Wiederholungen von Orten?

Böte eine große Stadt ihr mehr – oder ein einsam gelegenes Haus. Freilich, ein Haus am Fluss, eine Stadt am Strom. Es gab tausend Gründe zu gehen. Und ein einziger genügte zum Bleiben. Oder war sie nur der trägen Macht der Sesshaftigkeit verfallen?

Vor ihr spazierte ein Paar, Hüfte an Hüfte, im Gleichschritt der Verliebten. Würden sie einander küssen, bei der Kälte blieben Lippen auf Lippen kleben. In den Schrebergärten standen verlassen Fahnenmaste und verriegelte Hütten, an deren Wänden Bohnenstangen lehnten. Die Zipfelmützen von Gartenzwergen ragten aus dem Schnee. Einzelne Spuren von Katzen und Mardern verliefen quer über die Beete. Blutiger, zerwühlter Schnee und Vogelfedern wiesen auf einen Tod hin.

Margrit überholte das Paar.

Wie erklärt man einer elfjährigen Tochter, dass jetzt hin und wieder ein Mann über Nacht bleibt?

Philip?

Ja.

Warum starrte das Kind sie beim Frühstück so an? Mit einem eisigen Blick, der es ewig aushielt ohne einen Wimpernschlag?

Was hast du denn?

Nichts, aber du hast einen blauen Fleck am Hals.

Die Reuss schimmerte in der Farbe von Schiefer, die Wasserfläche ähnelte einer Haut, unter der Muskeln spielten.

Allein leben, mit einem Kind.

Mit einem Kind, das in ein paar Jahren weggeht.

Es kam vor, dass Anna das Abendbrot bei einer Freundin essen wollte, nur um zu probieren, wie das abläuft: Familienalltag mit Vater.

Vom Wunsch, mit einem Mann zu leben, war Margrit in den letzten Jahren wenig bedrängt worden. Sie kam gut allein zurecht. Das Kind ersetzte ihr viel, auch viele Kämpfe. Gewiss hatte sie Männer gehabt, doch waren das meist nur Episoden gewesen. Nie hatte sie einem Freund erlaubt, über Nacht zu bleiben. Im Bad fehlte ihr kein Rasierzeug.

Es war der Körper, der nach einem Mann verlangte, der Körper auch, der rasch des Mannes überdrüssig wurde. Ihr Kopf war dabei stets merkwürdig unbeteiligt. Eine Distanz blieb zwischen ihr und jedem Mann bestehen, eine Kühle, die sich einstellte nach der Lust. Den einen hatte sie als lächerliches Gewicht auf sich gespürt, und es störte sie die Art, wie ein anderer sich an der Schulter kratzte. Hin und wieder hatte sie auch das Wochenende mit einem Mann verbracht, Anna war dann von Hans Villiger, ihrem Paten, gehütet worden. Ein Gefühl, das Margrit als Verliebtheit hätte deuten mögen, stellte sich nie ein.

Auf dem Zaun beim Haus der Wasserfahrer hockten Möwen, die Kähne standen aufgebockt unter dem Vordach. An Land gezogene Schiffe stimmten Margrit verdrießlich.

Boten sie nicht ein Bild fataler Sesshaftigkeit?

Im Schatten des Hexenturms glänzte der fußtiefe Schnee besonders weiß. Kinder bewarfen die Blesshühner im Fluss. Margrit erreichte die Stadt wieder, ging durch die Reussgasse bis zur Holzbrücke und nahm den schmalen, dem Fluss folgenden Weg. Sie liebte es, zwischen Fluss und Gärten zu gehen. Unter der Bahnbrücke lag ein Damenhandschuh. Margrit stieg die Treppe hoch, sie hatte sich entschlossen, Hans Villiger und Maria, seine Frau, zu besuchen.

Du hast hier ein paar Freunde, freute sie sich.

Vor dem Stadthof studierte ein älteres Paar die Speisekarte. Ein Mann kratzte Schnee und Eis von der Frontscheibe seines Autos; sonst war kein Mensch auf der Straße.

Margrit läutete an der Haustür.

Auf dem Heimweg überquerte sie den Schulhausplatz. Er diente als Dach des Parkhauses. In verglasten Rondellen befanden sich der Lift und die dicken Rohre der Entlüftung. Zwischen der Mauer und dem Haus des Arztes gab es einen schmalen Weg. Den schlug sie ein.

Margrit betrachtete den Fortschritt der kleinen Stadt als Beispiel der Zerstörung. Es fehlte der Respekt vor dem Gewachsenen, es fehlte die Liebe zu den kleinen Dingen.

Wohnblocks und Einfamilienhäuser: die Rigistraße befand sich im Quartier mit den Sportanlagen und war eine langweilige, aber ruhige Straße, wo lauter nette Menschen wohnten, Nachbarn, die einander grüßten und auch einmal ein Ei ausliehen oder ein halbes Brot. Jeder kannte alle, niemand verwechselte Freundlichkeit mit Freundschaft. Keiner kümmerte sich um den hellblauen Ford, der die ganze Nacht vor Margrits Wohnung parkte, wahrgenommen allerdings wurde er schon. Die Bewohner der Rigistraße verlebten ihre Tage zwar nicht ganz wunschlos, jedoch ohne übertriebene Erwartung und Klage.

Im Flur roch es nach Kaffee.

Anna hatte Kaffee aufgesetzt und Eier weichgekocht. Zusammen genossen sie ein zweites Frühstück, strichen Butter und Konfitüre auf geröstetes Brot, tranken Milchkaffee, schnitten vom Käse und von der Salami dicke Scheiben ab.

Anna hatte schwarze Jeans mit einem roten Gürtel und einen schwarzen Pullover angezogen. Das Kind wirkte etwas blass und sehr erwachsen. Es hatte bereits kleine Brüste, aber Margrit musste es noch täglich ermahnen, die Zähne zu putzen.

Warum besuchen wir eigentlich am Sonntag nie die Kirche, fragte Anna.

Die Kirche ist abgebrannt, sagte Margrit.

Wir gingen auch vorher nie, sagte Anna.

Ihre Freundin besuchte jeden Sonntag die Messe, und bei ihr zu Hause wurde vor dem Essen gebetet.

Gibt es einen Gott, der allmächtig ist, wollte Anna plötzlich wissen.

Die Mutter ihrer Freundin behauptete es: Gott weiß alles, er sieht alles und straft böse Menschen.

Man kann das nicht wissen, erläuterte Margrit mit ruhiger Stimme, manche Leute glauben es, sie sind davon überzeugt. Soll ich noch Brot toasten?

Gott ist eine Art Überwachungssystem, sagte Anna ernst, ein elektronisches Auge, dem nichts entgeht. Am letzten Tag der Welt teilt er die Menschen in zwei Gruppen. Die Schlechten stößt er in die Hölle. Die Guten nimmt er in den Himmel auf. Margrit schwieg.

So erzählt es Miriams Mutter, beteuerte Anna, und die Ewigkeit dauert schrecklich lange, darum ist es sehr wichtig, in die richtige Gruppe zu kommen.

14

Zehnmal war Sandro nun, eine Bleiweste über dem Hemd, die Treppe zu seinem Zimmer hochgelaufen, ohne das Geländer zu berühren. Die Füße schmerzten. Die Stelle, wo die Prothesen auf die Beinstümpfe stießen, waren fühllos, taub.

Er hatte den Geschmack von Blut im Mund.

Unten, im Wohnzimmer, saß Nina vor dem Fernseher. Sie sprang ungeduldig von Kanal zu Kanal. Sie benutzte die Fernbedienung als Beil und machte aus zwölf Programmen Kleinholz, bevor sie in einem alten Film hängen blieb. Sie hörte den Lärm von der Treppe. Sandros Verbissenheit machte ihr auch Angst, seine Manie, sich vom Leben ständig als Kämpfer herausgefordert zu fühlen und überall Gegner zu wittern, die es um jeden Preis zu besiegen galt.

Ihr Hund war verschwunden – tot.

Im langen Traum einer Winternacht tötete ihn ein Güterzug. Nina ging zum Bahndamm, sie hörte den Zug, sie rannte los und warf sich zwischen die Schienen. Um die Macht des Bösen auf die Probe zu stellen und zu brechen, ließ sie sich überrollen. Nina presste das Gesicht in den Schotter des Traums, der Zug donnerte über sie weg. Im Schlaf spürte sie den Luftstoß des Zugs. Das Geräusch der Räder auf den Schienen wollte ihr das Gehör zerreißen. Sie roch Eisen, das Funken sprühend über Eisen rieb, ohne ihr etwas anhaben zu können.

Aber die Lokomotive erwischte den Hund.

Der Güterzug, der den Hund tötete, hatte keine Macht über sie. Unverletzt erhob sie sich, endlich befreit von der Angst, und wusste gleich, wer den Preis dafür bezahlt hatte; bei aller Lautlosigkeit des Todes wusste sie es.

Der Hund lag tot im Schnee, zerfetzt.

Nina schaffte den Kadaver in den Wald und vergrub ihn. Sie verletzte sich die Hände an Pickel und Schaufel. Sie weinte, sie schrie im Wald, aber sie fürchtete sich nicht mehr. Nur Wut empfand sie, eine abscheuliche Wut. Die war größer und stärker als die Trauer. Und dann war Nina erwacht, tränenüberströmt das Gesicht. Sie stand gleich auf, rief nach dem Hund und suchte ihn.

Er war verschwunden.

Der Hund hatte in dieser Winternacht sein Leben gelassen, er blieb unauffindbar. Nicht nur Tränen: Nina hatte nach dem Traum auch zerschundene Hände, und im Bett entdeckte sie Spuren von Blut, Erde und fauligem Laub.

Im Zimmer stank es nach Stahl, der beim Bremsmanöver des Zugs zerrieben worden war.

Der Hund ist gestorben, log sie.

Lass ihn doch ausstopfen, riet Sandro, nicht ohne Spott, stell ihn auf neben dem Mäusebussard.

Sie fand, er sei herzlos, ein Ekel.

Sandro trat ins Wohnzimmer, er schwitzte, noch immer trug er die Weste mit den Bleigewichten. Er ging etwas staksig und ließ sich auf das Sofa plumpsen. Nina spürte, dass sich in ihrem Unterleib etwas zusammenzog. Sie presste die Knie gegeneinander, dass es bis in die Beckenmuskulatur schmerzte. Im Fernsehen lief ein Streifen aus den Sechzigern. Doris Day trug ein knapp bis zu den Knien reichendes, armloses Kleid mit züchtigem Ausschnitt, der die Schlüsselbeine deckte, und Doris Day wirkte steif, genauso verkrampft, wie Nina es nun war.

Sandro hatte sich von der Anstrengung erholt. Er entledigte sich der Bleiweste und fühlte eine schier unbezähmbare Lust, auch Schuhe und Strümpfe auszuziehen, um barfuß zu gehen. Das hatte er früher immer geliebt, nach dem Training noch eine Runde barfuß auf der Wiese zu laufen. Er holte sich ein Glas Orangensaft. Vielleicht war es das Schlimmste, dass er nie mehr die Schuhe abstreifen und einen Fuß in die Hände nehmen und massieren konnte. Gab es etwas Lustvolleres, als seinen eigenen warmen Fuß mit den Händen zu umschließen? So wie es eine Zeit gab, in der ihn der Wunsch, mit seinen Händen die Brüste einer Frau zu umschließen, beinah wahnsinnig werden ließ, sehnte er sich nun danach, seine Füße zu streicheln: er dachte an diese verdammten Füße wie ein Häftling an eine Frau.

Nina war erleichtert, als er das Wohnzimmer verließ. Sie hatten kein Wort gewechselt. Er hatte sie nicht berührt, weder beim Kommen noch beim Gehen. Keine zärtliche Geste. Auch keine einladende von ihr. Nur diese Verkrampfung im Unterleib, das schmerzende Becken. Nina hörte ihn duschen.

Frisch umgezogen kam er wieder ins Wohnzimmer. Jetzt legte er ihr die Hand auf den Nacken. Sie war ganz heiß. Leicht berührte er die Haut, griff stärker in die harten Muskeln, als wolle er sie lösen. Das tut gut, sagte sie. Sandro begann ihre Schultern zu massieren, aber er dachte an etwas ganz anderes dabei, seine Hände führten automatisch Bewegungen aus, die Tastorgane leiteten keine Empfindungen weiter, ebenso gut hätte er die verspannten Muskeln einer anderen Frau lockern können. Ich muss noch arbeiten, sagte Sandro.

Er hatte nasses Haar und fühlte gleich die Kälte, als er in seinem Büro das Fenster öffnete, um frische Luft einzulassen. Das Stück Garten vor dem Wohnzimmer lag in einem Licht, so eigentümlich gelb, als sei eine warme Folie über den Schnee gelegt worden. Mit dieser unüberwindlichen Steifheit, die ihm seit dem Unfall eignete und ihn manchmal greisenhaft aussehen ließ, saß Sandro am Schreibtisch. Er war verantwortlich für drei italienische Restaurants und fünfzig Leute Personal, die jeden Monat ihren Lohn überwiesen haben wollten, und zwar pünktlich. Bis jetzt lief alles rund, das war sein Verdienst. Doch Sandro strebte nach mehr. Sein Ehrgeiz war ungebrochen, er hatte sich sogar verstärkt, nur galt er nicht mehr dem Sport. Training, das hieß jetzt Therapie. Ausgenommen war nur der Umgang mit dem Gewehr, das Sandro sich bei einem Waffenhändler ausgesucht hatte, eine doppelläufige Flinte für das Schießen auf Tontauben.

Sandro war guter Dinge, aber nie ganz unbeschwert und manchmal gar bitter. Trotz seines körperlichen Mangels sah er noch immer gut aus und war für Frauen begehrenswert.

Mit seinem Vater wollte er das Weingeschäft erörtern.

– Ein Rebgut in der Toskana.
– Ein Hauswein für unsere Restaurants.

Besäßen wir ein Gut, bereitete er die Unterredung vor, ließe sich auch der Handel ausbauen. Ihm schien, dieses Geschäft sei bislang zwar nicht gerade vernachlässigt, aber auf keinen Fall optimiert worden.

– Es fehlt uns die Übersicht.
– Wir müssen die Kontrolle modernisieren.

Wenn jemand eine größere Menge bestellt, sind wir gezwungen, in den Keller zu laufen und Flaschen zu zählen, wollte er den Alten provozieren. Eine Broschüre würde uns helfen. Sandro schwebte es vor, die ausländischen Arbeiter, von denen es in der Region viele gab, als Kundschaft zu gewinnen. Wie Packesel schleppen die Italiener ihre Einkaufstaschen herum. Die wären doch leichter ohne Flaschen.

– Lieferdienst, frei Haus.

Sandro stand auf, vor ihm lag ein vollgekritzeltes Blatt, ein Konzept, dem der Vater zustimmen musste. Er trat ans Fenster. Stillsitzen bereitete ihm immer noch Mühe. Der alte Drang nach Bewegung meldete sich als Schmerz. Noch immer hatte er nicht begriffen: da fehlen die Füße.

Er schaute in den Garten hinunter. Als er sich vorstellte, im oberen Stockwerk stehe sein Vater genauso am Fenster, erlosch das Lichtfeld auf dem Schnee.

Nina schaltete den Fernseher aus. In der Küche schüttete sie Gin und Tonic zusammen, ein großes Glas. Sie zog sich in ihr Zimmer zurück. Ein Song der Modern Talking wiederholte sich in ihrem Kopf, immer wieder dasselbe Motiv. Es passte zu ihrer Stimmung. Sie spielte die Platte ab. Dass sie einen Kratzer hatte, war nur folgerichtig.

Du liebst nur Geld, hatte sie Sandro vorgeworfen.

Nein, war seine Antwort gewesen, ich liebe es mehr, Geld zu machen, es ist ein Sport.

Nina lag angezogen auf dem Bett, ein Knie angewinkelt, die Wange in die Hand gestützt. Sie spürte die Schwere ihrer Brüste, sie trank in langen Schlucken und rauchte. Am Fußende schlief eingerollt die magere Katze Herr Benedikt. Sie hatte sich ihr in einer losen Freundschaft angeschlossen, seit der letzte Hauch des Hundes aus ihren Kleidern gewaschen war. Die Katze war etwas gestört, stur lauerte sie manchmal vor dem Abfluss der Badewanne auf Mäuse. Nina war traurig, sie meinte mit Grund. Das Leben wollte ihr nicht gelingen. Sie glaubte sich ungeeignet für diese Welt, zu wenig hart, zu schwerblütig, zu anfällig für die Liebe, diese Leidbringerin. Sie erwartete immer zu viel oder das Falsche. Männer waren unbegreifliche Wesen, so irrational. Sie hing diesem Sandro an, unbarmherzig gegen sich selbst. Er betrog sie vielleicht, das nahm sie an. In diesem Augenblick hasste sie ihn dafür, den fußlosen Geschäftsmann. Bestimmt schlief er mit anderen Frauen. Sie bezweifelte, immer stark genug zu sein, ihm zu verzeihen. Eine Frau, die mit einem Mann lebte, war verurteilt, ein Leben lang zu verzeihen. Nicht nur Untreue, sondern grundsätzlich. Das Herz eines Mannes war nur bedingt haftbar, Besserung blieb unwahrscheinlich. Einem Mann musste man verzeihen aus Liebe. Falls einem Liebe unabdingbar erschien, diese von Frauen so überschätzte Gefühlslage. Wo Männern doch Sex genügte, diesen Herzensbrechern und Zweckmenschen. Diesen Kopfschwänzlern. Nina hatte das Glas geleert und schleuderte es mit einer heftigen Bewegung weg. Es rutschte über den Teppich, ohne zu zerbrechen. Nur Herr Benedikt schreckte auf und sprang vom Bett. Die Modern Talking hatten ausgeschmalzt.

Nina ging zum Plattenspieler und legte Grönemeyer auf. Dieser Sänger versöhnte sie immer wieder mit Sandro. Sie war ja aber auch versöhnungssüchtig. Grönemeyer hielt die Männer für Menschen, für unersetzlich hielt er sie, und das Schlimme war: er hatte recht.

Nina ging ins Bad.

Vor dem Spiegel reinigte sie ihr Gesicht mit einer Milch. Schmutz blieb an der Watte kleben. Täglich meinte sie, mehr von den Fältchen zu entdecken, die um die Augenwinkel ein Netz sponnen. Ihr Blick war ganz kalt. Sie zog Pullover und Hemd aus. Deutlich in diesem Licht zeichnete sich das blaue Netz der Blutadern auf dem winterbleichen Fleisch ab. Die Farbe der Höfe um die Brustwarzen gefiel ihr überhaupt nicht. So abstoßend rot. Ein helles Braun wäre doch viel reizender. Und die schwarzen Haarbüschel unter den Armen. Heute fühlte Nina sich hässlich, mies fühlte sie sich. Sie mochte auch ihren Geruch nicht. Schwierig und kompliziert fand sie es, Anfang zwanzig zu sein. In diesem Alter hatten andere Frauen bereits Kinder, Mann und ein Haushaltsbudget. Sie bestanden ihr Leben mit einem harten Sinn für den Alltag. Ihre Sorge galt nicht Haarbüscheln unter den Armen, sie kümmerten sich um Hustenkinder, um Scharlach, Mumps, Röteln und erschraken, wenn vor dem Haus Bremsen kreischten. Freilich sahen sie auch zerknittert aus vor dem Spiegel und langweilten sich im Bett unter schnaufenden jungen Männern. Nina verlangte nicht nach solcher Pflichtübung. Sie wollte geliebt werden, »komm her« sagen und »lass mich dich genießen«, wie Grönemeyer es vorschlug.

Im Bett lag sie, mit offenen Augen im Dunkel des Zimmers, das vom Widerschein des Schnees schwach erhellt war. Das Licht war wohltuend, darum schloss sie die Vorhänge nicht.

Als Sandro sich zu ihr legte, spielte sie die Schlafende. Wie eine verdrossene Ehefrau, dachte sie, die ihren Mann abwimmeln will. Sie spürte seine Erregung, als er sich an sie drängte, genoss seine Hände auf ihrer Hüfte, die zärtlich und fordernd massierenden Finger. Er berührte unverhohlen gierig und doch sanft ihre Brüste; die Farbe der Höfe spielte wirklich keine Rolle. Seine Berührungen taten ihr wohl. Ihr Verlangen war wie ein Pulsschlag, der den Körper beben, eine Zone gar erschauern ließ, bevor er sich in Lust verwandelte und auf eine einzige Stelle konzentrierte. Nina drehte sich Sandro zu, schmiegte sich eng an ihn und deckte seinen geschmeidigen Körper mit ihrem Leib zu. Es war doch gut, eine Frau zu sein, begabt für die Liebe.

Grönemeyer hatte ausgesungen.

In allem erwiesen sich Männer als schnell. Leidenschaftlich und heftig, wenn man sie wohlwollend beurteilte, kopflos und unreif, falls man ihnen weniger gut gesinnt war. Eine Frau konnte zwar auch entflammen, sie reagierte aber in fast allen Dingen, vorab in der Liebe, nicht so funktional mechanisch. Frauen sind in der Liebe ausdauernder und genussfähiger, sie haben ganz einfach den längeren Atem.

15

Warm schien die Sonne des Vorfrühlings auf die Gärten herab und trieb Krokusse hervor. Was so rasch wuchs, durfte nur kurz blühen – doch dafür entschädigte die Leuchtkraft der Farben, das Violett und Weiß und das vorweggenommene Gelb der Sonnenblume.

Jeder liebte die frühen Krokusse, sie waren dem Winter abgetrotzte Siege. Einzig in Schattenlagen hielt sich noch Schnee. Er sah allerdings ziemlich alt aus. Die Sonne blendete und brannte einem schrill ins Gesicht. Doch wer ohne Mantel ging, fröstelte bald.

Im Garten und in der Villa bereiteten sich die Katzen auf den ersten Wurf des Jahres vor. Zeitlebens würde man den Märzkätzchen eine gewisse Mickrigkeit ansehen. Überhaupt machten sich die Katzen wieder bemerkbar. Im Winter hatten sie sich still gehalten. Gelegentlich war im frischen Schnee eine Spur zu sehen gewesen, und im eisigen Schattenfeld des Ahornbaums lag ein gefrorener Kadaver. Jedes Jahr suchte sich eine Katze den indianischen Ort zum Sterben aus. Die Sonne schmolz den Schnee, taute den Boden und löste den steifen Körper auf – man entdeckte ihn wegen des penetranten Gestanks.

Der Einzige, der den Garten das ganze Jahr benutzte, war Bruno Wolf. Die Bäume ließen zartgrüne Blätter aus den Knospen dringen, er stand versunken in seine Übungen zwischen den Stämmen, die noch schwarz waren von der Nässe des ausklingenden Winters. Auch Sandro war nun im Freien anzutreffen, er machte Zielübungen mit seiner Skeetflinte und beschäftigte sich mit dem Gedanken, hinter dem Tennisplatz eine Wurfanlage für Tontauben bauen zu lassen. Laura hatte es sich auf der Veranda bequem eingerichtet, dort saß sie gern mit über dem Bauch gefalteten Händen, bis zum Kinn vermummt in eine Daunendecke, manchmal wie betäubt von der Schwangerschaft, die Sonnenbrille aufgesetzt; man konnte nicht erspähen, ob sie döste oder wach war und irgendwo abwesend in Gedanken. Hin und wieder glaubte sie, vor einer Wand zu stehen. Ist sie aus Papier oder Beton? Laura war unfähig, dies zu entscheiden.

Jakob Wolf machte sich zu einem Spaziergang auf. Selma, eine Eselstute begleitete ihn. Er hatte wieder einen Winter überstanden, den einundachtzigsten oder fünfundachtzigsten? Das Gehen auf dem Feldweg strengte ihn zu sehr an, um eine Frage zu klären, die ihn unbeantwortet wenig anfocht. Ihm genügte es, auf das Rasseln seiner Lunge zu horchen, so geht ein asthmatischer Tiger, auf das bleierne Gewicht der Beine zu achten, Schritt um Schritt; pass auf, brich mit dem linken Fuß nicht durch zur Hölle. Er hatte an einsamen Nachmittagen am Schreibtisch über den Büchern oder im Stall bei seinen Eseln, wenn Schneefall die Zeit zwischen der Dämmerung des Morgens und des Abends verwischte, sich von den gefährlichen Anbiederungen des Todes nicht hinreißen lassen. Doch jedes Jahr kam es ihn härter an, dem Schmeicheln zu widerstehen, nachts, der Stimme, die der Wind wie den Lockruf eines Mädchens über die Reussebene wehte. Mehrmals war er versucht gewesen, ins Schneefeld hinaus und der Verführerin entgegenzugehen, mehrmals hatte er die Mädchenstimme seiner Frau vernommen, eine Stimme, der er immer verfallen gewesen war und die er nur unter größter Anstrengung seines von der Sehnsucht gemarterten Hirns als faulen Zauber hatte enttarnen können. Und nur schwer erkämpfte Augenblicke der Hellsicht hatten ihn davon abgehalten, aufs Dach zu steigen, um mit seiner triefenden Nase den Hauch der kosmischen Nacht besser erschnuppern zu können. Der Tod war ein verfluchter Geist, der unser Sterben für seine Erlösung missbrauchte. Ihm war jede Gestalt recht, er trug viele Masken, der übelste Trick erschien ihm billig. Der Tod verfolgte nur ein Ziel: uns hinzuraffen. Einen nach dem anderen, bis zum letzten Kind, dessen vorwitzigen Mut, sich im Wald auf die dünne Eisschicht eines Teichs zu wagen, er unerbittlich bestrafte.

Der alte Mann wanderte, mit einem Stock bewehrt, auf weichen Pfaden durch das Naturschutzgebiet von Werd nach Rottenschwil. Ungestüm, hoch erhobenen Kopfs und die Hufe bei ihren Sprüngen von sich schleudernd, tollte die Eselin ihm voraus; sie ahmte für Jakob Wolf den Gaukelflug der Schmetterlinge nach und rief ihm ein paar liebe Sommerbilder, die in den winterfesten Tresoren seiner Erinnerung ruhten, ins Gedächtnis zurück. Jakob Wolf war nie ein sportlicher Mensch gewesen. Der Arzt hatte ihm zu Bewegung in freier Luft geraten. Als umsichtiger Mensch plagte er sich seiner Gesundheit zuliebe. Gegen Abend pflegte er mit dem Taxi heimzufahren. Eine Straße führte um das Naturschutzgebiet herum. Das Taxi legte die Strecke in fünf Minuten zurück, während Jakob Wolf sich zwei Stunden in der Einsamkeit der Felder abzumühen hatte, um ans Ziel zu gelangen.

Das Ziel war der Hecht.

Der Schnee schwitzte sich zu Tode. Aus den sumpfigen Kuhlen der Landschaft stieg ein Gärgeruch als Vorbote des Frühlings, ein von der Sonne befreiter Gestank. Die Wärme setzte den unter Eis erstarrten Verwesungsprozess wieder in Gang. Die Amseln übten ihren Balzgesang, zaghaft und kehlig, als hegten sie Zweifel an der Dringlichkeit einer erneuten Fortpflanzung. Jakob Wolf blieb stehen. Seine Blase signalisierte ihm, Wasser zu lassen. An Mantel und Hose galt es Knöpfe zu öffnen, die sich den blutleeren Fingern widersetzten. Das Bedürfnis war ein Schmerz, dumpf bedrängte er die Blase und flammte bis in die sonst tauben Hoden hinein. Als er sein Glied in den Händen hielt, musste er an eine Aubergine denken, die das fortgeschrittene Alter hatte schrumpeln lassen. Es gelang ihm endlich, ein paar traurige Tropfen abzuschlagen, eine im Verhältnis zum Aufwand lächerlich geringe Menge, die ihn nicht einmal vom Harndrang befreite. Sein Urin roch scharf und abgestanden. Weniger Rotwein, dachte er, und mehr Weißdorntee. Der Arzt hatte ja recht. Nur würde eine Kanne Tee für ihn nie die Alternative zu einer Flasche Volnay sein. Umso mehr freute er sich auf die Spargelzeit, nach einem Spargelessen war es selbst für Greise lustvoll zu urinieren. Ein lang anhaltender Strahl, der herbe, als warmer Dunst entschwebende Duft der Spargeln darin, es gehörte zu den mildreichen Tröstungen, die einem im Alter noch vergönnt waren.

Der Esel stupste ihn an, fummelte mit seinen weichen Nüstern an Jakob Wolfs Rocktasche herum; er vermutete dort eine Krume Brot oder Würfelzucker.

Ein prächtiges Tier, dachte Wolf, ob es zu kaufen wäre?

Er hatte im Augenblick, beim Zuknöpfen von Hose und Mantel, vergessen, dass die weiße Stute sein Eigentum war. Sie roch gut. Er tätschelte ihren Hals und gab ihr die Brotkrume. Sie fraß sie mit vorsichtigen Lippen aus seiner Hand. Wolf war müde. Der Esel lief voraus, und er folgte ihm Richtung Rottenschwil, wäre ihm auch nach Werd hinterhergegangen. Keine Wolke am Himmel, nur die Sonne, deren Kraft ausreichte, alles aufzuweichen, aber nicht, um einem alten Mann die Knochen zu wärmen. Jakob Wolf fror immer, aber er nahm die Kälte nicht mehr als Bedrohung wahr. Er tappte hilflos durch die warmen Felder seiner Halluzinationen und schleppte den Panzer seiner Jahre in der Gangart einer Schildkröte über das weite Feld. Der Zweck des Gehens fiel ihm wieder ein, er musste zum Restaurant Hecht, hatte dort Lumpen abzuholen, der weiße Esel gehörte ihm. Komm, Stoffel, rief er. Doch wo hatte er den Karren stehen lassen? Jakob Wolf würde keine Zeit für ein Kartenspiel erübrigen können, er hatte seiner Frau versprochen, in Bünzen eine Flasche Speiseöl zu kaufen und beim Bauern in Besenbüren einen Sack Kartoffeln abzuholen. Der Harndrang quälte ihn erneut, aber Wolf ließ sich von dem lästigen Störer nicht täuschen. In einiger Entfernung sah er die Häuser am Fluss. Auf dem Platz lag ein Berg ausgebaggerter Kies. Die Autos irritierten ihn, sie ähnelten Fahrzeugen aus einem Sience-Fiction-Roman. Seit dem Urknall dehnte sich das Universum aus, und er musste auf der Zeitachse mit unerhörter Beschleunigung vorwärts gerutscht sein; er besann sich: in die Achtzigerjahre. Rapide holte ihn das Alter ein. Vor dem

Hecht wartete der Esel. Die Ausstattung der Gaststube kam ihm seltsam modern vor, er erinnerte sich auch nicht, der ihn so vertraulich grüßenden Wirtin schon einmal begegnet zu sein. Guten Tag, Herr Wolf, sagte sie freundlich und half ihm, den Mantel abzulegen.

Er setzte sich.

Ungeheißen brachte ihm die Wirtin eine Flasche Volnay.

Zum Wohl, Herr Wolf.

Erst auf dem Pissoir, das er aufsuchte, weil er vom heillosen Drang der Blase dazu gezwungen wurde, erst während ihm das Gelingen des Wasserlösens Linderung verschaffte und sein dampfender Strahl kräftig in die Rinne spritzte, kehrte er ins richtige Jahrzehnt zurück: Jakob Wolf war nicht ein junger Mann, der Altstoffe sammelte, sondern ein Greis, der auf dem täglichen Spaziergang eingekehrt war, und die Wirtin mit dem rotblonden Haar hieß Gertrud Weber. Aber er konnte nicht umhin, in den Visionen der Vergangenheit die Häme des Todes zu erkennen. Nur verstimmte ihn das nicht, im Augenblick war er frohgemut, er hatte Sensenmann und Scharlatan gerade noch rechtzeitig erkannt und vertrieben.

Mit einem Lächeln auf dem Gesicht kehrte er in die Gaststube zurück. Gewiss, er hatte reichlich Zeit für ein Kartenspiel. Und die Musikbox war, genau wie die Autos auf dem Parkplatz, eine der Selbstverständlichkeiten neueren Datums. Der Volnay 67 hatte genau zwanzig Kellerjahre hinter sich, er war kräftig und weich und zauberte Wolf einen langen Nachgeschmack auf den Gaumen. Mit genauso einem Geschmack im Mund wäre der Tod zu ertragen, dachte er, ohne sich von dem Einfall betrüben zu lassen.

Zum Wohl, Frau Weber.

Er setzte sich an einen Tisch zu zwei Rentnern, die immer schon warteten, wenn er kam, als würden sie ihr Leben in dieser Gaststube verbringen. Der Jassteppich lag bereit. Einer mischte die Karten und gab sie aus. Jakob Wolf spielte, ohne einen Fehler zu machen. Mühelos behielt er die Karten im Kopf, es waren seit ewig dieselben Karten, es war seit ewig dasselbe Spiel, keine Zeit und keine Mode konnte ihm etwas anhaben. Und wenn er an die Reihe kam, schrieb er die Resultate mit der Kreide auf die Tafel, wie vor fünfzig Jahren. Spiel um Spiel, ohne dass die Verwandlung von jemandem bemerkt worden wäre, hätte eine Zeitmaschine die Spieler ins beste Mannesalter oder in die Jünglingsjahre versetzen können, ja, würde man nicht selbst gnadenlos altern und eines Tages peng wegsterben, könnte einen das Kartenspiel an der Vergänglichkeit aller Dinge zweifeln lassen.

Nur Selma, seine Eselin vor der Tür, hatte Jakob Wolf wieder vergessen. Das war jedoch kaum von Belang, sie war ein wenig nachtragendes, geduldvolles Tier, und wenn der Hengst aus der ganzen Sehnsucht seines Eselherzens nach ihr rief, würde sie den Weg nach Hause auch ohne den Sterngucker und Kartenspieler finden, dessen Nachbarn sich längst an den Anblick eines Esels gewöhnt hatten, der allein und frei quer über die Felder stallwärts trabte.

16

Dort, wo bei seinem letzten Besuch noch Schnee lag, für lange und schwierige Wochen weiße Tristesse, blühte jetzt ein Feld mit Narzissen, und ihr Geruch verwob sich mit der Luft des späten Morgens; das machte das Betörende der Narzissen aus, ihre Essenz war körperhaft, man glaubte, ein Parfüm einzuatmen, das geheimnisvoll duftete, weil es auf Haut aufgetragen worden war, auf die Haut einer Frau.

Karl Meyer stand mit seinem Musterkoffer vor dem Konsum in Fischbach und sog den Duft tief in seine Lungen. Er liebte Narzissen, sie erinnerten ihn an seine Kindheit, an Ostern und Kniestrümpfe. Heute rochen die Narzissen besonders aufdringlich, Meyer wurde fast schwindlig, der weibliche Duft erzeugte Fantasien in seinem Kopf, da blieb als Rettung vor dem Taumel nur die Flucht. Narzissen bewiesen die sinnliche Macht des Frühlings.

Fischbach war ein Straßendorf und lag am linken Ufer der Reuss. Wald deckte die Hänge des Wagenrains, Felder dehnten sich in der fruchtbaren Flussebene aus.

In diesem Frühling, nach vielen Jahren, in denen er nicht ohne Ingrimm Nacht für Nacht mit blutendem Herzen auf ein Zeichen seiner Frau gewartet hatte, war Karl Meyer entschlossen, seinem Verlangen nachzugeben. Dass er ein Jäger auf der Liebespirsch war, daran erinnerte ihn das Narzissenfeld, der Duft, der den Tag so festlich machte.

Als Karl Meyer Elviras Laden betrat, wechselte er gut gelaunt von der Frühlingsluft ins Duftbad ihrer kleinen Filiale, in die Würste, Waschmittel, Gemüse, Brot und Kaffee ihren Geruch wie lösliche Salze gestreut hatten.

Elvira war an der Kasse beschäftigt. Meyer betrachtete sie, als erblicke er zum ersten Mal eine Frau. Sie gab ihm die Hand, die Düfte des Ladens hatten sich auf ihrer Haut vereinigt und mit dem Hauch ihres Körpers zu einer Würze gesteigert, zu einem erregenden Wohlgeruch, der den Reisenden erröten und erzittern ließ.

Karl Meyer hatte seinen Besuch angemeldet und elf Uhr vorgeschlagen. Nicht ohne Absicht. So war es keineswegs ungehörig gewesen, Elvira zum Essen einzuladen.

Sie hatte zugesagt.

Er öffnete den Musterkoffer und zeigte ihr ein neues Produkt seiner Firma, ein dreistufiges Bonbon, das zu loben sein Job war. Er riss eine Packung auf und hielt das dunkelbraune Ei zwischen Daumen und Zeigefinger.

Schokohaut, Zuckerschale, Kaugummikern, sagte er.

Mit einem Scherz forderte er Elvira auf, das Ei zu kosten. Sie lehnte dankend ab. Mit einem Lächeln, das sie anrührte, steckte er es sich selbst in den Mund, und während die Schokolade auf seiner Zunge zerfloss, spiegelte sein Gesicht seine Begehrlichkeit. Freilich nahm Elvira an, sein Blick meine die Süße des Bonbons. Als sie den Mund ein wenig öffnete, schob ihr Meyer eines der Dinger zwischen die Lippen. Nun schmeckte sie das dreistufige Ei und überlegte, was sie mit dem Antrag dieses Mannes anfangen sollte. Jetzt war ihr klar, dass nicht eine auf Umsatz bedachte Vertreterseele sie umwarb, sondern ein vernütztes Herz auf Liebe hoffte. Elvira lächelte verlegen, aber auch mit einer Spur Zustimmung, und als auf ihrem Gaumen Schokolade zerfloss, war er mit seinem Bonbon schon bei der Zuckerschale angelangt.

Die Zuckerschale gibt es in Himbeer, Zitrone und Ananas, sagte Karl Meyer, was haben Sie? Himbeer, verriet Elvira.

Dann schmeckt der Kaugummi nach Vanille, fuhr er im geschäftlichen Ton fort, den anzunehmen ihm nun richtig schien.

Er biss die Schale seines Bonbons durch. Ananas, sagte er, in der Ananasschale hat der Kaugummi das Aroma von Kirschen.

Wie viel darf ich aufschreiben?

Sie bestellte zwei Werbekartons mit fünfundzwanzig Packungen.

Der Kaugummi in der Zitronenschale hat Colageschmack, sagte er und fühlte sich in der Routine des Vertreters wieder sicher, obwohl ihm schien, sein Tastsinn und sein Erinnerungsvermögen hätten sich in seinen Fingerspitzen versammelt, wo er die Berührung mit ihren Lippen immer noch spürte. Beim Ausfüllen des Bestellblocks war er froh, von seiner Schrift nicht verraten zu werden, sie war steil und eng wie immer, etwas verwischt in einzelnen Formen, aber gut lesbar.

Inzwischen war Elvira beim Kaugummi angelangt. Beide kauten. Dass sie nun Vanille im Mund hatte und er Kirsch, störte die Eintracht, obwohl Vanille und Kirsch im Kuss vermengt auch munden könnte. Mit einem Mut, der ihn selbst verblüffte, wagte er sich auf dieses heikle Terrain vor.

Ob die Kreateure diesen Fall wohl bedacht haben?

Bestimmt, antwortete Elvira und schaute ihn an.

Er senkte den Blick.

Da hätten wir noch einen Lutscher, fuhr Meyer fort, er wechselt die Farbe.

Es gelang Karl Meyer nicht, seine Verwirrung zu verbergen.

Das Produkt ist zuckerfrei, fügte er hinzu, zahnschonend und bereits sehr beliebt.

Ein richtiger Mann würde nun seinen Kaugummi schlucken, dachte Karl Meyer, die Geliebte umarmen und den Geschmack von Vanille und Kirsch mit ungestümen Küssen vermischen.

Er aber notierte die Zahl der Lutscher.

Die weiteren Süßigkeiten seines Angebots waren hinlänglich eingeführte Produkte, es handelte sich nur mehr darum, die verkaufte Ware zu ergänzen.

Karl Meyer ging zu seinem Auto. Einen Vorrat der gängigsten Artikel führte er mit, eine ausreichende Menge »Eversweets«, wie er sie nannte, um die weggeschleckten Bestände zu ersetzen. Im Freien spuckte er den Kaugummi aus. Gleich hatte er den Duft der Narzissen wieder in der Nase. Auf dem Chrom seines Autos glitzerte die Sonne, fern im Tal strahlte die Reuss für einen Augenblick auf, um wie ein Blitz gleich zu verlöschen.

Als er die Kartons mit der Ware in den Laden trug, meinte Elvira, in seinem Blick etwas Dunkles zu erkennen. In einer Regung fraulichen Mitleids war sie versucht, dem Vertreter übers Haar zu fahren.

Karl Meyer lebte seit zehn Tagen aus dem Koffer. Einerseits war er froh, den Schritt gewagt und seine Frau verlassen zu haben, andererseits fühlte er sich wie ein Ausreißer. Sein Stolz ließ es nicht zu, reumütig nach Hause zurückzukehren. In der Nacht hielt er die Freiheit seiner Hotelzimmer nicht aus und fuhr mit dem Auto in der Gegend herum. Er suchte Zerstreuung und fand sich nur entmutigt. Der Motor des Autos lief warm – Karl Meyers Herz blieb kalt. So wie der Motor Kilometer, fraß der Mann Enttäuschungen in sich hinein. Erschöpft kehrte er von seinen Touren zurück und legte sich allein ins Bett, um sich im Schlaf der Ungetrösteten zu verlieren. Er war am Ende vor dem neuen Anfang. Er bildete sich nichts mehr ein, vielleicht war dies sein schlimmstes Ungemach. Er war am Ende seiner Illusionen angelangt, ein Kümmerer, der zeitlebens zu große Hoffnungen in die Liebe gesetzt hatte, diese irdische Täuschung. Liebe war etwas Unerreichbares. Es war sinnlos, danach zu streben. Es machte nur krank. Eine Irritation chemischer Art, ein Giftkorn in der Blutbahn, das war die Liebe.

Karl Meyer hielt sich bei Wind und Kälte ohne Mantel im Freien auf, um sich die Grippe zu holen. Er wünschte sich eine verstopfte Nase. Er wollte die Frauen nicht mehr riechen, den lockenden Duft der Frauen, der überall schwelte, den die Luft ihm zuwehte und den er feststellte in jedem Geschäft, das er als Kunde oder Vertreter besuchte, in jedem Restaurant, auf belebter Straße, im dunklen Kino: diesen verwirrenden Duft weiblicher Haut, weiblichen Haars, des weiblichen Geschlechts. Den er mit Liebe verwechselte. Er konnte nicht anders, er war falsch konstruiert. Doch während andere der chinesischen Grippe anheimfielen, wurde er verschont, während sie geschüttelt von Durchfällen und rotnasig herumliefen, packte ihn ausschließlich ein Fieber: das Glühen der Liebe. Und nicht nur die Nase wollte er verpfropft haben, er wünschte zu seiner Rettung auch zu erblinden.

Ist Ihnen nicht wohl, fragte Elvira.

Sie nahm ihm die Kartons ab. Auf seiner Stirn hatten sich Tröpfchen gebildet. Mit dem Taschentuch tupfte er sie weg. Nicht der Rede wert, beschwichtigte er, ich spüre den Frühling.

Elvira half ihm, die Regale aufzufüllen, bis sie wieder zur Kasse gerufen wurde, eine Kundin wartete.

Er wohnte zur Zeit im Hotel Löwen in Mellingen. In seinem Zimmer stand ein sinnlos breites Bett, und wenn er auf dem Klosett saß, machte ihm das düstere Bad bewusst, wie unbehaust er war.

Karl Meyer aß zu viel, er war zu dick.

Und verstopft. Verstopfung war sein Los, da er die Wehmut mit Kuchen und Nudeln zu stillen versuchte. Im engen Bad auf dem Klosett zu sitzen, im trüben Schein der Lampe über dem Spiegel, umwölkt vom Dunst seiner Exkremente, war Karl Meyers Art, tränenlos zu weinen.

Gab es einen traurigeren Ort als ein Bett, das man mit einer Frau teilte, die einem immer den Rücken zuwandte?

Dem gnadenlosen Ehelager war Karl Meyer entflohen. Im Hotelbett lernte er das Fürchten. Auf dem Hotelklosett wand er sich unter Kämpfen, bis es ihm endlich gelang, steinerne Würste aus seinem Leib herauszupressen.

Er war ein Mann, der die Fülle des Lebens verpasst hatte. Das Versäumnis war unwiderruflich.

Als Elvira einen Jungen bediente, den die Mutter mit einem Einkaufszettel geschickt hatte, begannen Meyers Zähne zu schmerzen, als drangsaliere jemand mit der Nadel ihren Nerv. Der Zustand seines Gebisses entsprach dem seiner Seele. Am Morgen, nach der Rasur, die er blind beherrschte, so oft schon hatte er mit der Klinge das Bartfeld beschabt, betrachtete er sein Gesicht im Spiegel: müde Züge, gedunsene Wangen, trübe Augen, fliehender Haaransatz.

Die Pranke des Alters, dachte er.

Sie hatte entsetzliche Spuren hinterlassen. Und er hatte nicht etwa längere Zähne bekommen, die Zähne hatten sich ins Gelbe verfärbt, und das Zahnfleisch zog sich zurück. Nach dem Zähneputzen schaute er lieber weg, bevor er ausspuckte und den roten Schaum mit einem Schwall Wasser in den Ausguss spülte. Es wäre doch großartig, wenn man alles, was einen anfocht, verschwinden lassen könnte in einem Rohr des Vergessens. Er presste eine Hand auf die Wange, die Wurzel des hintersten Zahns lag wie glühender Stahl im Fleisch.

Elvira schloss die Ladentür ab.

Es war zwölf Uhr, Mittagszeit.

Ich hole ein Glas Wasser, sagte Elvira, Sie sind ja ganz blass.

Das weiße Licht des Mittags linderte den Schmerz nicht, es überstiegerte ihn, und plötzlich war er verschwunden wie ein Licht, das ausgeknipst wird.

Essen Sie gern italienisch, fragte Karl Meyer.

Elvira nickte.

Sie war einverstanden, nach Mellingen zu fahren. Aber sie wollte nicht ins Auto einsteigen. Bei dem prächtigen Wetter legte sie die kurze Strecke lieber mit ihrem Moped zurück.

Bis dann, rief sie.

Und war schon unterwegs.

Sie fuhr im Duft der Narzissen und blieb davon nicht unberührt, sie genoss die Fahrt und dachte kaum an den kauzigen Vertreter, obwohl sie hin- und hergerissen war zwischen Mitleid und Zuneigung.

Er versorgte den Musterkoffer mit einem kraftlosen Schwung und schluckte, in den Sitz zurückgelehnt wie ein Verletzter, zwei Schmerztabletten. Er traute dem Komplott nicht, das seine Zähne mit der Sonne gegen die Marter des Zahnnervs geschlossen hatten.

Bald sah er Elvira auf dem Moped vor sich. Der Anblick munterte ihn auf, aber er verzieh ihr noch nicht, dass sie nicht zu ihm ins

Auto eingestiegen war. Eine Abfuhr hatte sie ihm erteilt, das Band seiner Hoffnung durchschnitten. Elvira winkte ihm zu. Er überholte, es war ihm klar, dass er schon wieder auf dem falschen Dampfer reiste. Er betrachtete Elvira so lang wie möglich im Rückspiegel, bis ihr Gesicht nur mehr ein Fleck war und die Gestalt ihre weibliche Form verlor. Die Fahrt mit dem Moped durch das frühlingshelle Land musste eine Lust sein, ein Genuss, um den er sie beneidete und der ihm verwehrt war. Nur mit Schrecken erinnerte er sich an den Winter, als er, geplagt von Gichtanfällen in den Füßen, kaum mehr gehen und Auto fahren konnte.

Die Menschen lebten wie Kanarienvögel in Einzelkäfigen. Meyer, zweifellos, war ein gefangener Sänger. Öffnete man ihm jedoch die Tür, verwirrte ihn die Freiheit.

Karl Meyer erreichte Mellingen. Er parkte und betrat die Stadt durch das Tor eines mittelalterlichen Turms. Alles verharrte oder schien schläfrig zu sein. Er nutzte die Zeit und kaufte Narzissen. Im Hotel legte er die Blumen aufs Bett. Im Bad wusch er die Hände und schämte sich für seine mit Narzissen verknüpfte Absicht. Sie kam ihm gar verwerflich vor, wenn er an das Bild Elviras im Rückspiegel dachte, wie rasch es sich entfernt und verflüchtigt hatte. Da geisterte ein Stechen durch seinen Darm. Meyer verfluchte seine Innenwelt. Ein plötzlicher Durchfall zwang ihn aufs Klosett, und er entleerte sich so wässrig und schnell, als sei er vergiftet worden.

Kaum erholt, bleich und ausgehöhlt nach dem Hinterhalt, aus dem heraus ihn seine Eingeweide hatten erledigen wollen, erwartete er Elvira im Schatten des Tors und übergab ihr, als sie ankam, mit einer Verbeugung den Strauß Narzissen, deren Duft sie sogleich zu betören und für ihn zu gewinnen schien. Jedenfalls nahm sie beim Gehen seinen Arm.

Der Wirt des Löwen hatte ihnen zwei Plätze freigehalten. Beim Essen, es gab Kaninchen nach Art der Toskana, und Trinken, sie wählten einen Rotwein aus Apulien, spürte Karl Meyer, wie sich Kopf und Körper entspannten und er nicht mehr erwog, er könnte einen schlechten Atem haben. So locker gelang es ihm gar, mit dem

Charme eines Kümmerers und ganz nach der Regel, dass eine traurige Geschichte unbedingt lustig zu erzählen ist, aus seinem Männerleben zu berichten.

Beim Bestellen der Nachspeise, Tiramisu für ihn, Himbeersorbet für sie, legte er seine Hand auf die ihre, und sie erwiderte den Druck. Beim Espresso strich er ihr das Haar aus dem Gesicht und fuhr ihr mit dem Zeigefinger über die Lippen. Den Grappa ließen sie stehen, um möglichst schnell auf sein Zimmer zu flüchten, als fürchteten beide, die Magie des Augenblicks erweise sich als Trug, das Wunder verwandle sich in sein nüchternes Gegenteil.

Elvira war rasch aus den Kleidern.

Karl Meyer hatte das Gefühl, seine Füße seien verquollen, es gelinge ihm niemals, die Schuhe abzustreifen. Sein Verlangen verklumpte sich plötzlich im Kopf, es strömte nicht mehr nach unten, der Hals war zugeschnürt, die Lust blieb stecken – und sollte doch sein Geschlecht beleben.

Die verdammten Schuhe, stöhnte er.

Sie waren an den Füßen festgewachsen.

Elvira lachte. Flink knöpfte sie die Schnürsenkel auf und zog ihm die Schuhe aus, sie begann seine Kleider zu öffnen und legte den bebenden Leib Karl Meyers Schale nach Schale frei. Sie hatte einen Blick, als schaue sie aufs Meer hinaus, blaues Wasser berührte am Horizont die Bläue des Himmels.

17

Andreas schlich am Bach entlang und spielte »Krieg der Giganten«. Er war ganz in Blau gekleidet, er half He-Man, die Erde zu verteidigen. Steine waren Bomben. Das Wasser spritzte auf, wenn er sie ins Bachbett schoss, die Fontäne bildete den Atompilz, und er musste das Halstuch über Mund und Nase ziehen, um sich vor der Verstrahlung zu schützen. Da begann seine Armbanduhr zu piepsen. Nach Hause bedeutete das, Waffenstillstand; so war es ausgemacht mit Sabine. Auch Kämpfer brauchen Food. Mit einer letzten Lasersalve aus seiner Plastik-MP vernichtete er den kläglichen Rest der Feinde, bestieg den unsichtbaren, doppelt lichtschnellen Panzerjet Lolo 7 und trabte, den imaginären Steuerknüppel in den Händen, übers Brachfeld nach Hause. Unterwegs warf er ein paar Granaten ab. Das Besondere an ihnen war, dass ihre Explosionen den Feind sofort restlos verbrannten. Krähen flogen mit schwerfälligen Schwingen über die Landschaft, in der Krieg und Tod herrschten. Sie waren hungrig, denn der Krieg ließ keine Menschenreste zum Fraß zurück. Manche Krähe war selbst von Granatsplittern getroffen worden und stürzte sterbend ab, um sich mit einem Zischen, so wie es zischt, wenn man mit genauem Strahl in die Glut eines Feuers pinkelte, aufzulösen. Am Rand des Katastrophengebiets standen unbeschädigt die L-förmigen Blöcke, wo die eigenen Leute wohnten, die Freunde und Mutter, die Andreas verteidigt und gerettet hatte.

Es machte enorm hungrig, ein Held zu sein.

Auf dem Weg zwischen den Feldern bewegte sich eine schwarze Gestalt. Andreas erschrak. Zum Glück befand sich ein Baum in der Nähe, hinter dem er sich verstecken konnte. Wahrscheinlich war die Gestalt nur klein, weil sie weit entfernt ging. Im Näherkommen würde sie, logo, größer werden; aber es bestand die Gefahr, dass sie über Menschengröße hinauswuchs und sich als ein Gigant mit einer stählernen Rammfaust unter dem Umhang entpuppte.

Dieser verfluchte Krieg mit seinen tödlichen Gefahren.

Die Gestalt vergrößerte sich auf gewohnte Weise, bis sie das Maß eines sterblichen Menschen erreichte. Und behielt. Dem Anschein nach eine Frau, dachte Andreas. Das Schwarz des Gewandes wurde unterbrochen von einem weißen Streifen über der Stirn und um die Handgelenke. Andreas sah, dass die Fremde Blumen in den Händen hielt. Die konnten allerdings auch eine Waffe tarnen, eine Mini-Kanone mit Kernladung, die erst im Trefferfeld explodierte, im weichen Körper des feindlichen Ziels, das er in diesem Fall wäre.

Andreas presste das Gesicht gegen den rauen Stamm des Baums, er schwitzte Eis. Aus den Schrecknissen seiner Spielwelt wechselte er allmählich in einen strahlenden Märztag der Wirklichkeit über. Vom Krieg ins Freiamt. Aber er musste dafür seine ganze Fantasie aufbieten: dort ging eine Nonne, sie schmückte das Wegkreuz mit den ersten Blumen des Frühjahrs, oh mein Gott, und Mutter wartete zu Hause mit dem Essen.

Die kleine Nonne stand vor dem Gekreuzigten aus nacktem Stein, Moos bedeckte die Scham Jesu. Sie hielt die Hände gefaltet vor der Brust, die das Habit so flach drückte, als sei sie keine Frau.

Gelobt sei Jesus Christus, grüßte die Nonne.

Bis dass der Tod euch scheidet, antwortete Andreas unsicher, er wirbelte diese alten Formeln immer etwas durcheinander. Sind Sie echt, fragte er die kleine Nonne schon etwas kecker, oder spielen Sie mit in einem Film?

Absolut echt, sagte sie und ließ ihn zum Beweis das massive Kreuz anfassen, das sie an einer hölzernen Kette um den Hals trug.

Geil, sagte Andreas.

Im Religionsunterricht hatte Andreas gelernt, dass Jesus am Jüngsten Tag vom Kreuz herabsteigen würde. Doch Jesus war schon einmal Mensch gewesen. Und getötet worden. Für das katholische Programm wäre es besser, wenn Jesus als allmächtiger Gott aufgetreten wäre. Dann hätte er seinen Krieg gewonnen. Aber er würde den gleichen Fehler wahrscheinlich nicht zweimal machen, und da er Wein und Brot in sein Fleisch und Blut verzaubern konnte, war es bestimmt kein Problem für ihn, seinen steinernen Leib in einen Menschenkörper umzuwandeln. Jesus war ein Transformer. Nur sah Andreas den Sinn dieses Wechsels nicht ganz ein. Wenn es unbedingt sein musste, dann am klügsten in eine Kampfmaschine. Maschinen sind stärker als Männer. Oder Jesus könnte vom Kreuz herunterkommen und wenigstens Stein bleiben. Im Kampf gegen seine Feinde wäre ein steinerner Körper doch von unschätzbarem Vorteil. Von Stein prallen Kugeln ab, Stein widersteht Feuer. Die besten Kämpfer hatten Stahlmuskeln und diamantene Gelenke. Diamant Man war unbesiegbar. Er würde einen fleischlichen Jesus zermalmen wie ein Bulldozer einen Frosch. Sogar eine Ameise besaß im Zweikampf die bessere Aussicht davonzukommen. Andreas und seine Freunde hatten das dem Pfarrer gesagt. Doch der wollte die Wahrheit nicht einsehen. Einzig die Posaunen seines Vaters, deren Schall Mauern brach, eröffneten Jesus eine winzige Chance. Andreas erzählte das der kleinen Nonne.

Dann beten wir halt: Bleib Stein, Herr Jesu Christ, damit du unverwundbar bist.

Logo, sagte Andreas, dann kommt er vielleicht durch.

Die Nonne machte ein ernstes Gesicht.

Einen gewöhnlichen Teufel kann man vielleicht mit einem Schwert töten, erklärte Andreas, auf dem Eisenschädel von Skeletor bricht jede Klinge entzwei.

Bist du denn echt, fragte die kleine Nonne plötzlich.

Ich glaube schon, bestätigte Andreas zögernd, aber ich habe keine Beweise.

Oder spielst du in einem Film mit?

Andreas grinste: Klar, in einem Kriegsfilm.

Gewinnt deine Armee?

Wahrscheinlich.

Und wie sieht die Welt nach dem Sieg aus?

Andreas überlegte einen Augenblick: Es gibt dann keine Welt

mehr, wir setzen uns mit einem Raumschiff ab und gründen auf einem anderen Stern ein neues Reich.

Nehmt ihr auch Frauen an Bord?

Bestimmt Sabine, meine Mutter.

Die kleine Nonne klaubte einen Rosenkranz aus der Tasche ihrer Kutte und schenkte ihn Andreas.

Das ist ein Schutz, sagte sie, du musst ihn immer bei dir tragen.

Ihm gefielen die Glasperlen, auf dem Kreuz klebte ein Heiland aus Kunststoff. Andreas ließ den Rosenkranz durch die Finger gleiten. Er ließ ihn in der Tasche verschwinden und klaubte ein paar Gummibärchen hervor.

Ich schenke sie dir, sagte er zu der Nonne, sie schmecken prima.

Die Nonne bedankte sich und steckte ein Bärchen in den Mund.

Im kräftigen Licht der Mittagssonne leuchteten die Blumen am Fuß des Kreuzes. Die kleine Nonne versenkte sich wieder in ihr Gebet. Eine neu ausgedachte Formel wollte sie von nun an benutzen: Herr Jesu Christ, der für uns Granit geblieben ist, erbarme dich unser. Sie kannte verschiedene Gelegenheiten, bei denen es ihr ratsam erschien, ihn mit dieser Bitte anzuflehen; vielleicht war er ja auch eines warnenden Hinweises bedürftig. Andreas setzte sich in Trab. Er hielt den Rosenkranz mit der Faust umklammert und prüfte, ob die Perlen eine überirdische Kraft speicherten, die anzapfbar war.

Die Krähen genossen nun den Segelflug; die Sonne heizte dabei ihre Flügel auf.

Sabine saß am Tisch. Ungeduldig rauchte sie eine Zigarette, sie wartete mit der Mahlzeit und nahm sich vor, Andreas wegen der geringen Verspätung nicht auszuschimpfen.

Er rannte in die Wohnung, außer Atem, warf die Jacke auf den Boden und ließ die abgestreiften Schuhe im Gang liegen.

Stürmisch fiel er Sabine um den Hals und küsste sie, als wären sie Jahre getrennt gewesen. Sie musste aufpassen, ihn nicht mit der Zigarette zu verbrennen, und nahm seinen Überschwang nicht nur als Liebe; mit der Küsserei versuchte der Junge sie auch einzuseifen, um die Prozedur des Händewaschens zu umgehen. Schon saß er vor dem Teller und klopfte mit dem Messergriff auf den Tisch.

Hunger, Hunger, skandierte er.

Hände waschen, befahl Sabine und drückte die Zigarette aus.

Muss das sein, fragte er und zog einen Schmollmund.

Ja, erklärte sie im bestimmten Ton der kampferprobten Mutter, es muss sein.

Andreas verzog sich ins Bad.

Dann schöpfte Sabine das Essen: gebackene Dorschfilets, Salzkartoffeln mit Petersilie und als Strafe Salat.

Warum beten wir eigentlich nicht vor den Mahlzeiten, fragte Andreas.

Sabine wusste keinen Grund.

Großvater betet, behauptete er, das hat er mir verraten, aber nur leise und für sich, weil es keinen etwas angeht. Möchtest du, dass wir auch beten, wollte Sabine wissen. Warum nicht, antwortete Andreas und fing an: Lieber Gott, gib mir Food und Power, sonst werd ich sauer, Amen.

Er schaute Sabine herausfordernd in die Augen und fragte:

Ist A-MAN eigentlich stärker als HE-MAN?

Iss jetzt, sagte Sabine.

18

Hans Villiger hatte Geburtstag.

Er war einundvierzig Jahre alt und fühlte sich nicht besonders in Form. Von der ewigen Pfeife und dem vielen Tee waren seine Zähne bräunlich geworden, und manchmal verirrte er sich im spiegelwändigen Labyrinth seiner Seele: Erinnerungen fielen ihn an, alte Ängste holten ihn ein.

Auch war er zu dick.

Mindestens fünf Kilo zu schwer, warf seine Frau Maria ihm vor, zehn Pfund Fett, spottete sie.

Ihm mangelte es an Bewegung, aber er mochte sich weder zum Laufen aufraffen noch zum Tennis, dem Schmerz sportlicher Anstrengungen konnte Hans Villiger keine Lust abgewinnen.

Die Schüler betrachten dich als alten Mann, dachte er und erinnerte sich an die eigene Kindheit. Männer über vierzig waren ihm damals nicht nur alt, sondern bereits alterslos erschienen. Gelichtetes Haar bedeckte ihren Kopf wie an der Sonne verdorrtes Seegras, auch wuchsen sie in die behäbige Figur der Walrosse hinein. Wenn er beim Duschen an sich herunterblickte, ähnelte er dem Bild, das er sich als Junge von einem Vierziger gemacht hatte, leider ziemlich genau. Zog er den Bauch nicht ein, musste er sein Geschlecht erraten, dieses träge Ding, das verborgen im Dickicht der Schamhaare hing, als fürchte es sich vor der Welt. Vor der Auferstehung. Die Euphorie des vierzigsten Geburtstags war verflogen. Vor einem Jahr hatte er sich von der Ansicht der alten Griechen noch schmeicheln und blenden lassen: mit vierzig reift der Jüngling zum Mann. Vierzig, das war gewiss eine Grenze. Kein Sprung. Mit vierzig akzeptieren die Elefanten im Zoo ihre Gefangenschaft. Ab vierzig ist es fast unmöglich, am Gang des Lebens noch eine Korrektur vorzunehmen. Ganz zu schweigen von einer Wende. Der Mut lässt nach, längst vor der Tat. Die Aussicht auf die Rente lähmt, trotzdem ist Altersvorsorge ein Punkt. Vor dem Schaufenster des Apothekers, der Prostata-Vorsorge ab vierzig empfiehlt, bleibst du verblüfft stehen, sagte er. Am Morgen blickst du in den Spiegel: Guten Tag, Sisyphos. Mit einundvierzig bist du dabei, den Stein zum tausendsten Mal den Berg hoch zu stemmen. Du weißt, dass du es nie schaffen wirst, und mühst dich weiter ab, unaufhörlich.

Gib dir selbst einen Tritt in den Hintern, schimpfte Maria, seine Frau, ziemlich grob.

Von nun an geht es nur noch darum, dachte Hans Villiger, den Humor nicht zu verlieren. Also lachte er über das Geschenk seiner Schwester Katrin, die ihm ein Dutzend Dosen Vanillecreme geschenkt hatte: damit du auch noch etwas Süßes im Leben hast.

Vom Fenster des Wohnzimmers aus schaute er auf die Gärten, die in Stufen zur Reuss hinabführten. Der Tag war grau. Die Bahn fuhr über die Brücke und scheuchte Möwen vom Geländer. Er sah die Tiere als weiße Fächer in der Luft, wie Taschentücher, die jemand aufgeworfen hatte, denn er trug die Brille nicht. Sie lag wohl auf dem Schreibtisch. Oder im Bad auf der Ablage des Spiegelschranks. Seit einiger Zeit verlegte er seine Brille mehrmals täglich.

Du bist so zerstreut, mahnte ihn Maria.

Sie hatte ja recht; es gab Tage, an denen musste er mit der Hand ans Kinn greifen, um zu prüfen, ob er rasiert sei. Er hatte es vergessen und erinnerte sich nicht an die Schärfe der Klinge auf seiner Haut.

Der Zustand seiner Augen zwang ihn, die Brille abzulegen. Unterhielt er sich mit jemandem, sah er ihn mit Brille zu nah; unerträglich nah rückten ihm die Leute auf den Leib. Versuchte er eine entfernte Schrift zu entziffern, einen Wegweiser, eine Reklame, strengte es ihn trotz der Brille an oder gelang gar nicht.

Und die Möwen wie Taschentücher über dem Fluss?

Wusste er denn nicht, wie sie aussahen?

Geh trotzdem zum Augenarzt, riet seine Frau.

Einzig beim Lesen erfüllte die Brille ihren Zweck; und Hans Villiger war in den letzten Jahren immer mehr zu einem Leser geworden. Die Möwen hatten sich als Gruppe auf dem Fluss niedergelassen. Er hätte sie auch für Papierschiffchen halten können, und diese Vorstellung gefiel ihm ganz gut.

In den Gärten verblühten die Krokusse.

Sacht begann Schnee zu fallen. Er hätte in dieser Jahreszeit auch die Schneeflocken lieber für etwas anderes genommen. Ein Himmel voll weißer Apfelblüten wäre ihm angenehmer als die beklemmende Rückkehr des Winters, seine Kälte, die einem in die Knochen fuhr, die Triebe an den Bäumen und die Tulpen in den Gärten erfrieren ließ und die Kinder zwang, die Kniestrümpfe wieder auszuziehen.

Auf dem Tisch lag ein Glückwunsch-Telegramm. Margrit Fischer und Anna, sein Patenkind, hatten es ihm zukommen lassen. Wenn er es öffnete, erklang Happy Birthday. Das mechanische Piepsen der Melodie vertonte treffend die vom Schneefall erzeugte Stimmung. Dichter und dichter fiel Schnee und fing bereits an, die Erde zu bedecken mit der absurden Unzahl seiner Flocken, die Hans Villiger ohne Brille in ein lautlos herabschwebendes Heer winziger Fallschirme verwandelte, deren Form den Sternen nachgebildet war. Ein paar Wochen vor den Eisheiligen spielte der Winter erneut ohne Rücksicht seine Macht aus, und nicht einmal die Kinder fanden das Ende März lustig.

Nach der Schule wollte Anna ihre Mutter abholen, war aber noch etwas zu früh. Margrit Fischer arbeitete in der Papeterie des Shopping Centers. Sie ging gern mit Papieren, Schreibgeräten und Malutensilien um. Das Kind machte lange Schritte und schaute zurück, um die Spur im dünnen Schnee zu betrachten, das Profil der Sohlen. Der Schnee war grau.

Im Shopping Center ließ Anna sich von Geschäft zu Geschäft treiben, blieb eine Zeitlang vor einer Auswahl neuer Pullover stehen, ein gelber, auf den Donald Duck aufgedruckt war, gefiel ihr besonders gut. Dann setzte sie sich in der Buchhandlung auf einen Stuhl und begann »Der kleine Hobbit« zu lesen.

Neben dem Buchladen befand sich ein Käsegeschäft; aber gerade dieser Geruch passte zu den Hobbits, die gern behaglich lebten und denen wenig über Essen ging. Anna hielt sich oft im Shopping Center auf, bei den Computern, wo man die neuen Spiele ausprobieren durfte, bei den CDS und Schallplatten, sie war auch Fan von »Level 42« und hing am Kopfhörer, zwischen den großen Mädchen, die schon Brüste und einen Freund hatten und überhaupt wussten, was das ist: Safer Sex – das wollte Anna ihre Mutter nächstens fragen. Am besten aber gefiel es ihr in der Buchhandlung, hier wollte sie später einmal arbeiten.

Um vier Uhr ging sie zur Papeterie hinüber. In der Kabine hinter dem Laden fand sie Margrit; sie war schon gekämmt und zog den Mantel an. Zusammen gingen sie stadteinwärts, sie wollten Hans Villiger besuchen und zum Geburtstag gratulieren. Es schneite noch immer, der schmutzige Schnee bot einen hässlichen Anblick. Graue Flocken setzten sich auf ihren Haaren und Mänteln fest.

Lina, Hans Villigers siebenjährige Tochter, öffnete ihnen die Tür. Maria hatte ihren berühmten Marmorkuchen gebacken, das Treppenhaus war erfüllt von Wohlgeruch.

Hans Villiger hatte sich vom Überfall seiner einundvierzig Jahre erholt und saß leidlich vergnügt im Qualm seiner Pfeife in der Küche. Auch Katrin war anwesend, seine jüngere Schwester, und Pablo, ihr Freund.

Margrit packte eine Flasche Champagner aus und stellte sie neben dem Kuchen auf den Tisch. Jetzt fehlen nur noch die Kerzen, lachte Maria. Anna fragte, ob sie die Flasche öffnen dürfe. Geschickt löste sie die Bleikappe, drehte den pilzförmigen Korken heraus und ließ den Champagner in die Gläser schäumen. Sie füllte auch sich einen Schluck in ein Glas, und als alle angestoßen hatten auf Hans Villigers Wohl, nippte sie mit kindlichem Ernst daran. Maria zerschnitt den Kuchen, Lina verteilte die Stücke auf die Teller.

Champagner und Kuchen, was wollte er mehr?

Hans Villiger freute sich über den Besuch. Er hatte seine Familie, ein paar Freunde und einen Beruf, der ihm gefiel. Er lebte nicht ohne Freuden. Die Züge seines Gesichts, obgleich die Lippen mit den Jahren etwas schmaler geworden waren, prägte keineswegs die Bitterkeit. Seine freien Stunden verbrachte er am liebsten mit Lektüre oder Schreiben. Bevor der Besuch kam, hatte er im Werk von Jakob Frey gelesen, eines Zeitgenossen Gottfried Kellers. Maria hatte es ihm zum Geburtstag geschenkt.

Beinahe vierzig Jahre lang wünschte ich mir grau meliertes Schläfenhaar, lachte er.

Jetzt hatte er es bekommen.

Bewies das nicht – dass das Wünschen noch hilft?

Dann ereiferten sie sich plötzlich, ihr Gespräch kreiste um den grauen Schnee dieses Winters.

Früher, sagte Hans Villiger, war es ein Unsinn, vom weißen Schnee zu reden. Heute braucht der Schnee eine Farbangabe. Dass er weiß sei, bleibt ein frommer Wunsch.

Die Kinder verzogen sich in Linas Zimmer und spielten Playmobil. Das Raumschiff kämpfte gegen die Fregatte der Piraten, und es fiel auf, dass die Mädchen nicht Mundart redeten, sondern mit verstellten Stimmen ein Fernsehdeutsch sprachen. Der Winter dieses Jahres hatte den Kindern nicht nur Spaß gebracht. Zum ersten Mal war es ihnen verboten worden, Schnee zu essen. Eine Zeitlang war die Luft so dick, ein Lungenarzt riet im Fernsehen, die Kinder nicht im Freien spielen zu lassen. Die Direktoren der zoologischen Gärten sperrten den Tieren die Freigehege, die Luft gefährdete ihre Gesundheit. Der Schnee war nicht nur grau, er sei giftig und sauer wie Zitronensaft, stand in der Zeitung. Und dass auf einer einsamen Brücke einem Rentner ein angespitzter Schraubenzieher in den Hals gesteckt wurde. Er schleppte sich zur Polizeiwache, eine Blutspur hinterlassend, die Richtschnur seines Kampfes um Leben und Tod.

Ein paar Tage lang in diesem Winter, dem härtesten, den Europa laut Zeitung und Fernsehen in diesem Jahrhundert erlebte, war es grimmig kalt. Tauben fielen vereist von den Dächern, auf dem Land standen Erfrorene in Telefonzellen, steif, den Hörer am Ohr.

Tief unter den Nullpunkt sanken die Temperaturen, die Stromversorgung und der Strom des Verkehrs brachen zusammen. Verzagt, als beklagten sie den Verlust ihrer Manneskraft, gaben hohe Militärs und Politiker zu verstehen, bei so feindseliger Kälte versage die Elektronik ihrer Raketen.

In Bremgarten blieb ein Eiszapfen schleckendes Kind mit der Zunge an der Stange eines Verkehrssignals kleben. Der Arzt musste es mit einer Zuckerlösung aus seiner qualvollen Lage befreien.

Auf den Feldern erstarrte Klärschlamm zu Lava.

Der Reigen schrecklicher Ereignisse, dieser täglich sich wiederholende Totentanz, löste auch Angst aus. Manchmal verstümmelte sie Hans Villigers Hoffnung. Eine Hoffnung, die ihm unablässig und notwendig schien, um das Leben zu bestehen. Das machte ihn wütend und lethargisch zugleich. Der Fortschritt arbeitete als Bulldozer. Was geschah, forderte Widerspruch, obwohl es auch vergeblich schien, noch zu kämpfen.

Mit tapferer Ohnmacht, sagte er.

Heraus aus dem Widerstandsnest Heimat.

Die Möglichkeiten, die Todesarten, das vernetzte Risiko der späten Achtzigerjahre, das ihm, seiner Familie und dem Rest der Welt mit einem angespitzten Schraubenzieher, mit einer Giftwolke, mit Krankheit, Unfall oder einer Bombe den Tod geben konnte, machte ihn immer wieder auch kleinmütig. Er fand dann alles nur ausweglos. Verloren. Es war der Preis des Wohlstands, sein fatales Gesetz.

Sie erörterten die Notlage der Zeit.

Geld und Blut, sagte Hans Villiger zynisch.

Politiker und Manager beschwichtigen uns mit der Stimme von Löwen, die gerade dabei sind, ein Dutzend gefressene Kaninchen zu verdauen.

Hört doch auf, bat Maria, das alles macht mich krank.

Die Hülle des Gehirns war ein Ballon. Er wurde mit dem Treibgas der Wiederholung aufgeblasen, bis er platzen musste. Die Sätze, die so mutlos machten, waren das Echo der Seele, der Spiegel ihrer Angst.

Alle schwiegen.

Und fragten sich, warum das tausendmal Besprochene sie immer noch bedrückte. War seine Wirkung eine Form des Wahnsinns von Menschen, die sich an das Heillose der Welt nicht gewöhnten? Nicht gewöhnen wollten?

Es ist die Frage des Gleichgewichts, meinte Margrit Fischer, die Sorge bringt uns aus dem Gleichgewicht, wenn ich nur an Anna denke, dann –

Sie schwieg erneut.

So wird ein Motor abgewürgt, dachte sie und erinnerte sich an einen Streit mit Philip, der nie so verzagt schien. Er hatte ein Buch aus dem Regal geholt und ihr vorgelesen:

»Unser Zeitalter ist seinem Wesen nach tragisch, darum weigern wir uns, es tragisch zu nehmen. Die Katastrophe ist über uns hereingebrochen, wir haben uns an die Trümmer gewöhnt, und wir beginnen, neue kleine Behausungen, neue kleine Hoffnungen aufzubauen. Wenn wir uns keinen Weg durch die Hindernisse bahnen können, gehen wir drum herum oder klettern drüber weg. Wir müssen leben, wie viele Himmel auch eingestürzt sein mögen. Nachdem wir tragisch die Hände gerungen haben, gehen wir dazu über, Kartoffeln zu schälen oder das Radio anzustellen.

Das war Constance Chatterleys Situation. Der Krieg hatte sie in einer sehr kritischen Lage zurückgelassen. Aber sie entschloss sich, zu leben und zu lernen.«

Das war auch Philips Haltung, damit kam er durch. Und dann sagte er noch: Das gefahrvollste scheint, theoretisch gedacht, die Weltlage zu sein. Die größte Gefahr steckt, praktisch erfahren, im Alltag. Der große A-Knall oder ein SUPER-GAU meint alle, aber ein besoffener Range Rover überfährt nur dich.

Oder dein Kind.

Und ausgerechnet auf dem Fußgängerstreifen.

Philip hatte ihr seine Angst um Andreas gestanden. Wie er erschrak, wenn er irgendwo am Rand einer Straße ein umgestürztes Kinderfahrrad entdeckte. Es gab immer Gründe für einen kleinen Jungen, eine Straße zu überqueren: auf der anderen Seite spielte ein

Kätzchen, drüben befand sich ein Froschteich. Irgendetwas lockte das Kind über die Straße. Und eine Straße zu überqueren war nicht weniger gefährlich, als während einer militärischen Übung durchs Zielfeld zu laufen.

Margrit hatte recht, nur ein Gleichgewichtskünstler überstand diesen Alltag. Hans Villiger bangte um sein Gleichgewicht. Und manchmal verkrampfte er sich. Er zog sich dann zurück in ein Verlies, dessen Mauern nur Musik eindringen ließen, Boccherini und Waits. Oder er floh mit einem Roman von Stifter oder John Irving auf eine Insel und las sich frei. Bis er sich gefunden hatte. Bis er wieder hoffte und eine Ruhe spürte, die es ihm erlaubte, die neue Kraft auch zu verbrauchen. Er kam sich in schlechten Stunden vor wie ein Narr der Achtzigerjahre, und die Musik und die Bücher halfen ihm zu vermeiden, sich nicht wie ein Kohlhaas zu benehmen und zu verheddern im Netz von Willkür und Dummheit. Alles, was vorfiel, was die Welt und das Freiamt erschütterte und also sein Leben traf, bewies die Macht des Vergessens, der Verdrängung und die Wirkungslosigkeit des Kampfes dagegen.

Die Kinder kamen nochmals in die Küche, um ein zweites Stück Marmorkuchen zu holen. Sie setzten sich aufs Fensterbrett, verzehrten es, während draußen noch immer mit bedenkenloser Stetigkeit der Schnee niederging, und spielten abwechslungsweise mit einem kleinen Game & Watch-Computer: Negerchen sprangen von einem brennenden Schiff. Mit dem Rettungsboot konnte man sie auffangen. Oder sie fielen ins Wasser und wurden von Haifischen gefressen.

Nach dem Besuch ging Hans Villiger wieder in sein Zimmer, zündete eine Pfeife an, blätterte in den Büchern von Jakob Frey und entdeckte eine Geschichte, die er bisher nicht gekannt hatte.

Der Tag war kaum vollständig angebrochen, als die wunderliche Gesandtschaft aus dem Walde hervor gegen Bremgarten herabzog. Der Morgennebel lag noch fest auf den Krümmungen der Reuß zusammengegürtet, kaum von den ersten Sonnenstrahlen übergossen, oder spielte in leichtern Wölklein um die Türme und Spitzgiebel des alten Klosterstädtchens; aber in den engen Straßen desselben rauschte und toste schon ein Leben, als ob da nie an eine Nachtruhe gedacht worden wäre. Ueber die hölzerne Reußbrücke sprengten zu und ab rotbuschige Reiter, daß das alte Fugenwerk bis in den Grund des Wassers hinab erdröhnte; weiterhin in der Straße wimmelte bärenmützigеs Fußvolk durcheinander, und vor dem Gasthofe zum Hirschen gar, wo der Obergeneral wohnte, summte es wie ein Bienenschwarm. Heransprengende Reiter ließen ihre dampfenden Rosse einfach auf der Straße stehen und eilten, unbekümmert um die Tiere, die steinernen Stufen hinan, die zur Hauptthüre führten; aus dieser hingegen kamen ebenso eilfertig andere bärtige Gesichter in prächtigen Uniformen, die sich auf das nächste beste Rößlein warfen und davongaloppierten. Unsere Gesandten, die sich mühsam bis hieher durchgearbeitet, standen mit ihren Hüten in der Hand angstvoll in dem Gewirre, jeden Augenblick in Gefahr, von einem Hufe getreten oder überritten zu werden, ohne zu wissen, an wen sie sich in diesem welschenden Haufen um Rat und Beistand wenden sollten. Kein Mensch mochte sie nur eines Blickes würdigen, mit wie bangfragendem Gesichte sie auch an diesem oder jenem emporschauten. „Ihr werdet sehen," sagte der Schulmeister leise zu seinem Mitgesandten, „die Schlacht geht schon diesen Morgen an, und wenn wir heimkommen, ist alles vorüber, – daß Gott erbarm'." – „Das könnt' wohl sein," erwiderte der Ammann, den Schweiß mit dem Rockärmel von der Stirne wischend; „wenn wir nur beim General wären, – die Red' wollt' ich am Ende selbst halten." – „Ja, aber der Kerl da droben an der Thür läßt uns sicherlich nicht hinein," seufzte der Schulmeister, „mir ist's, ich seh' noch Blut an seinem langen Säbel." „Das mein' ich auch," gab der Ammann kläglich zurück, – „aber wie es immer geh', Ihr seid mir vor der Gemeinde Zeuge, daß ich meine Pflicht gethan habe, Schulmeister."

In diesem Augenblick ließ Stöffele, der bisher ruhig hinter den beiden Gesandten gestanden, seinen Zwerchsack auf den Boden fallen und drängte sich mit einem lauten „Der Kapitän, der Kapitän, der so lange im Dorfe gewesen," – der Treppe zu. Die beiden Männer schauten ihrem bisher ganz vergessenen Begleiter verwundert nach, der in flinkem Sprunge droben an der Thüre neben einem jungen, hochgewachsenen Offiziere stand. Ihr Erstaunen wurde nicht vermindert, als sie sahen, wie Stöffele den Militär frisch anredete und nach wenigen Worten von diesem lächelnd an dem grimmig aussehenden Posten vorüber ins Haus geführt wurde.

„Das ist ein Teufelsbub," brachte endlich der erste Gesandte stoßweise hervor, „am Ende macht der die ganze Gesandtschaft allein ab."

„Wenn's nur hilft," meinte der Schulmeister zaghaft, „mir wär's einerlei."

Der Ammann, dessen Ehrgeiz sich bei dem Gedanken, so schmählich um den Erfolg seiner Ratschläge betrogen zu werden, wieder zu regen anfing, würde sich wahrscheinlich mit der Demut seines Kollegen nicht einverstanden erklärt haben; aber während er in ratloser Verwirrung noch hin und her dachte, erschien auch Stöffele in Begleit des Offiziers schon wieder unter der Hausthüre. Mit leuchtenden Augen kam er die steinerne Treppe herabgesprungen und rief seinen Begleitern zu: „Kommt, kommt schnell, der Obergeneral hat jetzt einen Augenblick Zeit und will Euch anhören." Der unter der Thüre stehen gebliebene Offizier machte ebenfalls eine rasch heranwinkende Handbewegung. Der erste Gesandte faßte seinen Zwerchsack in beide Hände, der zweite stieß einige unverständliche Worte hervor, die wie ein klagender Anlauf zu einem Gebete klangen, und dann ging's wie im Traume die Stufen hinan, an dem wildaussehenden Posten vorüber den Gang entlang, bis der Offizier eine Thüre öffnete und seine Begleiter halb hineinschiebend mit tiefer Stimme sagte: „Der Obergeneral."

Das Wort klang wie ein dröhnender Glockenschlag an die von innerer Aufregung und dem eben durchlebten Waffengetöse betäubten Ohren; aber den Abgesandten wurde doch alsbald leichter zu Mute, als sie die Augen aufschlugen und sich in einer von früheren Markt- und Kirchweihtagen her wohlbekannten Stube befanden. Wie oft hatten sie in jener Ecke mit fröhlichen Bekannten einen Schoppen getrunken oder waren in jüngern Jahren durch diese Thüre mit schäkernden Mädchen nach der Tanzstube hinübergegangen! Freilich sah der Raum jetzt etwas verändert aus; statt der schönen Heiligenbilder, die ehemals an den Wänden hingen, waren da nun große Papiere festgenagelt, auf denen sich allerlei schwarze oder buntbemalte Striche wunderlich genug durcheinander kreuzten; auf dem Tische lagen ebenfalls große Papierhaufen, und auf dem kleinen Tische, der unter dem Spiegel stand, blinkten neben einigen Pistolen sogar Säbelklingen hervor. Aber gleichwohl war's den beiden Männern wie auf einen Schlag leichter ums Herz geworden, sie befanden sich auf wohlbekanntem Boden, der fest unter ihren Füßen stand. Und der Obergeneral selbst, – anderswo hätten sie's keinem Menschen geglaubt, daß das der gefürchtete Massena wäre, bei dessen bloßem Namen die trotzigsten Soldaten mit unwillkürlichem Respekte an die Mütze langten. Sie hatten ihn die letzte Zeit über wohl schon etwa gesehen, aber immer nur von einer Schar hoher Offiziere oder den gefürchteten roten Husaren umgeben, deren wallende Roßhaarschweife noch lange sichtbar durch die Staubwolke flatterten, die sich in ihrem Begleite über die Straße dahinwälzte. Jetzt stand hinter dem papierbedeckten Tische ein mittelgroßer, dunkelhaariger Mann, ohne Bart noch Kopfbedeckung, in einen weiten Schlafrock gehüllt. Unser Kaplan hat einen schönern, mußten Ammann und Schulmeister beim ersten Anblick denken. Als er auf die tiefen Bücklinge der Eingetretenen mit einem leichten Kopfnicken gegrüßt, warf er seine dunkeln Augen nach Stöffele. Er griff nach einem Teller, auf dem die prächtigsten Aepfel und Birnen lagen, hob ein Stück in der rechten Hand empor und rief: „Nun, kleiner Schelm, kannst du das fangen?" Damit warf er eine Birne in hohem Bogen über den Tisch herüber und richtig, – Stöffele hatte sie wie eine flinke Katze mit den Händen aufgefangen. Der General lachte, nahm eine andere Birne, that einen herzhaften Biß darein und nickte dem Jungen zu: „Sie sind gut, probier's nur."

Diese unerwartete Aufnahme half dem Mute der Abgeordneten vollends auf die Füße und der Ammann machte dem Schulmeister bereits durch einen wohlgemuten Rippenstoß bemerklich, daß er auch seine Rede wieder vollständig im reinen habe, als der General, eine zweite Birne ergreifend, sagte: „Nun, ihr guten Leute, was wollt ihr von mir?"

Diese Ansprache brachte den gesandtschaftlichen Redner in einige Verwirrung; sie paßte so ganz und gar nicht zu dem Kunstwerke, das er sich in Gedanken zusammengesetzt, und er nahte sich daher seinem Nebenmanne mit einem etwas höflichern Ellbogengruße als vorhin. Es war nun die dringende Bitte um das Zuflüstern einiger passender Anfangsworte. Aber der Schulmeister, dem der Mut ebenfalls gewachsen, und der sich durch die Frage des Generals in keinem Concepte gestört fand, mißverstand diese Bitte; er begann sich deshalb unter leisem Räuspern die Hände zu reiben und hob alsdann selbsten an: „Herr Oberster und General, Herr Obergeneral vielmehr – es handelt sich von wegen der vorhabenden Schlacht und der Schiffbruck –“

Bei diesem gelungenen Anfange blieb die Rede plötzlich stecken und der Redner stolperte entsetzt über sein Schnitzsäcklein zurück, das er in anfänglichem Eifer zwischen die Füße gestellt hatte. Es war sich just auch nicht zu wundern; und der Ammann und selbst der kecke Stöffele sahen erschreckt nach dem General hinüber. Denn kaum hatte der Schulmeister mit nachdrücklicher Betonung das Wort „Schiffbruck“ ausgesprochen, als des Feldherrn bisher so freundliches Gesicht wie eine vom Blitze durchfurchte, dunkle Wetterwolke aufleuchtete und er mit einem lauten Sacredieu einen weiten Sprung in die Stube that.

„Was weißt du von einer Schiffbrücke“, rief er, hart an den Schulmeister herantretend, „wo soll es eine solche geben? Wer hat dir davon gesagt, Mann?“

Aber der so barsch Gefragte war nicht imstande, eine Antwort zu geben; er deutete, einen kleinen Schritt nach dem andern zurückweichend, nur mit dem Finger auf deinen Amtsgenossen.

„Nun?“ fragte der General, sein Gesicht hastig dem Ammann zuwendend. Dieser mochte empfinden, daß der entscheidende Augenblick gekommen war; aber da ihm seine Rede nun vollends verloren gegangen, erhob er ebenfalls die Hand und brachte, auf Stöffele deutend, mühsam die Worte hervor: „Der Vater des Jungen hat's gesagt, – der weiß es am besten.“

Ueber das Gesicht des Feldherrn glitt wieder ein Lächeln, als er einen Augenblick die erschrockenen Männer betrachtet. Dann kehrte er sich zu Stöffele und fragte: „Nun, Kleiner, was hat dein Vater gesagt, – was weißt du von einer Schiffbrücke?“

Der Kleine erhob den schwarzen Krauskopf, dem Feldherrn frisch ins Gesicht schauend. „Ja, seht, Herr General, die Sache ist so. Gestern haben Eure Soldaten mächtig große Schiffe zu uns nach Bünzen gebracht und sie dann in der Bünz festgebunden; da sagte mein Vater, Ihr wolltet da über den Bach eine Schiffbrücke schlagen und dabei dem Russen eine Schlacht liefern, wobei unser ganzes Dorf verbrannt und zusammengeschossen werde.“

„Und deshalb sollen wir den gnädigen Herrn General im Namen unserer Gemeinde um Gottes und der Heiligen Barmherzigkeit willen bitten, die Schlacht an einem andern Orte zu schlagen," fiel der erste Gesandte mit kläglicher Stimme ein.

Der General warf einen raschen Blick auf die an der Wand hängende Karte und brach dann in ein schallendes Gelächter aus; dabei fuhr er mit beiden Händen dem Knaben nach dem Kopfe und krabbelte mit den Fingern kosend in den krausen Haaren herum. Aber plötzlich hielt er wieder inne und schien einen Augenblick in ernstes Nachdenken verloren.

„Was ist dein Vater, Kleiner?" fragte er alsdann Stöffele in das Gesicht schauend.

„Er ist Nachtwächter daheim," erwiderte der Knabe.

„So, so; hast du noch mehr Geschwister?"

„Noch sechs, Herr General."

„Sieben also; aber wie viel Kühe habt ihr im Stalle?"

„Oh," fiel der erste Gesandte, der über der Heiterkeit des Feldherrn sein Fahrwasser wiedergefunden hatte, räuspernd ein, „das sind die ärmsten Leute in unserm Dorfe; sie haben nur zwei Ziegen und müssen wohl manchmal von der Gemeinde unterstützt werden."

„Wie viel Stück Vieh besitzt denn ihr?" fragte der General nach dem Sprecher blickend.

„Je nachdem", erwiderte Peterli Wohlrath, indem er sich ein wenig höher hob, „fünfzehn bis zwanzig, – unterschiedlich."

„Warum ist denn der Vater des Kleinen da so arm? Taugt er nichts?"

Der zweite Gesandte hielt diese Gelegenheit passend, sich in der Gunst des Feldherrn wieder rehabilitieren zu können. Er sagte daher, mit einem Bückling beginnend: „Das just nicht, gnädiger Herr Obergeneral; er war über zwanzig Jahre Soldat in Holland, und die alten Soldaten sind immer arme Schlucker."

Der Feldherr wendete sich mit einem scharfen Blinzeln seiner dunklen Augen wieder dem Knaben zu. „So, Kleiner," sagte er, ihm mit der Hand über die braune Wange streichelnd, „du bsit ein Soldatenkind, – hab' ich mir's doch gleich gedacht. Aber sag', möchtest du nicht auch ein Soldat werden?"

Stöffele schüttelte mit dem Kopfe. „Nein, Herr General, ich möchte ein Doktor werden."
„So, ein Doktor, – und warum denn das?"
„Ja, seht, Herr General," erwiderte der Knabe, seine braunen Augen aufschlagend, „als im Sommer so viele verwundete Soldaten die Straße nach Lenzburg hinabgeführt wurden und sie manchmal so elend nach einem Doktor schrieen, da hab' ich mir gedacht, das wär' doch das schönste, ein Doktor zu sein, um den armen Leuten helfen zu können."
Der General legte die Hand an die Stirn und begann in langen Schritten die Stube auf und nieder zu gehen. Plötzlich blieb er vor den erwartungsvollen Abgeordneten stehen und sagte mit ernstem Gesichte: „Was euer Anliegen betrifft, da ist schwer zu helfen. Allerdings sind die Vorbereitungen mitten in eurem Dorfe zu einer Schiffbrücke getroffen, um daselbst eine Schlacht zu schlagen. Am besten ihr zieht sogleich mit Weib und Kind weg; ist die Schlacht vorbei und das Dorf zusammengeschossen, so könnt ihr dann ein neues aufbauen."
Diese mit eiskaltem Ernst gesprochenen Worte fielen wie ein Donnerschlag auf die bereits erstarkenden Hoffnungen der Abgeordneten. Der Schulmeister stieß einen tiefen Seufzer aus, während der Ammann sich mechanisch niederbückte, um seinen Zwerchsack zu öffnen. Der General, der die Absicht dieser Bewegung erraten mochte, machte eine abwehrende Handbewegung und fuhr nach einem dumpfen Schweigen wieder fort: „Ihr dauert mich, aber meine Pflicht ist streng. Es gäbe vielleicht ein einziges Hülfsmittel. Eure Gemeinde bezahlt mir 3000 Kronen an die Kosten, die ich bereits zur Herschaffung der Schiffe nach Bünzen gehabt; aber wohlverstanden, freiwillig und nicht als Kontribution. Dann will ich sehen, wie ich's vor der Regierung verantworte und ein anderes Schlachtfeld aussuchen. Bis heute abend muß ich jedoch Geld oder gute Gülten in Händen haben."
Die Abgeordneten hatten diesen Vorschlag mit atemloser Angst angehört. Mit demselben war ihnen die schwerste Last vom Herzen genommen; aber Peterli Wohlrath begriff sogleich, daß es sich nun darum handle, die minderschwere noch möglichst zu erleichtern. Seinen Zwerchsack wagte er nicht mehr aufzuheben; dagegen fing er mit etwas kläglicher Stimme an „Dreitausend Kronen für eine arme Gemeinde –"

Der General zog eine große goldene Uhr hervor und ließ sie durch einen Fingerdruck anschlagen. „Es ist jetzt 9 Uhr," sagte er streng. „Bis abends 6 Uhr habt ihr Zeit. Nachher ist's zu spät."
Er zog an einer Klingel und sogleich trat ein Offizier herein. „Zwei Grenadiere begleiten diese Leute nach Bünzen, um baldmöglichst Rapport zu erstatten." Der Offizier öffnete die Thüre und die Gesandten standen wieder ebenso rasch draußen auf der Straße, als sie hineingetreten waren. Stöffele kam erst einige Augenblicke hintendrein gesprungen. „Seht, das hat mir der brave General für meinen Vater gegeben," rief er, seinen Begleitern die nur leise geöffnete Hand entgegenstreckend, zwischen deren kleinen Fingern ein glänzendes Goldstück hervorblinkte. Alsbald traten zwei Grenadiere heran, und marsch ging's über die Brücke hinaus die Straße nach Bünzen zu. –
Die daheimgebliebenen Bünzener, die den Vormittag in banger Erwartung durchlebt hatten, saßen noch nicht beim Mittagessen, als der Holländer-Steffen den sofortigen Zusammentritt der Gemeinde durch einen Hornruf im Dorfe herum verkündigte, wie dies in dringendsten Fällen bisweilen zu geschehen pflegte. Die Männer liefen spornstreichs dem Gemeindehause zu, und noch war in manchem Topfe nicht fertig gekocht, als sie den bangen Frauen die Nachricht heimbrachten: „Gottlob, nun wird hier nicht geschlagen, – wir haben uns um 3000 Kronen von dem Unglücke losgekauft. Ja, der Peterli Wohlrath ist doch ein Mann, – wenn wir den nicht hätten!"
Waren die Bünzener prompt, so war's General Massena nicht minder. Kaum hatte sich die Sonne auf den Wald geneigt, zog von einer Husarenabteilung begleitet ein langer Wagenzug ins Dorf. Die Schiffe wurden wieder aus der Bünz gehoben, aufgeladen, und fort ging es auf der Straße nach Bremgarten.
Die Dorfbewohner schickten sich zu einem ruhigern Schlafe an, als die vergangene Nacht; aber noch lagen sie in tiefen Träumen, als sie von einem tosenden Donner aufgeschreckt wurden, der über den Bremgartner Berg herüberscholl. Er dauerte in ununterbrochener Heftigkeit den ganzen Morgen fort, und am Nachmittage hieß es, die Franzosen hätten in der Nacht drüben bei Dietikon eine Schiffbrücke über die Limmat geschlagen und die Russen dort und bei Zürich angegriffen. Das ganze Dorf war

freudig und bewundernd einverstanden, als Peterli Wohlrath mit nachdenklichem Gesichte sagte: „Was der Massena für ein Mann ist! Handkehrum verlegt er die Schlacht von der Bünz mehr als vier Stunden weit über den Berg weg an die Limmat hinüber. Aber wer ist schuld daran?"
Nachdem diese Schlacht den ganzen Tag gedauert und noch am folgenden Morgen ferner Kanonendonner über den Berg her grollte, kam gegen Abend der Bericht, die Russen seien total aufs Haupt geschlagen, die Franzosen verfolgten sie auf der Straße nach Eglisau und Schaffhausen hin und der General Massena habe sein Quartier bereits wieder in Zürich aufgeschlagen.
Jetzt hintendrein, da alle Gefahr vorüber war, stellten sich allmählich mehrere Bünzener auf die Seite des Kaplans, der fortwährend behauptete: Massena habe nie daran gedacht, weder über die Bünz eine Schiffbrücke zu bauen, noch hier eine Schlacht zu schlagen, aus dem einfachen Grunde, weil hier keine Feinde gewesen wären, sondern bloß drüben an der Limmat. Die Schiffe seien auch nur in die Bünz gebracht worden, damit sie nach dem langen Landtransport wieder wasserdicht und für den Gebrauch tauglich werden. Diese Ansicht gewann sogar die Oberhand, als man vernahm, daß schon mehrere Tage vor dem Bünzener Schrecken der ganzen Reuß entlang, von Dietwil bis nach Mellingen hinunter solche Schifftransporte angelangt und ins Wasser gestoßen, aber fast zu gleicher Zeit wie in Bünzen wieder abgeholt worden waren.
Das alles jedoch focht am wenigsten den Holländer-Steffen an, obwohl ihm auch mancher Seitenhieb über seine militärische Prophezeiung zugemünzt wurde. Wenige Tage nach der Schlacht war er mit Stöffele vor das Statthalteramt nach Bremgarten citiert und ihm dort unter einem mit Freudenthränen und seltsamen mille tonnerres gewürzten Erstaunen tausend blanke Kronen eingehändigt worden, „als ein Geschenk des Obergenerals Massena." Eine weitere Eröffnung ging dahin, von demselben General seien dem bekannten und hochgeschätzten Doktor Weißenbach in Bremgarten zweitausend Kronen übergeben worden, der sich dagegen verpflichtet und versprochen, für Stöffeles Heranbildung zum Arzte zu sorgen. Was der Doktor nun vor der Hand beabsichtigte, das könnten Vater und Söhnchen bei ihm selbst in Erfahrung bringen.

Das geschah denn auch. Stöffele zog gleich am folgenden Tage nach Bremgarten, um dort zunächst die Lateinschule zu besuchen. –
Der zum tüchtigen Arzte ausgebildete junge Mann fand später im russischen und sächsischen Feldzuge noch übervolle Gelegenheit, dem Wunsche nachzuleben, der einst die Seele des Knaben beim Anblicke um Hülfe flehender Verwundeter erfüllt und erschüttert hatte, da er nach kaum beendigten Studien als Feldarzt bei den schweizerisch-französischen Auxiliartruppen eingetreten war. Nach der Auflösung oder Umwandlung dieser Truppen, beim Sturze Napoleons, in bourbonische Regimenter begab er sich auf Reisen, pflegte aber, nach mehr als zwanzigjähriger Abwesenheit in die Heimat zurückgekehrt, die hier mitgeteilte Begebenheit seiner Jugendgeschichte vor den reichen Erfahrungen seiner Männerjahre am liebsten zu erzählen. Dem General Massena hat er ein dankbares Andenken fortbewahrt, doch schloß er gewöhnlich: „Ja, der verstand das Geldmachen, gab sich aber dabei selten so seine Mühe, wie bei den Bünzener Ehrengesandten; davon könnte auch noch mancher erzählen im Schweizerlande und anderwärts."

19

Die dünne Schicht des grauen Schnees hielt über Nacht, sie ähnelte einer Zuckerglasur, durch die alle Farben der Unterlage schimmerten.

Laura wachte um drei Uhr früh auf, geweckt vom leisen Weinen des Ungeborenen in ihrem Bauch. Mit weit offenen Augen lag sie allein im Bett, im ungewissen darüber, ob sie geträumt hatte oder nicht. Die Grenzen der Wirklichkeit schienen sich in der frostklaren Nacht zu verschleiern, und der warme Atem eines auf ihrer Herzseite schlafenden Mannes wäre ihr nun trostreich gewesen. Der Arzt hatte sie beim Ultraschall auf zwei pochende, pulsende Punkte auf dem Bildschirm aufmerksam gemacht und ihr verraten, sie bekomme Zwillinge. Nun hätte sie beschwören können, einer von ihnen habe in ihrem Bauch wimmernd Tränen vergossen. Sie stellte fest, dass das Fruchtwasser salzig wurde, und befürchtete, der Fötus ahne ein bevorstehendes Leid.

Bruno Wolf schlief im Bett, das er sich in sein Arbeitszimmer hatte stellen lassen, traumlos und tief, gegen schlimme Vorahnungen wähnte er sich gefeit, er litt selten unter Träumen, und wenn, hatte ihn die Erfahrung seines Alters gelehrt, war es das beste, sie vor niemandem zu erwähnen.

Im Verschweigen bannte er sie.

Laura gelang es lange nicht, wieder einzuschlafen. Sie fror. Es war eine Überforderung, zwei Kinder, ein breites Bett und sich selbst wärmen zu müssen. Als sie ganz reglos lag, schaffte sie es, die Zwillinge in ihrem Bauch zu unterscheiden. Beide schienen vor Kälte oder Angst zu zittern. Sie überlegte sich, aufzustehen und in

Brunos Zimmer zu gehen, zu ihm ins Bett zu kriechen und ihren Leib an seinem zu wärmen, bevor ihr und den Föten das Mark in den Knochen zu Eis gefror. Fehlende Wärme wollte sie zu ihm treiben; derselbe Mangel war es auch, der sie von ihm fernhielt. Die Schwangerschaft hatte Laura empfindsam gemacht, verletzlicher innen und zugleich nach außen robuster. Die Umstände aber wühlten sie auf, nur allmählich lernte sie, in sich hineinzuhorchen und den Geboten des Körpers Folge zu leisten. Sie sah sich zurückgeworfen auf sich selbst und hatte ihre Welt zu behaupten. In ihrem Bauch bewegten sich die Zwillinge, und in dieser Stunde, während sie frierend wach lag, als es ihr zum ersten Mal gelang, die beiden voneinander zu unterscheiden, verwandelte sich ein bisher flüchtig gewesener Gedanke in eine Unumstößlichkeit: zwei Jungen wuchsen in ihrem Bauch, den einen hatte Bruno gezeugt, den anderen ein paar Stunden vorher Philip in jener Nacht, als das Bedürfnis nach männlicher Wärme sie überraschte, verführte und sie sich von ihm trösten und lieben ließ, ja – gewiss: zwei Jungen würde sie gebären, Zwillinge, und der Vater des einen war der Großvater des anderen. Sie versuchte sich vor ihrem Wissen in den Schlaf zu retten, aber es war zwecklos, es gab kein Entrinnen, und sie schwor sich, das Geheimnis der zwei Väter im Herzen wie in einem Tresor zu bewahren. Sie überlegte, ob ihr Geheimnis entsetzlich sei, und verneinte die Frage. Im Gegenteil, sie spürte Zuneigung, das Geheimnis wärmte sie, und gewärmt wurde sie leicht, hob ab und schwebte über eine Klippe, über die ins Meer zu stürzen ihr drohte, hinweg und hinein in die luftigen Sphären des traumlosen Schlafs.

Am Morgen, als sie von den vertrauten Geräuschen im Haus und vom Klirren der Hanteln, mit denen Sandro seinen Tag einübte, erwachte, blieb sie eine Zeitlang ruhig im Bett liegen und suchte zwischen den Stunden des Schlafs und denen des Wachseins der vergangenen Nacht eine Grenze zu finden. Sie freundete sich mit dem Gedanken an, auch das Geheimnis geträumt zu haben, verwarf ihn dann aber entschieden als Täuschung, obwohl sie die Zwillinge in der Morgenhelle wieder als ein einziges Wesen im blutroten Dämmerlicht ihres Bauches empfand.

Allerdings war ihr Speichel salzig. Sie dachte von Tränen, als hätte sie Fruchtwasser aufgestoßen. Die Erinnerung an das Weinen des Jungen beschwor auch sein Bild vor ihr, Augen hatte er, durchsichtig wie Bergkristall. Das Eiswasser seiner Tränen hatte sich mit ihrem Blut vermischt, sie wäre beinah erfroren ob der Kälte seiner Trauer. Laura stand auf.

Unter der Dusche erwachten auch die Zwillinge. Mit Fäusten und Füßen begannen sie, gegen den Bauch ihrer Mutter zu trommeln, als hätten sie eine Botschaft zu übermitteln. Laura verzog das Gesicht vor Schmerz. Ihre Brüste waren prall, ein Adernetz überspannte sie und mündete in die beerengroßen Warzen ein. Sie massierte Salbe gegen Schwangerschaftsstreifen ein und brachte dabei die Trommler zum Schweigen.

Ganz gegen seine Gewohnheit war auch Bruno Wolf eine Stunde länger im Bett liegen geblieben, zerschlagen, mit vor Alter steifen Knochen, in einer unerforschlichen Starre. Ein Mann ohne ein System eiserner Regeln wäre in seinem Zustand gar nicht erst aufgestanden. Er fühlte sich elend, schwach, sein Bein schmerzte und die Gedanken schwebten mit der Trägheit von Zeppelinen richtungslos durch seinen Kopf. Er zwang sich also aufzustehen, zog den Trainer an und ging in den Garten hinaus, um sich zwischen den Bäumen seine Turnübungen abzufordern. Er achtete auf die genaue Ausführung, dehnte sich, stieg auf die Zehenspitzen, als wollte er die untersten Zweige ergreifen, streckte sich, bis der Schmerz im Bein sich löste und ergab. Das Turnen tat ihm gut. Er sog die kühle Luft durch die Nase in die Lunge und meinte den Duft von fernen Lilien einzuatmen. In seinem Kopf landeten die Zeppeline und er spürte, dass sie, verwandelt in Düsenjäger, neu aufsteigen wollten. Das nahm er als gutes Zeichen, trotzdem verhinderte er den Start. Vom Boden her strahlte Kälte, aber im bereits besonnten Teil des Gartens, in den er während seiner Atemübungen blickte, schmolz der späte Schnee sichtbar dahin. Auf dem Geländer der Veranda ließ sich eine Katze das Fell wärmen und eine andere putzte sich manierlich. Und alles wäre gut gewesen, hätte sich nicht der Lilienduft in Todeshauch verwandelt. Jetzt starteten die Jäger in seinem Kopf, eine Staffel, auch ein paar neue Zeppeline erhoben sich, prallten mit ihnen zusammen und zerschellten. Irritiert sprang die Katze vom Geländer der Veranda, rannte mit gestrecktem Schwanz durch den Garten, als habe jemand Steine nach ihr geworfen. Bruno Wolf ging ins Haus zurück, die Vision wie Gedankenvögel des Alters verscheuchend. Das war seine erprobte Methode, gegen alle Anfechtungen hatte er mit den Jahren ein Mittel entwickelt, besonders gegen den Überschwang der Gefühle, und als Bruno Wolf, nach einem Glas kühlen Wassers aus seinem Brunnen, geduscht und frisch umgezogen wie jeden Tag zum Frühstück kam, machte er auf Laura den Eindruck eines gefestigten, in seinem Willen unbeugsamen Mannes.

Er küsste sie auf den Mund, er setzte sich an seinen Platz, er nahm seinen Kaffee, ungezuckert wie immer, und ein Vitaminpräparat, er aß seine Croissants mit Butter und Konfitüre, er war aufmerksam, beinah munter und auch witzig, ein alter Mann ohne Bitterkeit, verschwiegen im Kummer, mitteilsam in seiner guten Laune. Einen Augenblick dachte Laura, sie liebe ihn, so freundlich am Tisch, mehr als im gemeinsamen Bett.

Er erzählte ihr von den Vorhaben des heutigen Tages, teilte mit, er bleibe über Mittag aus, und schlug ihr, mit der Bitte, den Tisch zu reservieren, für den Abend ein Essen im Adler vor.

Laura stellte sich den Tisch, an dem sie frühstückten, als Familientafel mit den Zwillingen vor und neckte ihn damit. Ihr Entwurf gefiel ihm ausnehmend gut. Es fiel Laura nicht schwer, seine Aufmerksamkeiten zu erwidern, aber sie hatte es sich abgewöhnt, ihm ihre Träume und von den schlaflosen Stunden zu erzählen. Als er aufstand, um zu gehen, schien die Sonne so ins Esszimmer, dass sie seine Schuhe berührte. Er küsste sie wieder, das gehörte zum täglichen Abschied, und legte die Hände auf ihren Bauch, doch die kleinen Trommler verhielten sich still. Er schnupperte, so über sie gebeugt, an ihrem Haar und stellte auch den Duft von süßem Reis fest, den ihre Haut seit dem vierten Monat verströmte. Ihre Brüste zu streicheln, wagte er nicht, das wäre zu intim gewesen, sie reagierten überempfindlich, kaum berührt, sonderten sie Milch ab oder leiteten Reize weiter, die Laura jetzt nicht mochte.

Es war Vormittag. Trotzdem schaltete Laura den Fernseher ein, als Bruno das Haus verließ. Als sie sein Auto wegfahren hörte, fuhr auch im Spielfilm, der nun für Rentner und Schichtarbeiter lief, ein Auto von einem einzelnen, in einem großen Garten stehenden Haus weg. Die Geräusche der beiden Motoren vermischten sich, und Laura war geneigt anzunehmen, sie verfolge auf dem Bildschirm die Fahrt ihres Mannes, obwohl es sie dann auch erschreckte und belustigte, als sich der Herr im Film als ein Hochstapler entpuppte.

Bruno Wolf fuhr gegen Wohlen, er war entspannt, die Automatik nahm ihm das Denken ab, mit zunehmender Distanz verflüchtigte sich auch Lauras Körpergeruch, und der verbindende Faden zwischen ihr und ihm wurde dünner und dünner; es war jedes Mal so, bis er nicht mehr an sie dachte und nichts war als ein mit Geschäften befasster Herr im maßgeschneiderten Anzug. Es herrschte der Verkehr eines gewöhnlichen Tags. Zum Supermarkt fahrende Hausfrauen, Vertreter in Kombiwagen und tückische Laster belebten die Straße. Wolf war ruhig genug, sich nicht zu Überholmanövern hinreißen zu lassen. Den Anflug von Unwohlsein, oder war es eher eine Verstimmtheit gewesen, focht ihn nicht mehr an, er schrieb ihn dem Zusammenbruch der Föhnlage zu, der launischen Zeit des Vorfrühlings, diesen Sprüngen und Stürzen des Wetters, gegen das er keineswegs immun war. Er dachte an eine Reise mit Sandro, sie waren nach Italien gefahren, um ein Weingut zu kaufen; er hatte ein Treffen mit einem jungen Mann abgemacht, der in Boswil Sicherheitsschlösser baute, er musste mit Philip die Pläne für die Renovation einer Liegenschaft erörtern. Bruno Wolf befand sich in glücklicher Übereinstimmung mit sich selbst und war vom Wissen erfüllt, ganz fabelhaft im Leben verankert und gleichsam aus geschäftlichen Gründen unsterblich zu sein.

In Wohlen parkte er vor der Bank.

Bruno Wolf wollte Bargeld beziehen.

Der Schalterbeamte war von ausgesuchter Höflichkeit. Allerdings wurde er, als er Bruno Wolf bediente, von vier maskierten Typen überrumpelt.

Die stürmten in den Raum, einfach so.

Drei von ihnen kletterten mit dem Ruf »Überfall« auf die Abschrankung und sprangen über die Glaswand, als sei ihr Einsatz Teil eines Wettstreits, während der vierte den einzigen Bankkunden mit einer Pistole in Schach hielt.

Der einzige Bankkunde war Bruno Wolf.

In diesen Augenblicken des Chaos, der Gefahr und Gesetzlosigkeit, als die Bankräuber Geld zusammenrafften und in Säcke stopften, als verdutzte Angestellte, in deren Brust der Herzschlag wie ein gefangener Vogel flatterte, Deckung suchten, gelang es einem Prokuristen, den Raum unbemerkt zu verlassen und Alarm auszulösen.

Bruno Wolf blieb gefasst. Zwar irritierte es ihn, das Gesicht des Gangsters, der ihn mit einer Beretta bedrohte, der Maske wegen nicht sehen zu können, doch für chancenlos hielt er sich nicht.

Wolf war ein Mann im Herbst seines Lebens, das wusste er, aber so hatte er sich den Tod nie vorgestellt, und erst als er sich eingestand, seine Überlegungen könnten falsch gewesen sein, fühlte er, dass ihm Schweiß ausbrach, eisig auf der Stirn, eisig unter den Achseln, eisig ums Geschlecht herum, aber so sterben, nein, der Verbrecher hatte in den Löchern seiner Maske selbst Augen, aus denen das Leben zu schwinden drohte, nein, der Kerl besaß nicht die Kraft, ihn umzulegen. Trotzdem spürte Bruno Wolf, dass sich sein Darm mit fast unbezähmbarem Drang entleeren wollte, als habe sich die Angst in Scheiße verwandelt.

Zu dieser Zeit näherte sich ein Streifenwagen der Bank. Die Beamten befanden sich auf einer Kontrollfahrt, ihr Wagen wurde von einem Stau aufgehalten, gerade vor Ort und im Augenblick, als sie über Funk von dem Überfall erfuhren. Sie parkten vor dem Eingang und sahen, kaum dem Wagen entstiegen: einer der Räuber kam aus dem Haus gelaufen, riss seine Maske herunter, rannte wieder zurück in den Schalterraum und trat kurz darauf erneut ins Freie.

Als der Mann die Polizei entdeckte, begann er loszuballern.

Die Beamten schossen zurück.

Sie streckten den Mann nieder.

Bruno Wolf hielt den Zeitpunkt für günstig, der Falle, die er nie für endgültig gehalten hatte, zu entkommen. Er lief aus der Bank, er lief mit der dreisten Kopflosigkeit eines Menschen, der meinte, dem Tod zu entrinnen – hinein in den Tod, in die Kugeln, hinein ins tödliche Blei.

Ein Polizist glaubte, Bruno Wolf sei einer der Bankräuber, und schoss in Erfüllung seiner Dienstpflicht

einmal

zweimal

mit beiden Händen versuchte Bruno Wolf, das aus seinem Bauch drängende Blut zurückzuhalten, er war klar im Kopf, jeder muss sterben, nun war die Reihe an ihm, er sah sich genötigt, gezwungen, er wusste, dass er schon tot war, er wusste es genau, aber er spürte es nicht, wie einem Kind nach einer Ungerechtigkeit der Trotz, so blieb ihm über die letzte Grenze hinaus eine Hellsicht, und als die schamlose Kugel ihn umbrachte, schrumpfte die Zukunft zu einem grellen Punkt, dem Zeitpunkt Tod, und verschmorte am Ende aller Sehnsucht, wo ihn nichts mehr erreichte als der betörende Duft des Frühlings, der ein vergangener war, da es einen kommenden für ihn nicht mehr gab, ein erinnerter Duft, auch die Erinnerungen brannten ab wie Zündschnüre hin zur Bombe, die hochgegangen war mit dem Knall der pflichtgemäß abgefeuerten Schüsse. Wolf fing sein Blut und ein Stück herausquellenden Darms mit den Händen auf, und einen Fetzen seiner besudelten Thermowäsche, einen sinnlosen Rest Leben hielt er fest und versuchte, ihn wieder in sich hineinzustopfen.

Bruno Wolf, der alte Furzer, schritt aufrecht und ohne zu schwanken um den erschossenen Bankräuber herum, er wollte sich die Schuhe nicht mit dem Blut des Mannes verunreinigen, der krumm auf dem Parkplatz lag, unter dessen Körper Blut hervorsickerte, eine Lache bildend, der sinnlos mit einem Arm zuckte, als verlasse ihn das Leben in Form elektrischer Impulse. Er schenkte diesem röchelnden Mann, dem er schon in der Bank, obwohl in Panik versetzt, nicht zugetraut hatte, ihm mit seiner Beretta den Tod zu geben, kaum einen Blick und sank erst vor dem Polizisten, der die Verwechslung inzwischen begriffen hatte, auf die Knie und flüsterte: Himmel, Sie Idiot, warum haben Sie mich getötet?

Bei weiterhin klarem Verstand hatte er das gesagt. Und fiel dann platt vornüber aufs Gesicht, erbrach sich und roch Bohnen, im Garten lag Verena, die Spinne, die über ihr Gesicht lief, war eine kleine Kreuzspinne, er hörte Carmen die Treppe hinuntergehen, zur Zapfsäule, er saß am Bett seines sterbenden Sohnes, aber es war nicht Sandro, der starb, er selbst war gestorben.

Gegen seinen Willen.

Bruno Wolf litt keine Qual. Er war am andern Ufer angelangt, er war tot, er hatte keinen Blick mehr. Von dem unvertrauten, aber seligen Gelände aus, vom schmerzlosen Beginn des Todes her, erinnerte er sich an das schmerzlose Ende seines Lebens bereits wie an einen uralten Traum, und ein Lächeln zeichnete sich nur nicht auf seinem Gesicht ab, weil Tote nicht mehr lächeln können, ihr Gesicht erweckt immer nur den Anschein, sie würden es tun.

Zerbrechliche Gebilde

I

Der Juni begann wie ein Sommer, und man erlag ihm gern. Alles verlangte Wärme, Licht und Sonne, man wollte endlich wieder leichte Kleider tragen und sich im Freien bewegen, es war ein körperliches, ein sinnliches Bedürfnis, eines auch schwerelos zu sein nach dem Winter, dem Tod, der die Welt beinah erdrückt hatte, nach den Launen des Frühlings, dieses Schmeichlers, der die Leute so gern täuschte.

Die Veranda lag in der Sonne. Hinter dem Tennisplatz schwelte der Duft von Heu und wurde vom Wind in den Garten getragen. Die Schwalben jagten in Paaren am Himmel, hoch oben, wo die Schläge der Klosteruhr, befreit von der Zeit, im tiefen Blau verebbten.

An gewissen Tagen im Juni, frühmorgens, wenn das kühle Licht die Schwebe hielt zwischen Nacht und Tag, besaß das Freiamt die Durchsichtigkeit einer Landschaft aus Glas; es war entrückt und versöhnt mit dem All, es widerlegte den Gedanken, die Welt sei verloren.

Laura las auf der Veranda.

Eine Katze schnurrte um ihre Beine, als sie den Drang, Wasser zu lassen verspürte und zugleich feststellte: da sickert schon Flüssiges heraus und rinnt zwischen den Beinen herab.

Sie ging ins Bad.

Fruchtwasser, dachte sie mit einem Anflug von Panik. Bald werden die Wehen einsetzen. Sie hatte das Unausweichliche der Geburt seit Tagen erwartet und war nun doch überrascht, eher überrumpelt denn beeindruckt, bestimmt aber nicht fassungslos, als der

Vorgang einsetzte. Eine den Zwillingen Bahn schaffende Gewalt. Sie musste sie geschehen lassen. Sie beruhigte sich, sie zwang sich dazu. Das Fruchtwasser war ganz klar, Laura duschte es weg. Als die ersten Wehen einsetzten, tat alles weniger weh als erwartet. Es war ein dumpfer, erträglicher Schmerz, es war wie eine Woge, die in gleichen Abständen ans Ufer schlägt, noch verhalten, eine träge Welle, die aus dem Becken hochstieg und sie nach und nach überwältigte, um dann wieder nachzulassen. Das war die Probe, ein Vorgeschmack, dachte sie und versuchte unverkrampft zu bleiben. In ihrem Zimmer ruhte sie aus; sie wollte noch eine Stunde allein sein. Das ganze Haus – vielmehr was vom Hausstand noch übrig ist seit Brunos Tod, dachte sie, wird hektisch, sobald du sagst: es ist so weit. Nicht panisch werden, war ihr Vorsatz, gelassen bleiben, wenigstens einigermaßen beherrscht.

Und dann brauchte Laura doch ein paar Stunden, um wirklich zu begreifen, was mit ihr geschah, während diese Flut kam und ging und heftiger kam und abbrach, bis der Schmerz eine einzige ewige Sturzflut war. Doch da lag sie längst im Krankenhaus, in einem Zimmer, das so hell war wie der Schmerz, dessen Helligkeit den Schmerz gesteigert hätte, wenn er noch hätte gesteigert werden können, sodass sie unter Tränen bat, man möge die Vorhänge doch schließen.

Sandro hatte sie ins Krankenhaus gefahren. Er wollte bei ihr bleiben, er ging im Zimmer hin und her mit seinem harten Schritt, nervös, als sei er der Vater. Laura hatte ihn weggeschickt, sein Bleiben wäre ihr unerträglich gewesen; sie mochte ihn zwar, er war ein junger Mann, mit dem sie gern Tennis gespielt hatte im unbeschwerten Sommer des vergangenen Jahres, nur nicht derjenige, den sie als Zeugen wünschte für die Stunde der Geburt.

Geh, geh bitte, hatte sie gesagt, stöhnend zwischen zwei Wogen, die ihr den Schweiß auf die Stirn trieben. Schon ein paar Minuten später hätte sie nicht mehr die Kraft gehabt, ihn wegzuweisen, als der Schmerz unerträglich und zügellos tobte, ohne Richtung und Ziel, ohne Anfang und Ende, dass Laura auf sich selbst zurückgeworfen wurde und nichts Äußeres mehr sie erreichte.

Der Abend brach herein, endlich.

Die Hebamme maß die Öffnung des Muttermunds, Laura spürte dies kaum.

Wie Strom durch Kupfer schoss der Schmerz durch ihre Nerven und lagerte in ihrem Gehirn eine Substanz ab, ein Schmerzsubstrat, das man hätte herausfiltern können. Sie verlor das Gefühl für die Glieder ihres Körpers, für Knochen, Haar und Haut und war nichts als formloses Fleisch, eine Qualle, in der jemand mit einem Messer herumstocherte, eine pulsierende Qualqualle, die von den Wehen in unendlichen Brechungen gemartert wurde. Und der Schmerz wollte kein Ende nehmen, ein Ende war nicht absehbar.

Man schneidet sich mit dem Messer und weiß, der Schmerz hört auf. Man liegt mit einer Migräne im Bett und weiß, ein paar Stunden, dann ist das ausgestanden. Nun wollte der Schmerz nicht aufgeben, nie, niemals; er erhielt sich seine Lust zu quälen, er steigerte sie sogar, er wütete pervers in ihrem Leib, dieser zuckenden Masse. Und auch die Erfahrung, das Wissen, alles Leiden findet einmal ein Ende, löste sich auf. Es war schlimm, Laura glaubte nicht mehr an die Aussicht auf Linderung. Die Geburt war nicht ein überschaubarer Vorgang, sie bedeutete Verlassensein für immer. Da half kein Bemühen, dagegen half nichts, keine Befreiung schien möglich, ihr Körper war ein Verlies der Schmerzen, und darin strampelten die Zwillinge, gefangen auch sie, eingesperrt. In der Falle Mutterleib setzten sie sich zur Wehr. Sie drängten gegen die Pforte ihres Kerkers. Sie drückten dagegen, stießen vor, doch spürte Laura kein Oben, kein Unten. Sie suchten ihren Schoß mit Gewalt zu sprengen. Nur blieb er verschlossen. Verriegelt die Pforte. Und dann der unerträgliche Gedanke: der Muttermund öffnet sich nicht. Niemals. Schiere Angst löste das aus. Eine zugemauerte Gruft war der Leib.

Sie wusste nicht, wie die Nacht verging.

Pressen, spornte die Hebamme sie an, pressen.

Das war schon in der Morgendämmerung.

Der Arzt drückte ihr seinen Arm auf den Bauch.

Pressen, ja.

Aber nicht in den Kopf, tadelte die Hebamme.

Laura meinte, beim Pressen platze ihr Hals, die Augen würden bersten. Nur der Muttermund öffnete sich nicht, vorher würde der Bauch explodieren. Der Arzt, sein Arm, diese Stange aus Eisen klemmte ihr die Luft ab. Brutal schob der Arzt die Zwillinge nach unten. Sie musste ersticken. Ihr flimmerte vor den Augen, ein Schleier hüllte sie ein, böse Träume ließen einen so leiden, verlangsamt, alles nahm sie schrecklich verlangsamt wahr. Schneidet mich auf, schrie sie, wahnsinnig vor Angst, das Messer – Schrie sie, oder war das bloß ein Gedanke?

– schneidet auf, schafft einen Weg, lasst mich nicht allein in dieser fürchterlichen Ausweglosigkeit.

Als ein tastendes Licht in den Gebärsaal einfiel, zögernd, als wage es nicht, sich zu zeigen, spürte Laura endlich, dass ihr Schoß aufriss. Sie stürzte in ein Loch. Ein schwarzes Tuch wurde über ihre Augen gezogen, sie bäumte sich auf, sie biss sich in den Arm, bevor sie einen Schrei ausstieß: dann fühlte sie zwischen den Beinen, im Schwall von Blut und Schleim, die Berührung eines fremden Körpers, die Berührung des ersten der Zwillinge.

Wie er weinte. Und weggetragen wurde.

Wie der zweite fast hinterherpurzelte und auch zu plärren begann. Dabei verwandelten sich Schmerz und Qual in Erschöpfung, und der leere Bauch war wie ausgepumpt. Ermattet lag sie da, wieder eine Frau mit Knochen, Muskeln, Konturen, aber niemals mehr würde sie die Kraft erübrigen können, auch nur einen Arm zu heben.

Als die Hebamme ihr die Zwillinge in die Arme gab, begann Laura zu weinen, tränenlos, ohne ein bestimmbares Gefühl.

2

Philip Wolf schwamm im warmen Wasser des Hallenbads in Bremgarten seine Längen. Der beizende Geruch von Chlor drang ihm in die Nase, und nach dem Schwimmen hatte er stets gerötete Augen, auch juckte danach der ganze Körper, als sei er einer chemischen Behandlung unterzogen worden.

Doch was tut ein Mann nicht alles für eine Frau.

Es war Margrit Fischer, die ihn dazu überredet hatte. Etwas Sport schadet dir bestimmt nicht, hatte sie gesagt. Eine ausführlichere Begründung erübrigte sich, wenn er nackt vor dem großen Spiegel in ihrem Zimmer stand und sich betrachtete oder wenn er bedachte, wie sehr er keuchen musste nach dem Ballspiel mit Anna, mit der er häufig zusammen war, seit er sich Rasierzeug und Zahnbürste gekauft hatte; beides stand nun im Bad von Margrit, als gehöre er zur Familie.

Er teilte das Wasser vor seinem Gesicht mit den Händen, er schloss für zwei Züge die Augen und wendete am Ende des Bassins, tippte die Wand aus blauen Kacheln mit den Händen an und stieß wieder ab mit den Füßen, zog die nächste Bahn schlankwärts mit ruhigem Atem und halb blind, nicht ohne Spaß, zugegeben, es machte auch Freude, wie ein Wal durchs Wasser zu gleiten, in dessen Wellen sich das Licht der Beleuchtung hundertfach brach.

Es war früher Abend.

Philip schwamm allein.

Er hatte am Nachmittag mit Sandro geschäftliche Dinge besprochen. Sein Bruder pendelte, wie früher der Alte, zwischen Muri und

Bremgarten, hatte das Büro bei der Kirche übernommen und führte auch die Restaurants.

Sandro war selbstbewusst, mit einem unverfrorenen Sinn für Geschäfte, fußamputiert zwar, jedoch frei von falscher Zimperlichkeit und ohne einen Augenblick zu zögern in die Fußstapfen des Vaters getreten, kaum war dieser unter die Erde gebracht worden.

Philip war das recht, er war sogar froh, für ihn hätte die Nachfolge nur Zwang bedeutet.

Er erreichte die nächste Wende, bemerkte über dem steinernen Rand die Beine einer Frau, und als er abdrehte, schweifte sein Blick über ihren Leib. Die Frau sprang ins Bassin, schon nach ein paar Zügen überholte sie ihn, ihre Kraulstöße pflügten das Wasser. Philip versuchte vergeblich, ihr zu folgen. Die Frau war zu stark, schon schwamm sie ihm entgegen. Als sie ihn kreuzte, sah er ihre Augen und das glatt nach hinten geklatschte Haar. Er war als Walfisch verdammt empfänglich für das Weibliche schlechthin.

Laura hatte er Blumen gebracht.

Noch lag sie in der Gebärabteilung des Krankenhauses in Muri, freundlich gelassen kam sie ihm vor. Es berührte ihn eigenartig, als sie die Brust entblößte und einen der Zwillinge stillte. Der Kleine war unruhig gewesen, ein wimmerndes Bündel, bevor er blind die rosafeuchte Warze fand und sein Gesicht in der Fülle vergrub, schmatzend, saugend, lüstern, bis er einschlummerte in seinem Schlaraffenland aus Milch und Wärme.

Sie redeten wenig, nicht nur, weil sie den Jungen nicht stören wollten, auch den zweiten nicht, der die andere Brust bekam und sich wie sein Bruder verhielt, um dann ebenso zu schlafen, nachdem er eine Weile nichts als süßen Mutterduft eingeatmet hatte, reines Labsal.

Philip hatte sein Pensum beendet. Er tauchte unter und kam beim Ausstieg wieder hoch. Auf der Leiter, noch bis zur Hüfte im Wasser, spürte er, wie sein Körper nach dem angenehmen, fast schwerelosen Zustand in sein altes Gewicht schlüpfte. Jedes Mal, wenn das Wasser so an ihm hinab rann, überfiel ihn der Wunsch, sich zu schütteln wie ein Hund. Die Frau schwamm mit Ausdauer ihre Längen, flach lag ihr Leib auf dem Wasser, er schimmerte, und im Strudel hinter ihren Füßen glitzerten die Spritzer. Weiße Gischt, dachte Philip. Ihm kam die Frau ungewöhnlich vor. Er nahm sein Handtuch und trocknete sich flüchtig ab, ohne den Blick von ihr zu lassen. Es waren nur wenige Leute im Hallenbad. Verhaltener Lärm war zu hören, ein monotones Summen und Rauschen großer Ventilatoren, als befinde man sich im Innern einer eisernen Lunge. Auf dem Sprungturm stand ein Mann mit breiten Schultern und eingezogenem Bauch. Prall die Bizepse, prall die Schenkel, er ließ die Muskeln spielen. Er wippte auf den Zehen, bevor er sprang, sich drehte, sich verschraubte, vornüber kippte und ins Wasser schoss, das kaum aufspritzte beim Einschlag.

Philip hatte nicht lange mit Laura gesprochen. Er fürchtete die Frage, die ihn am meisten beschäftigte.

Bin ich der Vater?

Auch während der Schwangerschaft hatte er nicht gefragt. Er hatte die Möglichkeit verdrängt, obwohl er doch von eins bis neun zählen konnte. Oder dachte er, worüber man nicht spreche, das sei gar nicht geschehen? Auf dem Friedhof, als sein Vater zu Grabe getragen wurde, als er in der vordersten Reihe neben Laura stand und ihre Hand hielt, als der Pfarrer das Tröstungsritual einleitete, als ferner Verkehr durch die Gebete rauschte, der Himmel in ungerührter Bläue über ihnen thronte und ein paar Vögel schrien, als schwermütige Clairons Bruno Wolf musikalisch die letzte Ehre erwiesen und Philip Tränen nicht zurückhalten konnte und weinte um den geliebten Furzer, war ihm die Frage mit plötzlicher Wucht in die Trauer gefahren: bist du der Vater?

Laura hatte nie eine Andeutung gemacht.

Für sie schien keine Frage zu sein, was er als Möglichkeit nicht länger ausschließen mochte.

Philip hatte vor dem Bett gestanden, und Laura saß da, im Rücken von Kissen gestützt, in jedem Arm ein Kind, verletzlich, dachte er, unnahbar, und als ob sie erraten hätte, was in seinem Kopf vorging, legte sie den Zeigefinger über die Lippen und versiegelte ihren Mund. Sie schaute Philip mit wissenden Augen an, so deutete er dies; sie hielt seinen Blick aus, er musste die Augen senken, sie wollte nicht darüber reden. Offenbar wünschte sie, das Geheimnis für sich zu bewahren. Doch hatte er als Mann nicht ein Recht, die Wahrheit zu erfahren?

Ein Mann hat in dieser Angelegenheit keine Rechte.

Philip duschte und frottierte seinen Körper, bis die Haut sich rötete. Er zog sich an und trat ins Freie. Nach der Wärme der Hallenluft fröstelte ihn ein wenig. Er ließ sein Auto auf dem Parkplatz stehen. Am Schulhaus vorbeigehend, erreichte er den hölzernen Steg über die Reuss. Angler standen am Ufer, im Strom zerrten die Weidlinge an den Ketten.

Bald hatte er den Milch- und Babygeruch kaum mehr ausgehalten. Die Verwandlung einer Frau in eine Mutter; einem Mann blieb dies schwer nachvollziehbar. So körperhaft wurde man nicht Vater, so ausschließlich und auf das Kind bezogen.

Das war auch ein Mangel.

Die Schwangerschaft verändert den Körper, die Geburt reißt ihn auf, verletzt, macht aus der Frau eine offene Wunde. Die Stillzeit bindet, setzt gefangen, das Kind saugt Nahrung aus der Frau heraus. Das alles sieht ein Mann. Aber begreift er es auch, kann er es nachempfinden? Neun Monate weiß er darum, doch die Geburt überrascht den Vater. Wie ein Fremdes hält er das Kind und berührt die Frau als Mutter wie eine Fremde.

Geruch und Gefühle, das Fleisch, die Haut, alles hat sich verändert. Er weiß sich nicht nur zurückgestoßen, sondern auch allein gelassen. Mutter und Kind, das symbiotische Paar, leben in einer ihm nicht zugänglichen Sphäre. Ihm bleibt nur die Hoffnung, dass sie zurückkommen und er sie nach der Rückkehr auch erkennt, dass sie ihn wieder annehmen und in ihr weiteres Leben einbeziehen.

Das war Philips Erfahrung.

Er hatte den Wandel nach der Geburt von Andreas mit Staunen hinnehmen müssen. Und es stimmte ihn jetzt, an Lauras Bett, traurig: Sabine war nicht mehr zurückgekommen, hatte nicht mehr zurückgefunden zu der Frau, die sie vorher für ihn gewesen war. Mit dem Kind wird die Mutter neu geboren, dachte Philip. Auch darum das Leiden, die Qual. Es war der Schmerzensprozess, der dem Mann zusetzte: die Erneuerung drängte ihn ins Abseits. Es war ein wilder Lauf, dem er nicht folgen konnte. Er bleibt der alte und versteht die Welt nicht mehr, die neue Konstellation.

So war er vor sieben Jahren zurückgeblieben mit seinen Büchern und dem Southern-Comfort-Schach. Erst ein Schnuller und eine Flasche, die in seinem Zimmer lagen, Legosteine unter dem Schreibtisch, eine Musikdose auf dem Lesestuhl, erst als er den fieberheißen Jungen in den Armen hielt, voller Sorge, war er eigentlich Vater geworden, Kummervater.

Die Kluft zwischen Sabine und ihm wuchs nicht zu. Sie war zu groß für die Ehe, groß genug für eine Scheidung. Ehen sind zerbrechliche Gebilde. Es wäre trotzdem vermessen, die Schuld für den Bruch nur in der Veränderung zu suchen. Sie hätte ja auch eine Chance sein können.

Nur ist es halt schwer, eine Chance zu packen.

Sabine hatte sich verändert. Nach der Stillhaft war sie hungrig, sie wollte sich frei bewegen. Die Geburt hatte sie härter gemacht, die Erfahrung, dass etwas, das Teil ihres Körpers gewesen war, abgenabelt ein eigenes Leben führte. Das Wissen um solche Trennungen stärkte ihren Wunsch nach einem Eigenleben, und das hatte der verdutzte Philip falsch eingeschätzt. Als er den Fehler erkannte, war es zu spät, sein Einsehen hatte zu nichts mehr geführt, das Zerwürfnis war schon zu groß gewesen.

Philip setzte sich eine Weile und schaute auf den Fluss. In Ufernähe trieben die Kondome der späten Achtzigerjahre vorbei. Sie sahen aus wie aufgedunsene Larven. In den letzten Jahren, seit die Pille die Gummis verdrängt hatte, waren Philip kaum mehr benutzte Präservative im Fluss aufgefallen. Nun waren die unappetitlichen Dinger wieder da. Knapp unter der Oberfläche schwebten sie im Wasser dahin.

Die Luft roch gut, gewürzt von den milden Essenzen des Juni. Ein paar Jugendliche gingen vorbei. Ihm fiel ihr lautes Balzen auf, zu dem das Kofferradio wie ein Körperteil gehörte. Das Gehabe erinnerte ihn an die eigene Pubertät, Philip hatte nie vergessen, wie sie rumorte in den Eingeweiden und schmerzte in der Herzgegend und einen ins Grübeln brachte. Aus den Kofferradios spielte die Gruppe Level 42, Lessons in Love.

Sabine hatte sich als Schwangere schon bald zu entfernen begonnen. Philip sah keine Gefahr. Wie eine Eisscholle war sie von ihm weggedriftet. Ihre Reizbarkeit, die euphorischen Tage, die Nächte mit Honigmilch und Kaviar, ihre Melancholie, die Angst: das Kind ist mongoloid, Wutanfälle, ihre Unsicherheit, als sie dachte, die Chemie ihres Körpers mache sie zur Närrin, die innigen Momente, als sie sich ausmalten, eine Familie zu sein, zu der Glück selbstverständlich gehörte.

Dieser Wirrwarr von Gefühlen in der ständigen Bewegung des sich Entfernens.

Dann die Geburt.

Einen Mann, der eine Stillende begreift, gibt es ohnehin nicht, dachte Philip.

Er war mit Margrit verabredet. Doch in seinem Kopf gaben sich die Frauen seines Lebens ein Stelldichein. Es war eine spielerische Überlegung, einmal alle diese Frauen zu einem gemeinsamen Essen einzuladen. Vielleicht verstünden sie sich ausgezeichnet. Und er müsste auf diesem Fest einsehen: du bist überzählig. Er würde die Rechnung begleichen, weggehen, und die Frauen bemerkten es nicht, weil er ihnen nicht fehlte. Du musst eine Frau lieben, sagte er sich, auch wenn du sie nicht verstehst. Wenn du sie verstehst, ist Liebe leicht. Frauen sind oft unbegreiflich, sie legen Wert darauf, geheimnisvoll zu sein, ein Geheimnis zu bleiben. Machte die ewige Liebeserwartung ein Paar nicht auch konfus?

Wozu Liebe?

Erst wenn Philip Liebe kaleidoskopisch zerlegte, kam er damit zurecht: ich mag ihre Art zu sprechen, ich mag ihre Art zu gehen; ich werde mich an das, was ich an ihr nicht mag, gewöhnen, es hinnehmen, es so belassen; ich bestehe ja auch auf meinen Unarten und Fehlern.

Er will gleich bleiben – sie nicht.

Er will sich verändern – sie nicht.

Es war Philip nicht klar, ob er immer nur eine ganz bestimmte Frau gesucht hatte und suchte – oder in allen Frauen immer das Eine, das ganz Bestimmte.

Die Geburt der Zwillinge hatte sein Verhältnis zu Laura verändert. Fast fühlte er sich geschieden von ihr wie von Sabine. Die Geburt der Zwillinge hatte auch seine Beziehung zu Margrit erschwert. Er fühlte sich manchmal unbehaglich, wenn er mit ihr und Anna zusammen war, wenn er wie ein Vater mit dem Mädchen Dominosteine legte und an seinen Sohn dachte, der mit dem Freund von Sabine Tick-Tack spielte, am Ende zur selben Zeit, oder wenn ihm Lauras Zwillinge in den Sinn kamen, deren Vater er vielleicht war – und die nun keinen Vater hatten oder zu haben schienen. Die Situation war grotesk. Er schaffte es nicht, sie mit Humor zu betrachten, dazu war die Lage zu ernst, die Ungewissheit zu erdrückend. Oder er war wirklich humorlos, ihm mangelte die Fähigkeit, leicht zu sein, gelassen; er fühlte sich verstrickt in Verantwortlichkeiten, denen er nicht genügte. Sein Ungenügen war es, das ihm zusetzte. Ein elendes Versagen. Überall holte es ihn ein: bleib allein, du bist zu einer Beziehung nicht fähig. Die Trennung von seinem Sohn, er dachte zögernd, von meinen Söhnen: das zersetzte seinen Familiensinn. Das war besonders schmerzlich, wenn er mit Anna spielte und merkte, für sie bist du auch nur Ersatz: in den besten Augenblicken ein Freund, manchmal nur ein Fremder, den das Kind akzeptieren musste, es hatte gar keine andere Wahl.

Vor der Abenddämmerung fingen die Vögel nochmals zu lärmen an, als hätten sie es tagsüber verpasst, einander die wichtigsten Botschaften zukommen zu lassen. Auch der Fluss begann stärker zu riechen, die Düfte der Verwesung scheuten das Tageslicht.

Am Himmel lockte ein grünlicher Junimond.

Philip durfte Margrit nicht länger warten lassen, doch er würde auch auf der Hut sein, feige wollte er sein, am Ende ging es um sein Leben, Margrit war eine Frau Mitte Dreißig, ihm zugetan, zugeneigt, sehr –

Liebe als Fußangel, überlegte Philip.

Der Ehewunsch, den er Margrit an dem frühen Abend, im betörenden Duft des Spazierwäldchens und auf einer für Liebende wie geschaffenen Bank unterstellte, meinte er, gefährde seine Unabhängigkeit.

Gehege oder Auslauf, fragte er sich.

Neue Verletzungen fürchtete er, bestimmt. Er hatte am Morgen zu viele Haare im Kamm, und darauf reagierte er mit Irritation, als schwinde mit jedem verlorenen Haar auch ein Gran Manneskraft dahin. Die Schwimmerin im Hallenbad fiel ihm wieder ein. Der Körper einer Frau, Haut, ein Fußknöchel, und Philip war erledigt, übertölpelt. Eine innere Glocke schrillte, der Lärm raubte ihm die Vernunft, sein Auge, scharf auf weibliche Formen, sprang von Detail zu Detail, und Philip fand, die Frau sei ganz Körper, ja, ihm genügte der Frauenleib, er war begehrenswert.

Philip verließ das Wäldchen, in dem sich schon die Dämmerung ausbreitete. Die Bäume bekamen kompakte Körper. Autos fuhren mit eingeschaltetem Licht. Als er auf Margrits Haus zuging, sah er schon von Weitem das erhellte Fenster der Küche. Es war ein gutes Gefühl, sich erwartet zu wissen.

3

Severin »Switch« Meyer fütterte seinen Computer, einen billigen Atari, mit neuen Daten. In seinen Fingerspitzen endeten die Gedankenbahnen des Gehirns, die Tasten des Terminals waren die Nervenenden von GEM.TOS – die Berührung vernetzte Mensch und Maschine. Es gab wenig Probleme, die sich der Analyse entzogen und sich nicht digitalisieren ließen.

Seit Nina und sein Vater ausgezogen waren aus Gründen, die er verstand und die, wenn man sie emotionslos beurteilte, eine logische Folge der Umstände waren, in denen ihr Leben bisher verlief, wohnte er allein bei seiner Mutter.

Switch war neunzehn.

Er besuchte die Kantonsschule in Wohlen.

Wenn sich der Vater die Daten seines Lebens von Switch hätte auflisten lassen, hätte ihm der Sohn die Prognose stellen können, schon lange. Auch die Wahrscheinlichkeit einer reumütigen Rückkehr nach soundso viel Tagen. Psychologie war überflüssig. Zur Psychologie flüchtete nur, wer dem romantischen Irrwitz verfallen war, das menschliche ICH sei einzigartig, und glaubte, der Mensch sei ein Wesen, das individuell reagierte.

Ein Mann, der im Ehebett immer nur eine schlafende Gattin vorfindet, oder eine, die sich schlafend stellt, geht fremd, früher oder später. Das ist berechenbar. Dafür genügt binäre Algebra. Die Psychologie lieferte nur die Erklärung hinterher, eine höchst fragwürdige Theorie als Resultat ihrer Besessenheit, von verschiedenen möglichen Lösungen stets die komplizierteste für richtig zu halten.

Switch hatte vor, in den Sommerferien nach Amman zu fahren.

Mit einem neuen teuren Mercedes. In Amman wollte er den Wagen einem arabischen Geschäftsherrn verkaufen. Und dann mit dem Zug nach Hause reisen. Die Taschen voller Geld. Es war kein Problem, das Auto in Amman loszuwerden. Das Problem bestand darin, einen Kredit für den Kauf zu bekommen und den Wagen ohne Schaden zum Zielort zu fahren. Er hatte das Spiel schon geprobt. Nur war das Auto zu alt gewesen, es hatte die Fahrt nicht unbeschadet überstanden. Zusätzlich war es ein Fehler, ein Modell mit Einspritzmotor zu wählen. Simple Vergasermotoren waren gefragt. Bitte, auch keine 6-Zylinder. Außer Spaß, und es war ein Spaß gewesen, hatte die erste Reise nichts gebracht. Der Gewinn reichte aus, die Kosten zu decken.

Switch wusste um seinen an Liebe grenzenden Hang zu Geld und Maschinen. Außerdem hatte er für Elektronik ein Feeling wie andere ein Gespür für Pferde. Geld war für ihn Spielmaterial. Aus Langeweile und, zugegeben, weil er einem Mädchen imponieren wollte, hatte er Decoder zum Empfang gesperrter TV-Programme gebaut. Herstellung mal zehn gleich Verkauf. Ein fairer Preis, und der Abnehmer sparte für ewig die Gebühr. Mit dem Erlös hatte er sich Swatch-Uhren und ein Ticket nach New York besorgt. Die Uhren mit zwanzig Dollar Gewinn pro Stück zu verkaufen war in Manhattan leicht gewesen. Mindestens drei kleine Händler waren scharf auf neue Ware.

Alles, was Switch so unternahm, war auch ziemlich legal. Jedenfalls die Sache mit den Autos, die er nach dem Transfer mit einwandfreien Papieren abgab, und der US-TRIP mit den begehrten Uhren. Was die Decoder betraf, nun, man konnte das so oder so interpretieren. Es war bestimmt nicht verboten, die praktischen Dinger herzustellen, man erhielt die Bestandteile in jedem Fachgeschäft. Und ein Hunderter pro Stück, das war doch eher verschenkt denn verkauft.

Switch speicherte das File ab und holte ein Flipperspiel auf den Bildschirm. Beim Flippern konnte er prima nachdenken. Sein unternehmerischer Drive war gehemmt, er fuhr mit angezogener Handbremse. Ihm fehlte das Spielmaterial – die Knete. Er war sich nur nicht ganz sicher, ob ihm die Bank einen Autokredit für einen exklusiven Mercedes bewilligte. Und mit einem Wrack wollte er nicht noch mal los. Am Ende musste er das Vorhaben mit Nina besprechen; sie könnte es Sandro stecken. Dass der junge Wolf ihm ein wenig Kleingeld anvertraute, war ja nicht von vornherein ausgeschlossen. Switch schoss die letzte Kugel ins Spiel und punktete mit der Geschicklichkeit eines ausgebufften Profis. Dann schaltete er den Atari aus und ging in die Küche. Schmutziges Geschirr stand herum. Seine Mutter drückte ihre Trauer um den flüchtigen Ehemann mit einer Schlampigkeit aus, zu der er sie bisher nicht für fähig gehalten hätte. Aus dem Kühlschrank nahm er eine Packung Joghurt; auch Käse fand sich und Wurst. Er belegte ein Brot damit, verdrückte es im Stehen. Der täglich notwendige Input von Food ließ sich im Stehen am schnellsten bewältigen. Switch bevorzugte Speisen, zu deren Verzehr man nur eine Hand brauchte. Essen ohne Beschäftigung hasste er; er las gern Stephen King beim Kauen. Von Mutter war nichts zu hören. Wahrscheinlich inhalierte sie ZDF oder schlief. Sie hatte das Schlafbedürfnis eines von der Dürftigkeit des Lebens enttäuschten Hamsters, sie träumte vom Glück eines Winterschlafs vor dem laufenden Fernsehgerät. Im Grund bewunderte er den Alten, der sich auf eine neue Umlaufbahn gewagt hatte, obwohl es bedrückend war, mitzuerleben, wie die Mutter im Schmerz um seinen harschen Abgang alle Energie verlor. Nur war es für Switch bequem, zu Hause zu wohnen, die billigste Lösung mit dem geringsten Aufwand. Abgesehen von der Menge Gefühl, die ihm dieses Zusammenleben abforderte. Mit neunzehn sind Gefühle für die Mutter die vielleicht schwierigsten; man muss sie richtig trainieren, sonst sehen sie niemals echt aus. Nicht, dass Severin seine Mutter nicht liebte. Aber diese Liebe war so etwas wie das Betriebssystem bei einem Computer; man denkt darüber nicht nach, solange die Kiste läuft. Liebe war abhängig von richtig verarbeiteten Daten, ja, Liebe erwies sich als extrem datenbedürftig. Switch hatte seine Informationen gebündelt und ein Modell kompatibler Empfindungen und Verletzlichkeiten zwischen Mutter und Sohn geschaffen. Mutter war ihm dankbar dafür. Ein paar Pralinen, die er einfach so neben ihr Frühstücksei stellte, obwohl weder ein Fest- noch ihr Geburtstag war, ein bescheidener Strauß Feldblumen, die zu pflücken weder Zeit noch Geld kostete, ein paar freundliche Worte, eine flüchtige Berührung, ein Kuss auf die Wange: das waren Severins mit Bedacht ihr zugedachte, ihr zugefügte Streicheleinheiten. Dafür machte sie wieder gern Betten, hielt sie seine Kleider in Ordnung und packte den Kühlschrank gerammelt voll mit Food. Die Gute war ja so anspruchslos. Dabei wäre es falsch, hinter allem, was er für Mutter tat oder empfand, eine Berechnung zu sehen. Aber er musste doch immer wieder bewusst »liebenswert und nett« mit ihr sein. Es kostete ihn auch Überwindung, er fand es verdammt schwierig, ein neunzehnjähriger Sohn zu sein. Dann war er auch böse auf seinen Vater und auf Nina, die es ihm allein überließen, mit Mutter zurechtzukommen. Mit Frau Priska Meyer, zermürbt von fünfundvierzig Jahren Leben, zwei nicht ganz einfachen Kindern und einem ewig frustrierten Ehemann. Was blieb ihrem Gesicht übrig, als sich unter einer dicken Nachtmaske von den Verletzungen des Tags zu erholen, was ihrer auseinanderfließenden Figur anderes als Schlaf? Sie war am Ende. Und dieses Ende wäre bei Anwesenheit des Gatten ein Dauerzustand geworden. Nur fragte sich Severin, ob sie überhaupt noch eine Chance hatte, ob sie die Kraft aufbringen konnte, nochmals von vorn zu beginnen. Falls der Glaube an einen Neuanfang nicht ohnehin schiere Illusion bedeutete. Die mathematische Funktion, die beweist, dass der Raum sich krümmt, beschreibt doch auch das Leben. Seine Mutter war vom Leben verkrümmt. Wie sollte sie neu anfangen, wenn sie das Haus kaum jemals verließ. Wie sollte sie mit Menschen ins Gespräch kommen, wenn sie ihr Bedürfnis nach Gesellschaft mit dem Fernseher befriedigte. Wobei in der Tat der Fernseher nicht der übelste Partner war; einer auch, der keine Probleme machte. Doch Mutter musste unter Menschen, sonst verrottete ihre Seele.

Severin, selbst ein Einzelgänger, hatte versucht, mit ihr darüber zu sprechen.

Mutter hatte die Kontrolle über alle Gesichtsmuskeln verloren. Ihre Antwort war eine Migräne gewesen. Den Mund hatte sie nur im Bad aufgemacht, wohin sie geflüchtet war, panisch, um ein gütig Maß Chemie einzuschütten.

Wenn ihr etwas innerlich weh tat, wie sie es nannte, konnte Mutters Gesicht einen Ausdruck annehmen, der einen fürchten ließ, ihre Züge würden gleich schmelzen wie die Formen einer Wachsmaske bei Hitze. Oder sie erstarrte, ihr Blick wurde steinern. Am schlimmsten war ihr Weinen; es war ein Triumph, es kannte kein Erbarmen, und gerade weil es nicht strömte, weil sie es in Schüben und mit Würgen als eine Form des Erstickens aus Brust und Kehle presste, war es so gnadenlos sieghaft. Flüssig gewordene Pein musste durch verstopfte Tränenkanäle ins Freie gepumpt werden von einer schwachen Frau, von einer verlassenen Gattin und ungetrösteten Mutter. Das haute Switch glatt um. Und er schwor in solchen Phasen, immer nur seinen Atari und nie eine Frau zu lieben. Schluckte Priska Meyer Chemie, um die Gewalt der Migräne zu dämpfen, verebbten die Anfälle allmählich, die Droge betäubte sie, doch die unauflöslichen Reste erzeugten auch Albträume, und Mutter stürzte in eine Finsternis, in der es wimmelte von Spinnen. Dann rief sie um Hilfe. Hilfe meinte Zuwendung. Doch wendete Switch sich ihr zu, nährte er zugleich ihre Hoffnung auf Liebe.

Der Verlauf ließ sich am Computer simulieren. Das Gerät verarbeitete nicht nur die Daten, es machte auch einen nüchternen Vorschlag: Kontaktanzeige.

Vergiss deinen Mann, hatte Severin seiner Mutter geraten, spring über deinen Schatten, wozu denn sonst hast du ihn. Geh zum Anwalt, verlang die Scheidung.

Die Logik des Computers hatte Severin auch die Antwort seiner Mutter auf diesen Vorschlag vorausgesagt: Neue Migräne.

– Und wie unterbricht man diesen Teufelskreis?

: Liebe.

– Und wie erreicht man Liebe.

: Kontaktanzeige.

So blieb Severin in der Endlosschleife des Computerprogramms hängen, das er ausgetüftelt und mit dem Codewort MAMA SANA versehen hatte, und Mutter im Teufelskreis des Alltags gefangen. Stets von neuem widersetzte sich das Leben dem Kopf des digitalen Denkers, zu seinem eigenen Nachteil, bitte, davon war Severin überzeugt. Ins klare Wasser der Vernunft träufelten die Gefühle ihre bittere Tinte.

4

Er hatte ihr doch tatsächlich einen Heiratsantrag gemacht. Mit allem Pomp, mit roten Rosen, wie es sich seit ein paar hundert Jahren der Verlegenheit in Liebesdingen gehörte, mit einer unvermuteten Feierlichkeit, als erliege er dem eigenen Pathos. Mensch, hatte sie gedacht, der Kerl meint ja echt, was er daherredet, als er bei einem festlichen Nachtessen im Hotel Haller in Lenzburg ihre Hand in seine Pranken genommen und ihr die Ehe vorgeschlagen hatte.

Was hättest du bei einer Absage mit den Rosen angefangen, Sandro?

Diese Möglichkeit hatte er gar nicht bedacht.

Du warst also ganz sicher?

Was bedeutet sicher in einer Angelegenheit des Herzens?

Sandro hatte die Vor- und Nachteile aus seiner Sicht erwogen. Was hätte er vorher über Ninas Antwort mutmaßen sollen. Dafür besaß er den notwendigen Instinkt.

Hättest du nein gesagt, hätte ich die Rosen gefressen, Stück nach Stück samt Dornen.

Du bist ein Esel.

Okay, ich bin ein Esel, darum passen wir zusammen.

Sie hatte also eingewilligt, ja gesagt mit dem stoischen Mut einer Eselin. Er hatte mit den Fingern geschnippt. Der Kellner brachte diese prachtvollen Rosen, und Sandro zog einen reichlich mit Diamanten bestückten Ring aus der Tasche, ganz alte Schule, als sei er in die Haut seines Vaters geschlüpft. Irgendwie hatte sie das verlegen gemacht, und es freute sie auch; nicht dass sie auf Edelsteine aus gewesen wäre, aber ihr Glitzern konnte einen schon für sich gewinnen.

Nun saß sie im Büro in Bremgarten, »unsere Zweigstelle«, wie Sandro es scherzhaft nannte, am Schreibtisch vor dem Computer und war dabei, mit einem von Switch erarbeiteten Programm die Weinbestände zu katalogisieren, eine Ordnung zu schaffen, die den Überblick überhaupt erst erlaubte.

Es war ein angenehm frischer Morgen, Nina trug ein rotes leichtes Kleid. Die Arbeit ging ihr gut von der Hand, sie verlieh ihr eine tröstliche Sicherheit. Sie merkte auch, wie sie sich mit den Geschäften der Wolfs als eine Wolf zu identifizieren begann. Erst als der Kontrast verschwamm und der Text blass und unlesbar schimmerte, weil die Sonne auf den Bildschirm schien, merkte sie, dass sie schon zwei Stunden geschrieben hatte.

Nina stand auf und öffnete das Fenster. Auf dem Platz vor der neuen Kirche lag ein Hund in der Sonne. Sie fühlte, wie die Wärme auch ihre Hände berührte. In der stillen Gasse parkte ein VW-Bus, in den die Behälter mit den verbrauchten Lösungen des Fotolabors getragen wurden. An der Hand einer alten Frau zerrte ein Kind. Auf der Höhe der Turmuhr flogen Mauersegler, ihre Leiber verschwanden vor dem Dunkelgrün des Zifferblatts und jagten wie Geschosse wieder daraus hervor.

Nina war früh am Morgen aufgestanden. Noch war das Gras im Garten vom Tau nass gewesen, sie hatte die Schuhe ausgezogen und war barfuß gelaufen. Bis zum Brunnen. Wo nun keiner mehr frisches, kühles Wasser holte. Der Pfad, den der alte Wolf getreten hatte, als er über Jahre hin fast täglich zur selben Stelle ging, um seine Turnübungen zu machen, war geblieben, eine Spur über den Tod hinaus. Nina war zum Tennisplatz gelaufen. Beinahe schon aus Gewohnheit. Als sie auf den hohen Stuhl kletterte, war sie sich wie ein Tier vorgekommen, das seinen Hort aufsucht. Oder den Schlafbaum. Sie hatte den Stuhl zu ihrem Lieblingsort erkoren: sie hing hier Gedanken nach oder las, sie schaute über den Platz hinaus aufs freie Feld in Erwartung eines Ereignisses, das alles klärte. So ähnlich, vermutete sie, wartete der Jäger auf dem Hochsitz auf einen

Hirsch mit kapitalem Geweih, dessen Ankunft eine Vorsehung verhieß. Eine Bereitschaft zu warten, spürte sie. Der Tennisplatz war etwas verkommen, seit Sandro und Laura nicht mehr spielten; das Netz hing durch, und der rote Sand war immer noch gemustert vom letzten Regen.

Andere üben Yoga, hatte Nina Sandro erklärt, ich setze mich gern auf den Schiedsrichterstuhl und stelle mir Spiele zwischen den unterschiedlichsten Gegnern vor; dich habe ich so auch schon abserviert.

Er hatte sie heute auf der Veranda zum Frühstück erwartet und es nicht unterlassen können, wegen der hängenden Babywäsche der Zwillinge eine Bemerkung zu machen. Nina hatte sich verkrampft, sie dachte nie an ein eigenes Kind. Sandro würde sich gedulden müssen, es war Nina unmöglich, ihm einfach gefällig zu sein.

Die Uhr der Kirche schlug in Ninas Gedanken hinein, der Hall der lauten Klöppelschläge vertrieb die Mauersegler in die Tiefe des Himmels. Sie schloss das Fenster, schaltete die Kaffeemaschine ein und setzte sich dann mit einem Espresso wieder an den Computer.

Sandro schien sich, ohne mit ihr darüber zu sprechen, einen Lebensplan ausgedacht zu haben. Der Tod des Vaters hatte ihm zugesetzt, dieser sinnlose Tod – und die Zeit, die ihm fehlte, die Lücke in der Erinnerung. Das Wissen darum. Der Kopf kann einfach ausgelöscht werden. Es hatte einen anderen Mann aus ihm gemacht. Die fehlende Zeit und der Tod hatten ihn verwandelt. Sie spürte das, sie merkte es an seinem Verhalten. Aus Selbstschutz betrachtete er das Leben als Planspiel.

Doch Nina würde es vermeiden, eine Figur in seinem Sandkasten abzugeben, eine einsetzbare Größe, die sogar schwanger wurde, wenn der Plan es vorschrieb. Sandro zwang sie, diese Rechnung heilsam zu durchkreuzen. Dieser Netzplantechniker des Lebens. Sie musste sich vor seiner Schärfe hüten. Nina führte sich das verkorkste Leben der eigenen Mutter vor Augen. War sie nicht auf dem Weg, genauso unglücklich zu werden.

Doch gab es Wege, die nicht ins Unglück führten?

Freilich wohnte sie nun in einer Villa. Auch sie liebte den wilden

Garten und die Veranda. Allein die Veranda war ein Grund, hier zu leben. Es fehlte ihr an nichts. Geld spielte keine Rolle mehr; sogar der zählebige Fluch der Angst hatte sich erschöpft. Sie schreckte nicht mehr aus Albträumen hoch, in denen ein Sattelschlepper sie zermalmte, vielmehr war es jetzt die Schwere ihres Herzens, die drückte und sie in Atemnot brachte.

Du hast nur dieses eine Leben, dachte sie.

He Nina, sagte sie laut, pack dein Leben.

Sie lachte sich selbst aus. Das Leben ließ sich nicht so leicht festhalten, das Leben wollte vor ihr fliehen.

Es war wie am Disco-Abend im Orakel, wenn die Teenager ihre Musik laufen ließen. Mix war in, ein Hit folgte dem anderen, aber kein Stück wurde zu Ende gespielt. Schnelllebige Zeit, schnelles Leben; alles folgte Schlag auf Schlag – No Time. Für nichts bleibt Zeit. Keiner wollte sich Zeit für etwas lassen. Nina hatte das Orakel besucht; der Hocker an der Bar, auf dem sie noch vor einem Jahr häufig saß, war besetzt gewesen von einem Jungen mit blondem Kraushaar, der in einem knallroten Drink stocherte, als gelte es, mit den Oliven Gedanken aufzuspießen. Sie kam sich fremd vor. Fremdkörper, dachte sie, ausgestoßen aus dem Kreis der Jugend. In dem vergangenen Jahr war auch sie gealtert, als hätte sich ihre Lebenszeit beschleunigt, lichtschnell, damit man den Unterschied deutlich sah. Wie viele Platten hast nicht auch du selbst aufgelegt und nicht zu Ende gespielt, fragte sie sich. Die Jugendlichen steckten sich Zahnstocher in den Mund. Minispeere schauten zwischen ihren Lippen hervor. Am Ende Giftpfeile. Ein bedrohliches »komm mir nicht zu nah«, das auch angriffslustig wirkte. Ohne den Discoraum zu betreten, war Nina nach Hause gegangen. Nach Hause in die Wolfsche Villa. Sie hatte sich zu den Katzen auf die Veranda gesetzt und dem Rauschen der Bäume gelauscht, bis ihr das Licht des Mondes auf dem Gesicht zu kalt geworden war.

Nina schaltete den Computer aus und steckte das Telefon auf den automatischen Beantworter um. Es ging gegen Mittag zu. Sie hatte die Gewohnheit beibehalten, sich mit ihrem Vater einmal im Monat zum Essen zu treffen. Nur fehlte ihr heute die Lust, ein

Restaurant zu besuchen; obwohl es auf der Terrasse der Wolfschen Trattoria bei Lasagne und einem Rosato bestimmt angenehm zu sitzen wäre, unter dem Sonnenschirm, mit freier Sicht auf die Unterstadt und zum fernen Horizont, zum tiefen Schwarzwald, dessen Harzgeruch sie manchmal zu riechen meinte. Vielleicht haftete er im Gefieder der Schwalben, die Schwalben flogen vom Schwarzwald her und trugen den Duft mit sich. Lieber wollte sie für ein Picknick sorgen, sie wusste, dass sie Vater damit auch eine Freude machen konnte.

Als sie vom Einkauf zurückkam, saß Karl Meyer auf der Mauer, die den Kirchplatz von der Straße trennte. In seinem abgewetzten Anzug und mit einem Hut, der ihm zu klein war, sah er aus wie ein etwas verkommener Handlungsreisender. Warum wohl kaufte er sich immer zu kleine Hüte? Ihr Vater wirkte so lächerlich und unbeholfen, dass man ihn lieben musste. Er umarmte Nina, küsste sie auf die Wangen. Sein zitroniger Atem war ihr sehr vertraut. Der Vater nahm ihr die Tasche ab, und Nina hängte sich bei ihm ein.

Bald gelangten sie zur Reuss. Sie folgten dem Fluss, und während Vater erzählte, dachte Nina an die Verkäuferin von Fischbach, mit der er nun lebte. Eine Freundin – ungefähr gleich alt wie die Tochter. Ein wenig befremdete sie die Vorstellung. Denn lüftete sein Verhältnis nicht auch alle Geheimnisse? Durch das gleiche Alter dieser Freundin blickte er gleichsam in seine Tochter hinein. In ihre Welt, in ihr Leben, ins Lebensgefühl einer anderen Generation. Auf eine irritierende Weise war die Distanz aufgehoben. Dies drückten auch seine unbekümmerten Bemerkungen aus. Die neue Liebe hatte ihm seine Tochter offenbart. Wie eine Schwester der Frau kam Nina sich vor. Es war beängstigend, sich so vergleichbar zu wissen. Allerdings befreite es auch, es stellte Nähe her. Sie spürte den Arm des Vaters. Ein Mann berührte sie, der vertraut war mit dem Körper, mit der Haut und dem Duft einer Frau ihres Alters, mit ihren geheimen Gedanken, den intimen Wünschen und ewigen Sehnsüchten.

Beim Gehen wurde ihnen warm. Wo der Schatten des Waldes den Weg nicht bedeckte, brannte die Sonne hernieder. Wenn Nina stehen blieb, erzeugte das Licht gleich einen Schmerz, als sammle ein Brennglas die Hitze, um Haut zu versengen. Der steile, baumlose Hang am Fuß des Passes wurde überbaut. Sie hörten das elektrische Surren der Kranwinde, ein Behälter mit Beton fuhr hoch, und beim Schwenken schweifte der Schatten des Auslegers wie der Zeiger einer Sonnenuhr über die Wiese. Karl Meyer redete von seiner Frau; er hatte ein schlechtes Gewissen, es peinigte ihn. Das Gewicht seiner Schuld drohte auch die neue Liebe zu erdrücken. Er verstrickte sich im Kummer um die verlassene Ehefrau. Ob sie zurechtkam im Alltag, ob Switch ihr die Abfallsäcke vors Haus trug?

Er meinte sie hilflos und ohne Beistand verloren.

In beidseitiger Abhängigkeit hatten sie als Mann und Frau ihr Leben verwurstelt. Nun litt er unter den Knoten seiner Seele.

Nimm doch den Hut ab, sagte Nina.

Auf Karl Meyers Stirn waren Schweißtropfen gewachsen, dick wie Pusteln, die alle gleichzeitig platzten.

5

Es tat verdammt weh, mit künstlichen Füßen in der Morgensonne auf einem Rennrad von der Reussebene hinauf zum Wald zu fahren, der den Lindenberg bedeckte, aber Sandro macht es auch Freude, sich zu verausgaben und den Schmerz mit seinem Willen zu vernichten.

Es war Sonntagmorgen, Ende Juni.

Schwalben fielen vom Himmel und starben auf der Straße. Die Bevölkerung wurde aufgefordert, die Kadaver in eine Folie einzuwickeln und einem Labor zu schicken.

Er war seit zwei Stunden unterwegs, der lange Aufstieg war mühsam und lustvoll zugleich, Sandro fuhr von der Reussbrücke zur Hauptstraße hinauf, folgte ihr ein Stück und bog in den steilen Weg nach Bünzen ein. Er keuchte und musste aus dem Sattel, er schwitzte, die Mütze klebte auf der Stirn, zwischen den Schenkeln war die schwarze Hose nass. Sandro spürte Füße, leibliche Füße und nicht Prothesen, es war wie eine Erinnerung an unbeschwerte Tage. Über der Straße zitterte die Luft, er schwankte ein wenig, in den Augen brannte Salz, aber er konnte jetzt nicht eine Hand vom Lenker nehmen, um es auszuwischen.

Vielleicht fuhr er einen Gang zu groß. Und schalten brächte ihn aus dem Tritt. In den Beinen schmerzte jede Muskelfaser, aber er schaffte die Höhe und rollte dann aus. Er liebte die Strecke am Wald entlang, die kurvenreiche Straße zwischen Besenbüren und Bünzen.

Jedes Mal, wenn er glaubte, mit seiner Kraft am Ende zu sein, ließ sich eine neue Reserve anzapfen. Der Fahrtwind trocknete den Schweiß, das Herz, dieser Schwerarbeiter, hatte sich etwas beruhigt. Das Rad erreichte mühelos eine Geschwindigkeit, die es ihm erlaubte, auch die Landschaft wahrzunehmen, den helllichten Morgen, und Sandro dachte, das Freiamt sei der schönste Flecken Erde und die Klosterkirche von Muri das Zentrum der Welt.

Nicht weit entfernt, und doch immer noch unbezwungen, erhob sich der Lindenberg mit seinen welligen Hängen, den Äckern und Maisfeldern. Sandro blickte hinüber. Ein Rudel Motorräder fuhr durch Wiesen und geheutes Land.

Schwerelos, dachte Sandro.

Die Motorräder schienen zu schweben.

Er fuhr ruhig und verhalten auf der großen Scheibe durch Bünzen, hörte eine Glocke und sah, kaum hatte er die enge Kurve genommen, wie die Bahnschranke sich senkte. Sandro fluchte, der Halt brach ihm den Rhythmus, auch war es heikel, die Prothesen mit einem Ruck aus der Halterung der Pedale zu reißen.

Als der Zug vorbeifuhr, trank er ein paar Schlucke aus dem Bidon. Wagen um Wagen rollte vorüber, das wollte kein Ende nehmen.

Nach der Pause kam er nur schwer wieder in Fahrt. Als er die Kantonsstraße erreichte, war er versucht, gleich nach Muri abzubiegen. Was sprach dafür, sich die Anstrengung des Lindenbergs aufzubürden? Warum sich überwinden, Kopf und Magen quälen, die steifen Beine, warum nicht den bequemen Weg nach Hause vorziehen? Er widerstand der Schwäche. Der Berg forderte ihn heraus. Sandros Sturheit setzte sich durch, seine Kampfbereitschaft, die ihn manchmal schier umbrachte und der er alles zu verdanken glaubte, Glück und Unglück. Er überquerte die heimwärts führende Straße und griff entschlossen den Berg an, ließ bald die letzten Häuser von Boswil hinter sich, erklomm die Gerade Richtung Kallern auf der kleinen Scheibe mit einem Gang, den er bis zum Ziel durchhalten wollte, umgeben von der Landschaft, die in Segmente und Strukturen zerfiel, während er sich bergauf kämpfte mit verkniffenen Augen. Schmale Streifen Grau, Flächen verschiedenen Grüns nahm er wahr, Maste, Kreuze, einzelne Höfe als Kleckse schoben sich vorbei, Striche, besonders gefärbte Flecke, Ornamente ohne Zusammenhang, das sprang in sein Auge, immer wieder ein Stück Himmel, als Sandro, getrieben vom Schlag des Herzens, den Hang erklomm und rasselnd Luft holte im Takt,

ein ein

aus aus

beflügelt vom erhebenden Gefühl, stark zu sein, Kraft zu haben

Schenkel Lunge

Mann Maschine

aus verborgenen Quellen strömte Energie, bis Sandro, als die erste Kuppe überwunden war, eine Ruhephase einlegen konnte auf der Abfahrt in die Senke des Unteren Niesenbergs. Jedes Mal reute es ihn auch, die gewonnene Höhe preisgeben zu müssen, er dachte an ein Spiegelgefecht, als er den zweiten Hang angriff mit der Gewissheit: der Berg ist in deinem Kopf, es gilt den Kopf zu überwinden, dann ist der Berg bezwungen. Die Mühsal würde belohnt werden mit der Aussicht auf den See im benachbarten Tal. Ein einziger Blick auf die blaue Pfütze, diese tolle Schöpfkelle Wasser, die im Talgrund aufschien, entschädigte ihn für die Anstrengung, und auf der Straße, die sich über den Berg zog, würde er locker südwärts rollen, während ihm jetzt die Zunge am Gaumen klebte und vom Durst erzeugte Bilder Fluren, Felder, Wald und Himmel auflösten. Es brach sich das Licht im Schweiß auf den Augen, das heimische Land zerfloss, und am Rand der Prothesen scheuerten sich die Beinstümpfe wund.

Endlich war der letzte Anstieg geschafft.

Am dunkelsten in der Mitte – wie ein Auge erschien ihm der See. Abgeschüttelt blieben Felder, Waldstücke und Bauten zurück. Die Müdigkeit verflüchtigte sich. Der Schweiß trocknete, die Lungen tauschten Sauerstoff ohne Keuchen, die Beine begannen zu vibrieren, er spürte die Muskeln wie aus einer Betäubung erwachen.

Die Abfahrt über Guggi, wo Ausflügler in der Gartenwirtschaft vor ihrem sonntäglichen Schoppen saßen, wo Rennräder an Bäumen lehnten und die Fahrer um einen Tisch herum hockten, die

Schussfahrt durchs ländlich duftende Bettwil, wo auf dem Parkplatz vor der Kneipe Motorräder und Autos standen, die Heimfahrt vorbei am abgelegenen, von einem Kettenhund bewachten Prüsischhof nach Muri, forderte Sandro Beherrschung ab. Gern hätte er sich über den Lenker gebeugt und das Rad laufen lassen, er liebte das Rauschen der Collies, er liebte das Sirren des Wechsels. Doch er hielt sich zurück, richtete den Oberkörper auf, um die Fahrt zu drosseln, und spürte, wie die Unebenheiten des Asphalts den Lenker und seine Arme erschütterten. Sieh dich vor, dachte er, ein Krüppel darf sich keinen Sturz leisten, ein Sturz hätte Folgen. Diese Tatsache verletzte ihn wie ein Pfeil. Krüppel, er war getroffen, erniedrigt von dem Wort. Gift sickerte in seine Blutbahn, und Sandro begann sich dagegen zu wehren. Demut war nicht gerade seine Stärke. Er wurde eiskalt, er fühlte sich von seiner Behinderung herausgefordert, und allem zum Trotz ließ er das Rad laufen, als suche er ein Gottesurteil, raste talwärts mit dem aufsässigen Todesmut, der nur Männer überfällt, die glauben, ihr Schicksal erfülle sich ohnehin blindlings. Die Angst verlor sich, sie vermochte nur bis zu einer bestimmten Geschwindigkeit mitzuhalten, und erst zu Hause, als Sandro das Rad über den Vorplatz schob, holte sie ihn wieder ein, machte sie sich als Zittern bemerkbar, warf eine Schlinge um sein Herz.

Der Puls drohte zu ersticken.

Du bringst dich einmal noch um.

Hölle einfach, heißt das, Sandro, dich erwartet der Rollstuhl.

6

Die Esel suchten den Schatten.

Fette Hennen legten ihre Eier, wo sie wollten, was auch egal war, ohnehin sammelte niemand sie ein.

Glut und Stille stauten sich über den Sommerwiesen, alles schien der Schlafkrankheit verfallen, kein Tier regte oder rührte sich und der Wind flaute ab, das Jahr schien in einem einzigen letzten Nachmittag zu erstarren. Über den Baumwipfeln stand greifbar die Luft. Die Düfte von Kamille, Schafgarbe und Beifuß schwebten über den Feldern.

Der Himmel drehte sich ins Sternbild des Löwen.

Heute ist Jakob Wolfs Geburtstag.

Die Wette gilt.

Oder gestern gewesen. Gestern vor einer Woche.

Oder der Geburtstag war morgen.

Übermorgen.

Jakob Wolf war alt. Der Zweifel schaffte es nicht mehr, seine Gewissheiten zu erschüttern, obwohl es ihn ärgerte, dass auch auf die kleinen Dinge des Alltags kein Verlass mehr war.

Die grauen Zellen des Gehirns bilden einen Ameisenhaufen, dachte Jakob Wolf.

Die lieben Tierchen rannten in tausend Richtungen davon, ihre Königin war ausgeflogen.

Sein Kopf, der arme Kopf.

Und sein Leib wurde Schrott und schwer. Manchmal hagelten Bilder wie Steine auf ihn herab. Zum Glück versanken sie in einem Meer. Im Tiefenrausch des Vergessens verwandelten sich die Träume der Nacht und die Träume des Tags in klares Wasser.

Jakob Wolf war siebenundachtzig, traurige siebenundachtzig Jahre alt, er fühlte sich seit ewig siebenundachtzig und besaß zwar Erinnerungen, aber keine Beweise dafür, einmal jünger gewesen zu sein.

Die Erinnerung pfeift auf das Gewesene, basta.

Sie war die Erfinderin einer eigenen Wahrheit.

Ein Greis muss nicht unbedingt einmal ein Jüngling gewesen sein. Wiederum mussten Greise sich wie Kinder eine Welt erkämpfen, darin sie wohnen konnten, unbehelligt, mühsam erschaffen müssen sie sich ihre Welt, erstreiten gegen die Zeit.

Jakob Wolf hatte Geburtstag, oder nächste Woche, oder war das im letzten Jahr gewesen?

Ein Grund zu feiern?

Das war doch ein Grund zum Feiern.

Die Zeitungsmeldungen überschlugen sich vor AIDS und SDI, aus allen Medien, quollen AIDS und SDI. Wie sollte er die Kürzel noch auseinanderhalten. Kein Kraut schien dagegen gewachsen, jede Abwehr versagte.

Der Tod zuckte nur mit den Achseln.

Pest und Krieg.

Ein Mensch zählte nichts.

Die Natur war nicht auf Menschen angewiesen.

Doch was sollte ein Greis, der beim Wasserlassen die Tropfen zählte, der starrsinnig nicht aufgab, bis er neun der gelbtranigen Perlen unter dornenvollen Schmerzen abgeschlagen hatte, sich um solche Dinge noch kümmern?

Um Zeitungen, Radio, Fernsehen.

Und ihren Sondermüll, den er täglich zu entsorgen hatte.

Der ihm nur Kopfweh verursachte.

Das Gemeinsame aller Todesarten war die Unerbittlichkeit, das unumstößliche Ende, dieser letzte Hauch Leben, die widerwärtige Auslöschung.

Klammere dich am Leben fest, Jakob Wolf, sagte er sich. Was siebenundachtzig Jahre gelang, gelingt ewig.

Glaub es nur, Dummkopf du.

Er verwünschte das Los, sterblich zu sein. Die aufgehäufte Zeit lastete auf seinen Schultern, und weil er vor Schwäche nicht imstande war, das Gewicht abzuwerfen, zwang es ihn auf die Knie.

Nahm es nicht sogar zu?

Drückte es ihn nicht bald zu Boden? Ja, das Gewicht drückte ihn ins Grab und löste sich dann auf, damit die Seele ausschweifen konnte, entschweben wie eine Luftblase im Aufwind, befreit sternwärts davon.

Jakob Wolf kicherte vor sich hin.

Es war unmöglich, an seinem Geburtstag zu sterben, eine Frechheit wäre das, die sich nicht einmal der Tod herausnehmen durfte. Nur musste auch Wolf sich an gewisse Regeln halten, den siebenundachtzigsten nur einmal, ein einziges Mal feiern, nicht jede Woche, nicht jeden Montag und Mittwoch.

Jakob Wolf saß vor seinem Haus auf der Bank, im Schatten einer Linde, deren Blütenduft er liebte. Die Hausmauer hatte Sommerwärme gespeichert und gab sie nun ab. Neben der Bank standen Sonnenblumen, die üppigen Blütenstände vornüber geneigt, als sei ihnen der Kopf vom Denken unter der Hitze des Mittags zu schwer geworden.

Jakob Wolf gähnte.

Seine verstorbene Frau setzte sich neben ihn und schwieg beharrlich, sie schien verärgert zu sein, er musste etwas falsch gemacht haben.

Sie zankten sich vor zwanzig Jahren wegen einer Flasche Öl, die er hätte heimbringen sollen, da seine Frau

vorhatte

vorgehabt hatte,

oder war das vor vierzig Jahren, Apfelkrapfen wollte sie backen vor fünfzig Jahren, und er hatte vergessen, eine Flasche Öl zu kaufen in Muri,

irgendwann in den Dreißigerjahren, vierunddreißig könnte das gewesen sein, als er im Engel hängenblieb. Die Mosterei Muri fing damals an, Süßmost herzustellen, es stand eine Flasche FREMO auf dem Tisch. Süßmost war ein Geschäft, das Lager musste ausgebaut werden. Die Männer ereiferten sich: Moderne Stahldrucktanks einbauen, ja – nein,

oder stritten sie wegen der Dörrobstanlage,

oder war das später, als es um das Konzentrat aus Obstsaft ging? Anfang der Vierzigerjahre?

Öl hätte ich bringen sollen, fragte Jakob Wolf zweifelnd.

Vergaß ich nicht, das Sputum abzugeben?

Oberst Ineichen war schuld.

Die Männer ereiferten sich wegen der elektrischen Grastrocknung, die der Oberst einführen wollte. War man später nicht froh darum, als der Import von Futtermitteln eingestellt wurde?

Du hättest eine Flasche Öl heimbringen sollen, darauf bestand die Frau, Bruno hatte Geburtstag, ich wollte Apfelkrapfen backen.

Stritten wir uns nicht, weil ich vergaß, deinen Urin in der Klosterapotheke abzugeben?

Öl hättest du bringen sollen, Jakob, wiederholte sie.

Urin, Sputum, Stuhlgang abgeben, vergegenwärtigte er sich. War es nicht Kraftessenz, wegen deiner Blutarmut und Müdigkeit?

Oder Vieh- und Pferdepulver, fragte er lächelnd.

Wir hatten weder Vieh noch Pferde, berichtigte sie.

Ich war nie blutarm, wie du nun behauptest.

Pferdepulver, doch, immer wieder besorgte Jakob Wolf für die Bauern Pferde- und Viehpulver.

Und Bronchial-Sirup für die hustenden Kinder.

Eine Ehe wird kompliziert, sobald das gemeinsam Erlebte nicht mehr ein unteilbarer Schatz in der Erinnerung ist, wenn also der Mann von Vorkommnissen und Begebenheiten redet, welche dem

Gedächtnis der Frau entfallen sind oder die sie anders gespeichert hat.

Die Hochzeitsreise nach Rom.

Nein, nach Basel.

Er bestand darauf, Rom, Petersplatz, Kolosseum …

Sie behauptete Basel und Zoologischer Garten.

Du verwechselst die eigene Hochzeit mit der Hochzeit deiner Schwester, schimpfte sie. Deine Schwester war in Rom und du wolltest auch nach Rom. Doch wir hatten das Geld nicht und ich hegte den Wunsch, einmal Elefanten zu sehen. Darum Basel, wir sind mit dem Zug in den Zoo nach Basel gefahren.

Das Gedächtnis spielte mit den Erinnerungen, und ein alter Mann wollte nicht um jeden Preis immer die Wahrheit wissen; es war angenehm zu glauben, man habe Rom besucht, auch wenn man nie dort gewesen ist.

Es ist egal, wie die Bilder in den Kopf gelangen.

Wer sich an Rom erinnert, ist in Rom gewesen, sagte Wolf.

Er war ganz trunken vom süßen Duft der blühenden Linde.

Brigitte Heggli saß neben ihm, Lurs Frau, die Nachbarin, und wollte Öl ausleihen.

Ich habe vergessen, Öl zu kaufen, entschuldigte er sich, es tut mir leid.

Schade, sagte sie, ich wollte Apfelkrapfen backen.

In Bremgarten ist die Weinhandlung abgebrannt, sagte er.

Brigitte hatte nichts davon gehört.

Das Ereignis lag sechzig Jahre zurück; aber er hatte jetzt noch Feuer und Rauch in der Nase. Doch hat der Brand der Weinhandlung etwas anhaben können? Ist sie nicht größer und moderner neu aufgebaut worden?

Es war heiß, die Sonne drückte durch den Schatten des Baums.

Nehmen Sie ein Glas Tee, fragte Brigitte.

Tee?

Wenn Sie meinen Wein holen, sagte Jakob Wolf freundlich, wäre mir das lieber. Und schauen Sie in der Küche nach, vielleicht steht da trotz meiner Vergesslichkeit noch Öl.

Niemals hatte Jakob Wolf freiwillig Tee getrunken, und schon gar nicht Lindentee. Tee trieb nur Schweiß und verwandelte ihn in einen triefenden Schwamm. Der Geruch seines Schweißes war ihm ohnehin zuwider.

Ranziger Greis, dachte er manchmal. Jedes Organ im Leib, jeder Muskelstrang, die Sinne, Nerven und Mark, der ganze Mann war hinüber. Das Gehirn aufgeweicht und die Haut ausgetrocknet, verhöhnte er sich, Hodenbruch, toxisches Blut, kaputte Gelenke. Das Gewebe mürb, brüchig die Knochen. Kippte er tot von der Bank, setzte gleich die Verwesung ein. Es wäre ratsam, ihn wegen Seuchengefahr noch am selben Tag unter die Erde zu schaffen. In der siedenden Sonne des Mittags würde der Leichnam sich blähen, auflösen, zersetzen. Die Krähen stürzten sich herab, um von dem Toten zu fressen.

Brigitte brachte ihm den Wein. Auch eine Flasche Öl hatte sie im Küchenschrank gefunden. Sie füllte ihm das Glas, es war ein St. Emilion, eine ganz besondere Flasche, die er aus dem Keller geholt hatte, gestern, weil ein Geburtstag gefeiert werden muss.

Zum Wohl, murmelte er, ohne ihr ein Glas anzubieten. Ist es nicht zu warm, fragte Brigitte, bei dieser Hitze würde mir Rotwein gleich in den Kopf steigen.

Mir steigt nichts mehr in den Kopf, erklärte Wolf. Brigitte ging nach Hause. Er folgte ihr mit den Augen, es war schön zu sehen, wie sie sich bewegte, sie gefiel ihm ausnehmend. Es strengte ihn auch an, sie im Auge zu behalten. Eine dreißigjährige Frau, Silhouette im Gegenlicht, entfernte sich zwischen Bäumen, verschwand bei der Kneipe um die Hausecke, und ein paar Hühner, weiße Flecken im Grün, liefen ihr hinterher.

Scharf auf Körner, dachte Jakob Wolf, unersättliche Viecher, ab in die Pfanne.

Du isst doch kein Hühnerfleisch mehr, alter Wolf, gestand er sich ein, fragte Brigitte, kifelte seine verstorbene Frau. Die Fasern hafteten unangenehm zwischen den dritten Zähnen. Das Zahnfleisch blutete, wenn er sie mit dem Stocher herauskratzte. Seine Frau war auch verschwunden, vielleicht kümmerte sie sich um das

Abendessen und war ins Haus gegangen, als die Nachbarin sich verabschiedet hatte. Das betörende Veilchenparfüm erinnerte an sie. Vielmehr der Geruch von Parfüm auf der Haut einer jungen Frau, ein Gemisch, gegen das auch die Nase eines Greises nicht immun war.

Niemals immun werden wollte.

Neben dem Wohlgeruch schwelte die an säuerliches Karamell erinnernde Ausdünstung der alten Frau, die neben ihm auf der Bank gesessen hatte. Oder kroch der widerwärtige Gestank von abgelagertem Achselschweiß aus seiner hundert Jahre alten Jacke. Er hörte das einschläfernde Gurren der Ringeltauben, die sich in den umliegenden Bäumen niedergelassen hatten, es klang vertraut und zeitvergessen. Es war der Tag selbst, der sich als Vogel offenbarte und Jakob Wolf zum Narren hielt. Entsprach es nicht einer alten Gewohnheit der Tage, sich in Tauben zu verwandeln. Tage hockten gern schäkernd im ungeschützten Baum des Lebens, um dann plötzlich aufzufliegen, jäh, als schieße ein heimtückischer Jäger mit der Schrotflinte auf sie.

Jakob Wolf trank seinen Wein, er schenkte der weißen Eselin, die sich ihm näherte, keine Beachtung. Das Tier senkte den Kopf und stieß ihn mit seinem weichlippigen Maul an.

Spazieren wir zum Hecht hinüber, Alter, fragte die Stute und schnaubte. Mit dem Vorderhuf kratzte sie über den staubtrockenen Boden.

Es ist viel zu heiß, seufzte der Alte. Jedenfalls schien die Eselin genau dies aus seinem Schweigen herauszuhören. Sie warf den Kopf hoch, als wolle sie losrennen, trottete dann aber nur zu den anderen Tieren der Herde zurück.

Durch die absolute Bläue des Taghimmels hindurch erblickte Wolf mit geschlossenen Augen die Sterne. Es war so vollkommen still – man hörte das Echo des Urknalls. Der Kosmos dehnte sich aus, alles strebte auseinander, analog der Gedankenwelt eines uralten Mannes, und entfernte sich immer weiter vom Zentrum, eine Mitte war nicht mehr auszumachen.

Jakob Wolf war tot.

Tod gibt es nicht. Nur Metamorphosen des Lebens. Sein Leben war in die weiße Eselin geschlüpft. Und zurück in den Sack seines Körpers gesprungen.

Jakob Wolf lebte.

Er öffnete die Augen. Sekundenlang war er eine weiße Eselstute gewesen. Er schloss die Augen. Vielmehr, sie schlossen sich. Wozu aufstehen und ins Haus gehen, sich abmühen mit Schritten. Das Haus konnte sich mit geringerem Aufwand ein wenig verschieben. Schon wäre er drin. Er saß in seinem Arbeitszimmer, in seinem Schaukelstuhl. Nein, der Boden vor dem Haus schwankte. Ein kleines Erdbeben, weil er heute Geburtstag hatte. Das darf man ja wohl erwarten. Keine Blumen und Karten, keine Telegramme mit freundlichen Glückwünschen, dafür entschädigte ihn ein Beben der Erde.

Oder nur ein Bocksprung des Herzens.

Warum auch sollte ein Greis näher beim Tod sein als ein Kind? Zum Tod gibt es keine Nähe. Nur kalte Distanz. Der Tod kommt immer mit einem Überfallkommando. Hatte nicht letzthin in der Nachbargemeinde eine Mutter ihr Kind in der Badewanne ertränkt? War nicht in Wohlen ein kleiner Junge gestorben? Auf dem Klosett? Nachdem es mit Javelwasser desinfiziert und mit WC-Reiniger entkalkt worden war. Jämmerlich ersticken musste der Junge in einer Wolke aus Chlorgas, das die Mischung wie einen Kampfstoff freigesetzt hatte.

Die Alten wurden immer älter. Rentner entwickelten eine garstige Resistenz gegen den Tod. Im weichen Gehirn eines Greises löste sich mancher Gedanke zwar schnell auf, zum Ausgleich hatten sich ein paar Millionen graue Zellen in Beton verwandelt, in denen unzerstörbare Bilder wie Goldbarren lagen.

Katzengold, dachte Jakob Wolf.

Das Katzengold der Erinnerung.

Die Wespen flogen heim.

Also war Abend.

Unterschiedslos entfernten sich die Ereignisse des Tags, sie schossen als Licht ins All. Dort gab es kein Vergessen. Man müsste sich nur mit ihnen absetzen. Mit einer dem Licht überlegenen Geschwindigkeit. Mit dem Ultrablitz des Geistes, dachte Jakob Wolf. Die Ereignisse aller Tage überholen. Und aus dem Kosmos zuschauen, wie sie auf einen zukommen. Die Strecke von siebenundachtzig Jahren und einer Minute überspringen: dann kannst du zuschauen, wie du das Licht der Welt erblickst, alter Mann, den Säugling sehen, der du warst, greiser Esel, wie er kopfvoran herausflutscht aus dem blutigen Schoß der Mutter. Denn kein Bild ging verloren. Es fehlte nur die Möglichkeit, die entrückten Szenen einzuholen. Die Bilder sausten durchs All, das Instrument fehlte, ein Lasso, um sie einzufangen.

Der Abendstern grüßte.

Jakob Wolf war ein Tank voll warmer Säfte. Darin sein Bewusstsein schwamm, ein Neonfischchen in der Finsternis. Er würde die Nacht im Freien verbringen. Er würde am Morgen aufwachen. Ein Tank voller Eis, in dem das Fischchen gefroren steckte mit zuckendem Herzschlag. Jakob Wolf besaß als Greis die allen Kaltblütlern eigene Fähigkeit, sich der Temperatur anzupassen. Er verminderte die Zahl der Herzschläge, er zehrte von sich selbst, er brauchte wenig Luft zum Atmen.

Doch ein Greis konnte jeden Augenblick sterben. Das, einzig das, hatte er mit allen anderen Menschen, mit kleinen Jungen und Männern im besten Alter gemein.

Dann stand er auf.

Es war ein Sicherheben.

Schon vor Stunden musste er sich dazu entschlossen haben. Um es wieder zu vergessen. Stunden hatte es gedauert, bis der Befehl sich vom Gehirn zu den Beinmuskeln und allem, was für dieses Aufstehen aktiviert werden musste, vorgearbeitet hatte. Vom Sumpfgebiet her erklang das Singen der Zikaden.

Es rauschte der Fluss.

Und die Frösche paarten sich unter heiserem Quaken. Er ging ins Haus. Licht brauchte er nicht. Er fand sein Zimmer und setzte sich in den Schaukelstuhl. Eine Decke legte er über sich. Schon seit Langem schlief er gern angekleidet und im Sitzen. Er nahm nicht einmal die Zähne heraus. Mit offenem Mund schlief er, und es kam vor, dass seine Zähne herausfielen, wenn die Kinnlade herunterklappte. Am Morgen lag das Gebiss auf dem Teppich, als habe ein um Mitternacht geflüchtetes Gespenst es verloren. Manchmal war Jakob Wolf der Aufwand zu groß, sich danach zu bücken. Dann blieb das Gebiss den ganzen Tag auf dem Boden im Staub liegen. Schmeißfliegen mit schimmernden Körpern belagerten es und saugten Nahrungsreste zwischen den Zähnen heraus.

7

Die Hitze lastete auf dem Sommertag. Bis in den Abend hinein verloren die Tage nichts von ihrer Wärme.

Hans Villiger unterrichtete, dabei wären Hitzeferien angebracht. Vor ihm döste die Klasse, fünfzehnjährige Jungen und Mädchen. Sie schwitzten, und ihr Atem roch wie der Atem hechelnder Hunde. Die Schüler lasen eine Erzählung von Jakob Frey, die Hans Villiger im Winter entdeckt und nun in den Unterricht aufgenommen hatte. Er saß am Pult und beobachtete die Klasse.

Kinder mit Brüsten und Milchbärten.

Sie hatten Erfahrungen wie früher die Alten. Man musste ihnen nichts erzählen, sie wussten schon alles. Sie hatten den Kopf voller Teile eines Puzzles.

Das Fernsehen nährte sie:

Und gib uns heute
unser täglich Bild.

Das Fernsehen war ein großartiges Medium. Das dritte Fenster der Wohnstube, vor dem die Welt vorbeizog. Bild folgte Bild und man behielt und vergaß zugleich alles. Das um acht Uhr Verpasste wurde um zehn Uhr wiederholt. In Zeitlupe. Obwohl Fernsehen nicht weh tat, mussten sich die Schüler vor den Bildern auch schützen. Vor Bomben, Tod, Giftwolken, Unfällen und Unheil. Sie ließen sich von nichts berühren. Sonst risse sie die Katastrophenflut mit. Sie waren Virtuosen im Kanalspringen. Über die Fernbedienung stiegen sie ein und aus. Es gab keine Grenzen und nur die Sprache der Bilder. Alles war Unterhaltung, die Welt ein fahrender Zug, je nach Laune, Lust oder Bedürfnis sprangen sie auf oder ab.

Ein Attentat in Paris oder Beirut war nicht so schlimm; aber der Tod des eigenen Meerschweinchens, das von einer Tür zerquetscht wurde, rührte sie zu Tränen.

Hans Villigers Schüler waren begabt, aber ungeduldig.

Viele waren auch ängstlich.

Andere unbekümmert – obwohl manchmal irritiert wie Eidechsen, die sich nur retten konnten, indem sie den Schwanz ließen. Nun saßen sie vor ihm und lasen still.

1799

Da befanden sich also die Gesandten auf dem Weg von Bünzen nach Bremgarten, sie gingen durch den Wald. Der Wald war damals wie heute –

Meinen Sie das wirklich, hatte ein Mädchen gesagt.

Der Weg ist auch gefährlicher geworden, erklärte ein Junge.

Nicht unbedingt, meinte ein anderer.

Machte es einen Unterschied, ob man im Mittelalter von einem Wegelagerer erstochen wurde oder in den Achtzigerjahren des zwanzigsten Jahrhunderts von einem Rowdy überfahren?

Dem Dorf Bünzen drohte Krieg und Vernichtung, die Gesandten sannen auf Abhilfe. Stöffele, der 14jährige Bub, konnte es nicht unterlassen, »seinem frohen Mute dann und wann mit einem Seitensprung Luft zu machen«. Seine Neugier, den General zu sehen, war stärker als die Furcht vor der Schlacht.

Stöffele verehrte den General, Soldaten und Militär.

Einige der Schüler, die nun still lasen, waren Rambo-Fans. Sie hängten Poster auf von Panzern, Raketen und Maschinengewehren.

Am Computer spielten sie Star War.

Mit ihren Vätern.

Nach der Schlacht, wenn Rauch und Pulverdampf verweht waren und die Toten begraben, leuchtete der Himmel wieder in seiner ursprünglichen Bläue: 1799 konnte ein Krieg dem Blau des Himmels nichts anhaben.

Schüler, die unsere Zeit einmal betrachten wie deine Klasse das

Jahr 1799, dachte Hans Villiger, erfahren nicht nur von Bauwerken, Gräbern, Bibliotheken, sie stoßen nicht nur auf Knochen, Werkzeuge, Schmuck und Maschinen, von denen sie auf unsere Zivilisation schließen: sie entdecken auch Gifte und Verseuchtes – ein schädliches Erbe, das ihnen Leid und Leiden verschafft. Die Schüler des Jahres X müssen zum Urteil kommen, unsere Epoche sei die erste gewesen, in der die Menschen ein zynisches Verhältnis zu Nachwelt und Zukunft hatten.

Die Freiämter Deputierten und General Massena.

Im Jahre 1799 sah es betrübt und bedenklich aus im Vaterlande und es war wohl nötig, daß der gemeine Mann oft mehr Klugheit zeigte, als diejenigen, die ihm zu Regenten gesetzt waren. Die eigentlichen Regenten indessen waren die Franzosen oder ihre im Lande kommandierenden Generale, und die einheimischen Herren, welche bloß dem Namen nach regierten, konnten selbst zusehen, daß sie nicht irgendwo am unrechten Orte ein mißbeliebiges Wörtlein sprachen, oder am rechten einen Bückling vergaßen. Schlimmer wurde es noch, als der Franzos selbst nicht mehr alleiniger Regent blieb und vom Bodensee her Oesterreicher und Russen heranrückten, die an der Regierung des unglücklichen Landes ebenfalls ihr Teil haben wollten. Die Franzosen mußten sich vor dem mächtigen Anpralle des Gegners zurückziehen, und so standen bald auf dem rechten Ufer des Wallensees, die Linth, den Zürichsee, die Limmat und Aare herab die Oesterreicher und Russen, die Söhne der großen Nation auf dem andern Ufer. In der Stadt Zürich eilten die Kosaken auf ihren flinken Rößlein die steile Münstertreppe auf und nieder und streckten Kalmücken ihre Lanzenspitzen nach den Fenstern empor, in der Meinung, man solle ihnen ein Stück Brot daran stecken, während die französischen Grenadiere auf der Höhe des Uetliberges singend und kauderwelschend um das Nachtfeuer saßen, an dem sie ein „requiriertes“ Schaf brieten.
Dem französischen Obergeneral Massena, der damals im Städtchen Bremgarten sein Hauptquartier hatte, gefiel indessen das Schweizer-

ländchen viel zu gut, als daß er willens gewesen wäre, dasselbe mit dem Oesterreicher und Russen zu teilen; auch war er nicht der Mann, der einen empfangenen Schlag lange unerwidert gelassen hätte. Man konnte daher diesseits des Uetliberges bald merken, daß es sich um die Vorbereitungen zu einer großen Entscheidungsschlacht handle. Von Genf und anderen französischen Grenzorten zogen auf allen Straßen zahlreiche Hülfsscharen zu dem an der unteren Aare und zwischen Reuß und Limmat liegenden fränkischen Heere heran, freilich meistens blutjunge, bartlose Leute, die noch nie Pulver gerochen und nun marschierend auf den Straßen und den großen Dorfplätzen einexerziert wurden; aber trotz aller Unerfahrenheit und Jugend waren sie voller Zuversicht, da Massena, der Liebling der Siegesgöttin, wie ihn Bonaparte genannt, an der Spitze des Heeres stand. Nach der Mitte des Septembers sah man auch große Wagenzüge, mit Schiffen beladen, gegen das Freiamt zufahren, die an der Aare aufwärts bis an den Bieler- und Neuenburgersee zusammengesucht worden waren. Ueber dem ganzen Lande lagen Angst und bange Erwartung.

Einer dieser mit Schiffen beladenen Wagenzüge machte Halt in dem kleinen Freiämtler Dorfe Bünzen, das etwa zwei Stunden von Bremgarten, dem damaligen französischen Hauptquartiere, entfernt, an der Bünz liegt, einem ziemlich großen Bache, der zur Regenzeit oft mächtig anzuschwellen vermag. Die Pontons wurden abgeladen, in den Bach gebracht und da an großen Pflöcken festgebunden. Die Bünzener betrachteten das Schauspiel mit erschrockener Bewunderung. So lange die Bünz das Thal herabfloß, hatte ihr Wasser noch nie ein Schifflein gesehen, außer etwa, es hätte sich ein erfinderischer Junge ein solches aus Dachschindeln zum Spielzeuge erbaut; was sollten nun plötzlich die zahlreichen und großen Fahrzeuge zu bedeuten haben? – Diese Frage beantwortete den geängstigten Dorfbewohnern der alte Nachtwächter, der Holländer-Steffen, der mehr als zwanzig Jahre in holländischen Diensten verlebt hatte und daher seinen Namen trug. „Was das heißen soll?“ sagte er ernst, „mille tonnerres – die Franzosen wollen eine Schiffbrücke über die Bünz schlagen, weil sie daherum eine Schlacht zu liefern gedenken. Parbleu – da bin ich schon mehr dabei gewesen. Die Schiffbrücke schlägt man zum avancieren und retirieren; aber drum herum geht's immer am blutigsten her. Mille tonnerres, das muß ich am besten wissen.“

Diese Auskunft des alten Kriegsmannes verbreitete im Dörfchen Jammer und unsägliche Bestürzung. Wußten doch die Alten, wenn auch nur vom Hörensagen, noch genug zu erzählen, wie es damals hergegangen, als die Ländler und Berner vor neunzig Jahren drüben auf der Langelen sich geschlagen hatten. Die flüchtigen Katholischen konnten sich nicht über die angeschwollene Bünz retten und mußten ihren Rückweg durch das Dörfchen nehmen; aber die welschen Berner Dragoner folgten ihnen auf dem Fuße und hieben nieder, was sie mit den langen Pallaschen erreichen konnten. Als einige der Flüchtigen, hinter Häusern versteckt, hervorschossen, stand in wenigen Augenblicken das halbe Dörfchen in Flammen, und als der Kampf vorbeigetobt war, lag neben den rauchenden Feuerstätten mancher Bünzener in dem festen Schlafe, von dem keiner wieder aufwacht. Barmherziger Himmel, – wie sollt' es nun erst werden, wenn sich da Franzosen und wilde Russen herumschlugen? – Der junge Kaplan suchte zwar den Wehklagenden nach Kräften Trost einzureden. Eine Schlacht werde hier sicherlich nicht geschlagen, sondern da, wo sich die Feinde gegenüberstünden, also drüben im Limmatthale, etwa bei Zürich, oder vielleicht auch drunten an der Aare bei Windisch, und die Schiffe würden schon wieder aus der Bünz verschwinden, wenn es an der Zeit sei. Aber der gute Mann kam übel an mit seiner Weisheit. Was der Bücherwurm von solchen Dingen verstehen sollte? brummte der Holländer-Steffen, in seinem militärischen Ehrgefühl verletzt, und die heulenden Weiber sekundierten ihn nach Kräften. Der Kaplan habe gut reden, schrieen sie, er müsse weder für Vieh noch Kinder Kummer tragen und könne den Staub von den Füßen schütteln, wenn es zum fehlen gehe. – Die Männer waren gleichfalls dieser Meinung, und selbst der alte Schulmeister, das herkömmliche Orakel des Dorfes, gab seine Ansicht dahin ab: die Langelen habe es in sich. Es sei nun schon zweimal auf derselben geschlagen worden, und was sich gezweiet, werde sich dritten müssen. Gott möge sich der armen Unschuldigen erbarmen.

Es ist immer ein großes Glück, wenn der Hirte unerschrockener Klugheit bleibt, wo der Wolf mit schreckenvoller Verwirrung in die Herde fährt. Das konnten jetzt auch die Bünzener erfahren, die einen klugen und umsichtigen Gemeindevorsteher hatten. War dieser der reichste Mann im Dorfe, so war er auch der gescheiteste, wie sich das von selbst versteht, und hieß nicht umsonst Peterli Wohlrath. Er ließ daher noch am selben Abend die Bürgerversammlung einberufen, um die ernste Lage des Vaterlandes in gemeinsame Betrachtung zu ziehen. Die bloße Einladung zu dieser Versammlung, die der Holländer-Steffen kraft seines Amtes im Dorfe herumtrug, war hinreichend, in manchem bekümmerten Herzen ein Lichtlein des Trostes aufzustecken. Es ging wie eine Ahnung durch die bangen Gemüter, der würdige Ortsvorsteher möchte einen Weg entdeckt haben, der aus der drohenden Not zur Rettung führe.

Und diese Ahnung sollte auch nicht getäuscht werden. Peterli Wohlrath sprach zu den versammelten Bürgern, zwischen die sich ängstliche Weiber und Kinder hineingedrängt hatten, mit beweglichen Worten von der Gefahr, die dem Dorfe drohe. Mit allen Sachverständigen sei er selbst der Meinung, daß eine große Schlacht bevorstehe und dieselbe hier in Bünzen geschlagen würde, wie leider die in der Bünz befindlichen Schiffe zur Genüge ersehen ließen. In diesem traurigen Falle sei nur zu gewiß zu erwarten, daß kein Stein des Dorfes auf dem anderen bleiben werde.

Diese aus so klugem und offiziellen Munde kommende Bestätigung der schon herrschenden Befürchtungen konnte natürlich ihren Eindruck nicht verfehlen; aber als wohlberechnender Redner machte Peterli Wohlrath eine lange Pause, um seine Worte in ihrer ganzen Wirkung austönen zu lassen. Die Versammlung erscholl von Jammer und Wehklage, bis endlich eine Stimme rief: „Jesus Maria, Herr Ammann, Ihr werdet doch das Unglück nicht geschehen lassen."

Der also Angerufene erhob langsam das Haupt und begann wieder in bedächtigem Tone: „Ja, das allerdings ist auch meine Meinung, wir dürfen das Unglück nicht geschehen lassen; aber wie es verhindern, ist eine andere inhaltsschwere Frage." – Der Redner machte abermals eine Pause. Alle Köpfe streckten sich neugierig und erwartungsvoll empor und durch die ganze Versammlung summte es: „Ja – wie ist das zu machen!" – „Ich glaube ein Mittel gefunden zu haben," fuhr der würdige Vorsteher nach einer Pause fort – „wir schicken eine Deputaz an den Obergeneral und ersuchen ihn, seine Schlacht an einem andern Orte zu schlagen. Das ist meine Meinung." – Die hoch emporgereckten Köpfe sanken wieder zurück, um sich gegenseitig mit staunender Verwunderung anzuschauen. Ja, das war es; – mit einem einzigen Worte war das Errettungsmittel genannt, so klar und einfach, und doch war's vorher keinem eingefallen. Nach dem ersten Schweigen der Verwunderung über die eigene Einfalt und der Bewunderung der ortsvorsteherischen Weisheit machte sich das dankbare Gefühl in einem lauten und allgemeinen Beifallrufen Luft und nach wenigen Minuten waren der Ammann und der alte Schulmeister mit der Ehre beauftragt, dem General Massena den nötigen Staatsbesuch zu machen. –

In der ersten Dämmerung des folgenden Morgens war vor dem Hause Peterli Wohlraths schon das ganze Dorf versammelt, um den beiden Ehrengesandten noch die letzten Glückwünsche mit auf den Weg zu geben, und diese schritten denn auch bald im vollen Bewußtsein ihrer Würde und hohen Aufgabe auf der Straße nach Bremgarten hin. Der Ammann trug in einem Quersacke zwei sehr respektable Schinken, die bisher von den Luchsaugen der Requisition gerettet worden waren, über die Schulter, während der Schulmeister in einem saubern Wattsäcklein ein Quantum der auserlesensten gedörrten Birnenschnitze nachbündelte. Das waren, wie man sich noch allzuwohl aus den kaum vergangenen Landvogtszeiten erinnerte, sehr probate Mittel zur Erreichung hoher Staatszwecke. Die weitern Mittel jedoch zu dem diesmal beabsichtigten Ziele machten den beiden Männern mit jedem Schritte vorwärts größeres Kopfzerbrechen, und kaum eine Viertelstunde außerhalb des Dorfes war der sonst ehrgeizige Ammann schon halbwegs bereit, dem Schulmeister die Ehre des Sprechers vor dem Obergeneral mit allen Folgen abzutreten. Der Schulmeister sträubte sich mit der seiner Stellung angemessenen Bescheidenheit dagegen, und die beiden Gesandten verweiseten immer lauter darüber hin und her, bis sie durch rasche hinter ihnen herkommende Schritte unterbrochen wurden. Ihr anfängliches Erschrecken war jedoch überflüssig gewesen. Es war nur der Holländer-Stöffele, des Holländer-Steffen zwölf- bis vierzehnjähriger Sprößling, der aus dem dämmernden Nebel heraustrat. „Was thust du schon da draußen?“ fragte der Schulmeister, seinen Dreiröhrenhut fester andrückend, den Knaben.

„Nichts für ungut,“ antwortete dieser mit einem hellen Aufleuchten der klugen braunen Augen, „ich möchte mit Euch nach Bremgarten, – ich möcht' den Obergeneral einmal sehen.“

„Was, du Hudelbub?“ rief der erste Ehrengesandte ärgerlich, „pack' dich auf der Stell' wieder heim, wenn du nicht da von dieser Kirschensuppe zum Imbiß willst." Dabei hob er auf eine eben nicht einladende Weise seinen knotigen Marktstecken empor. Der Knabe wich rasch einige Schritte zurück und besann sich einen Augenblick. „Hört", sagte er dann unterwürfig, „laßt mich nur mitgehen, Herr Ammann; ich will Euch bis Bremgarten den schweren Sack tragen und dann kann ich ja etwa auf der Brücke warten, bis der General einmal vorbeireitet."

Dieser allerdings annehmbare Antrag stimmte den Stolz des Dorffürsten schon etwas gnädiger und der zweite Ehrengesandte kam dieser Gefühlsänderung rasch zu Hülfe. Derselbe hatte nämlich alsbald überlegt, daß ihn die Anwesenheit des Knaben von dem bereits unbequemen Gespräche über die Sprecherwürde befreien könnte, und er sagte deshalb: „Wer weiß, Herr Ammann, der Bube hat ein flinkes Maul und von den Soldaten schon allerlei welche Brocken aufgeschnappt; vielleicht könnt' er uns bei den Posten oder sonst dienlich sein. Auf der Straße kann er ja immer mitgehen."

Der erste Ehrengesandte fand gegen dieses Argument keine stichhaltige Einwendung. Nachdem er seinen Quersack von der Schulter genommen und denselben dem Knaben aufgehalst hatte, setzte sich der Zug wieder in Bewegung, voran mit bedächtigen Schritten und noch bedenklichern Gesichtern die beiden Männer, die Dreiröhrenhüte trotz des kühlen Herbstmorgens oft von der Stirne nehmend; hintendrein leichtfüßig der Junge, der trotz des schweren Quersackes nicht unterlassen konnte, seinem frohen Mute dann und wann durch einen Seitensprung Luft zu machen.

8

Es hatte aufgehört zu regnen. Der Asphalt roch nach Fisch. Die Sonne brannte die Nässe von der dampfenden Straße weg.

Mehr als tausend Menschen nahmen am Begräbnis eines Jungen teil; er war in einer Kiesgrube vergewaltigt und bei lebendigem Leib verbrannt worden.

Karl Meyer saß im Wartezimmer und las Zeitung. Er musste sich behandeln lassen. Der Stein einer Olive. In der Pizzeria hatte er sich einen Zahn ausgebissen.

Am offenen Grab gelobten die Freunde des Jungen: Wenn uns der Täter in die Hände fällt – den Typ werden wir steinigen.

In der Mitte war der Zahn gespalten.

Glatt durch, hatte Meyer zu Elvira gesagt, so teilt man ein Stück Holz mit dem Beil.

Es war ein widerliches, ein deprimierendes Gefühl, als er den Zahn in die Hand ausspuckte. Er fühlte sich alt. Der Biss hatte den Zahn, hatte den ganzen Mann in eine Ruine verwandelt. Die Zunge konnte nicht mehr von der wunden Stelle lassen. Erstaunen und Abscheu sammelten sich in ihrer biegsamen Spitze. Karl Meyer hielt ein erledigtes Stück seiner selbst in der Hand. So ein Elend, der Fehlbiss hatte ihn gänzlich entmutigt, der abgebrochene Zahn war ein Stück Trümmer. Der Rest hing noch lose am Pilgernfleisch. Bittersilber schmeckte die zerbröselte Füllung. Ins Gaumensegel drang Blut. Der Ausgang mit Elvira war verdorben gewesen, sogleich ganz erschöpft hatte sich Karl Meyer gefühlt.

Scheißoliven, schimpfte er, Scheißpizzeria.

Leise hatte er vor sich hin geflucht, als könnte er sich mit lauten Unmutsäußerungen noch mehr Schaden zufügen.

Die Gehilfin des Zahnarztes rief ihn ins Behandlungszimmer. Sie brachte den Stuhl in die richte Lage und band Karl Meyer einen Latz um.

Machen Sie eine Anzeige, riet der Zahnarzt, als Meyer ihm von dem Missgeschick erzählte. Ein Restaurant, in dem die Pizza nicht mit entkernten Oliven belegt ist, haftet für den Zahnschaden.

Da saß er also, vielmehr befand er sich in zweckdienlicher Liegestellung, mit weit offenem Mund, und blickte ins Licht der Lampe über seinem Kopf. Ergeben lag er da, nicht ohne Angst, und erwartete die Pein, einzig gerüstet mit dem schwankenden Vertrauen, das er dem Zahnarzt immer entgegenbrachte, wenn er anfing, ihm mit scharfen Instrumenten Schmerz zuzufügen. Die Praxis stand in einem Garten, der Blick aus dem Fenster ging in Bäume. Alte Kastanien, versuchte Karl Meyer sich abzulenken. Schon war die kleine Spritze überstanden. Und so unempfindlich gemacht, erkannte er das gemarterte Fleisch nicht mehr als sein eigenes. Der Zahnarzt arbeitete präzise, kaum spürte Meyer seine Bewegungen, alles schien ihm leichtzufallen. Er führte eine Nadel ein. Tief in die Wurzel zum Nervengrund. Dann roch er an der Sonde. Sie stank nach Fäulnis, nach verwesendem Fleisch. Er säuberte die Nadel und stippte erneut ins Taube. Die Gehilfin stand neben dem Stuhl. Ihre Aufmerksamkeit galt ganz dem Arzt; sie befolgte seine Anweisungen flink, sie wartete auf das Stichwort für ihren Auftritt. Von unten schaute Meyer ihr in die Augen. Sie waren grau, schöne graue Augen mit dem makellosen Weiß der Jugend hatte sie. Ihr Körper war nah. Hemmungslos musterte er ihn. So nah kam er ihr nur als Patient. Leider war der Geruch der Praxis stärker als der Duft der Gehilfin.

Der Zahnarzt beendete seine Arbeit.

Vierzig Jahre hatte dieser Zahn gelebt, nun war er tot. Der Zahnarzt hatte die Wurzel ausgeräumt, neu aufgefüllt und versiegelt. Repariert war der Zahn ein geschwächter, jedoch weiterhin tauglicher Mahler.

Karl Meyer spülte den Mund; er war erleichtert. Er schmeckte die Lösung, spürte ihre Wärme, bemerkte aber zu spät, dass ihm die Flüssigkeit über die fühllosen Lippen rann. Das Feste, das er ins

Lavabo spuckte, schaute er nicht an. Wozu auch. Was er schluckte, hatte die Konsistenz von Sand, Glas oder Qualle. Mit der Hand wischte er über den Mund. Waren das seine Lippen? Er war versucht, ein Stück davon abzubeißen.

Der Zahnarzt verabschiedete ihn freundlich und wiederholte seinen Rat. Meyer versuchte ein Lächeln. Es missriet. Nach dem Unfall war er zwar aufgebracht, aber außerstande gewesen, den Kellner zu rufen. Niemals hätte er den ausgespuckten Zahn vorweisen und sagen können: Das kommt Sie teuer zu stehen. Das wäre doch so etwas wie Impotenz zugeben.

Und Elvira?

Am liebsten hätte er den Unfall verheimlicht. Von einer Olive außer Gefecht gesetzt zu werden war ja nicht unbedingt eine Leistung, um einer Geliebten mit schimmernd weißen Zahnreihen zu imponieren.

Elvira hatte gelacht. Ihn ausgelacht. Sie hatte den Arm über den Tisch gestreckt. Sie hatte seine Nase angefasst und ein wenig geschüttelt. Mütterlich grob. Wie ein Kind behandelte sie ihn, das eine Dummheit angestellt hatte und nun trotzte. Das kluge Karlchen weiß nach hundert Pizzas immer noch nicht, dass in jeder Olive ein Stein steckt.

Vorbei war die Zeit, in der Karl Meyers Zahn dem Stein hätte standhalten können. Das war einmal, hätte er schreien mögen, als ich Nüsse mit den Zähnen knackte. Vorbei die Jugend, dies musste er einsehen.

Zähne sind reparierbar, auch Organe kann man auswechseln, zum Körper gehörte ein Ersatzteillager. Nach einem Checking war dies oder das auszuwechseln. Nicht unbedingt problemlos; aber möglich. Der Ersatz verlängerte einem das Leben.

Wo im Menschen steckt das Leben?

Stückweise starb man also vor sich hin.

So eine Zahnkatastrophe war genau der Fall, bei dem Karl Meyer sich eingestehen musste, dass seine verschmähte Ehefrau wohl behutsam und mitleidvoll reagiert hätte. Sie hätte den Unfall als Missgeschick betrachtet, nicht als Versagen.

In seinem Hang zur Grübelei wollte er sich aber in dem Unglück durchaus persönlich gemeint wissen. Als Opfer eines vom Schicksal geplanten Anschlags. In Sizilien gepflückt, durch viele Hände gelaufen, in Bremgarten serviert, von Anfang an war diese Olive dazu bestimmt gewesen, Karl Meyers hintersten Backenzahn links oben zu spalten. Damit er endlich begriffe, was es bedeutete, mit einer zwanzig Jahre jüngeren Frau zu leben.

Pech gehabt, hätte seine Ehefrau gesagt, so etwas kann jedem passieren.

Ist doch wahr. Zu hundert Prozent.

Liebevoll wäre sie gewesen, gütig. Sie hatten schon manche Verwundung gemeinsam überstanden. Nur berührt hätte sie ihn nicht, niemals. Sein zorniger Blick hätte sie abgehalten, ihm die Wange zu streicheln. Das hässliche Stück Zahn hätte er ihr allerdings zeigen müssen.

Und zu Hause die Ruine im Mund.

Die Vorstellung, wie sie neugierig seine Mundhöhle erforschte, brachte ihn erneut gegen sie auf, beschrieb die Annahme, sie hätte sich so verhalten, doch den Zustand seiner Ehe aufs trefflichste. Wiederum wäre es auch tröstlich gewesen, sich im Augenblick der Schwäche und ertappt als besiegbarer Mann verstanden zu wissen. Getroffen wie er war – im Zentrum seiner Verletzlichkeit. Wer hoffte in so einer Situation nicht auf schützendes Verständnis. Auf warme, auf herzliche Worte. Angewiesen darauf war man doch. Das immerhin bot die Ehe: ein Lazarett, wo man liebevoller Pflege teilhaftig wurde. Eine Höhle, in der Schwache zusammenkriechen. Wiederum stellte ein Mann, der von seiner Ehefrau auch ohne Zähne und Biss akzeptiert wurde, nicht zwangsläufig auch den Liebhaber dar, den diese Frau begehrte. Herausgebrochene Zähne erregen eine Frau nicht unbedingt. Die Erotik eines zahngeschädigten Paares, das sich des Mundgeruchs wegen mit abgewendeten Gesichtern umarmte, löste in Karl Meyer Ekel aus. So viel Entblößung, dachte er, dieses Maß an Gebrechlichkeit, er war nicht fähig, es zuzugeben. Aber es erinnerte ihn auch an die Macht ehelicher Gewohnheiten, an selbstlose Zuneigung. Und einen Augenblick lang empfand er, qualvoll wie einen Stich in die frische Wunde, eine zwar leidenschaftslose, aber zugleich innige Sehnsucht nach seiner Frau. Die Liebe geriet in einen Schlagabtausch mit dem Hass und gewann klar nach Punkten. Von der Gehilfin ließ Karl Meyer sich einen Termin zur Nachbehandlung geben. Sie lächelte, doch sie war jetzt weit entfernt, ihre berufliche Freundlichkeit schaffte Distanz. Sie war nicht mehr Frau, sondern Dienstleistung.

Im Freien blendete ihn das grelle Licht des Vormittags. Ein Wind hatte die Regenwolken auseinandergerissen und weggetrieben, die Sonne stach herab, eine Föhnlage baute sich auf, zum Fürchten; wer anfällig war für Migräne, tat gut, sich nun vorzusehen. Kein Nikotin, keinen Alkohol, weg von dem unverschämt blendenden Licht.

Vorsorglich Spasmo Cibalgin, dachte Karl Meyer.

Sonst riskierst du einen Systemabsturz, würde sein Junge sagen, und Bomben schneien über den Bildschirm.

Doch Karl Meyer musste nicht chemisch vorsorgen, er war ohnehin schon betäubt.

Tilt, würde Elvira sagen.

Er ging hinüber zum Altersheim, zum Betonschloss, zur Vorhalle des Himmels, er wollte seine Mutter besuchen. Sie saß gern in der Cafeteria, dort würde er sie wohl treffen: In der Nähe des Eingangs döste sie vor sich hin und stellte trotzdem fest, wer Besuch bekam. Sie zählte genau, bei aller Vergesslichkeit, in dieser Sache war sie pingelig. Ihr Kummergesicht sagte jedes Mal: Du lässt deine wehrlose Mutter im Stich. Sie war eine verbitterte Frau, vergrämt unter den Leiden des Rheumas, das ihr die Finger gekrümmt hatte für immer.

Die Sonne fiel durch eine mit Stahlrahmen unterteilte Fensterfläche in die Cafeteria ein. Im Lichtschacht gediehen Kübelpalmen und die unsterblichen Gummigewächse der Hydrokultur. Entfernt erinnerte das Heim an das Reptilienhaus im Zoo, auch keifte ein Beostar in seinem Käfig, laut hörbar in dieser Stille, wo das Leben austrocknete; in dieser Leere, die nur unterbrochen wurde, wenn die Kaffeemaschine loskeuchte, Geschirr schepperte oder zwei Schwerhörige eine Unterhaltung begannen. Erinnerungen schrien sie einander in die Ohrentrichter, Erlebnisse aus der Zeit vor dem Zweiten, vor dem Ersten Weltkrieg. Beim Erzählen holten sie Tote zurück, alte Lieben, vergangenes Leid.

Das Altersheim war gut eingerichtet, helles Mobiliar, warmer Boden, freundliches Licht und freundliches Personal. Die Alten hatten es schön, sie wurden versorgt. Sie brauchten keine Angst zu haben, am Morgen nicht aus dem Bett hochzukommen. Da half im schlimmsten Fall ein Kran. Ihnen drohte weder Hunger noch Vergessen, nie würde ein Heiminsasse mit gebrochener Hüfte und unfähig, um Hilfe zu rufen, in seinem Zimmer elend krepieren. Wie draußen. Ausgesondert waren sie, doch in sicherer Verwahrung. Hatte nicht neulich ein Vogel eine alleinstehende Rentnerin angegriffen und übel zugerichtet? Ein Schwarzkehlchen, das ihr die Söhne als Trost für die Stunden der Einsamkeit geschenkt hatten. Der Schmätzer sei aus dem Käfig entwichen, die alte Frau habe ihn einfangen wollen. Blutspuren auf dem Teppich und umgestürzte Möbel zeugten von dem Kampf.

Die Besuche im Heim bedrückten Karl Meyer und gaben Anlass zu einer tiefgreifenden Beunruhigung. Hotel Hölle, hatte er zu seiner Freundin gesagt.

Da hockte der alte Mann, der innerlich verglühte. Er bekam einen roten Kopf und am Hals geschwollene Adern.

Wallungen, sagte er.

Eine mit Angst gekoppelte Hitze plagte ihn. Bis er schwitzen konnte. Wenn die Tropfen nach der stundenlangen Leidensfrist endlich dick aus seiner Stirn sprangen, aus den Achselhöhlen quollen und das Hemd nässten, endete die panikartige Furcht vor nicht bestimmbaren Gefahren.

Da saß die Frau, nur Haut, Knochen und weißer Spinnenweb auf dem durchscheinenden Schädel; seit sie achtzig war, erinnerte sie sich wieder an ihre Fehlgeburten, erinnerte sich, wie ein träumender Vulkan an eine Eruption vor mehr als tausend Jahren. Sie begann zu zittern, zu beben, erhob sich mühsam vom Stuhl, schlurfte an Stöcken zum Lift, um auf ihr Zimmer zu gehen und dort in der Toilette die Kontrolle zu machen.

Karl Meyer war beklommen. Wenn einem das Herz mit Mull umwickelt wird, fühlt man sich so. Eng bandagiert das Herz, um seinen Schlag zu ersticken. Die Spritze benebelte ihn immer noch, und unter der Taubheit seines Fleisches pochte blindlings die Wunde. Doch umso empfindsamer reagierte das Herz. Es schmerzte jäh. Der Zerfall seiner Mutter deprimierte ihn, tat ihm weh – weh dieses Ausleben, das er vorher noch als ein sanftes empfunden hatte. Unter Greisen, eingehüllt in die Wolke ihrer wirren Erinnerungen, lebte sie, lebte sie ab.

Karl Meyer begrüßte seine Mutter. Sie schien ihn kaum wahrzunehmen, saß vor einer unberührten Tasse erkalteten Tees und war schlechter Laune.

Neben ihr saß der Mann, der immer weinte, weil ihn seine Tochter nicht besuchte; und wenn sie kam, erkannte er sie nicht. Bei ihr war die Frau, die abends gern ausging und im Dunkeln den Heimweg nicht mehr fand. Der Mann, der jedem Besucher den »Erlkönig« vortragen oder »Kein schöner Land« vorsingen wollte, begann mit den Lippen zu schmatzen. Der Beostar lachte, dieser flatternde Schleimscheißer.

Eine Helferin, die Alte aus Nächstenliebe betreute, brachte Meyer eine Tasse Kaffee. Er schwitzte, er war irritiert. Noch immer war sein Mund ganz fühllos, er spürte keinen Schmerz, wenn er auf die Lippen biss. Beim Trinken merkte er, was es bedeutete, nicht zu empfinden, tote Lippen zu haben und nicht wahrzunehmen, dass man geiferte.

Unangenehm ließ das Greisenalter grüßen.

Ihm war aufgefallen, dass der Zahnarzt mit Handschuhen arbeitete, aber erst jetzt begriff er den Zusammenhang: er schützte sich. Er streifte sich Gummi über, um nicht mit dem Blut der Patienten in Berührung zu kommen.

Karl Meyer wollte seiner Mutter sagen, er habe sich von seiner Frau getrennt, doch sein Kopf wehrte sich gegen das Geständnis. Auch lag die Zunge wie eine Scherbe in seinem Mund. Spräche er, zerschnitte sie bei jedem Wort das Innenfleisch der Wangen und die Lippen.

Nach einer halben Stunde Schweigen, schweigend saßen auch andere Insassen am Tisch, alle vor Teetassen, die meisten versunken in einer Schwere, ohne einen Anflug von Heiterkeit, nach einer zermürbenden halben Stunde, als er eben aufstehen und gehen wollte, verblüffte ihn seine Mutter mit einem einzigen Satz.

Ich weiß es schon lange, seufzte die alte Frau.

Da liebte er sie.

Aber es war ein Fehler, sagte sie.

Was sie damit wohl bezweckte, überlegte er sich.

Obwohl ich sie nie gemocht habe, fuhr sie fort.

Das stimmte allerdings, nur hatte Mutter es noch nie so direkt ausgesprochen. Doch was sie dann erzählte, leise, aber ohne zu stokken, weckte seine Zweifel. Einerseits konnte er selbst laut gedacht und sein Geheimnis ausgeplaudert haben, andererseits hegte er den Verdacht, seine Mutter spreche von einer ganz anderen Sache. Ihre Miene blieb dabei unbewegt. Sie hatte es verlernt, Gefühle zu zeigen, nein, sie wollte sie nicht preisgeben.

Oder war er unfähig, Empfindungen von ihrem Gesicht abzulesen? Es kam ihm ganz unwirklich vor, von dieser alten Frau einst geboren worden zu sein. Unvorstellbar war es, von ihrer Brust getrunken zu haben.

Er legte seine alternde Hand auf ihre alte Hand.

Beide Hände waren kalt.

Was weißt du schon lange, fragte er zögernd.

Dass sie mir Geld gestohlen hat, sagte Mutter.

Sie neigte sich ihrem Sohn umständlich zu und flüsterte ihm einen Namen ins Ohr.

Aber es war ein Fehler, fuhr sie fort.

Karl Meyer winkte erleichtert ab.

Du bildest dir das alles ein, versuchte er zu beschwichtigen.

Du hast sie nie gemocht.

Sie ist eine abscheuliche Person, darauf beharrte Mutter, sie spielt sich auf, sie erzählt tausendmal dieselben Geschichten. Lügen tischt sie auf, diese Diebin, schimpfte sie und sagte dann ganz sanft: Dir bin ich auch böse.

Er war verdutzt.

Böse, warum?

Die Sache mit deiner Frau, greinte sie, du hättest mir das selbst sagen müssen. Schon lange. Dann schwieg sie erneut und sank in ein störrisches Brüten, aus dem es kein Entrinnen zu geben schien.

Karl Meyer hatte den Kaffee getrunken und verabschiedete sich.

Mutter blieb unversöhnlich.

Er ging.

Traurig machte er sich davon, ein geschlagener Hund.

Im Auto fuhr er zur Stadt hinaus, mit überhöhtem Tempo raste er nach Wohlen. Die Straße war trocken. Die Hitze eines Sommernachmittags im Freiamt kündigte sich an, eine Glut, die lähmte, lethargisch machte und Meyers Hang zur Schwermut begünstigte. Das prägte diese Landschaft und ihre Bewohner. Hitzetage – Nebeltage. Sie förderten die Melancholie. Karl Meyer fuhr bald auf der langen Todesstraße von Wohlen nach Lenzburg. Die Tachonadel zeigte weit über hundert, als könnte Meyer es kaum erwarten, seinen Vertreterbesuch in Dottikon zu machen, als sei er scharf auf die Begegnung mit der Filialleiterin, dieser kratzbürstigen Jungfer. Im Wind spielten Möwen Flugübung. Vom benachbarten Seetal waren sie eingefallen, die Felder des Freiamts zu plündern. Die Regierung in Aarau sann darauf, sie mit präpariertem Futter zu sterilisieren und ihre zügellose Vermehrung zu bannen. Karl Meyer war nicht nach Geschäften zumute, Süßigkeiten ekelten ihn an. Im freien Feld, weithin sichtbar als Wahrzeichen, erhob sich das Fabrikgebäude einer Schuhfirma. Ein warmer Wind bewegte Korn und Mais. Katzen, die es nicht lassen konnten, auf beiden Seiten der Straße Mäuse zu fangen, wurden schonungslos überfahren. Ihre aufgeplatzten Leiber säumten die Straße als schmutzige Hinterlassenschaft des Todes. Die Fabrik war stillgelegt, und die Umgebung trug den Namen Ballygebiet gleich einem Hohn. Die Sonne brannte durch die Frontscheibe des Autos voll in Meyers Gesicht. Die Intensität der Farben kippte die Dinge ins Extreme. Karl Meyer fühlte sich allem ausgesetzt; das Freiamt entsprach ihm wohl. Hier war man wenig verträumt, der Sinn für die Realität prägte die Menschen. Geschenkt wird dir nichts, kleiner Mann. Arbeit,

Arbeit

und ein bisschen Weltschmerz. Verzweiflung am Feierabend, bei einem Glas Rum mit Cola vor dem Fernseher. Das Notizbuch mit den Entwürfen, die abzuschreiben er zu kaputt war. Verlang nicht das Blaue vom Himmel, Mann,

Arbeit.

Frau und Kinder hatte er verlassen. Erwachsene Kinder, das sei klargestellt, entlastete er sich selbst, und eine Frau mit den erotischen Bedürfnissen eines versteinerten Krokodils.

Sei nicht ungerecht, warf er sich vor.

Ein Zurück gab es nicht, niemals, das wusste er. Und vor allem wusste er, was ihm drohte: Einsamkeit. Die Einsamkeit eines Mannes, der das Träumen nicht lassen kann, seine kindliche Sehnsucht, obwohl ihn seine Erfahrung längst hätte heilen sollen.

Sehnsucht wonach.

Nenn das Ziel, Karl, forderte Elvira.

Die Straße war eine gefährliche Gerade. Die Luft flimmerte Meyer vor den Augen, die Strichlinie Horizont zwischen Himmel und Erde, Himmel und Hölle, durchfuhr es ihn, trennte gar nicht – sie ließ verschwimmen, Leben und Tod, Liebe und Hass, all die unfruchtbaren Gegensätzlichkeiten des Lebens.

Mann, dachte er, sieh dich vor. An seine Geliebte dachte er, an Elvira, deren Körper, deren Jugend, deren Süße ihn zum Leben erweckte. Sein Steh-auf-Männchen hatte sie geweckt. Und seine Freude am Leben erneuert. Fahr nicht so schnell, raunte sie ihm zu.

Er fuhr schneller als Schwalben fliegen. Doch er fühlte sich nun besser. Ein Kribbeln im Mund zeigte die abflauende Wirkung der Spritze an. Noch war die Zunge dick, auch die Wange war dick, aber er spürte den Biss ins eigene Fleisch. Und das war gut, allmählich kehrte die Empfindung zurück, als Schmerz. Insekten platzten auf der Frontscheibe, das Massaker war ihm gleichgültig, er musste in einen Schwarm Mücken geraten sein, so wie man in eine Gefahrenzone hineinfuhr, ahnungslos und gar nicht in der Lage, alles zu verarbeiten, was einen überraschte. Wie ein Raubtier sprang ihn das Leben an, der Alltag im Urwald Freiamt.

Als Karl Meyer das Altersheim verließ, hatte ihn der Leiter unter der Tür abgefangen. Ob er einen Augenblick Zeit habe? Im Büro redete er mit Meyer wie ein Lehrer, der dem Vater einer schwierigen Schülerin Bericht erstattete. Seine Mutter sei streitsüchtig und schikaniere die Nachtschwester. Sie läute und verlange Zigaretten. Dabei sei sie Nichtraucherin. Sie zahle Geld auf das Konto der katholischen Mission ein. Ihr Taschengeld verplempere sie so. Dann beschuldige sie andere Insassen, sie seien Diebe, und behaupte, sie würden ihr Geld klauen. Die alte Frau sei gar nicht pflegeleicht.

Meyer nahm die Abzweigung nach Dottikon, ließ die Filiale des Konsums aus und fuhr über Hägglingen direkt ins Maiengrün. Es gab Situationen im Leben, in seinem tristen Verlauf, da half nur Rum mit Cola. Oder Schreiben. Oder Cola Rum und Schreiben. Genauso eine Situation war jetzt. Cola Rum, bestellte er und zog das Notizbuch aus der Tasche. Er wollte schreiben, er wollte sich betrinken, er schrieb:

Häuser gehen in Flammen auf.
Autos überschlagen sich auf der Straße.
Ehefrauen betrügen ihren Mann.
Männer in den besten Jahren haben Angst, ihren Job zu verlieren und weinen heimlich auf der Toilette.
Der Ozonschleier wird dünner und dünner.
Aus einem Gehege brechen tollwütige Löwen aus.
Wilde Armeehubschrauber greifen ein Dorf an.
Auf dem Bahnhof in Muri steht ein Koffer; die Polizei vermutet eine Bombe und sperrt das Gebiet ab.
Spezialisten schießen auf das schweinslederne Ding.
Ein Kind wird auf dem Schulweg zusammengeschlagen.
Tritt in die Eier – eine furchtbare Schmerz-Dimension.
Mario Nickel setzte sich in seinen Ford Mustang und fuhr auf der N1 Richtung Norden. Es war ihm nicht klar, warum er seine Armee-

pistole mitgenommen hatte. Er wusste, er verstieß gegen die Vorschrift. Wenig Verkehr. Das Autoradio lief. Superhits und Oldies. Dazwischen erzählte einer von seiner Chemotherapie. Mario Nickel drückte das Gas voll durch. Der Wagen vibrierte vor Tempo. Schon mehrmals war er die Straßen abgefahren, auf denen seine Kollegen nach dem Bordellbesuch den Tod gefunden hatten. Aber heute konnte er sich nicht auf den Fall konzentrieren. Am Morgen hatte er in seiner Post einen Brief mit dem Vermerk PERSÖNLICH *gefunden. Irgendein übler Typ schrieb ihm mit steifen Blockbuchstaben, er schlafe mit seiner Frau. (Er verwendete allerdings nicht die Ausdrücke Frau und schlafen.) Der Kerl beschrieb in dem Wisch Details, von denen nur ein Mann Kenntnis haben konnte, der mit seiner Frau intim verkehrte.*

9

Laura fuhr mit den Zwillingen an die Reuss.

Sie stellte den Kinderwagen in den Schatten der Haselsträucher am Ufer und setzte sich an den Fluss. Er führte nur wenig Wasser, gemächlich floss es dahin. Sie saß auf einem großen Kiesel, grub mit den Zehen sacht im Sand oder schrieb die Anfangsbuchstaben eines Namens, als sei sie noch ein Mädchen, das Wünsche hatte und Hoffnungen.

Es war ein klarer Vormittag, unter der Sonne glitzerte das Wasser. Die Landschaft schuf helle Räume für Mensch und Tier. Was Licht liebte, zeigte sich, und was Licht hasste, zog sich in den Schatten zurück.

Das Reusstal war an Schönheit nicht zu überbieten.

Laura hatte die Schuhe ausgezogen und stand im seichten Wasser des Flachsees, den der Fluss hier bildete. Sie schaute zur Brücke von Rottenschwil, hatte den Damm im Rücken, hinter dem die sommerlichen Tümpel der Stillen Reuss lagen und auch das Restaurant Hecht, wo sie später ein Bier trinken wollte. Eine Libelle flog übers Wasser und blieb mit flirrenden Flügeln über einer Uferblume mit roter Blüte stehen. Ein Kiebitz rief; auf der Insel, auf einem kahlen Baum, hockte ein Raubvogel.

Die beiden Jungen schliefen.

Im kühlen Blau des Himmels zog ein Schwarm Enten westwärts, in Keilformation gegen den schwachen Wind. Noch litt das Land nicht unter der Augusthitze, die es bald schon sich unterwerfen würde.

Die Zwillinge waren nun zehn Wochen alt. Der eine hatte am

linken Fuß eine sechste Zehe. Kein Problem, hatte ihr der Arzt versichert, das überzählige Ding schneiden wir dann ab. Sie wusste, dass es Brunos Junge war.

Die Brüste schmerzten, die Haut war glatt und gespannt, Laura spürte den Überdruck, sie waren prall gefüllt mit Milch. Das hatte sie nicht erwartet: einmal so viel Milch abzusondern. Tag für Tag. Am Anfang hatten ihr die Jungen die Brustwarzen wund gelutscht, eine Infektion war die Folge, Fieber und ungenießbare Milch, die sie abpumpen und wegschütten musste. An die weichen Münder und harten Gaumen auf ihren Brüsten hatte sie sich nur schwer gewöhnt. Sie stillte nicht gern. Die Euphorie stillender Mütter, die, wo auch immer, den Pullover hochkrempeln und ihre Babys an die tropfenden Nippel ansetzen, verstand sie nicht. Im Gegenteil, sie fand sie befremdlich. Ihr schoss die Milch reichlich ein, an ein Abstillen war nicht zu denken. Der Arzt riet zu einem Aufenthalt in den Bergen: die Höhenluft lasse die Quelle versiegen.

Laura liebte die Zwillinge, sofern man diese fast tierhafte Zuneigung als Liebe bezeichnen durfte. Oft waren ihr die beiden Sauger und Pisser ein Trost: sie rochen so gut, sie schliefen so friedlich.

Und sie schrien so grässlich.

In mancher Nacht schreckten sie Laura auf und erfüllten die Villa mit der zermürbenden Kraft ihrer Stimmen. Sie wollten gestillt sein. Im Garten trugen die Kater ihre Liebeshändel aus, schlitzten einander mit Pfotenhieben die Ohren – und die Zwillinge schmatzten an Lauras Brüsten. Endlich befriedigt, schmatzten sie weiter im Schlaf; nur Laura blieb wach, lag bei offenem Fenster, ganz Ohr, bis sie auch die Stimmen in sich selbst vernahm, ihr böses Raunen, während der Mond unbeteiligt und groß am Himmel stand. Nichts war schlimmer, als mit Angst in den Schlaf zurückzufallen, in den Mahlstrom der Träume, die sie seit Brunos Tod verfolgten: überhelle Bilder, in denen sie ihn vor der Bank stehen sah, einen Mann mit weit aufgerissenen Augen, bemüht, die aus seiner Wunde quellenden Eingeweide zurückzustopfen in den Bauch, als könnten sie dort in die alte Ordnung zurückfinden.

Ein Graureiher hatte sich einen Fisch aus dem Wasser geholt, der

Schuppenleib blinkte im Licht der Sonne, krümmte sich, bäumte sich auf gegen den Tod und war schon geschluckt, als der letzte Reflex seiner silbernen Haut Laura noch blendete. Sie spürte einen saugenden Schmerz und hob den rechten Fuß aus dem Wasser. Ein Blutegel hatte sich festgesaugt. Panik keimte auf. Einer der Jungen begann auch noch zu weinen und weckte damit den zweiten. Doch beide schafften es nicht, Lauras Blick von dem scheußlichen Tier an ihrem Fuß abzulenken. Das wollte sich nicht entfernen lassen. Das fühlte sich klebrig an. Das gefräßige Ding fuhr beharrlich fort, sich mit Blut vollzusaugen, als sei Laura zu einer Schröpfung zum Fluss gekommen.

Wie macht man einen Blutegel weg?

Man muss ihn sich förmlich ausreißen.

Oder warten, bis er satt ist und sich fallen lässt.

Laura dachte, das Eklige sei ein eigenes krankes Organ, darin ihr Blut floss und versickerte. Die Zwillinge schrien fordernd nach Milch, und da saugte schon einer ihr Blut. Es war ihr unmöglich, die Kraft aufzubringen, sich von dem widerlichen Tier zu befreien. Den Schmarotzer töten, dachte sie, ließ ihn am Leben, ließ ihn an seinem süßen Tropf und lief zu den Zwillingen. Gerade als schreiende Wesen waren sie unterscheidbar. Sie ähnelten einem zahnlosen, alten Brüderpaar, einem Alt-Rechtsanwalt und einem Alt-Weinhändler, die beide zur Brust genommen werden wollten. Eine ungeheure Erfahrung schien von den Runzelgesichtern getarnt zu werden. Tränenlos schrien sie. Voll aus den Lungen heraus. Und beruhigten sich gleich, als sie die Brust nur rochen. Suchten blindlings, mit blutegelhaften Mäulern, die ergiebigen Warzen und ergaben sich schmatzend, gaben sich hin. Mit Wollust, dachte Laura wütend. Sie weinte. Sie hockte neben dem Kinderwagen im Gras, stillte ihre Kinder, hatte den Blutegel am Fuß und schluchzte. Die Tränen flossen ihr übers Gesicht, die Nase begann zu laufen. Laura schniefte, schluckte Tränen und Rotz. Alle ihre Körpersäfte verdünnten sich. Laura würde ausfließen am Ufer der Reuss. Blut, Milch, Tränen und Schleim. Sie schwitzte. Kühl rann der Schweiß von den Achselhöhlen über die Rippen, perlte vom Hals übers

Schlüsselbein in die Grube zwischen den Brüsten und vermischte sich mit dem Schweiß und dem Speichel der Jungen – und mit der Milch. Zerfließen würde sie. Am stillen Fluss. Eine Haut würde zurückbleiben als einziger Rest, eine faltige Hülle. Und ein Büschel Haar.

Düsenjäger bogen über sie weg, donnernd im Tiefflug. Unwillkürlich zog sie den Kopf ein. Im Ducken kam sie zu sich, es war ein plötzliches Aufwachen. Kriegsmaschinen rissen sie aus dem Albtraum heraus und erlösten sie. Auf dem Damm gingen Wanderer, eine Familie, mit Feldstechern bewehrt und Rucksäcken ausgerüstet. Die Frau nahm die Kamera vors Gesicht, um Laura mit den Zwillingen zu fotografieren. Demnach bot sie ein friedliches Bild: Stillende am Ufer. Etwas in Laura wollte sich auflehnen, wehr dich, dachte sie, wiederum tat es ihr auch gut, so gesehen zu werden. So falsch. Es wäre schlimmer, als Elende erkannt zu werden, als eine verlorene Frau. Mit der Hand wischte Laura ihr Gesicht ab, sie spürte ein Zucken um Wangen und Mund; das war ein Lachen. Der Hund der Familie trottete auf sie zu, ohne Scheu, er versuchte die Zwillinge zu beschnüffeln. Einer trank noch mit zugekniffenen Augen. Er setzte dann ab, rülpste und spie den letzten Schluck wieder aus, bereits geronnene Milch. Laura wies den Hund weg. Er lief ins nahe Schilf, seine Pfoten tunkten ins Wasser. Gleich trübte sich die Stelle, und von den zitternden Rispen regnete der Samen.

Laura bettete die Zwillinge in den Wagen. Sie krümmten ihre Beine, hatten die Hände zu losen Fäusten geballt, lagen auf dem Rücken, zwei siegreiche, hilflose Strampler, die sich dem Schlaf auslieferten. Im kurzen Ufergras sitzend wartete Laura gefasst, bis der schleimige Egel sich von ihrem Fuß fallen ließ. Dieser widerliche Klumpen voller Blut. Sie betrachtete die verletzte Stelle, die Wunde leuchtete tiefrot und war etwas geschwollen. Ein Kussfleck. Von einem Vampir, dachte sie und überlegte, das pralle Tier zu zertreten. Ein Schmetterling lenkte sie ab, ein Zitronenfalter, der sich im Gras niederließ.

Laura war jetzt fünfunddreißig Jahre alt, eine Witwe mit zwei Kindern. Als der Zitronenfalter davonflog über den Fluss zu den kargen Inseln der Vögel, senkte sich eine große Stille über die Landschaft. Laura musste an eine Vakuumglocke denken und hörte darin das sorglos ruhige Atmen der schlafenden Zwillinge als einzigen Laut. Jetzt wusste sie: das Freiamt bietet dir keine Heimat, die Wolfsche Villa ist nicht mehr dein Zuhause.

Eine Grabstelle genügte nicht, um hierzubleiben. Das Leben verdiente bessere Gründe. Laura saß ganz ruhig, sie schlang die Arme um die Knie, mit der zärtlichen Geste umarmte sie sich selbst.

Es war kein Schock, hier nicht verwurzelt zu sein, Laura erschrak nicht einmal darüber. Vielmehr wähnte sie sich endlich gerettet. Sie hatte sich zu lange Täuschungen hingegeben, das Falsche erwartet und erhofft. Nun war sie befreit, frei, um wegzugehen.

Zurück nach St. Louis, Missouri.

Doch wie kommt man weg von einer Insel, ohne in schwarzen Wassern gegen das Ertrinken kämpfen zu müssen?

Flieg los, Laura, morgen flieg.

Neben ihr im Gras lag tot der Blutegel. Jedenfalls sah es so aus, als wäre er verendet. Er stellte sich tot – oder ihr Blut hatte ihn vergiftet.

Ein zweiter Schmetterling, diesmal ein Kleiner Fuchs, flog heran, setzte sich auf genau dieselbe Stelle im Gras, klappte die Flügel mehrmals auf und zu, bis ihr Rot und das Grün des Grases die Farbe zu tauschen schienen, und entfernte sich, als habe er eine verlorene Duftspur wiedergefunden, auf dem Kurs des Zitronenfalters flusswärts hinein ins Reich der Vögel.

10

Lilablau schimmerte die letzte Katzenminze.

Die Glocken der Klosterkirche läuteten den Sonntag ein. Samstag, neunzehn Uhr. Die Sommerzeit verlängerte die Tage, Muri schlief im hellen Schein der Sonne, das Dorf wirkte gegen Ende der Sommerferien wie ausgestorben. Ein Mann, der pfeifend durch die Marktstraße hinunter Richtung Bahnhof ging, blieb nicht unbemerkt.

Die Mauer der Pflegeanstalt strahlte warm, aus Ritzen hing etwas Pflanzengrün; Eidechsen sogen sich mit Sonne voll, wer versuchte, sie zu fangen, versengte sich an ihrer Haut. Der da pfiff, war Switch, und was er pfiff: Time, von Tom Waits.

Hinter der hohen Mauer schrie jemand um Hilfe, oder bildete Switch sich die Schüsse, den Lärm jetzt, bloß ein? Verrückte schauten Rambo, das war alles.

Am Bahnhofskiosk kaufte Switch Zigaretten und Gummibärchen. Er trug ein T-Shirt, enge Jeans und wirkte etwas mager. Das Portemonnaie beulte die Gesäßtasche aus. Beim Gehen stellte er die Füße ziemlich auswärts. Sie steckten in spitzen Halbschuhen. Switch ging ohne Socken, im Sommer hasste er Socken, nicht einmal zu einer Hochzeit oder Beerdigung würde er Socken anziehen. Seit der Kindheit verabscheute er Socken im Sommer, er war so programmiert.

Switch unterschied nur zwei Jahreszeiten, Sommer und Winter, eine Phase mit und eine Phase ohne Socken. Dazwischen gab es nichts. Jedenfalls widerstrebte es ihm, Abweichendes zur Kenntnis zu nehmen. Warum Details, wo sie nichts brachten. Das lenkte nur von den wesentlichen Dingen ab. Frühjahrslust, Herbstmelancholie, ihn kümmerte das nicht. Solange er Socken ertrug, war Winter, sobald die Socken an den Füßen juckten, und das fing übergangslos an, begann der Sommer. Das Datum spielte überhaupt keine Rolle.

Wie merkst du, dass der Sommer vorbei ist, hatte ihn Nina einmal gefragt.

Er hatte sie angeschaut, verdutzt. Es gab eine Kategorie Fragen, die Switch nicht verstand, weil die Antwort zu nahe lag.

Nina hatte nachgehakt mit der Herablassung einer älteren Schwester, die sich für erfahren hielt.

Nerv mich nicht, hatte er gesagt: Ich friere an den Füßen, was denn sonst?

Ein Zug hielt an. Niemand stieg ein. Niemand stieg aus. Vollkommen leer, so kam es Switch vor, fuhr der Zug durch das abendliche Freiamt. Der Schaffner legte wohl Patiencen im Abteil erster Klasse. Switch dachte an die überfüllten Züge im Mittleren Osten. An den Tumult, an das Geschrei auf den Bahnhöfen.

Severin Meyer war unterwegs zur Wolfschen Villa.

Bares Geld wollte er dem Mann seiner Schwester zurückbringen. Auf dem Atari hatte er eine Broschüre geschrieben, in der alle Wolfschen Weine aufgelistet waren, erfasst – und in ein über Terminal und Bildschirm verwaltbares System gebracht. Sandro hatte ihn dafür gut bezahlt und ihm den Betrag für einen neuen Mercedes ausgeliehen. Severin kam von Amman zurück. Der teure Schlitten war abgesetzt mit dem erhofften Gewinn.

In den Blumengärten am Weg arbeiteten Leute, Männer in adidas-Turnhosen und Frauen im Bikini. Verblühtes war abzuschneiden, und die Herbstzeitlose musste gepflanzt werden, damit sie im September dann blühte. Nach dem heißen Tag wurden Tomaten gegossen.

Mercedes war ein Wort, das man auf der ganzen Welt verstand und ungefähr gleich aussprach. Switch liebte solche Wörter. Marlboro, Pizza, Shell: internationale Namen. Er hatte sich einmal vorgenommen, nur noch Sachen zu kaufen, die es auf der ganzen Welt gab: als gleiche Marke, mit gleichem Geschmack, in gleicher Qualität. In Amman gab es Computer, Coke und Jeans. Natürlich auch

Ketchup und Hamburger. Es wäre ja Schwachsinn, sich auf Rollmops zu kaprizieren – oder auf Rösti. Noch nie war er an einem Ort gewesen, wo er nicht Bazooka hatte kaufen können, und nie würde er an einen Ort reisen, wo er das alles nicht unter diesem oder einem ähnlich auszusprechenden Namen erhielt. Die Gummibärchen waren ein Stilbruch, die Ausnahme von der Regel. Er würde auch niemandem raten, Boston Filter Grün zu rauchen, diese behämmerte Marke bekam man ausschließlich am Bahnhof von Muri. Wer sich darauf versteifte, geriet, wo auch immer ihn seine Sucht einholte, ins Rotieren. Der Boston-Filter-Grün-Fan verurteilte sich selbst zum Frust, sobald er auf Reisen ging. Nichts nervte Switch so sehr wie die Suche nach etwas, an das er gewöhnt war. Wenn das Banale sich aufspielte, rastete er aus. Das lenkte so grauenhaft ab. Er war dann wie auf Nadeln, konnte nicht mehr denken. Er hatte einmal von einem Tennisstar gelesen, der sich von einer Freundin trennte, weil sie seine Tasche nicht immer genau gleich einpackte. Wenn der Star zwischen zwei Games den Harzspray brauchte, wollte er nicht lange herum suchen. Er war darauf eingestellt, den Harzspray automatisch zu greifen. Sonst fiel er aus der Rolle. Wie der Pilot aus einem Düsenjäger, konnte der Tennisstar aus dem Spiel katapultiert werden. Und verlieren. Eine Riesenmenge Dollars verlieren, weil der Spray steckte, wo er nicht hingehörte. Genauso ein Typ, dachte Severin Meyer, war er selbst. Stets auf der Hut vor Verlusten wegen einer idiotischen Unordnung, wegen einer unverzeihlichen Schwäche des Systems. Ein anderer Fall wäre es allerdings, überlegte er und zerkaute ein Gummibärchen, während Wasser von einem Rasensprenger auf ihn stäubte, grundsätzlich jedes Mal andere Zigaretten zu kaufen: also am Kiosk nur Zigaretten zu sagen (nicht Marlboro), oder im Restaurant nur Essen zu bestellen (nicht Pizza), oder im Warenhaus Hosen verlangen (nicht Jeans) – und einfach akzeptieren, was kommt. Diese Methode setzte allerdings gigantisch Charakter voraus. Es wäre doch schlicht unmenschlich, gar keine Gewohnheiten zu bilden. Dieses System würde alle Normen abschaffen; es wäre ganz außerordentlich – man könnte es gar nicht durchsetzen.

Sag mal einfach nur Zeitung am Kiosk.

Sag mal in der Kneipe, bringen Sie mir etwas zu trinken.

Die Serviertochter und die Kioskverkäuferin werden sauer. Und wenn du auf dem »egal, was« bestehst, flippen sie aus. Ein System, das die Bildung von Gewohnheiten verhinderte, führte einen hierzulande zwangsläufig in die Psychiatrie.

Die Villa wirkte verlassen. Der Garten schien verwildert, noch verwilderter als in den Sommern zuvor. Weiße Winden hatten den Ballfang um den Tennisplatz zugewoben. Switch meinte, aus dem Gesang einer Amsel, der vom Wipfel einer Tanne ausgesandt wurde, Tonfolgen von einem Tina-Turner-Song herauszuhören, der unzählige Male von allen Radiosendern gespielt worden war. Orangeroter Goldmohn blühte, und das Blau des Vergissmeinnicht hatte dieselbe Farbe wie der Himmel. Die Kelche der Sonnenblumen neigten sich vornüber; Meisen hatten sich über die Kerne hergemacht, die Stände glichen verlassenen Waben.

Switch läutete an der Tür.

Niemand schien im Hause zu sein. Über den Kies des Parkplatzes schlurfte er zum Eingang in den Garten. Auf der Veranda hockten nur Katzen. Sie putzten ihr Fell. Am starken Ast einer Buche hatte Nina eine Schaukel befestigen lassen. Switch setzte sich auf das Brett und stieß ab. Die Sonne stand nun ganz tief, er konnte unter ihr weg- oder über sie hinauspendeln, sie hatte nicht mehr die Kraft, ihn zu blenden.

Lustlos ließ er sich hin und her schwingen.

Er war ziemlich kaputt, ausgelaugt. Am Morgen zurückgekehrt von Amman, mit dem Balkan-Express. Einigermaßen verhungert, wie er zu Mutter sagte, und übernächtigt. Es schlief sich schlecht in einem überfüllten Zug, wenn man die Taschen voller Banknoten hatte und ums Geld mehr Angst als um sein Leben. Nach der langen Bahnfahrt, nach der Reise durch viele weite Gegenden und Länder, kam ihm zu Hause alles zusammengerückt, eingepfercht und eng vor. Haus reihte sich an Haus, Garten an Garten, Straßen teilten Felder und zerschnitten Hügel, Wohnblocks lagen als Steingürtel vor Villen, Industriegebiete grenzten an Bauernhöfe, Silos,

Kirchen, Kühltürme ragten aus Wiesland, Schulhäuser standen neben Fabrikgebäuden, Weiler wechselten mit Dörfern ab, Städte uferten in Agglomerationen aus, alles schien übergangslos, zersiedelt und zugleich zusammengeballt zu sein. Verdichtet zu Stein war dieses Land. Nichts hatte Platz, es fehlten Raum und Distanz. Hier teilte man Entfernungen in Katzensprünge ein. Der Katzensprung war das Maß aller Dinge, und das Fernsehen der gemeinsame Nenner. Dreizehn Stationen versöhnten das Publikum, alle Programme erzeugten denselben blauen Schein. Und dasselbe blaue Licht erleuchtete am Abend die Fenster der Häuser und beschien bis Mitternacht alle Gesichter.

Passte das nicht vollkommen zu ESSO, Ketchup und IBM? Entwickelte sich die Schweiz nicht wunderbar amerikanisch? Das stimmte und war falsch. Switch brauchte Landschaft, um denken zu können, die Möglichkeit auszuschweifen – mit den Augen.

Oder die unvergleichliche Tiefe des Bildschirms.

Trotzdem war Switch gern zurückgekehrt ins Vertraute. Hier kannte er den Tag und die Regeln, und mochte die räumliche Enge noch so beklemmend wirken, so öffnete sich ihm dafür die Welt, erlaubte ihm der Monitor seines Atari wie ein Fenster Einblicke. Sozusagen in die Ewigkeit. Programmschritt nach Programmschritt drang er in die endlosen Reiche der Freiheit vor. Er konnte sie versinken oder auferstehen lassen. Der kleine Atari vermittelte ihm manchmal das Gefühl, am Mischpult des Weltensounds zu sitzen. So verfügte ein Allmächtiger über Raum und Zeit, und so wie die Welt zusammenbrechen konnte, brachte er seine Schöpfung zum Bruch: Bomben flimmerten dann über den Bildschirm, Bomben, nichts als Bomben.

Von Amman nach Muri zurück war er gefahren. Und nun da. Switch liebte dieses Land auch. Seine Vorteile waren unbestreitbar. Allein, dass Wasser aus den Hahnen floss, das man trinken kann. Und aus den Steckdosen kommt Strom. Am Morgen liegt die Zeitung im Briefkasten, im Supermarkt sind die Gestelle aufgefüllt, der Zug zur Schule fährt pünktlich und wird nicht auf der Strecke in die Luft gesprengt. Es gab zwar auch jede Menge Einwände gegen die Schweiz: immerhin besaß hier jedes Kaff Anschluss an die Welt, die Möglichkeit, verbunden zu sein mit allen Datenbanken der Erde.

Mutter war ihm verändert vorgekommen.

Härter, etwas an ihr hatte sich verhärtet. Abscheu drückte sich aus, Ekel, wenn sie von Vater redete: sie hasste nun den Mann, der sie verraten, der sie verlassen hatte und zu einer anderen Frau gezogen war. In Mutters Situation wäre es gut, eine Silikonhaut zu haben, dachte Switch, und besser, nach den Gesetzen der Halbleitertheorie zu funktionieren, als den Zumutungen eines menschlichen Nervensystems ausgeliefert zu sein.

Man kann vielleicht nicht alle Probleme lösen, hatte Switch zu seiner Mutter gesagt, analysieren kann man sie aber bestimmt. Dazu bedarf es nur einer gewissen Logik.

Nur, fragte sie.

Oder allerdings, sagte er.

Analysier mal den Hass, sagte Mutter.

Da hatte sie bereits eine Schüssel Spaghetti aus dem Eisschrank geholt und mit Butter in die Pfanne gegeben.

Der Duft war phänomenal, echt göttlich: Switch lief das Wasser im Mund zusammen.

Hass per se interessiert mich nicht, sagte er und betrachtete mit unverhohlener Gier die Spaghetti. In eine zweite Pfanne schlug Mutter Eier und salzte sie. Spaghetti mit geriebenem Parmesankäse und Spiegeleiern zuoberst auf dem Haufen. Das war der Inbegriff von Luxus, von Glück. Ich bin nicht Weltphilosoph, sagte er und zerschnitt die Eier und den Haufen, dass sich das Gelbe mit den Spaghetti vermengte. Er aß nicht, das war ein Zuschlagen. Und mit vollem Mund sagte er: Aber ich kann die Daten deines persönlichen Hasses mal in den Computer eintasten.

Frau – Mitte vierzig – verlassen – katholisch.

Biographie auflisten.

Knotenpunkte – Knöpfe; jedes Problem hat Abteilungen. Oder stell dir einen Stammbaum vor. Nur umgekehrt. Von den Zweigen und Ästen hinab zum Stamm und zur Wurzel. Wir erstellen das Datenprofil deines persönlichen Unglücks, das sich zurzeit als Hass ausdrückt. Nichts, wenn nicht das Profil deiner Daten, weist dich als Individuum aus.

Okay?

Er verschlang seine Menge Super-Food in kürzester Zeit und trank dazu eine Flasche Fanta. Zuerst dachte er, Mutters Stimme wolle versagen; sie hörte sich an wie Marianne Faithfull auf Platte, wenn der Verstärker Stromschwankungen hatte. Doch Mutter war wie immer; nur er drohte vor Müdigkeit auf dem Stuhl einzuschlafen und umzukippen. Es war ihm, als würden seine Lider immer länger, an den Wimpern hing Blei.

Mutter ließ ihm ein Bad einlaufen. Sie hatte ihm den leeren Teller weggenommen, ohne dass er das bemerkte. Er stand auf, das tat weh; seine Glieder waren zerschlagen von der Mühsal des Reisens. Auf dem Hocker neben der Wanne lagen frische Wäsche, Jeans und ein sauberes Hemd. Switch zog sich aus, stieg ins warme Wasser, in das Mutter einen wohlriechenden Zusatz geschüttet hatte. Mit den Händen fuhr er über seinen mageren Leib und schloss die Hand ums Glied wie um einen Griff, an dem ein Erschöpfter Halt sucht. Das Geschlecht war gleichsam die Illusion des Schopfs, an dem er sich aus dem Sumpf der Müdigkeit, dessen Sog ihn zu schlucken drohte, wieder herausreißen konnte. Für ein paar Augenblicke genoss er, umhüllt vom duftenden Wasser, das traumhafte Gefühl zu schweben, zu fliegen – wie jetzt auf der Schaukel im Garten der Villa.

II

Die Sommerferien waren zu Ende.

Anna hatte die letzten zwei Wochen in den Bergen, in einem Ferienlager für Kinder verbracht, nun war sie braun gebrannt und hatte von der Sonne gebleichtes Haar.

Mager sei ihr Mädchen geworden, fand Margrit, sie war gleich etwas besorgt.

Drahtig und hochaufgeschossen wirkte Anna unter den Kindern, die sich auf dem Bahnhof von Bremgarten voneinander verabschiedeten.

Margrit legte den Arm um Annas Schultern, drückte das Mädchen an sich. Ihr Kind roch wie ein Hund, der sich nach dem Regen an der Sonne trocknen lässt.

Allmählich löste sich der Schwarm Kinder auf dem Bahnhof auf. Eine Gruppe belagerte den Kiosk, ein Junge fluchte, weil er den falschen Rucksack hatte. Margrit ging Hand in Hand mit Anna nach Hause. Das Mädchen reichte ihr bis zur Schulter. Der helle Rossschwanz war ziemlich fettig, verfilzt, bestimmt hatte sie die Haare kein einziges Mal gewaschen. Sie gingen im Gleichschritt nebeneinander, die Hüfte des Mädchens streifte den Oberschenkel der Frau. Wenn Margrit Anna anschaute, meinte sie, ihr eigenes Gesicht und das ihrer Mutter zu betrachten: die Linie der Wangen, der Mund, wenn Anna lachte, die Farbe der Augen, wenn das Kind traurig oder wütend war, erinnerten auch an die längst Verstorbene. Anna aber war voller Leben, pulsende Teilchen sprangen bei jeder Berührung auf Margrit über, und mit ihren Blicken tauschten sie eine geheime Energie aus.

Die Zeit ohne Kind war für Margrit wichtig gewesen.

Zwei Wochen allein, zwei Wochen der mütterlichen Pflicht enthoben. Besinnungszeit, so stufte sie die Tage ein. Die Abende und Nächte hatte sie oft mit Philip verbracht.

Sie liebte es, wenn er zu ihr kam, und erwartete ihn gern. Sie stellte sich vor, wie er zu Hause arbeitete, sie stellte sich vor, dass er an sie dachte und auf die Uhr schaute, sich rasierte, ein frisches Hemd anzog. Sie roch in der Vorstellung seine Kleider, seine Haut, Margrit spürte Philips Körper im Voraus und überbrückte die Zeit zwischen ihren Begegnungen mit Träumereien. Sie füllte sie aus mit dem Vorgeschmack auf das Glück und die Wiederholung der Lust, um die Trennung nicht als Abbruch, als schmerzliche Lücke zu empfinden. Ihr Wunsch war Dauer. Sie wollte in Philip das Gefühl unauslöschlicher Liebe erwecken. Wenn er bei ihr war, sollte er bleiben. Ihre Schönheit, ihre Seele sollte ihn verzaubern, damit er nicht mehr ans Weggehen dachte.

Philip ging aber immer wieder, manchmal mitten in der Nacht. Um sie am Morgen anzurufen. Er wollte nur ihre Stimme hören und sagte am Telefon Sätze, die sie erröten ließen. Seine Zuneigung machte ihr den Alltag leicht. Die Liebe stieß die Tür in eine Sphäre auf, in der die Lebensfreude sich ausdrückte. Mit einem Schrei, den nur Margrit hörte, denn er war nur für sie gedacht und bekräftigte ein Geheimnis.

Liebend stehst du im Einklang mit der Welt.

Philip wiederum schien den Alltag mit Margrit vermeiden zu wollen. Er fürchtete die Dauer, die endlose Zweisamkeit, und wurde abweisend, schroff. Seine Kälte irritierte Margrit. Philip suchte Distanz, als habe er es nur darauf abgesehen, den Augenblick zu genießen. Eine zärtliche Spanne Zeit zwischen den Geschäften, das Liebesspiel mit einer Frau, die er begehrte. An seinem Begehren zweifelte Margrit nie, sie schürte und teilte es auch. Aber es gab Tage, da genügte ihr dies nicht. Sie wollte eingebettet sein in sein Leben, in seine ganze Zeit – und sie spürte seine Scheu davor. Die Umarmung durfte nicht Zustand werden. Darum löste er sich von ihr, darum wollte er fort. Das Zusammensein musste Anfang und

Ende haben. Sonst war es nicht mehr außergewöhnlich. Philip teilte das Leben. Er koppelte die Liebe vom Alltag ab. Lust suchte er. Er behielt eine innere Reserve und versuchte den Einbruch Margrits in sein ganzes Leben zu verhindern. Nie würde er sich vereinnahmen lassen. Er scheute eine endlose Liebesgeschichte, er wünschte keinen Alltag mit einer neuen Frau. Als sei das Scheitern unausweichlich. Er sehnte sich zwar nach der Umarmung, doch ihre Dauer war ihm Ewigkeit genug. Er konnte Zauber zerstören. Dann wurde sie wütend auf ihn und auf sich. Margrits Liebe und Margrits Schmerz hatten nur einen Namen: Philip.

Auf der Rigistraße spielten Kinder. Mädchen hüpften über den Gummi-Twist. Jungen übten mit dem Fahrrad stillzustehen. Nach den Ferien fühlten die Kinder sich in der eigenen Straße fremd, obwohl sich, ausgenommen die Gärten, nichts verändert hatte. Sie mussten sich an die vertraute Umgebung neu gewöhnen. Während der Ferien hatten die Bilder im Kopf neue Farben bekommen, und bei der Heimkehr stimmte die Erwartung nicht mit der Wirklichkeit überein. Die Eltern unterschieden sich von den Gestalten des Heimwehs, Geschwister und Freunde erwiesen sich als weniger freundlich, und das führte zu Streit.

Hier riecht es aber komisch, sagte Anna mit vorwurfsvoller Stimme, als sie die Wohnung betrat.

Sogleich lief sie in ihr Zimmer, um das Meerschweinchen zu begrüßen. Das war ein wenig scheu, hatte seine Zutraulichkeit verloren. Unter Koseworten hob Anna das Tier aus dem Käfig, kraulte es, berührte seine trockene schnuppernde Nase und wollte vor Liebe zerfließen. Margrit dachte nicht ohne Eifersucht, das Meerschweinchen habe Anna mehr gefehlt als die Mutter.

Ich hab dich schrecklich vermisst, sagte Anna zu dem Tier und setzte es fast achtlos in den Käfig zurück, als habe sie es nur benutzt, ihren Überschwang zu verströmen. Nun, abreagiert, kauerte sie still in ihrem Zimmer, beinahe befangen, und blickte sich um: Bett, Tisch, Stuhl, die Puppen, die Bücher und Bilder, ob alles seinen gewohnten Platz einnehme, ob alles auch gut sei.

Margrit stand unter der Tür.

Anna schien irritiert zu sein. Zum ersten Mal hatte sie allein in die Ferien fahren dürfen; zum ersten Mal war sie nach einer Trennung zurückgekehrt. Um festzustellen, dass ein paar Tage ausreichten, um alles zu verändern. In der unbewohnten Zeit war das Zimmer erstarrt. Die Lieblingspuppe ähnelte Dornröschen in seinem hundertjährigen Schlaf und musste wach geküsst werden. Das Leben soll bitte nun weitergehen wie vor der Unterbrechung. Morgen fängt die Schule wieder an, sagte Margrit.

Anna stand auf, als habe der Hinweis auf den gewohnten Alltag, den sie vergessen hatte, sie erleichtert. Sie berührte alle Spielsachen, sprach Teddybären und Puppen an, als müsste sie ihnen die Zuneigung neu versichern und ihre Freundschaft wiedergewinnen.

Mitten im Zimmer lag der Rucksack, stand Annas Koffer.

Darin sind die Ferien verpackt, dachte Margrit, die Reste und Überbleibsel zweier Wochen. Hier und Dort hatten nichts miteinander zu schaffen. Wie Wachsein und Traum schlossen sie sich aus. Sie konnten die Plätze zwar tauschen, aber ein Ort blieb immer Erinnerung und hinter dem Bild, das man sich von ihm machte, verwandelte sich die Wirklichkeit.

Alles wurde einem fremd, alles stahl sich davon, alles erlag der Neigung, sich heimlich zu verflüchtigen. Was man aus den Augen verlor, war so nie wieder zu entdecken. Das Erinnerte war das Verlorene. Erfolglos versuchte das Gedächtnis der Vergangenheit neues Leben einzuhauchen. Doch man trifft nichts mehr so an, wie man es verlassen hat. Das Kind machte diese Erfahrung zum ersten Mal, es ahnte, was Margrit wusste, was sie hatte lernen müssen, obwohl es auch Augenblicke gab, in denen die Dinge einem vorgaukelten, alles sei erhalten geblieben, die Zeit sei stillgestanden, nur etwas Staub, kosmischer Staub habe sich auf den Seiten des Buches abgelagert, das man zurückgelassen hatte. Das offene Buch erweckte den Anschein, Ewigkeit wohne den Dingen inne. Dabei müsste man nur das Lesezeichen aufdecken, und schon hätte man das vergilbte Papier vor Augen. Darum rühren wir alte Dinge nur mehr ungern an, dachte Margrit.

Anna war nun still und anschmiegsam. Margrit nahm sie bei der Hand, froh, ihre Tochter nach der Trennung wieder bei sich zu haben. Eine warme Zärtlichkeit verband sie einander.

Im Bad zog sich das Mädchen aus, die Mutter half. Sie streifte das Hemd über seinen Kopf und fasste dabei die Nase unter dem Stoff mit den Fingern. Margrit duschte Anna sorgfältig ab. Sie ließ sich die Bedienung gern gefallen. Margrit schlüpfte wieder in die Rolle der Mutter, brachte das Kind mit dem kitzelnden Strahl der Brause zum Lachen. Mit Seife und Schwamm reinigte sie den biegsamen Körper ihrer Tochter, ertastete Muskeln, Gelenke, Knochen, ging pfleglich um mit den kleinen Wunden und Verletzungen: ein blauer Fleck auf der Hüfte, eine Schürfung am Schienbein, ein Schnitt im Daumen, haarfein zog er sich über den Ballen, der weich und gespannt war und aussah wie der Bauch eines Froschs. Margrit roch die duftende Haut, atmete sie ein, als sie ihr Mädchen mit einer Körpermilch einrieb und seinen Rücken massierte. Mit den Fingerspitzen und zählend sprang Margrit von Wirbeldorn zu Wirbeldorn, wobei sie auf jeden drückte und ihn zu lockern suchte. Sacht befühlte sie Annas Leisten, kreiste dann eine Weile mit den Händen, tupfte flüchtig den Leberfleck an, bewegte mit dem Daumen das harte Schulterblatt und griff in die Hautfalte darunter. Sie liebkoste, streichelte die sonnengebräunte Haut ganz vertraut und eins mit dem Kind.

Zusammen packten sie den Koffer und den Rucksack aus.

Den Haufen schmutzige Wäsche teilte Margrit in Bunt und Weiß, bevor sie die Trommel der Maschine füllte.

Als die Waschmaschine lief, zeigte Anna der Mutter die heimgebrachten Schätze: scharfkantige Steine vom Felshang und runde aus dem Bach, einen Kristall mit einer grünen Ader, ausgewaschene Wurzeln, gepresste Blumen, deren Farbe nur mehr Essenz war, und als schönstes die Feder eines Bergfalken. Und zuletzt eine Locke.

Junge oder Mädchen, fragte Margrit.

Anna behielt das Geheimnis für sich.

Zu jedem Fund gehörte eine Geschichte. Für jede Geschichte galt der Fund als Beweis.

Anna erzählte.

Von den Spukgestalten der Sagen, nachts. Von Gewittern, als Blitze den Himmel auseinanderrissen und Donner ihn erschütterten: Ich dachte, die Welt beginnt zu brennen, das Haus stürzt ein, gestand Anna.

Sie erwähnte die schlaflosen Stunden und die langen Nachmittage voller Heimweh: Ich liebe dich, Mutter.

Sie empörte sich nochmals über den Streit mit einem Mädchen: Es wollte immer neben dem Leiter sitzen.

So eine blöde Kuh.

Anna beichtete, dass sie kleine Tiere töteten und aufschnitten, um die Seele zu suchen.

Margrit hörte zu.

Auf dem Teppich verstreut lagen eine Krume Brot, ein angebissener Riegel Mars, verklebte Bonbons, ein zerbröselter Kuchen vom Fresspaket, das Vater geschickt hatte, eine dicke Schnur und das Messer mit den Spuren von Harz, Gras und Blut an der Klinge.

12

In der Küche, bei offenem Fenster, saß Hans Villiger am Tisch und rüstete Pilze. Am Morgen war er im Wald gewesen, noch vor der Schule, hatte die Pilze gesammelt: verschiedene Täublinge, Eierschwämme, den schmackhaften Parasol, der gar nicht mehr so häufig zu finden war. Die Sonne schien herein, zeichnete ein helles Feld auf den steinernen Boden, das aber den Tisch nicht erreichte.

Maria war mit dem Kind unterwegs, mit dem Rad fuhren sie den Stausee entlang, im Schutzgebiet wollten sie Vögel beobachten. Zu Hause schrieb Lina die Namen der Vögel mit ungelenker Schulschrift in ein Heft: Kiebitz, Goldammer, Lerche, Pirol. Sie wurde wütend, wenn sie als Linkshänderin die Tinte verschmierte. Abends im Bett hörte sie Vogelstimmen von einer Kassette, bis ihr die Augen zufielen. Hans Villiger fand sein Kind manchmal schlafend im Zimmer vor, das voller Mondschein und Vogelgesang war. Er dachte, Vögel und Mond bildeten eine gute Grundlage für Träume, und ließ das Band laufen, bis es von selbst abschnappte.

Das Fleisch der Pilze war brüchig und trocken, er hielt es gern in den Händen, es war so weich und roch kräftig wie die Essenz von Wald, Erde und Luft. Er hatte nach dem Sammeln die Hände nicht gewaschen und während der Schulstunden verstohlen den Duft eingeatmet, der sich den ganzen Morgen nicht von der Haut verflüchtigte. Die großen Täublinge schnitt er in Scheiben, auch die Parasole, die Eierschwämme ließ er ganz.

Er kochte gern. Zu den Pilzen wollte er Nudeln machen.

Hans Villiger hatte es sich angewöhnt, früh aufzustehen, um vor der Schule, vor dem täglichen Verschleiß, wie er zu sagen pflegte, eine Stunde für sich zu haben. Bei schönem Wetter ging er am liebsten die Reuss entlang in den Wald, setzte sich auf eine Bank und las. Heute hatte er aus nostalgischen Gründen wieder einmal Pilze gesammelt. Wie in der Kindheit mit dem Vater, an den er hatte denken müssen. In diesem Sommer war er oft auch über die Reuss geschwommen, die noch kühl war morgens und vor der Schule eine Erfrischung bot, auf die er fast schon süchtig war. Nach dem Vergnügen stieg er nämlich auch verjüngt aus dem Fluss; so jedenfalls kam ihm das vor. Du bist ja sportlich geworden, rühmte seine Frau.

Sicher, antwortete er und zündete seine Pfeife an.

Immerhin hatte er in diesem Sommer fünf Kilo abgespeckt, ohne Kur und Fasten, und das bekam ihm gut. Vor dem Spiegel konnte er nicht umhin, es festzustellen, auch wenn er sich nicht einbildete, nun ein schlanker Mann zu sein. Da konnte ihn Maria lange necken.

Hans Villiger legte die geputzten Pilze in eine Schüssel und wischte den Tisch sauber, warf die Abfälle in den Eimer unter dem Abwaschbecken und begann, die Zutaten für das Gericht vorzubereiten. Vom Weißwein, den er für die Sauce brauchte, goss er sich ein Glas ein.

Er rauchte nicht. Seit bald einem Monat schaffte er es nun, die Pfeife vor Sonnenuntergang nicht anzuzünden. Auch das bekam ihm gut, obschon er, besonders am Anfang, unter der Härte des Entzugs gelitten hatte.

Ohne ihn zu fragen, hatte ihn Maria beim Hausarzt zu einer Untersuchung angemeldet. Zu einem großen Service, wie sie sagte. In der Unterhose war er vor dem Doktor gestanden. Er musste sich abhorchen, abtasten, abklopfen und durchleuchten lassen. Wurde von der Assistentin zur Blutentnahme ins Labor gerufen. Blies zweimal den Inhalt der Lunge in einen Ballon. Füllte ein bauchiges Gefäß mit Urin. Die Flasche war so lebenswarm, als er sie der Gehilfin zur Analyse übergab. Da wurde etwas, das er täglich gedankenlos absonderte, zum Gegenstand einer Untersuchung. Die Frau hatte die Urinflasche auf den Tisch neben die Röhrchen mit seinem Blut gestellt. Gelb und Rot enthielten den Code seines Lebens.

Maria zulieb hatte er, zwar lustlos und mit einem Anflug von Missmut, den Gang zum Arzt auf sich genommen. Im überheblichen Gefühl seiner Gesundheit betrat er die Praxis, lächelnd. Aber das Lachen verging ihm schnell, schon im Wartezimmer fühlte er eine Beklemmung, seine Stirn umwölkte sich. Und als er entlassen wurde, war er krank, ein kranker Mann, der sich keineswegs erleichtert, sondern elend fühlte.

Das Sterben hatte begonnen.

Er trug den Tod in sich. In seinen Körpersäften schwamm der Tod, er hauste in den Zellen, wurde im Blut transportiert und abgelagert in den Organen. Ein Arztbesuch verwandelte jeden Gesunden in einen Patienten; Sterben blieb zwar eine Frage der Zeit, doch konnte ihn diese Gewissheit nicht trösten. Der Tod war ihm näher gerückt, allein weil er an ihn dachte.

Blutdruck, Zuckerspiegel, Leberwerte.

Herzkranzgefäße, Pulsfrequenz, Volumen der Lunge.

Der freundliche Hausarzt hatte die Daten dem Computer zur Auswertung überlassen und bei einer folgenden Konsultation mit ernstem Gesicht erörtert.

Von Mann zu Mann.

War es nicht ein Horror, die Häufigkeit des Schlaganfalls und des Herzinfarkts bei männlichen Verwandten und Ahnen seiner Familie plötzlich auf sich persönlich bezogen zu betrachten – im Vergleich mit der statistischen Häufigkeit ihres Vorkommens bei Männern seiner Altersgruppe?

Sie sind nicht ungefährdet, Herr Villiger.

Der Computer hatte ein Warnlicht aufblinken lassen.

Musste es nicht zu Albträumen führen, in der Abweichung von den Durchschnittswerten und unter Einbeziehung der Todesarten seiner Vorfahren, seine eigene wahrscheinliche Todesursache von einem Rechner wie ein Orakel vorhergesagt zu bekommen?

Gab es eine ärgere Falle als die Medizin?

Man wurde in die Welt gesetzt, ohne seine Einwilligung gegeben zu haben, gefangen in einem Körper, der zum Sterben verurteilt war. Das Leben war der Countdown des Todes, seine Basis. Man glaubte, bei einer optimistischen Betrachtung einen geringen Einfluss darauf nehmen zu können, was die Frist betraf.

Eine Dose Pfeifentabak, täglich.

Eine Flasche Wein.

Kaum körperliche Bewegung.

Nein, eigentlich krank sei er nicht, sagte der Arzt.

Trotzdem kritische Werte, das als Kranksein interpretierbare Bild.

Er sei am Ende nur zu sorglos gewesen, erklärte der Arzt. Hans Villiger hatte den Körper benutzt wie ein Hilfsgerät für den Kopf, vernachlässigt hatte er ihn – bis er anfing, sich heimlich zu rächen, wie ein Motor, der stotterte und stockte, wenn man ihn würgte.

Nach der Besprechung war er bedrückt gewesen. Er kannte nun sein medizinisches Profil, hatte Diagnose und Prognose im Kopf, und den ärztlichen Rat. Ziemlich benommen war er nach Hause gegangen, unentschieden, ob das neue Wissen ihm nütze oder schade. Mit wenig Behagen machte er eine Pfeife an; er war keineswegs gewillt, nun sein Leben zu ändern, überlegte die Möglichkeiten kleiner Korrekturen. Beim Fußgängerstreifen vor der Metzgerei wartete er, bis er die Straße überqueren konnte. Lange Spaziergänge im Wald, überlegte er, das wäre eine zumutbare Therapie. Ein Autofahrer machte ihm ein Zeichen. Gedankenlos folgte er dem Wink und bekam gleich einen Schlag gegen die Hand, dass seine Pfeife zu Boden fiel. Ein Motorrad hatte ihn mit dem Spiegel erwischt, eine Honda, die das Auto auf dem Mittelstreifen überholte.

Die Pfeife war zerbrochen, der Handrücken schmerzte. Ein halber Schritt weiter, und der Idiot hätte ihn über den Haufen gefahren. Auf der Marktgasse herrschte um diese Zeit ein starker Verkehr. Die entgegenkommenden Fahrzeuge hätten ihn überrollt.

Hans Villiger sah sich im Blut liegen.

Schädelfraktur, zerschmetterte Knochen.

Innere Verletzungen, Brustkorb eingedrückt.

Krankenauto mit Blaulicht, der Leichenwagen.

Er hatte aufschreien wollen, doch seine Stimme versagte. Der Hondatyp hielt an, kam zu ihm. Hans Villiger zitterte, sein Schock war so groß, dass er nur abwinkte: Nichts passiert. Erst zu Hause, als er sich einen Calvados eingoss, kam die Wut in ihm hoch. Verprügeln hätte er den Kerl sollen. Der Polizei ihn melden. Aber er hatte nicht einmal daran gedacht, den Mann nach seinem Namen zu fragen oder die Nummer der Honda aufzuschreiben. Zumindest für die Pfeife hätte er Schadenersatz verlangen müssen, das schöne Stück war zerbrochen. Freilich machte er sich selbst auch Vorwürfe. Ohne gebührende Vorsicht eine mörderische Straße betreten, Idiot, dachte er. Und lachte. Er lachte über den Tod, dieses Programm in seinen Säften, Zellen, Genen: es wäre beinah überlistet worden. Mit zweifelhaftem Erfolg allerdings; und gerade nochmals zum Nachteil des Lebens. Offensichtlich besaß der Tod die Gabe, sich mühelos über sein eigenes Programm hinwegzusetzen und wie ein Chamäleon die Farbe zu wechseln. Er kümmerte sich nicht um seine Wahrscheinlichkeit, das wäre ja lächerlich, er erdrückte die Hochrechnungen aller Art, diese Ausweichmanöver, mit seiner Selbstherrlichkeit, mit seiner Unausweichlichkeit. Fristen beachtete der Tod, angesichts der maßlosen Ewigkeit, ohnehin nicht.

Das besonnte Stück Küchenboden war kürzer geworden.

Der Tod bedeutete in jedem Sinn des Wortes: das letzte. Doch nun war Hans Villiger frohgemut und frei von Angst um sein Leben, dieses kostbare verletzliche Ding.

In einem Traum hatten sich sein Leben und die Leben von Maria und Lina in Eier verwandelt. Sie waren das Gelege des Zaunkönigs. Er musste diese kleinen dünnwandigen Leben, um sie zu schützen, im Mund herumtragen. Ganz klar wusste er in dem Traum, dass er einmal aus Unachtsamkeit auf ein Ei beißen oder ein Ei mit der Zunge zerdrücken würde. Verstört war er mitten in der Nacht aufgewacht. In der dunklen Küche hatte er den Geschmack von roher Eimasse und Tod mit einem Glas Wasser weggespült. Er fürchtete sich nachzuprüfen, ob Lina und Maria noch atmeten. Dieser Gedanke weckte ihn vollends. Er öffnete den Kühlschrank und stand vor den beleuchteten Lebensmitteln. Kälte schlug ihm entgegen. Während er Apfelkompott auslöffelte, kam er wieder zu sich.

Er hatte manchmal Angst davor, seine Existenz, die tagsüber so festgefügt schien, breche mit einem Mal auseinander, sein Leben werde durch ein Unglück aus der Bahn des Alltags geworfen. Die kalten beleuchteten Lebensmittel wirkten so grotesk, so unwirklich in dem Kühlschrank. Vom Sammler und Jäger zum Kühlschrankfresser. Eine Zeitreise rückwärts stellte er sich vor. Alles hatte sich verändert, nur nicht diese winzige Tatsache, dass der Tod eintritt, sobald das Herz zu schlagen aufhört. Und um es zum Stillstand zu bringen, gab es unzählige Möglichkeiten; ein paar davon hatten sich über Eiszeiten hin erhalten – und dass neue dazugekommen waren, spielte am Ende gar keine Rolle. Eine einzige genügte. In diesem grotesken Kühlschrank lag vakuumverpackte und in Scheiben geschnittene Wurst. Das war einmal ein lebendes Schwein gewesen. Zwei Koteletts lagen da, erbärmlich eiskalt und tot. Er hatte das Apfelkompott gegessen, sich wieder ins Bett gelegt und war eingeschlafen, als sei nichts geschehen. Am Morgen fahndete er nach den Bruchstücken des Traums und erschrak, als Lina beim Frühstück den Becher umstieß: das Ei fiel zu Boden, brach auf und rann aus.

Er war Lehrer, er hatte Frau und Kind. Er hatte ein ausreichendes Einkommen, ihm ging es gut. Er lebte in einer Form. Aber immer wieder wurde ihm vor Augen geführt, wie wenig es brauchte, diese Form zu zerstören. Ein geringer Anlass genügte, und er wäre stellenlos, von der Fürsorge abhängig, ein Trinker, süchtig, er wäre verlassen von seiner Frau, ohne Kind, ohne Rückhalt und Trost, ein im Leben ganz gewöhnlich gescheiterter Mann.

Eigentlich wissen das alle, dachte er in der guten Laune, die ihn beim Kochen überkam: davon profitieren die Versicherungsanstalten.

Mit einigem Getöse kam Lina in die Küche gerannt. Im Gang hörte er Maria. Das Kind war sogleich ganz da; die kleine Person füllte den Raum mit ihrer Stimme, ihrem Geruch, ihrer Präsenz. Mit Leben. Lina hatte keine Zeit, ihn zu begrüßen. Dabei wollte er berührt werden, geküsst von kindlichen Lippen. Lina öffnete den Schrank und nahm ein Glas heraus. Ein Frosch, den sie gefangen hatte, benötigte ein Haus.

Als Maria und Lina zusammen ein Bad nahmen, hörte er das Planschen, das Lachen, das plötzliche Gequengel des Kindes, das sich weigerte, die Haare zu waschen.

Das Pilzgericht blubberte auf dem Herd.

Hans Villiger ging ins Badezimmer. Er tauchte die Hände ins Wasser und fasste Maria um die Taille, glitt unter Wasser über ihre Haut und bedeckte nach einem Umweg, bei dem er flüchtig ihr Geschlecht streifte, ihre weichen Brüste. Lina zwängte ihre Füße dazwischen und schob seine Hände auseinander. Die hellen Sohlen des Kindes schienen die Brüste schützen zu wollen, bis der Reiz stärker war, mit der großen Zehe die Brustwarzen der Mutter anzustupsen. Maria wehrte sich gegen die zärtlichen Zudringlichkeiten von Mann und Kind. Sie stand auf, und das Wasser rann an ihrem Leib herunter.

Später, als sie bei Tisch saßen und er Nudeln und Pilze schöpfte, eine Schüssel mit grünem Salat, den Maria zubereitet und mit Thunfischstücken und Baumnüssen garniert hatte, war schon aufgegessen, fühlte sich Hans Villiger gut: aufgehoben, zugehörig.

Und es berührte ihn seltsam, als seine Tochter, das achtjährige Mädchen, mit der Gabel im Teller herumzustochern begann und die Pilze ganz pingelig herauslas.

Magst du sie nicht?

Eigentlich schon, sagte das Kind.

Also, was hast du denn?

Die sind doch verstrahlt, sagte das Mädchen, man soll doch keine Pilze mehr essen.

Oder etwa nicht?

Hans Villiger war verdutzt. Da holten ihn die eigenen Ermahnungen ein, das Kind war sein Echo.

Das sind wundervolle Pilze, sagte er bestimmt.

Und kein bisschen giftig, fragte das Kind scheu.

Er wollte nun rechthaberisch sein. Nicht im Geringsten giftig, beruhigte er Lina.

Wieso weißt du das?

Mir schmecken die Pilze, versuchte Maria zu schlichten und schob eine Gabel voll in den Mund. Der plötzliche Einfall, am Ende doch wirklich Verstrahltes zu essen, verdarb ihr den Bissen. Die Angst war stärker als Zunge und Gaumen, sie verbot den Genuss, eine widerliche tödliche Kaumasse wälzte Maria im Mund und war unfähig, sie zu schlucken. Nur nicht hysterisch werden, redete sie sich gut zu. Aber das war ja der Punkt, die Grenze zwischen Hysterie und Vernunft war verwischt. Sie stand auf, ging ins WC und spuckte die Pilze aus.

Lina weinte.

Seid ihr wahnsinnig geworden, schrie Hans Villiger.

Salat, Pilze, Milch – alles ist ungenießbar.

Radioaktive Erdbeeren, Cäsium in den Knochen. Und in den Flüssen strahlen die Fische. Ziegenkäse, Lammfleisch, Gemüse – Blei, Kadmium, Nitrat. Er redete viel zu laut. Was können wir denn noch gefahrlos essen: Spaghetti nature mit künstlichen Vitaminen.

Er war wütend.

Er hielt seine Wut nicht zurück.

Man isst ein Ei, und es schmeckt nach Fisch, schimpfte er fort. Man isst eine Tranche Schinken, sie schmeckt nach Fisch. Dann nimm doch gleich Fisch, versuchte Maria zu scherzen. Fisch, entgegnete er scharf, schmeckt nach einer unglücklichen Liebe zwischen Schwein und Huhn. Diese Pilze aber sind großartig, schrie er, wirklich nach Pilzen schmeckende natürliche Pilze sind das.

Mit dem Löffel begann er sie aus der Schüssel zu essen. Guten Appetit, wünschte Maria nun ziemlich heftig.

Da nahm er die Schüssel und stellte sie hinter sich in den Abwaschtrog, so heftig, dass sie zerbrach.

Er war ganz bleich geworden.

Wir sind den Feinheiten unserer Messmethoden psychisch nicht gewachsen, sagte er zerknirscht und begann, die Sauerei, die Nudeln, Scherben und Pilze aufzuwischen.

13

Eine sternklare Nacht.

Philip Wolf hatte den Abend in Zürich verbracht. Auf dem Heimweg bog er auf Höhe des Mutschellenpasses ab und fuhr auf den Hasenberg.

Ende der Straße, Ende der Welt.

Hell schien der Mond auf die Häusergruppe und auf ein paar Bäume. Kein erleuchtetes Fenster, verlassen parkte sein Auto auf der leeren Fläche vor dem Restaurant. Er stand da, rauchte. Umrisse traten deutlich hervor. Die Stille war ein Ausdruck der Kälte. Die Dinge schienen zu frieren, obwohl Mondschein sie umhüllte. Was Philip sah, lag entblößt. Die Nacht tötete nicht bloß die Farben, sie zog allem auch die Haut ab. Den Häusern und Bäumen, der Kuppe des Bergs, seinem Auto. Philip liebte diese Stimmung. Das weiße Licht des Mondes blieb nicht haften, es besaß nicht die Kraft, den Dingen die Farbe zurückzugeben, es umschmeichelte sie bloß. Alles hatte einen festen Körper. Und war fast animalisch sprungbereit; jeden Augenblick schien etwas bersten oder sich entladen zu wollen. Wiederum wirkte das Land auch niedergehalten, gefesselt. In den Mulden schwebte der Nebel, als hätte er sich zum Schlaf zurückgezogen. Auch er sog das Licht des Mondes nicht auf, das Mondlicht blieb ganz rein, unwirklich, da es sich weder vermischte noch verzehren ließ. Der Mondschein vernichtet keine Träume, dachte Philip, er ist entschieden freundlicher als das Licht des Tages.

Er ging eine Zeitlang auf dem Weg zum See, der im finsteren Waldesinnern lag. Blütenweiß, dachte er, sei der richtige Ausdruck für die Farbe seines Hemds, das unter der Krawatte schimmerte.

In seinem Anzug von Armani ähnelte er einem schwärmerischen Nachtwanderer wenig. Er war auch nicht von romantischen Gedanken getrieben; Philip ging einfach so, ohne Absicht und Ziel. Trotz der späten Stunde spürte er keinerlei Anzeichen von Müdigkeit. Jetzt im Bett liegen, wäre eine Form von Zeitverschwendung. Seine Gedanken sprangen hin und her, sie hießen Margrit und Laura oder Laura und Margrit zugleich. Das störte ihn. Am liebsten hätte er an keine der Frauen gedacht. Den Kopf von der Frau befreien; das bleibt ein vergeblicher Wunsch. Verrückt, du musst ja verrückt sein: es gibt keine längere Spanne als zwei Stunden, während der du nicht den Gedanken Frau im Kopf hast. Selbst im Schlaf, der weibliche Eingriff in die Träume. Frauen –

und nicht eine bestimmte – alle Frauen. Sie schlüpfen jeweils nur, zum Beweis ihrer tückischen Macht, in die Gestalt einer einzelnen.

Er konnte sich die Haare raufen.

Ein Rascheln von Seide auf Haut, ein Lächeln, ein Parfüm, ein Blick, das Augenfeuchte, Knie, verhüllt oder bloß, das Runde einer Schulter, wie Haar fällt, ein Leberfleck unter dem Schlüsselbein, eine Bewegung – und schon bist du entflammt.

Was suchst du?

Er bildete sich ein, Frauen zu verstehen, und wusste freilich ebenso, wie simpel er manchmal reagierte. Ein Rock, der hochrutschte, ein bisschen Busen – Mann.

Frau.

Nase, seine Nase ortete Frauen. In verlassenen Räumen – ihr Atem war noch da, ihr Duft, eine Delle auf einem Kissen, der Nachhall einer Stimme, ein Hauch Körperwärme. Und im Aschenbecher lag ein Stummel mit dem roten Abdruck ihrer Lippen. Der Reiz ihrer Abwesenheit genügte Philip, eine Frau zu fantasieren, sie wirklich zu sehen, sie zu begehren. Er liebte erfundene Frauen, es bereitete ihm Vergnügen, sie zu erfinden.

Aus dem Wald drangen Geräusche, als finde zwischen Tieren ein Kampf statt. Dann ein erschütternder Laut, ein Todesschrei.

Darauf wieder Stille. Philip warf die Zigarette weg. Der Stummel glimmte im Gras wie ein einzelnes Glühwürmchen, das sich besonders bemühte, den Sternen nachzueifern.

Von irgendwoher schlug eine Turmuhr.

Philip Wolf hatte den Abend in Zürich verbracht. Allein. Er war auf der Flucht. Weggefahren war er, aus dem Freiamt, über den Berg in die Stadt. Um einzutauchen, um unterzugehen. Er war im Freiamt ein angesehener Mann, aber Wolf zu heißen brachte ihm nicht nur Vorteile. Das Bedürfnis anonym zu bleiben, meldete sich immer wieder. Er misstraute der ländlichen Nähe: jeder meinte, seine Nachbarn durchschaut zu haben – und es gab nichts als Nachbarn. Das Vertraute hin und wieder abzuschütteln, bezeichnete er als Lebensnotwendigkeit schlechthin. Um nicht zu erstarren, nicht zu verkalken, nicht abgeschlachtet zu werden von der alltäglichen Banalität. Er verweigerte sich dem eintönigen Leben als Opfer. Der solide Gang der Geschäfte war auch lebensfeindlich, brutal. In der Stadt, in Zürich, glaubte er aufzuleben und aufatmen zu können. Obwohl Stadt viel zu oft einfach Frau bedeutete. Doch es ergaben sich Gelegenheiten, dieses Muster zu vermeiden. Und darauf kam es ihm an. Die Stadt ermöglichte ihm, sich frei zu fühlen. Anonymität kostete er hier aus. Er besuchte Theater und Galerien, immer wieder betrachtete er im Kunsthaus die Bilder von Chagall und saß lange im Saal mit den Bildern der neuen »Wilden«, ganz umsponnen von der Atmosphäre, dem Raum, dem Licht. Zurückgeworfen auf sich selbst, auf die eigene Stimme – auch wenn er schweigend verweilte und nichts als zufrieden war. Glücklich gar. Er besuchte Buchhandlungen, stöberte herum, kaufte Bücher. Er ging ins Kino, in ein Café, er flanierte in der Altstadt und kaufte sich einen Anzug, eine Krawatte oder ein Hemd. Er genoss den Tag, spazierte am See, wo er den Blick schweifen ließ. Der suchte dann auch Frauen. Von Frauenblicken wurde auch er gefunden. Philips Traum war, bei allen Vorbehalten, eine Frau, eine verführerische Schöne, die ja sagte, vorbehaltlos, eine Frau, die forderte und auch verführt werden wollte, genau wie er, spontan, namenlos.

Es war gut mit dir, sagte die Verführerin beim Abschied.

Und dann ging sie, ohne den Versuch, ihn zu fesseln, ihn für sich zu gewinnen.

Auch er ging weg, ohne Bedauern, fort.

Adieu, wollte er sagen.

Nicht: Auf Wiedersehen.

Es blieb ein Duft, eine leichte Erinnerung, das Begehren und der aufblitzende Wunsch, sie nochmals zu treffen, warum nicht – in einer anderen Frau. Ihn reizte die Möglichkeit, der Frau seines Lebens zu begegnen und sie nicht nach dem Namen zu fragen.

Adieu, würde die Frau seines Lebens sagen.

Nicht: Auf Wiedersehen.

Und er würde sich auf die Suche machen, unermüdlich und mit der Gewissheit, die Namenlose niemals wiederzufinden.

Philip hatte am Nachmittag mit Laura gesprochen, er war nach Muri in die Villa gefahren, um sie zu treffen. Als sie die Zwillinge versorgte, war er plötzlich eifersüchtig gewesen. Sie hatte ihn doch nicht provozieren wollen? Von der Rückkehr nach Amerika, vom Mississippi redete sie, von dem Landgut, das die Wolfs in St. Louis County besaßen, von dem geräumigen Haus, in das sie einziehen wollte.

Was soll ich hier, in Europa, Philip?

Nun begann er zu frieren. Stand mitten in der Nacht auf dem Hasenberg, als sei er ein Mann aus Bronze. Die Sterne glitzerten. Ein Blinzeln des Himmels, dachte er. Der Himmel lachte ihn aus. Und wiederum war er dem Himmel auch ganz egal, Philip wusste das. Die Sterne machen keinen Unterschied zwischen Menschen und Dingen. Philip dachte an das Tier, das angesichts seines Todes geschrien hatte. Vielleicht lauerte der Sieger des Kampfs nun ihm auf, angestachelt, erregt vom geleckten Blut, scharf darauf, die Witterung des Todes nochmals zu riechen. Die Vorstellung, es könnten im Wald noch Tiere leben, die er zu fürchten hätte, war absurd. Doch dieses Knurren nun. Das Knacken von Ästen. Er dachte, ohne es im Mindesten zu wollen, an einen Bären und blieb stehen. Ein Schauer, ja, er zitterte. Er erinnerte sich an seine Kindheit, an die Angst vor der Dunkelheit, an die Nächte, in denen seine Fantasie einen Mantel, der am Bügel hing, mit einem gehängten Mann verwechselte. Ein Haufen Kleider auf einem Stuhl nahm die Gestalt eines Monsters an. Über die Wand huschende Schatten hatten ihn entsetzlich erschreckt. Und genauso war es nun, als lebe in dem Mann, der nun mit klopfendem Herzen durch den Wald ging, das Kind wieder auf, seine Furcht, sein Grauen, dieses Entsetzen vor Ungeheuern, gegen die es sich nicht zur Wehr setzen kann, weil es viel zu klein und schwach dafür ist. Immer blieb man im Grund zu klein und zu schwach dafür, immer wieder holten einen die Spukgestalten und Monster der Kindheit ein. Wie ein verpuppter Virus neu ausbricht, ein eingenisteter Herpes, von dem man sich geheilt wähnte, weil er sich jahrelang nicht mehr geregt hatte: und plötzlich ist das Fieber wieder da, der Körper glüht, Blasen bilden sich auf den Lippen, platzen auf. Angst. Angst war das Schlimmste überhaupt. Irrationale Angst. Angst vor nichts, also vor allem. Es war auch verrückt. Die Angst weckte die schlimmsten Fantasien. Sollte er nun auch schreien, wie das Tier, das getötet worden war, sich ergeben mit einem Schrei?

Schrei, Philip.

Bleib ruhig.

Er kehrte um, ganz brüsk drehte er sich um, er zwang sich, nicht einfach loszulaufen, ein wenig schämte er sich für seine kindliche Angst vor der Dunkelheit. Renn nicht, Philip, sagte er sich, dreh nicht durch. Geh ruhig, gemessen. Nicht fliehen, standhalten. Er ging zurück zum Parkplatz, wo sein Auto auf ihn wartete, verlässlich, treu, diese Maschine. Philip öffnete die Tür, stieg ein und setzte sich hinter das Lenkrad. Er atmete den Duft des Leders ein, ein wenig roch es auch nach Benzin. Er saß in dem Wagen wie in einer Höhle, und er gab sich der Illusion hin, darin geborgen zu sein. Er kam sich wie ein Junge vor, der sich unter den Schreibtisch des Vaters verkrochen hatte, wo ihm nichts geschehen konnte.

Er ließ den Motor laufen und schaltete die Scheinwerfer ein. Langsam fuhr er in den Lichtkegel hinein, schob diesen Lichtkegel vor sich her wie einen unverletzlichen Schild, den gelben Schein unverbrüchlicher Sicherheit. Nun konnte ihm nichts mehr zustoßen.

Tauchte nun der Bär auf, würde das wilde Tier zuerst vom Lichtstrahl erfasst. Gewarnt, dachte Philip. Und wiche der Bär nicht aus, würde er niedergewalzt. Ein Auto gegen einen Bären. Das Fahrgestell aus Stahl, hart aufgepumpte Reifen und eine solide Karosserie gegen Pelz, Muskelfleisch und Knochen.

Das Licht des Mondes war allmählich fahl geworden.

Philip hatte sich wieder beruhigt. Wahllos schob er eine Kassette in den Recorder des Autoradios und drehte die Lautsprecher für Mozarts Klarinettenkonzert auf. Musik aus einer längst vergangenen Zeit füllte das Auto ganz aus, Musik, die mit der Welt, in der sie nun gespielt wurde, nichts mehr zu schaffen hatte.

Philip sah keinen Grund, sich zu beeilen.

Zeit ist Mythos – der Tod ein Traum.

Am Horizont, mehr als Ahnung denn sichtbar, kündigte sich das Morgengrauen an. Nichts war Philip verhasster. Morgen-Grauen. Er hatte es immer gehasst; es war die Stunde, in der man, nach schlaflosen, nach durchwachten, durchzechten, nach unbeschwert durchtanzten Nächten, oder nach einem endlosen Manöver, unweigerlich zu frieren begann. Von außen und von innen erfasste einen die Kälte, drang in die Hohlräume der Knochen, in den Kern der Zellen, verbreitete sich im Gewebe, das Gespinst der Seele sog sich voll damit, sie floss mit dem Blut durchs Herz aus Eis. Es war ihm ganz klar, dass die Generale aller Zeiten das Morgengrauen als geeignet für den Angriff erachteten.

Philip fuhr durch Widen zum Mutschellenpass, bog bei der Bank rechts ab, sah beim Bahnhof die erleuchtete Uhr und gegenüber die Zapfsäulen der Münztankstelle. Es war ihm, als tauche er vom Berg hinab ins Tal der Reuss, das noch im Dunkeln lag, zugedeckt vom Nebel des Sommerendes. Bremgarten war nicht zu erkennen. Gleich würden Dunstschwaden die Scheiben seines Autos beschlagen, musste er die Wischer einschalten; ihn fröstelte, obwohl er die Heizung aufgedreht hatte. Auch spürte er nun die Müdigkeit. Auf der Passfahrt bergab nahm die Schwerkraft zu. Das Gewicht seines Körpers wurde verdoppelt, das seiner Augenlider vervielfachte sich.

Philip beachtete die von hinten nahenden Scheinwerfer zuerst nicht. Erst als der fremde Fahrer die Lichthupe betätigte, blitzten sie in seinem Rückspiegel auf. Der Idiot blendete ihn nochmals. Und wieder. Philip fuhr trotzdem nicht schneller; er würde sich von der Kampfansage nicht beeindrucken lassen. Der Fremde schloss auf. Er stieß mit seiner Stoßstange gegen das Heck von Philips Wagen. Im Spiegel sah er, dass drei Männer in dem Auto saßen. Das scherte nun aus und jagte beim Überholen so dicht an seiner Seite vorbei, als suche der Fahrer Blechkontakt, um dann brüsk wieder einzuschwenken. Philip musste auf die Bremse steigen. Sein Puls klopfte in den Schläfen. Philip spürte, wie ihm Schweiß ausbrach, über die Stirn lief, seine Achseln nässte. Die Typen wollten ihn fertigmachen, sie trieben ein Spiel mit ihm, das war ganz klar. Er hatte keine Chance. Sein Ford war stärker, ihr Wagen wendiger, ein GTI, der ihn überholte und ausbremste. Es gab auf dieser Bergstraße kein Entkommen, auch anhalten durfte er nicht, das sagten ihm Kopf und Instinkt.

Die wollten ihn umbringen.

Verdammte Arschlöcher.

Er stieß den Fluch aus wie einen Schrei; seiner Verzweiflung schaffte er so Luft, doch es war auch ein Zeichen dafür, wie sehr seine Nerven flatterten.

Er müsste sich jetzt zwingen, das letzte aus dem hellblauen Ford herausholen. Das Ganze als sportlichen Wettstreit auffassen. Den Motor ausquetschen und die Fahreigenschaften des Wagens wie ein Werkfahrer nutzen, um aus der Falle zu entkommen. Fahr den Typen davon.

Philip verabscheute Autorennen; er bot die ganze Kraft seines Willens auf, widersetzte sich der Verlockung, einfach blind das Gaspedal durchzudrücken. Sie fuhren nicht auf einer sicheren Piste, sondern über den tückischen Pass, und er war erfahren genug, den Ernstfall nicht mit einem Test zu verwechseln. Philip versuchte sich zu beruhigen, so zu fahren, wie er es gewohnt war. Auf keinen Fall durfte er die Nerven verlieren. Sie hoffen es nämlich, sie rechnen damit, dass du die Nerven verlierst. Nur wenn du durchdrehst, erreichen sie ihr Ziel.

Sie versuchen, dich fertigzumachen, Philip.

Sie wollen dich umbringen.

Und es soll wie ein Unfall aussehen.

Bestimmt, die Schweine warteten ab – bis er über die Kurve hinausraste, den Abhang hinunterstürzte, sie waren scharf auf den Anblick eines Ford, der sich überschlug, gegen einen Baum prallte, in Flammen aufging und ausbrannte.

Diese Männer wollten ihn in den Tod treiben. Das war doch ihre Absicht. Was denn sonst?

Sie meinen gar nicht dich persönlich.

Das sind Wahnsinnige. Du bist ihr zufälliges Opfer.

Philip sehnte sich nach einer Autobahn. Auf der Autobahn würde er ihnen einfach davonfahren. Doch die nächste Auffahrt war mindestens zwanzig Kilometer entfernt: auf so einer Strecke kann man das Leben hundertmal verlieren, Philip.

Hör auf mit diesen absurden Gedanken.

Tausendmal verlieren.

Als müsste es ihm Mut machen, fiel ihm ein Gedicht von Dylan Thomas ein:

Wenn nur der Mond wütet
Und die Liebenden im Bett halten Not
Und allen Kummer im Arm,

dabei wäre es klüger, sich die Nummer des GTI einzuprägen, als ein Gedicht aufzusagen, das zu dem Ereignis nicht den geringsten Bezug hatte. Aber das war bezeichnend für die Logik der Angst, und es gelang Philip nicht, sich die Nummer zu merken. Als der GTI auch bei der Einfahrt in die Stadt seine Hetzjagd nicht aufgab, drückte Philip auf die Hupe, hupte ununterbrochen. Es nützte nichts. Niemand schien aufmerksam zu werden. Dabei wollte er mit seinem Alarm die ganze Stadt wecken. Sie rasten durch die Marktgasse, fuhren den Bogen hinab. Philip blieb auf der Hupe. Vor der Brücke bog er scharf rechts ab in die Unterstadt. Er folgte keinem Entschluss, vielmehr einer Eingebung, es war der verzweifelte Versuch, den Gegner abzuschütteln. Wie ein Hase, der Haken schlägt. Doch der GTI zog mit. Philip geriet in Panik, raste an der Kirche vorbei, am Friedhof, preschte Richtung Militärbrücke, stemmte seinen Fuß mit aller Kraft aufs Gas, als wolle er das Pedal durch den Blechboden rammen, schoss über die Brücke, stutzte einen Moment, verlockt von der hirnrissigen Möglichkeit auszubrechen, einfach das Geländer wegzufegen, im rettenden Fluss unterzutauchen. Beim Militärcamp hatte der Gegner ihn wieder eingeholt, und hinter den Stallungen der Fohlenweide, auf dem Schotterweg, der durch den Wald nach Fischbach führte, gelang es dem teuflischen GTI, ihn von der Straße abzudrängen und zum Halt zu zwingen.

Der Motor war abgewürgt. Philip sackte zusammen, das Kinn schlug ihm auf die Brust, und er bemerkte, dass er urinierte, warm nässte Urin ihm Schoß und Schenkel.

Die Männer stiegen aus. Sie waren jung. Noch keine zwanzig, dachte Philip, eigentlich sind es Burschen. Er saß in seinem Auto, die zitternden Hände auf dem Lenkrad, den Kopf ins Polster zurückgelehnt, als müsste er seinen Feinden die Kehle darbieten. Einer der Männer leuchtete mit der Lampe in sein Auto hinein. Die anderen begannen mit den Füßen gegen die Tür zu treten, auf die Kühlerhaube zu schlagen, gegen die Fenster. Sie trommelten mit den Fäusten auf das Wagendach, und er registrierte die Schläge wie einen Mozarts Klarinettenkonzert verhöhnenden Kontrapunkt. Die Männer standen dicht an seinem Ford, er sah nur Teile ihrer Oberkörper, ihre Bäuche.

Ihm fehlte jetzt ein Revolver.

Einer forderte ihn auf, die Scheibe herunterzulassen. Er hielt ein Blatt Papier in den Händen und gab Philip zu verstehen, er habe es zu lesen. Ja, Philip wünschte sich einen Revolver. Er war bereit, die Typen abzuknallen.

Schieß sie über den Haufen, es sind tollwütige Hunde. Nicht im Besitz einer Schusswaffe zu sein, verurteilte er als sträflichen Leichtsinn.

Mach das Fenster nicht auf. Lass dich nicht erwischen. Im Wagen bist du sicher.

Er wollte das glauben.

Sicher?

Als er bemerkte, dass einer von ihnen den Wagenheber geholt hatte und die Scheibe einzuschlagen drohte, drückte er die Automatik und öffnete das Fenster einen Spalt, gerade breit genug, damit das Papier eingeschoben werden konnte.

Er sollte unterschreiben.

Was?

Philip vermied es zuerst, die Deckenlampe einzuschalten. Er befürchtete, das Licht setze ihn einer noch größeren Gefahr aus. Das war ein Irrtum. Das Licht erhöhte die Gefährdung keineswegs. Ausschließlich die Männer erwiesen sich als gefährlich. Um Philip umzulegen, konnte es gar nicht dunkel genug sein. Er knipste die Lampe an, versuchte sich auf das Papier zu konzentrieren, las *Unfall*, las *Totalschaden*, las *Schuld*.

Das alles war krud. Doch es wurde ihm deutlich, dass sie ihn zwingen wollten, die *Schuld an einem Unfall mit Totalschaden* zuzugeben und *vollumfänglich* auf sich zu nehmen.

Er schüttelte heftig den Kopf: Nein.

Aber etwas in ihm flüsterte: Unterschreib doch.

Nein, ich habe nichts damit zu schaffen, schrie er.

Die Typen wollen dir eine üble Sache anhängen. Aber du hast es ja nicht getan, du bist unschuldig.

Irgendwie erleichterte ihn dieser Gedankengang. Er war wieder fähig, einigermaßen vernünftige Überlegungen anzustellen.

Das sind Verrückte.

Da er keinen anderen Ausweg sah und als Jurist um die Bedeutungslosigkeit einer unter solchen Umständen erzwungenen Unterschrift wusste – die allerdings die Macht haben konnte, ihn aus seiner misslichen Lage zu befreien, schrieb er seinen Namen dorthin, wo die Gangster ihn hingeschrieben haben wollten.

Du hast zwar die Nerven verloren, aber sie auch. Ihr Versuch, dir diese Sache anzuhängen, ist Wahnsinn. Die Falle wird zuschnappen, und sie werden selbst die Gefangenen sein. Er schob den Wisch mit seiner Unterschrift umständlich durch den Fensterspalt. Gleich ließen die Männer von ihm ab. Sie traten nochmals gegen den Ford, gingen dann zu dem GTI zurück und fuhren weg.

Philip spürte, dass ihm Tränen in die Augen traten. Auch als der GTI nicht mehr zu sehen und der Motor nicht mehr zu hören war, wagte es Philip nicht, den hellblauen Ford zu verlassen, obwohl er bemerkte, dass sich sein Magen zusammenklumpte und er sich übergeben musste. Er schloss die Augen, würgte, und sein Mund füllte sich mit Galle. Er schluckte das Bittere, und es kam nochmals hoch. Als er die Augen wieder öffnete, blickte er in ein weißes Morgengrauen. Ein Rudel Rehe kam aus dem Wald und äste, umspielt von Schwaden zerrissenen Nebels, und hätte der Anblick des zerbeulten Ford es nicht ausgeschlossen, er hätte sich zur Annahme gezwungen, zum tröstlichen Glauben, das alles sei nur ein Traum gewesen, aus dem er aufgewacht war mit verweinten Augen.

Noch immer lief Mozarts Klarinettenkonzert, es dröhnte im Wagen, die Musik drang voller Angriffslust in Philips Gehör, die Töne explodierten in seinem Kopf, die Läufe der Klarinette und ihre langen klagenden Töne bereiteten ihm unerträgliche Schmerzen.

14

Die kleine Nonne hatte ihre Arbeit in der Hostienbäckerei verrichtet und säte im Klostergarten Radieschen und Feldsalat.

– Matthäus 25,31 ging ihr nicht aus dem Sinn.

In den Baumkronen begann das Laub sich zu verfärben. Die Sonne büßte täglich Kraft ein, und die Eidechsen lagen nicht mehr, um Schmetterlinge zu fangen, den ganzen Tag auf der warmen Mauer, die das Kloster umschloss.

Matthäus redete vom Weltengericht.

Die kleine Nonne goss frisch gepflanzte Stauden und schnitt verwelkte Triebe ab.

– Die Völker werden zusammengerufen. Der Menschensohn will sie voneinander scheiden, wie der Hirt die Schafe von den Böcken scheidet.

Mit Tausendschönchen und Vergissmeinnicht schloss sie die Lücken, die abgeblühte Blumen hinterlassen hatten.

Sie trösten uns über die blütenlose Zeit des Herbstes hinweg, wollte sie zur Mutter Oberin sagen, wenn sie die Erlaubnis einholte, beim Gärtner Rosenstöcke zu bestellen. Sie musste auch darum bitten, die Rosen an einem neuen Ort einpflanzen zu dürfen, der alte Boden war rosenmüde geworden.

– Zu den Guten sagt er: Nehmt das Reich in Besitz, das seit der Erschaffung der Welt für euch bestimmt ist.

Die Nonne liebte es, im Garten zu arbeiten. Besonders die Blumen betreute sie gern. Und sie war dankbar für die Güte der Mutter Oberin, die ihr immer wieder gestattete, mit Blumen aus dem Klostergarten die Wegkreuze zu schmücken.

Sie schenkte dem Menschensohn gern Blumen.

– Weg von mir, ihr Verfluchten, in das ewige Feuer, sagt er zu den Schlechten.

Die Mutter Oberin erlaubte ihr, zum Gärtner zu gehen. Auch sie liebte Rosen. Am alten Standort durfte sie Tagetes pflanzen, damit der Boden sich erholte.

Im frühen Septemberlicht lief sie vom Kloster aus durchs Gehölz hinunter zur Reuss und ging nach Bremgarten. Am Ufer angelten Männer, einige trugen Gummianzüge, die es ihnen erlaubten, bis zu den Oberschenkeln im Wasser zu stehen. Die Nonne hatte schon ein paarmal zugeschaut. Die Fische zappelten, bevor die Männer sie erschlugen. Sie mochte das nicht. Du sollst nicht töten, sie hatte Erbarmen mit den Fischen. Fromm wäre es, ihnen wie Franziskus zu predigen. Besaßen nicht auch sie eine Seele?

Sie begegnete einer Mutter, deren Sohn auf einem Dreirad fuhr. Das Einkaufsnetz der Frau war gefüllt: eine Schachtel Cornflakes, ein Multipack Kokosriegel und eine Dose Katzenfutter. Die kleine Nonne war versucht, stehen zu bleiben und dem Jungen übers Haar zu fahren, aber sie getraute sich nicht. Das Kind schaute sie mit bösen Augen an, mürrisch und verdrossen. Es versuchte, der Mutter zu entkommen, was schwierig war auf diesem steinigen Weg. Enten, ein Paar und sein Nachwuchs, schwammen auf gleicher Höhe mit dem Jungen, sie schienen ihn zu begleiten.

Als die Elf-Uhr-Glocke läutete, musste sie wieder an Matthäus denken.

– Den Hungernden sättigen
Den Durstigen tränken
Kranke trösten
Die Toten beerdigen
Die Nackten bekleiden
Gefangene besuchen und Fremde beherbergen: wer den »Sieben Tugenden der Barmherzigkeit« nicht nachlebt, wird beim Weltengericht verstoßen – das lehrte Matthäus.

Am Morgen nach der Messe wäre die kleine Nonne gern auf den Lindenberg gewandert. Der Tag war durchsichtig, gläsern und trotzdem nicht hart. Bestimmt hätte sie die Alpen gesehen, zum Greifen nah und doch so fern – man musste an eine Erscheinung denken. Gibt es ein erhabeneres Bild als die Berge? Ihr Wunsch war es, einmal über die Gipfel zu fliegen.

Trotz einiger Sünden, die sie sich seit der letzten Beichte hatte zuschulden kommen lassen, hatte sie kommuniziert, wie jeden Tag den Heiland empfangen. Ihre Sünden waren lässlicher Art und hatten meistens etwas mit ihrer Naschhaftigkeit zu tun. Sie aß zu gern Mohrenköpfe. Es war auch eine lässliche Sünde, an einem gewöhnlichen Arbeitstag auf den Lindenberg steigen zu wollen, und eine weitere, am Ende nicht nur lässlicher Art, der Wunsch zu fliegen –

Am meisten bedrückte sie ihr Geheimnis.

Zusammen also ziemlich viel. Nicht einmal dem Beichtvater hatte sie ihre Not anvertraut.

Du musst dein Kreuz tragen.

Die Mutter Oberin zeigte viel Verständnis für die kleine Nonne. Sich von der Welt abzuwenden bedeutete ein unmögliches Opfer. Fast war sie ja noch ein Mädchen, und eine eingesperrte Schwalbe vergisst ihre Flüge in den Himmel hinein auch nicht so schnell.

Die neuen, vor der Staumauer errichteten Häuser leuchteten weiß im Schein der Sonne. Frauen arbeiteten in den Gärten, Mädchen spielten Yo-Yo. Auf dem Rasen verstreut lagen Barbie-Puppen mit unanständig verrenkten Beinen. Von einem Birnbaum, dessen Früchte bald reif waren, fauchte eine Katze herunter. Vor dem Stamm hockte ein Hund, unentschieden, ob er die Katze hetzen oder sich auf die Amsel stürzen wollte, die im Gras nach Würmern suchte.

Auf dem Weg lagen viele bunte Smarties. Ein Kind musste sie verloren haben. Der Anblick erinnerte die kleine Nonne an Fronleichnam. So hatte sie als Kind während der Prozession Blüten gestreut für den Heiland.

Die Welt war eine Verlockung.

Die kleine Nonne fühlte sich leicht und frei. Doch auf dem Weg, der über die Staumauer führte, als sie unter sich die von den Bäumen der Promenade umsäumte Reuss sah, und weit vorn den Spitelturm und die Häuser, spürte sie eine Beklemmung.

Ein wenig verdüsterte sich ihre Stirn.

Und führe uns nicht in Versuchung.

Sie begann zu schwitzen, in der Schlagader am Hals klopfte der Puls, rhythmisch, wie bei einem Frosch der Kehlsack. Auf den Handflächen schmerzte der Fleck. Er hatte die Größe einer Münze. Dort war die Haut ohnehin nur dünn. Durchsichtig – das Blut schimmerte durch.

Sie konnte es fließen sehen.

Den Schmerz in den Handflächen hatte sie vor dem Kreuz in Besenbüren zum ersten Mal gespürt. Zuerst glaubte sie, sich an einer Rose gestochen zu haben. Als sie aufschaute, entdeckte sie Katzen, die Katzen aus dem Dorf hatten sich beim Wegkreuz versammelt. Stillsitzen, befahl sie, ich will euch zählen.

Die Anzahl Kätzchen, Katzen und Kater auf der Staubstraße ergab die Telefonnummer ihrer im Freiburgischen ansässigen Schwester. Die sah sie im Garten arbeiten, wo sie mit der Schere Johannissträucher auslichtete. Die kleine Nonne lief, ohne die Katzen weiter zu beachten. Die hatten sich längst zerstreut. Die kleine Nonne rannte ins Dorf. Sie sah nämlich auch einen jungen Mann in einen Sattelschlepper steigen und losfahren.

Im Gasthof telefonierte sie.

Sie hörte das Telefon in der Stube der Schwester klingeln.

Monika –

Der Sattelschlepper hatte tiefgekühlte Pommes frites geladen und fuhr viel zu schnell.

Endlich nahm Monika den Hörer ab.

Hier ist alles in Ordnung, versicherte sie.

Und schrie auf.

In der Kurve vor dem Haus brach das fünfzig Tonnen schwere Gefährt aus; der Junge hatte nicht die Kraft, den Sattelschlepper unter Kontrolle zu halten.

Als die Nonne zum Kreuz zurückging, ließ der Schmerz nach. Die Haut allerdings war noch dünner geworden; der rötliche Fleck blieb ein paar Tage.

Ähnliche Visionen wiederholten sich. Während die kleine Nonne vor den Wegkreuzen betete, erschienen Vögel, ließen sich nieder und deckten Christus zu.

Oder Schmetterlinge. Und einmal ein Rudel Hunde.

Vor der Bildergalerie bei der Emauskapelle, sie zeigte Stationen aus dem Leben des heiligen Franziskus, blieb die kleine Nonne eine Weile stehen. Der Einsiedler mähte den Rasen. Schon auf dem Damm, über der Reuss, bevor sie den steilen Weg hochgestiegen war, hatte sie den Benzindunst einatmen müssen und den Motor gehört. Auch das Knacken von Ästen und die Schläge wegspringender Steine, wenn die Messer zwischen die Büsche fuhren.

Sie betrachtete die heilige Chronik und betete. Falls der Einsiedler sie ansprach, wollte sie Eile vorschützen. Doch er beachtete sie nicht, vertieft in die Arbeit, stand er in den Schwaden. Sie hatten die gleiche Farbe wie sein Bart.

Die Sonne schien, in mildem Licht erhob sich die Kirche von Berikon und strahlte hell auf der Kuppe des Bergs.

Einmal, beim eisernen Kreuz von Dietwil, bildete sich um die Lenden des Christus ein Kranz Ameisen. Die Hände der Nonne begannen zu glühen. Diesmal mischte sich die Panik nicht mit Sorge – sondern mit Gier.

Mit Geldgier, wusste sie.

Am folgenden Tag, als sie in Bremgarten am Kiosk einen Mohrenkopf kaufte, ergab sich die Deutung.

Du musst jetzt ein Los der Landeslotterie kaufen.

Es wird ein Treffer sein.

Sie konnte der Versuchung nicht widerstehen.

Tausend Franken bekam die kleine Nonne ausbezahlt.

Es hätte sie nicht erstaunt, wenn bei der Übergabe der Fleck in ihrer Hand durchlässig geworden und Blut am Geld kleben geblieben wäre. Sie war versucht, zur Bank zu laufen. Bankgeheimnis – Beichtgeheimnis, dachte sie. Und rannte mit wehendem Habit zum Emaus und stopfte das Geld in den Opferstock der Kapelle.

Vor dem Altar war sie niedergekniet und hatte lange gebetet. Geweint hatte sie, bittere Tränen, und gewusst: das nächste Mal, wenn du der Geldgier wieder nachgibst, reißt die Haut, bricht eine Wunde auf, die niemals mehr heilt. Gezeichnet mit dem Stigma des Herrn würde ihr Leben sich verändern. Von Grund auf. Sie fürchtete sich davor, sie wollte nichts anderes sein als eine ganz gewöhnliche Nonne mit einem verzeihbaren Hang zur lässlichen Sünde der Naschhaftigkeit, eine scheue Dienerin im Blumengarten, eine Liebende vor den Wegkreuzen. Gewiss, der Gekreuzigte würde sie in seiner Barmherzigkeit verstehen, ihm vertraute sie sich mit dem ganzen Vermögen ihres Herzens an; aber noch herrschte im ewigen Reich sein Vater, der Herr mit den verstopften Ohren. War nicht schon das Bitten seines Sohnes um Gnade ein Vergebliches gewesen? So wie sie, einsam, verlassen, verfolgt von einer teuflischen Angst, hatte sich Jesus in den Garten am Ölberg geflüchtet, hatte geweint, dieselben bitteren Tränen, und gebetet: Vater, lass diesen Kelch an mir vorübergehen. Aber der Herr hatte sich seiner nicht erbarmt und würde sich auch von einer kleinen Nonne nicht erweichen lassen. Der Herr hatte ihr die Gabe der Vision als Prüfung auferlegt. Doch er hatte ihr nicht nur die Gnade der Vorsehung geschenkt, der Herr befand es auch für gut, sie mit dem Laster der Geldgier zu verknüpfen.

Sie war Retterin und Sünderin, auserkoren und auf die Probe

gestellt. Sie wusste, dass sie wieder sündigen würde mit den Losen der Landeslotterie oder gar mit einem Schein der Lottogesellschaft.

Oder hatte der Heilige Vater in Rom den Herrscher im Himmel mit seinen Gebeten ersucht, der Kirche eine neue Quelle für Einnahmen zu erschließen?

Und sie war diese Quelle.

Damit die Kirche den »Sieben Tugenden der Barmherzigkeit« auch nachleben konnte. Das kostete doch heute eine Unsumme. Und sie wäre dann, dachte sie mit einem Anflug von Eitelkeit: die kleine Nonne der barmherzigen Scheine.

– Die Verstoßenen fragen den Menschensohn: Herr, wann haben wir dich hungrig oder durstig oder obdachlos oder nackt oder krank oder im Gefängnis gesehen und dir nicht geholfen? Darauf antwortet er: Was ihr für einen dieser Geringsten nicht getan habt, das habt ihr auch mir nicht getan.

Das Stigma war der kleinen Nonne vorbestimmt – und das Blut würde nicht zu verheimlichen sein. Es blieb ihr allerdings eine Frist, und die wollte sie mit ihren Gebeten verlängern.

15

Es hatte ein paar Tage geregnet und war merklich kälter geworden. Karl Meyer erwog, einen Mantel zu kaufen. Die Stare flogen tief über den Feldern, ihre gesprenkelten Bäuche, die erst noch in der Sonne aufblitzten, streiften den Bodennebel, der in den Landwirtschaftszonen hier und dort auch Kadaver von Bussarden und Milanen zudeckte, die mit den Mäusen Gift gefressen hatten und jämmerlich verendet waren.

Karl Meyer war allein.

Seine Freundin hatte ihn vor ein paar Wochen verlassen. Nicht unerwartet. Im Grunde hatte er ihre Zuwendung stets als ein zeitlich begrenztes Wunder betrachtet und sich verboten, von Liebe zu sprechen. Trotzdem setzte ihm der Verlust zu, auch Erwartetes tat weh, wenn es eintraf.

Mein Freund kommt aus Frankreich zurück, sagte sie. Ihre Worte ließen ihn versteinern. Aber auch Steine haben ein Herz. Karl Meyer hatte seine Sachen zusammengepackt und war aus ihrer Wohnung gezogen. Sie war sehr liebevoll in dieser letzten Zeit, zärtlich, aber halt zärtlich wie eine Tochter: sie fuhr ihm mit den Händen durchs Haar, sie küsste ihn auf die Wangen. Dabei blieben seine Gefühle nie väterlich. Er begehrte sie. Er litt unter dem Entzug. Ihre Nähe, ihre Haut, ihr Geruch fehlten ihm. Ihr Geruch auf seinem Körper fehlte ihm, die Vertraulichkeit zwischen Frau und Mann. Aus, vorbei. Seine und ihre Kleider auf einem Stuhl im Schlafzimmer, sein Rasierzeug neben ihren Tuben und Cremes im Bad, ihre Platten, ihr Schmuck in dem Kästchen aus Elfenbein, ihre

Art, beim Telefonieren das Kabel durch die Finger laufen zu lassen, und wie sie vor dem Spiegel stand, wenn sie die Lippen schminkte oder sich anzog, bevor sie ausgingen, das alles fehlte ihm; ihr Arm, der sich unter seinen schob beim Spazieren, wenn ihre Hüften sich im Gleichschritt berührten, wie sie sprach, sich ereiferte, einen Apfel schälte, wie sie schmollte und lachte. Er litt. Es tat weh, Elvira nicht mehr in die Arme nehmen und mit ihr schlafen zu dürfen. Zwar entzog sie ihm nicht einfach ihre Zuneigung, sie wendete sich nicht abrupt von ihm ab. Doch sie gab ihm deutlich zu verstehen, und er hatte es endlich einsehen müssen, ihr Körper sei unteilbar.

Elvira hatte ihm Urs nie verschwiegen.

Wir bleiben Freunde, sagte sie.

Ihm war damit nicht geholfen.

In Wohlen, in der Nähe des Bahnhofs, hatte Karl Meyer in einem Appartementhaus ein Zimmer mit Kochnische gemietet. Es war klein und sargförmig. Es hatte einen winzigen Balkon, auf dem er manchmal saß und auf ein paar verkrüppelte Bäume blickte. Trotz seiner Verlassenheit dachte er nicht daran, zu seiner Frau zurückzukehren.

Seine Frau hätte sich das auch verbeten. Sie hatte einen Anwalt aufgesucht und ihm geschrieben: … sehe darum nach allem, was Du mir angetan hast, keinen anderen Ausweg als die Scheidung und habe mit Dr. Pilgrim in dieser Sache gesprochen.

In seinem Sarg roch es nach Gulasch.

Gulasch war sein Trost, massenweise hatte er Gulasch im Supermarkt eingekauft, nun eine Dose geöffnet und auf dem Herd gewärmt. Umstandslos löffelte er die Masse aus dem Blech. Dazu trank er Bier. Er war hungrig, die Mahlzeit schmeckte ihm, der scharfe Fraß. Er war so gierig wie unglücklich, das heiße Gericht und das kalte Bier verliehen ihm ein Gefühl der Immunität gegen die Viren der Schwermut. Er brauchte nur Öffner und Löffel, er lebte in Askese. Den Kühlschrank voller Six-Pack Bier und mit einem Turm Gulaschdosen, wähnte er sich in einer eigentümlichen

Sicherheit. Sobald das Unglück ihn zu übermannen drohte, wärmte er eine Dose Gulasch auf. Gulasch und Bier befriedeten ihn verlässlich. Den Zustand der Lethargie, in den zu sinken ihm nach seinen düsteren Mahlzeiten vergönnt war, fand er erträglicher als das Liebesleid seiner nüchternen Stunden. Sein lädiertes Ich schwebte im Ruhezustand, und das war gut. Die Unzahl verbrannter Kalorien wärmte seine Seele, die sonst vereist wäre. Gulasch und Bier erwiesen sich als taugliche Frostschutzmittel. Bei Gulasch und Bier erholte sich sein Herz vom Schock, sie verhinderten den Stillstand der alten Pumpe. Karl Meyer würgte den Liebeskummer nicht traurig in sich hinein, er fraß erfolgreich gegen ihn an. Unglückliche Männer essen immer zu viel, satt empfinden sie weniger Schmerz. Hunderte Dosen Gulasch würde er verschlingen müssen, bis zum Tag der Läuterung stand ihm ein mit Verstopfung und Durchfall erschwerter Weg bevor. Ihm blieb nichts erspart. Er musste verdauen, die Verdauung verarbeitete sein Unheil, sie verwandelte stinkendes Seelenweh in reinen Stuhlgang. Der drängte mit schmerzhaftem Nachdruck hinaus oder verhockte im Leib. Auf jeden Fall war das eine Metamorphose, sein Wunder erlebte Karl Meyer, endlich entleert, konnte er schreiben. Verwundet wie ein im Rivalenkampf besiegter Bär, der sich in seiner Höhle verschanzt hielt und von Rache träumte. Ganz besessen schrieb er Schulhefte voll, während auf der Toilette der Gestank vom Entlüfter weggesaugt wurde, schrieb mit seiner Füllfeder abends im Schein einer alten Lampe, die vom Arbeitstag erschöpften Füße bis zu den Knöcheln in ein Becken warmes Wasser getaucht, das nach Iris sibirica duftete.

Karl Meyers traurige Helden waren immer Handlungsreisende. Sie hatten die Rolle des kleinen Verlierers satt und holten einmal selbst zum Schlag aus.

Der zwangsläufig ihre endgültige Niederlage besiegelte. Karl Meyer, den Zeigefinger über den Mund gelegt, dachte nach. Er stellte sich vor und notierte:

Irgendwo in einer einsamen, an der Autobahn gelegenen Bar, begegnet Mario Nickel einem Fremden. Der Typ reist mit Autozubehör und hatte einen schwarzen Tag. Im Verlauf des langen Abends beginnt der Fremde eine Geschichte zu erzählen. Und nach dem vierten Scotch merkt Mario Nickel: die Story ist nur vorgeschützt; der Reisende mit den dunklen Tränensäcken legt eine Beichte ab, der Erzähler ist der Mörder.

Er schrieb:

Im Blütenmeer der Iris sibirica, nicht weit entfernt vom Gasthof Hecht in Rottenschwil, entdeckte ein Wanderer die nackte, noch von keinem Anzeichen der Verwesung entstellte Leiche einer jungen Frau.

Mit diesem Satz sollte die Novelle anfangen.

Und sie war nicht die einzige, die Karl Meyer im Kopf hatte. Er nahm sich vor, alle seine Ideen aufzuschreiben, Konzepte auszuarbeiten und die Stoffe zu ordnen. Mario Nickel, seine Hauptfigur, sollte *als Handlungsreisender unterwegs* immer wieder, im Grunde gegen seinen Willen, in Kriminalfälle verstrickt werden und sie ohne Hilfe der Polizei auflösen. Erst wenn ein Fall geklärt ist, benachrichtigt Nickel jeweils die Polizei.

Karl Meyer hob die Füße aus dem Bad. Das Wasser hatte sich abgekühlt, er wollte warmes nachfüllen.

Ausgenommen die Schreiblampe, deren Schirm so tief gestellt war, dass nur das Heft und die silberne Füllfeder beleuchtet wurden, brannte kein Licht im Zimmer. Es war schon spät, draußen herrschte eine mondlose Nacht. Alle umherstreichenden Katzen waren unterschiedslos schwarz. Barfuß, mit hochgekrempelten Hosen, stand Karl Meyer auf dem roten Teppich. Er hielt das Becken in den Händen und schaute auf die Glastür zum Balkon, die den Blick nicht ausschweifen ließ, sondern auf den beleibten Mann lenkte, der von ihr gespiegelt wurde, ein wenig verzerrt und mit verschwommenen Umrissen. Und Karl Meyer dachte – kauf ihm ein Tier. Ihn dünkte, der Mann schreie nach einer lebendigen Ergänzung und alles an ihm drücke aus, sie könne nicht ein anderer Mensch, sondern müsse ein Tier sein. Für den dicken Mann wäre ein Tier zweifellos das allerbeste. Von dem dampfenden Wasser begann nun die Glastür zu beschlagen, Meyer wandte sich von der einsamen Gestalt ab, deren Schnauzbart feucht schimmerte und die seinem Gesicht den Ausdruck eines sich mit Biederkeit tarnenden Blaubarts verlieh. Karl Meyer schob das Becken unter den Tisch. Er setzte sich umständlich und leise stöhnend, prüfte mit den Zehen die Temperatur und senkte die Füße sorgfältig ins Wasser, als fürchte er, auf eine Mine zu treten. Ein wenig schwappte das Wasser über und bildete Flecken auf dem Teppich, die aussahen wie versikkertes Blut. An diesem Tisch pflegte er zu schreiben, zu essen und zu lesen, alle Bestellformulare ins Reine zu bringen und den täglichen Geschäftskram zu erledigen. Der Bauch lag in seinem Schoß, drückte aufs Geschlecht und beschwerte die Schenkel. Eine Katze fände da keinen Platz zum Schnurren. Eine Katze kam ohnehin nicht in Frage, Katzen waren so unbeteiligt und würdevoll. Auch den Kauf eines Hundes zog er nicht in Betracht, Hunde forderten zu viel Zuwendung und Auslauf; spazierte man im Wald, hetzten sie Wild, band man sie an die Leine, rissen sie einem den Arm schier aus, und ihr Kacken schaffte einem nur Feinde. Auch einen Vogel würde er sich nicht anschaffen, Karl Meyer mochte den scharfen Geruch von Vögeln nicht. Käfigvögel hüpften ohnehin den ganzen Tag von Stab zu Stab, das machte ihn so nervös, wie das aufgeregte Geflatter, sobald sie etwas erschreckte. Vögel in Käfigen erwarteten immer ein Unheil, gegen das sie sich nicht würden wehren können. Die Bestimmung der Vögel war der Flug. Der eigentlichen Möglichkeit ihres Wesens beraubt, begannen sie im Käfig zu singen. Die Melancholie ihres Gesangs machte Karl Meyer geradezu krank. Diesem Gefangenenchor fühlte er sich nicht gewachsen. Die Aussicht, das eigene Elend aus ihrem Gesang herauszuhören, raubte ihm den Atem. Sie versetzte ihn derart in Angst, dass er Vögel hasste. Ein Kanarienvogel, das wusste Karl Meyer, wäre sein Tod.

Er zog einen Fuß aus dem Wasser. Der schimmerte ganz rot.

Wasser tropfte ins Becken. Iris sibirica kitzelte die Nase, das folgende Niesen hallte im Zimmer wie eine Explosion. Karl Meyer schraubte den Deckel vom Füllfederhalter und schrieb:

Einem greisen Millionär und Witwer, der am Abend vor dem Fernseher sitzt, erscheint seine Frau auf dem Bildschirm. Er glaubt zuerst an eine Sinnesverwirrung, doch die Dame ist seine verstorbene Gattin. Sie spricht. Ein Testament soll er aufsetzen …

Karl Meyer stockte.

Der Greis ist getäuscht worden mit einem Video, einer seiner Enkel, er reist für die Elektronik-Branche, will so schnelles Geld machen –

Was hat der Enkel davon, falls der Millionär ihn als Erben einsetzt, aber am Leben bleibt?

Die Schäden des Alters haben den Greis zwar nicht verschont, aber aufs Beste betreut, könnte er das Datum seines eigenen Todes vergessen und munter weiterleben, noch Jahre, falls nicht –

Karl Meyer überlegte verschiedene Möglichkeiten, die Geschichte weiterzutreiben, und wog sie gegeneinander ab.

Wo und wie tritt Mario Nickel auf?

Mit nassen Füßen tappte er in die Küche und holte Bier. Er hatte am frühen Abend ein Six-Pack angefangen und riss nun die sechste Dose auf. Aus der Öffnung stieg Schaum. Er nahm einen langen Schluck und rülpste andächtig. Er stellte sich das Gesicht des betrogenen Greises vor und dachte, besorg dir Reptilien. Schöne Echsen. Er würde ein Terrarium einrichten, genau. Ein warmes, trockenes Terrarium. Meyer war geradezu verliebt in seine Idee. Echsen waren stille, gar lautlose Geschöpfe. Schlaf und Tod täuschten sie vor. Reglos würden sie unter der Infrarotlampe liegen. Mit starrem Blick, in Erwartung der Beute, die Zunge als Waffe im Mund und bereit, sie wie ein Springmesser ausfahren zu lassen. Echsen waren unverletzlich und nicht zu durchschauen. Ihre Haut war hart und trocken, ihr Herz schlug nur einmal pro Stunde. Ihre Körpertemperatur passte sich der Jahreszeit an; im Winter floss ihr Blut kalt, im Sommer heiß. Echsen gab es seit ewig. Älter als der Mensch, würden sie den Menschen überleben. Er stellte sich vor, sie seien fühllos. Hackte man ihnen ein Körperglied ab, ließen sie es nachwachsen.

Die letzte Dose Bier schmeckte immer schlecht. Das Getränk war zu kalt, und Karl Meyer spürte seinen Magen unangenehm; er musste aufstoßen, er litt unter Sodbrennen.

Sie hatte ihn verlassen, seine Elvira. Sie sah keine Zukunft für sich – mit einem alternden Mann.

Verheiratet bist du auch, Karl.

Das hatte ihm wehgetan, hatte ihn verletzt.

Aber eine einleuchtende Antwort fiel ihm nicht ein.

Das musst du doch einsehen, Karl.

Ich will einmal Familie …

Ein Haus, Kinder – eine Zukunft, Karl.

Jetzt war der Schmerz wie weggewischt. In seiner Brust pulste das robuste Herz einer Echse, er spürte eine harte Bewegung in den Herzkammern, nach jeder Stunde einen Schlag.

Man konnte sich irgendwann im Leben entschließen, von Liebe gar nichts mehr wissen zu wollen, sie als Störfall im Leben zu betrachten. Meyer hatte diesen Punkt erreicht. Er würde ein Terrarium einrichten, ein hell beleuchtetes Glashaus mit Wüstensand und Steinen, und sich darin eine hübsche Echse als Freundin halten.

Mitternacht war längst vorbei.

… und Mario Nickel überraschte den Reisenden, bevor er die Mordwaffe in die Reuss werfen konnte.

Karl Meyer schraubte die Füllfeder zu und schloss das Schreibheft. Gegen das Sodbrennen half jetzt nur mehr Chemie. Er war vom Bier benommen und vom Schreiben verwirrt. In seinem Herzen raschelte die Echse. Mit gesunkener Temperatur ging er ins Bad und schluckte ein paar Tabletten. Immer nach einer Stunde würde das dickflüssige Blut, wie eine Rohrpost, mit einem Ruck vorwärts befördert werden, rechtzeitig auf jeden Stundenschlag, damit es nicht an den Wänden der Arterien und Venen anfror. Vom Hahn trank er Wasser, um den Geschmack der Tabletten loszuwerden. Karl Meyer war benebelt und erschöpft. Doch er ging nicht ins Bett: Mario Nickel würde ihn im Traum bloß auslachen.

Karl Meyer öffnete die Tür zum Balkon, er trat hinaus in die nachtfrische Luft, ohne die Kälte des Steins an den Füßen zu spüren. Er wähnte sich über dem Berg, als er seine Frau sah. Er sah sie zu Hause auf dem Balkon stehen. Zwischen ihnen erstreckte sich die Distanz von ein paar Kilometern. Von Wohlen nach Muri, das war ein Katzensprung, keine zehn Minuten Autofahrt. Sie schauten einander direkt in die Augen. Seine Frau lächelte, und ihr Lächeln trieb ihm Tränen hervor. Bis er merkte, dass sie ihn verhöhnte. Nun reagierte er mit Hass. Er hasste seine Frau, er wollte mit ihr nichts mehr zu schaffen haben. Er sah sie auf dem Balkon stehen, ohne Jacke, sie fror, sie hatte blaue Lippen, sie zitterte vor Kälte. Und das Schuldtier begann sich zu regen. Frier doch, schrie er. Zieh dir etwas über und lass mich in Ruhe. Alles in ihm geriet in Aufruhr, Kopf und Körper rebellierten, er liebte sie, er hasste sie, er sehnte sich nach ihr, sie ekelte ihn an. Mit einem Mal tat sich der Abgrund wieder auf. Aus dem mehr als zwanzig Jahre tiefen Ehekrater ergoss sich glühende Lava. Heiß überströmte sie Karl Meyer und erkaltete zu schwarzem Gestein. Den Anwalt hatte seine Frau aufgesucht, sie verlangte die Scheidung. Ihm war sein Zivilstand egal. Alleinstehend, würde er bei irgendeiner Anmeldung hinschreiben. Den abgestreiften Ehering hatte er nicht in die Reuss geworfen, aber in die Innentasche seines Koffers gesteckt, im Grunde war der Koffer die schäbigste Ablage dafür.

Die frische Luft tat ihm gut. Er stand ganz im Finstern. Himmel und Erde gingen ineinander über. Ein paar Silhouetten schwammen in schwachem Licht. Vereinzelte Geräusche, Motoren, einmal Schritte, dann ein Ruf. Die Welt, in der das Leben sich wie eine Kettenreaktion fortsetzte im Wettlauf mit dem Tod. Karl Meyer fühlte sich bedrängt. Von seiner Frau. Sie würde kämpfen mit ihrer penetranten Schwäche, der er nie gewachsen war. Um jeden Kaffeelöffel würden sie streiten, Krieg führen um Fernsehgerät und Möbel und das Ersparte. Er würde sein Eigentum verlieren. Alles, was sie gemeinsam besessen hatten, lange Jahre, würde seine Frau beanspruchen. Ihr Ziel war sein Ruin. Er sollte büßen. Er bildete sich ein, der Verlust kümmere ihn nicht. Nach der Scheidung würde er nichts mehr besitzen, bezahlen musste er, bezahlen, jeden Monat einen beträchtlichen Teil seines Einkommens abgeben. Bis aufs Blut würde seine Frau ihn befehden und sich rächen für die Demütigungen, die er ihr zugefügt hatte. Seine Freundin hatte darum recht gehabt, ihn zu verlassen. Er würde einer Frau in materieller Hinsicht wirklich nichts mehr zu bieten haben. Auch sonst nicht viel, dachte er selbstquälerisch, es sei denn, er fände eine schöne Echsin, an die angeschmiegt er, im köstlichen Einklang der Liebe, warm und kalt werden könnte.

16

Das Septemberlicht veränderte die Distanzen. Nichts mehr schien erreichbar zu sein. Die Luft besaß die Eigenschaft einer Linse, die alles trübte und in die Ferne rückte. Das Licht des Septembers war milchig, und milchfarben schimmerte auch ein Hauch auf der Haut der Zwetschgen.

Der Geschmack von Zwetschgen: das bedeutete September.

Man musste diesen Monat lieben, er war so wohltuend frisch.

In der Reussbrücke, in Werd, am Rand des Moorgebiets, redeten die Gäste von einem Bauern. Den hatte man tot gefunden. Der wollte wohl zum Schießplatz und lief, das Gewehr umgehängt, übers Feld. Er stolperte. Beim Sturz löste sich wohl der Schuss. Die Kugel durchschlug sein Herz.

Es war ein prachtvoller Tag.

Das Freiamt schien als ein Spiegel die reine Schönheit abzubilden. Gesund und unversehrt, wie das Land sich zeigte, gaukelte es einem alles vor, was man sich wünschte.

Der glücklichste Tag seit dem Urknall war heute.

Als Jakob Wolf zurückkam und erwachte, er hatte sich weit weg im All aufgehalten, wirklich und im Traum, hatte die Sonne hienieden die Spanne Zeit und Himmel, während der sie in sein Schlafzimmer zu scheinen pflegte, bereits überschritten. Dass er so spät am Morgen aufwachte, kam selten vor. Der Umstand, der heute dazu geführt hatte, war ihm entfallen. Was hast du gestern Nacht gemacht?

Nichts.

Nichts Besonderes fiel ihm ein. Er hatte vor dem Haus mit seinen Tieren geredet und sich bei jedem Esel, den er hatte kastrieren lassen, entschuldigt, obwohl kastrierte Esel nicht zwangsläufig unglücklich sind; er hatte allen Eseln, die im Garten die Blumen fraßen, bevor er sie pflücken und in die Vase im Wohnzimmer stellen konnte, verziehen, Esel und Blumen gediehen nicht im selben Garten, die Esel setzten sich immer durch.

Wein hatte er getrunken, eine Flasche Beaune 62, und vom Fenster aus die Sterne beobachtet.

Der Mensch geht aufrecht, damit er den Sternenhimmel sehen kann. Jakob Wolf spürte, wie das All sich ausdehnte. Seit dem Urknall dehnte es sich aus, gekrümmt in der Zeit. Das All war begrenzt und unendlich zugleich. Das Paradox gab ihm keine Rätsel mehr auf. Der Weltraum entfaltete sich. Und einmal musste er auch wieder in sich zusammensacken. Schrumpfen zu einem schwarzen Loch. So verhielt es sich auch mit dem Leben. Es war ein Gleichnis für diese Theorie.

Das molekulare Innere erlahmte.

Man schrumpft, hatte Wolf gedacht.

Er hatte den Rest der Flasche ins Glas gefüllt. Das Gewebe mürb, die Zellen brüchig, schwindend das Fleisch, Knochen verwandelten sich in Glas. Wie das Weltall in einer fernen Zukunft, stürzte der Mensch in sich zusammen: der Tod war sein schwarzes Loch. Der Geschmack des Weins und der Anblick des Himmels: Herrlich, dachte Jakob Wolf und fühlte Glückseligkeit. Die Nacht war lau, war still gewesen.

Er atmete ein.

Jakob Wolf atmete mit dem Wissen ein, dass dieses anstrengende Luftschöpfen für ihn nicht mehr von besonderer Wichtigkeit war. Müde ergab er sich dem Bedürfnis, dem sanften Gesetz des Alters,

und atmete nur noch aus,

ausatmen, ja,

alles andere war ohne Bedeutung. Atme aus, Jakob, sagte er sich.

Ausatmen ist die letzte Leidenschaft eines alten Mannes. Und dann war er ins Bett gegangen.

Und jetzt hatte er die Sonnenstunde verschlafen.

Er lag auf dem Rücken und atmete ruhig. Er lag reglos, und sein Gewicht war ungefähr das einer Tonne; er bildete eine Masse Mensch, deren Ausdünstung ihm sehr vertraut vorkam.

So riechst du, das bist du, versuch nicht, dich vom Bett zu erheben, es wird dir nicht gelingen.

Ein Tierarzt stach die Esel mit einer Spritze in die Hoden und betäubte sie örtlich. Mit dem Messer wurde dann der Sack aufgeschnitten, und die Eier purzelten heraus. Es tut mir leid, sagte Jakob Wolf, ein Hengst genügt, um alle Stuten zu decken.

Es war wunderschön, ein Gefühl einfachen, unverderblichen Glücks löste es aus, wenn die Sonne am Morgen in sein Zimmer schien. Für heute war diese Zeit verpasst.

Für immer, Jakob.

Hellsichtig ahnte er, dass er die Sonne niemals mehr sehen würde. Er konnte sie sich vor Augen rufen. Er musste auf die Uhr schauen, schon wusste er, wo sie stand. Sie schien jetzt durchs Laub des Nussbaums an der Straße auf den Kühler eines Lastwagens, den Lur vor der Werkstätte mit abmontierten Rädern aufgebockt hatte.

Wallache sind glückliche Esel.

Ach Gott, er hatte die Sonne oft gesehen und den Halleyschen Kometen nur ein einziges Mal. Wer im letzten Jahr den Kometen verpasst hatte, durfte nicht mehr damit rechnen, ihn zu Gesicht zu bekommen; er tauchte nur alle fünfundsiebzig Jahre einmal auf. Die Sonne zu verpassen, konnte man sich leisten, es war verzeihlich. Sie stieg jeden Tag auf und versank am Abend. Das war ihr Lauf, der Gang der Welt. Jakob Wolf war sich im Klaren darüber, dass der Start zu seinem Abschuss in die Ewigkeit begonnen hatte: zehn, neun, acht … sieben,

zehn – er war nicht rechtzeitig erwacht,

neun – er lag bewegungsunfähig im Bett,

acht – er würde das Ende des Tages nicht mehr erleben.

Schon fühlte er die Berührung des Todes in den

Zehenspitzen
Fingerspitzen
Haarspitzen,
bald würde sein Leben ausgehaucht.

Du atmest es selber aus, Jakob.

Im Augenblick atmete er leicht und frei, bei aller Schwere des Leibes bedrückte ihn nichts, sein Brustkorb hob und senkte sich ohne Beschwerden, er war ein in sich ruhender Koloss. Er war sich seiner so bewusst, dass es keinen Unterschied machte, ob er wach lag, bei klarem Verstand, oder einschlief und träumte. Jetzt, in den letzten Stunden seines Lebens, war die Grenze zwischen Tag und Traum endlich aufgehoben, nichts trennte die Welten. Die Zeit hielt nicht mehr stur ihren Kurs geradeaus, und es war leicht, ihr zu entrinnen. Auf einer weißen Eselin ritt Jakob Wolf zugleich in den Kosmos und in die Kindheit hinein.

Er hatte Durst. Doch er musste seinen Körper nicht bemühen. Aufstehen, um mühsam in den Keller zu steigen, war überflüssig. Er hatte Durst, und der Durst wurde gestillt. Mit einer Flasche Chateau Rothschild vom Besten. Er litt nicht mehr die Qualen des Wasserlösens im Greisenalter, das war ausgestanden. Jahre, jahrzehntelang hatte er Wasser gelöst, in die Windeln als Baby, im Wettstreit als Junge, problemlos im Mannesalter: noch ein letztes Mal würde er es tun müssen, jede Quelle versiegte.

Jakob Wolf war ein Esel geworden.

Das Pferd ist ein halsstarriger Renner, der Esel schleppt sich mühsam voran. Ein Pferd rennt geradewegs auf eine Hecke zu und überspringt sie blindlings. Ein Pferd hält nicht an, um sich zu vergewissern, ob auf der anderen Seite nicht etwa ein Abgrund sich öffnet.

So bist du als Mann gewesen.

Der Esel nähert sich der Hecke mit Vorsicht, bleibt stehen und überlegt, um dann eine Lücke zu suchen, durch die er schlüpfen kann.

So bist du als Greis gewesen.

Fast alle Esel haben einen weißen Unterbauch, eine Wamme, ein blasses oder mehrfarbenes Maul und ein dunkles Kreuz. Einmal hast du eine magere Stute besessen, die das Gatter selbst öffnete und jeden Abend zum Haus kam, sobald sie sah, dass der Fernseher lief.

Esel sind äußerst freundliche Menschen.

Sie laufen nicht gern schnell, sie umgehen Pfützen und geraten rasch außer Atem.

Legt mich im Sarg auf den Bauch.

Er hatte den Satz auf einen Zettel geschrieben und auf seinen Schreibtisch gelegt. Man würde ihn finden. Er hatte sich in Hermetschwil eine Grabstelle gekauft. Dort wollte er liegen. Er war im Alter so weitsichtig geworden, dass er kein Fernrohr mehr benötigte, um den Himmel zu beobachten.

Kein Auto, hatte er auf den Zettel geschrieben. Holt die Lafette aus dem Spritzenhaus, legt ein schwarzes Tuch über den Sarg und spannt die weiße ägyptische Eselin vor. Ich liebe frische Schnittblumen, mit Ausnahme von Mimosen. Es lügt sich leicht an einem offenen Grab, der Pfarrer soll seine Zunge im Zaum halten. Ein Trompeter soll Arrivederci Roma spielen, denn die Trompete ist mein liebstes Instrument und Rom die Stadt der Städte. Im Restaurant Reussbrücke ist ein Imbiss bestellt und bezahlt. Sorgt für meine Esel. Haltet mein Fernrohr in Ehren. Tut euch gütlich an meinem Weinkeller. Meißelt diese Inschrift in den Stein:

ER LIEBTE DEN KOSMOS
UND DIE GROSSE SEELE SEINER ESEL

Nach der Niederschrift dieser Sätze war er erschöpft gewesen. Zugleich gelassen und heiter. Trotzdem traurig. Eine vergleichbare Stimmung hatte ihn heimgesucht, nachdem der Halleysche Komet am Himmel verschwunden war. Jahrzehntelang hatte er sein Auftauchen erwartet, hatte seine Bahn am Himmel in Gedanken vorgezeichnet. Nun war er gekommen und gegangen, und mit ihm, inmitten der Sternbrocken und Eisklumpen in seinem Schweif, hatte sich auch ein Teil seiner Seele entfernt in den Raum ohne Ende.

Jakob Wolf lag mit offenen Augen; seine Frau hatte sich zu ihm ans Bett gesetzt, ihm Kaffee und Brot gebracht. Es war die traurige Wiederkehr des Tags, an dem ihm alle Zähne gezogen worden waren und er das einzige Mal hatte sterben wollen.

Die Seele, sagte er zu seiner Frau, ohne die Lippen zu bewegen, ist eine Seifenblase, so durchsichtig und fein. Seine Frau strickte wollene Handschuhe für die Jungen.

Die Sonne hatte für den heutigen Tag den höchsten Punkt ihrer Bahn erreicht. Alles war unerbittlich ins Helle getaucht, in die schattenlose Reinheit der Schöpfung.

Der Halleysche Komet ist ein riesiger schmutziger Schneeball, sagte Jakob Wolf zu Bruno, seinem Sohn. Bruno war Soldat an der Grenze und hatte zwei Tage Urlaub; die Alliierten landeten in Marokko und Algerien, deutsche Truppen besetzten Tunis. Ein Altstoffhändler löste für ein Kilo Konservendosen zwanzig Rappen, Papier galt das Doppelte, für Knochen bekam er einen Franken. Metall war am rentabelsten, das Kilo fünf Franken, doch wie kommt einer an Metall heran. Nur Schrott fiel reichlich an und lag im Preis zwischen Konservendosen und Altpapier.

Jakob Wolf öffnete die Augen; Bruno hatte wohl wieder einrükken müssen.

Der Halleysche Komet besteht zum größten Teil aus Eis, und zwar aus Wassereis. Daneben gibt es Anteile von gefrorenem Kohlendioxyd.

Das ist doch Trockeneis, fragte Sandro seinen Großvater. Mit einer schweren Scheibenhantel auf der Schulter stand er vor dem Bett und ging langsam in die Hocke – seine Kunststoffgelenke girrten unter der Last.

Der Komet ist so lang wie die Autostraße von Bremgarten nach Wohlen und hat den Umfang des Lindenbergs zwischen Boswil und Seengen. Auf der Oberfläche von Halley erkennt man Kuppen und Senken, er ähnelt einem zigarrenförmigen fliegenden Berg. Gelangt der Komet in die Nähe der Sonne, verdampft das Eis explosionsartig, ohne vorher zu schmelzen.

Warum schmilzt es nicht, wollte Laura wissen. Sie saß in seinem

Schaukelstuhl, wiegte die Zwillinge, wippte vor und zurück, um die Jungen in den Schlaf zu befördern. Bruno stand hinter dem Stuhl und war viel jünger als seine Frau. Jünger auch als Philip, sein Sohn, der nun ins Zimmer trat und einen Esel aus dem Stall mitbrachte.

Im Weltraum können die Eisbrocken nicht schmelzen, dachte Jakob Wolf, es fehlt der Luftdruck. Das alte Bakelitradio lief. Es stammte aus der Kriegszeit. Auf den runden, mit Tuch überspannten Lautsprecher hatte er die Todesanzeige seiner Mutter geheftet. Seine Frau hatte das Radio eingeschaltet, der Landessender Beromünster spielte Vivaldi. Tief drang die Musik ihm ins Gehör und noch tiefer ins Innere des Kopfs, gnadenlos sich einschmeichelnd. Tröstend und höhnisch ertönte Vivaldis »Vier Jahreszeiten«. Doch Trost und Hohn hatten ausgedient, sie waren jeder Bedeutung enthoben, nichts mehr wirkte auf Jakob Wolf ein. Er war so unerreichbar wie durchlässig, nah zugleich und fern, aus der Zeit in die Ewigkeit gefallen. Den »Frühling« musste er verpasst haben.

He, Frau, rief er.

Sie haben mir alle Zähne ausgerissen, sagte er.

Vivaldi streckte seinen Kopf durchs offene Fenster. Vermutlich war er mit einer Leiter zu Jakob Wolfs Zimmer hochgestiegen. Der »Sommer« klingt aus, sagte Jakob Wolf zu Vivaldi, hübsch gemacht. Er musste lächeln und tat es, ohne den Ausdruck des Gesichts zu verändern.

Ich habe beim Komponieren an »Das Ermatten durch die Hitze« gedacht, sagte Vivaldi, und an die »Klage des Bauern«. Er kletterte umständlich ins Zimmer und setzte sich auf das Fußende des Bettes.

Die Halley-Materie stammt aus der Frühzeit des Sonnensystems, wollte Wolf Vivaldi erklären, aber er brachte die Kraft nicht mehr auf, um die Lippen zu bewegen. Ihr Stoff ist fast fünf Milliarden Jahre alt. Er fühlte sich erschöpft. Ein wenig Blut müsste er trinken, um nochmals zu Kräften zu kommen, das Blut eines Zickleins. Nun war auch der kleine Andreas ins Zimmer gekommen, der Urenkel. Er brachte das Zicklein zum Schlachten. Jakob Wolf lockte das Tier an sein Bett. Er war ein Mann von dreißig Jahren, jung und stark. Er war soeben von einer Reise nach Hause gekommen. Und nun galt es, ein Fest zu feiern. Er erledigte das Töten. Er warf das Zicklein seitwärts zu Boden, packte die Nüstern mit der rechten Hand, drückte das Knie gegen die Kehle des Tiers und erdrosselte es.

Das tut nicht weh, sagte er, davon spürt es fast nichts, es ist die barmherzigste Art zu töten.

Das Zicklein zuckte und zuckte, bis es verschied. Er schälte mit dem Küchenmesser die Haut sauber vom Körper ab, beugte sich unvermittelt nieder, fing eine Pfütze Blut in einer Hauttasche auf und trank laut schlürfend, umringt von seiner Familie, die ihm still zuschaute.

Das Radio lief nun sehr laut.

Beim ersten Satz des »Herbst« habe ich an einen »schlafenden Betrunkenen« gedacht, erklärte Vivaldi, und beim letzten an eine Jagd, an »Die Flucht des verfolgten Tieres, seine Angst, sein schließliches Erliegen«. Vivaldi lauschte seiner Musik. Sie brachte das, was er sich vorgestellt hatte, mit grausamer Schärfe zum Ausdruck. Sie wissen doch, wandte der Komponist sich wieder an Jakob Wolf, dass Sie sterben müssen, während des Largos im »Winter«, wenn sich das Cello gegen den Bass abhebt und die innige Geige, die von Wind und Regen erzählt, den Hintergrund bildet?

Inmitten seiner Lieben hockte Jakob Wolf neben dem abgehäuteten Tierkörper und zerlegte ihn, grub sich immer tiefer in die Weichteile hinein und kam zu einem Organ, das wie eine Kapsel aussah. Mit unfehlbarer Genauigkeit zog er die Haut von dieser Kapsel ab, nahm ein leuchtendrotes Stück Fleisch heraus und stopfte es in den Mund. Er schmatzte genussvoll.

Niere, erklärte er

Gab die zweite seiner Frau.

Aus seinem Mund quoll dickes, dunkles Blut. Er entfernte es mit dem Handrücken, wischte die Hände an der Bettdecke ab. Endlich war das Zicklein ordentlich ausgenommen und zerteilt. Die Teile lagen auf der noch feuchtwarmen Innenseite des Fells ausgebreitet. Jakob Wolf trug sie feierlich in die Küche. Dort brannte bereits Feuer. Er spießte die Schenkel und Rumpfstücke auf, hängte sie über die Flammen, nahm die Innereien und warf sie in einen kochenden Wasserkessel. Das feste dunkle Material des Halleyschen Kometen besteht teilweise aus Blausäure, erklärte er, während er das Feuer schürte. Was leuchtet, ist freigesetztes Gas im Kometenkopf rund um den Kern und im langgezogenen Schweif.

Sein Herz begann zu stocken, es stotterte wie der Motor eines Fahrzeugs, wenn das Nadelventil verstopft oder verklemmt und die Benzinzufuhr unterbunden war. Er fühlte einen Stich in der Brust, Stich nach Stich jetzt, jeder Herzschlag war ein Schmerz. Er bat seine Frau, ihm die Brust mit Franzbranntwein einzureiben. Das tat wohl. Er hockte sich ans Lagerfeuer, das er umständlich mit einer Havanna Blond angefacht hatte, und aß, beschienen vom Mond, schmackhaftes Ziegenfleisch. Er war wieder im Besitz all seiner Zähne, und es war herrlich, in die saftige Keule zu beißen, ein Stück Fleisch herauszureißen und es angesichts knisternder Flammen zu kauen, Flammen, die seine kalten Knochen aufheizten und den Stoff seiner müden Seele derart wärmten, dass sie sich in Gas verwandelte und verflüchtigte. Das im Zimmer angelegte Feuer fraß sich über den Teppich wie über die Steppe, züngelte am Stuhl hoch, erreichte den Schreibtisch, ließ die Papiere in Flammen aufgehen und sprang auf die Vorhänge über. Es war wundervoll, im Mondschein am Rand des Urwalds zu liegen und zu erleben, wie die Gegenwart sich auflöste und die Erinnerung, wie ein Raubtier, die Zukunft auffraß bis auf den letzten Rest. Die hell aufglühende Sternschnuppe in der Stille des Alls, das war er selbst, und der zauberische, dieser verwunschene Ort legte es ihm geradezu nahe, in den Keller zu steigen, um eine letzte Flasche Wein zu holen. Als er sich erheben wollte, lächelte ihm Vivaldi zu und bot sich an, den mühseligen Gang für ihn zu erledigen.

Einen Volnay 67, sagte er freundlich.

Und eine alte Havanna aus dem Schreibtisch, bitte.

Jakob Wolf hatte die Keule mit Andacht gegessen. Gemeiner Harndrang nötigte ihn, doch selbst aufzustehen. Begleitet von seiner Familie trabte er mit den geschmeidigen Schritten eines Löwen in den Dschungel hinein; er hörte, wie sein Urin auf die vom milchigen Licht der Mitternacht überfluteten Büsche plätscherte, wundervoll, ein reichlicher Strahl ergoss sich, und dort, wo sein Wasser von den Blättern zu Boden tropfte, wuchsen duftende Kamelien aus der Erde, in denen Paradiesvögel brüteten, zwei, drei, vier goldene Eier zählte er, während seine Lieben katholische Litaneien sangen und eine schöne Mulattin tanzte. Zwischen den Bäumen weideten Esel, ein Elefant mit Schnee auf dem Rücken lag in ihrer Mitte und hütete sie. Vivaldi spielte Cembalo und Wolfs Urenkel Andreas sagte mit lauter Stimme, hinter der man ein Rauschen hörte, als spreche der Junge auf Tonband, ein Gedicht:

Füllest wieder Busch und Tal
Still mit Nebelglanz,
Lösest endlich auch einmal
Meine Seele ganz;

Jakob Wolfs Muskeln begannen sich unter Zuckungen zu versteifen. Ein Schwall Blut schoss aus seinem Mund. Der zwischen den Eseln wachende Elefant hob den Kopf und nahm Witterung auf. Die kleine weiße Eselstute trabte auf ihn zu und stupste ihn mit ihrem weichen Maul an. Seine Frau hatte das Zimmer bereits verlassen. Auch die Söhne gingen, lautlos, Laura, die Enkel – alle außer Vivaldi. Sein Tod kam als Wadenkrampf, die vertraute Gestalt eines Wadenkrampfs nahm er an. Schmerzhaft, äußerst schmerzhaft verkürzten sich die Muskeln, das Leben. Vivaldi summte sein Largo, Vivaldi war tot, aber der Klang seiner Musik war noch immer nicht verebbt, er entfernte sich mit Schallgeschwindigkeit ins All. Jakob Wolf, Licht geworden, reiste schneller, erreichte ihn mühelos, überholte das Largo, hörte die Geige schon hinter sich und lachte nochmals laut. Er war leichter als Licht, flog schneller als Licht und ließ die Bilder seines Lebens, die seit seiner Geburt in den Weltraum hinausschossen, hinter sich. Er schaute zurück – und dieses vergangene Leben kam auf ihn zu, Bild nach Bild, bis er genug von Jakob Wolf hatte, bis er seiner überdrüssig war und seine Seele mit dem glanzlos gewordenen Kometen Halley in den Tiefen des Kosmos verschwand.

Als er tot war, stand das Haus in Flammen.

Die Esel witterten Gefahr, befreiten sich und liefen panisch auf das freie Feld hinaus.

17

Philip fuhr mit Laura zum Flughafen. Sie waren schweigsam. Die Zwillinge schliefen in einer Babytragtasche, die mit Gurten auf dem Hintersitz befestigt war.

Die Erntemaschinen und Mähdrescher arbeiteten auf den Feldern. Mit brachialer Gewalt, so kam es Laura vor.

Stählerne Greifer schleuderten Kartoffeln aus der Erde. Mais und Korn wurden mechanisch geschnitten und von Hebearmen auf Ladeflächen geworfen. Aus den Kaminen der Silos stieg Dampf und Gärgeruch, auf den Feldern roch es nach Benzin und heißen Motoren, Schwärme von Vögeln landeten auf den abgeernteten Flächen. Traktoren und Lastwagen waren unterwegs. Die Mosterei in Muri hatte zehntausend Tonnen Äpfel zu Saft zu verarbeiten. Früchte und Obst liefen über Fließbänder.

In den Konservenfabriken stampften die Abfüllmaschinen. Viehtransporter holten die Rinder für den Schlachthof ab. Lastwagen fuhren Fleisch in Gefrierhäuser.

Nach einer langen Lagerzeit überführten sie die Hinterviertel in den Supermarkt, wo sie vakuumverpackt und portioniert in offenen Sarkophagen zum Kauf angeboten wurden. Die Vorderviertel kamen nach Rotterdam. Totes, tiefgefrorenes Freiämter Rindfleisch trat die Seereise nach England an und kehrte nach geraumer Zeit als Dosenfutter für Hunde zurück.

Milch rann durch Pipelines.

Die Kühe kauten ihr Kraftfutter zum zweiten Mal. Milch lief von Eutern elektrisch in Tanks, von Tanks in die Verarbeitung, um endlich als Pulver in Säcke abgefüllt und zurück auf die Höfe transportiert zu werden: für die Kälbermast.

In anderen Kühlhäusern lagerte Butter, Butter, Butter. In anderen Kühlhäusern warteten die Toten der Woche auf ihr Begräbnis. Die Behörden waren gut beraten, ihr Leichengut kühl zu halten. In den letzten Tagen war es nachmittags gegen drei Uhr immer drükkend heiß geworden. Die Schwüle machte das Atmen zur Qual, und was starb oder getötet wurde, begann nach ein paar Stunden bereits zu riechen. Im Naturschutzgebiet brodelten die Sümpfe, aus Blasen stiegen faulige Gase. Das Moorland stank zum Himmel, obwohl am Abend und am Morgen während der Dämmerung ein eisiger Hauch von Septemberkälte über ihm lag.

Philip beeilte sich nicht, sie hatten Zeit, und er machte bereitwillig Platz, als er hinter sich die Sirene einer Ambulanz hörte.

Männer in Overalls trugen Möbel aus der Wolfschen Villa, beobachtet von argwöhnischen Katzen, die Abstand hielten, als drohe ihnen Gefahr. Keine, auch nicht der graue Kater mit dem Stern auf der Brust, wagte sich in die Nähe. Ein Containerwagen wurde beladen, Laura zog aus.

Wie du meinst, sagte Sandro, als Laura im Sommer die Heimkehr nach St. Louis erwog. Sie führten das Gespräch auf der Veranda, Sandro kratzte sich das Schienbein, das am Rand der Prothese juckte. Sie tranken gespritzten Weißwein, der Abend war, auch nach dem Sonnenuntergang, heiß und schwül, so drückend, dass Laura schwitzte, obwohl sie sich kaum bewegte. Die Anstrengung des Redens genügte, den Schweiß strömen und die Kleider am Leib kleben zu lassen.

Was soll ich hier, hatte sie gefragt.

Die verfluchten Mücken, die ihm in die Hosenbeine krochen, wählten immer den Rand zwischen Fleisch und Plastik, der sich gern entzündete, um zu stechen, um Blut zu saugen. Diese elenden Viecher.

Wagst du es, hatte Andreas einmal gefragt, eine Mücke mit dem Feuerzeug wegzubrennen, wenn du kurze Hosen trägst und sie auf deinem Oberschenkel sitzt.

Sandro schwieg verlegen. Auch er liebte Amerika und das alte Haus mit Sicht auf den Mississippi, das sein Vater gekauft hatte, das Landgut mit Pool, das meistens leer stand und von einem schwarzen Gärtner gehütet wurde.

Kapitalanlage und Alterssitz, eine ideale Verbindung, hatte Bruno Wolf gesagt. Dabei war undenkbar, dass er nicht arbeiten würde bis zum letzten Tag, und mochte er hundert Jahre alt werden.

Leben und sterben: hier im Freiamt.

Was hält einen an einem Ort zurück?

Vielleicht hätte Sandro nur sagen müssen: Bleib doch, Laura, wir brauchen dich. Und sie hätte ihre Pläne nochmals überdacht. Doch er hatte es nicht gesagt, nicht einmal aus Höflichkeit. Laura wurde wirklich nicht gebraucht; niemand wusste das besser als sie selbst.

Ein Grab ist zu schwach, eine Lebende zu binden.

Sie hatte den Toten aufgegeben.

Eine Frau Mitte dreißig.

Die Frage, was willst du dort, war unabhängig von St. Louis. Sie stellte sich überall. Orte waren nebensächlich, sofern man wusste, was man »dort« wollte. Laura wusste es nicht. In ihrem Kopf stellte sich kein Bild ein. Überlegte sie sich ein »Was«, versagte ihre Fantasie und ihr Gehirn reagierte wie ein Auto mit erschöpfter Batterie. Sie stellte die Frage, sie drehte den Zündschlüssel. Der Zeiger der Batterie verharrte auf der Skala im roten Bereich.

Wer weiß schon, was er will, hatte sie Sandro gefragt. Das Ziel entzog sich der Vorstellung. Man wurstelte so vor sich hin, man ließ sich durch die Tage, durch sein Leben treiben. Ob sie in Muri blieb oder wegzog in die Toskana auf das Weingut, ob sie in Europa lebte oder in St. Louis: sie wusste ganz einfach nicht, »was« sie »dort« wollte.

Dann kannst du auch hierbleiben, hatte Sandro gesagt.

Diese Feststellung entbehrte nicht einer gewissen Logik.

Doch war es für solche Situationen nicht gerade kennzeichnend, dass logische Überlegungen nicht ausreichten?

An ihrem Fuß, dort wo der Blutegel sich festgesaugt hatte, war eine halbmondförmige Narbe geblieben. In Lauras schlimmsten Träumen fraß sich das Tier in ihren Körper hinein. Es bewegte sich unter der Haut. Langsam, aber stetig kroch der Blutegel weiter, und wenn sie erwachte, voller Ekel, wenn sie Angst hatte, sterben zu müssen, sobald er das Herz verpfropfte, tastete sie ihren Körper ab, um ihn zu finden und zu zerquetschen. Sie suchte nach einer Schwellung auf ihren Beinen, nach einer ausgewölbten Stelle in der Bauchgegend, nach einem Knoten in der Brust, verstört und so verzweifelt: sie war bereit, das Tier mit dem Messer aus dem eigenen Fleisch herauszuschneiden.

Auch diesem Traum war mit Logik nicht beizukommen.

In der Zeit nach dem Begräbnis hatte sie Brunos Grab täglich aufgesucht. Frische Blumen brachte sie ihm, stand auf dem Friedhof, spürte die Bewegungen der Zwillinge im Bauch, war tränenlos und dachte Worte. Die waren wie Gebete. Der Gärtner grüßte sie freundlich, die alten Frauen, die sich der Grabpflege und ihren verstorbenen Männern hingaben, kannten sie mit Namen. Der kleine Umstand, den man im Leben gern vergaß, nämlich dass man sterblich ist, machte Laura zur Verbündeten aller Witwen. Nur legte sie auf ein Bündnis keinen Wert. Die Frauen schienen sich mit dem Tod abgefunden zu haben. Laura nicht, Laura wehrte sich dagegen. Die Vorstellung, einmal den leeren Platz neben Bruno einzunehmen, machte sie schwindlig. Die Luft begann zu flimmern, ihr wurde schwarz vor Augen, sie spürte den Sog jener Dunkelheit, die sich andeutete, wenn man sich gegen die Vorsehung auflehnte. Diese Finsternis musste sie fliehen, um bei Verstand zu bleiben. Und wenn auch vieles unentschieden war, wusste Laura doch deutlich, dass sie eines bestimmt nicht wollte: hier liegen.

Nein, in diese schwarze Erde will ich nicht.

Sie schrie die Worte heraus. Sie störte mit diesen Worten die Stille des Friedhofs, fand aber ihre Ruhe wieder.

Bis dass der Tod euch scheidet, hatte sie versprochen. Und nicht: Auch im Tod an seiner Seite.

Auf der für sie bestimmten Grabstelle fühlte sich Laura wie eine indische Witwe, die nach dem Tod des Mannes verbrannt werden sollte. Und dieses Ritual war doch unmenschlich, eine Zumutung, eine Ungeheuerlichkeit. Mit den Füßen stand sie auf ihrer Grabstelle und faltete die Hände über dem Bauch, in dem das Leben sich regte. Sie streifte die Schuhe ab, um durch die dünnen Strümpfe die Kälte des Todes an den Füßen zu spüren. Nur Lebendiges spürt Kälte, hatte sie gedacht.

Sie nahm die Empfindung als Lebenszeichen und Warnung. Sie hatte die Vision, mit den Zwillingen am Grab Brunos zu stehen. Und auch vor ihrem eigenen: Gesicht, Gestalt, sie alterte dahin. Die Hände, der Gang, sie verwandelten sich; ihre Haut wurde die Haut einer alten Frau, ihre Bewegungen die Bewegungen einer Greisin. Sie blätterte in Gedanken das Album mit den Bildern ihres Lebens durch, sah, wie sie sich von Jahr zu Jahrzehnt beim Gehen mehr vornüber und erdwärts beugte, sah, wie ihre Haare eisenfarbig und dann weiß wurden, die Brüste weicher, welker, schlaff, sah, wie die Zwillinge heranwuchsen zu Männern, die selbst Kinder zeugten, sah mit einem Mal den dunkelbraunen Sarg, in dem sie lag, sah Männer, die ihn trugen, und Blumen und Kränze, sah die Trauernden unter einer mitleidlosen Sonne um ihr offenes Grab versammelt, während Fanfarenbläser spielten. Ein paar Tränen verwischten Make-up, ein paar Schwalben kreuzten am Himmel, ein paar Worte des Abschieds gingen unter im Lärm des Tags, der ihr Begräbnistag war. Mit lebenden Augen sah Laura sich in dem Sarg liegen, und es tat ihr weh, die schweren Schollen Erde auf den Deckel schlagen zu hören, als träfen sie auf ihre Brust. Das hallte auch so, das hallte furchtbar in ihrem Kopf, sie zuckte mit den Lidern.

Das also wäre ihr Leben gewesen.

Aber sie hätte es nicht gelebt.

Die Zwillinge in ihrem Bauch hatten gegen ihre Rippen geboxt, das holte sie in die Wirklichkeit zurück. Sie sog Luft ein, tief, stieß Luft aus, heftig, als übe sie vorsorglich die Atemtechnik des Gebärens, ihr Puls schlug gegen die Herzwände, das Blut rauschte in ihrem Gehör, Schweiß perlte über ihren Körper.

Laura war nach Hause gegangen.

Zu wissen, was sie auf keinen Fall wollte, hatte die Situation verändert. Nein, in diese schwarze Erde will ich nicht. Eine neue Konstellation war entstanden, ein Ausgangspunkt. Immer wieder von vorn anfangen, das war ihr Los. Schritte ins Unbekannte, ins Unvertraute wurden ihr abverlangt, trotz ihrer Überzeugung, die ganze Welt sei falsch eingerichtet. Und du kannst nichts dagegen unternehmen. Hier liegt dein Mann begraben, nüchtern stellte sie dies fest. Doch diese Tatsache hatte mit ihrem Leben nichts mehr zu schaffen.

Ja, es war wichtig, diesen Toten aufzugeben.

Erschüttert und erlöst hatte Laura den Friedhof verlassen, ohne das Grab nochmals mit Weihwasser zu besprengen. Sie ging langsam, obwohl sie Lust verspürte zu laufen. Ihre Füße brannten, doch sie beherrschte ihre Ungeduld und zwang sich, langsam zu gehen, gemessen, zu schreiten mit einer trotzigen Verhaltenheit. Als müsste sie das geheime Wissen, dass ihr Flügel gewachsen waren, während sie ihr Altern und Sterben halluzinierte, Schwingen, mit genügend Kraft, sie von hier wegzutragen, vorläufig in ihrem Innern bewahren und vor allen anderen schützen.

Zu Hause hatte sie sich auf die Veranda gesetzt. »Zu Hause«, dachte sie und fühlte, wie dieser Begriff an Bedeutung verlor, an Wirklichkeit. Von diesem Augenblick an war alles, was sie in der Wolfschen Villa unternahm, eine Form des Absprungs gewesen, ein durch die Schwangerschaft verzögerter, aber niemals unterbrochener Abschied.

Eine Grabstelle war kein Grund zu bleiben.

Nicht einmal die eigene.

Den Friedhof hatte sie nie mehr besucht.

Es ist nicht gut für die Zwillinge, erklärte sie, der Friedhof deprimiert mich, und die Ungeborenen bekommen Albträume davon. Sie strampeln vor Angst und verfangen sich in der Nabelschnur, sie schreien lautlos und wimmern, als sei mein Bauch ein Verlies.

Die Möbelträger hatten ihre Arbeit mit Sorgfalt verrichtet, sie ließen es sich nicht anmerken, wie monoton es war, täglich die Betten und Schränke, Tische und Stühle fremder Menschen herumzuschleppen. Dabei war es nicht viel, was Laura mitnehmen wollte. Zuerst hatte sie daran gedacht, alles zurückzulassen, den ganzen Ballast. Doch es gab eine Art Erinnerung, die sich nur einstellte, wenn sie einen bestimmten Gegenstand in der Hand hielt oder anfasste: eine Uhr, ein Schmuckstück, ihren Sekretär aus Kirschbaumholz, den sie immer mitgenommen hatte, überallhin, seit sie erwachsen war, eine Sammlung von Schmetterlingen, Bücher, ein gewisses Kleid, ja sogar den Tennisschläger.

18

Die Herbstzeitlosen blühten.

Die Wolfsche Villa stand verlassen im Garten zwischen den alten Bäumen, in deren Kronen sich der Wind verfing. Es brannte kein Licht, es war still, verfärbte Blätter lagen im kniehohen Gras neben abgeblühten Blumen und auf wuchernden Sträuchern, die Kette der Schaukel schimmerte von Rost, auf dem unbenutzten Tennisplatz hing das Netz durch, und Moos bedeckte den Rand des Brunnens. Der Garten wurde vernachlässigt. Auch die Katzen wirkten verwahrlost, man konnte ihre Stammplätze mit der Nase erschnuppern, doch vielleicht war nur der Wind daran schuld.

Auf der Reussbrücke von Rottenschwil platzte einem Lastwagen der Vorderreifen. Der Fahrer rammte das massive Eisengeländer, Giftfässer liefen aus in die Reuss: Salzsäure, Schwefelsäure, Salpetersäure, Natriumhydroxyd. Der Chauffeur musste ins Spital Muri gebracht werden, er hatte die Dämpfe eingeatmet.

Nicht weit entfernt stand Sandro vor dem abgebrannten Haus seines Großvaters, betrachtete den Schutt, die Trümmer und den verbliebenen Rest der Fassade. Die Brandstelle bot einen trostlosen Anblick. Als sei das Haus ausgebombt worden. Und darüber der kühle Himmel des Septembers, erfüllt von den Rufen der Schwalben, die sich sammelten für ihren Flug in den Süden.

Ein Nachbar hatte die Esel eingefangen und nun weggebracht. Sandro wusste nicht wohin, es war ihm auch egal. Bis auf die Fundamente war das Haus vernichtet. Einzig der Keller hielt dem Wüten des Feuers stand. Im Keller schwammen die Etiketten der Weine herum. Die Flaschen, die nicht zerbrochen waren, als Mauern und Balken einstürzten, lagen auf dem Grund des Löschwassers, das die Brandhitze zum Sieden gebracht hatte.

Die alten Weine waren gekocht worden.

Aus den Trümmern barg man Jakob Wolf, seine verkohlte Leiche.

Der Großvater war nun unter die Erde gebracht.

Den Großvater hatte er unter die Erde bringen müssen, zum zweiten Mal in diesem Jahr einen Wolf unter die Erde, dachte Sandro, zum zweiten Mal, seit er selbst dem Tod entronnen, zum zweiten Mal, als sei er in einem Kampf gegen Vater und Großvater der Sieger geblieben. Ein Kräfteabfluss hatte stattgefunden, in seiner Bewusstlosigkeit schöpfte Sandro die Energie der alten Männer aus. Abgepumpt habe er sie, dachte er angesichts der Trümmer, aufgebraucht für sein Überleben.

Er betrat den Schuttplatz, schob mit den fühllosen Füßen Steine beiseite, Splitter aus Holz und Glas, als suche er etwas Verlorenes. Er war schlecht gelaunt. Dieser Tod hatte mehr Unmut denn Trauer in ihm ausgelöst.

Sandro hatte geholfen, den Großvater zu Grab zu tragen, während Laura mit den Zwillingen und sein Bruder sich in Amerika aufhielten. Wenn er seinem Unmut freien Lauf ließ, dachte er, die beiden hätten sich mit den Kindern abgesetzt, um von diesem Tod nicht behelligt zu werden.

Er stand auf der Brandstelle und schaute dem Arbeiter zu, der Ordnung in die Trümmerwelt brachte. Mit Nina hatte er wegfahren wollen, auf Hochzeitsreise.

Leichenbegängnis statt Flitterwochen, dachte er wütend.

Schutt, Tod und Gestank von verbranntem Material. Und von versengtem Fleisch, bildete Sandro sich ein. Die Sonne schien durch das Fensterloch einer Ruinenwand und blendete. Nach geröstetem Ziegenfleisch roch die Stelle, die nach Angaben der Polizei der Brandherd gewesen sein musste.

Polizeirevier, Bestattungsamt, dabei hatte Sandro mit Nina nach

Kampala fliegen und zum Viktoriasee reisen wollen, ins Mondgebirge zu den Quellen des Nils, um aus der Chose herauszukommen, für einige Zeit. Sandro war verdrossen. Er bückte sich nach einem heil gebliebenen Weinglas und warf es gegen die Wand, wo es zerbarst.

Sommerende.

Es war aussichtslos, den Vater im Geschäft zu ersetzen. Mit Arbeit und Nase hatte das wenig zu tun. Vielmehr mit Beziehungen, die fehlten, mit Vertrauen, das die »Freunde« des Alten nicht auf ihn übertrugen. Was er auch anpackte, er biss auf Granit. Die »Freunde« nutzten den Tod von Bruno Wolf und eroberten Terrain. Sandro war nicht mit dem Gemeindeammann und mit dem Gemeindeschreiber befreundet, er verkehrte nicht per Du mit dem Inhaber der ältesten Baufirma und dem Direktor der Raiffeisenkasse.

Die Herren, die im Freiamt das Sagen hatten, ließen sich verleugnen, wenn er anrief. Er musste um Termine bitten und Besuche machen. Sein Vater hatte die Leute zu sich kommen lassen. Der Präsident des Gewerbevereins, der Vorsitzende der Christlichen Partei, der Staatsanwalt, der Chef der Verwaltung, der Direktor des Spitals, der Pfarrer, der Nationalrat: auf den Wolfschen Gartenfesten hatten sie seinen Vater hofiert.

Sandro wurde übergangen.

Die »Freunde« hatten Bruno Wolf zwar das Totengeleit gegeben, doch bereits während das Grab zugeschaufelt wurde, begann ihre Verwandlung in Verschwörer. Beim Leichenmahl bedienten sie sich des Lächelns der Heuchler, sie drückten Beileid aus und bedachten ihren Vorteil, sie täuschten Wohlwollen vor und überlegten schon Beutezüge. Bald waren sie Wilderer im ehemaligen Revier Bruno Wolfs.

Sandro verachtete sie.

Im Augenblick belastete ihn auch sein Erbe. Vater war zu früh gestorben. Getötet worden. Ein paar Jahre zu früh hatte er die Hinterlassenschaft übernehmen müssen.

Philip war keine große Hilfe. Philip beschäftigte sich zu sehr mit sich selbst.

Sandro war niedergeschlagen.

Er hörte die Geräusche des Arbeiters, der mit einem Haken Balken auseinanderriss.

Bis er seine Lage richtig eingeschätzt hatte, waren ein paar Monate verstrichen. Am Anfang hatte er die Wahrheit gar nicht wissen und sich lieber täuschen lassen wollen. Oder er sah sie nicht, weil er mit einem Verrat nie rechnete.

Die Geringschätzung, auch Laura hatte sie zu spüren bekommen, würde Sandro geschäftlich zugrunde richten. Er wusste das. Es gab kein Entrinnen. Vaters »Freunde« wollten ihn zermürben und zum Aufgeben nötigen.

Er hätte Zeit benötigt. Zeit an der Seite des Vaters, um sein Nachfolger zu werden. Viel zu früh war er der Chef geworden. Und das war kein Spiel, kein Schleck – es war der Ernstfall. Er hatte mit Nina darüber gesprochen und Philip vorgeschlagen, die Villa zu verkaufen.

Philip fand, das wäre ein Fehler. Warum die Villa verkaufen? Die Liegenschaft war auch eine Kapitalanlage. Mit dem Erlös, um ihn klug anzulegen, müsste man genauso eine Villa wieder erwerben.

Philip hatte ja recht. Doch es war leicht, im Recht zu sein, er wohnte nicht mehr in dem weitläufigen Haus. Darin bedrückte einen die Leere. Darin herrschte noch immer der Geist des alten Furzers. Seine Aura. In allen Räumen war er präsent. Und es war bedrückend, sich ihm täglich ausliefern zu müssen. Seinem Hauch, seinem Schatten, und nachts dem Pochen, diesem nicht ortbaren Geräusch, tock, tock, als schlage in der Wolfschen Villa noch immer das Herz des zur falschen Zeit aus dem Leben gerissenen Vaters.

Sandros Bilanz war ein hässlicher Spiegel.

Weingut und Weinhandel: rote Zahlen.

Pizza »take out« der Tankstellen: Verluste.

Tankstellen insgesamt: ausgeglichene Rechnung.

Italienische Restaurants: Gewinne.

Immobilien: die übliche Rendite.

Wertschriften und Aktien: die Börse war chaotisch.

So schlimm ist das doch nicht, meinte Nina. Auch Philip sah keinen Grund, sich Sorgen zu machen. Würden sie den gesamten Besitz veräußern, bliebe allen genug Geld für ein Dasein ohne Not. Im Gegenteil, allein von den Zinsen könnten sie prächtig leben. Das Wolfsche Vermögen vermehrt sich, ohne dass die Söhne sich zerreißen müssen: Das war Philips Haltung.

Doch Sandro war ein Mann ohne Füße.

Einem Mann ohne Füße blieb nur die Arbeit.

Sandro hatte ein Papier ausgearbeitet:

- Abstoßen, was Verluste einfährt.
- Den Rest als Erbe verwalten.

Die Möglichkeit war verführerisch, aber das Prinzip zu passiv. Sandro litt unter den Umständen, die es ihm verwehrten, die Geschäfte seines Vaters weiterzuführen. Darum erwog er den Plan, in eine Branche zu wechseln, in der der Alte nie tätig gewesen war – oder das Studium wiederaufzunehmen. Beide Wege standen ihm offen. Er besaß die Voraussetzungen und Geld. Nur am Ende nicht die Geduld, nicht den sauren Schülerfleiß für ein Studium. Sich Professoren und Prüfungen auszusetzen, davor grauste ihm.

- Das Weingut verkaufen, den Weinhandel einstellen.
- Die Restaurants und die Tankstellen verpachten.
- Pizza »take out« abschreiben und vergessen.
- Immobilien, Wertschriften und Aktien verwalten. Und dann, was tun?

Mit fünfundzwanzig Jahren und ohne Füße?

Familie, Kinder bekommen, alt werden, sterben.

Die Villa aufgeben.

Die Villa neu beleben.

Sandro hatte auch mit Severin gesprochen. Sie waren beinahe

Freunde geworden. Wenn er an Möglichkeiten außerhalb der Kreise seines Vaters dachte, bezog er Severin in seine Überlegungen mit ein.

- Eine Firma in der Elektronik-Branche gründen.
- Die Generalvertretung einer amerikanischen Software-Firma für die deutsche Schweiz übernehmen.
- Gleichzeitig eigene Programme entwickeln.
- Wolf & Meyer, EDV

Das war doch Brachland im Freiamt. Einen Betrieb aufziehen mit Leuten, die nicht in einem Büro sitzen, sondern zu Hause am Terminal arbeiten, das mit der Zentrale in der Villa vernetzt ist. So könnte er einen Dienstleistungsbetrieb aufbauen. Für mittelständische Betriebe, auch für kleine Gemeinden und Institutionen. Mit Grundprogrammen der Amerikaner, die Severin den Bedürfnissen der Kundschaft anpasste:

- Wolf & Meyer
Falls Ihre Sekretärin ausfällt
Löst EDV PROBLEME
Erledigt Ihren Bürokram
Senkt Verwaltungskosten

Um EDV-PROBLEME zu lösen, brauchte Sandro Severin, und er war darum bereit, diesen in einer neuen Firma als Partner zu beteiligen, obwohl er kein Kapital einbrachte. Doch Geld war ja noch vorhanden. Und Sandro wollte das Risiko eingehen, Geld auch zu verlieren. Es wäre erträglicher, es in einer neuen Branche zu verspielen, als es in der alten Konstellation zu verlieren. Lieber mit einem eigenen Unternehmen scheitern denn als Erbe ins Abseits gedrängt werden. Er hatte nachgedacht, lange. Unter der Hantel, auf dem Rad, in Gesprächen mit Nina und Severin. Nur Philip hatte er nicht eingeweiht. Er wünschte in dieser Sache weder Partnerschaft noch Zusammenarbeit mit ihm. Der Bruder hatte wohl recht mit dem Einwand gegen den Verkauf der Villa; aber sonst sollte er bei seinen Gedichten bleiben. Die Villa eignete sich als Domizil der neuen Firma, bestimmt. Wiederbeleben würde er sie – dem Geist des Vaters seinen Willen entgegensetzen oder ihn, falls er umgehen musste, mit dem Erfolg der neuen Firma erlösen. Ein Toter hat kein Anrecht auf Dominanz, dachte Sandro. Mit seiner Person wollte er das Haus füllen, mit seiner Potenz. Die Villa Wolf sollte die Villa Wolf bleiben. Doch er, Sandro, wäre dann der Hausherr. Nicht eine Legende, nicht das Gespenst seines Vaters. Sandro war überzeugt von seiner Idee. Er verstand den Plan auch nicht als Verschwörung gegen das Lebenswerk seines Vaters. Was er tat, musste er tun.

Da war ein Zwang.

Sandro fühlte sich zu einem Kampf herausgefordert. Von Vaters »Freunden« würde er sich nicht ausbooten lassen. Dabei war er ganz der Sohn des Furzers, also kein Verlierer. Nicht die geringste Neigung zum Untergang spürte er. Kraft, eine eigene Kraft spornte ihn an.

19

Die Kinder wollten das Landesmuseum besuchen und wünschten, mit dem Zug nach Zürich zu fahren. Margrit und Philip gaben ihrem Drängen nach.

Die Zeit der Sonnenblumen war vorbei. In den Gärten blühte der letzte Goldmohn.

Auf den Dörfern warnte die Polizei vor einer »zwielichtigen Gestalt«, die versuche, sich an Kinder heranzumachen.

Ätzende Dämpfe entwichen, als der Abwart im Giftraum des Hallenbads Chemikalienreste zusammenschüttete. Die Kinder wurden nach Hause geschickt, und es war ratsam, in der Nähe der Schule die Fenster geschlossen zu halten.

Die Uhren waren umgestellt auf Winterzeit.

Kalter Regen riss die Blätter von den Bäumen, besonders die Platanen, die schon im Sommer Laub verloren hatten, boten einen traurigen Anblick. Trüb von mitgeschwemmtem Erdreich strömte die Reuss dahin, an den Pfeilern der Brücke, über die unablässig der Verkehr rauschte, kenterten die Papierschiffe der Kinder.

Im Pfarrblatt versicherte ein angesehener Arzt, wer anlässlich der Gemeinschaftskommunion das Blut Christi aus dem Kelch trinke, den alle benutzten, setze sich damit der AIDS-Gefahr nicht aus.

Andreas Wolf stand vor dem Mammut. Es war größer als der Elefantenbulle im Zoo, hatte langes, zottiges Haar und roch nach präpariertem Tod.

Anna bestaunte das Skelett eines Kindes. Es lag in einer Amphore aus Ton, im Schädel klaffte ein Loch, als sei das Kind mit einem Stein erschlagen worden.

Margrit und Philip betrachteten die eingeritzte Zeichnung auf dem Schulterblatt eines Rens. Sie stellte das Brustbild eines Steinbocks dar.

Das gedämpfte Wummern, die Erschütterungen des Verkehrs und von Bauarbeiten ließen einen unweigerlich an ein fernes Erdbeben denken.

Margrit berührte Philips Hüfte.

Das Profil des Steinbocks war nach rechts gerichtet. Margrit schloss daraus, ein Linkshänder habe die Zeichnung in den Knochen geritzt.

Auf dem Schild war zu lesen: DIE GEDANKENWELT DES JÄGERS KONZENTRIERT SICH VERMUTLICH AUF DAS GESCHLECHTSLEBEN, DIE JAGD UND DEN TOD.

Philip zog Margrit fort zu einem steinernen Vogel, der vor mehr als zehntausend Jahren von einer menschlichen Hand geschaffen worden war. Ihr gefiel die kleine Skulptur ausnehmend gut. Sie war in einem beleuchteten Glasschrank ausgestellt. Ein Stein, eine Kostbarkeit.

Dabei liegen Tausende von Steinen in der Reuss, dachte Margrit. Unbeachtet, wertlos. Sie sind genauso alt, genauso schön, nur hat nie ein Mensch aus ihnen ein Kunstwerk geschaffen, einen Zeugen gemacht – für seine Epoche.

Ein Stein im Flussbett gehört der Geschichte der Natur an, sagte sie zu Philip, der steinerne Vogel aber zählt zur Geschichte des Menschen.

Der Vogel wies auf die Zeit hin, auf die Vergänglichkeit. Der Vogel war eine Spur, die hin zum Menschen führte. Er war Zeuge für den Sprung von der Natur in die Kultur.

Der Mensch formt die Welt nach seinem Willen, dachte Margrit. Das, was er macht, hat für ihn den größeren Wert als das, was bloß ist. Immer vernichtet er auch. Ja, insgesamt geht der Mensch einen erschütternden Vernichtungsweg.

Sie hätte ihre Gedanken gern Philip mitgeteilt, die Worte lagen ihr auf der Zunge.

Bestimmt hätte Philip ihr widersprochen, der Mensch sei immer ein Gestalter, ein Techniker gewesen.

– Werkzeuge benutzt er, Theorien stellt er auf.
– Um zu bauen, um zu töten.

Doch sie schwieg, sie stand vor der kleinen Skulptur aus der Steinzeit, deren Vorbild eine Eule gewesen sein musste, unfähig, sich zu äußern. Die steinerne Eule und der fleischliche Mann waren zehntausend Jahre von Margrit entfernt. Zwar nahm sie die Wärme seines Arms wahr, aber Philip spürte sie nicht.

Philip hatte sich ein paar Tage in Amerika aufgehalten.

Laura schottete sich und die Zwillinge ab. So kam es ihm vor. Er war unfähig, sich ihr zu öffnen. Jeder wartete, wartete vergeblich. Berührungen, Umgang und Ton, alles was im Sommer des letzten Jahres noch selbstverständlich gelang, war nun blockiert. Philip mietete ein Auto, fuhr stundenlang. Ihm schien: geradeaus. Ins Land hinein, als könnte nur Weite ihm Linderung verschaffen.

Ziemlich befangen und bedrückt war er zurückgekehrt.

Philip liebte Amerika. Amerika war ein schönes und zugleich ein widerliches Land, Paradies und Hölle in einem. Amerika blieb eine Sehnsucht, ein Albtraum. Niemals würde er gewappnet oder gar immun sein angesichts dieses großartigen Landes. Und ein wenig beneidete er Laura, die sich entschlossen zeigte, mit den Zwillingen in einer so barbarisch freien Welt zu leben.

Von der Steinzeit rannten die Kinder über eine Treppe und vorbei an Gerätschaften der Römer voraus ins Mittelalter. Und dann fanden sich alle wieder im großen, einst als »Ruhmeshalle der Nation« konzipierten Waffensaal. Philip betrachtete Hodlers monumentales Gemälde »Rückzug von Marignano« und eine Gruppe Söldner, die darunter gerüstet, bewaffnet und behelmt zu einer Schlachtszene aufgebaut war.

Brutal schlugen die los, sagte Andreas.

Mann gegen Mann, sagte Anna, haben sie einander die Schädel zertrümmert.

Philip erzählte den Kindern von der Zeit der Reisläufer, als es den Schweizern in fremden Kriegsdiensten verboten war, Heimwehlieder zu singen. Sie wären sonst desertiert. Junge Männer wurden als Söldner gemustert und weggeschickt in den Krieg. Um zu kämpfen, um zu sterben. Die Söhne der Armen, die Söhne kinderreicher Familien aus Gegenden ohne Erwerb waren ein begehrter Exportartikel.

Wie jetzt die SWATCH, fragte Anna.

Hungerleider in der Heimat, sagte Philip, Kanonenfutter in der Fremde. Das Geld, das der Sonnenkönig den Menschenhändlern und in die Staatskassen bezahlte, hätte ausgereicht, eine Straße von Paris nach Basel mit Silberstücken zu pflastern.

In einer flachen Vitrine, so groß wie der Parkplatz für zwei Chevrolets, war die Schlacht von Murten nachgestellt. Zinnfiguren veranschaulichten die Phasen des Kampfs, das Gemetzel, den Untergang des Heeres von Karl dem Kühnen.

An den hohen Wänden hingen Hieb- und Stichwaffen, Zweihänder mit blanken Klingen, lang genug, durch die Leiber von zehn Männern gestoßen zu werden, Speere, Spieße, Dolche und der heimtückische Morgenstern. Das muss ein Schlachten gewesen sein, dachte Philip. Als mit Blut, Exkrementen und Eingeweiden bespritzt wurde, wer einen Gegner tötete. Fast flößten ihm die Handwaffen des Mittelalters mehr Angst ein als eine Auswahl von heute.

Die Kinder betrachteten die Schlachtszenen von damals und blieben von der Brutalität nicht unbeeindruckt. Soldaten lagen im Blut, Speere steckten in ihrem Körper, sterbende Pferde erdrückten Reiter, Tote mit aufgerissenen Bäuchen bedeckten das Feld, und im Gevierthaufen der Eidgenossen brach die vorderste Reihe unter einem Pfeilregen zusammen.

Philip ging ein paar Schritte hinter Margrit und den Kindern in den nächsten Saal, wo Andreas und Anna vor einer aus dicken Eichenbalken gezimmerten Gefängniszelle stehen blieben. Auch in diesem Verlies hätten zwei Chevrolets Platz, sagte Margrit, aber wie in einem James-Bond-Film müsste man sie zuerst mit einer Presse in kleine Blechpakete verwandeln.

Wie lange kann ein Mensch in so einem Kerker überleben?

Ebenso lange wie im Atombunker eines Einfamilienhauses, sagte Margrit.

Das Landesmuseum bewies die Ohnmacht des einzelnen Menschen vor der Geschichte. Die Lektion deprimierte Philip. Im Saal mit dem Verlies hörte er deutlich den Lärm Zürichs, das in der Umgebung des Museums seit Jahren eine Baustelle war. Der Bahnhof wurde unterhöhlt, mehrere Etagen tief, für die S-Bahn und ein Shopping Center. Bald würde es möglich sein, gleich hinter der letzten Gotthard-Postkutsche in einen Supermarkt hinunterzusteigen.

Die Kinder hatten Hunger.

Das Restaurant befand sich im Innenhof und ähnelte dem Kommandozelt, das Karl der Kühne bei Murten benutzt hatte.

Philip ging mit den Kindern hinein.

Margrit besuchte noch »Die sakrale Kunst«.

Der Saal beherbergte einen aus Tannenholz geschnitzten Esel, auf dem Jesus saß. Solche Figuren waren früher am Palmsonntag in der Prozession mitgeführt worden. Jesus drückte Güte aus, Wohlwollen und Freundlichkeit. Margrit schätzte diese Skulptur. Und auch die Muttergottes aus Lindenholz, die im gleichen Raum stand. Sie erinnerte Margrit stark an die Skulpturen Afrikas. Man hatte die Muttergottes unter jahrhundertelang aufgetürmten Gebeinen entdeckt und ins Museum gebracht. Wie eine byzantinische Siegbringerin hielt sie Christus senkrecht vor sich auf den Knien. Unnahbar und streng wirkte das Paar mit den beinahe gleichen Gesichtern.

Jedes Mal, wenn Margrit das Landesmuseum aufsuchte, betrachtete sie diese Figuren. Was sie dabei empfand, deckte sich mit den besten Gefühlen, die sie als Kind in der Kirche empfunden hatte. Sie liebte die freien Gestalten der Romanik und besuchte die Abteilung auch wegen des Gegensatzes; Margrit verabscheute die Schmerzenskunst der späteren Jahrhunderte, die auch ausgestellt war: Jesus so geschunden, man fühlte sich als Sünder. Die Muttergottes schierer Schmerz. Und Heilige, die einem zuflüsterten: Ursache meiner unsäglichen Qual bist du.

Statt Erhabenheit – Martyrium.

Strafe und Buße als System. Dem Lügner wurde die Zunge abgeschnitten, die Untreue steinigte man, Jesus Christus quoll Blut aus offenen Wunden; im Leib des heiligen Sebastian steckten Pfeile, und sein Lächeln war süffisant. Andere Märtyrer hielten das abgehackte Haupt in den Händen, Köpfe mit Gesichtern, auf denen sich der Ausdruck von Leid und Leidenschaft vermischte

mea culpa

mea maxima culpa

Mit diesen Gemälden verband sie schlimmste Empfindungen, den Ekel und die Angst, die sie als Mädchen in der Kirche ausgestanden hatte, und einen Groll, der sie heute manchmal noch im Schlaf beschwerte, als sei ihre Seele damals geknebelt worden.

Philip hatte für die Kinder Ćevapčići bestellt. Er trank einen Pfefferminztee und lauschte dem Regen nach, der beharrlich aufs Dach schlug. Der Wind fuhr in die Planen und blähte sie so auf, dass sie an den Schnüren zerrten.

Die Kinder redeten von der Folterkammer und den Gebeinen des Kindes aus der Steinzeit, bis Andreas unvermittelt fragte: Warum fährt eigentlich ein Auto?

Philip stöhnte auf. Die Frage passte genau zu diesem Wetter und zum Minzengeschmack des Tees.

Sobald ein Auto kein Benzin mehr hat, bleibt es stehen, sagte Andreas.

Das weiß nun wirklich jedes Baby, spottete Anna.

Ja, sagte Andreas, aber warum fährt es mit Benzin?

Philip nahm einen Schluck Tee und suchte eine Erklärung.

Du drehst den Zündschlüssel, sagte Andreas, der Motor springt an, und das Auto fährt ab.

Warum?

Der Junge schaute seinen Vater triumphierend an. Verbrennungsenergie wird in kinetische Energie umgewandelt, dozierte Philip.

Was heißt das, kinetische Energie, wollte Anna wissen. Sie hatte ein ernstes Gesicht, als würde die Sache sie wirklich interessieren.

Ja, mach das doch etwas deutlicher, verlangte Andreas. Philip ärgerte sich.

Warum geht das Licht an, wenn ich den Schalter betätige, warum fließt Wasser aus dem Spülkasten, wenn du am Griff ziehst, warum können wir durch einen Draht miteinander sprechen, warum killt Aspirin Kopfschmerzen: wisst ihr das?

Die Kinder schauten ihn verblüfft an.

Viren, was ist das? Wie gelangt die Stimme von Madonna in eine CD und warum kommt sie wieder heraus, weshalb öffnet sich das Tor der Garage, wenn ich über die Lichtschranke fahre, wie kann man Raketen fernsteuern, warum ist es im Kühlschrank kalt, und weshalb wollen Kinder immer alles wissen?

Bleib jetzt bei der Sache, verlangte Andreas: Warum drehen sich die Räder, Philip, warum fährt dein Auto, wiederholte hartnäckig der Junge.

Philip schwieg.

Frag doch deine Mutter, wollte er sagen, sie ist Lehrerin.

Aber er beherrschte seinen Unmut, es gab keinen Grund, dem Jungen den Ausflug zu verderben.

Ich bin kein Automechaniker, sagte Philip, ich weiß es nicht.

Margrit kam und setzte sich an den Tisch.

Als der kleine Junge zu erklären anfing, wie ein Benzinmotor funktioniert, hörten ihm alle aufmerksam zu.

Philip liebkoste Margrits Nacken, ihr Haar bedeckte seine Hand, und er war stolz auf seinen Sohn, obwohl er nicht alles begriff, was Andreas erzählte. Er war beeindruckt, weil er den Kleinen noch nie so selbstbewusst hatte sprechen hören.

Kommt ihr nun damit klar, fragte Andreas.

Endlich weiß ich, warum ein Auto fährt, sagte Anna.

Philip winkte die Bedienung herbei und bezahlte. Die Kinder schlüpften in die Regenjacken. Philip ging mit Margrit unter dem Schirm. Bis zum Bahnhof hatten sie nur ein paar Schritte zu gehen. In der großen Halle herrschte eine Betriebsamkeit, die den Kindern gefiel. Hinter einer Bretterwand lärmten Baumaschinen, es roch nach Urin und Menschenkot, als hätte ein Presslufthammer Löcher in die Röhren der Kanalisation geschlagen. Der Zug stand schon zur Abfahrt bereit. Mitten im Gedränge, die Kinder waren schon eingestiegen, blieb Philip stehen. Er umarmte Margrit und sagte ihr, dass er sie liebe. Die Kinder hatten ein freies Abteil besetzt und öffneten das Fenster, um sie herbeizuwinken. Im Gewimmel der Passagiere sahen Margrit und Philip aus wie ein Liebespaar, das sich gegen seinen Willen trennen muss. Die Kinder feixten, sie äfften die beiden nach ohne Verlegenheit, und als sie sich aus der Umarmung lösten, drehten ihnen Anna und Andreas eine lange Nase.

In Bremgarten stiegen sie aus, Margrit, Anna und Philip. Nur Andreas blieb im Abteil sitzen. Allein musste er bis Wohlen fahren, wo ihn seine Mutter erwartete.

Philip schaute dem Zug hinterher. Er hatte die Hände in den Manteltaschen. Der Junge saß ihm abgewandt und schien nicht einmal daran zu denken, sich nach seinem Vater umzudrehen. Der Zug entfernte sich, verschwand mit dem Jungen, und Philip erinnerte sich an einen Traum, dem er in einer der letzten Nächte ausgesetzt war: in den leeren Straßen einer nächtlichen Stadt hatte er den Jungen verloren. Er suchte ihn, was äußerst mühsam war, denn er hatte einen schweren Koffer zu tragen. Es war Mitternacht, eine Turmuhr schlug die Stunde, hörte aber nach dem zwölften Schlag nicht auf, schlug und schlug weiter, und jeder Schlag ertönte lauter; und jeden verdoppelte ein Echo, das ein weiteres Echo erzeugte, und der Koffer wurde immer schwerer, und die Straße immer finsterer und länger, und mit einem Mal hatte ihn die Gewissheit erschreckt: du trägst den verlorenen Sohn ja mit dir. Tot. Andreas lag tot in dem Koffer –

Zu dritt gingen sie vom Bahnhof zum Block, wo Margrit wohnte.

Es hatte zu regnen aufgehört. Durchnässte Blätter bedeckten den Asphalt der Straße, in den Pfützen lag das Wasser so still, dass man sein Gesicht, durch das Wolken zogen, gespiegelt sah. Margrit und Anna hielten einander an der Hand, Philip hing ein paar Schritte hinter den beiden zurück und war überrascht, wie übereinstimmend sie sich bewegten, wie ähnlich die Farbe ihres Haars war, wie gleich sie den Kopf hielten, während sie miteinander sprachen.

Er war nach dem Traum ziemlich erledigt gewesen und nach Wohlen zum L-förmigen Haus gefahren: stand davor im trüben Licht der Straßenlampe und konnte doch nichts unternehmen. Er hatte sich elend gefühlt, verlassen. Er sah sich als gefesselten Mann. Immer wieder dieses Bild, in dem er sich erkannte. Er war ein Mann, in den alles allmählich einsickerte. Er war zu Heftigkeit nicht fähig, zu Ausbrüchen der Leidenschaft. Hin und wieder wünschte er sich die Lebenskraft, die seinem Vater eigen gewesen war. In dem unzugänglichen L-förmigen Haus lebte seine ehemalige Frau mit seinem Sohn. Der lebte doch? Dem war doch nichts passiert? Der Traum war doch nichts als ein Traum gewesen? In einer Wohnung in diesem Block, in einem Bett, das er vor Jahren gekauft hatte, schlief sein Kind. Es schlief doch dort? Es ging ihm doch gut? Und im Nebenzimmer die Mutter, Sabine, mit einem anderen Mann. Mit diesem Mann, der bei ihr eingezogen war. Tick-Tack spielte der Fremde mit seinem Jungen. Der war doch gut zu seinem Sohn? Die Ohnmacht war erdrückend. Philip wollte weinen, schreien, Sturm läuten an der Tür. Doch er war zu solch impulsiven Taten nicht fähig. Nie hatte er das gekonnt, blindlings sein –

oder gar zuschlagen. Er war ein Mann, aus dem alles langsam heraussickerte. Zu Hause hatte er den Computer eingeschaltet, Southern-Comfort-Schach gespielt und eine Niederlage so unbeteiligt wie möglich eingesteckt.

Margrit und Anna rumorten in der Küche, als er die Wohnung betrat und den Mantel auszog. Sie suchten den Eisschrank nach Essbarem ab, fanden Wurst, einen Rest Suppe und entdeckten im Tiefkühlfach eine Pizza von Migros, auf der Eiskristalle schimmerten.

Philips Vorschlag, auswärts zu essen, entrüstete sie.

Margrit schob die Pizza in den Ofen und wärmte die Suppe auf. Anna mischte Joghurt und Haferflocken. Philip gab sich wortlos geschlagen. Als Margrit eine Flasche Barolo Riserva DOC auf den Tisch stellte, heiterte sich seine Miene auf. Das ist ja Zauberei, lobte er.

Und das Mahl schmeckte dann ausgezeichnet.

Bis spät saßen sie zu zweit zusammen und hörten Dollar Brands alte echoes from Africa. Margrit hatte die Füße auf Philips Schoß gelegt, er knetete ihr die Ballen.

Sie wollten den Versuch wagen, zusammenzuwohnen.

In einem Haus an der Sternengasse.

Philip hatte es gekauft.

Das Haus, in dem Margrit geboren und aufgewachsen war, das Haus, aus dem sie vor ein paar Jahren ausziehen musste, weil es ausgehöhlt wurde; das Haus auch, in dem sie die erste Zeit ihrer Ehe verbracht hatte. Doch das schien kein Hinderungsgrund zu sein, Margrit freute sich, in ihre Dachkammer von damals, den Ausguck zum Schwarzwald, wieder einziehen zu dürfen.

Nach der Autojagd, die auf der Straße hinter der Fohlenweide, mitten im Militärcamp, ihr Ende fand, war Philip zu ihr gekommen.

Wohin hätte er denn sonst gehen sollen?

Ich hatte zum ersten Mal richtig Angst um mein Leben, gestand er und kroch wie ein Kind in ihr Bett.

Die Polizei fasste die Männer.

Der dumme Wisch, den zu unterzeichnen sie ihn zwangen, und das aufgefundene Autowrack hatte sie verraten.

Doch seit dem Ereignis war Philip verändert. Er entdeckte Falten in seinem Gesicht – von diesem Tag an sah er sie im Spiegel. Und die grauen Strähnen, die sein Haar durchzogen. Öfters als früher schaute er wie verloren in eine Ferne, als zähle er die Jahre, die er schon verlebt hatte, Monate

Wochen

Tage. Es war der Schatten der Autojagd, der seine Melancholie bewirkte. Aber auch der Schatten seines Lebens. Das war entlarvt, die drei Männer hatten es demaskiert.

Es war seine Idee, das Haus an der Sternengasse zu kaufen.

Er wollte mit Margrit leben.

Mit mir und Anna, gab sie ihm zu bedenken.

Er war davon überzeugt, der Versuch musste gelingen. Auf jeden Fall wollte er das Wagnis eingehen. Sein bisheriges Leben, war es nicht oft leer gewesen, unerfüllt und schal?

Gar unnütz?

Hatte ihm die Jagd über den Pass nicht gerade dies bewiesen. Seine Einsamkeit. War das Leben, so wie er es führte, nicht eine Falle?

Niemand liebt, weil er es will, sagte Margrit. Du kannst Liebe nicht wollen, verstehst du?

Er war zu ausschließlich auf das augenblickliche Feuer versessen, ein kurzfristig Vernarrter.

Er wollte das ändern.

Kannst du das überhaupt, fragte Margrit.

Es war Stetigkeit, die sie suchte, nicht eine Stichflamme, aber die Erotisierung der Zeit.

Es war verrückt. Nach fast zwanzig Jahren hatte das Klassentreffen jäh ihren Wunsch nach Liebe geweckt. Im Hotel, als sie miteinander schliefen, gab sie aus weiblicher Scheu nur ein kleines Stück von sich preis. Das äußerlichste, das Männer gern mit dem innersten verwechseln. Erst im Verlauf der Zeit hatte Margrit sich Philip wirklich hingegeben, obwohl er meinte, sie schon in der ersten Nacht ganz besessen zu haben.

Das war sein Irrtum.

Er teilte ihn mit allen Männern, die nicht wissen, dass eine Frau dem Mann Zugang zum Intimsten, zu ihrer Seele, nur allmählich gewährt.

20

Vor zwei Wochen waren die Schwalben südwärts gezogen.

Die Blätter der Bäume hatten sich bunt verfärbt. Die Sonne sank nun früh, und abends wurde es rasch kühl. An den Ufern der Reuss sah man hier und dort blauviolette Flockenblumen. Überall in den Wäldern schossen die Pilze aus dem Boden. Die Fliegen waren faul geworden, die Wespen taumelig; sie stürzten in den Fluss ab und wurden den Raubfischen eine leichte Beute. Die Reuss zog träge dahin, die Wasserfläche kräuselte sich im Wind, der schon am Morgen aufkam. Blätter von Erlen und Pappeln trieben wie gelbe Teppiche auf dem aufgewühlten Wasser talwärts. Man erwartete den ersten Frost, den endgültigen Abschied vom Sommer, das dürre Riedgras raschelte gläsern; aus dem Schilf flogen Enten auf, und am Abend, wenn weiße Nebel ihn zudeckten, war der Fluss nichts als ein Rauschen.

Überall hingen Plakate mit den Köpfen der Politiker, die sich ins Parlament wählen lassen wollten. Sie lügen aus Prinzip, hatte jemand über die Gesichter geschrieben.

Hans Villiger verbrachte den Nachmittag mit seiner Tochter. Lina hatte in den Wald gehen wollen: Feuer machen, eine Wurst braten, und er hatte sich dem gefügt. Nun saßen sie am Ufer der Reuss, am Rand des gelichteten Laubwalds, der in der Nähe des Kraftwerks an den Stausee grenzte.

Lina sammelte Holz. Es lag reichlich und war der Herbstsonne wegen, die in den letzten Tagen den Nieselregen abgelöst hatte, brauchbar trocken.

Hans Villiger liebte den Herbst, die letzten sonnigen Tage, das milchige Licht der knapp über dem Horizont stehenden Sonne. Er zog die Beobachtung der Kreuzspinnen, die durch Zweige und Gräser kletterten und ihre Netze spannten, fast jeder anderen Tätigkeit vor.

Er stopfte sich eine Pfeife.

Die Haselnüsse und die Brombeeren waren reif, und die Einbeere lockte Lina mit ihrer gefährlichen Schlichtheit. Ein Feuerfalter lenkte sie ab, er saß auf dem gelben Johanniskraut und schaukelte bald wieder davon. Auf Strünken wuchsen lederne Pilze. Hans Villiger hörte ein Rotkehlchen, es brach seinen Gesang ab und lauschte auf Antwort. Die war jetzt deutlich zu vernehmen. Die Rotkehlchen grenzten nach dem Wegflug der Zugvögel ihre Futtergebiete ab.

Aus den Hecken leuchteten die Hagebutten. Unsichtbar sickerte Quecksilber ins Gras, das dicht mit Spinnenweb besetzt war, mit Marienfäden, an denen sich die Jungtiere im Wind davontragen ließen.

Hans Villiger schichtete das Holz auf und zündete es an. Lina packte den Proviant aus. Mit dem Messer schnitten sie Haselruten zu Spießen. Das Mädchen war ganz in die Arbeit versunken, es redete nicht, was eine Ausnahme war, sonst war es unermüdlich im Erzählen und Fragen und voll trotziger Ungeduld, wenn eine Sache nicht nach seinem Kopf verlief.

Hans Villiger war zufrieden.

Was will man mehr. Dasitzen, die Pfeife rauchen, umfangen sein von der Natur, dem Kind zuschauen, das einen Spieß schnitzt, das Feuer hören, sein Knistern, ruhig sein in dieser verlorenen Zeit, die Stunde genießen, einen beinah gestohlenen Frieden.

Am Montag musste er einrücken zum Militär. Kriegsmäßig, so stand es auf dem Aufgebot. Manöver waren angesagt. Die Verwandlung der Landschaft in Gelände, des Himmels in einen nach dem Feind abzusuchenden Raum. Der Fluss wurde Hindernis, eine Mulde zum Geländeschutz, das Bunte der Wälder Tarnung. Ein Wanderer war als möglicher Spion zu betrachten, die Dämmerung erforderte einen erhöhten Bereitschaftsgrad, Flüstern hieß Nachtsprache, eine Hecke bedeutete Gefahr, und die Flamme des Streichholzes, mit dem er die Pfeife anzünden wollte, konnte die ganze Kompanie verraten. Alles war bedrohlich, und für alles drohte auch Strafe.

Lina hatte die Bratspieße vorbereitet. Sie schälte Würste. Man musste sie schälen, die Haut konnte aus Kunststoff sein. Sie schnitt ein Kreuz in die Zipfel ein. Das Feuerholz war zusammengebrochen, Glut. Spatzen, einer mit weißem Schwanz, wagten sich in die Nähe, warteten auf Brosamen und Krümel, sogar Schwäne glitten ans Ufer, um vom Picknick einen Teil zu erhaschen.

Das Mädchen gab ihm stolz den Haselstecken mit der Wurst. Die Pfeife im Mund, berührt von der Hitze der glühenden Holzkohle, stand er neben seiner Tochter am Feuer und schaute zu, wie das Fett aus dem bratenden Fleisch tropfte, wie sich die Enden unter der Hitze zu spreizen begannen.

Riecht prima, sagte Lina und fragte, ob es wohl noch Räuber gebe in diesem Wald. Oder gar Vampire?

Hans Villiger wollte das nicht verneinen.

Herzvampire, erklärte Lina.

Was sind denn das für Gestalten?

Vampire, sagte sie, die tagsüber in herzförmigen Särgen ruhen.

Das Kind aß dann lieber Tuttifrutti als Brot zur Wurst. Dagegen gab es auch keinen Einwand. Tuttifrutti, dachte er, erfüllte sogar die Normen für kriegsmäßige Verpflegung: es war haltbar, kalorienreich und schmackhaft.

Lina zog ihre Wurst von der Glut zurück und schnupperte daran. Die sind super durchgebraten, sagte sie.

Aber noch heiß, warnte Hans Villiger, pass auf die Zunge auf.

Ja, grinste Lina, grausam heiß.

Sie begann gegen die Wurst zu blasen, pickte mit den Fingern Asche weg und setzte sich neben den Vater auf die Bank. Hans Villiger biss einen der verkohlten Zipfel ab, brach ein Stück vom Brot und schob es in den Mund.

Haben wir auch etwas zum Trinken, fragte er.

Lina nickte und zog eine Flasche aus dem Rucksack.

Lindentee mit Zitrone, rief sie, wow, ich verdurste.

Sie aßen und tranken, sie waren vergnügt, vor ihnen lag ihr Schatten im Gras, eine einzige schwarze Figur.

Nachdem sie die Würste geschafft hatten, vernichtet, packte Lina Tüten, Dosen und Folien aus, Food, wie sie das Zeug nannte. Lina hatte einkaufen dürfen, der Vorrat hätte für eine dreitägige Überlebensübung der Armee ausgereicht.

Sie kauten und betrachteten das verglimmende Feuer.

Das war doch seltsam, immer wieder schaute Hans Villiger gern in ein Feuer. Im Feuer schwelte die älteste Erinnerung des Menschen, und die Flammen hüteten ihr Geheimnis.

Jetzt gibt es Nachspeise, erklärte Lina.

Sie kramte im Rucksack und legte ihrem Vater eine Dose auf die Knie: Partysnacks. Hans Villiger nahm sie feindselig in die Hände und drehte sie um, bevor er das Messer aufklappte. Es hatte mehrere Klingen und war ein zweckmäßiges Werkzeug. Lina warf den Vögeln getrocknete Weinbeeren und Pinienkerne zu. Mit den Spatzen balgte sich ein Buchfink darum, den sie bevorzugt zu füttern versuchte.

Hans Villiger hasste Verpackungen. Ihr Widerstand brachte ihn zur Weißglut. Ein Aufdruck erklärte zwar, mit welchem Handgriff oder Gerät der Panzer geknackt und die Ware zugänglich gemacht werden konnte. Es war eine Kampfart. Wie in der Steinzeit der Jäger das Wild, musste er heute eine Verpackung überlisten, bevor er die Beute verzehren konnte. Auch das geduldige Warten, das Spähen des Jägers fand eine Entsprechung. Doch wer hatte die Nerven, die Anweisung zu lesen oder die Comics zu studieren? Er nicht. Er war ja nicht blöd. Nie war Gewalt nötig, im Gegenteil, obwohl ein widerspenstiger Frischhaltebeutel und der raffinierte Verschluss einer Sardinendose Gewalt geradezu provozierten. Es war ein Sachzwang. Und am Ende verletzte man sich selbst, zerschnitt sich an einer scharfen Kante die Finger.

Beschichtetes Papier, Blech, Plastik.

Styropor, Cellophan, PVC, Goldfolie.

Du willst beim Fernsehen Nüsse knabbern, kannst die Packung

nicht aufreißen, findest keine Schere, versuchst es mit den Zähnen, und gerade wenn der Kommissar zuschlägt, kriechst du unter dem Tisch umher und sammelst Nüsse zusammen, hatte er einmal zu Maria gesagt.

Wenn er gar keinen Appetit hatte, war es am leichtesten, eine Verpackung zu öffnen. Hungrig wollte er immer zu direkt an die Ware, und dann fehlte ihm die Umsicht, die Behutsamkeit des Liebenden. Ja, das moderne Verpackungsmaterial ließ es Hans Villiger büßen, dass er es nicht liebte, dass er es geradezu hasste, aus tiefstem Herzen hasste, wie er nur das Sperrige, das Zähe, das Ungenießbare hassen konnte, Seelenloses, das sich dreist widersetzte und ihm die eigene Dummheit vor Augen führte, bis er wütend wurde, richtig böse. Verpackung bedeutete Konflikt. Das Öffnen war nämlich nur eines von drei Zielen – das zweite hieß: eine Schweinerei vermeiden. Hans Villiger lernte das nie. Doch keine Verpackung ließ sich nebenbei überwinden. Jede forderte volle Konzentration. Unmöglich, eine Dose Bier zu öffnen und mit jemandem zu sprechen. Er musste ganz bei der Alu-Lasche sein, sonst brach sie ab, oder das Bier spritzte ihm ins Gesicht.

Warum bist du so still, fragte Lina: Hast du zu viel gegessen?

Nein, sagte er und lachte, mir geht es ausgezeichnet.

Er öffnete die Verpackung behutsam, und zusammen machten sie sich über die Partysnacks her.

Soll ich dir einen Witz erzählen, fragte das Kind.

Klar, sagte er, schieß los.

Eine Gruppe bereist den Amazonas, begann das Kind.

Kennst du ihn schon?

Nein, sagte er, und die Snacks knackten zwischen seinen Zähnen, während das Kind erzählte: Das Boot kentert, und die Passagiere stürzen in den Strom. Krokodile tauchen ins Wasser. Geil, ruft ein Mann, LACOSTE schickt uns Rettungsboote.

Er saß gern neben seiner Tochter an der Reuss. Sie fütterte nun Schwäne mit Peanut-Cake von Mövenpick, aber es würde ihr auch Spaß machen, auf der kleinen Uferwiese Frisbee zu spielen mit tiefgekühlten Pizzascheiben von CO OP. Ein Schwan stieg aus dem Wasser und watschelte auf sie zu, irgendetwas musste ihn erbost haben; sein muskulöser Hals mit dem kleinen Kopf und dem harten Schnabel war eine Waffe. Der Schwan fauchte, zischte, öffnete die Flügel, schob die Brust vor und wollte sie von der Bank vertreiben. Hans Villiger dachte, es sei das klügste, seine Sachen zusammenzuraffen und zu fliehen. Doch Lina warf die Teeflasche gegen den Schwan. Der blieb nach dem Treffer reglos stehen. Und irritiert vom Siegesgeheul des Kindes wich er ins Wasser zurück. Wo ihn ein Apfel erwischte, den ihm Lina hinterherschleuderte.

Dem Burschen hab ich es gezeigt, schrie Lina und zerfetzte die Luft mit ein paar Karateschlägen.

Hans Villiger war verdutzt. Er hätte seiner Tochter diesen Ausbruch, diese entschlossene Angriffslust nicht zugetraut. Die Wehrhaftigkeit des Kindes verblüffte ihn.

Du hättest die Flucht vorgezogen, dachte er, du bist ein zu empfindsamer Mensch.

Manchmal wäre es besser, weniger sensibel zu sein. Er empfand es als Mangel, nicht angreifen zu können. Er war schlechthin unfähig dazu und darum allzu verletzlich.

Trotzdem musste er immer wieder hinaus ins feindliche Leben.

Derselbe Schwan näherte sich dem Ufer erneut. Aber jetzt ließ er sich, als hätte ihn Lina fügsam gemacht, mit Kuchen füttern. Das Kind war auch nicht nachtragend, es schmollte dem Schwan keineswegs und warf ihm die Brocken zu, als sei nichts zwischen ihnen vorgefallen.

Es war ja auch nichts vorgefallen.

Lina hatte keinen Kuchen mehr. Sie muckte auf, als der Vater ihr verbot, die restlichen Fressalien auch noch ins Wasser zu werfen. Er blieb hart. Lina musste sich fügen, obwohl er kein Argument hatte vorbringen können, jedenfalls keines, das sie überzeugte.

Warum nicht?

Weil ich es nicht will.

Wir haben doch genug davon.

Die banale Erkenntnis des Überflusses, in dem man auch glücklich versank, gegen den man ein ohnmächtiger Einzelkämpfer bleibt, machte alle Erziehung immer wieder zur Farce.

Es war doch wirklich kein allzu großer Unterschied, ob die Schwäne oder sie die Partysnacks futterten.

Davon wird man nur dick, maunzte Lina.

Wir hätten eben die Snacks gar nicht kaufen sollen.

Wir haben sie aber gekauft.

Lina gab auf.

Hans Villiger stopfte die Pfeife.

Lina spielte mit Steinen und Holzstücken. Zwischen den Wurzeln einer Eiche baute sie Wohnungen für ihre Gummifiguren. Paradiesisch lagen Löwe und Hase nebeneinander, Giraffe und Bär schauten fern, Nashorn und Katze tranken Milch. Nur der Jäger war bis zum Kopf in die Erde eingegraben und schrie jämmerlich um Hilfe.

Hans Villiger riss ein Streichholz an.

Er hatte in letzter Zeit ein stilles Leben geführt, er war gern allein. Lieber bei Büchern als unter Menschen.

Du verkriechst dich, sagte seine Frau.

Er gab das unumwunden zu. Warum nicht, warum sollte er sich nicht eine Zeitlang verkriechen – um aufzutanken?

Er hatte das Klagen satt und konnte die Litanei nicht mehr hören, dass der Wald stirbt & die Luft täglich giftiger & die Dritte Welt & Atomkraft & Rüstung & und sofort, bis zum Hals stand ihm das. Er wusste keinen vernünftigen Menschen, der die Lage nicht kannte, und Verstockte, die das alles nicht begreifen wollten –

Ist der Fall der Welt denn nicht klar?

Hans Villiger ließ sich nicht mehr in die Ecke drängen.

Fortwährend reden machte auch krank, und er hatte eine Kampfpause nötig. Eine neue Zeit brach an. Der Zwang zur Rechtfertigung wechselte die Seite. Die Vertreter des Wachstums sahen sich nun aufgefordert.

Und er konnte das Wort »Verantwortung« nicht mehr hören, wie sie es aussprachen.

Lina beschäftigte sich noch immer mit den Gummifiguren, sie

dachte überhaupt nicht daran, den Jäger aus seiner misslichen Lage zu befreien. In der Geschichte, die sie spielte, war er der Bösewicht.

Hans Villiger brachte den Tabak zum Brennen.

Später traten sie das Feuer aus und machten sich auf den Heimweg. Sie gingen durch den kühlen Wald, Raubtiere erwarteten die Nacht in Verstecken, die Vögel schwiegen, und über den Äckern schwebte der Bodennebel.

Lina stöhnte, sie war müde und hatte zu viel gegessen.

Ich kann nicht mehr, seufzte sie und setzte sich auf den Boden: Das waren noch Zeiten, als du mich auf den Schultern nach Hause getragen hast.

Vor der Stadt sahen sie einen Bulldozer, dessen Schaufel inmitten einer Schar Hühner im letzten Sonnenlicht gleißte.

Im Stillen, und ohne diesen Anspruch zu betonen, wollte Hans Villiger ein Mann sein, bei dem das, was er fühlte und dachte, übereinstimmte mit dem, was er tat.

Die Hälfte seines Lebens war bereits verstrichen.

Nun wollte er mit dem Rest sorgsam umgehen.

Als Kind träumte Hans Villiger, über das Freiamt zu fliegen, und neulich hatte sich der Traumflug wiederholt. Aber unter ihm erstreckten sich nicht wie damals Felder, Hügel, Wiesland und Wald, er sah nicht Weiler, Dörfer, Straßen und den Fluss – unter ihm dehnte sich eine Kraterlandschaft aus.

Der Tagmond stand am Himmel.

Er wollte sich nicht täuschen, sich nicht mehr unterkriegen und entmutigen lassen von Leuten, die das Leben nicht liebten.

Das Kind quengelte.

Das Leben bejahen, darauf verschwor er sich. Es war ein Beweggrund, es schuf die Voraussetzung, um sich zu wehren. Er sah darin eine Form von Widerstand.